U0789597

宾步程集

叁

报刊文汇（上）

宾步程　著

宾睦新　宾恩信　宾睦胜　整理

南方出版传媒
广东人民出版社
·广州·

图书在版编目（CIP）数据

宾步程集 / 宾步程著；宾睦新，宾恩信，宾睦胜整理. —广州：广东人民出版社，2019.12
ISBN 978-7-218-13858-9

Ⅰ．①宾…　Ⅱ．①宾…　②宾…　③宾…　④宾…　Ⅲ．①中国文学 – 现代文学 – 作品综合集 – 民国　Ⅳ．I216.1

中国版本图书馆 CIP 数据核字（2019）第 198808 号

BIN BUCHENG JI

宾步程集

宾步程　著　宾睦新、宾恩信、宾睦胜　整理　　版权所有　翻印必究

出　版　人：肖风华

责任编辑：张贤明　周惊涛　柏　峰
装帧设计：瀚文文化
责任技编：周　杰　易志华　吴彦斌

出版发行：广东人民出版社
地　　　址：广州市海珠区新港西路 204 号 2 号楼（邮政编码：510300）
电　　　话：(020) 85716809（总编室）
传　　　真：(020) 85716872
网　　　址：http：//www.gdpph.com
印　　　刷：广东鹏腾宇文化创新有限公司
开　　　本：787mm×1092mm　1/16
印　　　张：187.5　插　页：8　字　数：2600 千
版　　　次：2019 年 12 月第 1 版
印　　　次：2019 年 12 月第 1 次印刷
定　　　价：980.00 元（全 6 册）

如发现印装质量问题，影响阅读，请与出版社（020 – 85716808）联系调换。
售书热线：(020) 85716826

目　录

肆　报刊文汇（下）

报刊文汇

一　《理工》

《理工》序[1]

夫人有觉故有物，有物故有变，有变故有例。例者，果也。果同而因异，理科之术也。

察物之欲，锡之自天；求例之需，成之自人。惟其欲盛，是以需至。衣食不能乏，居处不能缺，灾祸不能不避，济此者，工科之用也。

有人焉，入异国而不问俗，无意干禁而获罪，世必谓其愚矣。然而彼戴天履地，以不知天地之法、生活之术而害其身者，亦与是何异？居今日世界，而无知识于理工科，是违竞争生存之例也。

理工科之与吾国之士风也，一则尚文，一则尚实；一则佶屈聱牙，一则循例而进；一则藉小智慧可以得功名，一则竭毕生之力而难尽。此盖千百年之积习使之，非吾国之幸也。诸同学忧之，于是作《理工》。

----

[1]　宾步程编辑：《理工》，光绪三十三年（1907）十一月十五日第一期。序的署名为"理工报"，应即出自宾步程之手。

机器原件（MASTHINEN – ELEMENTE）[1]

《机器原件》介绍文

（一）不明微积学者，不可与言机器。

（二）不明动力学者，不可与言机器。

（三）不明物理学者，不可与言机器。

（四）不明热力动学者，不可与言机器。

（五）不明化学者，不可与言机器。

（六）不明体积几何学者，不可与言机器。

（七）不明化铁学者，不可与言机器。

（八）不亲身入厂操工者，不可与言机器。

（九）不亲身入厂试验者，不可与言机器。

即使以上九者皆备，要未可即云已明机器。是机器一门，实戛戛乎甚难矣。欲明机器，必先明机器原件。原件者，全机器之分子

---

[1] 《机器原件》在《理工》第一、二、三、四、六期上连载，具体情况如下：《机器原件》第一章第一编，《理工》光绪三十三年（1907）十一月十五日第一期；《机器原件（续第一期）》第一章第二编至第三编第一节，《理工》光绪三十三年（1907）十二月十五日第二期；《机器原件（续第二期）》第三编第二节至第六节，《理工》光绪三十四年（1908）三月十五日第三期；《机器原件（续第三期）》第二章第一编至第二编，《理工》光绪三十四年（1908）四月十五日第四期；《机器原件（续第四期）》第二章第三编，《理工》光绪三十四年（1908）六月十五日第六期。

也。原件既明，全机自解。非然者，纵竭毕生之力，恐一无所成。此鄙人所以有《机器原件》一书之译也。望阅《理工》诸君，勿以《机器原件》浅近而弃之。尤望阅《机器原件》诸君，勿以《理工》诸他科为不关系于《机器原件》而忽之，则幸甚。编者志。

第一章　机器原件与机器分部之交通

（Masthinenelemente zur Verbindung von Masthinenteilen）

机器之原件多矣，而求其足以使之联合各分部，以成一完全机器者，曰呆钉（Niete），曰进闩（Keile），曰螺钉（Schrauben）。而此三者之中，有联合后而不能再解散者，如呆钉；有联合后而难解散者，如进闩；有联合后而最易解散者，如螺钉。

第一编　呆钉与呆钉之交通（Niete and Nietverbindung）

第一节　呆钉及呆钉孔（Niete and Nietlother）

凡有一机器（Masthinen），或铁轨（Walzprofilen），联合之后而不求其随时解散或改易者，则用呆钉。制造此种呆钉，各国皆有专厂。该钉已成之坐头（Setzkopf）为半球式未成之锚身（Schaft），为斜尖锥式（Konisch），如一图锚身约高 1.25—1.75d，以为将来压成闭锁头（Sthliesskopf）之张本，该钉质为流铁（Flusseisen），为镕铁（Schweisseisen）或铜（Kupfer），亦可是在用者善择之。

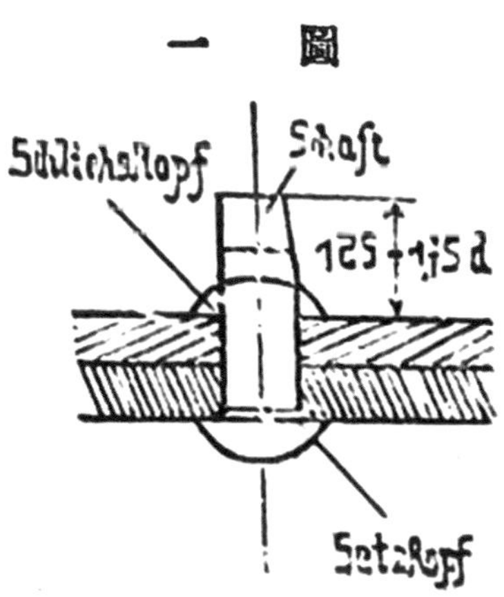

制钉孔之法，有钻通者，有冲通者（gestanzt）。钻通者，费时多而器美；冲通者，用功少而器劣。盖冲通之力所谓强迫之力也，铁质苟受强迫之力，必略受损伤（若该铁板为流铁质，为害更大）而稍失其原来之抵抗力矣。

钉孔既成之后，不但精洁难齐，即大小亦有不合之处，故往往用方错（Reibahle）以修饰之。且钻孔之时，万一铁板移动，即将来合钉之时，必有异歧之虑。制者务必先将螺钉穿入钉孔暂代呆钉，使被钻之铁板彼此不能各逃其锋。

第二节　呆钉交通之钉法（Herstellung der Nietverbindung）

钉呆钉之法，有冷钉者，有热钉者。若用第一法，必受钉之机件非支力之正件而为副件，且呆钉有一定之通径，乃能压卷，其头大约通径之数为 8mm。铜质呆钉，无论大小均用冷钉之法；若用第二法，必须烧至极红，而又必去胀力（Dehnung）而后可，否则将来冷缩之后，钉体改易摇动之弊在所不免。

制呆钉闭锁头之法有二：

A. 用人力者。如用人力，该呆钉之通径最大不能过 26mm。其法：先将该钉插入受钉处已成之钉孔中，下以半球凹锤支持其坐头上；又以半球凹锤覆其斜尖锥头，而以他铁锥击之，如是者再四，必令该斜尖锥头成为闭锁头而后已。

B. 用机器者。自 pneumatische Nietung（甫莱马）钉呆钉之机器出，而今人用之甚多。其法：用手将上下半球凹式印锤，如上法置诸钉之两头，开动空气压力机器，令其屡次锤击，压成闭锁头。

亦有用水汽压力机者（hydraulische Nietmaschinen），其法亦如上。但稍有别者，上二法须屡次锤击，始能将斜尖锥压成闭锁头，而此则一击即成。且当未压之先，令该机在被钉孔旁空压一次，以便被钉之数件密切而合此，而施以压力尤为坚稳。

钉呆钉之法，以冷钉为最美，因铁质加热必生胀度，冷后又复缩小，此一定之理也。若冷钉则钉身先既无发胀之患，钉后又自无缩小之弊。钉身紧塞于钉孔之中，而被钉合之等件面，亦因之而生莫大之摩擦阻力（Reibungswiderstand）。阻力愈大，机件于以愈固。

呆钉之式有四：曰斜尖头，如第二图；曰平没头，如第三图；曰圆球头，如第四图；曰筐弓头，如第五图。

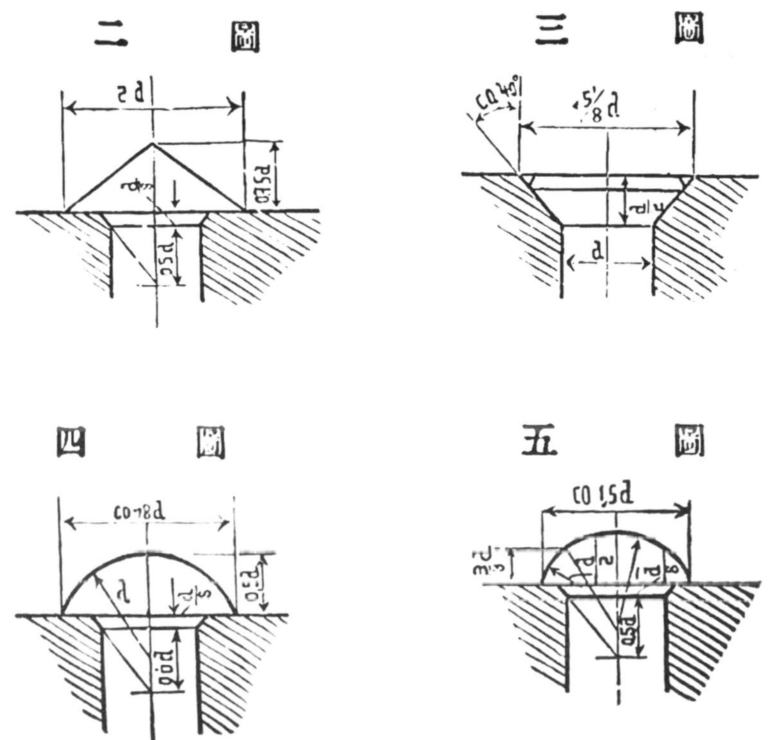

第二、三图呆钉头系用人力制成者，若第四、五图则用机器。

第三节　呆钉交通之目的及其实行之方法

（Zwetk der Nietverbindungen and Ausführungsarten）

1. 取其紧塞不遗者，用呆钉交通（如煤汽柜、水桶等）。

2. 取其坚定不动者，用呆钉交通（如桥梁、屋顶等）。

3. 取其紧塞不遗而又坚定不动者，用呆钉交通（如锅炉）。

机件何以有被呆钉交通之时？

a. 二铁板相交或二铁板搭覆，则用之，如第六图。

b. 二铁板或数铁板撑交，则用之，如七图、八图。

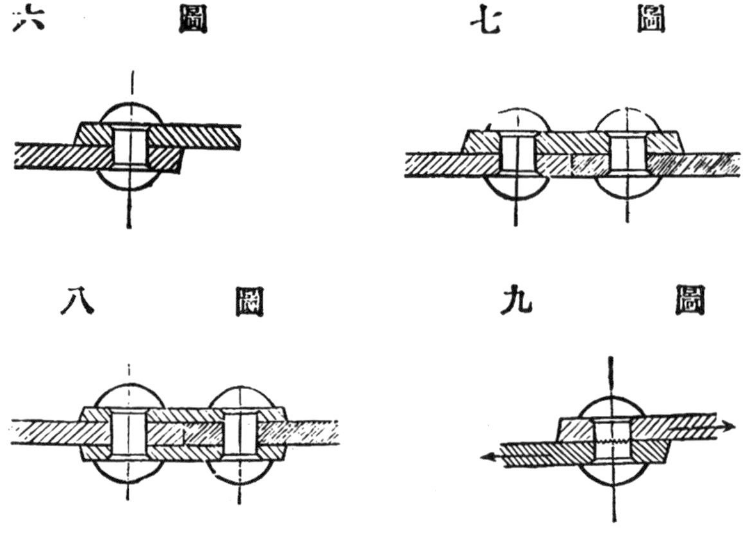

呆钉交通之后，如果钉身弱小，而不能抵抗外来之扯力，其呆钉必断。断之处，必在二板相合之隙线。是以全钉身被断之处，必在此隙线中无疑，如第九图，此种呆钉交通，人谓之为"单截"（einsthnittig）交通。若所合之铁板愈多，则断处亦愈多，如第十图，人谓之为"五截"（fünfsthnittig）

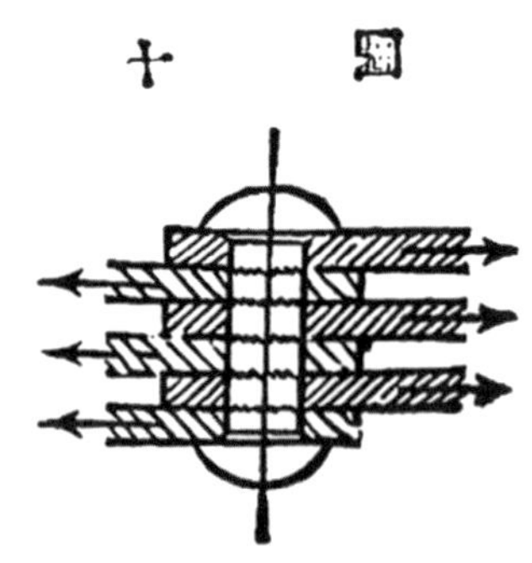

交通。

然人又有以呆钉行数分呆钉交通者，曰"单行呆钉交通"（einreihig），曰"双行呆钉交通"（zweireihig），余可类推。

既知以上二义，而呆钉交通之名乃定。如第十六图曰"单行双截呆钉交通"（einreihig zweisthnittig Nietverbindung），如第十五图曰"三行单截呆钉交通"（dreireihig zweisthnittig Nietverbindung），余仿此。

呆钉之交通，大半为紧塞不遗起见，所以有闭锁头之击也。然闭锁头式甚多，上文已言之。若专为紧塞不遗计，则用第二、三、四各图。若专为坚定不动，则用第五图。

呆钉之用处不一，铁板之厚薄亦不等。假如铁板厚 5mm 者，当隙旁击塞之时，如第十图 a，难免击后不生弹力，苟如是，虽欲求其紧塞不遗而不可得，故用者往往加以 Pb_3O_4 铅三养四（或 Pb_4O_5）之卖宜（Meinige）苎布或油纸等。

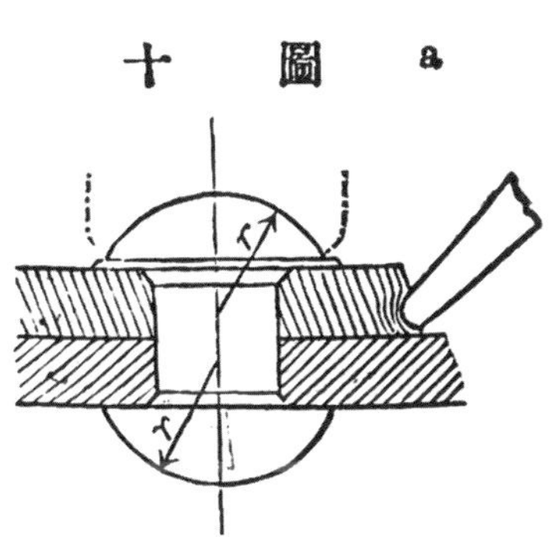

第四节　Festigkeit einer Nietverbinduny

若谓呆钉交通之缝，日后或有摇动之日，必先有下三弊：

1. 或者呆钉交通之后而所生之摩擦阻力不甚大，或者所施之压力甚小，以致闭锁头未能紧塞；或者呆钉之身体微弱，不能以抵抗外来之扯力。

外来之扯力即为钉身所受之剪力（Abstherung），故欲保全钉身者，先除剪力。

t = 此呆钉中线至彼呆钉中线铁板长方之距离

P = 外来之扯力

如第十一图呆钉横截为 $\dfrac{d^2\pi}{4}$，以抽力计（anf Sthub），所以：

$$P = \dfrac{d^2\pi}{4} \cdot ks$$

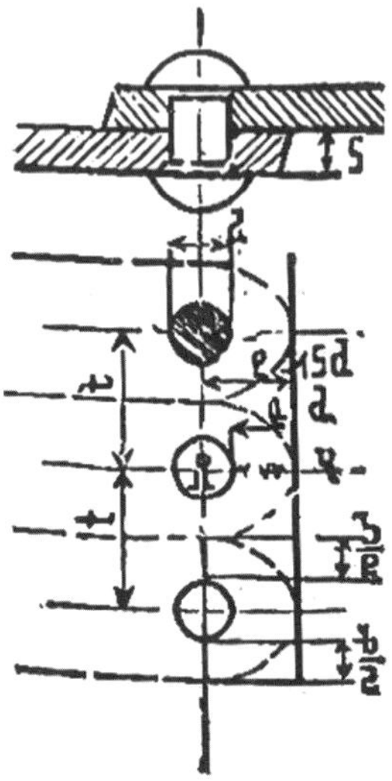

2. 如果该铁板从 A—A 处拆裂，则是未知算呆钉之式，如第十一图，若能令 a = d，而 e = 1.5 d，则断无此弊矣。

3. 铁板因钻孔之害，将来或有裂边之时，其裂线必与钉行相同，因铁板支持力面（Tragflathe），此时仅得：

$$2\,\dfrac{b}{2} \cdot s = b \cdot s，所以：$$

$$P = b \cdot s \cdot k_z$$

因 $b = t - d$，而 $P = （t - d）\cdot s \cdot k_z$

支持力面之比例，计者须作完全无阙之铁板观，如 $t \cdot s$，人谓此种算式为钉缝（Nietnaht）之优比例（Guterverhältnis）φ

$$\varphi = \dfrac{(t - d) \cdot s}{t \cdot s} = \dfrac{t - d}{t}$$

既知 φ 之大小，从此可知铁板因钉孔所失其支持力面之大小矣，代入上式得：

$$P \cdot = \varphi \cdot t \cdot Sk_z$$

第五节　呆钉交通之算法（Beretehnung einer Nietverbindung）

算呆钉之法，不外乎先计其铁板之厚薄，后定其呆钉之大小。今将巴哈氏（Bath）所定之算式照录于下：

单截

$$d = \sqrt{50 \cdot s} - 4\text{mm}$$

$$\left.\begin{array}{l} d = \text{呆钉全径} \\ s = \text{铁板之厚} \end{array}\right\} \text{均以米里达计 mm}$$

双截单行

$$d = \sqrt{50 \cdot s} - 5\,\text{mm}$$

双截双行

$$d = \sqrt{51 \cdot s} - 6\,\text{mm}$$

因此而得单截呆钉交通之定数

$$s = 10\ 11\ 12\ 13\ 14\ 15\ 16\ 17\ 18\ 19\ 20\ 21\ 22\ 23\ 24\,\text{mm}$$

$$d = 18\ 19\ 20\ 21\ 22\ 23\ 24\ 25\ 26\ 27\ 28\ 29\ 30\ 31\ 32\,\text{mm}$$

至于择呆钉之距离远近，请观下五则：

I 单行单截呆钉交通，如第十二图，若 s 在 5 至 17mm 之间，则：

$$t = 2 \cdot d + 8\,\text{mm}$$

II 双行单截呆钉交通，若 s 在 8 至 24mm 之间，如第十三图之字形（Zitkzatknietung）呆钉交通，则：

$$t = 2.6 \cdot d + 15\,\text{mm} \quad e = 0.6 \cdot t$$

如第十四图链形（Kettennietung）呆钉交通，则：

$$t = 2.6 \cdot d + 10\,\text{mm} \quad e = 0.8 \cdot t$$

III 三行单截呆钉交通，如第十五图，若 s 在 16 至 30mm 之间，则：

$$t = 3 \cdot d + 22\,\text{mm} \quad e = 0.5 \cdot t$$

IIII 三行双截呆钉交通，如第十六图，若 s 在 8 至 20mm 之间，则：

$$t = 2.6 \cdot d + 10\,\text{mm}$$

至于撑板厚（Lasthenstarke）s 约为 0.6 或 0.7 · s。

V 双行双截呆钉交通，若 s 在 13 至 26mm 之间，如第十七图，则：

$$t = 3.5 \cdot d + 15\text{mm} \quad e_1 = 0.5 \cdot t \quad e_2 = 1.35 \cdot d \quad e_3 = 1.5 \cdot d$$

如第十八图，则：

$$t = 5d + 15\text{mm} \quad e_1 = 0.4 \cdot t \quad e_2 = e_3 = 1.5 \cdot d$$

呆钉交通之后，或有不能极其紧塞，故有隙旁击塞之举。当敷设撑板之时，务必截成凹凸弯形（Sthweft），以便凿击，如第十八图。然此种钉行疏密不一，即优比例不等，所以：

$$\varphi = \frac{0.5 \cdot t - \left(\dfrac{d}{2} + \dfrac{d}{2} \right)}{0.5 \cdot t} = \frac{0.5 \cdot t - d}{0.5 \cdot t} = \frac{t - 2 \cdot d}{t}$$

优比例既定，然亦有时而增加之，譬如单行单截之呆钉交通：

$$s = 16\text{mm} \quad d = 24\text{mm}$$

$$(\, t = 2 \cdot d + 8 = 2 \cdot 24 + 8 = 56\text{mm} \,)$$

$$\varphi = \frac{56 - 24}{56} = 57\%$$

如第十三图，铁板为等面，而呆钉交通为双行单截者，则：

$$(\, t = 2.6 \cdot d + 15 = 2.6 \cdot 24 + 15 = 77\text{mm} \,)$$

$$\varphi = \frac{77 - 24}{77} = 69\%$$

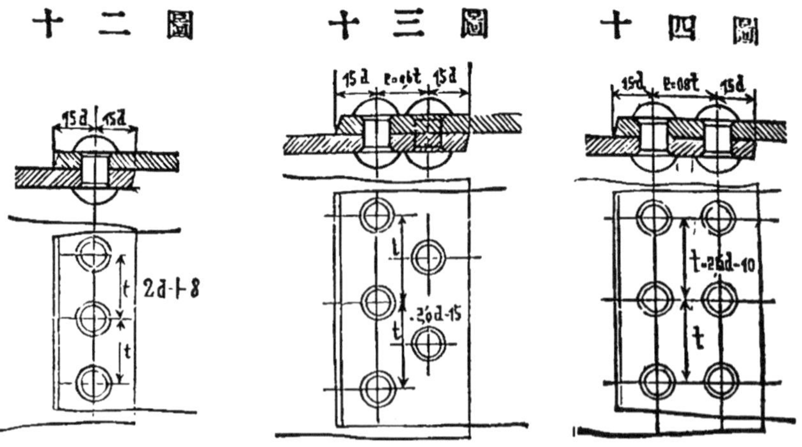

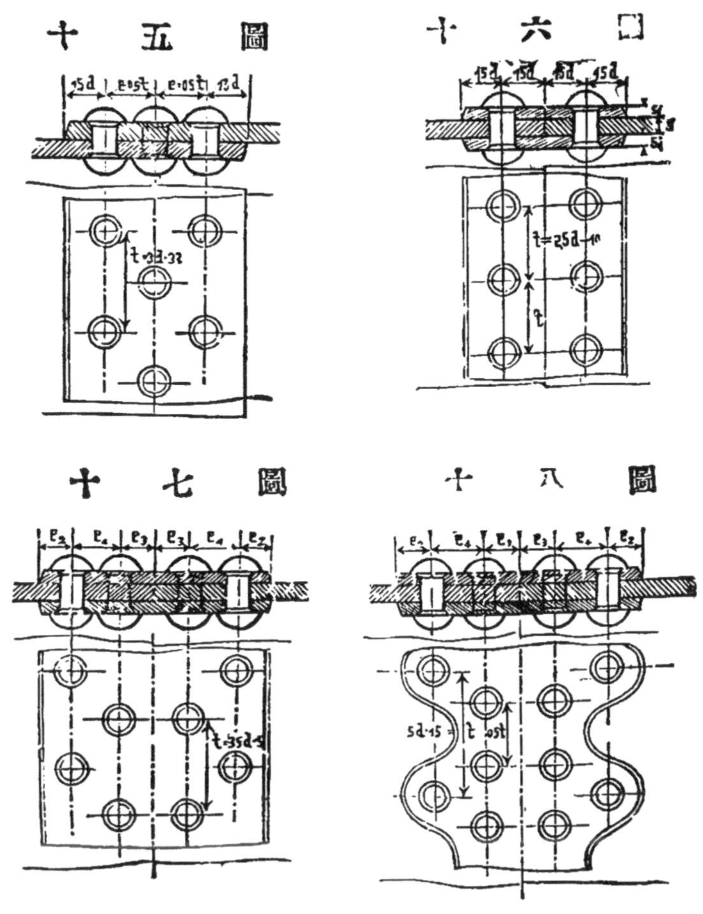

第六节　三铁板之遇合（Dreiplattenstoss）

如第十九图所绘之模型（sthematisth），乃为锅炉插筒形，先将铁板围成筒形，用长缝呆钉交通以制之后，又将此筒插入彼筒，用

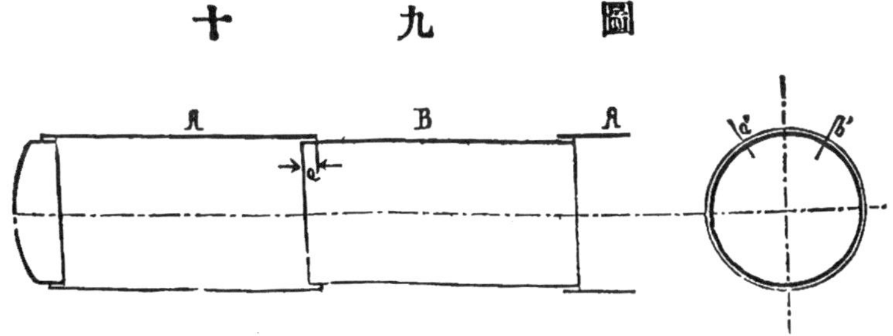

圆缝（或横缝）呆钉交通以接之，当此长缝与圆缝交钉之时，必有三层铁板相会于一处（观图自明），故谓之为三铁板之遇合。

如第二十图，B 筒之外周，令其与 A 筒之内周大小相等，以便插钉，而 a 为插钉之深面，制成平斜尖头形。如第二十一图，外缝板令其为自然之物理，仅于 a 处，则制成平斜尖头形。如第二十二图，令其外缝板纯属自然物体，而内缝板则制成平斜尖头形。至于长缝 A 与 B，令其相合为一，绝少形迹如 a′、b′，否则必四铁板相会于一处。

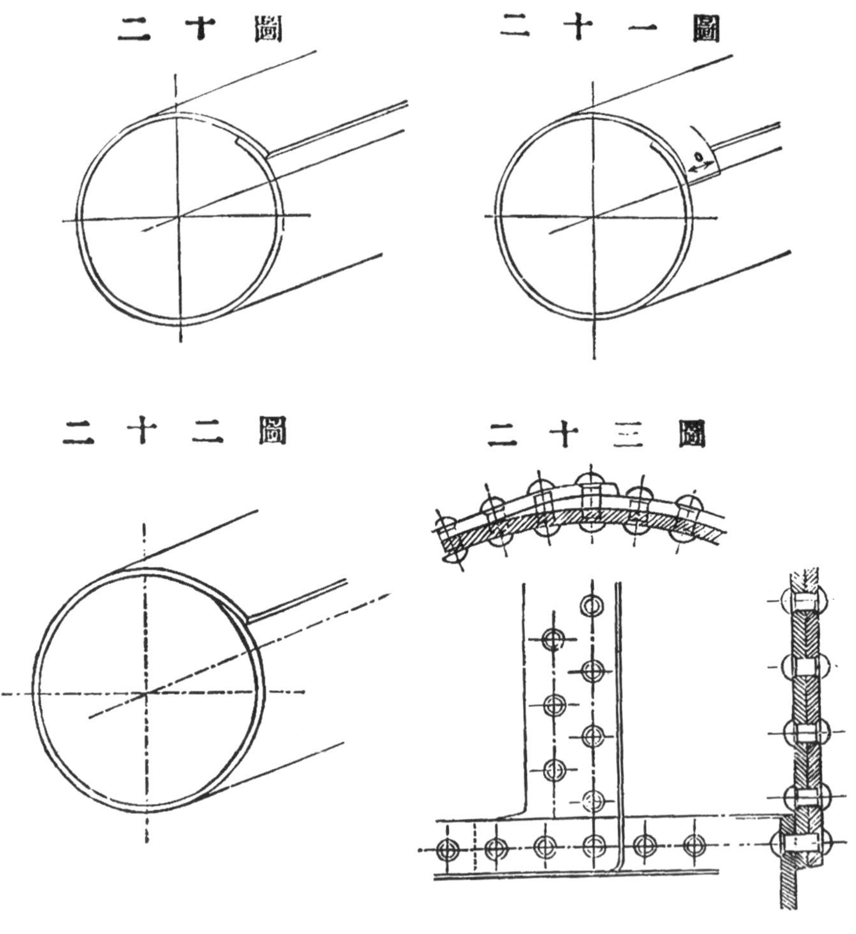

如第二十三图，为双行长缝并单行横缝之平斜尖头式。

如第二十四图，为双撑板三遇合板之式，令其于遇合板之中，较他处稍为密钉呆钉以厚支力。

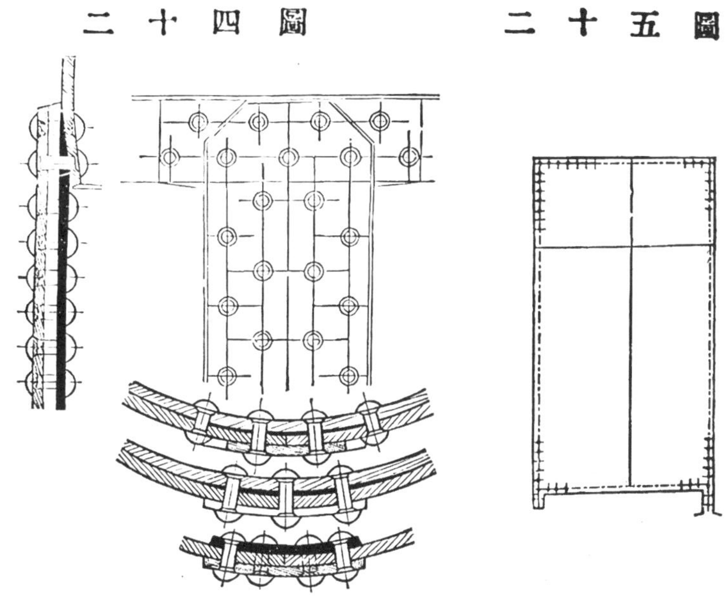

二十四图　　二十五图

第七节　铁轨之与呆钉交通（Vernietungen von Walzprofilen）

二十六图　二十七图　二十八图　二十九图　三十图

如第二十六图为"工"铁轨（或云"工"字形铁轨）。

如第二十七图为"T"铁轨。

如第二十八图为"匸"铁轨。

如第二十九图为等边铁轨。

如第三十图为不等边铁轨。

今世之工程家所用之铁质支持 Träger，均用以上各铁轨合成之，如第三十一、三十二、三十三各图。

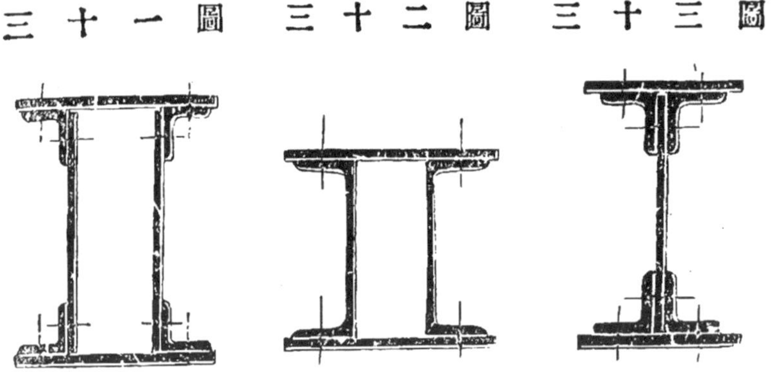

如钉为鼓形角（Fördertrommel）者制圈（Bremkranz）为"匸"铁轨，支干亦为"匸"铁轨，如第三十四图。

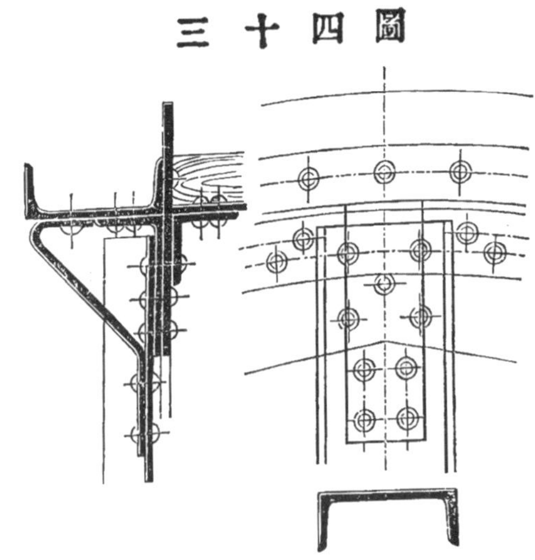

有用以为钉水桶者，则用角形铁轨，如第三十五图。而削为平斜尖角，如第三十六图，将缝之遇合插板，而削为平斜尖头。

三 十 五 圖　　三 十 六 圖

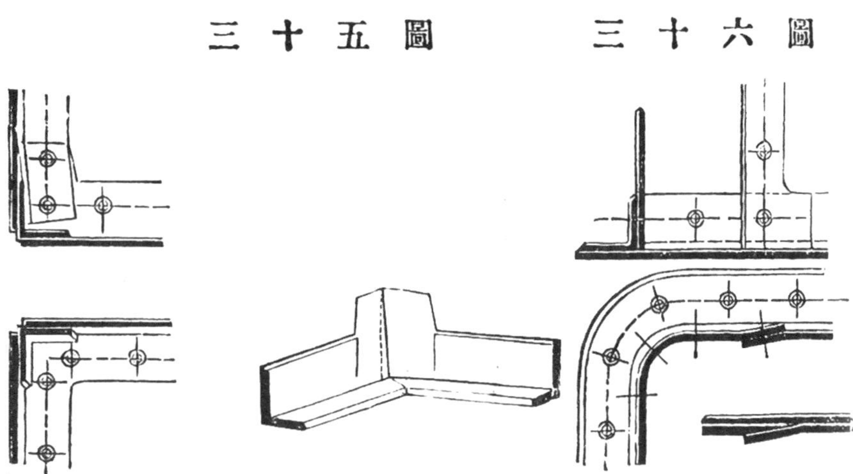

如第三十七图，乃为水桶之厚板，钉之则成为第三十八图之角式。至于撑搭板以及插头处 a 须照第三十九图制成斜式。

三 十 七 圖

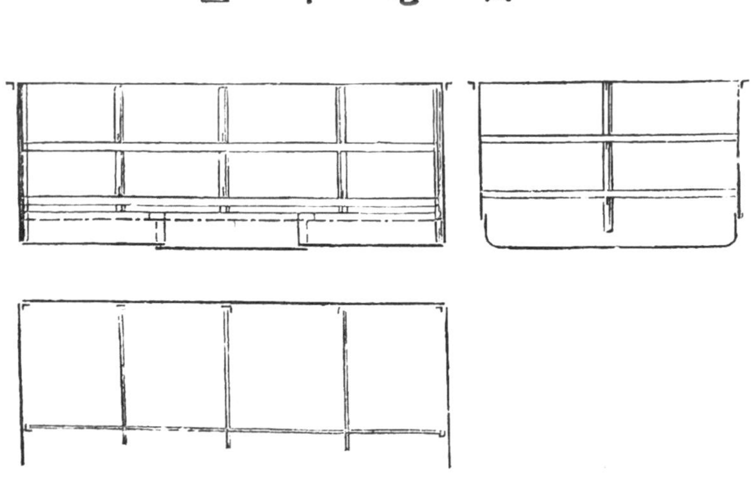

三 十 八 圖　　　　　三 十 九 圖

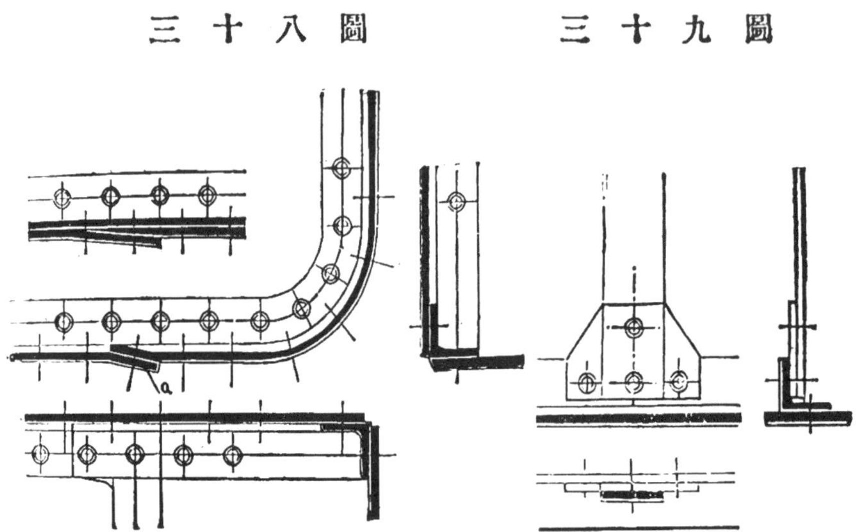

至于呆钉距离之远近，在用者善择若蒸汽锅炉之钉缝，兹定为
3・d＋5mm。

第八节　习题（Beispiel）

今有蒸汽锅炉，全径为 2000mm，汽力数为 8 气压（＝8 atmosphäristher Überdrutk），试问该锅炉铁板应需若干厚？呆钉应需若干大？呆钉距离应需若干远？钉缝之优比例又得若干数？

（解"气压"二字）以 1 启罗（kg）之力压于 1 生的米达之面积（cm^2），此之谓启罗压于生的米达之面积（kg/cm^2），1 气压等于 1 启罗压于 1 生的米达之面积（$1atm＝1kg/cm^2$）。

试算 Angenomen k_z ＝ 700kg/qcm

k_z 即该铁质可受之力

试估 gesthätzt　$\varphi＝70\%$

$$s = \frac{D \cdot p}{2 \cdot \varphi \cdot k_z} = \frac{200 \cdot 8}{2 \cdot 0.7 \cdot 700} = 1.64 \ cm = \infty \ 17mm$$

$$d = \sqrt{50 \cdot s} - 4 = 25mm$$

所择之之字形呆钉长缝，如第十三图：

$$t = 2.6 \cdot d + 1\,5 = 80\text{mm}$$

以所得呆钉通径之数，及其呆径距离之数，代入优比例：

$$\varphi = \frac{t-d}{t} = \frac{80-25}{80} = 68.7\%$$

观此 68.7% 之数，与上文所试估之数，相去不甚悬绝，该锅炉铁板之厚约得 17mm。若求其与算式相符则为 16.4mm。

单行单截呆钉交通之圆缝，如第十二图，则：

$$t = 2 \cdot d + 8 = 58\text{mm}$$

$$\varphi = \frac{t-d}{t} = \frac{58-25}{58} = 56\%$$

所以圆缝呆钉之数不必与长缝呆钉之数相等，仅取其半足矣。

所以：$\dfrac{70}{2} = 35\%$

第二编　进闩与进闩之交通（Keile und Keilverbindungen）

泛论

何谓进闩（Keil）？取其闩之旁有进线也（Anzug）。其进线之算式为 $\mathrm{Ag} \propto = \dfrac{h}{l}$。有单进线者，如第四十图；有双进线者，如第四十一图。太用处之目的不同，闩之形式各异，即命名亦殊。有用为追进者，名为追进进闩（Stellkeile）；有定为坚定者，名为坚定进闩（Befestigungskeile）。总之，无论为何种进闩，其进线之比例，约自 $\dfrac{1}{5}$ 至 $\dfrac{1}{200}$ 不等。

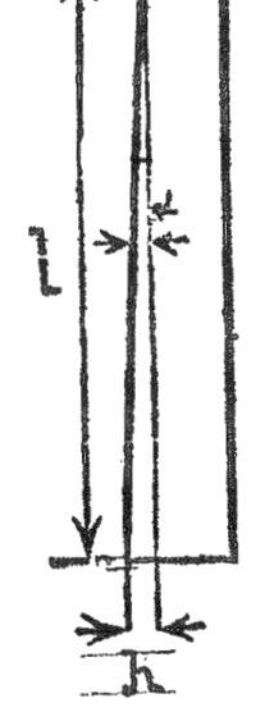
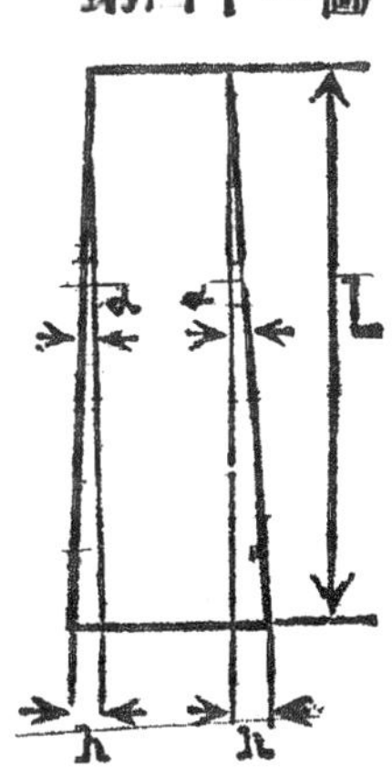

如该进闩为追进，则进线斜度必高，故用此进闩者，务须于进闩旁，加以横挡之螺钉以制之，如第四十一图 A。如坚定进闩，而进线斜度不甚高者（$\frac{1}{30}$ 至 $\frac{1}{50}$），则即就进闩摩擦面之力，以阻其退路。

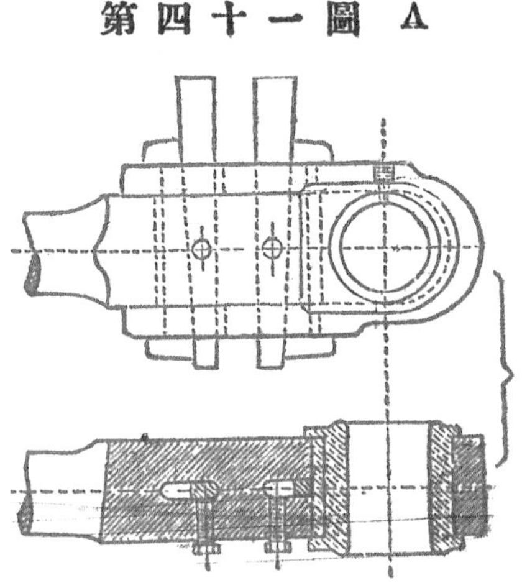

第四十一圖 A

然而机器家为机久安起见，故往往于闩头加小横楔（或云挡闩，Splinte），如第四十一图 B。如果该闩进线斜面而在 $\frac{1}{100}$ 或 $\frac{1}{200}$ 之间，虽不加小横楔，而亦妥稳。

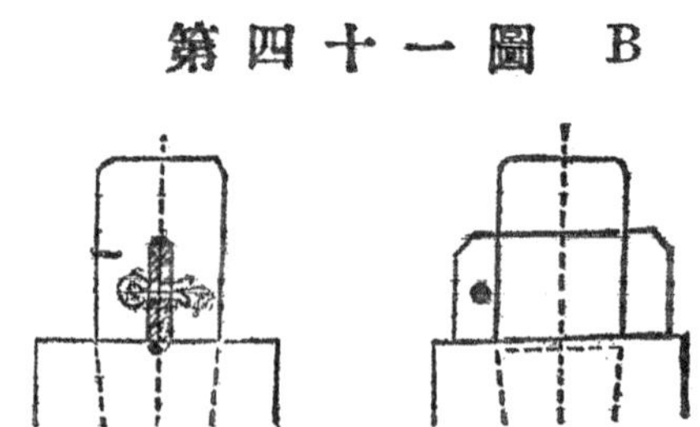

第四十一圖 B

第一节　坚定进闩（Befesgtinngskeile）

坚定进闩，必有定处以支持所受外来之力。无论其为横进闩或长进闩，其理固然也。欲明此理，请分言此二者。

（a）横进闩（Querkeile）

如第四十二图，为铁杆交通（Gestänge verbindung）之横进闩，其进线为 $\frac{1}{20}$ 至 $\frac{1}{40}$。若第四十三图，乃为实行铁杆交通之横进闩，且附有保险小挡闩。

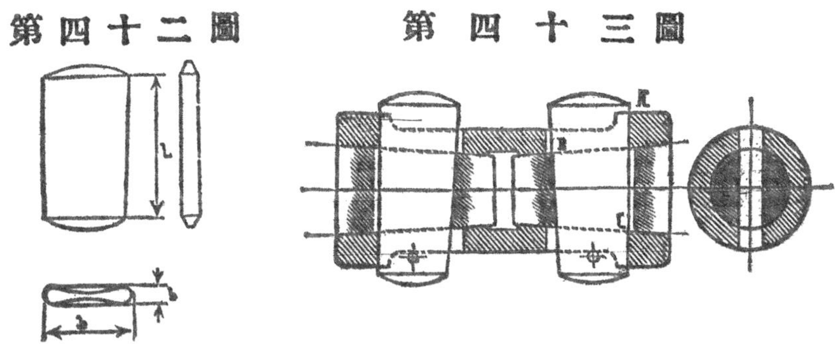

第四十二图　　第四十三图

虽然，此种横进闩，其支持所受之外来力不外三处，如 ABC，且穿凿该孔，费时甚多，即成本甚重。若如第四十四图，虽制者较易于前，然不若第四十五、四十六图为尤易，因杆孔直面而贯，斜面在于左右之陪闩故也。

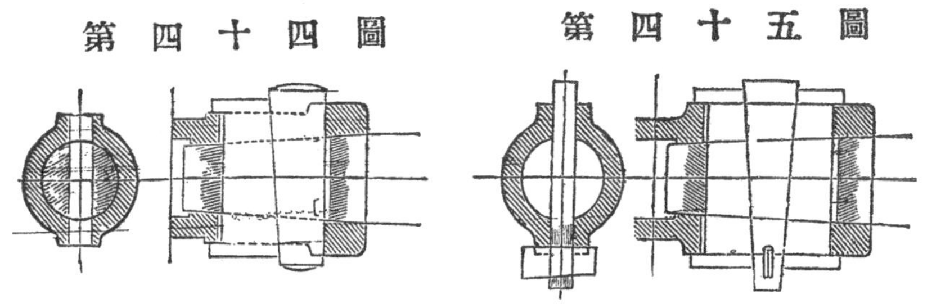

第四十四图　　第四十五图

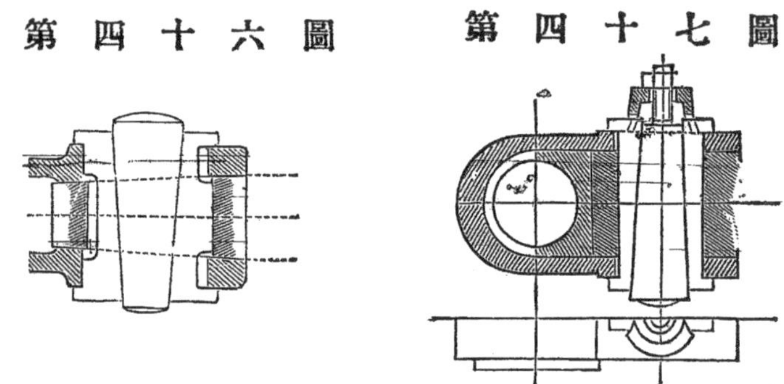

若为追进进闩，人往往制成螺钉头，以持其坚定之力，与夫追进之方，并可兼为保险之小挡闩。如第四十七图是。

附习题

有二铁杆，全径为 80mm，今欲彼此接合，可通渡 12000kg 之力。试问进闩交通，其算法若何？

如第四十八图。

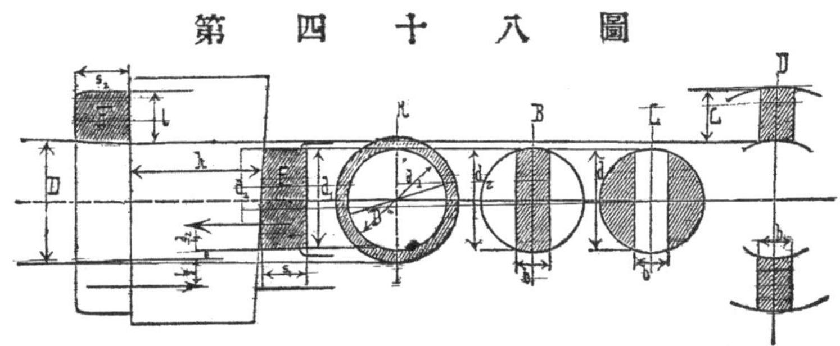

【试算】k（即杆筒之直接压力面）（Flächenpressungim Konus）$=800$kg/qcm

A

$$\left(\frac{D^2\pi}{4} - \frac{d_1^2\pi}{4}\right)\ k = P; \qquad \left(\frac{8^2\pi}{4} - \frac{d_1^2\pi}{4}\right)\ 800 = 12000; \qquad \frac{d_1^2\pi}{4} = 35$$

$$d_1 = 6.68 = \smallsmile 65\text{mm}.$$

【试算】k（即横进闩压力面直接于铁杆）（Flächenpressung von Keil auf Stange）＝800kg/qcm　　　　　　　　　　　　　　B

$$b \cdot d_2 \cdot k = P; \quad b \cdot 6.8 \cdot 800 = 12000; \quad b = 2.2cm = 22cm.$$

铁杆因凿闩孔之故，其原支持力面已弱。　　　　　　　　　　　　C

$$\frac{d_2^2 \pi}{4} - b \cdot d = \frac{6.8^2 \pi}{4} - 6.8 \cdot 2.2 = 21.3$$

然而此处横剖面所受之扯力为 $\frac{12000}{21.3} = 560kg/qcm$ ）　　（适用）（zulässig）

【试算】k（即横进闩之压力面直接于包筒）（Flächenpressug von Keil auf Hülse）＝800kg/qcm　　　　　　　　　　　　D

$$2 \cdot b \cdot l \cdot k = P; \quad 2 \cdot 2 \cdot l \cdot 800 = 12000; \quad l = 3.4cm = \smallsmile 35mm.$$

【试算】k_b（即横进闩所受之屈力）（Biegungsbeans pruchung des Keils ＝900kg/qcm）

$$\frac{P}{2} \cdot a = \frac{1}{6}b \cdot h^2 k_b; \quad a = \frac{d_2}{4} + \frac{l}{2} + m = \smallsmile 4.1cm \quad \frac{12000}{2} \cdot 4.1 = \frac{1}{6} \cdot 2.2 \cdot h^2 k_b$$

$$H_2 = \frac{12000 \cdot 4.1 \cdot 6}{2 \cdot 2.2 \cdot 900} = 74.5h = 8.7cm = \smallsmile 90mm.$$

【试算】k_s（即铁杆所受之抽力）（Schubbeansindchung in der Stange）＝300kg/qcm　　　　　　　　　　　　　　E

$$2 \cdot d_1 \cdot s_1 \cdot k_2 = P; \quad 2 \cdot 6.5 \cdot s_1 \cdot 300 = 12000; \quad s_1 = 3cm = \smallsmile 30mm.$$

【试算】k_s（即包筒所受之抽力）（Schubbeanspruchung in der Hülse）＝250kg/qcm　　　　　　　　　　　　　　F

$$4 \cdot l \cdot s_2 k_s = P; \quad 4 \cdot 3.5 \cdot s_2 \cdot 250 = 12000; \quad s_2 = 3.4cm = \smallsmile 3.5mm.$$

附铁质适受力表

pro mm^2

力名		溶铁	流从	铁至	流从	钢至	铸从	钢至	铸铁	含磷之锡铜	炮质之锡铜	
拉力 （Zug ks）	I	900	900	1200	1200	1500	600	900	300	750	300	
	II	600	600	800	800	1000	400	600	200	500	200	
	III	300	300	400	400	500	200	300	100	250	100	
压力 （Druck k）	I	900	900	1200	1200	1500	900	1200	900	·	·	I为静力
	II	600	600	800	800	1000	600	900	600	·	·	
挠力或 屈力 （Biegung kb）	I	900	600	1200	1200	1500	750	1050	·	750	300	II为动力
	II	600	600	800	800	1000	500	700	·	500	200	
	III	300	300	400	400	500	250	350	·	250	100	
抽力 （Schub ks）	I	720	720	960	960	1200	480	840	300	·	·	III为换力
	II	480	480	640	640	800	320	560	200	·	·	
	III	240	240	320	320	400	160	280	100	·	·	
转力 （Drehung kd）	I	360	600	840	900	1200	480	840	·	300	·	
	II	240	400	560	600	800	320	560	·	200	·	
	III	120	200	280	300	400	160	280	·	100	·	

（b）长进闩（Längskeile）

长进闩之用处，多为坚紧轮毂（Räder）皮带轮（Riemenscheibe），等于短轴（Achse）及长轴（Welle）之体，令其同转同停，不至异向，其进线大约$\frac{1}{100}$，无保险之小挡闩。

如第四十九图，名曰鼻形闩

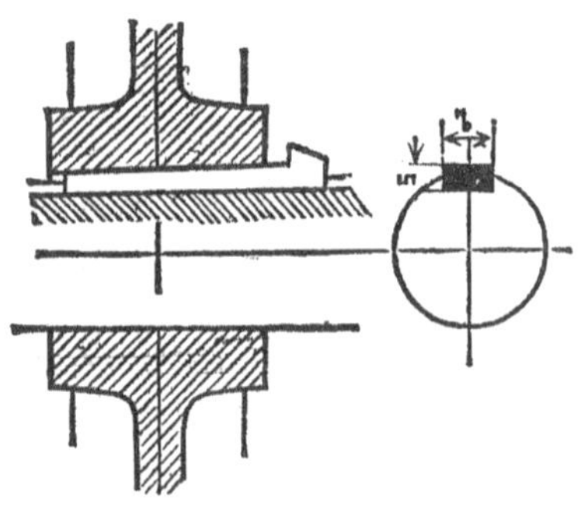

第 四 十 九 圖

（Nasekeil），此闩甚便，且制造不难，故今人用此式者，各厂皆然，其公用算式为：

$$b = 0.8\sqrt{d} \text{ 至 } 1\sqrt{d} \text{ 或 } s = 0.5\sqrt{d} \quad d$$

用 cm

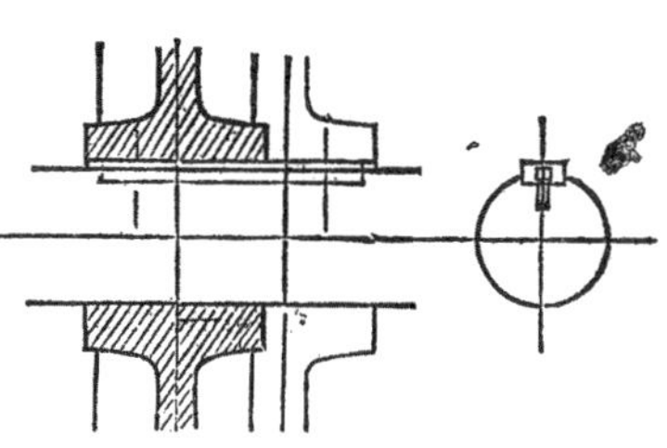

第 五 十 圖

亦有于长进闩，不制成进线，而仅为长方体者，名曰弹片（Feder，又云附闩）。弹片之用，便于轮毂有时依轴向进退，毋须锤击，如第五十图。

第 五 十 一 圖　　第 五 十 二 圖　　第 五 十 三 圖

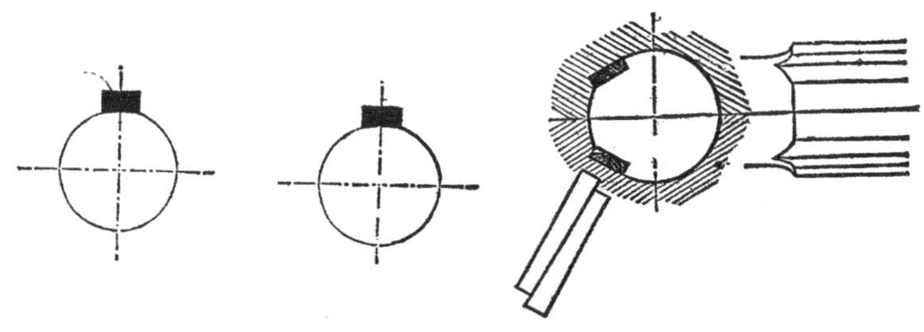

如第五十一图，为凹形长进闩（Hohlkeil）。

如第五十二图，为平方长进闩（Flachkeil）。

如第五十三图，乃为切线长进闩（Tangentialkeil）。此闩最适于用，且较他闩为利有二：

（一）所凿之凹道不深，于长轴体无甚损伤。

（二）渡力之面甚宽。

有此二利，故今日机器家，无论何国，若遇渡巨力之时，均用此式。

此闩共制成四件，每二件互合为一闩。二闩相距至少在一百二十度以外（译者按：亦有相距为九十度者）。既有此二闩，无论左转或右转，轮与长轴同向同时而行，不至歧趋或落后，若果该轮系二毂相合而成，即该二闩务须每毂分置，切勿将二闩同处一毂。

第二节　追进进闩（Stellkeile）

追进进闩之进线，斜面最陡 $\dfrac{1}{5}$ 或 $\dfrac{1}{10}$ 不等，其追进之法，均用螺钉，请参观机座抽焊十字头各节自明，图说见后。

第三编　螺钉与螺钉之交通

（Schrauben und Schraubenverbindungen）

泛论

观下第五十四图，可知螺钉之纹线，即用 h 高勾方，与 D π 长底线之直三角平方形，缠于 D 径圆形体上，而令纹之始点与终点，彼此与 h 相合而成，h 为行高（Ganghöbe），a 为倾斜角（Neigungswinkel）。设螺线自左下向右上转者，谓之为右行螺纹（Rechtsgängige Schraubenlinien）。如第五十四图，自右下向左上转者，谓之为左行螺纹（Linksgängige Schraubenlinien）。

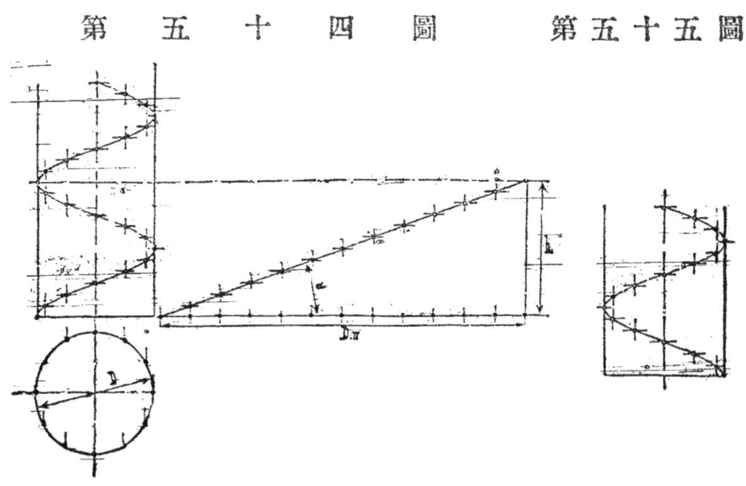

　　夫以直三角平方面缠于圆形体而成螺纹，若以直三角平方体缠于圆形而成螺钉，此自然之理也。直三角平方体之螺钉，如第五十六、五十七、五十八图，均为锐角纹（Scharfgängig Gewinde）。方形或直角（Quadrat – oder Rechteckfläche）之螺钉，如第五十九图，为钝角纹（或平角纹，Flächgängig Gewinde）。如第六十图，为不等边形纹（Trapezgewinde）。如第六十一图，为圆角纹（Abgrundetes Gewinde）。

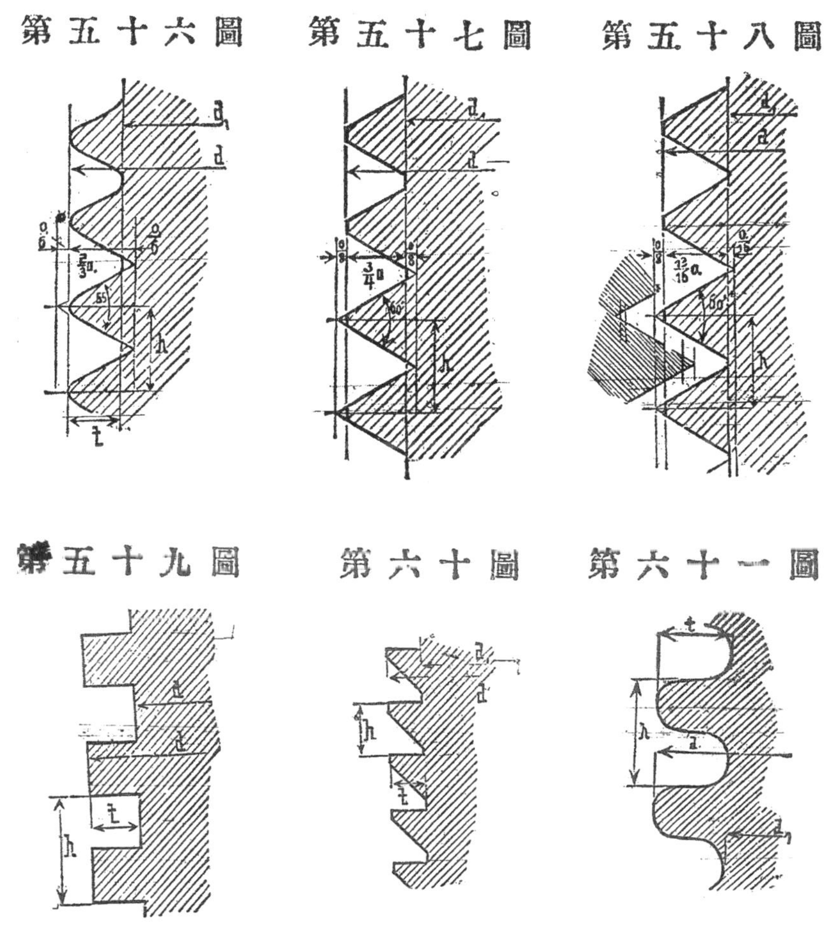

d_1 = 螺心径（Kerndurchmesser）

d = 螺身径（äusser Gewindedurchmesser）

$t = \dfrac{d - d_1}{2}$ = 螺行深（或螺纹深，Gangtiefe oder Gewindetiefe）

h = 螺行高（Ganghöhe）

今人分螺钉之法有二：

A. 坚定螺钉（Befestigungsschrauben）

B. 转动螺钉（Bewegungsschrauben）

坚定螺钉，须用锐角纹，取其螺身与螺母相合，能生极大之摩擦力。盖摩擦力愈大者，其螺钉之交通愈固。

转动螺钉，则用钝角纹，而用多数之平行螺行，而令各行高行深彼此相等，但倾斜角较他种螺钉甚大，如第六十二图。

如该螺钉所受之力，仅压抑于一方面者，则宜用不等边形螺纹。

圆角纹之螺钉，常用于火车或铁路之上，取其能耐尘埃，不至损伤（译者按：小电灯转口处亦均用此式）。

第 六 十 二 圖

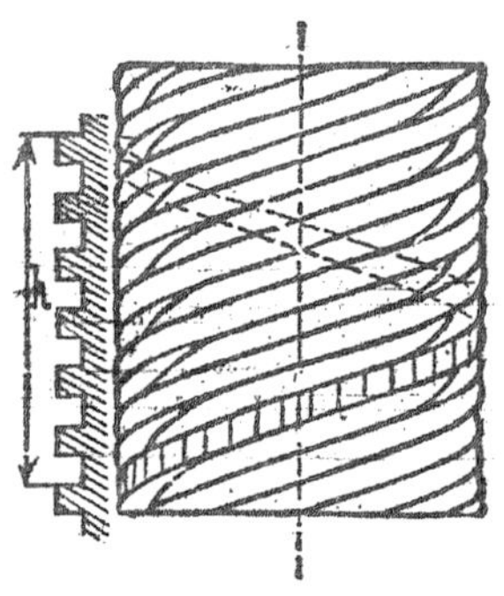

第一节　螺纹组织之法（Gewindesysteme）

螺纹组织之法，地球各国所用不同，然总不外乎此三者。

（一）Whiworthsche Gewinde（威贺特氏螺纹），德国、英国

用之。

（二）Sellersche Gewinde（色呀氏螺纹），美国用之。

（三）S. I.（System International）Gewinde（万国螺纹公法）〔译者按：一八九八年十月，欧洲各国机器家代表相会于德国之联邦处里溪（Zurich），议定此式，奈各国相仍旧法，故新章至今尚未奉行。〕

威贺特氏螺纹，如第五十六图，纹角（Kantenwinkel）为55°，角尖圆为$\frac{1}{6}$。

色呀氏螺纹，如第五十七图，纹角为60°，角尖圆为$\frac{1}{8}$。

万国螺纹公法，如第五十八图，纹角为60°，角为圆为$\frac{1}{8}$，行深底亦圆为$\frac{1}{16}$。

威贺特螺纹（Whiwarthsches Gewinde）表

螺身径 （d）		螺心径 （d）	螺心面 （$\frac{\pi d_1^2}{4}$）	螺纹数		螺母高 （h_1）	螺头高 （h_0）	钥口宽 （s_0）	$Q=\frac{1}{4}\pi d_1^2 k_z$，若（in kg/qcm）$k_n=480$，$k_z=600$	
engl. Z.	mm	mm	qcm	engl. Z.	d.	mm	mm	mm	kg	kg
$\frac{1}{4}$	6. 35	4. 72	0. 175	20	5	6	4	13	85	105
$\frac{5}{16}$	7.94	6. 13	0. 295	18	$5\frac{5}{8}$	8	6	16	140	175
$\frac{3}{8}$	9. 52	7. 49	0. 441	16	6	10	7	19	210	265
$\frac{7}{16}$	11. 11	8. 79	0. 607	14	$6\frac{1}{8}$	11	8	21	290	365

（续表）

螺身径 (d)		螺心径 (d)	螺心面 $(\frac{\pi d_1^2}{4})$	螺纹数		螺母高 (h_1)	螺头高 (h_0)	钥口宽 (s_0)	$Q = \frac{1}{4}\pi d_1^2 k_z$，若（in kg/qcm）$k_z = 480$	$k_z = 600$
engl. Z.	mm	mm	qcm	engl. Z.	d.	mm	mm	mm	kg	kg
$\frac{1}{2}$	12.70	9.99	0.784	12	6	13	9	23	375	470
$\frac{5}{8}$	15.87	12.92	1.311	11	$6\frac{7}{8}$	16	11	27	630	785
$\frac{3}{4}$	19.05	15.80	1.961	10	$7\frac{1}{2}$	19	13	33	940	1175
$\frac{7}{8}$	22.22	18.61	2.720	9	$7\frac{7}{8}$	22	15	36	1305	1630
1	25.40	21.33	3.573	8	8	25	18	40	1715	2145
$1\frac{1}{8}$	28.57	23.93	4.498	7	$7\frac{7}{8}$	29	20	45	2160	2700
$1\frac{1}{4}$	31.75	27.10	5.768	7	$8\frac{3}{4}$	32	22	50	2770	3460
$1\frac{3}{8}$	34.92	26.50	6.835	6	$8\frac{1}{4}$	35	24	54	3280	4100
$1\frac{1}{2}$	38.10	32.68	8.388	6	9	38	27	58	4030	5030
$1\frac{5}{8}$	41.27	34.77	9.495	5	$8\frac{1}{8}$	41	29	63	4560	5700
$1\frac{3}{4}$	44.45	37.94	11.31	5	$8\frac{3}{4}$	44	32	67	5430	6780
$1\frac{7}{8}$	47.62	40.40	12.82	$4\frac{1}{2}$	$8\frac{7}{16}$	48	34	72	6150	7690
2	50.80	43.57	14.91	$4\frac{1}{2}$	9	51	36	76	7160	8950
$2\frac{1}{4}$	57.15	49.02	18.87	4	9	57	40	85	9060	11320
$2\frac{1}{2}$	63.50	55.37	24.08	4	10	64	45	94	11560	14450

（续表）

螺身径（d）		螺心径（d）	螺心面（$\frac{\pi d_1^2}{4}$）	螺纹数		螺母高（h_1）	螺头高（h_0）	钥口宽（s_0）	$Q = \frac{1}{4}\pi d_1^2 k_z$，若（in kg/qcm）$k_z=480$	$k_z=600$
engl. Z.	mm	mm	qcm	engl. Z.	d.	mm	mm	mm	kg	kg
$2\frac{3}{4}$	69.85	60.55	28.80	$3\frac{1}{2}$	$9\frac{5}{8}$	70	49	103	13820	17280
3	76.20	66.90	35.15	$3\frac{1}{2}$	$10\frac{1}{2}$	76	53	112	16870	21090
$3\frac{1}{4}$	82.55	72.57	41.36	$3\frac{1}{4}$	$10\frac{9}{16}$	83	58	121	19850	24820
$3\frac{1}{2}$	88.90	78.92	49.92	$3\frac{1}{4}$	$11\frac{3}{8}$	89	62	130	23480	29350
$3\frac{3}{4}$	95.25	84.40	55.95	3	$11\frac{1}{4}$	95	67	138	26860	33570
4	101.60	90.75	64.68	3	12	102	71	147	31050	38810
$4\frac{1}{4}$	107.95	96.65	73.37	$2\frac{7}{8}$	$12\frac{7}{32}$	108	76	156	35220	44020
$4\frac{1}{2}$	114.30	102.98	83.29	$2\frac{7}{8}$	$12\frac{15}{16}$	114	80	165	39980	49970
$4\frac{3}{4}$	120.65	108.84	93.04	$2\frac{3}{4}$	$13\frac{1}{16}$	121	85	174	44660	55820
5	127.00	115.19	104.2	$2\frac{3}{4}$	$13\frac{3}{4}$	127	89	183	50020	62530
$5\frac{1}{4}$	133.35	121.67	116.3	$2\frac{5}{8}$	$13\frac{25}{32}$	133	93	192	55810	69760
$5\frac{1}{2}$	139.70	127.51	127.7	$2\frac{5}{8}$	$14\frac{7}{16}$	140	98	201	61300	76620
$5\frac{3}{4}$	146.05	133.05	139.0	$2\frac{1}{2}$	$14\frac{3}{8}$	146	102	209	66740	83420
6	152.40	139.39	152.6	$2\frac{1}{2}$	15	152	106	218	73250	91560

（续表）

色呀螺纹（Sellersches Gewinde）表

螺身径（d）	螺行高（h）	螺数（n）	螺身径（d）	螺行高（h）	螺数（n）	螺身径（d）	螺行高（h）	螺数（n）
engl. Z.	engl. Z.	engl. Z.	engl. Z.	engl. Z.	engl. Z.	engl. Z.	engl. Z.	engl. Z.
$\frac{1}{8}$	0. 0250	0. 2000	$1\frac{1}{8}$	0. 1429	0. 1270	$3\frac{1}{4}$	0. 2857	0. 0879
$\frac{3}{16}$	0. 0417	0. 2222	$1\frac{1}{4}$	0. 1429	0. 1143	$3\frac{1}{2}$	0. 3077	0. 0879
$\frac{1}{4}$	0. 0500	0. 2000	$1\frac{3}{8}$	0. 1667	0. 1212	$3\frac{3}{4}$	0. 3333	0. 0889
$\frac{5}{16}$	0. 0556	0. 1778	$1\frac{1}{2}$	0. 1667	0. 1111	4	0. 3333	0. 0833
$\frac{3}{8}$	0. 0625	0. 1667	$1\frac{5}{8}$	0. 1818	0. 1119	$4\frac{1}{4}$	0. 3478	0. 0818
$\frac{7}{16}$	0. 0714	0. 1633	$1\frac{3}{4}$	0. 2000	0. 1143	$4\frac{1}{2}$	0. 3636	0. 0808
$\frac{1}{2}$	0. 0769	0. 1538	$1\frac{7}{8}$	0. 2000	0. 1067	$4\frac{3}{4}$	0. 3810	0. 0802
$\frac{9}{16}$	0. 0833	0. 1481	2	0. 2222	0. 1111	5	0. 4000	0. 0800
$\frac{5}{8}$	0. 0909	0. 1455	$2\frac{1}{4}$	0. 2222	0. 0988	$5\frac{1}{4}$	0. 4000	0. 0762
$\frac{3}{4}$	0. 1000	0. 1333	$2\frac{1}{2}$	0. 2500	0. 1000	$5\frac{1}{2}$	0. 4211	0. 0766
$\frac{7}{8}$	0. 1111	0. 1270	$2\frac{3}{4}$	0. 2500	0. 0909	$5\frac{3}{4}$	0. 4211	0. 0732
1	0. 1250	0. 1250	3	0. 2857	0. 0952	6	0. 4444	0. 0741

万国螺纹公法（S. I. Gewinde）表

螺身径 （d）	螺心径 （d_1）	螺行高 （h）	螺行深 （t）	钥口宽 （s_0）	螺心面 $\left(\dfrac{d_1^2\pi}{4}\right)$
mm	mm	mm	mm	mm	qcm
6	4.59	1	0.705	12	0.16
7	5.59	1	0.705	13	0.24
8	6.24	1.25	0.88	15	0.306
9	7.24	1.25	0.88	16	0.41
10	7.89	1.5	1.055	18	0.49
11	8.89	1.5	1.055	19	0.62
12	9.54	1.75	1.23	21	0.71
14	11.19	2	1.405	23	0.98
16	13.19	2	1.405	26	1.37
18	14.48	2.5	1.76	29	1.65
20	16.48	2.5	1.76	32	2.13
22	18.48	2.5	1.76	35	2.68
24	19.78	3	2.11	38	3.04
27	22.78	3	2.11	42	4.08
30	25.08	3.5	2.46	46	4.94
33	28.08	3.5	2.46	50	6.2
36	30.37	4	2.815	54	7.25
39	33.37	4	2.815	58	8.75
42	35.67	4.5	3.165	63	9.98
45	38.67	4.5	3.165	67	11.7
48	40.96	5	3.52	71	13.1

如第六十三、六十四图，乃指明画螺纹之法。若用第六十三图法，画者虽便，而用者最易错误。欲免此弊，须用第六十四图。（译者按：德京帝国高等机器大学校所教画螺钉之法，均用第六十三图，若用第六十四图，未免过费时日耳。）

第 六 十 三 圖　　　**第 六 十 四 圖**

第二节　螺母与螺头式（Mutter und Kopfformen）

螺母之高（h），不但等于螺纹径之宽（d），即其坚定支持之性质，亦与螺钉体相同。所用之式，大概均用六角尖锥或球形，而圆其

两头，如第六十五图。其上下六角之方，为弧形，中方弧径为 1.5°d，左、右二方弧径为 0.5°d，与六角边对面平行之线，其距离之远近，即为螺钥匙之口宽（Schlüsselweite S）。

六角边长，较之螺钉径（d）略小，观图自明。若遇小螺钉，则螺母竖线与螺钉体竖线相合为一，无甚大小之分别。若制大螺钉，须遵螺纹表之数以用之（见本报第二期）。如第六十六图，螺母左边为原有之大，右边为应得之大。

螺母之进退，非可以空手旋转也，则螺匙尚焉，如第六十七图。螺匙之转击势，其角为六十度，如第六十八图，乃为实行之式，其角 $\beta = 15°$ 或 $45°$，内 $30°$ 为转击势角。若将该钥匙反而用之，亦为 $30°$，甚便旋转。

若螺母之头，沉末于所受钉之物体，则用插匙（Steekschlüssel），如第六十九图。

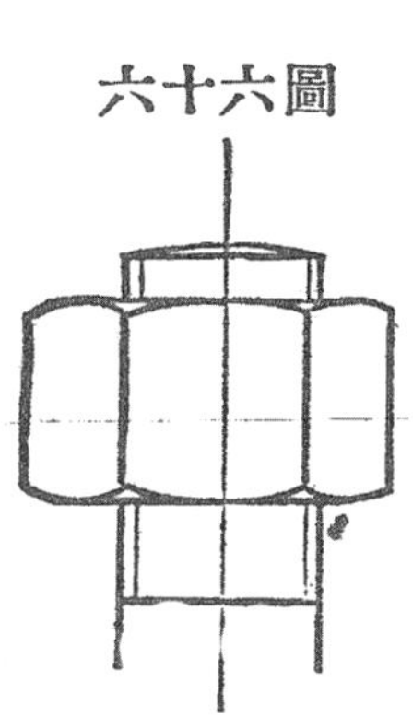

六十六圖

六十七圖

六十八圖

六十九圖

若为四方螺母头，则每次转击势角为直角 $90°$。然此种头式，仅用于小螺钉，若大螺钉，且有制成八角者。

若遇狭窄之处，不足以容正式螺匙，则用第七十图与第七十一图。如第七十图，为用小焊旋转螺母式。如第七十一图，为钮口匙（Hakenschlüssel）。至于欲弃一切螺匙而用手旋转，则如第七十二图。

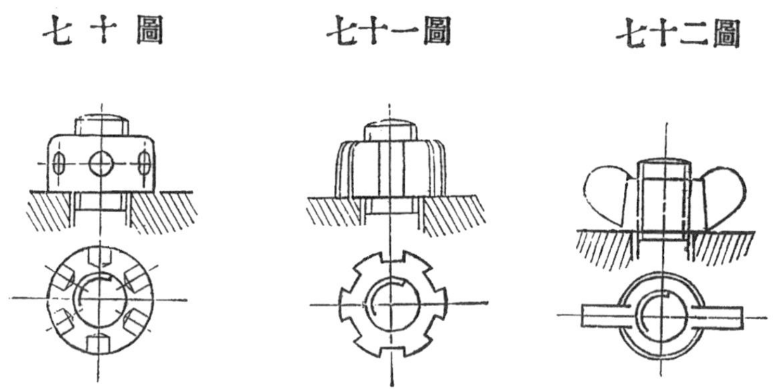

若欲旋螺钉之螺纹，尽行掩覆，则制螺母之式，须如第七十三图而后可。

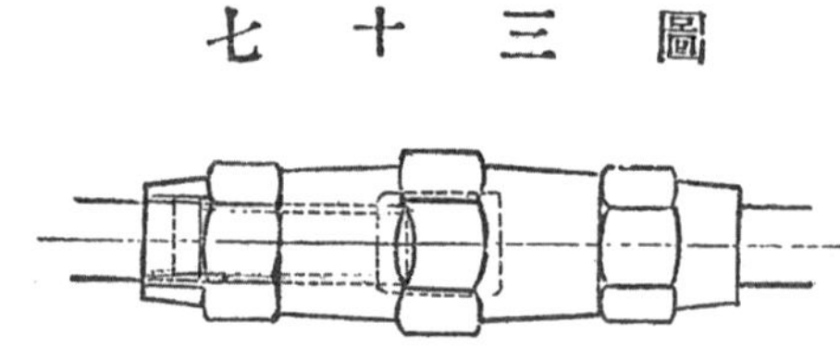

螺母之下，常置有敷钣（Unterlegscheibe），其目的有三：

（I）螺母之进退，往往有伤被钉之面，若用敷钣以为间接，二者可保无虞。

（II）螺钉之孔，常大于螺钉之体，故用螺母以覆盖其孔，俾尽螺母紧进镇静之能力。

（III）凡遇被钉之处，非坚固之质，如木等，则必用敷钣，以代收其压力。

螺钉之头有四方式者。如第七十四图，因螺母旋转之时，螺钉体常与之同时同向而转，故用此式以阻之。亦有用圆头者，如第七十五图。须用横闩，如第七十六图，须附有挡鼻而后可用。

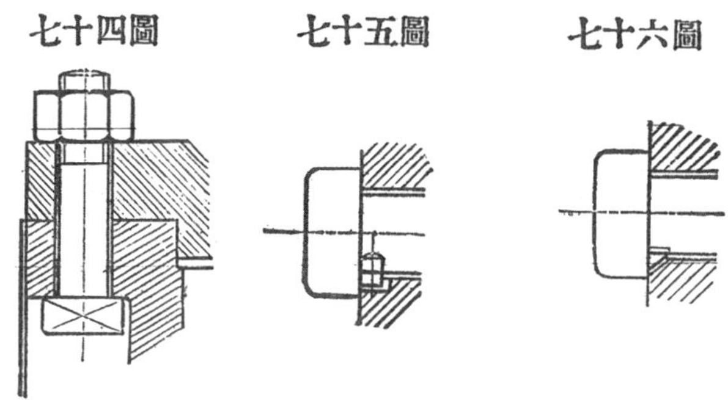

若为悬挂螺钉（Einhängsschrauben），则用锤头（Hammerkopf），如第九十二图。至于螺母须常时上下，而又制有銷焊（Gelenkbolz），以便偃盖者（abklappen），则用第七十七图。若螺钉有时而去其螺母，求其足以自负任其力者，则必该螺钉有横进闩以横挡之，如第七十八图。钮螺如第七十九图，虽属可用，然支持之性不强，最易覆事，吾愿机器家，苟可得已，不如改用他式为妥。

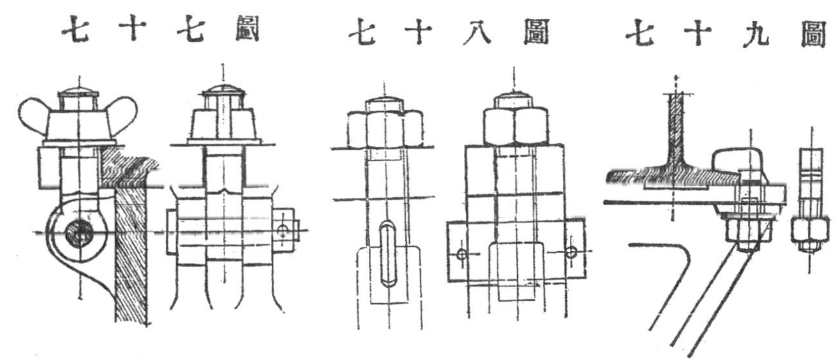

第三节　螺钉式（Schraubensorten）

常人之所谓螺钉者，亦有谓之母螺钉（Mutterschrauben），如第八十图。至于两旁所注之尺度，乃为制螺钉者所必有而不可少者也。如螺头高、螺母高以及钥口宽，此种尺数，专为制非正式

（anormal）螺钉而设，若系正式螺钉，则直可注明英时（Zoll）之数，即可检螺纹表而知其大小矣。

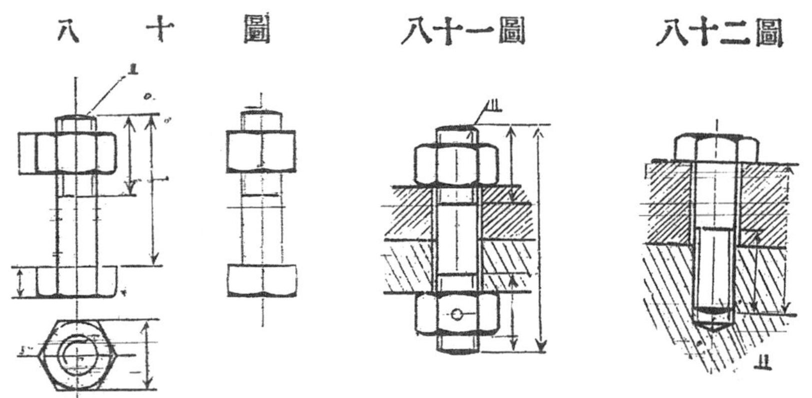

如第八十一图，曰双螺母螺钉，又曰螺母头螺钉。

螺钉仅有头而无母者，如第八十二、八十三、八十四各图，此种螺钉，断不可用之于当紧要机关之处，非但负任之力不足，而亦旋转之力欠紧也。

如第八十五图，乃为焊形螺钉（Stiftschrauben）。

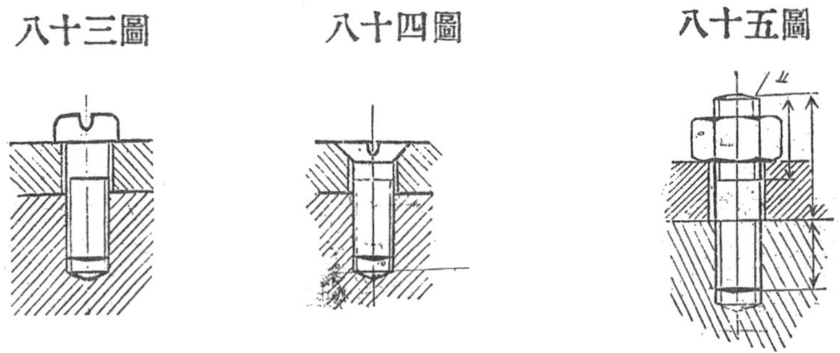

今欲交通二机件，其距离定数，毫厘不易，则须用立钉（Stehbolz），如第八十六、八十七图。

如有三机件交通为一，则此种螺钉，非可长短任意，如第八十八图。

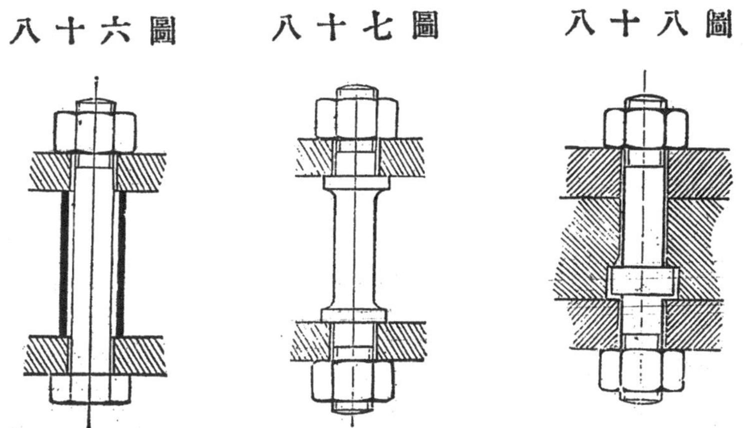

钉泥墙（Mauerwerk）或基础（Fundament）之螺钉，则用第八十九图之式，名曰石钉（Steinschrauben）。然制造此种石钉，成本颇贵，欲求廉者，则用第九十、九十一图之钉。

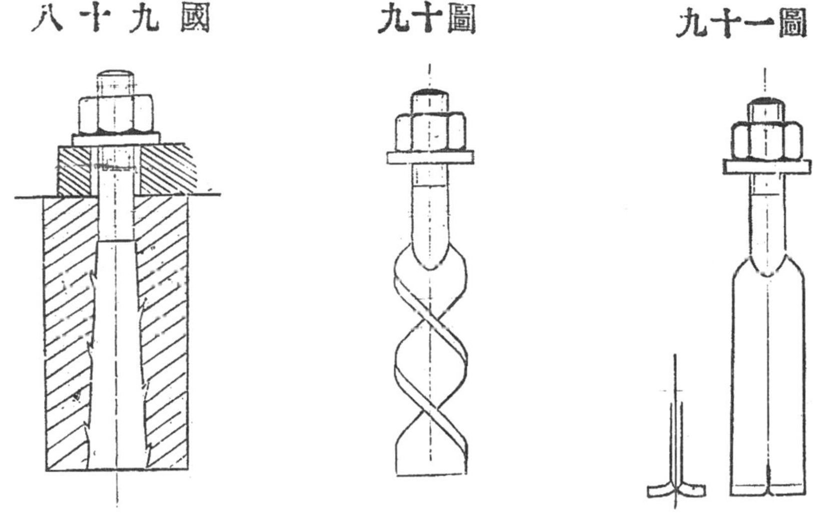

如有大机件与基础相钉合，则用第九十二图，名曰基础锚钉（Fundamentanker）钉头为锤头，上锚钣（Ankerplatte）为方形，截有口，以便从旁插入钉焊。既插之后，旋转九十度，而令锤头长方与锚焊短方相交合，如第九十三图。

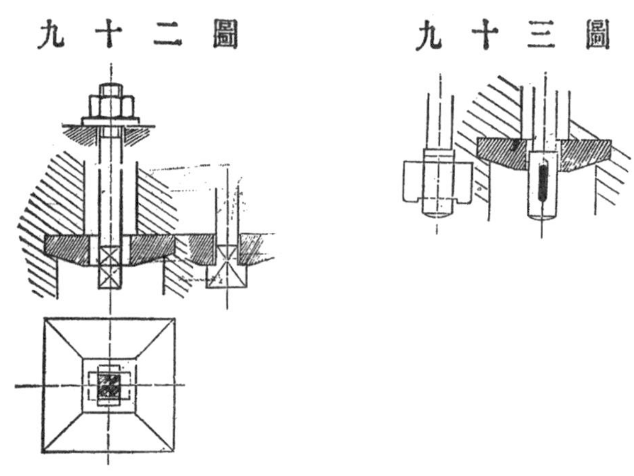

第四节　螺钉之保险（Schraubensicherungen）

总机开而各部分皆动，各部分既动，而分机之原件亦动，动之既久，则所谓螺钉交通具者，亦渐而失紧定之性，减其摩擦之力，因之而全机入于危险之境。欲免此弊，则螺钉保险尚焉。

最易之螺钉保险，莫如第九十四图，于螺母螺钉之上，穿以挡闩，然而有不便于后者存焉。盖螺母旋转之时，往往进退不定，虽则毫厘之差，而不知于此时，再觅获两螺母螺钉之二孔同成一线，实戛戛乎其难矣。若第九十五图，虽有小挡闩以保险，究之仅足以制螺母出路，而不能以制螺母之松活，但小挡闩孔，显而易插耳。

如第九十六图，亦螺钉保险之一也，名曰旒冠螺母（Kronehmutter）。

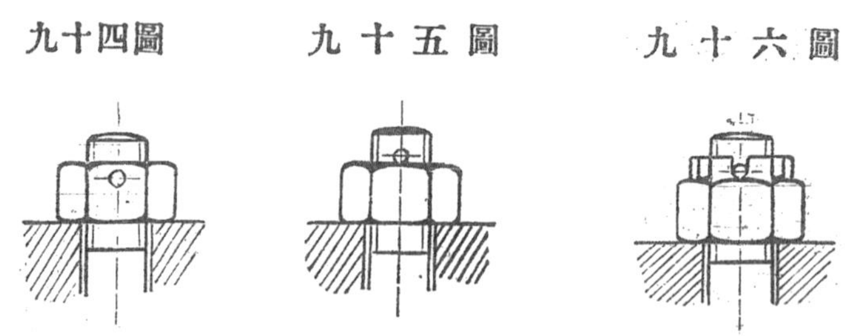

至于螺钉保险之后，而又能随时追进者，则用第九十七、九十八、九十九各图，但第九十七图，每次追进为 60°；第九十八图，每次追进半其数为 30°；若第九十九图，则每次追进之度，多少无定。

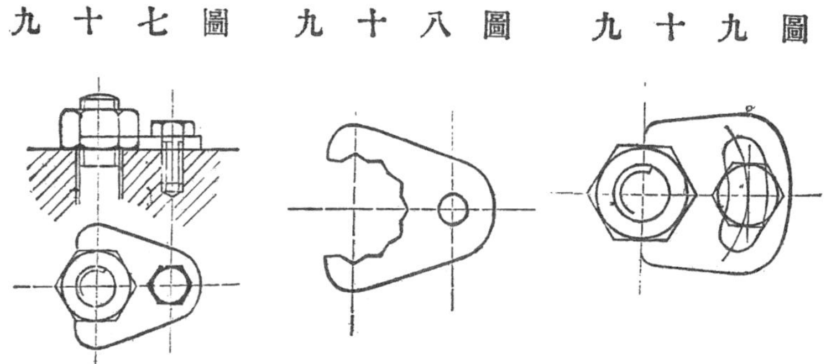

若为保不常解散之螺钉险，则如第一百图，即就敷钣覆转其旁亦可。

以上所举各式，今人用之已鲜见矣，不但占地既宽，且费时亦多。盖最便于用者，莫如第一百一图，上螺母曰螺母，又曰上螺母；下螺母曰对母（Gegenmutter），又曰下螺母。上螺母为正式高，下螺母略低。然亦有将上下二螺母相制为等高者。

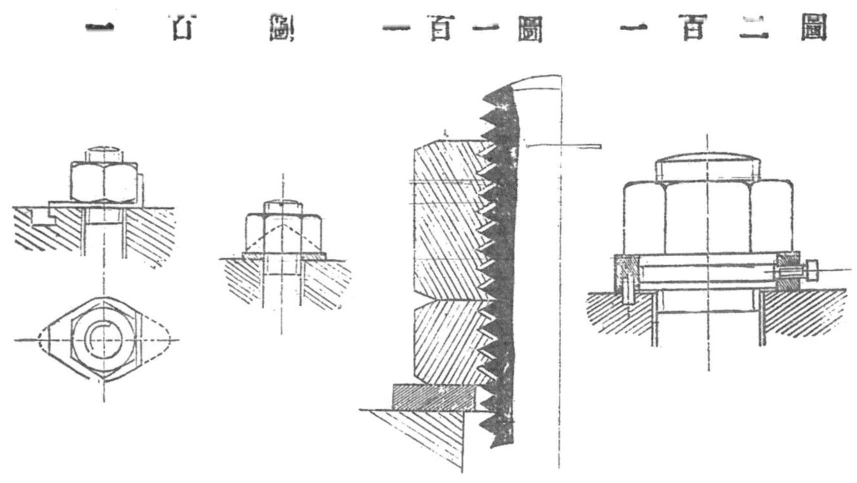

二螺母旋转之后，下螺母压抑其螺钉体向下，上螺母则反之，以致与上螺母相合之处，纹之上面余有隙地，若与下螺母相合之处，则亦反之，观图自明。

宾氏之螺钉保险（Pennsche Sicherung），如第一百二图，其形式甚为精美，故机器摇焊（Pleuelstangen）皆用此法。

第五节　螺钉之卸任（Schraubenentlastungen）

如螺钉孔较螺体略大，则横力旁来，必与螺钉体成直角，则该轴所受之力为屈力，或断或折，亦意中事。欲防此患，如第一百三图，于螺钉之左右先后，插以追进闩，以避其横力；或如第一百四图，就螺钉体制成追进闩形；或如第一百五图，螺钉与追进闩，两头均置亦可；若如第一百六图，于螺钉孔内，安以铁圈，其法亦未尝不可用，但较他式，为价甚昂耳。

一百三圖　一百四圖　一百五圖　一百六圖

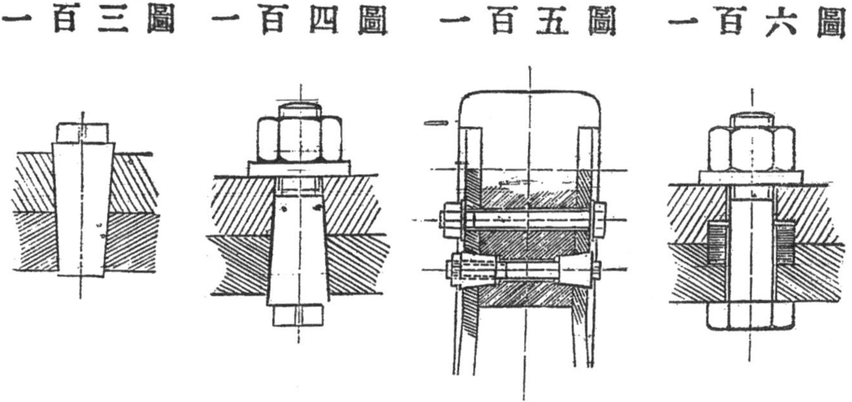

第六节　螺钉之算法（Berechnung der Schranben）

螺钉被外来之力折断，不在他处，制纹处实先当其锋，因该处支持面（Tragfläche）之数，为 $f = \dfrac{d_1^2 \pi}{4}$，故吾人所以当将该铁质适受之力若干以乘之，而令：

$$P = \frac{d_1^2 \pi}{4} - kz$$

若为钢质螺钉，而所受之力为静力，则 $kz = 1200\,\mathrm{kg/qcm}$。若为锻铁质螺钉，而所受之力亦为静力，则 $kz = 900\,\mathrm{kg/qcm}$。

螺钉除受扯力、压力之外，又有所谓转力者。转力之来，生于螺母，原件之动，则转紧其螺母。然该螺母往往因紧转之故，而令螺钉所受之转力，较倍于外来之力，故吾人于该铁质适受之力数，必须择其最小者而用之，遵巴哈氏（C. Bach）算式，约为 P. 0. 8。

第二章　转动之机器原件

（Maschinenelement der drehenden Bewegung）

第一编　銷（Zapfen）

銷与座亦机器原件之一分子也。座为坚定不动之原件，而銷则反之。而銷专与座相周旋，銷之体乃为全转体，其受銷处之全径，略小于銷径。

有所谓担銷（Tragzapfen）者，有所谓撑銷（Stutzzapfen）者。担銷者，銷之压力与转轴之正线相交成直角者也。撑銷者，銷之压力视銷转之方向，而与转轴之正线相交成直角者也。总之，担銷、撑銷，名理虽异，然用处则无其分别。

銷之名类多矣，在乎所用之处为何如地。如用曲拐者，谓之为曲拐銷（Kurbelzapfen）；用于十字形头者，谓之为十字形头銷（Kreuzkopfzapfen）；余可类推。

銷之算法，吾人所不可忽者，为以下三项：

1. 计固性（Festigkeitsrechnung）（如銷长以及銷所受之屈折力）。

2. 銷与座中之面压。

3. 避热法（Wärmeableitung）。

第一节　担销

计固性如第百零七图，令力压于销中，而以 AB 处作为受屈势力观，则：

$$M_b = P \cdot \frac{l}{2} = W \cdot k_b = \frac{1}{10} d^3 \cdot k_b$$

至于计销与座之面压，须作为该压力分压于全销体观，如面压之力为 $k \cdot kg$ 压于一生的米达方面（Guadratcentimeter），则：

$$P = k \cdot d \cdot l$$

而避热法为 $l \geq \dfrac{P \cdot n}{w}$。

一　百　七　圖

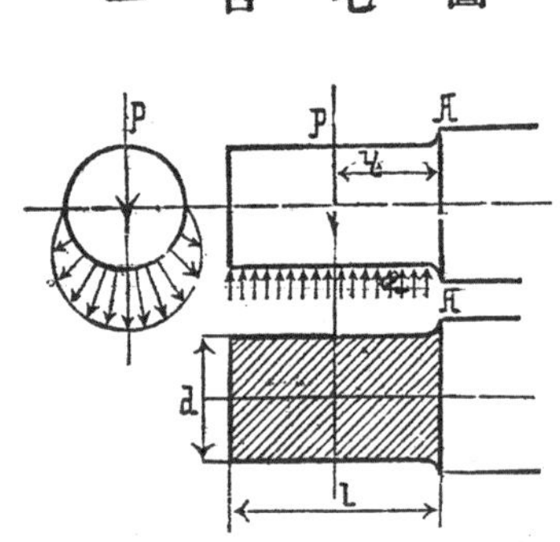

如为独行销，则 w 之数目，至 200000 为止。若平常销，则 w 不可过 90000。

铁质适受之屈力，k_b 无定，视乎所用者为何种铁质，若：

钢（Stahl），可至 800kg/qcm；

锻铁（Schmiedeeisen），可至 500kg/qcm；

铸铁（Gusseisen），可至 200kg/qcm；

铸钢（Stahlguss），可至 300kg/qcm。

不但所用者为何种铁质，而且视乎所用者为何种机器。如所遇之机器，动甚平稳，而无冲突之急力，则可于上所书之数目，虽择

用最高者，而亦无妨。若遇唧筒（Pumpe）上之錭，最大不可过所

定之数 $\dfrac{2}{3}$，若遇不等体动力，而至于有时过加其外来力，则仅取所

书之数目 $\dfrac{1}{3}$ 至 $\dfrac{1}{2}$ 为限。

面压 k 之数，亦视乎錭与座各为何种铁质，若：

钢压钢（Stahl auf Stahl），可至 150kg/qcm；

钢压锡铜（Stahl auf Bronce），可至 120kg/qcm；

钢压白金属（Stahl auf Weissmetal），可至 90kg/qcm；

流铁压红铸铁（Flusseisen auf Rotguss），可至 50kg/qcm；

流铁压铸铁（Flusseisen auf Guss），可至 25kg/qcm。

择用以上所书之数目，亦与 k_b 无异。所遇之机器，忽而张其

力，忽而弛其力，必须錭与座之中常有油以润之，而后 k 之数可取

最高者用之，不甚妨事，否则总以减少其定数用之为宜。

如 k 与 k_b 既择定，而 d 与 l 之方程因此亦定，则：

$$P = k \cdot d \cdot l，\text{又} \frac{P \cdot l}{2} = \frac{1}{10} d^3 \cdot k_b$$

至于浅易之錭或錭钉式，如第一百八、一百九、一百十图。

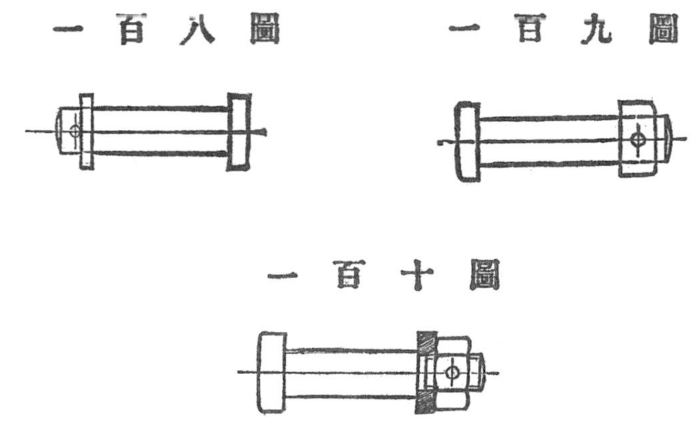

第二节　痕銷（Spurzapfen）

计痕銷之法，须计面压。面压之大小，定于基面（Grundfläche）所受之座压均分于 $\dfrac{d^2\pi}{4}$，如第百十一图。

$$P = k \ \cdot \dfrac{d^2\pi}{4}$$

至于痕鈑所制之油沟（Schmiernuten）大约较支持面（Tragfläche）自 15 至 25% 不等。

避热之数，为：

$$d \geq \dfrac{P \cdot n}{w}$$

而 w 之数，可至 125000。

如第一百十二图所绘之圈銷（Ringzapfen），其算式为：

$$P = k \cdot \left(\dfrac{d_1^2\pi}{4} - \dfrac{d_2^2\pi}{4} \right)$$

一 百 十 一 圖　　　一 百 十 二 圖

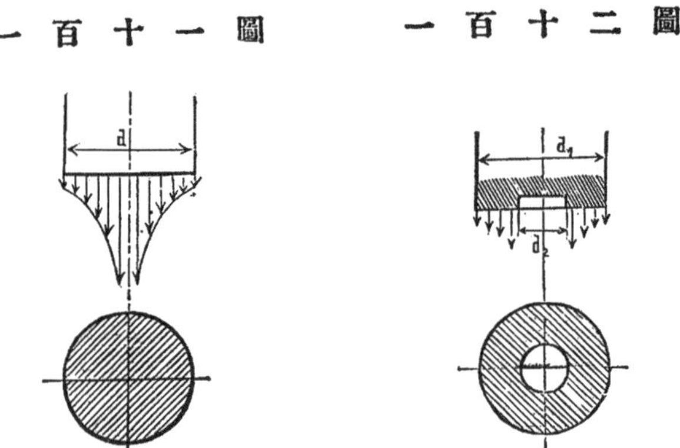

如第一百十三图，为射力机（Turbinen）之水面銷（Oberwasserzapfen）。

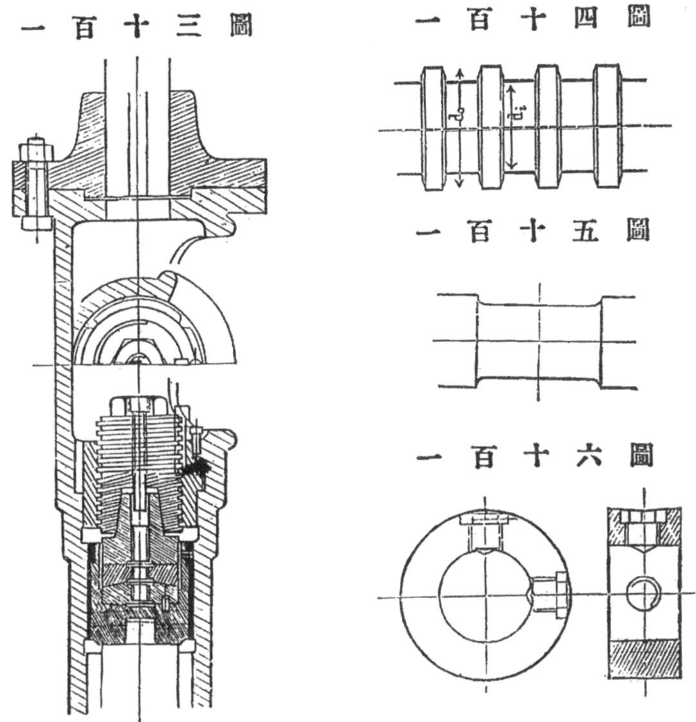

如第百十四图，为梳銷（Kammzapfen），凡受轴心压之处（Aseialdruck）常用此式（此式当与第二百零七图参看）算式为：

$$P = k \cdot i\left(\frac{d_a^2\pi}{4} - \frac{d_i^2\pi}{4}\right) \quad i = 圈数$$

如该銷所受之轴心压甚微，则用第百十五图，或于长轴加套筒，Stellring 亦可，如第百十六、百十七图。

如遇双向机动，则用球形銷（Kugelfärmige – Zapfen），如第百十八图。

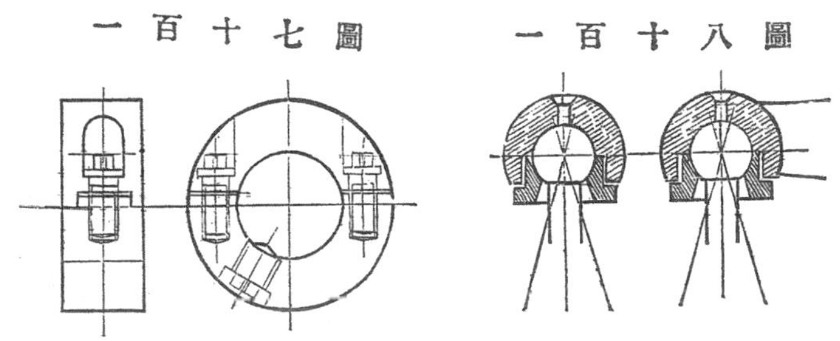

第三节　銷之润油法（Schmierung der Zapfen）

銷座相摩则生热，油所以避热也。而用油者，尤宜审择为何种油。如遇宽面压，当用浓质油（Dickflussiges‑Öl），因稀质油（Dünflussiges‑Öl）之摩擦力甚弱，被压而即溢流于外耳。

浓质油因銷座之热而溶化，銷座因油而消减其摩擦之热度，且变摩擦之隐力而为急强之现动力。

第二编　短轴与长轴（Achsen & Welle）

Achsen 与 Welle 总名曰轴，今因阅者易于混目，故冠以长短二字。若以机理解此二字，则短轴所受之力为直接，而长轴可用间接之法。且短轴为一完全之体，直贯于双毂之中，而长轴可用数轴接合以成为一长轴者也。

第一节　短轴（Achsen）

短轴之铁为钢，为锻铁，为铸铁，或为铸钢。其式为圆形，或为筒形（均指横剖说）。至于短轴所受之力，为屈力与折屈力，短轴銷所受之力，为面压与屈力。

如第百十九图，为火车轮之短轴。

如第百二十图，为等量短轴（Balancierachse，或云左右平量短轴）。

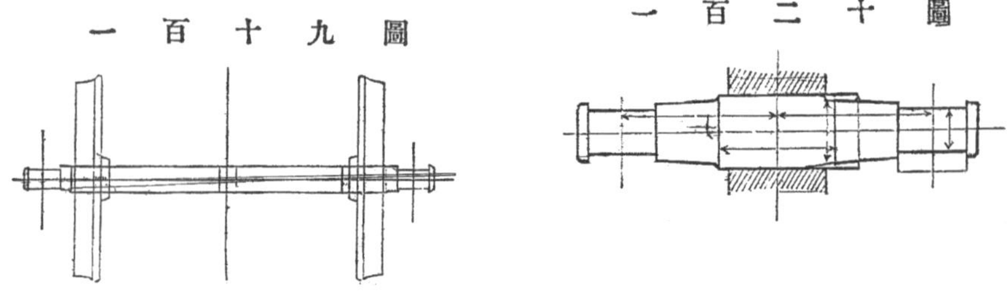

计屈力固性之试，为

$$M_b = \frac{1}{10}d^3 \cdot k_b \text{ 用于圆形}$$

$$M_b = \frac{1}{10} \cdot \frac{d_a^4 - d_i^4}{d_a} \cdot k_b \text{ 用于筒形}$$

【解】$d_a = $ 外周径　$d_i = $ 内周径　下仿此

若所受之力为换力，则 k_b 于

钢，可 500kg/qcm

锻铁，可 400kg/qcm

铸铁，可 250kg/qcm

铸钢，可 350kg/qcm

第二节　长轴（Welle）

计长轴所受外来之力法，曰屈力，曰转力。因屈力、转力二者交投，而又生所谓变式力者（Formanderung）。

如所用之铁质固性甚大，则无所谓转力，吾人亦勿庸注意。若遇原动机长轴（Treibwerkwelle）置有多数轴座，则各座之榨压，轴转甚难，所以屈力于以减少，而转力于以加多，而变式力于此生焉。

至于计曲拐轴等（Kurbelwelle）之法，仅注意于屈力，而于转力，则置而不问，因曲拐轴所受之转力，至微如无焉。

计转力固性之式，为

$$M_d = \frac{1}{5}d^3 \cdot k_d \text{ 用于圆形}$$

$$M_d = \frac{1}{5} \cdot \frac{d_a^4 - d_i^4}{d_a} \cdot kd \text{ 用于筒形}$$

因马力（Ferderstärke）N 与周转（Umdrehnung）n 之数，而得

$$M_d = 71620 \cdot \frac{N}{n} \cdot kg \times cm$$

若所受为定转势力（Gleichbleibende，stossfreie Drehmoment）则 k_a 于

钢，可 1200kg/qcm

流铁，可 840kg/qcm

镕铁，可 480kg/qcm

铸铁，可 300kg/qcm

铸钢，可 840kg/qcm

若转动势力（Drehmoment）之数，在零数以至高数之间，则以上所书，可仅取 $\frac{2}{3}$ 用之。若转动势力之数，自正极大数，以至负极大之数（von + Maximum zu - Maximium），则以上所书之数，可仅取 $\frac{1}{3}$ 用之。

原动机长轴之 k_d，总须在 120kg/qcm 以内，人为安全起见，所以又于计屈力之时，亦择其最小之数而用之，所以下表：

$\frac{N}{n} =$	0.009	0.021	0.030	0.042	0.055	0.072	0.092
d 为 $mm =$	30	35	40	45	50	55	60
$\frac{N}{n} =$	0.114	0.141	0.171	0.205	0.243	0.286	0.333
d 为 $mm =$	70	75	80	85	90	95	100

计屈力固性公式，为：

$$0.35M_b + 0.65 \sqrt{b^2 + (a_o \cdot M_a)^2} = \frac{1}{10} d^3 \cdot k_b$$

【解】阅者欲知该公式之来历，请借观 "Hütten" 第一卷第四四三页，以后如遇引用公式之时，均请参查该书，恕不再解。

若于屈力势力，杂以屈力转力势力，此之谓观念势力（Tdcelmoment），其公式如下：

$$M_i = \frac{1}{3} \cdot M_b + \frac{2}{3}\sqrt{M_b^2 + M_a^2}$$

今欲验知长轴所受之转力，过于屈力，或所受之屈力过于转力，则令 $a = 1$ 而：

$$a_o = \frac{k_b}{1.3 \cdot k_a}$$

如有因转力之故，而长轴变式，其原因本于轴径之强弱如何，故：

$$d = 12\sqrt[4]{\frac{N}{n}}$$

长轴之转角（Verdrehnungswinkel）为 $\frac{1}{4}$，轴径为 70mm，则与上表所书之数 $\frac{N}{n} = 0.114$ 相合。

盖变式之等方程式（Formänderungleichung）仅为弱小之长轴而设，如遇强大之长轴，可以阙而不计。而于固性等方程（Festigkeitsgleichung）则须格外留意焉。

长轴之所以有变式之日者，因屈之故耳，今若于每米达之长定为折屈之势，最大不过 $\frac{1}{3}$ mm，虽变式亦甚无妨害。

如长轴二座之距离，其长短 l 不遵正规而置，则：

$$l = 100\sqrt{d} \quad d \text{ 用 } cm$$

兹列表为：

d 用 cm	30	40	50	60	70	80	90	100
l 用 cm	1.7	2.0	2.2	2.4	2.6	2.8	3.0	3.2

如二座之长轴所受之力甚大，而力之相加，又不甚均平，则距离务须减少其数目，为：

$$l = 100\sqrt[3]{d} \quad d \text{ 用 } cm$$

兹又列表为：

d 用 cm	30	40	50	60	70	80	90	100
l 用 cm	1.6	1.75	1.9	2.0	2.1	2.2	2.3	2.4

第三节　习题

今有横立汽机，其起举（Hub）为700mm，鞲鞴之力（Kolbenkraft）为6500kg，试问该长轴应需若干大？

今已知雄轮重量（Schwungrdgewicht）为80000kg（大为正大）

扯绳（Seilzug）为1700kg向上而设，成30°之角

又两座相距为1500mm，自I至IV为1000mm

图见第百二十一图

一　百　二　十　一　圖

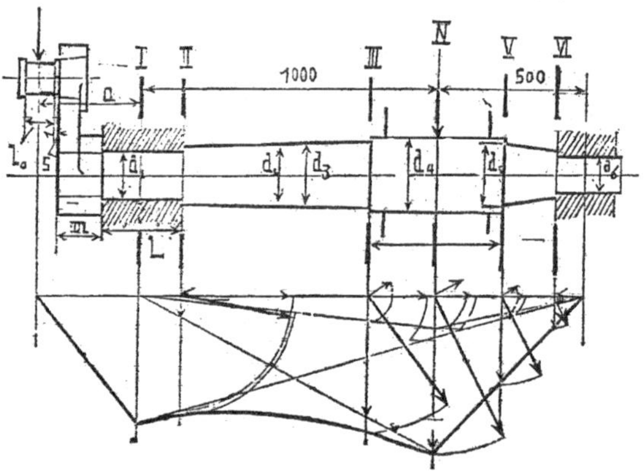

曲拐銷（Kurbelzapfen）$d_o = 100 l_o = 100$

长轴因鞲鞴之压力，于曲拐座上段而受屈力势力，所以：

$$P \cdot a = \frac{1}{10} d_1^3 \cdot k_b$$

$a =$（$\frac{1}{2}$曲拐銷长加边距离“S”加曲拐轂长“m”加$\frac{1}{2}$座长“l”），欲知“m”“l”之实数，请先计 d_1。若 $a = r$（曲拐径 Kurbelradius）而求 d_1 之数，其法虽捷，然所得之 a 大于 T，今若将所新得之数 a 代入再计，则得矣。

【试估】

$k_b = 500\ kg/qcm$ 则

$$P \cdot a = P \cdot r = 6500 \cdot 35 = \frac{1}{10}\, d_1^3 \cdot k_b$$

$$d_1^3 = \frac{6500 \cdot 35 \cdot 10}{500} = 4500\, cm^3$$

$d_1 = 16.6\, cm = \frown 170\, mm$

座长 $l_1 = 1.6 \cdot d_1 = \frown 280\, mm$

曲拐毂长 "m" $= 0.9\, d_1 = 153 = \frown 155\, mm$

边距离地 "S" $= 5\, mm$

所以

$$a = \frac{100}{2} + 5 + 155 + \frac{280}{2} = 350\, mm\ （与上\ a = r\ 相合）$$

今再试验其固性，其式：

$$k_b = \frac{0.35 \cdot 6500 \cdot 35 + 0.65\sqrt{(6500 \cdot 35)^2 + (1 \cdot 6500 \cdot 35)^2}}{\frac{1}{10} \cdot 17.0}$$

$$= 590\, kg/qcm$$

以上式所得之数，而加大长轴径 $d_1 = 180\, mm$ 而 l_1 与 m_1 之数不变，则：

$$k_b = 490\, kg/qcm$$

解第百二十一图所绘之角力面，如下：

1. 为雄轮重量垂直面（Vertikalebene – Schwungrdgewicht）。

2. 为鞲鞴力之水平面（Horicontalebene – Kolbenkraft）。

3. 为向上 $30°$ 斜面之绳力。

于是而定以下之六势力数：

Ⅰ	228000	$kg \times cm$
Ⅱ	216000	$kg \times cm$
Ⅲ	240000	$kg \times cm$
Ⅳ	270000	$kg \times cm$
Ⅴ	155000	$kg \times cm$
Ⅵ	70000	$kg \times cm$

横剖之 I 至 Ⅲ，须加入转势力 $6500 \cdot 35 = 228000 kg/qcm$

$d_2 d_3$ 画时较 d_1 须加大其尺数

计 d_4 之式，为：

$$\frac{1}{10}d_4^3 \cdot k_b = 0.35 \cdot 270000 + 0.65 \sqrt{(270000)^2 + (1 \cdot 228000)^2} =$$

$325000 kg \times cm$

$$d_4^3 = \frac{325000 \cdot 10}{500} = 6500$$

$$d_4 = 18.6cm$$

若实行绘图时，则取：

$$d_4 = \smile 240mm$$

计 d_5 之式，为：

$$\frac{1}{10}d_5^3 \cdot k_b = 155000$$

$$d_5^3 = \frac{155000 \cdot 10}{500} = 3100$$

$$d_5 = 14.6cm$$

若实行绘图时，则取：

$$d_5 = 200mm$$

计 d_6 之式，为：

$$\frac{1}{10}d_6^3 \cdot k = 70000$$

$$d_6^3 = \frac{70000 \cdot 10}{500} = 1400$$

$$d_6 = 11.2cm$$

若实行绘图时，则取：

$$d_6 = 150mm$$

至于曲拐座（Kurbellager）之压力。

$$P = \sqrt{6500^2 + \left(\frac{8000 \cdot 50}{150}\right)^2} = 7050 = \frown 7000kg$$

$$k = \frac{P}{l \cdot d} = \frac{7000}{28 \cdot 18} = 13.9kg/qcm$$

第三编　接合关（Kupplungen）

凡欲将二长轴彼此交通，而令其所传递之力不失者，则用接合关。

接合关共分四种：

1. 定接合关（feste Kupplung）；

2. 动接合关（bewegliche Kupplung）；

3. 弹接合关（elastische Kupplung）；

4. 摩擦接合关（Reibungs Kupplung）。

又分为进接合关、退接合关二种。

以上四者，乃为今日各机器厂所公用，然接合关不仅以上四者已耳，如制生电机，则又一种特别之接合关，如：

肘纽接合关（Klinken Kupplung）；

保险接合关（Sicherheits Kupplung）。

第一节　定接合关

接合关之名类甚多，式样各异，在乎用之者自择。若为交通圆缺轴（Ventilspindel）等计，则多用套接合关（Muffen kupplung），

如第一百二十二图及第一百二十三图，若如第一百二十二图，则无
定中心点。若如第一百二十三图，必用小挡闩，然亦不甚妥全。

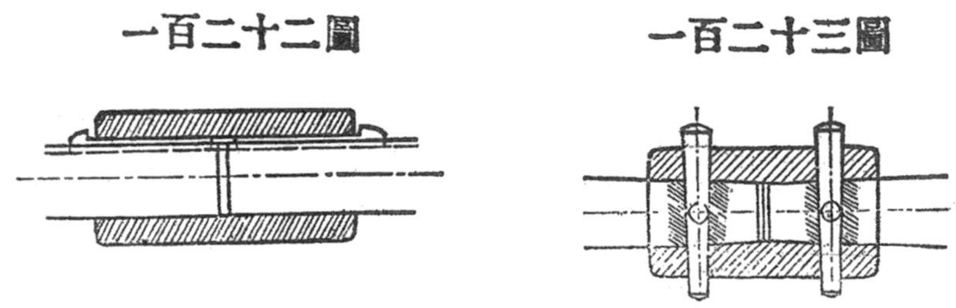

　　圆钣接合关，如第一百二十四图，若长轴径在 50 至 200mm
者可用之。其法：将二圆钣紧击于二长轴尽头之处（用进闩紧
击，或用力压迫与赤穿紧击亦可）。最美用力压迫紧击，或赤穿
紧击（wärmeaufgezogen）以螺钉将二圆钣纽合，而令二圆钣交
合之处，生莫大之摩擦力。若轮船之长轴之接合关，不用圆钣
与螺钉，即于该长轴头制接合关反口圈（Kupplung sflansch），
再就圈上制孔，而以数圆锥形钉（konische Bolzen）紧纽之，如
第一百二十五图。

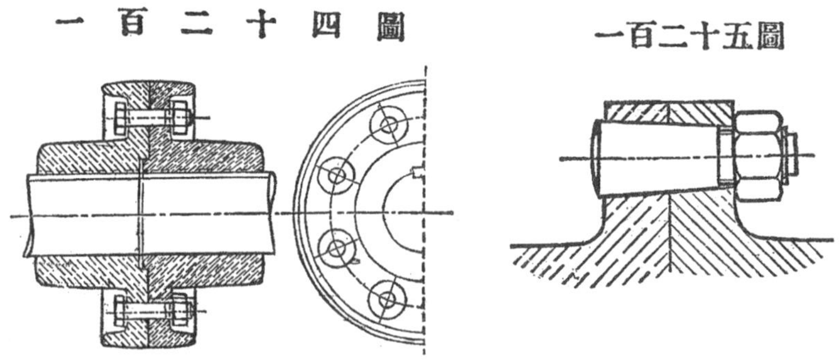

　　如有长轴交通之后，而欲作长解散之计者，则两圆钣中插入两
半圆之圆钣，如第一百二十六图。

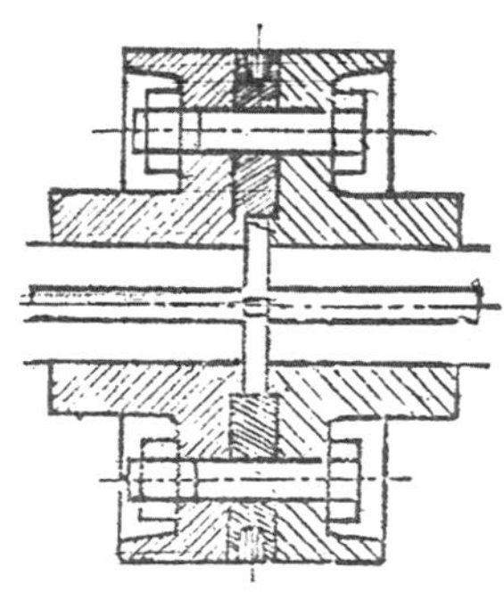

一百二十六圖

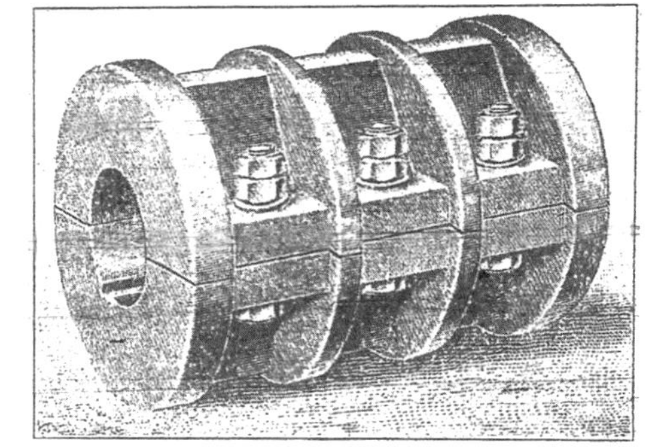

一百二十七圖

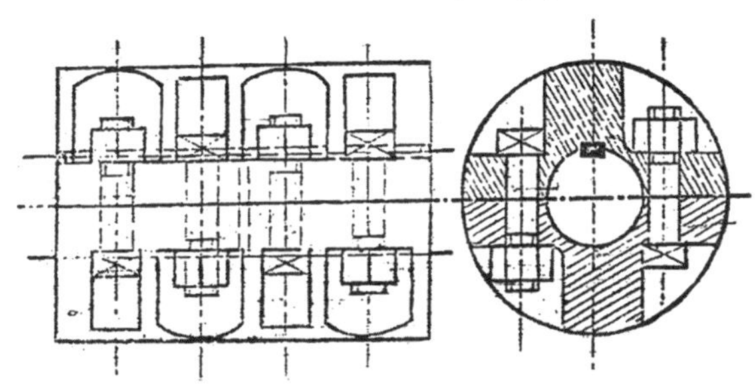

一百二十七圖 a

如第一百二十七图，为壳接合关（Schalen kupplung）。至于所生之摩擦力，不在圆钣，而在长轴之外周面及壳之内周面，制者恐忧其摩擦之不足以支持外来之力也，于是于轴壳之间，横以弹片进闩，其式如第一百二十八图，名曰乳头进闩（Warzenkeil）。

与壳接合关相类者，则有压榨接合关（Klemmkupplung），如第一百二十九图。

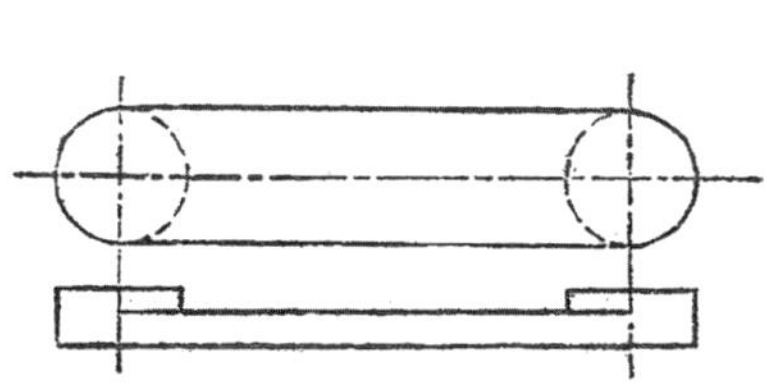

一百二十八圖

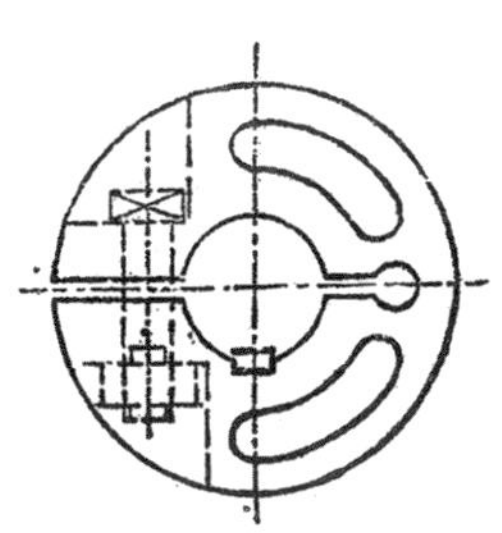

一百二十九圖

若如第一百三十图，则为包筒（或包壳）接合关（Hülsen kup-plung），其法：用二包筒绕长轴而紧迫之。

一 百 三 十 圖

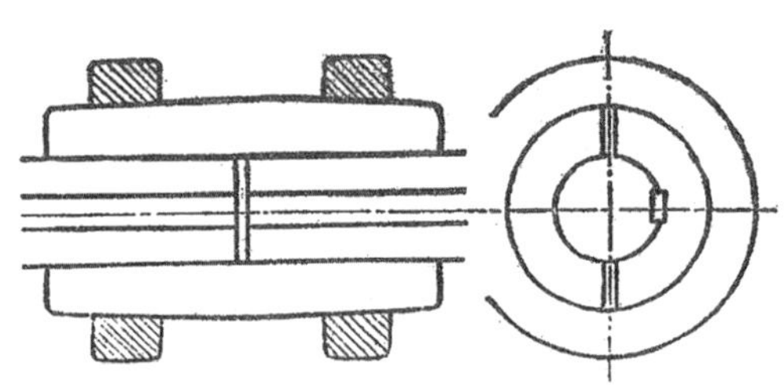

"色勒司"氏之接合关（Sellerskupplung），如第一百三十一图。若遇二长轴斜交，则用十字形关节接合关（Kreuzgelenckkupplung），又曰"何克"氏锁（Hookscher – Schlüssel），如第一百三十二图。若二长轴相交之斜角（Neigungswinkel）相等，而摇动（Schwungung）亦相等，则用如第一百三十三图，今日法商"Piat"厂又将二"何克"氏锁制成一处者，如第一百三十四图。

一 百 三 十 一 圖 a

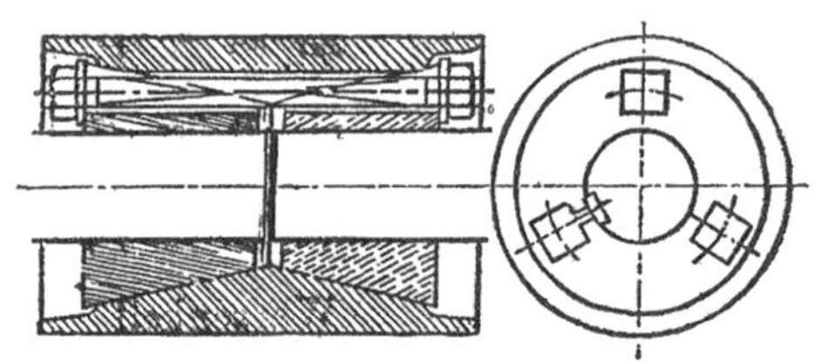

一 百 三 十 一 圖 b

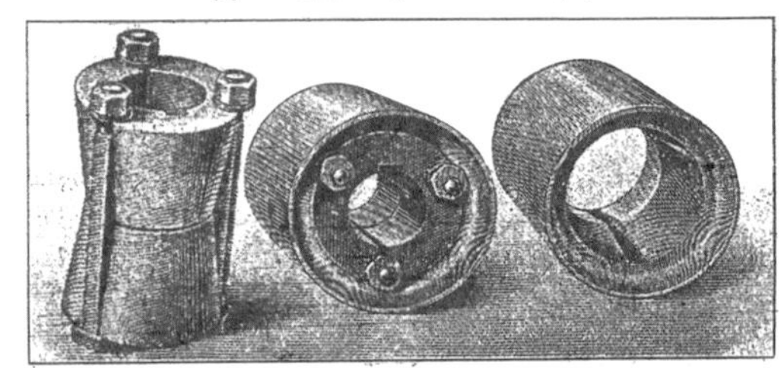

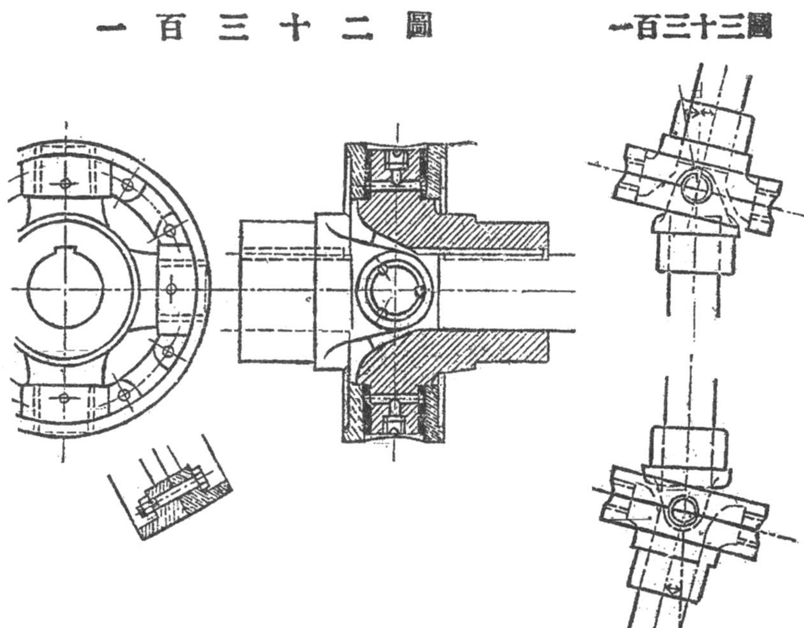

一百三十二圖
一百三十三圖

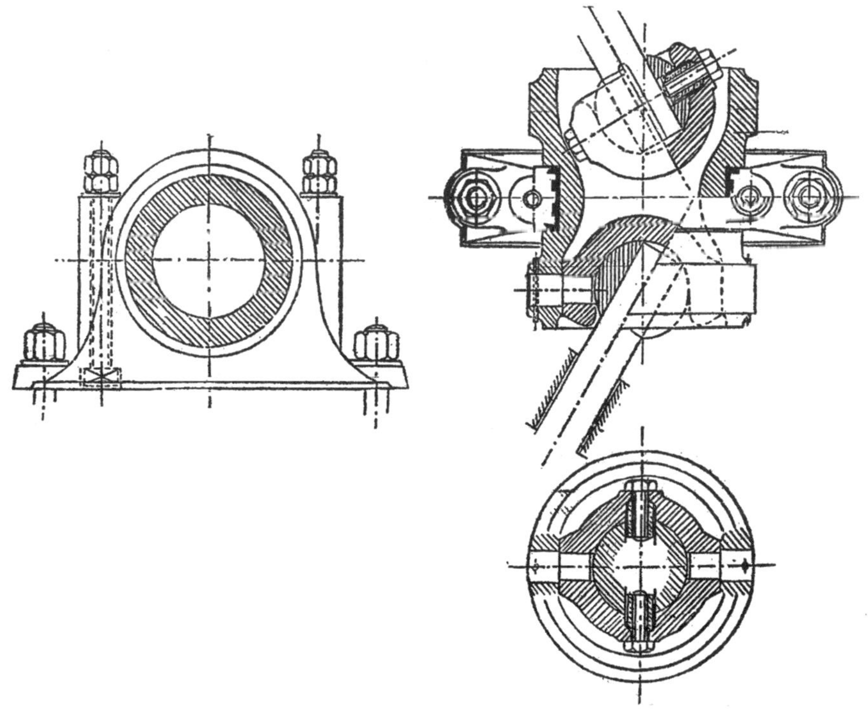

一百三十四圖

第二节　动接合关

如第一百三十五图，乃为扩张接合关（Ausdehnungskupplung），亦于长轴尽头处，附穿二圆钣。圆钣之上，制有攫蹄（Klauen），以便彼此相抓。但须于二攫蹄之间，略余隙地而后可，若第一百三十六图，亦为扩张接合关。所异者，仅于二攫蹄之间，隔有中央圈。

一百三十五圖　　一百三十六圖

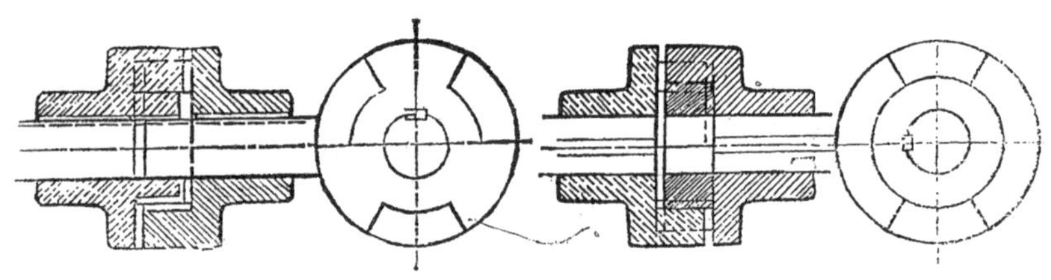

第三节　弹接合关

弹接合关，常用于生电机（elektrischer – Maschinen）以避冲击之患，然今人通用者，为 Zodel – Voith（"蹉特"—"华得"氏）接合关，如第一百三十七图。该接合关用无端之牛皮带，向圆钣内缠绕之。

一百三十七圖

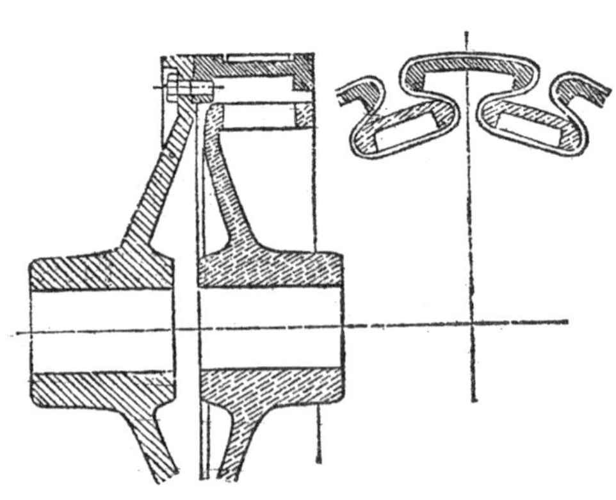

至于最浅近之接合关，莫如用锻铁圈紧迫于皮筒上，如第一百三十八图。

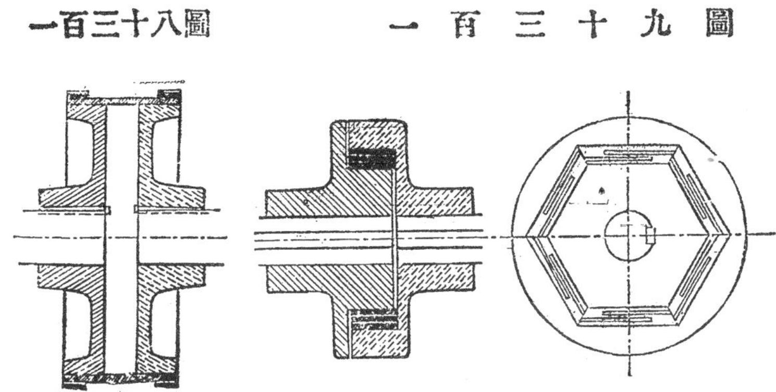

若 Grisson（格里松）所造之接合关，于外圆钣之内，置以木片，于内圆钣之上，则置以弹片，如第一百三十九图。

第四节　退接合关（Ausrückkupplung）

退接合关之法甚繁，而稍易者，莫如第一百四十图，该式名曰攫蹄接合关（Klauenkupplung），一攫蹄为定接合关，一攫蹄为扩张接合关，然而扩张接合关，每次往复推移，于弹片不免不无损伤，以致往往有失传渡之力，故今人常改用"衣得布韩特"氏之接合关（Hilde-brandtschen – Kupplung），如第一百四十一图。其造法将圆钣 A、B 用进闩紧击于长轴，而又于二圆钣

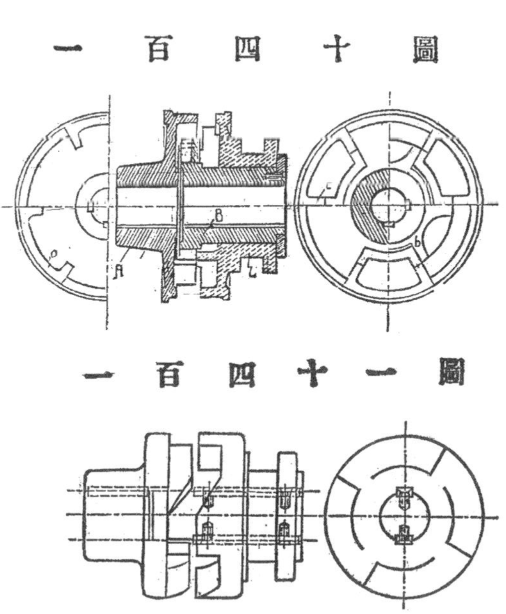

旁制斜线圆边，如 a、b 再于斜线圆边之内，制以径式斜线，如 c，而以圆钣 c 移置之，所以 a 恃 c 为进退，而 c 恃乎 b 者也。

第五节　进接合关（Einrückkupplung）

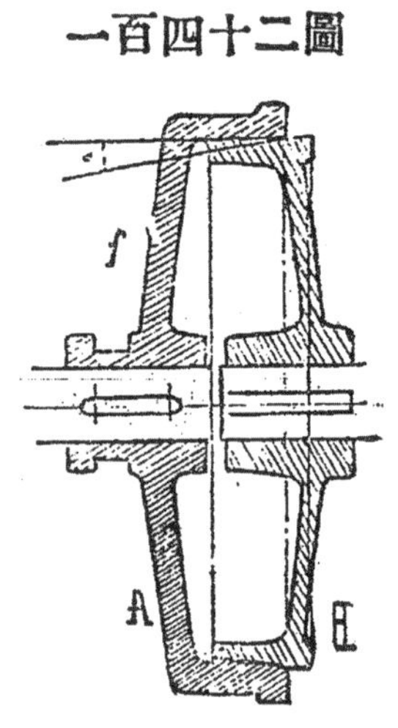

以一转动长轴之力，欲传渡于不转动长轴之体，使之转动，虽有接合关，安置其中，亦断不能不以渐而如一。若欲由始至终，不减转动力之速率者，其惟进接合关乎。查进接合关所以渡力之神速者，全恃磨擦之力，故又谓进接合关为磨擦接合关，如第一百四十二图，乃为传递小力之力。凡压面大者，其磨擦阻力（Reibungswiederstand）亦大，而转动势力亦强，因此将被转动长轴之转数，与原转动长轴之转数相比，亦无少减。其凹角（Konusneigung）Aga > 0.1。

该接合关之 B 圆钣为定圆钣，A 圆钣为进圆钣。

若果进接合关已被转动，是磨擦之权力足以有余矣，设欲乘此时再加强迫压力（Anpressungsdruck），则反停而不动。

如第一百四十三图，为"多门"——"业甫兰克"接合关（DohmenLeblaue Kupplung），而制用者为"巴马格"（Bamag）。其法：于长轴尽头处，将圆钣 A、B 用进闩紧迫之，而用颊部

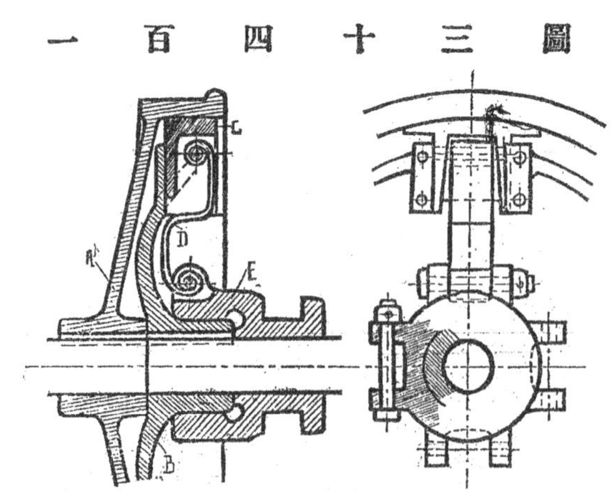

（Backen）C 依径向推移之，外有弹片，系于包筒。（Hülse）E 向外担而榨压于 A 圆钣，B 圆钣于此相牵而转动矣。

若接合关彼此已互相转动，断不可于 E 再加以榨压力，须将引焊略向左而置，如第一百四十四图，a 在 b b 左是，但弹片略为制长，以免不至自向 bb 退转。

若长轴 b 常转不息，则磨擦之颊部 C 须平均其摇动，以便轴转之远心力（Centrifugalkraft）得以舒畅，而不至因接合关而收敛之，如第一百十五图，至于加大其磨擦力，亦可用圆周。

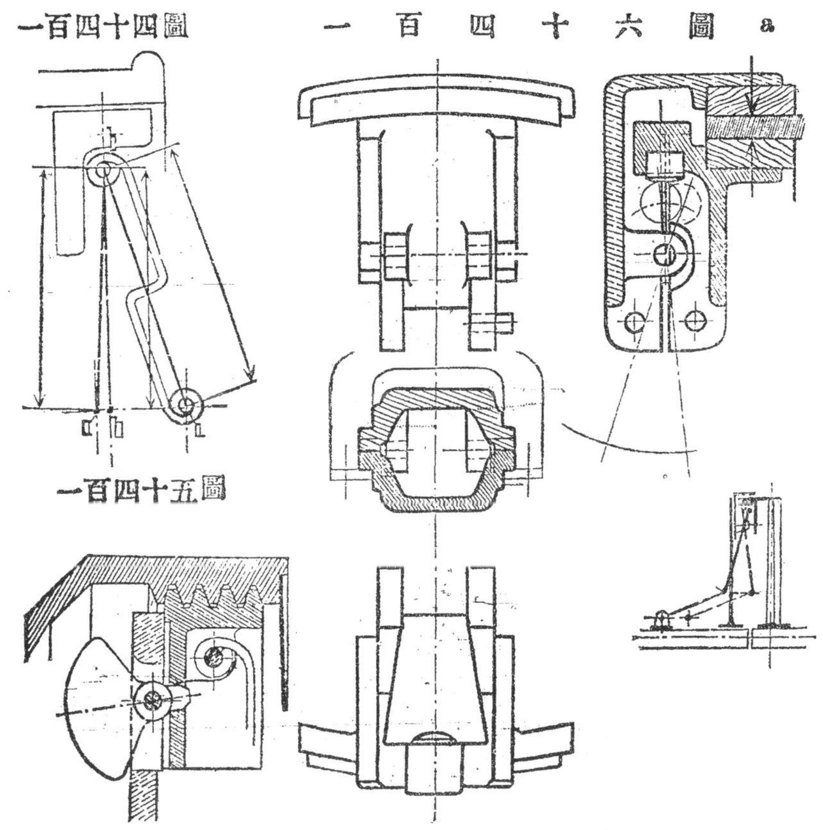

至于 Wülfel（乌弗）所造之 Hillkupplung（里勒）接合关，亦借用摩擦之力。而摩擦力之生，不仅在乎内或外已耳。而又令同时内外各生平均之摩擦力，如第一百四十六图。

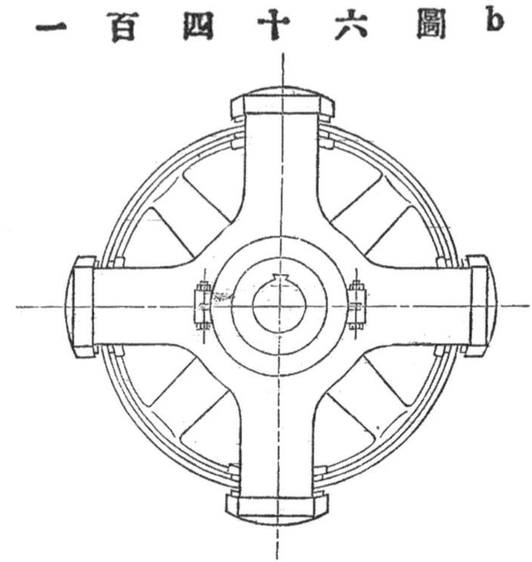

从左右轴向而生压迫力者，则有 Lipsiakupplung（里浦西阿）接合关，始造者为 Weltzel（弗勒耳）氏，在 Leipzig Plagwitz，如第一百四十七图。

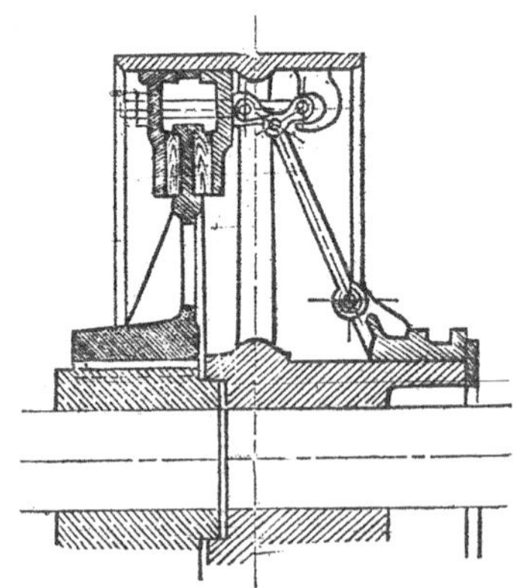

接合关之进退，有制有杆以推移，小者可用手杆（Handhebel），如第一百四十八图；大者则另有一种器具，如螺钉，如牙轮。

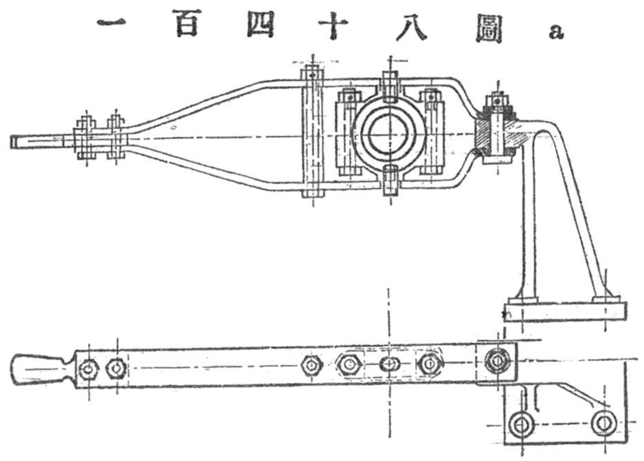

一 百 四 十 八 圖 a

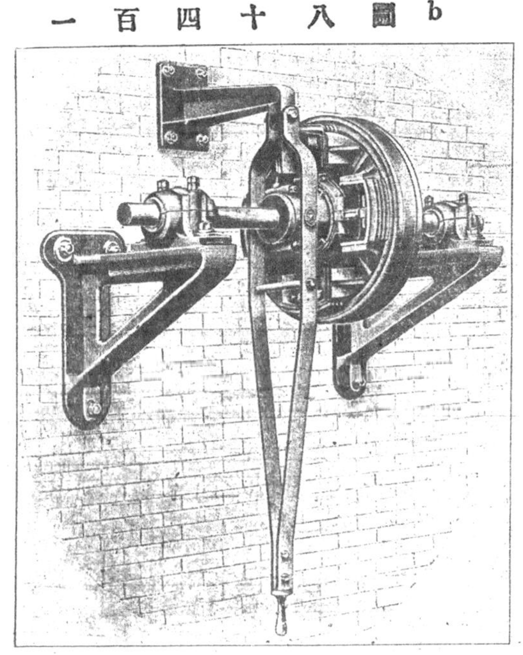

一 百 四 十 八 圖 b

如第一百四十九图，为牙片（或牙焊）进接合关（Zahnstangeinrücker）。

一　百　四　十　九　圖

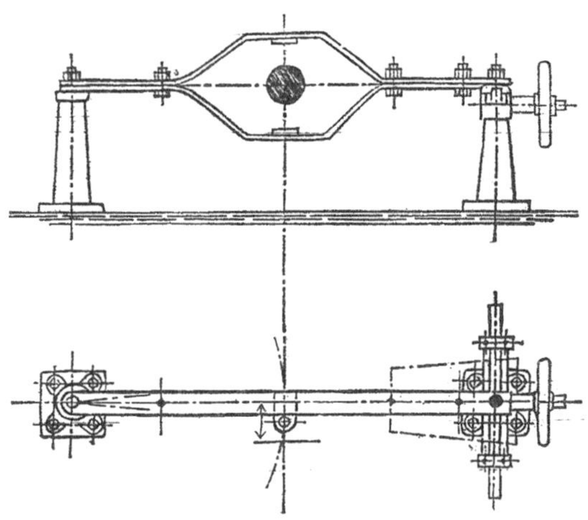

如第一百五十图，为攫蹄退接合关（Ausrückvorrichtung einer Klauenkupplung）始造者为法商"Piat"。

一　百　五　十　圖

第六节 特别法（Spezialkonstruktionen）

如有二机接合，其中距未及咫尺，而又令一机空动（leer Laufe），一机牵动，则仅有"乌何恩"氏肘纽接合关（Uhlhornsche Klingen – Kupplung）之一法，如第一百五十一图。

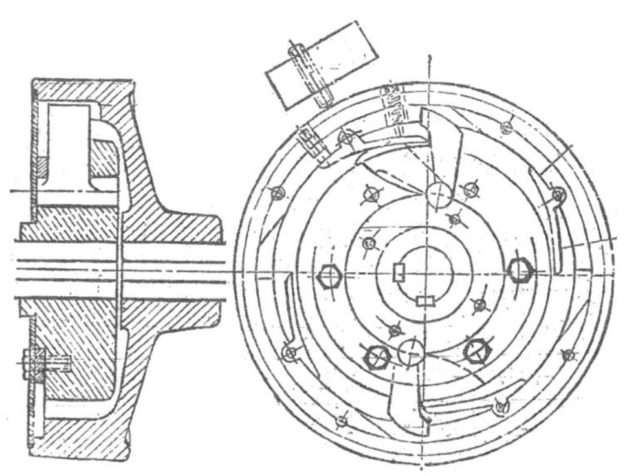

一 百 五 十 一 圖

今欲免生电机过负（Ueberlastung）之弊，则用保险接合关（Sicherheitskupplung），如第一百五十二图。

如第一百五十三图，不独为保险肘纽接合关，且并可作为弹接合关用。

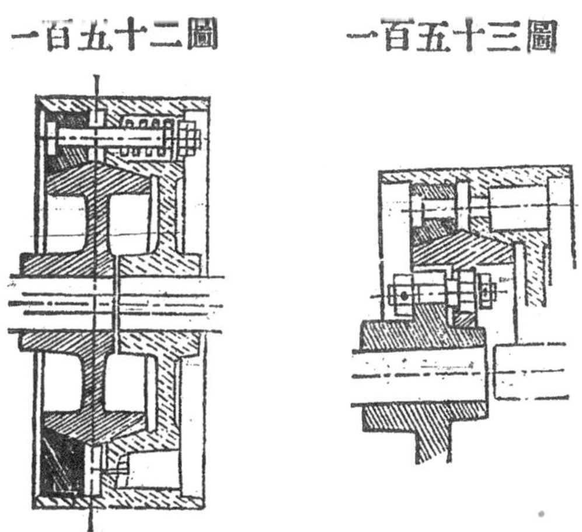

一百五十二圖　　　一百五十三圖

第七节　接合关之位次（Anordnung der Kupplung）

接合关之阻势力（Widerstandsmoment）甚小甚微，所以长轴座，须设于接合关相近之左右。至于退接合关，须于左右二旁，设长轴座。

如第一百五十四图，为可推移之长轴，以实心长轴，穿入空心长轴（或空筒）。空心长轴为铸铁质，若能将皮带轮或牙轮等，直穿于接合关之上，最为上策，如第一百五十五图之圆尖锥形接合关（Kegelkupplung），于圆钣之旁毂，附制牙圈是（Zahnkranz）。

一　百　五　十　四　圖

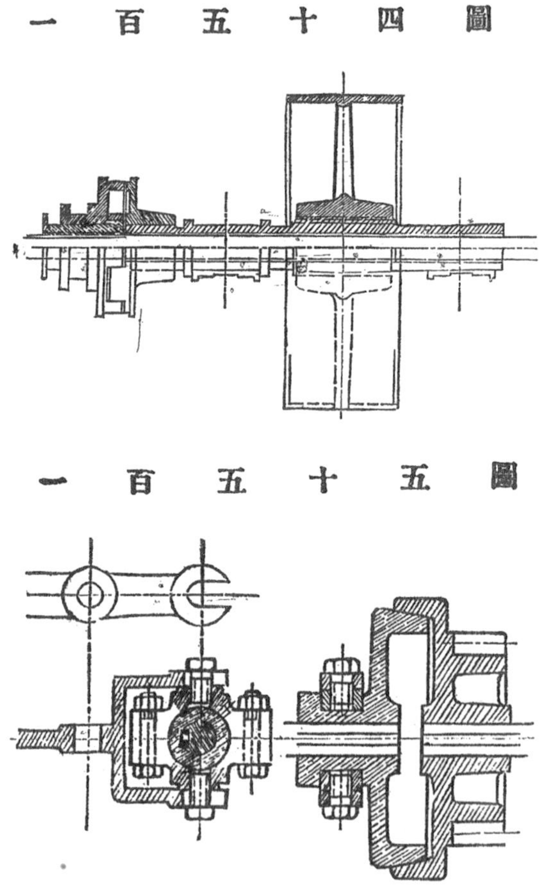

一　百　五　十　五　圖

办厂规则[①]

第一卷　开厂法

总论

第一编　言现动力原动力及权量组织之法

以一定之量，一定之向，施以 P kg 启罗格贾姆之力，而行以 L met 米达之路，此之谓体动现动力（Mechanische Arbeit）。算式为 A = P·L Meterkilogramme，省笔 Mkg。

如用力之久为 t 秒，则每 t 秒之现动力，为 $E = \dfrac{p \cdot L}{t} Mkg/sek$，此之谓休动现动力之实效（Mechanischen "Effckt" 或 "Leistung"）。若果每秒钟之现动力为数 75Mkg，即成一马力。"Pferdestärke"，省笔 PS。故今人计机力之大小，定以马力。夫马力之生，本于 P 力之作用，因此原因而得 $N = \dfrac{p \cdot L}{t \cdot 75} PS$，知此算式，即可以定各机器马力之大小矣。

----

① 《办厂规则》在《理工》第二、七期上连载，第七期改名为"开厂规则"。具体情况如下：宾步程：《办厂规则》第一卷第一编、第二编，《理工》光绪三十三年（1907）十二月十五日第二期；宾步程：《开厂规则（续第二期）》第一章、第二章，《理工》光绪三十四年（1908）七月十五日第七期。

夫以马力定各机力之大小，此今日世界之公例也。法国则否，今将其算式列下：1. Poncelet ＝100 Mkg／sek。

如仅以一马力之机，而令其现动力持至一小时之久，此之谓马力小时，"Pferdestärkestunden"省笔 PS－Stde。至于马力小时，乃为今日理工家所公用为权量之分子，而量定一切体动现动力者也。若欲知每一马力小时，在一秒钟应得若干之体动现动力，则请观下式：1PS－Stde ＝75・60・60 ＝270000Mkg。

现动力之生，本于原动力（Energie），原动力愈富者，其现动力愈久而愈强，此天然之理也。夫原动力之生也不偶，原动力之来也不一，如激动之原动力（Bewegungs Energie），如体动之原动力（Mechanische Energie），如温热之原动力（Wärmeenergie）或（Kalorische Engergie），如电气之原动力（Elektrische Energie）等是也。至于理工家所谓之原动力，凡遇一机能显出体动现动力皆是，如水力机（Wassermotor）、风力机（Windmotor）、蒸汽机（Dampfmaschine）、煤气机（Gasmotor）等是。

原动力者，乃隐藏之物也，目不能见，耳不能闻，今人之量原动力也，与量现动力无异，故其所用之权量亦然。若果原动力与现动力，见诸温热体动，或电气体动，则理工家必分用温热权量，或电气权量以量之方可。

量激动原动力，与夫体动原动力之分子（Einbeit），如流水，如风，理工家均以米达启罗格贾姆（Mkg）为计位，或马力小时。

试取一启罗格贾姆之水，从测绿氏零度 0°（Celsius）热至一度，其该水中所生之热，或所含之热，皆谓之为"卡落里"（Kalorie）。夫水之热也，本于火，火之生也，赖有一切烧料存焉，故所以发生温热原动力者，惟烧料，如火炭（Brennenkohle）、泥炭（Torf）、石炭（Steinkohle）、肥炭（Antbracit）、材木（Holz）、煤油（Petroleum）、那夫打（Naphtha）等是。

量传电之法，则用瓦特（watt），以阿迫（Ampere）之流电，乘贺特 Volt 之扯电（Spannung）。其和数即为瓦特之电数。如遇有用强电之时，则所用权量之分子，不以瓦特为计位，而以启罗瓦特为计位也（1000 Watt = Kilomatt）。

若夫量电气体动现动力（或原动力）之马力小时分子，当用瓦特小时（Wattstunde）计之，省笔 W – Stde 或启罗瓦特小时（Kilowattstunde）亦可。

电气之原动力何自来也？人皆知借用贾勒黄宜电具之功（Galevanisthen Elementen），如第一图。然此种电具所生之电气有限，故欲壮其电气之原动力者，非用电机不可（Dynamomaschine），如第二图。

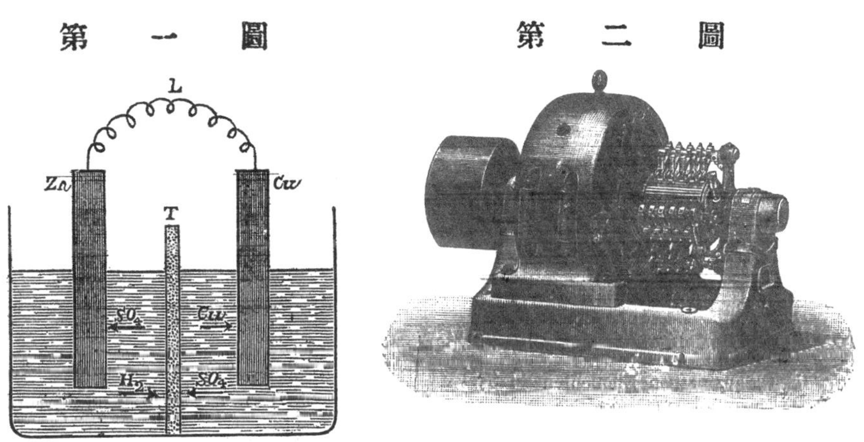

当一八四二年时，和伯卖呀（Robert Mayer）觅获量纯原动力之法（Perpetuum mobile），从此后知所生之体动现动力，应需若干原动力，苟得原动力之厚薄，即可以定体动现动力之大小矣。

第二编　言动力之作用及其实效

夫以无形之原动力，而欲变成有形之现动力，非可以空言见效，必须有一切实具而后可。所谓实具者何？机器是也。如：

蒸汽机（Dampfmaschinen）

蒸汽机车（Lokomobilen）

蒸汽射轮机（Dampfturbinen）

退热机（Abwärmemaschinen）

煤气机（Gasmotoren）

帝塞氏机（Dieselmotoren）

风力机（Windmotoren）

水力机（Wassermotoren）

热气机（Heissluftmotoren）

电气机（Elektromotoren）

压气机（Druckluftmotoren）

烧料者，各力之泉也，用其所发之热，即可变为体动现动力，使其所发之热不至散失，则一"卡落里"即为一体动现动力，而得四二四 Mkg。如为时一小时，其"卡落里"之概数，为∽六三七，即成为一马力。

如以电气之原动力，而变为体动，则一马力须用七三六之瓦特，观下表可知。

$$一卡落里 = 1\,\text{Kalorie} \quad = 424\ \text{Mkg}$$

$$六三七卡落里 = 637\,\text{Kalorie} = 1\,\text{PS} - \text{Stde}$$

$$七六三瓦特 = 763\,\text{Watt} \quad = 1\,\text{PS}$$

$$一瓦特小时 = 1\,\text{W.} - \text{Stde} = \frac{1}{736}\,\text{PS} - \text{Stde}$$

前此无形无声之原动力，今则变为可惊可骇、可见可闻之现动力，其中不知经若干周折始见实效。然而原动力则因此失其原量者多矣，其所以致此者有二原因：

一、机器动而磨力生。

二、现动力有不完全之时。

譬如蒸汽机锅炉内盛以水，下加以火，而汽生焉。久之，鞲鞴动而成为体动现动力。然而所用之原动力多，而现动力少者，何也？盖炉内之火线不完全，而烟筒中又吐其热力，鞲鞴动而磨力生，磨力生而体动减。不但此也，每次所发之新汽，其中所含之热量，未见功用，大半与空气合而流入变蒸气为流质机矣。所以每百分炭内所含之热量，约得百分之十五分之体动现动力。至于上文所言每六三七"卡落里"为一马力小时，不过言其理想之数而已。观于此，可知每一马力小时，非得四二四七"卡落里"不为功也，以上所言，专指蒸汽机而言。至于他机，每马力小时，所需若干"卡落里"请观下表：

机种	功效	每马力实效小时所用之原动力
蒸汽机并蒸汽锅炉	15%	4247 卡落里
明煤气机	26%	2450 卡落里
吸煤气机	20%	3185 卡落里
纯煤油机	20.5%	3107 卡落里
煤油机	17.6%	3619 卡落里
苎油机	32.7%	1948 卡落里
帝塞氏机	95.7%	1784 卡落里
热气机	3.4%	18700 卡落里
水力机	88%	306819Mkg
电气机	34%	783W – Stde
退热力机	7%	9095 卡落里
压气机	50%	—

计机器之力，不问其所用之原动力若干，仅计其体动之实效（Nutzarbeit）或（Effekitv Leistung）大小。定为马力，此马力即每

秒钟该机所外生体动之实效是也。

大凡用轇轕现动力之机，除体动实效之外，又有所谓传力实效者（Indizierten Leistung = Psi）。何谓传力实效？如因轇轕之来复，而能将马力传递，不至遗失，量此传力实效之具，则用画弧线机（Tudikator），如第三图。所以现动力之实效。因磨擦之故，略小于传力之实效，以现动力之实效，除传力之实效，其成数即为体动作用之级数（Mechanischen Wirkungsgrad）。

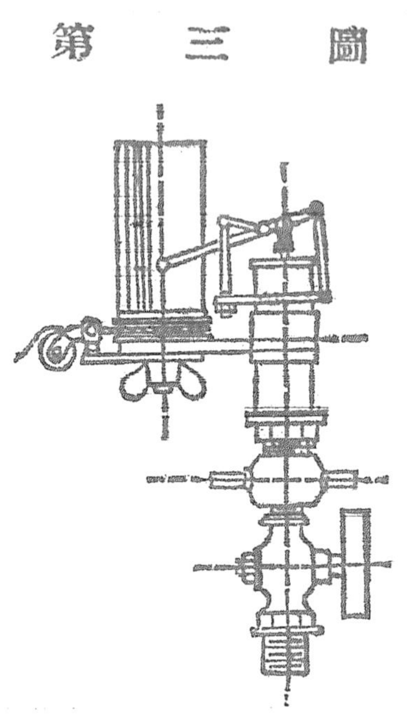

第一章　言开工之费

居今日工战之时，机器其最要者也。苟人素未从事机器，其战败固不待言，即使深通机器，而于建设以及贸易之道，劣于敌人，抑亦致败之方。盖人情不同，地势亦异，开何厂为宜，近何处为便，购何机为当，此中筹画，皆待办厂者一人主持而慎择之，否则成本既重，养费亦多，鲜有不覆事者矣。

办厂之法，必需机器（此机器专指总马力之机器而言），此人人所共知者矣。然机器之门类多矣，机器之道义深矣，言不胜言，购不胜购，今拟将他种机器弃而不论，而仅先言总机器所生之体动实效多少，以及购价暨养费多少之二大问题。

A　直接之费：

1. 机价。

2. 原动力（如炭及电气之类）费。

3. 机油费。

4. 擦料费。

5. 管机者费。

6. 修整费。

B　开接之费：

7. 购机时所用价银之利息。

8. 机器就老费（机器日动一日，即日坏一日，又日老一日，较原购之价即日少一日，久而久之，遂至于全机不可用之日，故开厂者必须将每年机器就老费折分计入，以免将来有失本之虞）。

至于烧料一门，各国不同，即同国异地亦异，总视乎出炭之地，与建厂之地之距离成比例，近者转运易而价廉，远者转运难而价昂，故烧料之费，万难确定。

若用流质之烧料，转输甚便，虽距离有远近，其价大约相等。

若用电气、水力、压力、空气等，虽无远近之分，然亦视乎所购之机种而定。

直接之费内第三、第四两条，虽所费不多，然亦视乎所用工人是否勤奋，如果该工人不珍爱擦油与擦料，浪用乱抛，则每年合计必较他人为多，而厂主遂多糜此巨款。

第五条亦关乎人工之勤怠，如其勤也，一人可管数机，否则一机必需一人。我苟位置得法，工人勤敏，则除管机之外，亦可乘隙另操他机。

第六条，若果每日开机自五小时至十小时，则修整费为数 $\frac{1}{2}$% 自十小时至二十四小时，则修整费为数 1% 。

第七条，有一定之本银，每年即有一定之利息，其数约为 4 $\frac{1}{2}$% （% 即百分之几也）。

第八条，若遇生电机，则损伤费约 $\frac{1}{4}$ %。

至于每年修理机厂屋宇之费，较成本得 $\frac{1}{2}$ %。

机种	机器损伤本于动时之多少		
	300 日每十时	300 日每五时	365 日每二十四时
蒸汽机，蒸汽驶机，蒸汽射力机	7%	5.5%	9%
纯煤油机，苎油机，煤汽机，帝塞氏机，吸煤汽机	$8\frac{1}{2}$%	7%	11%
电汽机	6%	4%	—
风力机	5%	—	—

煤气机之损伤数，无论流质烧料，或气质烧料，总之较蒸汽机为甚，因煤气机之行动，急于蒸汽机，而蒸汽机又有一种特别之十字头引焊（Kreuzkopfführung），而煤气机则缺之，且鞲鞴筒所生之正式压力（Normaldruck），抽焊（Schubstangen）直受之，所以煤气机之体动，断不能如蒸汽机之循循有序，盖当煤气轰炸之时，鞲鞴冲击，不无强弱之判，虽则今日多方改良，然总不免此弊。

电气机射力机（Turbinen），以及风力机，每年损伤之数，较他机为害甚少。

第二章　言用蒸汽之力机

蒸汽之力机设矣，而与该机同时而设者，则有锅炉（安设锅炉之学问甚大，非一二言所能尽，故此未赘）。锅炉既立，所需者煤炭，苟为生财起见，则必先审定煤矿与本厂远近之比例，以便取求转运，至于此中择地之工夫，是在创始之厂主。

总之，开厂之学问深矣大矣，苟非讲来有素，阅历有日，不如开厂之日，聘一能者，指示大略，筹划一切，如果虚心低气向能者而详询内情，未始非该厂将来之善福，否则皮毛不明，冒充总办，或夸机师，不及十年，厂其闭乎？

第一节　言鞲鞴蒸汽机（Kolbendampfmaschinen）

今日之所谓蒸汽机，即囊时之所谓鞲鞴蒸汽机。蒸汽机之于今日工场中，已成一不可缺之机器矣。若此机为动力之用，则务必求其该蒸汽为最高之膨胀度，蒸汽有膨胀之势，然不能直生体动之力，于是有所谓柁罐者（Steuerung）。时而被后部蒸汽之膨胀力，推其鞲鞴于前；时而被前部蒸汽之膨胀力，推其鞲鞴于后；如是者不绝，而现动力生焉。鞲鞴焊（Kolbenstangen）为现动力之过渡物，而曲拐轴受其体动力，而递诸雄轮长轴（Schwung radwelle），遵是以往，变为实效之体动力。此时之蒸汽，散失于空气中，或入于变蒸汽为流质机，实无定数，在乎司机者之所用而已〔散蒸汽于空气，则用吐汽机 Auspuffmaschine；变蒸汽为流质，则用变蒸汽为流质机（Kondensationsmaschine）〕。

蒸汽机不仅一汽筒已耳，又有制成双鞲鞴筒者，有云联通机者（Verbundmaschine），有云康郏机者（Compoundmaschine）。总之，不外乎将双鞲鞴筒平行而设，或先后而置。此种蒸汽机，有鞲鞴筒大小之异，小筒为蒸汽之初级致用，故谓之为高压力鞲鞴筒（Hochdruckylinder）；大筒为蒸汽次级致用，故谓之为低压力鞲鞴筒（Niederdruckcylinder）。

蒸汽机如有三鞲鞴筒者，谓之为三次蒸汽膨胀机（Dreifach-Expansionsmaschine），有高压力鞲鞴筒、中压力鞲鞴筒、低压力鞲鞴筒之分（亦可重设）。照安设之正理，高压力与中压力鞲鞴筒，常先后而置；低压力鞲鞴筒，则独立一方。若该机有二低压力鞲鞴筒，则此边高压力与一低压力鞲鞴筒相连，彼边中压力与低压力鞲鞴筒相接。

至于蒸汽出入鞲鞴筒之分法，在乎购者自择有平面抽钣（Flaschschieber）、有圆转抽钣（Drehschieber）、有圆缺转纽（Ventile）。所以世人之谓蒸汽机也，每分之曰抽钣柁罐蒸汽机（Schiebersteuerung – Maschinen）、曰圆转抽钣柁罐蒸汽机（Drehschiebersteuerung – Maschinen）、曰圆缺转纽柁缸蒸汽机（Ventilsteuerung – Maschinen）。

（A）自第一表至第二表专列单鞲鞴筒吐汽机器之马力，自 10 至 100 P Se。

自第三表至第五表，专列变蒸汽为流质蒸汽机之马力，自 50 至 500P Se。

自第六表至第八表，专列三次膨胀蒸汽机之带变蒸汽为流质机之马力，自 500 至 4000 P Se。

A 第一表、第二表：单鞲鞴筒吐气机

每年开工之时	每实效马力小时所用之 kg 炭 但该炭之"卡落里"为数 7500								
	10	15	20	30	40	50	60	80	100PS
300 日，每日 10 小时	3.05	2.90	2.65	2.28	2.15	2.05	1.98	1.54	1.41
300 日，每日 5 小时	3.45	3.25	2.95	2.56	2.40	2.25	2.16	1.68	1.52
	抽钣柁罐蒸汽机其空气逾压为 8At. /üb.								圆缺转纽柁罐蒸汽机，其空气逾压为 8At. /üb.，重烧蒸汽热度为 250℃

A 第三表、第四表、第五表：变蒸汽为流质之蒸汽机

每年开工之时	每实效马力小时所用之 kg 炭 但该炭之"卡落里"为数 7500								
	50	60	80	100	150	200	300	400	500PS
300 日，每日 10 小时	1.33	1.24	1.14	0.90	0.87	0.81	0.77	0.74	0.71
300 日，每日 5 小时	1.45	1.36	1.25	1.01	0.97	0.89	0.83	0.79	0.75
365 日，每日 24 小时	1.21	1.12	1.03	0.79	0.77	0.73	0.71	0.69	0.67
	8At./üb. 250℃ 单鞲鞴筒	9At./üb. 320℃ 高压力与低压力鞲鞴筒相连蒸汽机							

A 第六表、第七表、第八表：三次膨胀蒸汽机

每年开工之时	每实效马力小时所用之 kg 炭 但该炭之"卡落里"为数 7500								
	500	600	800	1000	1500	2000	2500	3000	4000PS
300 日，每日 10 小时	0.695	0.683	0.672	0.661	0.64	0.64	0.63	0.62	0.62
300 日，每日 5 小时	0.74	0.726	0.714	0.702	0.68	0.68	0.67	0.66	0.66
365 日，每 24 小时	0.65	0.64	0.63	0.62	0.60	0.60	0.59	0.58	0.58
	二鞲鞴筒机				四鞲鞴筒机				
	空气逾压为 11At./üb.　重烧蒸汽热度 320℃								

以下所列八表，均以德币"马克"计（每"马克"约合中银四角半）。若内地诸君有欲建设机厂者，按表筹款，或购订机器，则庶几乎近矣。至于列所建厂地面价，比之我国，似乎太昂，然亦视乎厂立之城镇而言，善商者当勿拘守此表焉可。

〔注意〕表中有洋文为 Atm./üb. 字样，全写即 Atmosphären überdruck，译曰"空气逾压"；又 C 即 Celius，测绿氏之表度也。

单鞲鞴筒吐汽蒸汽机

每年开工之时共 300 日，每日十小时

正式实效之马力（PS）		抽钣柁罐蒸汽机　8 Atm. ／üb.							圆缺转纽柁罐机 8 Atm. ／üb. 250℃	
		10	15	20	30	40	50	60	80	100
开厂费	蒸汽机并基础及配立（M）	2300. –	2700. –	3000. –	3900. –	4700. –	5100. –	5500. –	10150. –	11500. –
	锅炉等并围墙及炉管（M）	2500. –	3300. –	4000. –	5000. –	6000. –	7000. –	8000. –	9000. –	10500. –
	烟筒并基础（M）	550. –	650. –	750. –	1000. –	1450. –	1650. –	1900. –	1950. –	2000. –
	建立全机（M）	5350. –	6650. –	7750. –	9900. –	12150. –	13750. –	15400. –	21100. –	24000. –
	锅炉房及蒸汽机房地面 （每平方米达价值 80M）（M）	2400. –	3300. –	4000. –	5300. –	5800. –	6250. –	7000. –	8100. –	9000. –
	建厂全费（M）	7750. –	9950. –	11750. –	15200. –	17950. –	20000. –	22400. –	29200. –	33000. –
每年开工费	$4\frac{1}{2}$% 已用成本利息，7% 就老费，$\frac{1}{2}$% 修整费，＝12% 均视已用机价之大小而定（M）	642. –	798. –	930. –	1188. –	1458. –	1650. –	1846. –	2532. –	2880. –
	$4\frac{1}{2}$% 已用之成本利息，$2\frac{1}{2}$% 就老费，$\frac{1}{2}$% 修整费，＝$7\frac{1}{2}$% 均视厂宇成本大小而定（M）	180. –	247.50	300. –	397.50	435. –	468.75	525. –	607.50	675. –

（续表）

		正式实效之马力（PS）	抽钣柁罐蒸汽机　8 Atm. ／üb.							圆缺转纽柁罐机 8 Atm. ／üb. 250℃	
			10	15	20	30	40	50	60	80	100
每年开工费	管看并机油及揸料等 （M）		1300.–	1365.–	1400.–	1500.–	1570.–	1620.–	1700.–	2380.–	2450.–
	烧料每 100kg 炭其价为	M1.–	915.–	1305.–	1590.–	2052.–	2580.–	3075.–	3564.–	3696.–	4230.–
		M1.50–	1372.50	1957.50	2385.–	3078.–	3870.–	4612.50	5346.–	5544.–	6345.–
		M2.–	1830.–	2610.–	3180.–	4104.–	5160.–	6150.–	7128.–	7392.–	8460.–
		M2.50–	2287.50	3262.50	3975.–	5130.–	6450.–	7687.50	8910.–	9240.–	10575.–
	全年烧料每 100kg 炭其价为	M1.–	3037.–	3715.50	4220.–	5137.50	6043.–	6813.75	7637.–	9215.50	10235.–
		M1.50–	3494.50	4368.–	5015.–	6163.50	7333.–	8351.25	9419.–	11063.50	12345.–
		M2.–	3952.–	5020.50	5810.–	7189.50	8623.–	9888.75	11201.–	12911.50	14465.–
		M2.50–	4409.50	5673.–	6605.–	8215.50	9913.–	11426.25	12983.–	14759.50	16580.–
	每实效马力小时之价，以文钱计，每 100kg 炭其价为	M1.–	10.12	8.26	7.03	5.71	5.04	4.54	4.24	3.84	3.41
		M1.50–	11.65	9.71	8.36	6.85	6.11	5.57	5.23	4.61	4.11
		M2.–	13.17	11.16	9.68	7.99	7.19	6.59	6.22	5.38	4.82
		M2.50–	14.70	12.61	11.01	9.13	8.26	7.62	7.21	6.15	5.53

单鞲鞴筒吐汽蒸汽机

每年开工之时共 300 日，每日五小时

正式实效之马力（PS）		抽钣柁罐蒸汽机　8 Atm. ／ üb.							圆缺转纽柁罐机 8 Atm. ／ üb. 250℃	
		10	15	20	30	40	50	60	80	100
开厂费	蒸汽机，配立，锅炉并零件，汽管，围墙，烟筒并基础等费（M）	5350. –	6650. –	7750. –	9900. –	12150. –	13750. –	15400. –	21100. –	24000. –
	锅炉房及蒸汽机房地面（M）	2400. –	3300. –	4000. –	5300. –	5800. –	6250. –	7000. –	8100. –	9000. –
	建厂全费（M）	7750. –	9950. –	11750. –	15200. –	17950. –	20000. –	22400. –	29200. –	33000. –
每年开工费	$4\frac{1}{2}\%$ 已用之成本利息，$5\frac{1}{2}\%$ 就老费，$\frac{1}{2}\%$ 修整费，$=10\%$ 均视已用机价大小而定（M）	561. 75	698. 25	813. 75	1039. 50	1275. 75	1443. 75	1617. –	2215. 50	2520. –
	$4\frac{1}{2}\%$ 已用成本利息，$2\frac{1}{2}\%$ 就老费，$\frac{1}{2}\%$ 修整费，$=7\frac{1}{2}\%$ 均视已用厂宇成本大小而定（M）	180. –	247. 50	300. –	397. 50	435. –	468. 75	525. –	607. 50	675. –

（续表）

| | 正式实效之马力（PS） | 抽钣柁罐蒸汽机　8 Atm.／üb. | | | | | | | 圆缺转纽柁罐机 8 Atm.／üb. 250℃ | |
		10	15	20	30	40	50	60	80	100
每年开工费	管看并机油及揸料等（M）	780. –	820. –	840. –	900. –	942. –	972. –	1020. –	1430. –	1470. –
	烧料每 100kg 炭其价为　M1. –	517.50	731.25	885. –	1152. –	1440. –	1687.50	1944. –	2016. –	2280. –
	M1.50 –	776.25	1096.87	1327.50	1728. –	2160. –	2531.25	2916. –	3024. –	3420. –
	M2. –	1035. –	1462.50	1770. –	2304. –	2880. –	3375. –	3888. –	4032. –	4560. –
	M2.50 –	1293.75	1828.12	2212.50	2880. –	3600. –	4218.75	4860. –	5040. –	5700. –
	全年烧料每 100kg 炭其价为　M1. –	2039.25	2497. –	2338.75	3489. –	4092.75	4572. –	5106. –	6269. –	6945. –
	M1.50 –	2298. –	2862.62	3281.25	4065. –	4812.75	5415.75	6078. –	7277. –	8085. –
	M2. –	2556.75	3228.25	3723.75	4641. –	5532.75	6259.50	7050. –	8285. –	9225. –
	M2.50 –	2815.50	5593.87	4166.25	5217. –	6252.75	7103.25	8022. –	9293. –	10365. –
	每实效马力小时之价，以文钱计，每 100kg 炭其价为　M1. –	13.59	11.10	9.46	7.75	6.82	6.10	5.67	5.22	4.63
	M1.50 –	15.32	12.72	10.94	9.03	8.02	7.22	6.75	6.06	5.39
	M2. –	17.04	14.35	12.41	10.31	9.22	8.35	7.83	6.90	6.15
	M2.50 –	18.77	15.97	13.89	11.59	10.42	9.47	8.91	7.74	6.91

变蒸汽为流质蒸汽机

每年开工之时共 300 日，每日十小时

正式实效之马力（PS）		单鞲鞴筒汽机 8 Am. ／üb. 250℃			联通汽机 9Atm. ／üb. 320℃					
		50	60	80	100	150	200	300	400	500
开厂费	蒸汽机并基础及配立等（M）	9000. –	10000. –	12000. –	16500. –	21000. –	23500. –	32000. –	44000. –	52000. –
	蒸汽锅炉及零件、围墙又汽管（M）	7000. –	8000. –	10000. –	10500. –	14500. –	17500. –	23500. –	28000. –	30000. –
	烟筒及基础（M）	1900. –	2000. –	2200. –	2100. –	2550. –	2820. –	3520. –	4800. –	5500. –
	建立全机费（M）	17900. –	20000. –	24200. –	29100. –	38050. –	43820. –	59020. –	76800. –	87500. –
	锅炉房及蒸汽机房地面（M）	7200. –	8000. –	9200. –	10500. –	11600. –	14000. –	17000. –	20500. –	25500. –
	建厂全费（M）	25100. –	28000. –	33400. –	39600. –	49650. –	57820. –	76020. –	97300. –	113000. –
每年开工费	$4\frac{1}{2}$% 已用之成本利息，7% 就老费 $\frac{1}{2}$% 修整费 = 12% 均视已用机价大小而定（M）	2148. –	2400. –	2904. –	3492. –	4566. –	5258.40	7082.40	9216. –	10500. –
	$4\frac{1}{2}$% 已用成本利息 $2\frac{1}{2}$% 就老费 $\frac{1}{2}$% 修整费 = 7%，均视已用厂宇成本大小而定（M）	540. –	600. –	690. –	787.50	870. –	1050. –	1275. –	1537.50	1912.50

（续表）

正式实效之马力（PS）		单鞲鞴筒汽机 8 Am. /üb. 250℃			联通汽机 9Atm. /üb. 320℃					
		50	60	80	100	150	200	300	400	500
每年开工费	管看并机油及揸料等（M）	620. –	1700. –	2380. –	2450. –	3120. –	3300. –	4100. –	4900. –	5900. –
	烧料每 100kg 炭其价为　M1. –	1995. –	2232. –	2736. –	2700. –	3915. –	4860. –	6930. –	8880. –	10650. –
	烧料每 100kg 炭其价为　M1. 50 –	2992.50	3348. –	4104. –	4050. –	5872.50	7290. –	10395. –	13320. –	15975. –
	烧料每 100kg 炭其价为　M2. –	3990. –	4464. –	5472. –	5400. –	7830. –	9720. –	13860. –	17760. –	21300. –
	烧料每 100kg 炭其价为　M2. 50 –	4987.50	5580. –	6840. –	6750. –	9787.50	12150. –	17325. –	22200. –	26625. –
	全年烧料每 100kg 炭其价为　M1. –	6303. –	6932. –	8710. –	9429.50	12471. –	14468.40	19387.40	24533.50	28962.50
	全年烧料每 100kg 炭其价为　M1. 50 –	7300.50	8048. –	10078. –	10779.50	14428.50	16898.40	22852.40	28973.50	34287.50
	全年烧料每 100kg 炭其价为　M2. –	8298. –	9164. –	11416. –	12129.50	16386. –	19328.40	26317.40	33413.50	39612.50
	全年烧料每 100kg 炭其价为　M2. 50 –	9295.50	10280. –	12814. –	13479.50	18343.50	21758.40	29782.40	37853.50	44937.50
	每实效马力小时之价，以文钱计，每 100kg 炭其价为　M1. –	4.20	3.85	3.63	3.14	2.77	2.41	2.15	2.04	1.93
	每实效马力小时之价，以文钱计，每 100kg 炭其价为　M1. 50 –	4.87	4.47	4.20	3.59	3.21	2.82	2.54	2.41	2.29
	每实效马力小时之价，以文钱计，每 100kg 炭其价为　M2. –	5.53	5.09	4.77	4.04	3.61	3.22	2.92	2.78	2.64
	每实效马力小时之价，以文钱计，每 100kg 炭其价为　M2. 50 –	6.20	5.71	5.34	4.49	4.08	3.61	3.31	3.15	2.99

变蒸汽为流质蒸汽机

每年开工之时共 300 日，每日五小时

正式实效之马力（PS）	单鞲鞴筒汽机 8 Am. ／üb. 250℃			联通汽机 9Atm. üb. 320℃					
	50	60	80	100	150	200	300	400	500
开厂费 蒸汽机，并基础及配立等，锅炉及零件，汽管并围墙，烟筒及基础（M）	17900. –	20000. –	24200. –	29100. –	38050. –	43820. –	59020. –	76800. –	87500. –
锅炉房及蒸汽机房地面（M）	7200. –	8000. –	9200. –	10500. –	11600. –	14000. –	17000. –	20500. –	25500. –
建立全机费（M）	25100. –	28000. –	33400. –	39600. –	49650. –	57820. –	76020. –	97300. –	113000. –
每年开工费 $4\frac{1}{2}$% 已用之成本利息，7% 就老费，$\frac{1}{2}$% 修整费 = 12% 均视已用机价大小而定（M）	1879.50	2100. –	2541. –	3055.50	3995.25	4601.10	6197.10	8064. –	9187.50
$4\frac{1}{2}$% 已用成本利息 $2\frac{1}{2}$% 就老费 $\frac{1}{2}$% 修整费，= 7%，均视已用厂宇成本大小而定（M）	540. –	600. –	690. –	787.50	870. –	1050. –	1275. –	1537.50	1912.50

（续表）

正式实效之马力（PS）		单鞴鞴筒汽机 8 Am. ／üb. 250℃			联通汽机 9Atm. üb. 320℃					
		50	60	80	100	150	200	300	400	500
	管看并机油及揸料等（M）	970. –	1020. –	1430. –	1470. –	1870. –	1980. –	2460. –	2940. –	3540. –
每年开工费	烧料每100kg 其价为 M1. –	1087.50	1224. –	1500. –	1515. –	2182.50	2670. –	3735. –	4740. –	5625. –
	烧料每100kg 其价为 M1. 50 –	1531.25	1836. –	2250. –	2272.50	3273.75	4005. –	5602.50	7110. –	8437.50
	烧料每100kg 其价为 M2. –	2175. –	2448. –	3000. –	3030. –	4365. –	5340. –	7470. –	9480. –	11250. –
	烧料每100kg 其价为 M2. 50 –	2718.75	3060. –	3750. –	3787.50	5456.25	6675. –	9337.50	11850. –	14062.50
	全年烧料每100kg 其价为 M1. –	4477. –	4944. –	6161. –	6828. –	8917.75	10301.10	13667.10	17281.50	20265. –
	全年烧料每100kg 其价为 M1. 50 –	5020.75	5556. –	6911. –	7585.50	10009. –	11636.10	15534.60	19651.50	23077.50
	全年烧料每100kg 其价为 M2. –	5564.50	6168. –	7661. –	8343. –	11100.25	12971.10	17402.10	22021.50	25890. –
	全年烧料每100kg 其价为 M2. 50 –	6108.25	6780. –	8411. –	9100.50	12191.50	14306.10	19269.60	24391.50	28702.50
	每实效马力小时之价，以文钱计，每100kg 其价为 M1. –	5.97	5.49	5.13	4.55	3.96	3.43	3.04	2.88	2.70
	每实效马力小时之价，以文钱计，每100kg 其价为 M1. 50 –	6.69	6.17	5.76	5.06	4.45	3.22	3.45	3.28	3.08
	每实效马力小时之价，以文钱计，每100kg 其价为 M2. –	7.42	6.85	6.38	5.56	4.93	4.32	3.87	3.67	3.45
	每实效马力小时之价，以文钱计，每100kg 其价为 M2. 50 –	8.15	7.53	7.01	6.07	5.42	4.77	4.28	4.07	3.83

变蒸汽为流质蒸汽机

每年开工之时共 300 日，每日二十四小时

正式实效之马力（PS）	单鞲鞴筒汽机 8 Atm. /üb. 250℃			联通汽机 9Atm. üb. 320℃					
	50	60	80	100	150	200	300	400	500
开厂费 蒸汽机，并基础及配立等，锅炉及零件，汽管并围墙，烟筒及基础（M）	17900. –	20000. –	24200. –	29100. –	38050. –	43820. –	59020. –	76800. –	87500. –
锅炉房及蒸汽机房地面（M）	7200. –	8000. –	9200. –	10500. –	11600. –	14000. –	17000. –	20500. –	25500. –
建厂全费（M）	25100. –	28000. –	33400. –	39600. –	49650. –	57820. –	76020. –	97300. –	113000. –
每年开工费 $4\frac{1}{2}$% 已用之成本利息，7% 就老费，$\frac{1}{2}$% 修整费，=12% 均视已用机价大小而定（M）	2595.50	2900. –	3509. –	4219.50	5517.25	6353.90	8557.90	11136. –	12687.50
$4\frac{1}{2}$% 已用成本利息，$2\frac{1}{2}$% 就老费，$\frac{1}{2}$% 修整费，=7%，均视已用厂宇成本大小而定（M）	540. –	600. –	690. –	787.50	870. –	1050. –	1275. –	1537.50	1912.50

（续表）

正式实效之马力（PS）		单鞲鞴筒汽机 8 Atm. ／üb. 250℃			联通汽机 9Atm. üb. 320℃					
		50	60	80	100	150	200	300	400	500
每年开工费	管看并机油及揸料等（M）	3725. –	3910. –	5490. –	5630. –	7190. –	7600. –	9440. –	11260. –	13550. –
	烧料每 100kg 其价为 M1. –	5299.80	5886.72	7218.24	6920.40	10117.80	12789.60	18658.80	24177.60	29346. –
	M1.50 –	7949.70	8830.08	10827.36	10380.60	15176.70	19184.40	27988.20	36266.40	44019. –
	M2. –	10599.60	11773.44	14436.48	13840.80	20235.60	25579.20	37317.60	48355.20	58692. –
	M2.50 –	13249.50	14716.80	18045.60	17301. –	25294.50	31974. –	46647. –	60444. –	73365. –
	全年烧料每 100kg 其价为 M1. –	12160.30	13296.72	16907.24	17557.40	23695.05	27793.50	37930.70	48111.10	57496. –
	M1.50 –	14810.20	16240.08	20516.36	21017.60	28753.95	34188.30	47261.10	60199.90	72169. –
	M2. –	17450.10	19183.44	24125.48	24477.80	33812.85	40583.10	56590.50	72288.70	86842. –
	M2.50 –	20110. –	22126.80	27734.60	27938. –	38871.75	46977.90	65919.90	84377.50	101515. –
	每实效马力小时之价，以文钱计，每 100kg 其价为 M1. –	2.78	2.53	2.41	2.00	1.80	1.59	1.44	1.37	1.31
	M1.50 –	3.38	3.09	2.93	2.40	2.19	1.95	1.80	1.72	1.65
	M2. –	3.99	3.65	3.44	2.79	2.57	2.32	2.15	2.06	1.99
	M2.50 –	4.59	4.21	3.96	3.19	2.96	2.68	2.51	2.41	2.32

三次膨胀蒸汽机

每年开工之时共 300 日，每日十小时

11 Atm. ／üb. 蒸汽重烧至 320℃		三鞲鞴筒汽机					四鞲鞴筒汽机			
正式实效之马力（PS）		500	600	800	1000	1500	2000	2500	3000	4000
开厂费	蒸汽机并基础及配立等（M）	6400. －	7400. －	87000. －	104000. －	128500. －	176000. －	208000. －	249500. －	305000. －
	蒸汽锅炉及零件，围墙又汽管（M）	3000. －	33000. －	40000. －	52000. －	65000. －	81000. －	104000. －	120000. －	154000. －
	烟筒及基础（M）	5500. －	6200. －	7500. －	9000. －	9900. －	10700. －	11500. －	12400. －	14000. －
	建立全机费（M）	99500. －	113200. －	134500. －	165000. －	203400. －	267700. －	323500. －	381900. －	473000. －
	锅炉房及蒸汽机房地面（M）	27000. －	31000. －	41000. －	52000. －	68000. －	82000. －	94000. －	105000. －	120000. －
	建厂全费（M）	12650. －	144200. －	175500. －	217000. －	271400. －	349700. －	417500. －	486900. －	593000. －
每年开工费	$4\frac{1}{2}$% 已用之成本利息，7% 就老费 $\frac{1}{2}$% 修整费 = 12% 均视已用机价大小而定（M）	11940. －	13584. －	16140. －	19800. －	24408. －	32124. －	38820. －	45828. －	56760. －
	$4\frac{1}{2}$% 已用成本利息 $2\frac{1}{2}$% 就老费 $\frac{1}{2}$% 修整费 = 7%，均视已用厂宇成本大小而定（M）	2025. －	2325. －	3075. －	3900. －	5100. －	6150. －	7050. －	7875. －	9000. －

（续表）

11 Atm. ／üb. 蒸汽重烧至 320℃			三鞲鞴筒汽机					四鞲鞴筒汽机			
正式实效之马力（PS）			500	600	800	1000	1500	2000	2500	3000	4000
每年开工费	管看并机油及揸料等（M）		7000. －	7920. －	9860. －	11400. －	14650. －	16700. －	18250. －	18900. －	24000. －
	烧料每 100kg 其价为	M1. －	10425. －	12294. －	16128. －	19830. －	28800. －	38400. －	47250. －	55800. －	74400. －
		M1. 50 －	15637. 50	18441. －	24192. －	29745. －	43200. －	57600. －	70875. －	83700. －	111600. －
		M2. －	20850. －	24588. －	32256. －	39660. －	57600. －	76800. －	94500. －	111600. －	148800. －
		M2. 50 －	26062. 50	30735. －	40320. －	49575. －	72000. －	96000. －	118125. －	139500. －	186000. －
	全年烧料每 100kg 炭 其价为	M1. －	31390. －	36123. －	45203. －	54930. －	72958. －	93374. －	112370. －	128403. －	164160. －
		M1. 50 －	36602. 50	42270. －	53267. －	64845. －	87358. －	112574. －	135995. －	156303. －	201360. －
		M2. －	41815. －	48417. －	61331. －	74760. －	101758. －	131774. －	159625. －	184203. －	238560. －
		M2. 50 －	47027. 50	54565. －	69395. －	84675. －	116158. －	150974. －	183245. －	212103. －	275760. －
	每实效马力小时之价，以文钱计，每 100kg 其价为	M1. －	2. 09	2. 01	1. 88	1. 83	1. 62	1. 55	1. 50	1. 43	1. 37
		M1. 50 －	2. 44	2. 34	2. 22	2. 16	1. 94	1. 87	1. 81	1. 74	1. 68
		M2. －	2. 79	5. 69	2. 55	2. 49	2. 26	2. 19	2. 13	2. 05	1. 99
		M2. 50 －	3. 13	3. 03	2. 89	2. 82	2. 58	2. 51	2. 44	2. 36	2. 30

三次膨胀蒸汽机

每年开工之时共 300 日，每日十小时

11 Atm. ／üb. 蒸汽重烧至 320℃		三鞲鞴汽机					四鞲鞴筒汽机			
正式实效之马力（PS）		500	600	800	1000	1500	2000	2500	3000	4000
开厂费	蒸汽机并基础及配立等锅炉及零件，汽管并围墙，烟筒及基础（M）	99500. −	113200. −	134500. −	165000. −	203400. −	267700. −	323500. −	381900. −	473000. −
	锅炉房及蒸汽机房地面（M）	27000. −	31000. −	41000. −	52000. −	68000. −	82000. −	94000. −	105000. −	120000. −
	开厂全费（M）	126500. −	144200. −	175500. −	217000. −	271400. −	349700. −	417500. −	186900. −	593000. −
每年开工费	$4\frac{1}{2}$% 已用之成本利息，7% 就老费 $\frac{1}{2}$% 修整费 ＝12% 均视已用机价大小而定（M）	10447.50	11886. −	14122.50	17325. −	21357. −	28108.50	33967.50	40099.50	49665. −
	$4\frac{1}{2}$% 已用成本利息，$2\frac{1}{2}$% 就老费，$\frac{1}{2}$% 修整费，＝7%，均视已用厂宇成本大小而定（M）	2025. −	2325. −	3075. −	3900. −	5100. −	6150. −	7050. −	7875. −	9000. −

（续表）

11 Atm. /üb. 蒸汽重烧至 320℃		三鞲鞴汽机					四鞲鞴筒汽机			
正式实效之马力（PS）		500	600	800	1000	1500	2000	2500	3000	4000
每年开工费	管看并机油及揸料等（M）	4200. －	4760. －	5910. －	6840. －	8800. －	10000. －	10950. －	11350. －	14400. －
	烧料 每 100kg 其价为 M1. －	5550. －	6534. －	8568. －	10530. －	15300. －	20400. －	25125. －	29700. －	39600. －
	M1. 50 －	8325. －	9801. －	12852. －	15795. －	22950. －	30600. －	37687. 50	44550. －	59400. －
	M2. －	11100. －	13068. －	17136. －	21060. －	30600. －	40800. －	50250. －	59400. －	79200. －
	M2. 50 －	13875. －	16335. －	21420. －	26325. －	38250. －	51000. －	62812. 50	74250. －	99000. －
	全年烧料每 100kg 其价为 M1. －	22222. 50	25505. －	31675. 50	38595. －	50557. －	64658. 50	77092. 50	89024. 50	112665. －
	M1. 50 －	24997. 50	28772. －	35959. 50	43860. －	58207. －	74858. 50	89655. －	103874. 50	132465. －
	M2. －	27772. 50	32039. －	40243. 50	49125. －	65857. －	85058. 50	102217. 50	118724. 50	152265. －
	M2. 50 －	30547. 50	35306. －	44527. 50	54390. －	73507. －	95258. 50	114780. －	133574. 50	172065. －
	每实效马力小时之价，以文钱计，每 100kg 其价为 M1. －	2. 96	2. 83	2. 64	2. 57	2. 25	2. 15	2. 05	1. 98	1. 88
	M1. 50 －	3. 33	3. 19	2. 99	2. 92	2. 59	2. 49	2. 39	2. 31	2. 21
	M2. －	3. 70	3. 56	3. 35	3. 27	2. 93	2. 83	2. 72	2. 64	2. 54
	M2. 50 －	4. 07	3. 92	3. 71	3. 63	3. 26	3. 17	3. 06	2. 97	2. 87

三次膨胀蒸汽机

每年开工之时共 300 日，每日二十四小时

11 Atm. /üb. 蒸汽重烧至 320℃		三鞲鞴汽机					四鞲鞴筒汽机			
正式实效之马力（PS）		500	600	800	1000	1500	2000	2500	3000	4000
开厂费	蒸汽机并基础及配立等锅炉及零件，汽管并围墙，烟筒及基础（M）	99500. –	113200. –	134500. –	165000. –	203400. –	267700. –	323500. –	381900. –	473000. –
	锅炉房及蒸汽机房地面	27000. –	31000. –	41000. –	52000. –	68000. –	82000. –	94000. –	105000. –	120000. –
	开厂全费	126500. –	144200. –	175500. –	217000. –	271400. –	349700. –	417500. –	486900. –	593000. –
每年开工费	$4\frac{1}{2}$% 已用之成本利息，9% 就老费 1% 修整费 = 14% 均视已用机价大小而定（M）	14427. 50	16414. –	19502. 50	23925. –	29493. –	38816. 50	46907. 50	55375. 50	68585. –
	$4\frac{1}{2}$% 已用成本利息 $2\frac{1}{2}$% 就老费 $\frac{1}{2}$% 修整费 = 7%，均视已用厂宇成本大小而定（M）	2025. –	2325. –	3075. –	3900. –	5100. –	6150. –	7050. –	7875. –	9000. –

（续表）

11 Atm. /üb. 蒸汽重烧至 320℃			三鞲鞴汽机					四鞲鞴筒汽机			
正式实效之马力（PS）			500	600	800	1000	1500	2000	2500	3000	4000
每年开工费	管看并机油及揸料等		16100. －	18200. －	22600. －	26200. －	33700. －	38400. －	42100. －	43500. －	55000. －
	烧料 每 100kg 其价为	M1. －	28470. －	33638. 40	44150. 40	54312. －	78840. －	105120. －	129200. －	152424. －	203232. －
		M1. 50 －	42705. －	50457. 60	66225. 60	81468. －	118260. －	157680. －	193800. －	228636. －	304848. －
		M2. －	56940. －	67276. 80	88300. 80	108624. －	157680. －	210240. －	258400. －	304848. －	406464. －
		M2. 50 －	71175. －	84096. －	110376. －	135780. －	197100. －	262800. －	323000. －	381060. －	508080. －
	全年烧料每 100kg 其价为	M1. －	61022. 50	70577. 40	89327. 90	108337. －	147133. －	188486. 50	225257. 50	259174. 50	335817. －
		M1. 50 －	75257. 50	87396. 60	111403. 10	135493. －	186553. －	241046. 50	289857. 50	335386. 50	437433. －
		M2. －	89492. 50	104215. 80	133478. 30	162649. －	225973. －	293606. 50	354457. 50	411598. 50	539049. －
		M2. 50 －	103727. 50	121035. －	155553. 50	18905. －	265393. －	346166. 50	419057. 50	487810. 50	640665. －
	每实效马力小时之价，以文钱计，每 100kg 其价为	M1. －	1. 39	1. 34	1. 27	1. 24	1. 12	1. 08	1. 03	0. 99	0. 96
		M1. 50 －	1. 72	1. 66	1. 59	1. 55	1. 42	1. 38	1. 32	1. 28	1. 25
		M2. －	2. 04	1. 98	1. 90	1. 86	1. 72	1. 68	1. 62	1. 57	1. 54
		M2. 50 －	2. 37	2. 30	2. 22	2. 17	2. 02	1. 98	1. 91	1. 86	1. 83

观于以上各表，知每日开五小时者，较每日开工二十四小时者，烧炭为多，此何以故？盖因开工为五小时，或十小时，或二十四小时，总之其所失之正式热力（Normal Wärmestrahlung）相同。每日开工五小时者，尚余十九小时，此时锅炉既失其正式热力，又渐减原热，以至于冷，及至次日开工而锅炉中蒸汽之拉力，尽归乌有，此时若欲仍生正式拉力，非多用炭不可，所以每日开工十小时者，较之每日开工五小时者，又略胜一筹，盖每日减火之热度，为时尚少开工于五小时故耳。

第六、第七、第八表为蒸汽重烧机（überhitzer），今人制造此

第　　一　　圖

机，各厂不同，有独立重烧者，有直接于锅炉火桥（Feuerbrück）重烧者，有在锅炉第一次火线后重烧者，总求热气（Heizgase）、热度足以敷重热之用，此时若欲将已用之蒸汽，而又欲重热至三伯度 C 者，实鲜见。

至于蒸汽重烧机，常用锻铁质管，用铸铁者鲜，因此处用铸铁，为价昂于锻铁故，且将来如有损坏之处，尤难于修理。

如第一图，立形联通蒸汽机，其正式实效之马力为数 400，最高实效之马力为数 500，每分钟可转 110 周，旁附有生电机。该机在 Beurath 聘阿特。

如第二图，为三次蒸汽膨胀机，正式实效之马力为数 1000，最高实效之马力为数 1200，每分钟可转 110 周，旁亦附有生电机，该机在 Aachen（阿亨）。

如第三图，为卧形三次蒸汽膨胀机，并带射蒸汽变流质机（Einspritz Kondensation），正式实效之马力为数 600，最高实效之马力为数 700，每分钟可转七十八周。高压力韀鞴筒与中压力韀鞴筒，相前后而置，而低压力韀筒，则独立一方，该机在 Portland（波得兰）。

　　再观于第三表至第八表，所列 500 马力之联通汽机。无论每日开工五小时，或十小时，或二十四小时，较 500 马力之三次蒸汽膨胀机为廉，一则因所用之炭略少；二则因购价轻微；三则因成本既廉，则利息亦少；四则因就老费亦轻。经济之学，理财之术，开厂者，其留意勿忽焉可。

炮钢[①]　（Geschü tzstahl）

本篇见德文《枪炮报》（*Deutsche Waffenzeitung*）1907 年第十八、十九两号中。

"工欲善其事，必先利其器"，余谓今日之武备与枪炮亦然。夫枪炮者，武力之函数也（Funktion）。善战无善器，巧妇不能为无米之炊。我国今日当道诸公，有鉴于此，选派留学生学习枪炮，如广东、北洋所派之留德学生是，其用心非不苦，然余之意独与诸公相左者在焉。何也？德国无所谓枪炮学堂，明机器即明枪炮，我国当道不明此理，而日派人学枪炮，分枪炮与机器为二途（闻东洋有枪炮学堂，未知确否），已成笑柄。而况枪炮之所注意者，不在制造之难，而在炼钢之难，钢质不佳，虽制造合适，亦无所用。吾愿我国各省督抚，速筹的款，考选精于化学与洋文之学生，派往各国，学习冶金之法，则中国枪炮，将来庶有坚利之一日乎。译者志。

[①]　宾步程：《炮钢》，《理工》光绪三十四年（1908）五月十五日第五期。

第一章　炮管钢（Rohrstahl）

炼炮管钢之法，所最宜注意者，曰坚性（Fertigkeit），曰柔性（Zähigkeit），曰高弹性界（Hohe Elastizitätsgrenz），曰抵抗烧蚀性（Widerstandsfähigkeit gegen Ausbrennungen）。若坚性与柔性，在今日之冶金家，尚能如愿相偿，且可炼至 50t（吨。以一生的米达之立方钢可悬任五十吨之物体而不变形，故省而言之曰五十吨。下仿此）之断截性（Bruchfertigkeit）15%（即百分之十五。下仿此）之扩张（Dehnung）。其成效已著者，则有 Krupp（克虏伯）及 Schneider（希乃特）二炮厂（详见后表）。若炼高弹性界，则非易事。夫炮管当弹出之时，忽然轰炸，其钢质为急张，并非如钢条之系于扯截机者然（Zerreissmaschine），弹出炮管，扯力与涨力相交而来，所以依轴向（achsialer Richtung）之扩张力之大，与依径向（radialer Richtung）之扩张力之大无异，而近于正式弹性界（Nominellen Elastizitätsgrewz）。此界之数目表，已见于各机器书中，兹未赘录。

当今之世，各国无论自造枪炮，或购自他国，断无有于所炼炮管铁之弹性界，而在三十吨以内者也。（我国购办枪炮……?）且今日冶金之术，日有起色，有能将弹性界炼成四十五吨者，如英国是。然而弹性界高者，其扩张性亦大，若能将扩张性缩为 12%，则更为得诀矣。

枪炮放击过多，其管受伤（Ausbrennung），此炮厂与炮兵，皆莫可如何者也。夫炮管当弹出之后，其热度已达镕融点（Schmelzpunkt），而管内之上面金属 Metall 变为赤红，于是气流之在管内者，斜交横施，与管攻击，而管受伤，今日有用急转钢（Schnelldrehstahl）以作炮管，谓为可免此弊，而不知不但成本昂于他钢，而且受伤尤易于他钢。

美国 *Journal of the United States Artillery* 近来该报载有试验炮弹底螺（Bodenschranben），用急转钢之法，谓为该钢为各钢之冠，其次则镍钢，最劣为"马丁"钢（Martinstahl）。此次美人未曾将铬钢与釩钢同时试验，实为遗憾。

第二章　炮尾钢（Lafettenstahl）

炮尾钢所求者，坚性之平均，以及柔性之富足，纵使管与尾因节制机（Bremse）推移，间有偏受力之处，而弹出之时，则可令其受力平等。若为野战炮，则断截性（Brüche）不在于射击，而在于驶行。

今人造炮尾身以及各零件，则用三十八吨之软钢（Weichstahl）；造炮轮短轴（Achse），则用五十吨之钢，而有最高之弹性界者，然亦有于驶件以及立定炮尾，弃锻钢而用铸钢者。

第三章　炮簧钢（Federstahl）

炮簧之性，须有一种最坚忍抵抗之力，无论屡以压榨，而不少弱。譬如簧柱（Federsäule）长 152cm，始压为 254kg 之力，压缩为 50cm，但压缩之时，务须各湾相切，不断亦不缓，最少每簧可以放千弹而不损伤，金属少抵抗之性，最忌用制簧。

第四章　躲身牌钢（Schildstahl）

制躲身牌所用之钢皮，约 $3.17 \frac{m}{m}$ 至 $6.34 \frac{m}{m}$ 厚，虽用枪弹射击其上，可以抵御，但须该钢有一种特别坚性与柔性而后可。

今人于此处亦有用钨钢与釩钢者，其截切性至少不下百吨。譬

如有厚 $3.5\dfrac{m}{m}$ 钢皮于此，用 10kg 钢弹射击，其速度为 310m，可以抵抗，而不至贯过。

第五章　炮弹钢（Geschosstahl）

弹钢须炼至极坚，否则击而转头（或云毛头）或镕于管内。其截切性为五十五吨至六十吨，其扩张性为 8% 至 10%。

第六章　丸钢（Kugelstahl）

"衣阿哺"钢丸（Schrapnellstahlkugel），其比重至少为数有九而后可，欲炼成此量，可于合钢之时，令钨与钢相化则成矣。此法至今日，各国尚未有制成者。

第七章　合钢（Stahllegierung）

合钢之法，共分为十有三：

1. 合以铝（Aluminium），则所炼成之钢易断折，所以今日各国，凡遇炼制军器之钢，禁用合铝。

2. 合以钟（Arsenik），则为锻质致断之原因，今日各钢厂所用之数，至多不过 0.09。

3. 炭质（Kohlstoff），为炼钢所不可少，各厂所用之数，多寡亦不相等，有用于锻质中为数 0.5% 者，有用于躲身牌钢中为数 0.27% 者。总之，若于合钢时，而所用之炭质，在 0.27% 以下者，其柔性必不富。

4. 今人于合钢之时，常用铬（Chrom）与镍（Nickel）相合，其数为 1 至 1.75。至于用锻铁（Schmiedeisen）与铬镍（Nick-

elchrom）相合而炼管钢，其法与数，均为各厂所秘密，局外者实不得而知其术之何在。即如 Scthneidercanet 炮厂，于此法实得妙法，其如机不泄漏何。

5. 红铜（Kupfer），据"克虏伯"所云，若于镕钢时，合以少许红铜，最便将来用机制造，所以"克虏伯"之钢类，皆含有0.12% 之红铜。

6. 炼管钢常用猛（Mangan），若混合不均，则钢内多气泡，今日用锰于平常之管钢，为数0.9%。于铬钢为数0.4%，于钨钢为数0.1%。以上所书之数，已举其最大者而言之，用者切勿再加。

7. 钼（Molybdän）之原质，其功效与钨无异，今人炼簧钢多合以钼。

8. 欲得所炼之钢质，坚且柔，则用镍。今人用镍之数，有至于20%者，实可谓最高之数矣，使于此数而略增加之，则所炼成之钢，易断无疑。德国炮厂用镍之数为 5% 至 6%，英国用镍过 4% 者有禁。

再，合镍之时，常亦合钨与铬。

9. 磷（Phosphor）之为物，最有碍钢质，缺之亦不可（因钢质不流故）。今人用磷于镍钢为数 0.03%，于镍铬钢为数 0.01%，于镍钨钢亦为数 0.01%，定以为限。

10. 矽（Silizium）合钢，若为数在 0.5% 者，尚无大害。至于炼铸钢弹（Gussstahlschoss）亦可略加。

11. 硫（Schwefel）之为害，不至如燐之甚，故用于镍铬、镍铬钢，可 0.05% 其数。

12. 钨（Wolfram）与钢合，为坚愈甚，故今人常用钨与镍合，以镕炮前之躲身牌钢，其数为 0.5%。

13. 用钒钢（Vanadiumstahl）以造炮，是否适用，各国理工界与军界皆未曾试知，不敢轻用，今人用钒之时，常合以 1.25% 之铬。

欲知各国各厂于枪炮中今日所用之钢，请查下表，即知所用分量之多少，与所合各原质之名目矣。

［注］下表截断之悬任 = Bruchbelastung

截断之扩张 = Bruchdehnung

结效 = Resultate

（炼）= Behandelt

（热）= getempert

号	厂名	钢类	合法	结效（又云得数）		
				弹性界	断截之悬任	断截之扩张
1	Bethlehem Co.	平常"马丁"炮尾钢	炭气 0.48，锰 0.87，砂 0.17，磷 0.028，硫 0.035	—	—	—
2	Armstrong Co.	镍管钢（炼）	—	40	49.8	24.5
3	D'eutschland	管钢	5% 镍　用油浸	33.7	50.4	21.5
4	Erhardt	管钢	6% 镍	32	49.4	18.6
5	Bethlehem Co.	平常之钢（炼）	炭气 0.36，锰 0.81，砂 0.032，磷 0.026，硫 0.034，镍 3.33	六十吨钢可得 16% 之扩张		
6	Armstrong Co.	镍铬管钢（炼）	—	59	63.5	18.5
7	Armstrong Co.	铬钢（炼）	—	65	87.4	12.5
8	Schnsider	铬管钢	1.75% 铬	37	56.4	19.8
9	Hadfield	管钢（炼）	—	49.5	60	23.5
10	Willans and Robinson	铬钒管钢（赤红）	炭气 0.38，砂 0.065，锰 0.47，铬 1.267，钒 0.187，磷 硫 钾 0.04	39.3	53.1	23.5

（续表）

号	厂名	钢类	合法	结效（又云得数）		
				弹性界	断截之悬任	断截之扩张
11	Krupp	簧钢（热）	—	89	137	—
12	Erhardt	簧钢（热）	—	120	142	3
13	Cammell Laird & Co	簧钢（热）	—	107	123	2
14	—	铬钒簧钢（用油浸）	炭气 0.44，矽 0.173，锰 0.837，铬 1.044，钒 0.186，磷硫钟 0.04	53.9	80.3	12.5
15	Erhardt	短轴钢（非镕合）	—	47.7	50.4	23
16	Erhardt	镍钨躲身牌钢（未炼）	—	80	105	5.5
17	B'ethlehem Co.	镍钨躲身牌钢	炭气 0.29，锰 0.097，矽 0.035，磷 0.012，硫 0.05，钨 3%	—	—	—

热心实业诸同胞鉴[1]

　　窃维今日中国患在贫弱，何以救贫弱而跻富强，则惟在提倡实业而已。敝同人留学欧美，实业者甚多，屡欲以学堂课程编为杂志，厘定而移译之，以饷我国人，辄因款绌而中止。会去年秋间，驻德孙星使莅至是邦，热心提倡捐助巨款，并为函商江鄂两督，酌予佽助。敝同人之志愿，始赖以成，于是同学定期开办《理工》学报，月出一册，以图输入理工两科知识，于内地间，亦附录他科译箸。各件集稿所在德京留学会；发行所，在上海商务印书馆。然而事经创始，持久为难，就现所筹得之款，不过六七期，之后即当告罄。且此等专门杂志，销路必不甚多，所恃以持久不敝者，则惟我热心实业诸君是望耳。

　　该报已出版数期，想诸君早有所闻，其内容之虚实、程度之高低，早在洞鉴之中，无庸赘述。兹恳鼎力维持，量为捐助（款直交上海发行所），则《理工》幸甚！中国事业幸甚！

《理工》学报社同人谨白

---

[1] 《热心实业诸同胞鉴》，《理工》光绪三十四年（1908）六月十五日第六期。

二　《实业杂志》

论建设武汉纪念铁桥之原因及办法[①]

我汉族苦满清苛虐久矣！溯自入据神州，腥膻我土地，奴隶我人民，读近世史，类能言之。乃流毒未已，变本加厉，伪托立宪，阴行专制，我汉族用是益憔悴于虐政，呻吟于刀俎，仁人志士，不忍与一日居也。传曰："非我族类，其心必异。"长此终古，我黄帝子孙有噍类乎？夫九世复仇，春秋所许。况胡尘遍地，其罪倍蓰纪侯。因是义帜高张，风起云涌，前仆后继，有由然矣。虽然，驱秽逐膻，固资群力；因时便利，亦藉地形。洪、杨而后，我先烈诸君子，愤异族之横行，舍生仗义，号召天下者，苦心抱赤，流血成丹，卒之事业灰飞，英雄气短，更仆而难数焉。

今者武汉誓师，大功告竟，然后知前此死义诸君了，非其力有不逮，而卒以不振者，其故大有在焉。盖武汉居中华民国之中，东距浔阳，南通岭峤，西连三峡，北带汉川，伊古以来，兵冲要地。往事勿论，金田一役，曾、胡诸人，掠此形势，遂殄义师。所谓用武之国，天下有事，据而有之，可以俯瞰江淮，凌轹宛洛，风雷响应，势有必然。迄维天意亡胡，人心思汉，河山焕彩，五色旗翻，江汉炳灵，十旬雪耻。虏廷颁逊位之书，武汉实起义之点。肇造民

---

①　宾步程：《论建设武汉纪念铁桥之原因及办法》，《实业杂志》1912 年 7 月第 2 期。

国，鄂师首功，虽属人谋，亦由地利。况义旅甫兴，军情变幻。红血弹飞，白肉枕藉；鄂渚光寒，汉江水咽。江皖秦晋，奋袂争先，矢志捐躯，靡可胜计。铁血有价，购成世界庄严；铜范何时，铸就须眉伟略。是则今日五大民族之同享共和，皆我已往爱国志士之所赐也。且夫脱五千年君主专制之威，增进四百兆人民之福，煌煌伟业，震古铄今，苟无一绝大纪念物以永留世界，恐上不足慰死事之灵魂，近不足壮民国之光彩，远不足增历史之崇誉，腾羞遝迹，贻笑邻邦。矧欧美各国，或战国外，或革命国内，大功底定，皆有瑰奇建筑矗立云霄，以表示其伟烈丰功，使过其下者，抚念前徽，肃然起敬，悄然有怀，俯仰流连，歌泣咏叹，发扬蹈厉，一种爱国之心，一发而不可御。否则境过情迁，千百年后，谁复能据已往陈迹，一一而触其遐思？物之移人有是哉！昔暴秦不道，罢亿兆生命以筑万里长城，君子未尝非之。夷夏之防，种族之别，胥赖乎是；东胡强虐，幸能脱其羁绊者，未始非此巍然巨物。感触吾人脑筋，而使之奋，夫差之庭，晋王之矢，刺激恐不如是之深也。长城之功亦伟矣哉！可知物也者，事实所举也，造端甚微，关系极巨，非仅夸规模之弘阔，极世界之大观。盖将昭示来兹，使世之子孙，摩挲古物，默想功烈，益奋发有为，永迪前光，雄飞宇内，胡可量也。则知兹议武汉桥之筑之愈不可缓也。

夫武汉铁桥之议，前清鄂督张之洞已首倡之，陈夔龙嗣任时，亦主持是说，均因款绌中止。今践其原议，事在必行。鸠工庀材，刻期告竣，落成之日，为武汉首义纪念品，亦即为中华民国开创纪念品。地当中点，南北从此沟通；人履康庄，瞬息不难飞渡。成空前绝后之巨功，流万古千秋之令誉，岂不休欤？抑又闻之，国家之强富，人民之文野，咸视风气之通塞与否，交通便利，实转移风气之一大关键焉。京汉、粤汉、川汉三大干线，成荟萃于武汉，有铁桥以联络之，则首尾相应，呼吸灵通，南北东西，万里堂奥，征调之灵，转输之便，商业之盛，税额之增，游历之豪，文化之速，国度之高，一一可操左券。数十年后，东方牛耳执之者谁？其利溥哉！岂惟百世？嗟嗟！横卧天际，下则航轮可通，上则汽车如织。西欧凯旋门，北美独立石，两两相较，其价值为何如耶？但民国初基，度支已罄，与其造铁桥，费大功迟，毋宁改隧道，费小功速，此不达时之论也。隧道窄小，可驶电车，火车则否。且此桥既为纪念桥，则当公诸众人之目，若沉没江底，有等于无，不几令雄雄义师湮沦其光耀哉！且汉阳铁厂，机械悉备，大冶之铁，萍乡之煤，种种材料，近取即是，转运不劳，事半功倍，金钱省约，职是之由，凡百君子，勿惑诽言。谨撮建筑之大概，质诸高明，匡其不逮，是所厚赐。

一　地位宜择定也。查汉口形势，沿河岸线，华界仅自龙王庙至招商局之一段，不过占全岸十分之二；其余自招商局码头以下，尽入外人之手。前有人谓："该铁桥宜从龙王庙至汉阳门为桥基。"其理亦是。盖建桥于此，武汉交通实形便利，而不知汉口之寥寥寸地，借此以营商者，将几被桥路占尽矣，而租界生意因此愈形发达。且地当汉水入江之口，其水流性质较他处为尤急，其河底较他处为尤深，桥之基础不但难于下手，日日后易生危险，此不合于造桥者也。近闻各报载："该桥基宜从蛇山至龟山为妥。"其理尤谬。盖武汉建此桥也，其名义虽曰"纪念桥"，其实欲将京汉、粤汉、川汉三大干路联络一气耳。今将桥建于两山之巅，试问于铁路交通有利益否？不过资游人之散步已耳。今而后，京汉、粤汉、川汉三路仍不能直接行驶，所有一切货物旅客等，由北而南，或由南而北，仍由渡船来往，不便之举，莫此为甚，此又不合造铁桥者也。再，查汉口地面，华界小于洋界，将来三大干路告成，汉口之商务，当甲于中华民国各地，不待龟卜可坐而定。此时若不求善后之策，则汉口将来之生意，有不被外人占尽者几希。善后之策为何？莫如将是桥建于汉阳之鹦鹉洲下面，与武昌之鲸鱼套上面，为该桥两端之起点。论其两处之地势，均属平坦；论其水流之性质，则两面均属延缓。有汉阳与夫起义门外之完全两地面，何患将来汉口之商务不因铁桥而转移哉？今而后，将京汉铁路，由大智门经汉水，绕龟山后而渡武昌；再于汉阳城，设一京汉、川汉大车站，均在铁桥之两端，孰谓汉阳、武昌之生意不驾汉口而上之？若欲何全汉口之旧商务，再又于沿河岸一带，附造电车，由铁桥起，经伯牙台后渡汉水，至龙王庙以达洋界；对于武汉一方面，则由铁桥起，经保安、望山、文昌、汉阳、平湖各门，而至山后等处，以达通湘门，此又事之甚易者也。

一　桥式宜斟酌也。造桥之式甚多，总视乎所造之桥关系若何。以武汉桥而论，不外乎用开合桥与旋转桥二式。而此二式之中，又以旋转桥为合用。查武汉相距约五里之遥，其中大小帆船与轮船，每日往来于长江中者，不知凡几，若因造桥之故，而断绝其交通，令不能越雷池一步，其势既有所不能；若听其出没于大桥之下，而无法以避其长桅、高筒之危险，有所不可计。惟将该长桥分段造成，于其中将一磴，作一旋转之点，令长桥迤搭两段，有如指南针之式，如遇船过时，令其针指东西，成断横之十字形；过后复令指南北，接成一串。法之善，意之美，未有再过于此者也。

一　桥面轨道宜酌定也。查武汉相距甚遥，若桥过于宽，糜费甚多，若上面安设铁路双轨，则桥宜加倍，用料亦复不可，兹酌定该桥上面，中用单轨铁路一条，电车路左右各一条，桥之两旁各留余地以作人行，约共宽十八法尺。至于马车路尽可免去，因往往马车过桥，设遇火车或电车过时，马多惊走，不范驰驱，万一不测，横施轨上，致火车或电车出轨，其危险情形，必有令人不堪目睹者。

一　造桥宜用本国工程师也。溯武汉起义以来，二三志士倡之于前，各省和之于后，不知费多少血魂，乃有今日之现象，谓此桥为诸志士心血所造成，亦无不可。诸君既念缔造之艰难，乃欲在起义之始点建一铁桥以作纪念之物，则此桥须用本国之材料、本国之人工、本国之心思以造成之，方足以震动全球，夸耀世界，令外人观之，匪特不得渺视我国人民之程度，且足证我国人民之实具共和之资格。近阅上海各报业，有洋商福华公司包办此项工程，估银一千万两云云。闻之不胜骇异。夫我国既有共和之程度，又有造桥以作纪念之思想，而独于建筑之时，须请外人。若此桥包与外人承造，辱我共和人民之美举，反不如不造之为愈；或者俟诸数年后，中国建筑学问发达时补建，此举亦为未迟。否则，派一曾学机器及建筑之人亲往外洋，专与各国大学堂桥梁建筑教习、工程师，研究武汉大桥问题下手之方法及制造形式，半载以后，即可回国开办此桥，并无为难之处，较诸用外人替我国以作纪念者，其名誉为如何？

一　材料宜取用本国也。造桥之人，既不可以用外人，则造桥之材料，亦不宜取诸外洋，方成完全美誉。查该桥所用之材料，除钢铁、水泥外，无所谓材料也。湖北于此二项材料尤擅富裕，如汉阳之铁厂，如湖北之水泥公司，均称适用。苟建设时，先与该两厂订立合同，接济造桥之材料，并嘱其低减价目，省费大而成功亦易，不但运用甚便，且国货亦得畅销，一举两得，孰谓不可。若包与外人，则两厂均不得沾分文之利益、利权外溢，莫此为甚。至所需之石料，可取之湖南，因湘省之麻石较他处为尤坚，用作桥基甚为合用。至于旋转该桥之电机，因我国现无此厂制造，不妨购自外洋，然所费亦不甚大。

一　经费宜出诸国民也。武汉起义本为民国谋幸福起见，成功以后，我国民不肯忘前人经营之苦心，于是建设一大桥，以报答之，以纪念之。苟使我国民均为崇拜英雄之心，则此桥经费断无再出诸公家之理。想我国同胞亦断不肯吝此区区之款，而不成此美举。计全桥经费，若用本国材料，大略七百万金之谱，即可造成此款。拟请各省各界开设武汉纪念桥国民捐，共解惠囊，集腋成裘，随捐随用，随用随捐，亦不必限数月之功夫，即须捐成此宗大款。

一　武汉桥利益甚大也。今人谓建筑是桥者，往往虑每年养桥之费甚大，且谓："建桥暂费易筹，养桥久款无所出。"非也！查武汉桥成之后，每日由武而汉，由汉而武者，必不再取道轮船或木划，其势不能不取道此桥也。以武汉行人渡江而论，计每日约万人，以一人渡江费百文而论，计每日可得钱千串；至有抽将火车、电车经过费，每日亦可得数十串，合计除作养桥费外，计每月可余三万串。天下利优之事，孰有过于此者？

操工日记①

鄙人前在欧洲留学时代，曾将《操工日记》详细记载，原以附登《理工》报之末，后该报因款绌停止，此稿尚存箧中，今《实业杂志》社记者来校索阅，意欲登载，但事隔数年，时移势异，前日之记载恐与今日有不符之处，希阅者谅之。

西一千九百零八年七月十九号　访日耳曼商船公司友人，恳其指示一切。德国商船，前十八年，尚由英人查验，自有此公司以来，德人方自操其权。公司所办之事如下：

一、商人欲购船者，公司代其与船厂商妥，订立合同。船若有不完备处，公司负其责。

二、进出德国各埠之商船，其汽机等项，须经公司验看（查德国验船公司有二，此其一也）。

三、德国各埠商船，由公司二年小验，四年大验，视其机器有无损伤。未经验看之船，不得出入德国各港。

四、评商船保险之价值。

二十号　登德国欧东（Deuthese – Levante – Linic）公司之 Seriphos（塞里福司）船。系英国船厂所造；长九十九米达三五，宽十二米达二六，深八米达一三；马力一千四百五十四，载重三千一百八十五吨；蒸汽筒径，一次五百八十四，二次九百六十五，三次

---

① 宾步程：《操工日记》，《实业杂志》1917 年第 13 期。

一千五百四十九米里米达，提举一千一百四十三米里米达；大锅炉长三米达二，径宽四米达七二；共六火管，每管径宽一米达一六八；汽压五点六；烧面四十点九平方；全火条宽面四百二十三平方，每启罗平方面之蒸汽为十一点三；机转中数约五十四（以分钟计）。

今日见公司执事人，令余等自购被褥、手巾之类，且云本公司每年收带学生若干实习汽机，伊等非但不愿操工，且将被褥、手巾等任意毁裂，尤以柏林机器大学堂学生为最，此次故请君等自备一切。余闻此音，即电柏林友人，将毛毡寄来。孰意登船时，船主已给被褥，余所电寄者，似成赘旒矣。

二十一号　船主令余往水手招募所报名。九句钟时，该处应募者已有百余人，均鹄立街中。余待至十点钟，尚不得入。归见船主，告以故，船主令余再往，迂道而入，告以该船今晚十句钟出口，余依术始得报名凭单。五句钟，往医生处受验，到时尚早刻钟，候立门外之工人，又以数十计，余直按铃入验毕，发给无病凭单；再往国立水手局呈验护照，并记出口人名。九句钟，返船，船主云："君在船上助理机器甚善，然船海事极危，不可稍涉怠惰，偶不留意，小则丧己生命，大则波及同舟，君当慎之"云云。十句钟，衣工人衣，下机器房，一等管机师定每日下午四点至八点，夜四点至八点，为余值事之时。睡未数时，工人推门，令余速起（船上章程，凡有管理机器及舵工之责者，不准闩门而睡），入机器房看理。此时船已开行，略有浪，余素不习舟，头岑岑然。四点至八点，业已神疲，忽舵工处自话筒传语，令改正时刻，本船此时所用之机器时钟，系依德国汉堡城经度所定，今须减四十分方合。正值头晕腹馁，厨工送下咖啡一杯，黑色面包一方，糖乳俱无，殊难下咽。十句钟，至 Luxhave（鲁哈），风起浪作，余在汉堡所食之物，尽吐无余。三句半钟，工人又推门催起，时船已抵 Helgoland（黑哥伦）。

此岛本为英属，后德人以南非洲属地一方与英易得，遥望之，如兵舰矗立海中。自此而南，浪更大。至夜深，海面复静稳。

二十三号　船进荷兰海面，遥见帆船林立，船中另雇舵人，因此处航路甚危，非得老于此路之舵人，鲜不误事。八点半，遥见荷兰陆地。十一点，抵比国海面，另雇之舵人离船，索费约八十马克。此人方去，而比国之引港人又至。此时船行甚缓，每小时约六海里，本船速度（或译云"速率"）本可十海里，公司与船主约不得过九海里，省煤也。故其机器，每分钟平均约转五十四次。四点半，船泊比国 Antwerpen（安弗城）口外，候潮涨也。十点半，水已增高三米达，即进口，泊于 Kattendyk（卡吞得）码头之四十五号处。自昨夜至今，风平浪静，不觉前苦矣。自黑哥伦至荷兰海面，机房热度，得百度表三十六度（即摄氏表 36℃）；自荷兰海面至此，得百度表四十二度。船上有一等管机师、二等管机师、三等管机师三人。舵工亦然，均各有一助理。水手十余人。此等管机师均由中学堂毕业，入航海学堂三年，得机器师文凭；上船习练二年，再入堂数月，得三等管机师文凭；再习二年，入堂数月，得二等管机师文凭；再习练二年，入堂数月，得一等管机师文凭。

二十四号　往此地城内观动物园，种类甚少，规模亦窄。

二十五号　二等管机师准余请假一日，往游北京（余等本唯一等管机师之命是听，伊畏于照料，故转托二等管机师）。晤旧友贺君子才、潘君宗瑞，作二日谈。

二十七号　上午归船，二等管机师大发雷霆，谓余不遵假限。余谓船已停泊，即株守舟中，亦无所事也。归舱易衣，至机房助擦机器。按：机油积久，则凝成定质，有碍行动，故乘船停时，全行洗净，免沿途耽误。

二十九号　下午入城，入 Titz（里之）店，补购工衣一套。此店为德国犹太人所设，百货充积。其人善商，德皇命为商务顾问官。德国各大城均有分店，最大者在柏林。

船上作工必须之物如下：一、毛毡一床；二、枕一个；三、旧衣服一套；四、工衣二套；五、旧靴一双；六、最薄里衣二套；七、薄裤二条；八、袜子五双；九、黑小帽子一顶；十、红色或黑色手巾半打；十一、海道图一纸；十二、上岸时用便衣一袭；十三、肥皂、牙刷、牙粉等；十四、照相器、千里镜，此条可有可无，不甚关紧要。

是夜，船主令人将余被褥取去，而易以新者。余疑而询之，渠曰："此被褥及床下毡，均公司代君在汉堡时所购，君须自付价，所以未克即行交出者，因余无暇"云云。

上午，代折机件各事，二等、三等管机师属设问题相询，彼等在航海学堂所造殊浅，而经验颇富，余转询其原理，彼等多以不知为答，可知学机器者，经验与理论二者不可偏废，若既有理论，再加以经验，即成为一大工业家矣。

三等管机师告余云："当一千九百零三年日俄战争时，该船曾代俄人装运枪子，私往远东，各箱上大书'美国风琴'字样。至渤海，有数十日本人登船搜验，幸未破案，卒达目的，如数交给俄人。前船主以此获巨利"云云。

三十号晨　　登岸入一黄色小屋，受医生检验。全船水手人等，约计三十余人，均各赤体，所验下部，尤仔细。余得无病证。船在比装货，得逾二千吨，铁轨占十分之七。

有比国商会公助此城商务大学堂毕业第一之学生，搭此船往地中海、里海各埠游历。余询以何以不乘商船，而乘货船。伊曰："货船价廉，舱又宽展，较商船为便宜。"回忆余自沪来欧时，乘德公司船，名"撒克逊"，二等舱每舱四人，窄甚，尚不及余现居之舱大，而船费多至八百五十马克（今且增至千二百马克）。若附货船，不过五百马克，时亦相等；每日饮食与船主同，晨饮咖啡，十点小餐，十二点午餐，三点咖啡，六点晚餐。（以上均指附一等货船言，若二等则价又廉，饮食与管机师、舵工、余等同，三等价更廉，饮食与水手等同）。来欧留学及经商诸君，行资不丰者，乘三等客舱，不如搭货船一等舱之便利。

夜，船开至河中，让码头也。查此城为欧洲通商大埠，商船往来之多，几与德国汉堡相等。沿河各地，均被汽船公司赁租，作为码头。德国欧东公司后起，所租码头在内河经数闸始达，且内河水浅，不能满装，否则即有耽搁之虞。吾国建筑码头之地，优者已尽为外人占去，可叹也。

船中自船主至水手等，约三十人，每月用费自四百马克至四百五十马克不等（合机器、炭油等而言）。

是日也，许君熊章来船相访，晚同往城中，途遇田君吴焜，晤谈二小时。

安弗城，法文作 Anvers，居民多系佛拉明种族。其地为比国第一商港，亦为北欧重镇，去北海八十八启罗米达。城傍河，宽约四十启罗米达，每日潮涨时，即巨舰亦可由北海直入。其地之大制造厂如下：磨金钢石厂、火酒厂、啤酒厂、雪茄烟厂、糖厂、船厂。

谈此城之历史，当八世纪时，已有城市之势；至十六世纪，渐渐繁盛。其时画家辈出，如 Rubens（卢仑），如 Dyek（登克），如 Massys（黑希），皆近代名手。一千五百七十六年，为西班牙兵所蹂躏，死者万人。一千五百八十五年，复被西班牙所攻，抵守至十四月之久。一千七百十四年，为奥国占领。一千七百九十二年，又为法人所夺。维也纳会议，以此城属荷兰，居民不服。一千八百三十年，倡独立。后二年，又为法人所攻。一千八百六十三年，弛海禁，定税章，以成今日治制（今则又为德人占领矣）。此中，商务大学堂有中国留学三君子在焉。

三十一号晨　船开往地中海之 Malta（马勒打岛）。

八月一号、二号 船行英法海峡，傍英岸而行。

三号 大风，浪过船身，余在机房大呕。

四号 二等管机师谓余："每日操工八小时，未免太少，更加二小时。"每日上午九时至十一时，偕渠修整一切机件。至此，每日操工十小时矣。

船上作工较厂中苦，今略言其利害如下：

（甲）船中作工之利：

一、不费旅资遍游各埠；

二、能考察他人经商之情形；

三、能明所经各埠之商情；

四、能明船上管理机器之术。

（乙）船中作工之苦：

一、锅炉距汽机甚近（约三尺），热不可当；

二、机舱甚窄，热风扑面，油气触鼻；

三、船机甚高，上下不息，偶不留意，即有杀身之祸；

四、日夜并力，且无论休息日或节期，皆不给假；

五、遇有风浪，全船摆动，铁梯上下，机傍服油，颇非易事，晕船者尤苦；

六、货船尚有不完全之医药（本船上即以舵工兼医生），抱恙者，必须俟船抵岸时，方能就诊。

五号 船过葡萄牙海面，遥见葡京。是日，海水热至二十三度（摄氏表）。

七号 过欧非二洲海峡，惜已薄暮，仅见 Tanger（吞革）（非洲）与 Gibaltar（盖布哈打）（欧洲）之灯火而已。自此入地中海，傍非洲海岸而行。

九号 船过 Algier（阿改），大风，热甚，海水二十六度，机房同四十五度（摄氏表）。

十号　过 Tunis（土米司）之 Kap‑Bon（可育），山峰特立，地皆不毛。晚过意属之 Pantelleria（土米司），又名"罪犯岛"。昔意人流罪于此，今此律已废，罪人渐聚为村落矣。

十一号　一点，抵英属之马勒打岛。此岛及邻岛哥所，昔为腓尼全人之属土，后归希腊。纪元前四百年，为 Carthage（肯打格人）所得，以木棉蜜糖及玫瑰花著名。八百七十至九百零四年，为阿拉伯人所得。一千零九年，为 Roger 和革伯爵逐去。一千五百六十五年，突厥人（又云"土耳其"）来攻，为 Zohanndela Valette（法勒得）所击退。明年，即以其人名其首城，曰"法勒得"。一千七百九十八年，为法人所有。一千八百年，英人又逐法人而居之，迄今仍为英属。

其地距西西利岛之 Kop‑Passero（可伯色）约一百启罗米达，距北非洲之 Tripolis（启叵里）约三百二十启罗米达。与此岛为邻者，有哥所、哥米诺、哥米诺安三岛。

马勒打岛在北纬三十五度四十九分，至三十六度五分，东经十四度十二分，至十四度三十五分。面积二百四十八平方启罗米达；居民十六万六千人；英兵九千七百七十七人；英战舰泊此地者无定数。

马勒打居地中海中心，为欧亚航路之关键，地中海霸权视此为消长。此岛高于海面二百五十八米达，南与西南不便停泊，东方之法勒得及启贺哥二处实为良港。

岛中有小河五，流均甚短。其地夏甚热，平均百度表二十五度至四十度。冬则自十度至四十度。居民面皆灰色；男子长衣多力，富忍耐性；女子稍短，多黑发丰肌。男子多赤足，或着革履，持伞握扇；女皆首罩黑巾，长幼贫富皆如此，亦多赤足者。屋以土合沙石为之，全城一色，颇悦目。道路虽不甚宽，然甚洁。地不产牛，乡人驱羊至街中，以售其乳。此城中有屋，颜其门曰"中国货店"。

余入视，纯系日货。此外尚有日本店四五家。

岛民多入加特力教。全岛土地主人，教士占四分之一，五步必遇一教士。其地有大学堂一，创始人名 Pint（宾妥）；高等中学堂二；中学堂十；小学堂七十六；图书馆一；博物院一；剧场一；督署一。通用英语；土人多操岛语，间亦有用希腊语者；上等社会亦可用法文。钱用英币，法、德、意币亦可私用。此岛土质全系沙石，故海岸及道路多天然砌就，不待人工。

十二号　下午四句钟，开往非洲。

十三号　下午四句钟，船抵启叵里，泊海中。此地属突厥，在非洲北岸，西邻土米司，东连 Bengasi（宾加西），南接大汉，北滨巨海，面积一千零五百万一千启罗米达。居民约一兆，有阿拉伯人、犹太人、黑人、Berger（必必人）、Fesasna（弗煞那人）、马勒打人、欧人。突厥政府练居民为兵，数约一万五千人。其地产动植物颇繁；英人握商界之权、市用突厥钱，金币名 Medschidie（墨西低，值华银九元四角），分百 Piaster（比阿特）；银币亦名墨西低（值华银一元八角），分二十比阿特；法、意二国币亦可通行；岸有突厥银行可兑换一切。启叵里首城在地中海小 Surte（西特海）之东南，北纬三十二度五十四分，东经十三度十一分。突厥有戍兵六千人，城势东北与西南均有沙石隆起。西北滨海，余则有高十米达至二十米达城墙围之。突厥总督署在东南隅，牢狱及兵房均附焉，全城形势均近海岸。

下午六句钟，入城，城官索验护照，奈余所带之护照遗在船上，且又未经驻德突厥使署盖印，登岸时扣留于海关内者半小时，后经该船公司此地代表人出为说项，始得进城。

此处腐败情形，较吾国内地有过之而无不及。路宽约六尺，两旁陈设货物，又占地若干，可通行者不过二尺；而此二尺中，有行人，有手车，有驼马，几无路可走。屋宇高约二丈，宽约六尺，深相等；桌高尺许，凳均五寸，坐多席地，货物亦陈地上。街中可任意大小遗，且居民烟癖极深，其污秽之状，实目所未睹也。

风俗以种族而异。马勒打人习俗已见前。阿拉伯男子以帛裹头，大裤长衫，颇似吾国村学究；女子外出，以白布密裹全身，仅见两赤足。

突厥人则红冠，黑缨短衫，外加背褂，口含长约六尺之烟管，任意涕吐，盘足而坐。启亘里人衣极单薄。黑种人无论男女，全身多裸体，有于腹小部围布者，有仅以手宽之小布或草遮盖腹下者。宗教亦视种族而异，闻加特力教甚盛。

此地无水管，居民在街中掘井，汲水注器中，以小马负归，每马可负四器，亦有用驼者。

今夜居 Hotel Minerva（旅馆名）。地有旅馆四，意人所设者二，希腊人所设者亦二。惟此旅馆较佳，余三处均恶不可居。晚饭后，游其街市。旅馆主人曰："此城依人种别为数区，如犹太人、黑人、阿拉伯人、马勒打人，其居民各不相混，阿拉伯区夜行最险，妇女夜见男子经过门首，多抛石击之，君必留意"云云。

蒸汽射动机[1]

Turbine，近人译为"回转机"，似未确，兹易其名为"射动机"。

蒸汽射动机自近年以来，其发达之高，改良之速，有令人不可思议者。其在今日世界工场之中争先竞美，公认为工战中之一新派。吾人身居实业界中，为实业界之一份子，则略通蒸汽射动机之普通情形，实为吾人应尽之天职。余以蒸汽射动机一门，虽不敢自云深悉，然当年留学欧洲，耳闻师课，尚能记忆一二，今不揣固陋，检录笔记，参以他书，略将原理及其最著组织之法，摘书于后，以俟博雅君子，绳而正之。

汽鼓蒸汽机（俗云"引擎"）之发动，其原动力在于水汽，用水汽之力，而生体动之工作（Mechanischer Arbert）。其工作之能力，又关乎水汽张力之高大。且汽鼓蒸汽机，用蒸汽之膨胀力，轰动汽缸内之汽鼓（又云"韝鞴"，Kolben），而令之推移两端，如梭之在机，连带曲拐（Kurbel）为体动。始由直动，继变为回转动。若蒸汽射动机则不然，用蒸汽之速率，射注于汽车轮周围之上，而发生直接回转动之效力。虽然，自汽鼓蒸汽机发明以来，至于今日，其改良可谓至矣，即证以力学之公法，亦庶几乎近矣。若执今日之蒸汽射动机体动之情形，以与汽鼓蒸汽机相比较，则优劣相差甚大。盖汽鼓蒸汽机先为直路之动，由直路之动，牵制于曲拐，始能变为

---

[1] 艺庐：《蒸汽射动机》，《实业杂志》1917 年第 15 期。

回转动，此中磨擦抵抗力，自然加大；磨擦抵抗力既大，非縻费若干体动工作力，不足以制胜。且汽鼓紧塞于汽缸之类，与夫汽鼓推压于汽缸之两端，此中亦须消受若干有用之体动工作耳。著隐之谓为体动工作，即显之所谓马力。体动工作既受耗散，则马力自然减少，马力减少，则吾人心中所欲得之数，必不能如愿相偿。若必欲达其目的，则经济问题已实受其无形之影响矣。

若蒸汽射动机则反是。盖体动工作之因磨擦抵抗力而致耗失者，其为数甚微，全机之内，仅有汽车动轮（Laufrad）座之一处。其数与汽鼓机曲拐轴座相等。

最先可用之蒸汽射动机，为勒华（De Laval）所造者。其组织之法，至今犹有人遵式未变。如勒华蒸汽射动机社会是，但其所造者，大小不一，至小从三四马力起。

兹将各种蒸汽射动机组织分别之处，略言其要而著者于下。

一、蒸汽引导器（Dampfleitapparate）

所谓蒸汽引导器，即射动机内紧附之件，如蒸汽自蒸汽进管，以至引至回转处是，此种引导器，各人之组织不同，有制为引导汽车轮圆圈（Leitschaufelkranz）；或制为引导汽车轮之圆缺（Leitschaufelsegment）；又有制为多数之小筒（Düsen），其法将分设之小筒，平分插于回转件之周围。

二、汽车轮及动轮

汽车轮及动轮，大半用钢及铸钢两质制成圆钣。圆钣之周围，安置汽车扇钣。因汽车扇钣，并汽车轮，系用完全一块制成者最少。今人多用坚质黄铜，或钢皮作扇钣填镶于动轮之周围。若蒸汽射动机则不止一动轮，实有多数同径之动轮，并同等之扇钣数。此种组织，谓之为"多数镶条蒸汽射动机"。若有多数异径之动轮，并异等之扇钣，此之谓"多数阶级蒸汽射动机"。

若以蒸汽射入射动机，则蒸汽张力先影响于初动轮，而初动轮遂发生周围速率，而动生焉。至于周围速率，实与蒸汽张力成正比例，张力愈高者，其速率愈大。若吾人欲将动轮内之蒸汽速率实行用尽，俾无縻汽，则必先谋蒸汽张力之销路。至于周围速率之方程式如下：

$$V = \frac{2\pi rn}{60}$$

V 为周围之速率

$\pi = 3.145927$

r 为轮之半径

n 为轮转数

60 即钟之分数

或用动轮全径 d，与夫一定之周围速率 V，及每分钟假定之转数 n，而为

$$2r = \frac{60V}{\pi n}$$

吾人欲将初动轮所经过张力甚弱速力甚小之蒸汽，又欲于次动轮求其用之而有效，则吾人必须将转数 n，与初动轮相同而后可。若欲得其相等之速率 V，不至改变，则必复将动轮之通径 d 加大，然后可以达到目的。此种加大通径之动轮，人谓之为"第二级蒸汽射动机"。然亦有于每级制成多数镶条者，且并有除制成多数镶条外，并同时制成多数阶级者，但吾人无论取用何法，必须求蒸汽之张力，及于各镶条、各阶级有同等之效力，而无甚大强弱之分而后可。

三、轴与座

转数既多，而座为该机全体紧要之关键，制造者务须于此处格

外注意，以求适用。不但此也，即轴亦然。今人之于轴质，悉取铸钢为之，未造之先，即按照坚性学（Festigkeitslehre）公式，而细算之，以求得一最小之通轴尺寸，并须知该轴因动轮周围受蒸汽之压力，而仅有回转力率之可言（Torsionmoment）。至于受动轮之自重，而生弯屈之力率（Biegungsmoment），则发现者亦甚微。吾人于此，可以取用一弱轴及一薄锏，并可以得一最小锏转之速率，则座之面压既小，即普通座加油器亦可就用。若果该轴制成一坚粗之体。及一坚粗之锏，则锏转之速率必大，而普通之加油器即不适用，必须制造一特别器方可。

四、节制器（Regulator）

今人无论用何种蒸汽射动机组织法，不外乎用远心节制器，及飞力节制器两种。其安置之法，有直接于转轴者，有用齿轮间接之转轴者，总令该机转数变改之时，该节制器直受影响。即如转数加多时，则节制进汽门，不令蒸汽滥入；如转数减少时，则节制进汽门，加放蒸汽，以足其数。

至于蒸汽射动机所生之体动能力，或直接用接盘，或间接用皮带，取而用之。然动轮之转数甚高，须用多数齿轮（又云"齿轮团"），彼此递渡，渐渐减少其转数，方可适用；但齿轮团恐旋转过急，易生热度，制造时须预作一油盆，令该齿轮团全体没入，以防油脂支配不均之弊。

勒华射动机，系单独镶条、单独阶级之蒸汽射动机，又仅有单独之动轮。其动轮周围有等分数之小筒，以引进蒸汽，若此方面之小筒，为蒸汽射注罩内动轮之用，则彼方面有圈形凹道，以作蒸汽引放之地。

此种小筒制设之法，须令蒸汽在小筒之内，距进动轮之先，因空气压力，即行膨胀，所以能致此情形者，必须将进汽小筒制成斜尖形，而令蒸汽经过小筒时能逐渐增大容积。并可令蒸汽速率加高。但小筒既为斜式，极端两径必有大小之异，则蒸汽张力亦有不等之情节，如第一图。

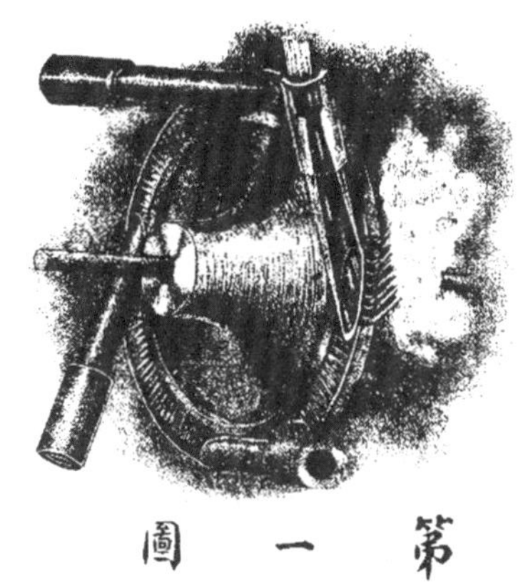

动轮之质须用最美之钢为之，并于轮之周围均制相等之不燕尾形凹槽，以便将扇钣插入。扇钣须作围轴向（Achsialer Richtung）湾形，外边并作厚脊，以防断折，合观外形而成为无端之圈形，有此并可以阻止蒸汽量（Radial）遗之弊。轴须用钢轴，又必求该钢质富于弹性而后可，因射动机初发动之时，其动轮因震摇之故，而生出一种飞力。迨发动之后，轴之转数渐增，至达所限之度，动轮完全远心旋转，而此种飞力（Flugkraft）遂因之而自消灭焉。

此种弹性之轴（Elastische Welle）横动于三座之上，一为簧力球形座，在射动机框内，以消受围轴压力；其余两座，均各在轴之一极端，齿轮团即附置于此处，该座用红铸（Ratguss）金属质为之，内制螺纹凹槽，以吸纳油脂入内，但油须购已提净之机器油用之。

射动机轴每分钟旋转之数（如下表），视机之大小而定，约在三万次至一万三千次之中；但为数过大，不适于实用，须添置齿轮团以递减其转数。其齿轮引渡比例，为八比一至十二比一，仍视机之大小而定，每分钟约在三千次至七百五十次之间。

当射动机发明时代，世人多口说不适于实用，且需汽甚多，于经济问题亦不合算。兹据勒华蒸汽射动机社会试验所得之数，列表如下，观者亦可知其大概，方信縻汽之言，实属无稽矣。

每实效马力小时所用之干汽

作用之马力实效	每分钟之转数	动轮全径以米里米达计	占面积以米达计			引进汽压以空气计			
			长	宽	高	6	8	10	12
未带变汽为水机									
3	30000	120	0.8	0.29	0.406	26.8	24.0	22.6	21.7
5	30000	120	0.906	0.433	0.728	26.8	24.0	22.6	21.7
10	24000	170	1.017	0.584	0.902	24.8	23.0	21.0	19.1
15	20000	170	1.066	0.59	0.902	22.7	20.8	19.3	17.9
20	20000	224	1.35	0.707	0.994	22.7	20.5	18.9	17.4
30	20000	224	1.466	0.707	0.997	20.3	18.6	17.3	16.5
50	16500	330	2.175	0.94	1.237	19.6	14.9	16.9	16.0
75	16500	330	2.604	1.06	1.318	18.6	16.9	16.0	15.1
100	13000	400	2.87	1.32	1.565	–	–	–	–
带有变汽为水机当64cm空气 Vakuum									
5	30000	120	0.906	0.433	0.728	16.9	15.8	15.5	15.0
10	24000	170	1.017	0.584	0.902	14.0	13.4	13.0	12.6
15	20000	170	1.066	0.59	0.902	13.6	13.0	12.5	12.1
20	20000	224	1.35	0.707	0.997	11.7	11.2	10.8	10.5
30	20000	224	1.466	0.707	0.997	11.0	10.7	10.3	10.1
50	16500	330	2.175	0.94	1.237	10.7	10.2	9.9	9.75
75	16500	330	2.604	1.06	1.318	10.4	10.0	9.75	9.55
100	13000	400	2.87	1.32	1.565	9.7	9.2	8.8	8.6
150	13000	500	3.045	1.32	1.565	9.4	8.9	8.5	8.3

（续表）

作用之马力实效	每分钟之转数	动轮全径以米里米达计	占面积以米达计			引进汽压以空气计			
			长	宽	高	6	8	10	12
带有变汽为水机当70cm空气									
5	30000	120	0.906	0.433	0.728	15.3	14.8	14.5	14.3
10	24000	170	1.017	0.584	0.902	12.6	12.2	11.9	11.65
15	20000	170	1.066	0.59	0.902	12.2	11.8	11.4	11.2
20	20000	224	1.35	0.707	0.997	10.5	10.1	9.9	9.65
30	20000	224	1.466	0.707	0.997	10.3	9.85	9.45	9.3
50	16500	330	2.175	0.94	1.237	9.9	9.5	9.1	8.9
75	16500	330	2.604	1.06	1.318	9.7	9.3	8.9	8.7
100	13000	400	2.87	1.32	1.565	8.5	8.1	7.9	7.75
150	13000	500	3.045	1.32	1.565	8.2	7.9	7.75	7.55

　　勒华射动机所用油之处，如动轮轴座，如两极端座，如齿轮团油盆，较诸汽鼓蒸汽机所用之油，则格外减少。兹将每十小时所用之油数略举于下，如：

马力	5	10	15	20	30	50	100	匹
油	0.75	0.75	0.9	1.0	1.7	3.8	5.0	启罗

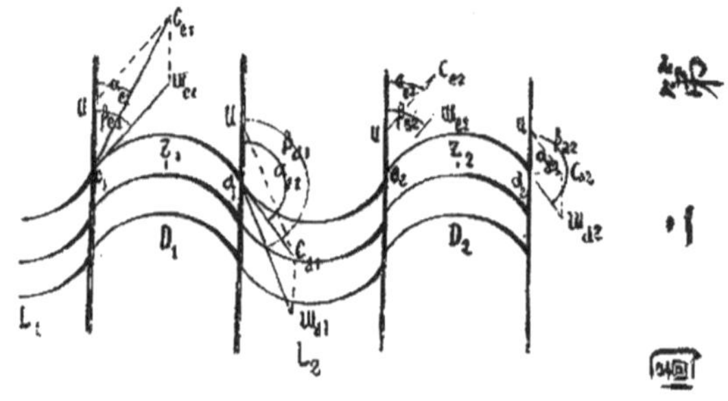

巴松（Parson）之蒸汽射动机，以及他人之蒸汽射动机组织法，其原理在取诸速率降级（Gesch－windigkeitsabstufung）。所谓速率降级者何？即不欲蒸汽速率，仅一次射注于动轮之上，如勒华氏之射动机然，须求所进之蒸汽，循序经过各引道（Leitkanal。即引轮 Le-itrad）递及于直接附置之各动轮，以成为体动工作，如第二图，L_1 L_2 为引轮钣，D_1 D_2 为动轮扇钣，至于Ce_1 为绝对的（Absolut）蒸汽速率。

在Ce_1 点者，其蒸汽油出口，在引轮扇钣L_1 成为C_{a1} 之角。其蒸汽进口入于动轮扇钣，又成为Be_1 之角，则we_1 为动轮扇钣之相对的（Relativ）蒸汽进口速率，用此速率流行于扇钣之上，而蒸汽所生之压力向Z_1 而行，一进一出，成 $Ba_1 = 180 - Be_1$ 之角。

在 a_1 点者，为动轮D_1 所生之相对的速率。如wa_2 为出口，成 a_{a1} 之角，及于第二级引轮扇钣L_2 为进口，而得周围速率 U，及绝对的出口速率，如Ca_1 之总数。

用此D_1 旋转扇钣之蒸汽射线，成绝对的之 a_{a1} 之角流。行而为绝对的速率，如Ce_1 成 a_{a1} 之角在旋转扇钣D_2 之C_2 点者，所以射线为相对的速率，如We_2 成Be_2 之角。

在 u_2 点者，为相对的速率，如We_2 成 $Ra_2 = 180 - Be_2$ 之角而出，但蒸汽射线流行时，实有绝对的速率，如Ca_2 成 a_{a2} 之角而逝。

此种绝对的速率之蒸汽，在第一级之末镶条，尚含有效力，吾人实可用之于第二级，但此时之动轮，须加大其通径，方可于通常之转数，得同等之周围速率焉。

如第三图，为巴松氏之射动机，内分三级，并制有镶条，如第一级为数十二，第二级为数七，第三级为数四。

若如上第三图之蒸汽射动机，当蒸汽进入动轮扇钣，自然发生一种动力，然当蒸汽放出动轮扇钣，而又发生一种反动力。

今日射动机之旋转数，每分钟视机之大小，多则三千五百次，

少则七百五十次，较诸他
机，实为旋转最速之器，
若直接以发电机，最为
合用。

如第三图，E 为总汽
口，与蒸汽锅炉通汽管相
接，由此再经过管形凹道，
又与蒸汽进口 A 直接交通，
当蒸汽至此处，分散于射
动机之全框周围内，先及
于初级引轮扇钣圆圈，由
此再及于动轮，俟该蒸汽
经过第一、第二、第三各

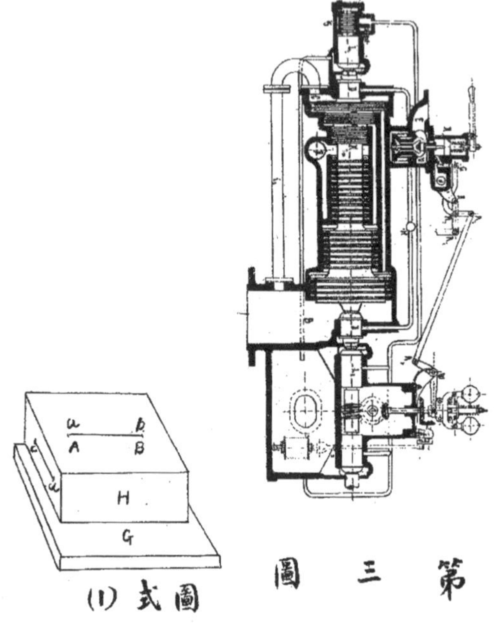

级扇钣而至 B 处，此时之蒸汽，或引放空中，或引入冷水内，惟用
者自择。蒸汽之发动，既经多数扇钣，如自 A 至 B，其蒸汽之方向，
亦经过多级，如自 A 至 B，此时难免不发生一种围轴压力。若欲抵
制此种压力，须将 A 之左端，安置三级韝韝，如 $h_1 h_2 h_3$，而与蒸汽
凹槽 $i_1 i_2$ 相通，今而后蒸汽虽有围轴压力，使向右行，自有此三级
韝韝轰之向左，两相抵制，各轮自然就位，而无偏左偏右之弊矣。
吾人恐动机之摇摆也，又于极端处制一梳座如 S，以夹住之，其梳
座之壳，可进移，亦可退后，并可于此处将动轮全体间于引轮扇钣
者，绝对的较准（用时从座壳旁两螺丝下手）。

扇钣用黄铜（Bronze）质造成，若用此种组织法，须用最好之
钢以作动轮体，而将此扇钣紧插入燕尾式凹槽内。至于动轮扇钣，
与引轮扇钣相去之距离，约三至四米里米达，此种空隙，实于射动
机工作毫无妨碍，如防力有或大或小之弊。但对于动轮扇钣与射动
机框之距离，求得最切最近不即不离者为合法，总求吾人能制到极

切近之地位为止，然尤最忌者，为扇钣与框相磨触。

在 $h_1 h_2 h_3$ 三韝韝之前后，其所有之蒸汽张力，各不相等，吾人须令各韝韝之蒸汽，各自闭塞，不相往来。其法将射动机框内，制成凹槽韝韝，沿圈制以凸脊，大小尺寸均各相合，而旋转既不相碍，又不相磨，并又有蒸汽分子以内充塞拥转其间，继以全体蒸汽之各自磨擦于凸脊之上，加以旋转之远心力，自然蒸汽遮塞于停转两物体之间，而绝无遗走之患矣。

既有此遮塞，而蒸汽欲从此流出，势难破除此反对之抵抗力，吾人心目中所欲得之紧密性于焉以成。较之金属包塞，并可省去一种磨擦力，既可省去无用之磨擦力，则旋转尽属有用之工作矣。不但此也，并一切汽缸无谓之加油动作，如汽鼓机之应需者，亦可以除去矣。

至于图中之 DD 两轴处，系与射动机框相切合，只求其堪旋转其中足矣，不可与此后所用言之 $L_1 L_2$ 座相混杂，在蒸汽射动机之 DD 两处，为内外"阿妥吾"空气（Atmosphärischen Luft）相等张力之关键，因此时蒸汽膨涨已到第三级（即低压），而为用毕放出之地位矣。若蒸汽射动机之为带变汽为水机（Kondensation）者，则 DD 处为"华苦吾"（空气类，Vakuum）所管束，因此时外面之"阿妥吾"甚大，内面亦须收进少许空气，以减去"华苦吾"，所以 DD 处均通以管，管中有 H 闩，可以放入少许蒸汽，而杜绝空气。既有此少许蒸汽入内，则势力强于"华苦吾"，此时之蒸汽与所弃（即用毕者）之蒸气，合而为一，相率而入于水矣。

本此理想，而今日之实行家，其制造遂日入于单独，第一则改换塞堵（Pakung）材料，紧固材料之动作，于焉消减，并可于人力之外，兼省一切材料费，而成本于焉稍减；第二塞堵紧固处，既无须注意，亦并无须加油，而平常所谓管理服油人，又于是可以裁除矣。

$L_1 L_2$ 座之紧固，其理想亦属甚优，每座用多次叠穿之套筒（Lagerbuchsen），而每层以及轴面，均用油以润之，令轴旋转于座中时，为油质所间，而无直接压于座壳之处，但令浮于油面而已。且该油在每座壳之中，其油质乃生一种弹性之油裤（或云"油渣"，又云"油板"），所以每坐叠穿套筒之转动，在发动射动机之时，其远心之任用（Einstellung）可以依恃轴之重心中径（Gravitationsachse）而行。至于服坐壳所需之油，系用一特别小唧筒将 L_2 坐下油池，所盛之油吸注之其唧筒约 1.5 气压，其坐上所通之管，即为注油之用（观图自明）。油既经过坐壳之后，其 L_2 之油，则直流入油池；而 L_1 之油，则从下管通入油池，以备再用。但油池之大小，盛油之多少，绘图时须先计定，以免实用时有不敷之虞。至于坐壳面之磨耗以及所用之油，吾人亦须预先计算，总求得一最小之数为合宜。

L_2 坐端油池之上，制有蜗焊与蜗轮直接，上附斜尖堆齿轮，连带将油唧筒发动，以为吸油入座 $L_1 L_2$ 之用。

至于射动机所用之蒸汽，其法将 E 管口处，置有抽门（Ventil）V。此门开闭甚速，且有一定之尺寸，不得过多，亦不得减少。若射动机需用蒸汽加多，但需将开抽门时刻延久，将闭抽门时刻缩短可矣。若射动机需用蒸汽减少，则反是。此种原动机开，则在于小汽缸之汽鼓 K，若欲将射动机停动，但将 K 上之弹簧使向下压住，令汽鼓 K 落下，而 V 抽门焊亦下，则抽门关矣。总进口 E 与 K 下之空处相联接，若蒸汽从 E 处流入，则汽力即将 K 汽鼓上之弹簧顶上，而汽鼓上；汽鼓上，而抽门于焉以开，则蒸汽遂由此以进至管形凹道 A，而及于射动机内矣。射动机动因轴头之蜗焊，牵动节制器，并及于异心圈（Exzenter）。查此圈系与横杆 W 相连，由 W 而及于 $R_4 R_5 R_6$，并 Q，又并与抽钣（Schiber）T 有直接之关系，因异心圈之体而抽钣 T 于焉以开，小蒸汽凹道 C 亦开，而汽鼓 K 向上压，蒸汽遂从脱出，弹簧遂向下落，而抽门 V 关，射动机进气来源因之堵塞。此种牵动，实本于异心圈每次旋转之数（或节制器）。至于旋转数之多少，则视射动机之大小，约每分钟百五十至二百五十次之间。至于抽门 V 或久或暂之开时，又视射动机之担负而任，流进之蒸气量或大或小，务使抽板 T 按照所用之气量，以为上下开合之限，其法将抽板上下之总路，从闭时以至开时，在小蒸气管凹道 C 中相急流（durcheilen）。而最要紧者，则为时候之或长或短耳。此种时候之长短，可用引杆附置于节制器，以牵动抽板 T 之上下，则又关乎射动机担负轻重。若射动机所担负者减轻，则旋转速率必大，自然节制器上之两球距离远弛，而节制器下之异心圈高举，所以抽板 T 处于极高之位置，而抽门 V 开时，因之缩短，闭时加长。若射动机所担负者加重，则旋转速率必减，自然节制器上之两球，节制器下之异心圈，以及抽板 T 于焉以降，而抽门 V 之开时因之加长，闭时缩短，而所进之气量，自然较前加多。

至于巴松氏射动所用之蒸汽，既能尽其能力，而磨擦抵抗力又小，即所用蒸汽亦不多，胜于汽耳，鼓蒸汽机远矣。兹列表以证之。

巴松氏射动所占之地面并所用之蒸汽

效力以 K. W. 计	每分钟之旋转数	占面积（以米达计）		引进汽压		每 K. W. 小时需用之蒸汽（以启罗计）	
		长	宽	空气压	摄氏热度	全负担	半负担
100	3000	5. 6	0. 95	10	250°	12. 7	15. 2
200	3000	7. 2	1. 3	10	250°	10. 8	13. 4
500	3000	8. 1	1. 35	12	300°	9. 4	11. 5
750	1500	9. 7	1. 65	12	300°	8. 7	10. 5
1000	1500	10. 0	1. 8	12	300°	8. 3	10. 0
3000	1000	13. 5	2. 5	12	300°	7. 2	8. 8
5000	1000	15. 0	3. 5	12	300°	6. 6	8. 35

【解】K. W. = Kilo – Watte = 千瓦特

且巴松射动机所用之油，较之勒华射动机者亦少，上文业已说明其理由。若系优等之射动机油，可用二千至三千点钟之久，方可放出再提。若再搀入四分之一或三分之一新油，合以所提净者，仍可再用。依此法则每一实效马力小时，仅用0.07格兰姆油，所以千匹马力巴松射动机，每日十小时工作，共用0.7启罗格兰姆油。

若言乎射动机所占之地面，则勒华射动机所需者多，而巴松射动机则所需者少，观上表即知。

统观以上所言射动机之组织，有心实业者，当可知其大略与夫优劣之所在矣，举今世界所制造之正式汽鼓蒸汽机与射动机相比较，第一射动机占地少，第二射动机用气少，第三减去塞堵紧固两种材料，第四消除各种服油材料，第五管理之法甚单简。

至于射动机最高之转数。仅见用于电机，前表所列之巴松射动机蒸气用数，对于实效力，以启罗华特（Kilowatte）计。查近年以来，多用于兵舰或商船之上，吾人敢断言曰：汽鼓蒸汽机不久将被射动机所排弃，而停造于各国实业工场中矣。惜吾中国于射动机机学，不但讲求者少，制造者少，即购用者亦少。以吾湘而论，仅光华电灯公司有 AEG 之射动机，此外实不多觏。今为提倡射动机起见，特著此篇，敬告吾国工业家。

中国之兵工厂①

工欲善其事，必先利其器。凡事皆然，况行军乎？若行军器械不精，所谓以其众与人也。夫以中国之大，人口之众，募百万之师，旦夕可集，养百万之师，财力亦裕，至可虑者枪与炮也。然枪炮亦不足虑，我有金钱，东西各国，何处不可购用，所虑者枪弹与炮弹也。然子弹亦不足虑，上海、汉阳、德州、广东等各兵工厂，合计尚可日出数十万，日计不足，月计可成巨数，所虑者兵工厂之原料也。

我国今日盛言设兵工厂矣，员司多而学识缺，名目高而薪资多，内则废机几部，外则额其门曰"某省兵工厂"，不亦羞我国之兵工乎？今无论内容若何，即使机械完全，既能造枪，复能造炮，并能造子弹。试问造枪造炮造子弹之一切原料，果出于何地？产于何处？若只知购外人之原料，而我仅施以人工，则所造出之枪炮子弹，即可称为我有自造之能力乎？设一日不幸与外人宣战，绝其原料之来源，则我虽有兵工厂数十百处，不出旬日，尽行停工。此无他，仰他人之鼻息，夸自身之本领，治标不正本，鲜有支持长久。观厥成功者也，下焉者，即购他人之原料，发厂仿造，浑浑噩噩，无从下手，偶一制出一枪、一炮、一子弹，则夸耀于众，其得意更不知达若何高度。若究其成本，较向外人之所购回者，价昂数倍，而其应用又不相宜，不过每年徒糜人民之膏脂已耳。余谓中国今日

---

① 艺庐：《中国之兵工厂》，《实业杂志》1917 年第 15 期。该文为宾步程译自德文《枪炮报》（*Deutsche Waffenzeitung*）1907 年第 18、19 号的 Geschützstahl 一文，最早载于《理工》1908 年第 5 期的《炮钢》。

宜缩小兵工厂之范围，移其固有之经费，分别开办原料厂，从根本上尽行去我国历来仅务皮毛之通弊。

查兵工厂所用者中，铜、钢为大宗。汉阳铁政局之钢，系普通材料，实不能合造枪炮之用，若非设法改良，而用以制造枪炮，是为废物（其原理详后）。若铜厂则全国所无也，今以产铜最富之国，反无练铜厂之设置，致令每年各省兵工厂暨铜元局所用之铜料，均购自外洋，其漏卮不下数千百万以外。尤可笑者，以现有之制钱听外人收炼，而本国人反在禁止之列，愚莫愚于此矣。盖中国不自行开办铜矿，或不自行设置炼铜厂，则无论兵工厂进行可虞，即铜元局亦属可虑。余意开办铜矿，尤宜附设炼厂，俾将所炼成之铜，优者为供给子弹之用，次者售与铜元局制造铜元，再次者可售与各工场作制品之用。此举若成，则每年补塞漏卮挽回利权，为数已甚不少。乃政府诸公智不及此，惜目前之小费，作饮鸩止渴之谋；在主持厂务者，只知敷衍门面，无忧深虑远之心，此而谓之整军实、精器械，不令人哑然失笑欤？

今请为造枪炮者进言科学：

一曰"炮管钢"。查炼炮管钢之法，所最宜注意者，曰坚性，曰柔性，曰高弹性界，曰抵抗烧蚀性。若坚性与柔性，在今日之冶金家，尚可炼至五十吨之断截性，百分之十五之扩张性，其成效已著者，如德国克虏伯与希乃特二炮厂（详见后表）。若炼成高弹性界，则非易事。夫炮管当弹出之时，忽然轰炸，其钢质受一种急暴之张力，并非如钢丝之系于扯机者然。当弹出炮管之时，扯力与张力相交而来，所以依轴向之扩张力，与依径向之扩张力，大小无异，而近于正式弹性界。

当今之世，无论自造枪炮，或购自他国，断无有于炮钢之弹性界取三十吨以内者，有之则为不合用者。今日冶金之术，日有起色，英国则炼成四十五吨之弹性界，然弹性界愈高者，则扩张性亦愈大，若能设法将扩张性缩为百分之十二，则更为合用矣。

枪炮射击过多，其管内必受烧蚀之伤，在制造枪炮厂与使用枪炮之兵卒，皆莫可如何者也。夫枪炮管当弹出之后，其热度已达镕化点，而管内部之上面金属，必变为赤色，于是气流之在管内者，与管攻击，而管受伤。今日有改用急转钢（即车床上所用之刀铜）以作炮管者，谓为可免此弊，而不知不但成本昂于他钢，而且受伤更易于他钢，实不合用已极。

二曰"炮尾钢"。查炮尾钢所求者坚性之平均及柔性之富足，但炮管与炮尾，因节制机之推移，间有偏受力之处，而弹出之时，则可令其受力平等；若为野战炮，则断截性不在于射击而在于驶行。

今人造炮尾身以及各种零件，则用三十八吨之软钢；造炮轮短轴，则用五十吨之钢，而又须含有最高之弹性界者。

三曰"炮簧钢"。查炮簧之性，须具有一种最坚忍抵抗之能力，无论屡次压榨，绝不少弱，必令制成之簧可以射放千弹而不损伤。至金属质之抵抗力甚薄，用以制簧，最不合用。

四曰"躲身牌钢"。查制躲身牌所用之钢钣，约三点一七至六点三四米里达之厚，虽有枪弹射击其上，可以抵御，但该钢须有一种特别坚性与柔性而后可。

今人于此处亦有用钨钢与釩钢钣者，其截切性至少不下百吨，譬如有厚三点五米里米达钢钣，于此用十个启罗格兰姆钢弹射击其上，其速度为三百一十米达，可以抵抗不至穿过。

五曰"炮弹钢"。查弹钢须炼至极坚，否则射中恒转头（即变锐为钝），或镕于管内。其截切性为五十五吨至六十吨，其扩张性为百分之八至百分之十。

六曰"丸钢"。查钢筒弹丸其比重为数至少有九而后可，欲炼成此质，可于合钢之时，令钨与钢相化则成矣，但此法至今日各国尚有未如愿制成者。

七曰"冶钢"。查冶钢之法共分为十三种：

一、合以铅，则所炼成之钢易断折，所以今日各国凡遇制军器之钢禁止用铅。

二、合以鉮，则为煅质致断之原因，今日各钢厂所用之数，至多不过零点零九。

三、炭质为冶钢时所不能少之物，各钢厂所用之数，多寡亦不相等。有用于煅质中，为数百分之零点五者。有用于躲身牌钢中，为数百分之零点三七者。总之，若于合钢时而所用之炭质在百分之零点二七以下者，其柔性必不富。

四、今人于炼钢之时，常用铬与镍相合，其数为一至一点七五。至于用锻铁与铬镍相合，炼成炮管钢，其法式与分量均为各厂所秘密，厂外人实无从得知其数目。

五、红铜。据克虏伯厂所云，若于冶钢时，合以少许红铜，则将来用机械工作时最为便利。所以克虏伯厂之钢类，皆含有百分之零点二二之红铜。

六、炼炮管钢常用锰，若混合不均，则钢内多气泡。今日用锰于平常之炮管钢，其数为百分之零点九，于铬钢其数为百分之零点四，于钨钢其数为百分之零点一五。以上均举其最大之数而言，用者再不能增加。

七、钼之原质，其功效与钨无异，今人炼炮簧钢，多合以钼。

八、欲得所炼之钢质坚且柔，则用镍。今人用镍，镍数有用至百分之二十者，实可谓最高之数矣。使于此数而再略增加之，则炼成之钢，易断无疑。德国炮厂用镍之数为百分之五至百分之六；英国炮厂用镍过百分之四者有禁。又合镍之钢，亦有参合钨与铬者。

九、磷之为物，最有碍钢质，然亦不能排除。今人用磷于镍钢，为数百分之零点零三；于镍铬钢，为数百分之零点零一；于镍钨钢，亦为数百分之零点零一，定以为限。

十、砂合钢，若为数在百分之零点五者，尚无大害，炼铸钢弹，并可略加少许。

十一、硫之为害，不至如磷之甚，故用于镍铬或镍钨钢，可用百分之零点零五。

十二、钨与钢合，坚硬最甚。今人常用钨与镍合，以炼炮之躲身牌钢钣，其数为百分之零点五。

十三、用钒钢以造炮，是否适用，今日各国冶铁家与军界皆未曾试验，不敢轻用，但用钒之时，常合以百分之一点二五之铬。

欲知各国各厂于枪炮中今日所用之钢，查阅下表，即知所用分量多少与夫所用各原质之名目矣。

号	厂名	钢类	合法	结果		
				弹性界	受断截力	断截之扩张
1	Bethlehem Co.	平常（马丁）炮尾钢	炭气 0.118、锰 0.87、砂 0.17、磷 0.028、硫 0.035	—	—	—
2	Armstrong Co.	镍管钢（炼）	—	40	49.8	24.5
3	D'eutschland	管钢	5% 镍，用油侵	33.7	50.4	21.5
4	Erhardt	管钢	6% 镍	32	49.5	18.6
5	Bethlehem Co.	平常之钢（炼）	炭气 0.36、锰 0.81、砂 0.032、磷 0.026、硫 0.034、镍 3.33	六十吨钢可得 16% 之扩张		
6	Armstrong Co.	镍铬管钢（炼）	—	59	635	18.5
7	Armstrong Co.	铬钢（炼）	—	65	87.4	12.5

（续表）

号	厂名	钢类	合法	结果		
				弹性界	受断截力	断截之扩张
8	Schnsider	铬管钢	1.75% 铬	37	56.4	19.8
9	Hadfield	管钢（炼）	—	49.5	60	23.5
10	Willans and Robinson	铬釟管钢（赤红）	炭气 0.38、砂 0.065、铬 1.267、釟 0.187、磷硫𨦡 0.04	39.3	53.1	23.5
11	Krupp	簧钢（热）	—	89	137	—
12	Erhardt	簧钢（热）	—	120	142	3
13	Cammell Laird & Co	簧钢（热）	—	107	123	2
14	—	铬釟簧钢（用油浸）	炭气 0.44、砂 0.178、锰 0.837、铬 1.044、釟 0.186、磷硫𨦡 0.04	53.9	80.3	12.5
15	Erhardt	短轴钢（非镕合）	—	47.7	50.4	23
16	Erhardt	镍钨躲身牌钢（未炼）	—	8.80	105	5.5
17	B'ethlehem Co.	镍钨躲身牌钢	炭 0.29、锰 0.19、砂 0.035、磷 0.012、硫 0.05、镍 3%	—	—	—

受断截力 = Bruchbeleastung　　炼 = Behandelt

断截之扩张 = Bruchdehnug　　　熟 = getempcrt

今请更为办子弹厂者进言计划。

近日谋国者，日倡言设兵工之厂以搜军实，于是游谈之士夫，皮毛之学者，乘时群起，或自以为能制枪械，或自以为能造子弹，肆其如簧之舌，大言而不惭。夫兵工厂之设，记者亦非不谓为急务也，然付托不得其人，轻心掉弄，鲜有不失败者。今于制造枪械与子弹之人材，既毫无储备，挥霍巨款，徒供此辈之一试，毋乃近于儿戏。且凡欲举一事，大而天下国家，小而宫室庖湢，皆必先自量其才力足以胜之，惟其计划之在胸，然后能措置之应手。今我国独不然，凡治一事，所恃者不在学问经验，而在声气奔竞，虽懵然门外之汉，皆可强不知以为知，施之政界且不可，况实业乎？记者有忧之，故先诏以枪炮原料上之学理，更为立子弹制造上之计划，惟审察时势，更有一不能已于言者。

盖欧战终结，各国已用余之枪炮，不知凡几，留之无用，弃之可惜，将来势必以贱价出售于他人。我国向贪物值之廉，不察品质，又定必收购多宗，强充军实。设承办者不贪回扣，主持者深悉工理，所损失者犹少。苟其私心自用，不加辨别，为害滋大。余意以贱价购他人之废枪炮，不如以贱价购他人制造枪炮子弹之合用机器。现今各战争国之各种机器厂，或改为枪弹厂，或改为子弹厂，将来战争结束之时，各工厂除政府指定之兵工厂外，其余必恢复原状。当其再注重工商业时，此际所增加之兵工机器，在普通之工厂，既无所用，势必变价出售，我国将来开办兵工厂，对于购买此种机器，除运费外，不过偿成本之半值即可购得。苟于此时预备原料，不过数年之久，不但不向外人购军器，并可以其余售与外人，但此尚指自有原料而言，否则虽有兵工厂而无原料，则不如不开办之尤愈也。

兹拟具每十小时可制成五千子弹之计画，若果日夜开工，每日可出子弹一万一千颗，应行设备之机开列于下：

春铜壳一次至二次机一部、春铜壳三次至四次机一部、压铜壳

机一部、压铜壳头机一部、压铜壳底印文光边机一部、烧口机一部、缩口机一部、钻火眼机一部、铜壳切口机一部、压铜壳下之铜帽凹形机一部。以上十部，关于制造子弹铜壳者，约洋二万五千元。

压铜盂头机一部、切钢盂头机一部、压尖钢盂壳机一部、扯弹丸铅线机一部、剪压铅线成弹形机一部。以上七部关于制造弹头者，约洋九千元。

压火帽机一部、脱火帽机一部、电气装药机一部、上弹头机一部、脱弹头机一部、办紧钢弹机一部。以上六部关于装配弹头火药者，约洋二万七千元。

试验铜壳大小机一部、试验弹头大小机二部、子弹称量机二部、试验已成之子弹重量机一部、试验已成之子弹机一部。以上七部关于试验子弹者，约洋一千元。

马力机一部、锅炉一座、车床三部、刨床一部、钻床一部、洗床一部、钳床三部、磨刀机一部。以上关于子弹全厂者，约洋一万二千元。

炼铜炉二座、烘铜片炉二座、轧铜片机一部，以上关于铜壳者约洋五千元。

此外其余各种零件，不须向外人购用而自行制造者，如烧烤棹摇光桶等项，约洋一千元。

合计以上所开各机，除地皮房屋外，共洋九万元。

以上仅以每日十点钟工作，出五千子弹计算，若将来欲扩充出货，则所有机器，除装药机一部不能制造外，其余皆可自行逐渐仿造，不过一二年之后，敢决定每日夜工作，每月可出子弹六十至七十万颗，此计画迟至欧战结束之后，再行举行，并可于九万元之数减少一二万，彼日言办兵工厂，筹备连年，糜款数十万，而毫无头绪者，阅此当知所从事矣。

世界工业源流考[①]

余常见吾国人自命为国学者流，每见西人发明一器物、一机械，必妄引吾国子史一二语之近似者，侈陈而张大之，以为彼之所发明，皆已见吾国古籍。于是，《考工》所补记，诸子所寓言，凡关乎机械、金石、艺术、象数者，辄挦拾之，用以涂饰流浴之耳目，若曰欧美文明不过尔尔。然其平日于工业学理本未研究，即使吾国古籍果于今之科学工业已发其端，彼亦仅能举其单词剩句，以为谈助，进而询其理由与夫实施之法，则茫如也。

余常见吾国人自命为西学者流，每遇中国经史百家之言，必力毁之，指为无益之学，称为亡国之文。即其中所载有关科学工业之源流，可质考证者，亦痛诋而深绝之。几若二十世纪以后，此种书籍决不能存在者。以致欧美各国之源流吾国者，此辈西学家皆数典而忘其祖，实属大悖于理。且彼于西国之科学工业如有所得，尤当以中国文字著为书籍，俾国人皆不假象胥之劳，而能肄其义，然后所利济者广而远。奈何于中国文字反行轻视，以致握管伸纸不能达意，使从游者尽求之于西籍，后学津梁之谓何？

故余以为此二者皆非也。

考西人之工业，确有自吾国输入者，今试翻阅西国历史，彼尚

---

① 《世界工业源流考》在《实业杂志》第 25、26、27 号连载，具体情况如下：艺庐：《世界工业源流考》，《实业杂志》1919 年第 25 号；艺庐：《世界工业源流考（二）》，《实业杂志》1919 年第 26 号；《世界工业源流考（三）》，《实业杂志》1919 年第 27 号。

津津称道之，初不为讳，吾国人何不可宣扬先籍，以傲世人。特惜中国古籍所纪载，大抵存其纲而阙其目，以致后人不能按图而索骥，甚足惜也。或者祖龙焚书，此种书籍亦在一炬之列乎？曰："非也。"祖龙焚书，医卜尚留，何况工业。吾敢云，工业书籍，系秦汉以后之士目为小道，取其文而忽其义，删之复重删之。至今日，即令其书尚存，亦成与工业不关痛痒之文字。若其文章不华、词句不雅者，儒林摈之久而歇绝。此时而欲追稽前人之工业状况，已不知从何说起。自命国学者流之广为援引，其用心亦甚苦，惜乎穿凿附会，多不深考，未免贻讥学者。至于西学家于国学一途，素少研究，轻事鄙夷。余以为醉心者，情尚可原；盲从者，欲借以为藏拙之计，则不可。不思古今中外文字，同为意思之标记，不过形声不同，何必尊彼抑此。若论其书籍体裁之差别，则西书多图，图与说并重，中书则否；西书多专门，惟专则精，中书则否。此虽中国前人著作之不善，吾人未尝不可择善而标帜鼓吹之；或惩其体裁之不善，而自出新著改良之。若仅知痛诋前人，而不顾后人，还以吾人今日所痛诋者，转而痛诋吾人，则罪更加重矣。中国文字虽繁，而应用实简，去繁就简，绘图立说，编纂新书以遗后人，俾千百年以后，考求工业，即以吾人今日书籍为之权舆，亦无不可，何事诋毁为？

鄙人欲考世界各国工业源流，偶阅西书，觉中国发明之工业亦参列其中，不胜欣慰。且考利用机械之事，中国亦较早，更觉雀跃。因念比年，国内学人似略可分为新、旧二派，旧派尊古而不深求所以，新派蔑古而欲尽废国学。两派各有所感，故辞而辟之，且遍考各国工业发明者与其发明之年代，胪列为表，使阅者得知世界进步之程序。虽物质文品多由欧美工学者所发明，然最早发明者究推吾国，彼欧洲工业进化之时期距今亦甚近，吾国之治工学者阅此可以兴起矣。大约火药之发明，距今约千年；玻璃镜之制成，距今不过六百年；快枪之进步，距今不过二百年；蒸汽机之发明，纺绩机之利用，硫酸之制造，距今不过百五十年内外；后膛炮之改良，则距今才八十年；新发电机之创制，距今约五十年；若夫飞行机、潜水艇，则近日甫有成绩，更为尽人所知矣。二百余年以来，彼之工业进步蒸蒸日上，威光所及，各民族屈伏其下，莫能抵牾。究之考其致此之由，不过此二百年间，产生此百数十先觉之民，出其心力，相续相蜕，以浚发其制器利用之能事而已。吾国人之心思才力岂遂逊彼？吾知必有豪杰之士睹此而蹶然奋起者矣。然则吾之笔此，亦工学得失之林也，倘亦世之君子所乐闻欤？抑学者欲知中国工学发明果后于西人否乎？请先举一二例以证之。譬如水力机械，中国早肇其源。《魏略》曰："马钧，京都城内有田地，可为园，无水以灌之。乃作翻车，令儿童转之，而灌水自覆出。"或曰："汉灵帝时，毕岚所造有称为龙骨车者，有称为翻车者，即湘人所谓水车之类也。"次则水碓，至杜预元凯作连机水碓，农家多于近水处用之。此外，水力动轮，因水势之位置，分为三种：一、水由车上入，而利用其重量自行转动者，谓之"上冲水轮"；二、车之下部与水相接，而借其冲激者，谓之"中冲水轮"。今试游历我国内地，见各处小河之旁，水碓、水轮遍地皆是。偶遇天旱，则农家出其水车，灌水溉田，历有年所。可知，今日自称文明各国，所制之水力射转机以及唧筒等，实本吾国。至于生铁与指南针，尤为吾国著名之工业，各国书籍纪载详明，毋庸赘述。特外人久而忘其所本，遂自诩机械精良，擅称发明，诚为可耻。惟 Meyere Konversations Lexikon 第十三卷第三百八十三页，曾纪中国发明生铁与指南针二事，不佞摘择其文，稍加引证，以告世人之钦佩外人者，孰谓中国古书之不可读哉？其余各国所发明之工业，则依年代次第编列之。不佞明知中国所发明之工业，其价值足纪者尚多，惟其详往往失考；其流传久而犹存者，欲纪其发明于某年，又无可据，不合此作之例，不能收入，姑俟异日补辑之。

欧西纪元以前，其机器历史之进步甚缓，且亦不多觏。纪元以后，渐露头角，然亦仅有数种著名之小机器而已，如平面滑车、辘轳车、绞车、卷辘轳、螺旋水车、鼓形轮、鞲鞴唧筒（带风锅者）、闩力压机、提举力压机、螺形压机（以上三种压机均为压酒压油之用）、榨油机、牛皮囊吹炉风机；次则有水力麦粉磨，其所用齿轮则甚劣；再次则有战争兵器数种，如破墙器、攫船钩、弩、投石机、弩形投石机等而已。当时，此种小机器与吾国上古时代，实成鲁卫之政。迨及后各种机器发明，逐渐改良，而工业始形进步。兹将世界各国最著名之机器，及发明之人名、年代，列表于下。

纪元前一一二〇年，中国周公制指南针。

指南针输入欧洲在纪元后一一八一年。

一三〇二年，若叶 Gioja 改良指南针，令盘与针相连络。

纪元前七百年，中国冶炼生铁。

纪元后一四九〇年，生铁炉始见于耳时煞司（Elsass），熔铁高炉大约始于荷兰国。至一七〇〇年，始及撒克逊（Sachsen）与阿耳之（Harz）。

一七四〇年，熔铁高炉改烧石煤，第一次见于克布贺克打勒（Coalbrookdale），在希贺甫希里（Shropshire）。

一七八四年，可耳特（Cort）发明甫得仑冶铁法（Puddelprozess）。

一八三〇年，奈龙（Neilson）冶铁炉改用热风。

纪元前六〇〇年，耳西耳（Assyrer）发明水表（按，即中国古代之铜壶滴漏）。

至纪元前五六〇年，亚力山大发明日晷。

纪元后八五〇年，伯贺那（Verona）制造齿轮钟表，而发明理论者为巴西维苦司（Pacificus）。

九八〇年，格伯特（Kerbert）与解业司（Rheines）发明重量表（即用称物秤之理）。

一五一〇年，辟打黑勒（Peter Hele）与在女恩伯格（Nürnberg）发明随身小表。

一六五五年，吕根司（Havgens）发明摆钟。

一六七四年，吕根司又发明盘簧以作钟表操纵快缓之用。

一六九五年，托比恩（Tompion）发明钟表内之圆筒操纵器。

一七九〇表，母吞格（Mudge）发明钟表内之自由锚形操纵器。

一七三六年，阿里松（Harrison）发明测时表（Chronometer）。

一八三九年，石太音海勒（Steinheil）发明电动表。

纪元前二六〇年，阿希灭得司（Archimedes）发明平面滑车及螺钉。

纪元前二一二年，阿希灭得司发明烧镜。

纪元前一五〇年，克西必洛司（Ktesibios）发明消火唧筒。

一四三九年，在女恩伯格（Nürnberg）宣布消火唧筒构造。

一六七〇年，海登（Heyden）改良消火唧筒附加风锅。

纪元前一〇〇年，黑贺（Heron）与亚力山大（Alexandria）发明扛机压力唧筒反动轮。

八五〇年，马苦格苦（Marcus Graecus）配合火药。

一三一三年，僧人伯妥希华之（Bertold Sihwary）亦制造火药。

一八六〇年，何满（Roaman）制马奴火药（Mammutpulver）。

一八八六年，维身勒（Vecille）制无烟火药。

一一〇五年，欧洲发见风力磨。

一五〇二年，贺勒卡（Volker）发明筛粉器。

一八一〇年，包耳（Pauer）发明米粉磨。

一八二〇年，黑文伯格（Helfen bergen）发明碾米磨。

一八六九年，叶克司（Yaacks）与伯恩司（Behrns）发明打风磨臼。

一二六〇年，阿伯土司马格奴司（Albertus Magmus）**发明硝水分析金。**

一五五七年，伯妥格灭（Bertolome）发明用水银冶获金银。

一二八〇年，欧洲始制成玻璃镜。

一六七〇年，希赛克阿得（Schrankhardt）发明用酸类蚀镂玻璃。

一六八八年，德华德（Thevart）发明铸造镜用玻璃。

一八七五年，巴司体（de la Bastie）发明坚质玻璃。

一八七五年，齐门子发明烧玻璃之盆式炉。

一二八〇年，司必那（Shina）发明眼镜。

一四四〇年，发明铜钣美术，大约系德国西南省人所发明。

一四五〇年，古吞伯格（Gutenberg）发明印刷术。

一八〇〇年，卡勒司坦火迫（Caut Stanhope）计划印刷铁压机。

一八一〇年，夫里登揆宜希（Friedrich Konig）发明平面印刷机。

一八一一年，又继续发明圆形印刷机。

一八四六年，阿甫勒加（Applegath）发明旋转迅速印刷机。

一四六〇年，里果蒙谭奴司（Regiomontamus）发明数学之小数法。

一四八〇年，刘那多闻体（Leonardodo Vinci）发明轻气球用之降落伞。

一七八三年，仑那满（Lonormand）试用降落伞。

一四八三年，闻则劳司（Wenceslaus）发明制铜蚀镂术。

一四九〇年，闻体（Vinci）发明验湿仪。

一七八三年，劳勋耳（Saussure）发明细微验湿仪。

一八二五年，劳古司（August）发明验心理计（Psychometrie。

验心理计，四字不甚妥，姑译之，以待博雅更正）

一五一〇年，**闻体**（Vinci）**发明水平式水力轮**。

一五一七年，**德国女恩堡**（Nüruberg）**地方钟表工人，发明枪上之轮机，较从前所用火索机则甚便。**

一六三〇年，法国人发明枪用燧石着火机。

一八〇七年，福西特（Forsyth）发明枪上之雷管机（又云"击发机"）。

一五〇〇年，卡市黑勒业（Kasp Höliner）在维也纳发明直线枪管。

一六三〇年，德国人苦特（Kutter）改良直线枪管为螺线枪管（即今日普通所谓"来复枪"）。

一七五一年，绍德特（Chaumette）发明后膛枪。

一八二八年，的来色（Dreyes）发明枪弹所用之着火针。

一八四〇年，德西业（Delvigne）发明尖头枪弹。

一八四九年，米里（Minie）亦发明尖头枪头。

一八六三年，毛瑟（Mauser）改良着火针枪。

一八七八年，满里歇（Mannlicher）发明连发枪。

一五二〇年，马加黑司（Magalhaes）**发明测程仪**。

一五三〇年，犹根（Yuergcns）**发明纺绩轮**。

一七三八年，外特（Wyatt）发明纺绩机上所用牵曳机。

一七六八年，阿里弗司（Hargicaves）发明纺绩机。

一七六九年，阿克里希（Arkwright）发明制衣机。

一七七五年，可吾东（Crompton）发明吾勒（Mule）形纺绩机。

一八二一年，可克（Cocker）与海根司（Higgins）发明夫来（Flyer）式纺绩机。

一八一五年，马煞时（Marshal）发明平面纺绩机。

一八四五年，海满（Heilmann）发明纺绩机上所用之梭（或云"梭机"）。

一五五〇年，德国次恩堡地方始行制造水质轮风机（又云"风柜"）。

一五八九年，叵打（Porta）发明水鼓轮风机。

一七二六年，贺之（Roots）发明匣形轮风机。

一七六〇年，司买同（Smeatons）发明生铁铸成之圆筒形轮风机。

一七二九年，特阿时（Terral）发明远心力轮风机。

一五五七年，伯妥洛灭（Bertolome）发明银与他金属混合法。

一五六一年，乌特满（Uttmann）发明刺针。

一五九〇年，寒司（Hans）与冉生（Yansen）发明显微镜。

一八六〇年，阿都克（Hartnack）发明显微镜内转光透镜。

一五九一年，华翰酒司（Varantius）发明浚泥机。

一七九六年，里嚣（Grimshaw）发明蒸汽力浚泥机。

一五九七年，洛里宜（Lorini）有后膛炮之论说。

一八四〇年，华恩多夫（Wahrendorff）发明滑面后膛炮。

一八四六年，卡华里（Cavalli）发明螺线管炮。

一八四六年，德国克虏伯发明铸钢炮管。

一八六〇年，克来宣（Kreiner）发明双闩闭锁机炮。

一八六一年，加凌（Gatling）发明旋转机关炮。

一八八二年，吾满（Wchumann）发明钢质炮架。

一八九八年，马西吾（Maxim）与那登弗特（Nordenfelt）发明机关炮。

一五九七年，贾里来（Galileis）发明空气寒暑表。

一七一四年，华恩海（Fahrenheit）发明水银寒暑表（即今华氏表）。

一七三〇年，列奴司（Reaumurs）发明寒暑表度分（即今列氏表）。

一七四二年，摄西岛司（Celsius）发明寒暑表度分（即今摄氏表）。

一八〇〇年，叶根生（Yoergensen）发明金属簧寒暑表。

一六〇〇年，莫勒（Moller）发明纽磨机。

一六〇〇年，德勒登（Tholden）发明盐化比重表。

一六六三年，贺伯华时（Roberval）发明重量比重表。

一七八七年，宜硕松（Nicholson）亦发明同理异形之重量比重表。

一六七五年，泼勒（Boyle）发明有密度之比重表。

一六〇八年，造眼镜工人里伯司来（Lippershly）发明望远镜（或云"千里镜"）。

一六〇九年，贾里来（Galilei）制造测天望远镜。

一六一一年，克勒（Kepler）制造天文台所用之望远镜。

一六六六年，奈端（Newton）发明一种用镜望远镜。

一八三二年，甫吕司（Ploessl）发明分离力的望远镜。

一六一四年，那必业希东（Napier of Merchiston）发明对数表。

一六一五年，布里哥（Briot）发明造币机。

一六八五年，贾士登（Castaing）发明造币印边机。

一八一七年，乌何恩（Uhlhorn）发明造币刻印机。

一六三一年，弗米耳（Vernier）发明小数分厘尺。

一六四〇年，贾哥宜（Gascoigne）发明显微镜。

一六四三年，妥里克里（Torricelli）发明风雨表。

一六四八年，巴卡（Pascal）改良风雨表，并用以量高度。

一六六一年，古里格（Guericke）改良风雨表。

一八四七年，维的（Vidi）发明无液验压器（即风雨表之一种）。

一六四二年，巴卡（Parcal）**发明计算尺**。

一八一八年，妥满司（Thomas）发明计算尺。

一八二二年，巴巴格（Babbage）发明计算尺。

一六五〇年，**克希耳（Kircher）发明竖立风琴**。

一六五〇年，**古里克（Guericke）发明磨擦电机**。

一七六六年，阿吾司登（Ramsden）发明平面电机。

一七七五年，贺勒打（Volta）改良维克（Wilcke）之起电盘。

一八六四年，贺勒之（Holtz）发明影响（或云"流行性"）电机。

一八三二年，毕西（Pixü）发明磁电机。

一八六七年，西门子（Siemens）发明发电机。

一八六九年，格阿吾（Gramme）发明圆圈式发电机。

一八七二年，阿吞克（Alteneck）发明鼓锚式发电机。

一八七九年，布乌希（Brush）发明平行机。

一八八七年，得司拉（Tesla）发明多线换向压电线。

一六五二年，**古里克（Guericke）发明空气唧筒**。

一八五五年，解司勒（Geissler）发明水银空气唧筒。

一六六一年，**德弗那（Thevenot）发明水平仪**。

一六六二年，**古里克（Guericke）发明蒸汽压力表**。

一八三〇年，莫你（Morin）发明簧片蒸汽压力表。

一六六五年，**英国人制成黑铅笔**。

一七九〇年，孔德司（Contes）发明陶土（又云"粘土"）合黑铅之铅笔。

一六六七年，毫士特（Auzout）发明测管内之十字线。

一六八九年，贺业耳（Roemer）发明转镜经纬仪。

一六九〇年，**巴宾（Papin）发明蒸汽机，可用于船上**。

一六九八年，沙弗里（Savery）发明水扬机。

一七〇五年，牛可门（Newcomen）发明火力机（即汽缸蒸汽机）

一七六五年，华特（Watt）发明单筒蒸汽机并附变汽为流机。

一七八二年，华特又发明复数蒸汽机。

一八〇二年，耳凡司（Evans）发明高压蒸汽机。

一八四八年，可里生（Corliss）发明可里生汽舵。

一八八四年，司米特（Schmidt）发明重烧蒸汽之蒸汽机。

一六九五年，莫宜（Morin）发明柔软瓷器。

一七一〇年，伯特格（Boettger）发明坚硬瓷器。

一六九六年，黑蜡（Haella）发明火柴之燃序。

一八六〇年，那满（Neumann）发明击发火柴。

一七〇〇年，荷兰国人发明造纸之折襺缕机。

一七九三年，太洛（Taylor）发明漂纸用青白盐素法。

一七九九年，贺白特（Robert）发明造纸机。

一八〇六年，宜林（Yllig）发明用木质造纸法。

一七〇四年，的司巴哈（Diesbach）发明柏林蓝色。

一七〇七年，巴宾（Papin）发明船用明轮。

一七八七年，米勒（Miller）发明船用前后双明轮。

一八〇七年，府同（Fulton）实行正则蒸汽轮船于 Hudson。

一八一八年，第一次轮船名（Savannah）行驶于大西洋。

一八二九年，里色时（Ressel）发明螺舡轮船。

一八五〇年，虎文（Ruthven）发明反应蒸汽轮船。

一七一〇年，马里之（Maritz）发明钻机专为制炮管之用。

一七九三年，伯打吾（Bentham）发明钻长孔钻机。

一八〇三年，毕林来（Billingsley）与的松（Dixon）发明汽缸钻机。

一八四四年，布乌松（Bruxton）发明用压气凿石钻机。

一七一一年，里司多来（Cristofori）发明钢丝琴。

一七一三年，打毕（Darby）发明焦煤并用于炼铁高炉。

一七一四年，米时（Mill）发明打字机。

一八六七年，所勒司（Sholes）、山特（Sante）、里登（Glidden），三人改良里胡同（Remington）之打字机。

一七一六年，德来里耳（Delahire）发明双动唧筒。

一七二一年，巴勒非（Palfyn）发明接生铁。

一七二二年，李可汝（Recumur）发明铸铁与熟铁合炼成钢。

一七四〇年，混司门（Huntsman）发明铸钢。

一八三五年，甫得仑钢（Puddelstahl）炼成。

一八五五年，伯色墨（Bessemers）发明无炭流质生铁。

一八五五年，炼成赤钢（锤成铸铁）。

一八六七年，炼成马丁钢（Martinstahl）。

一八七九年，妥满（Thomas）与解里司（Gilchrist）实用（Bases）巴西炼钢法。

一七二二年，黑贺（Hawood）发明皮酒制造法。

一七二九年，格吞（Ged）、弗业（Fenner）、叶宜司（James）三人发明铅版印刷术。

一七三〇年，土勒（Tull）发明耕田机。

一七四〇年，阿华得（Havart）发明棉质天鹅绒。

一七四四年，孔打米（Condamine）始输入橡皮于欧洲。

一八二〇年，司当勒（Stadler）织成橡皮布（可以长短伸缩者）。

一八二三年，马青妥希（Macintosh）织成橡皮布（可以避水者）。

一八三九年，哥的耳（Goodyear）发明和硫橡皮。

一七四二年，贾弗山特（Gravesande）发明日光反射镜。

一七四六年，贺褒克（Roebuck）发明硫酸。

一八一六年，高卢煞克（Gay Lussacs）实验与硝酸合用。

一八一八年，伯业（Perret）与哥里维耳（Olivier）发明碛炉。

一八六一年，格洛弗（Glovers）发明制硫塔。

一七四七年，马克阿夫（Marggraff）发明甜菜根萝卜制糖法。

一八〇一年，阿沙吞（Achard）开办萝卜制糖厂。

一八六四年，贺伯特（Robert）发明制糖之 Diffusion（的夫消法）。

一八六五年，太勒（Scheibler）发明制糖之 Elution（耳鲁消法）。

一七五〇年，夫郎林（Franklin）发明避雷线。

一七五四年，的维希（Divisch）发明避雷线。

一七五〇年，莫林格（Moellinger）发明用芋制酒精。

一八〇一年，阿打吾（Adam）发明蒸酒精锅。

一八一七年，贾时（Gall）发明蒸汽酒精。

一八二〇年，布鲁门打（Blumenthal）发明纵队式蒸酒精锅。

八二〇年，毕司爻里司（Bisterius）发明蒸酒精锅。

一八七三年，恩之（Henze）发明蒸汽酒精锅。

一七五七年，多隆（Dollond）发明无色透镜。

一七七五年，莫脑（Moweau）发明用盐素防瘟剂。

一八六七年，贾弗时（Calvert）发明用石碳酸防瘟剂。

一八七二年，洛夫（Loew）发明蚁酸（Chzo）防瘟剂。

一八八〇年，米克（Merke）发明蒸汽防瘟器。

一七七六年，甫司宜时（Bushnell）发明水雷。

一八〇一年，甫东（Fueton）发明水雷艇。

一八六七年，维特衣（Witehead）与卢宾司（Lupis）发明鱼雷。

一八七二年，妥你多夫（Thornycroft）发明水雷艇。

一七七六年，黑东（Haton）发明刨木机。

一七八〇年，伯那吞（Bernad）发明导尿管。

一七八〇年，奉打那（Fontana）发明水瓦司。

一八七六年，多松（Dowsen）发明力瓦司。

一七八二年，蒙哥非（Montgolfier）发明空气球。

一七八三年，沙勒（Charles）发明轻气球。

一七八二年，伟格贺（Wedgwood）发明验热表。

一八六三年，西门子（Siemens）发明抵抗验热表。

一八八〇年，色格司（Segers）发明烧锥验热表（医家所用）。

一七八三年，圆式灯心带始应用于世。

一八五五年，西里门（Silliman）发明煤油灯。

一八八八年，西门子（Siemens）发明打气灯

一四八〇年，闻体（Vinei）发明灯上圆筒玻璃罩。

一七八三年，可克（Cooke）发明播种机。

一七八五年，卖克勒（Meikle）发明打禾机。

一七八六年，笃多那（Dundonald）发明燃灯瓦斯，同年毕格（Pickel）亦发明骨油瓦斯。

一七九二年，目多哈（Murdoch）于所办之棉厂亦燃用瓦斯。

一八一四年，伦敦街道车亦燃用瓦斯。

一八八五年，威司巴哈（Welsbach）发明瓦斯赤红光。

一七九〇年，士伯（Zuber）创设壁纸制造所。

一七九一年，劣布南克（Leblanc）发明用盐制曹达法（Soda）。

一八六一年，所怀（Solvay）发明用阿母宜亚制曹达法。

一七九二年，克里司（Crest）发明圆画（又云"活画"），布来西（Breysig）又为之改良。

一七九五年，伯妥勒（Berthollet）发明盐素漂法。

一七九五年，布阿那（Bramah）发明水力压机。

一七九六年，莫哥非（Montgofier）发明水力锤。

一七九六年，巴克（Parker）、维德（Wyatt）公司发明水泥（即塞门德俗名"洋石灰"），名曰罗马泥（Roman Cement）。

一八二四年，阿司丁（Aspdin）发明水泥，名曰"匟兰泥"（Portland Cement）。

一七九八年，特那（Tennand）创设盐素石灰制造所。

一八〇〇年，贾勒凡（Galvan）发明电汽瓶，又贺勒打（Volta）发明电气瓶。

一八三六年，打你时（Daniell）发明电汽瓶。

一八三九年，格贺弗（Grove）发明电汽瓶。

一八四二年，甫生（Bunsen）发明电汽瓶。

一八五九年，卖丁格（Meidinger）发明电汽瓶。

一八〇三年，维司（Wise）发明写字钢笔。

一八三〇年，皮里（Perry）开办钢笔制造所。

一八〇四年，来青巴哈（Reichenbaih）发明炉机。

一八〇四年，特必克（Threvittick）发明铁路用火车头。

一八一四年，司特奉（Stephensons）第一次制成火车头。

一八二九年，司特奉又造成钢炉带汽管之火车头。

一八七六年，司乃特（Schneider）发明联合火车头。

一八〇五年，香克（Chancel）发明浓液火柴。

一八二四年，贺夫干（Walfgang）发明用白金燃轻汽瓦斯。

一七九六年至一八五七年，卡米（Kammeser）发明磷制火柴。

一八三三年，何灭（Roemer）与甫里歇（Presehel）将卡米所发明之磷制火柴贩卖于维也纳市场。

一八四八年，伯特格（Boettger）发明无磷质火柴。

一八〇七年，阿伯耳（Abnert）发明百物贮蓄法（俗名"罐头”）。

一八〇八年，牛伯里（Newberry）发明带形锯。

一八〇九年，黑可特（Heathcoat）发明纺绩机之织绷法。

一八一〇年，布来好（Breithaupt）发明矿窿用指南针。

一八一一年，司米德（Smith）发明缝衣机。

一八一一年，克深贺夫（Kirch hoff）发明用麦粉制葡萄糖法。

一八一二年，贺维（Howard）发明真空器，即排除蒸汽器。

一八一二年，解业（Geitner）发明新银。

一八一二年，阿勒（Tralles）发明量酒内酒精表。

一八一五年，打维（Bavy）发明保险灯。

信用——诈伪[1]

　　现在的实业家，想要在实业界上建筑永久的基业，第一应该预备的，就是实业道德。这实业道德，第一要建造完成的，就是信用。因为我们承认人类的生活，是有性理的生活，虽然趋重人为的，总不能逸出理性之外。理性是人格的表现，用人格去建造实业，好比用木石、泥沙、钢铁去建造桥梁工程的基础。基础的存在，就是工程的存在，就好比信用和实业的存在。基础的固性，可以保险若干年度的工程，也好比信用的广狭，可以维持若干量数的实业计划。但是基础的对象是人工，同时又有木石、泥沙、钢铁各项材料的对象，假如基础有崩坏，从崩坏的面积上看，可以说是些木石、泥沙、钢铁的崩坏。究竟这木石、泥沙、钢铁能够负保险的责任不能呢？那是不能的。因为基础的造成，虽是离不了材料，究竟材料不会自己有作用。用材料的，仍离不了工人，所以工人和材料两个对象，终归只有人工的一个对象。照这样说，信用的对象，也有人的信用和物的信用两种，用物的一定是人，所以终归是一个人格的信用。不过信用的堕坏，是要比工程的崩坏，危险得许多许多。工程的崩坏，初初发现的时候，可以赶紧修补，不致溃裂。纵令修补不及，那些废材料也还可以作用，尽可重新建筑，前工未必尽弃。若是实业上信用一去，恐怕要因一部的货物，影响于全部的货物，因个人的行为，影响于全局的行动。世上几多企业家、大公司、大银行，

---

[1] 蕉庐：《信用　　诈伪》，《实业杂志》1919 年第 27 号。

数十百年经营不足，一旦破坏有余，从破坏那一日去调查，虽然也有天灾人事各种机会的不同，若是推究原因，大部分总是不信用的居多。不信用的结果，要想和建筑家一样，仍旧拿这不信用的原物和原人，去想方法图恢复，这就万难万难，恐怕是绝无仅有的事。所以讲究实业道德的，千万要把信用两个字，完完全全的建设，比工程的基础，还要看得郑重，切不可反其所为，造成大错，事后追悔就没有处了。著者提出这个问题的意思，大概如此。

但是信用和不信用，虽然立于绝对的地位，有时不信用的末路，多起于信用的前途。信用的表面，已暗伏不信用的细胞，其中变幻离奇，不可究诘。从他的结果去观察，自然划为两境，究竟存亡得失的关系，还只是人格一样的东西。现在要研究这信用的确立，自然要把不信用的根原剔出，方能澈底的研究。著者因为不信用的字面，偏于抽象，令人摸不着头脑。又因为要对于吾国人的惯性，下一回针砭，所以把"诈伪"两字，做一个不信用的缩影。所有详细理由，后面自然会说出，先把这两类的区别，举其最切要、最流行的事项，列表如左：

企业事项	信用的效力	举例说明	诈伪的行为	举例说明
业主权利移转	以契约为凭，且必经官厅验印	已经验印财产契约，可以作抵押品，否则罚之	凡契约内的价值，皆属伪造，必减于原订的真价，且以图骗官厅印税费	更有匿契不受验印者
谷米	以产地的分别，为价值的高下	芜湖、江浙、两湖及东南各洋所产，颗粒大小，长短色泽，显有不同，价值亦异	掺粉加白，以充名产；掺水加糠，以增量数	间因此获利，若滞销则腐臭无用

（续表）

企业事项	信用的效力	举例说明	诈伪的行为	举例说明
茶叶	产地和采折的天时均有重大关系	绿茶以江浙、福建、广东、安徽所产，红茶以安徽、两湖、闽、滇所产，价值较高。采折的早迟，尤关茶质的良否	有掺和花香及以普罗纱青染色，并加石膏、米汁等类冒称名产，增加重量。至时间的假说，尤为产家惯性	闻前次英商购华茶回国，忽发见一箱系掺假染色，竟将全体货箱抛入海中，从此华茶遂致中衰
棉花	产地佳者纤维长，价值亦较高	通州为最，鄂、豫次之	掺水以增重量	外人称为水气棉，津、沪各外商皆决议不购，故棉业出口日少
丝业	产桑佳者，丝茧亦良，饲蚕选种，极有关系	江浙为上，两广次之	培桑不得法，图省工资，病蚕不稍选，致丝质美恶混杂；又或不煮去胶汁，或上糊浆，以图加重，皆不异于诈伪	中丝为日丝所排斥，此为一最大原因
盐引	引商及票商为特许商，又引地的划分皆由官厅命令定之	引地以长芦、两淮为最，广、川、浙、山、粤次之；盐质以川、粤最精，淮、芦次之	引地不一处，引量不一致，易生诈伪。私盐禁卖，既多纷扰，而淹销借引，弊窦显然。至掺米汁面粉于盐包内，更属作伪	中国盐政不修，致引商得以垄断；而生产劳动的户口，获利极微。近则引商的利益亦成弩末矣

（续表）

企业事项	信用的效力	举例说明	诈伪的行为	举例说明
劳工业	本家族制，集合团体，如会馆、公所等类，类如欧洲中世的义尔得；若不加入该团体者，即不能有业务的信用	近来如石木、泥作、铜铁各项工业的行规及章程，对于工价、作工时间、夜工限制、徒弟义务种种规定，颇有劳动的组合	行规所订此家主雇，他家不得承揽；又外行工人，每受排挤，此等把持的结果，必引起横惰的行为，可以说他是欺诈，经济上极受影响，不是通力合作的规模	近来泥木各行工价，自由增加作工的时间，也极其随意，终非合理的运动
包工	中国工人多半没有新建筑的知识，故不得不信用略有新工程知识和经验的做首领，可以减少工程师的麻烦	近来铁路及各项公私建筑物，皆有此办法	大包头向工程处总包，小包头又向大包头分包，辗转几次，所有权利，暗中分配，遂渐侵削，轮到劳工的份上，只有十百的三四，还有威胁、强制种种手段	这样的包工制不废除，将来劳工的反动力必定很大，但是劳工的工程知识能够完备，何致受人家的欺诈
商行为	个人以资产及基金的保证，与取引的正当行为，维持其信用	如商店营业年代愈久者，其信用愈著，可以增资本的分量，得取引的敏活	凡贩货希图骗税抗捐，或贩卖劣货，不顾公益，或买卖空盘，重息生利，危及社会等类，皆是奸商的行为	现在这类的流行病，各地皆是，尤以湖南为甚
银行发行纸币	银行为信用机关，以当局者的人格及其资本金的强弱，为其信用的广狭，而纸带又视银行信用的程度为发行额的保证	此项亦商行为的一种，因其关系重要，故另列一栏	不设准备金，滥发纸币，本表示信用的证券，而为不信用的结果，始则法价减成，继则薄价收买，由兑换证券破坏经济的原则，似乎与伪造有价证券、欺诈取财、妨害信用各项刑律的条文相类	近因兵事影响，此类情形数见不鲜，可以不必举例

（续表）

企业事项	信用的效力	举例说明	诈伪的行为	举例说明
铸造货币	以一定的纯分、一定的分量，铸造一定的形状，而表记一定的价格，惟其有定，所以生信用	中国未铸金币，虚金本位法亦未实行，现在只有中央及各地方所铸的银圆和铜圆为通行货币，亦为法币，然国外的墨洋、日洋等亦流入通用	各地方通用银铜价格，实不一致，即号称国币，亦有减成扣水者，各地所铸可知。铜辅币又无限制，竟有将大宗铜圆由此地运往彼地，以赚银水者，此等不合法的贸易，当为各国所无；而私铸、伪造的犯案，随处皆有，实为营业的障碍	京师的墨洋、日洋及各地方银洋，须补水；上海的龙洋、北洋须补水；奉天、吉林、四川、云南所铸银洋，用于他处，皆须补水
度量衡	三者为一切货物交易价格的标准，故制定必须划一，精密检查，必以严格	中国三者未尝无法定，如营造尺、漕斛、漕平等类，然除公家收入，间有适用者外，企业家鲜有遵用者	企业家因交易的便利，乃集同业协商，定为公尺、公斛、公秤等类，虽名公议，实则私订，甚至此业与彼业不同，此地与彼地各异，比较愈烦难，交易愈复杂，大抵狡狯者易于诈伪，谨厚者易于受欺，而大秤小斗、重入轻出的弊病，更易发生	尺有工部尺、裁缝尺、绸缎尺、木匠尺、板尺的分别；斛有海斛、苏斛、川斛、鄂斛、湘斛，各地不同；平有漕平、天平、司马秤、公秤、磅秤、拔秤，种种分别

（续表）

企业事项	信用的效力	举例说明	诈伪的行为	举例说明
公司	中国尚可无卡尔德托辣斯的组合，所以没有共同的企业，公司条例的区别，虽分四种，实际上还只有个人企业的效力	譬如上海的恒丰公司，是聂云台的信用；南通的大生公司，是张季直的信用；湖南的华昌公司，是梁鼎甫的信用	公司的用人、用财，一切实权，每每为少数人所把持，虽然有股东会议，也不过形式的集合，甚至大宗利息归入私人，所有损失，概入公账，所以极获利的公司，而股东所摊分的有限。至于倒闭的公司，十有九都是私人掣骗的黑幕	这个例不便举，随企业家的自觉罢
买办	外商因语言习俗、贸易衡度，种种不便，故不惜割权利的一部而信用买办	实则不过为外人的雇佣，外商亦雇佣视之	凡购卖货物，既可得中商的手数料，又可得外商的孔米雄，是与明暗漏规无异；更有银水的干没，全为矇蔽的行为。近来有以能借外债自负者，其技俩正与买办等	中商视买办收入颇丰，每每羡之。又有一般商客，其行为更劣，是皆中外不能直接交易的障碍物

上表所列，欺诈及诈伪一切的情形，影响于信用上真是不小。列表虽未见得详尽，不过这宗实业界的弱点，也不忍去求详尽，大概举例说明就得了。综括起来讲，诈伪的行为，可以说是吾国企业家的惯性，并且是吾国不讲信用的缩影，内中银行发行纸币一项，尤其是缩影的化身。因为化的原则，把人的信用和物的信用收摄做一点，好像戴着信用的面具，去干那诈伪的营生，一面说信用，一面行诈伪，其实是一样东西，竟起两种的变态，怎的不令人猜疑？

这个变态扩大，简直要起经济的恐慌，扰乱社会的安宁，这种诈伪的弊病不铲除，要想维持实业界的信用，真是捕风捉影一般，更要谈实业道德，简直是梦中说梦了。

况且著者说诈伪的现象，是吾国企业家的惯性，也不单是因为便于讨论，就任意提出这个对待的名词，其实很早很早的时候，欧西学者已经有了这个批评，现在写了出来，作一番研究。

（甲）孟德斯鸠云："支那之民，若皆束于礼教矣，顾其俗之欺罔诈伪，乃为大地诸种之尤。然以得食之艰难，而天时地利不可恃，民之所有事各恤己私而已，诳者以深恤己私而得利，见诳者以疏于防范而受绐，然则诳者固无异，而见诳者且足戒也。"（见侯官严氏所译《法意》）

（乙）休摩拉云："支那商人，巧于商业，本其素质敏捷之性，优于欧人，至其小卖商人及行商之大部分，则皆长于诈伪奸策，虽能使旅行支那者，不能不惊叹之。然而彼等之商业，依然不脱家族的性质，故终不能与欧洲各国立于同格之位置。"（见日人所编《中国经济全书》）

孟氏为欧西政法学兼经济学大家，休氏亦为欧西的企业大家，他们说的话，是向真理和事实上发表的，断不会有信口雌黄、漫骂轻侮种种陋见，自然有些可信。孟氏说中国一方讲礼教，一方作伪，可见礼教也是假设的，正是切中要害的话。况且孟氏明明晓得中国地大物博，气候温和，他偏说天时地利不可恃，纯是一种反击的说法，替中国人辩护，就是促起中国人反省，想要中国人从天然优胜的地方，加以工作，力求发展，自然会克去私利的谬俗，真含有悲悯中国的侠肠，我们不应该感动吗？休氏说中国商人不脱家族的性质，也是一个向筋节上着刀的说法，直揭出中国商人的缺点，所以工商业不会发展，只要稍有世界知识的企业家，都应该晓得这句话要紧利害。况且他的话有褒有贬，不是一味抹煞，我们还说他是故意诋毁的吗？我们中国人的性情，他们欧人远隔数万里，早已经有人知道了，难过我们本国人，休戚相关的，还不能够觉察吗？究竟外国人批评中国人的，何止这两家，著者引来证明，也见得不是专揭我们同胞的短处，这样共闻共见的现象，我们又何必讳饰呢。

我们大家想想，我们中国人为甚么要把这欺诈奸伪的行为，受全世界人类的批评？这样的批评，是不是关系我们的信用呢？

我们为甚么要把自己的信用蹧蹋呢？

现在暂且把过去的话搁起不讲了，已往的过失也不必去追究，我们应该要研究的，就是铲除诈伪、维持信用的办法。这宗办法，就是把以上所述的归纳起来，我盼望我们中国企业家，从今以后：

不要订假契约！

不要学一般读死书的人，舞弄伪文字，去发布说谎的广告！

不要卖假货！

不要把劣产货去充名产！

不要挂提倡国货的招牌暗地里销仇货！

不要各方面去垄断渔利！

不要用少数人的专制去支配多数人！

不要结非法的团体去作不合性理的竞争，引起社会的恐慌！

不要做空盘买卖！

不要发不兑换证券！

照这样做去，诈伪总可以铲除了，并且盼望大家：

把物产的美利，积极的发展！

把工作的艺术，极端的改良！

有文字的契约（如合同契约之类），有法的契约（如法律章程之契），有性的其契约（如然诺信任、同情互助之类）。一律始终遵守！

从前的私利心，把通力合作的心去代替！

从前的家族性，把共同企业的性去矫正！

那么信用的维持，总可以巩固了。但是著者觉得这种具体的办法，还不是根本的研究。根本的研究要怎样呢？是要引伸理性去造就人格。人格有了，信用也有了，诈伪也不会发生了，这就是根本的作用。前面说过的，先把不信用的根原剔去，信用才能够确立，物的信用和人的信用本是一样东西，表现在人格上面，人格的建筑，把理性做基础，所以要造人格，只有引伸理性。但是"理性"两个字，不把他说明，也有些近于抽象，令人摸不着头脑。理性的范围，本来广漠，现在单从关系信用的方面讲，把他分作理性的信用、非理性的信用两项，研究更易得着手，解决也觉得快当。虽然拉杂引出许多故训，却在思想上略略分出一点条理。

（一）非理性的信用。

《易经》说："信及豚鱼。"籧铿说："信而好古。"未免都杂了迷信的性质。

穀梁氏说："信而不道，何以为信？"似乎是证明非性的信用，但一个"道"字，未免找不着边际。

左氏说："信不由中，质无益也。"这才是非理性的信用一个真诠。质好比抵押品，安排把抵押品抛弃，不履行契约，能够说他不是有心失信吗？所以"由中"两个字，就是理性。《礼记》说："大信不约。"也是这个意思。

《韩诗外传》说："正衣冠而立，俨然人望而信之，其次闻其言而信之，其次见其行而信之。"都是从外表说，不关于理性。

吕不韦说："信之为政大矣。"信立则虚言可以赏。西人有句俗话说："信实是顶好的政策。"这是说拿欺骗的手段，装饰些信用的手续，所以说是政策。欧西的企业家开口就说信用，开口就骂中国人不信用，恐怕也离不了这种政策。从前商鞅徙木示信，晋文公的伐原示信，都是实行这种政策。这样的实行，能说不是诈伪吗？不过有愚性的诈伪、智性的诈伪两种分别罢了。

（二）理性的信用。

《说文》："信，诚也。"《白虎通》："信诚也，专一不移也。"这是解释"信"字的性质。

《易经》说："庸言之信。"这是说信是人的恒性。

《易经》说："中孚信也。"又说："厥孚交如，信以发志也。"这是说从中心发来出的，才是信用。

董子说："信者，设诚于内，而致行之。"程子说："信者无伪而已，于天性有所损益，则为伪矣。"这都是从理性上说信用。

再从经济学上，切实研究信用的意义，这"遵守约束、互相信任"的几个字，就是信用的原则。就个人的理性说，所有投机的野心、浪费的僻性，可以制止；节约的风习、交易的敏活，可以促进。就一群的理性说，所有贫富的阶级不平，可以调节；非常的恐慌，可以镇压；社会文明的风尚，可以增高；生产的分配，可以平均，这都是有理性订单信用。

这两类的信用，恰好是一个反比例，究竟适用那一类为上呢？这就是随企业家各自的意思去选择，著者不必哓舌了。

以上所说的对不对，还请大家研究研究。

中国工业之先决问题[1]

我国自北伐成功以来，已趋入训政时代，各省由破坏而入于建设正途矣。顾今日之言建设者，不外乎交通、工厂等项，计划皇皇，进行亦甚猛力，而于建设根本问题，鲜有能计及者。若不解决根本问题，而欲工业之发展，亦属皮毛建设。何谓根本？即铁是也。铁也者，五金中最重要之原料，大之如轮船、火车、枪炮、桥梁、电信、机械等，小之如针钉、刀叉、锅炉、纽扣、农器等，无处非铁作用，即无件非铁制成。以言我国今日之铁，产于何地，冶于何处，想各实业家当无切实之答复。以云建设，徒托空言；以言工厂，徒销外货而已。

伏读先总理所著《国际共同发展中国计画书》第五条，亦云设冶铁制钢厂，再读《实业计画》"第一计画"第五部，则云开发直隶、山西煤铁矿源，设立制铁炼钢厂。"第六计画"第一部则云铁矿。诚以铁在近代工业中关系甚大。

鄙人之所谓先决问题，不在他，即在铁不必他求，即在解决汉冶萍公司之一事。查该公司自开办以来，已三十余年，规模非不宏大，成绩亦有可观，只因经理不得其人，以致逐年亏累，由亏累而入于借外债，由借外债而酿成经济压迫，不得已而出于停工一途。饮鸩止渴，固非得计；因噎废食，亦非良策。

居今日而言工业，非有宏大之冶铁工厂，代各制造工厂制造原

---

[1]　艺庐：《中国工业之先决问题》，《实业杂志》1928 年第 134 号。

料，实无工业之可言。鄙人意欲不问该公司所借外债若干，条件如何，除另组织委员会清厘外，先行由国家出资开工，恢复原状，所谓先决者即此。

其次，根据《国民党政纲》十五条："企业之独占的性质者，及为私人之力所不能办者，如铁道、航路等，当由国家经营管理之。"此种冶铁事业，需资甚大，实非私人财力所能经营，兹为发展工业起见，应集合数省财力，共同组织新铁厂。先总理不曾提议"建一大炼钢厂于最富之山西、直隶"乎？又不曾云"广州将开为南方大港，应设立一铁厂，其他如四川、云南等地方之铁矿，亦可次第开采，而后多设钢厂工厂于各处内地"乎？盖有铁然后可言工业，然后可言建设。譬如造轮船则需铁板，造桥梁则需钢条，造电线则需铁丝，造铁路则需钢轨，造汽车、机器则需铸钢，造各种普通机器则需生铁与熟铁，以及其他五金器具，无一不以铁为本身。

今舍铁不可言，而徒日言工厂之成立，试问工厂内所用者何种原质？产于何国？若果掩耳盗铃，一笔抹煞，则工厂虽多，亦奚以为？

总而言之，中国如不欲工业发达则已，如欲发达，舍设立多数冶铁厂，莫道之由。

湖南宜多办小工厂[1]

教育宜求普及，科学贵重专家。凡事不宜贪多，多则不精；不宜贪大，大则难治。就吾湘今日情况而言，流民载道，多由退伍而来，若不妥为安插，势必为"共党"所利用。而安插之道又不能予以苦力之事，只能顺势利导，纳诸工厂之中。彼辈既有职业，又有父母、兄弟、妻子之内顾，虽日驱之为乱，亦必不能舍生就死，作一叛党叛国之徒；否则为饥寒所迫，走入歧途，恐杀亦不胜杀也。安插之法如何？鄙见以多办小工厂为入手方法，其理由如下：

大凡一种事业，由小而大。古人所谓："若登高必自卑，若涉远必自迩。"又云："河海不择细流，故能成其大；泰山不让土壤，故能成其高。"苟舍此种程序不由，先从大者远者着手，是犹未学而使之操刀，未有不伤手者矣。不观乎汉冶萍公司规模非不大，资本非不厚，一经停顿，直接间接关系上人生活何其重欤？以言乎社会上各小工厂，厂宇数椽，资本数千，孜孜遑遑，应社会上之需求，继续不断的供给，未始非此辈之力。

鄙人不希望湖南先办大工厂，而希望先办多数小工厂，俟各种小工厂成立，再办专门大工厂。何以故？盖各专门大工厂，多取材于各级小工厂，无小工厂，大工厂决无万能之理。再观乎欧美各国大学，无不备列各小工厂之标本，例如计绘一火车头也，其磅布、汽表、照远灯等，则仅留余地注明用某厂某号；造一汽车也，其弹

———

[1]　艺庐：《湖南宜多办小工厂》，《实业杂志》1929 年第 135 号。

条、牛皮、玻璃、木板、速度表、橡皮等，则取诸专门工厂；即如最浅近之建造房屋也，砖瓦取之甲方，木料来自乙处，石灰、铁器、玻璃、油漆等项，又取之丙丁各厂。据此自可证明各种小工厂，实为各大工厂之助理。况在工商幼稚之湖南，资本小则易于经纪，工人少则易于管理；不幸发生倒闭之时，损失既少，社会上绝不受何种影响；如果经营得法，未尝不可如克虏伯以一打铁工人而造成世界著名之极大工厂。

以今日湖南情形而言，工厂不患小而患大，资金不患寡而患多；既无万能之人材总理其事，又一二专厂决不能遍应社会之需求，惟有提倡各种小工厂，以应急需，徐图扩大。综其事者，既富有经验，专业工人亦渐养成，此而后大工厂之成立，左宜右有，予取予求，不必事事创办，造其大者，集其小者，而器成矣。今日欧美各国各种工厂可称完备矣，然亦有时在德国所定之货，有一部分取之英国，甚至在欧洲所定之货，有一部分取之美国。此无他，世界无万能之工厂也，即有之，其所出之品，亦不经济，不经济，即失败无疑。

至于提倡小工厂究竟用何种手续，鄙人主张政府先成立劝业银行。如果某人对于某种工厂素有研究，或富有经验，有志开办而缺乏资本者，准其以不动产作抵，借贷若干，促其成立。此就资本而言者也，然亦有一种惠而不费之提倡。当德国工业未发达之时，德皇每逢各小工厂成立开幕或纪念，德王不远千里，亲身参观；万一不能抽身之时，则派太子或亲王参加，何等重视！所以德国今日工业驾乎他国之上，未始非德王提倡之功。鄙人很希望政府对于各种小工厂特别注意，假以辞色，屈驾亲临，是亦提倡之道也。

又，湖南办工厂，与在沪、汉等处不同，鄙人意欲先办各种普通需要小工厂，后办专门大工厂。因为欲供社会之需求，不在专门大工厂，而在普通小工厂，小工厂愈多，则需求有供，有利权可挽矣。今姑举一二，以备当道之采择。

（一）皮革工厂，约需资金洋七万元。

查湖南原有洞庭制革厂，机器完备，现废置于湖南大学工场。倘政府以二三万元装配成立，再以四五万元作为流动资本，则常德之生牛皮不至再售与外人，而日本之熟牛皮亦不至再运销于我湖南矣。

（二）油漆工厂，约需资金洋七万元。

查湖南桐油，每年出口约三百万元，均经外人收去，制成油漆，转销中国。虽不能尽数运销中国，然总有一部分运转，可无疑义。倘我国能如法泡制，运往外国，其利岂不倍蓰？纵不能尽量制出，再以其余售之外人，未尝不可。然我国各埠应需之油漆，总可抵塞矣。

（三）扣具工厂，约需资金洋五千元。

长沙旧有纽扣工场一处，创办者为姜济寰，专收洞庭湖之老蚌壳，以制白色衣用之平面螺扣。因经理未善，未周二岁，即行倒闭。鄙人所谓扣具者，并不止螺扣一宗，如凹凸扣（又云暗扣）、交合扣（又云反扣，衣扣、鞋扣等，其事甚小，其利亦甚微，但社会需要极多，望国人毋因小而忽之，幸甚）。

（四）颜料厂（附硫酸厂），约需资金三十万元。

成立颜料工厂在中国目前最关重要，试调查各城市所用之颜料，无一非舶来品，而本国向有之颜料殆已绝迹于社会。颜料种类甚多，而尤以染料为最，绸缎能销行于世者，以其色之鲜明也，而此鲜明之颜色，谁为为之？即是舶来之靛料也。我湖南如果成立一颜料厂，并附设一硫酸厂，其功不在禹下。

（五）造纸厂，约需资金洋三十万元。

查我国纸业海禁未开以前，供求相应，迩年来中国文化事业日形发达，而纸业一项求过于供，于是洋纸乘虚而入。湖北设立造纸厂，实寓深意。惜董其事者，忘却开办宗旨，日以逢迎贝勒为目的，以造纸厂为贝勒来往行辕之用，房屋美丽，可拟皇宫，规模宏大，在东亚当推第一。民三以后，完全停闭，遂使数百万有用之机械，等诸废物，有用之厂宇，改成兵舍，岂不可惜？鄙人主张集资向中央政府租借开工，如果政府自甘废置，则惟有缔资在湖南就产松竹之区，设立新厂，专造普通用之纸，先应社会上之急需。至猴子石之华丰造纸厂，只能供学校试验之品，不合营业上之用，若果恢复，徒损资金而已。

（六）罐头食品工厂，约需资金洋二万元。

湖南食品，出产最多，价亦甚廉，倘能制成出品，如猪、羊、牛、鸡、冬笋等项，运销外洋，定获厚利。

（七）平版玻璃工厂，约需资金洋十万元。

玻璃一项，在世界文明未发达以前，本无关重要，自近代以来，玻璃遂成为居住之必要品。查湖南玻璃原料，极其优美丰富，倘创设工厂，抵塞漏卮，岂曰小补？

（八）瓷器工厂，约需资金洋五万元。

查瓷器工业，在世界各国以中国出品为巨擘，至外洋所制者多属陶器。自近代以来，外国改良陶业，研究瓷学，遂夺我国固有之瓷业。今试观各居家、各旅馆、各茶楼所用之器皿，无一非外来之品。鄙人意欲整顿醴陵窑场，除仿造西式瓷器外，并附制电料上所用之各种瓷具，既便民生，复挽利权，未知政府有意否？

（九）五金器具工厂，约需资金洋二万元。

五金器具工厂，范围最广。鄙人主张在制造人生日用所必需之品，并非万能工厂，实有一定界线，分工举事，如铁床、火炉、螺钉、门窗插条、门反靠、虎钳、钉锤、铁夹、门锁、中学用画圆仪器，以及种种小器具是也。此种工厂，既无须大宗大部机械，亦无须极大资本，开办不难，收效亦易。

（十）儿童玩具工厂，约需资金洋五千元。

儿童玩具，最为通俗，其事虽小，其关系教育、启迪智识者甚大。年来日货输入，为数甚巨，目前虽云经济绝交，将来难免不有恢复往来之日，此时若不未雨绸缪，根本解决，则他日利权外溢，噬脐何及矣。

（十一）马灯工厂，约需资金洋一万元。

中国盛行之马灯，以德商美最时出品为最，而美最时洋行有马灯车专厂，专造此项用品，故能逐渐改良，为他处所不及。我国人民既喜用马灯，畅销正未可限量，苟政府为人民计划，非自办专厂，损失利权，亦不为小。该厂内应附设煤油灯头，此种工厂无须购机，有手压机数部，即可开工矣。

（十二）火柴厂，约需资金八万元。

居家旅行必需之品，无过于火柴一项。火柴系一种最普通、最便利之物。湖南木料出产极富，竟未能成立一火柴厂，是民生所需者，不得不取诸异地。又长沙省城老幼妇孺废疾者甚多，惟开办火柴厂，可以救济一部分。如装箱、糊盒的，是一种最浅易手工，无论日夜，均可在家工作。有志救济贫民者，曷兴乎来？

（十二）化妆品工厂，约需资金洋三万元。

今日时代已非昔比，化妆品之盛行，良有以也。计惟有设立工厂，制造各种化妆用品，如洗脸肥皂、洗衣肥皂、香水、牙粉、雪花粉，以及各种油脂之类。此系化学作用，无须机器，倘装璜精致，便可推行全国矣。

（十四）牙签工厂，约需资金洋五千元。

该厂可附入火柴厂内，今恐人民不注意，故列入专条。牙签一项，亦近年来最流行之物，茶前饭后无不口含一支。据全国海关册报，年在二十五万元以外。我湖南产柳树最多，倘购一部机器，创设牙签工场，亦挽回利权之一道耳。

（十五）铁钉铁丝工厂。

此厂与铁厂有密切关系，须俟铁厂成立，方可附设。今特提出此条，以告注重实业者。

（十六）糖厂，约需资金洋五十万元。

我国向用甘蔗制糖，俗云红糖。自近年来糖之用途推广，而红糖不但不合用，并不足用，而洋糖入焉。查洋糖原质，本诸萝卜，而湖南产萝卜之地又多，原料既不外求，开办又易着手，机器亦甚简单，但所需经费颇多耳。

（十七）薄荷精厂，约需资金洋一万元。

该厂亦可附在化妆品工厂内，兹特提出专条，以告国人。今日社会上所用之薄荷锭，及头痛太阳膏等，均系薄荷制成。询诸普通人民，鲜有知薄荷产于湖南者，不知零陵种薄荷最多，每年由陆路输入日本，约在二三万元以上。我若自制成精，掺入牙粉，或制锭与膏，运销全国，其利权当不至为日本人所垄断耳。

（十八）水泥厂，约需资金洋二十万元。

世界愈文明，物质愈进化，将来建筑工程之发展，水泥最为重要。先总理《实业计划》"第二计划"第五部亦云："创建大士敏土厂。"我湖南原料甚富，如石灰、石膏、铁砂等，不难以最廉之价得之，有志企业者，幸毋轻视。

以上所举，不过荦荦大者，所拟资金，亦属最低额。至湖南缺乏原料之品，概未提出，苟政府与人民有心实业，此真实业耳；与日经济绝交，此真经济绝交耳。俟将以上各小工厂分别大小、缓急，次第成立，再办各种专门大工厂，如铁厂造发电机、火车头、飞机、汽车机、轮船机、发动机、制造用机器、理化仪器、钟表等无不百废俱举。若果好大骛远，避易就难，鲜有不失败者。

总而言之，湖南政府，即湖南人民之政府；湖南人民，即湖南政府之主体。若人民有志实业，不必专靠政府办公厂攫取厂长头衔，每月领薪水若干。须知"赵孟之所贵，赵孟能贱之"，更须知实业成绩，有非一朝一夕所能奏效者也，惟有有资本资格者，不安为守钱奴，能聘请有实业知识者为之经理或计划之；有实业知识者不甘于自馁，能劝导有资本资格者为之解囊，或招募之，各本互助精神，积极进行，不出十年，而谓我国不国富民殷者，吾不信也。

我之长沙清洁运动以后之感想[1]

斗大之长沙城，曾经举行极热烈之清洁运动一次，事在去岁秋间，似乎发生微细之效力。不意入春以来，雨雪交飞，街泥深尺，举足不慎，即有灭顶之处。当此建设时期，首重交通，以长沙省会之区，其印象尚且如此，以言各县商埠，其腐败当更有不堪言状者矣。提倡清洁，系政府与民众一时之决心，而继续此决心不断的进行，则在市政府与省会公安局。记者不问今日长沙街道清洁属于市政筹备处，或属于公安局，用提出一个最简单办法，如果有清洁街道之责任长官，如法炮制，那末我们定有清洁街道之可行。其法如何？

请从速赶制扫街车五六辆。其车系双轮用人力拖走（外国用马），车后系以棕毛之木质圆轧，而圆轧上所安置之棕毛约二寸长，如枪管内之来复线，斜绕以七十五度之角，俾转时泥屑向外拥推。至圆轧之位置，须与车轴成二十五度之斜角，可上可下，靠地而滚，一经拖走，即将街泥扫至两旁，再用人力车将所扫之泥运出城外。若果每日清扫两次，则全城白石濯濯，即着布鞋亦可步行矣。此种车辆价值，合计五六部至多不过千元，如有疑吾言者，记者愿承领此事。

次则请两处长官从速下令，勒令各街，将两旁之泥地，限期铺盖石板，以绝泥源，并禁止住户再不得将家中扫出之灰屑、煎余之

---

[1]　艺庐：《我之长沙清洁运动以后之感想》，《实业杂志》1929 年第 136 号。

药渣等倾倒街中。此而后言清洁，庶几有清洁之可言。否则街泥不除，遇晴成土，遇雨成泥，日受人踏，街泥遂与街石千古，永不脱离。

建设教育两厅应注意之事[①]

中国提倡实业，已数十年于兹矣。开办工厂与实业学堂，虽已略具雏形，而于根本上尚未曾摸捉。所谓提倡者，亦属皮毛而已，口头禅而已。然今日之各省建设、教育两厅，从外表观察，究何尝不遑遑求治，各尽所职，尚有何事应为注意？鄙人则以在现代文化促进之候，该两厅设立编译所实为应时代之必需。

今试行经各书肆，内中所陈列者，除普通中小学所用书籍外，其余非多系小说、尺牍、古书等类耶，转叩以某工厂某机器书籍，则百不获一。记者数年前曾译工业专门书籍，因印资甚昂，欲将板权售与商务印书馆。而该馆主事者辞以营业为目的，此种书籍虽好，但购者甚少，停资停货，于营业上不无损失云云。夫以中国最大之书肆，如商务书馆，尚且所见如是，自郐以下，更奚待言。然商人之以营业为宗旨，以投机为获利，此固无怪其然。独惜我各省历年长官，于此实业根本上全未计及，则真咄咄怪事。

先总理提倡三民主义，而民生主义尤为目前当务之急。欲解决民生主义，而提倡实业更不容缓。夫所谓实业云者，非徒几句漂亮话、几条详细章程所能毕乃事，必须有一种专门学问，方可以着手进行。专门人才不可多得，必须普及实业教育，然后组织工厂，如身之使臂、臂之使指。此种普及实业教育，果从何着手，人人能言，从速多办实业学堂。然今日之实业学堂，在工科大学，学生程度甚

---

① 陆庄：《建设教育两厅应注意之事》，《实业杂志》1929 年第 136 号。

高，不难研究外国书籍；而大学以下之学堂，如职业学校，其程序既属幼稚，试问能阅看外国书籍否？如其不能，势必采用本国教科书籍，而本国书籍，如数学、国文等，尚有参考材料。职业学校，并非专授数学、国文已也，势必进而研究各种机械。今有学生于此，询诸先生云："我欲购一部马力机大意与电机大意，并锅炉设计、起重机原则，何处可买？"恐搜尽各书馆目录，无以答复。尤有进者，各职业学校所聘之教员，即使尽羿之道，既未终身教授，难免不自去自来，甲学期所授之课，既系随意编授，而乙学期所聘新教员，更无所根据，繁难者阙之，容易者复之，授课期满，照例毕业。此辈学生，将来出而办理实业，难免不无一知半解之诮。其有志实业者，欲再购书籍研究，亦无从得其善本，谁生厉阶，至今为梗。此无他，无编译所为之启迪也。

先总理提倡民生主义，最重实业，所以《实业计画》一篇，言之綦详，此不过举其应兴应办之事。至于如何应兴，如何应办，千头万绪，端在后人。然后人苟不精刻研究，坐而言者即不能起而行，今欲先行其言，舍学莫从。而学问之道无他，端赖有各种专门书籍。而此种书籍之编译，又不得不仰赖各省建设、教育两厅，设立编译所聘请有专门学问之人，择其为各职业学校应需之教科书，分途编译。一面划一专门科学名词，有意义者释以意义，无意义者仍译以音，由公家印行，廉价出售。但所聘之人员，不宜过滥，生活费亦不宜太薄，须视其确有专门学问，而中国文字亦稍有根底者；求效不必太速，只要求细心编辑，虽在一二年之久完成一书，亦不为迟。且所编译之书，理论与施计并行；亦不必专演算学公式，有败学生读书之兴味；图样要详，了解方易，构句要浅，读者自明。俟关乎职业学校各种应用之书籍，足以敷学生之参考后，再进而编译专门或大学校之教科书。

今试考察各国书籍，各级专门教科书无不应有尽有；甚至英国新出之专门书，有为德国人出重资与著作者许可译出者；而德国新出之专门书，亦有为美国人出重资与著作者许可译出者。我国未加入版权会，任意选译，无人干涉，较之欧美人之编译，可省却一笔巨款矣。今国人若果是总理信徒，实行民生主义，则主义所在，端在实业；而实业之进行，端在人才；而人才之培植，虽在学校，而学校之根本，则在书籍。今仅率一般青年，打起民生主义口号，而于民生主义基础，未曾巩固奠定，鲜有能成功者。古人云："我非生而知之者，好古敏以求之者也。"惟愿中央政府及各省政府，于编译所一事，特别注意焉可。

救济汽车路局利权之商榷[①]

衣食住行，先总理谓为人生必需之四大要素。四者之中，衣、食、住三者，从古至今，尚遗传有极陋简之规模，可以国货代替。惟此"行"字，素鲜研究，真所谓"难于上青天"者矣。年来各省讲求路政不遗余力，若推之数年或数十年之后，全国大道密若蛛网，汽车往来如梭，行之一端或可解决。然至此吾窃为吾国利权危矣。何以言之？即汽油之消耗与汽车之增购二者而已。

陕西为吾国煤油产量最富之区，自熊希龄内阁下台之时，不曾与以督办煤油之头衔乎？又不曾购来若干提油机械乎？设当时熊督办具有伟大眼光，牺牲官场活动，对于采油事业极端进行，则至今日当有成绩之可言。执意年华荏苒，縻费金钱，错误机缘，至为可惜。夫汽油者，系由煤油提炼而出，今我国既无煤油，汽油何有？但全国止在提倡汽车时代，后来之盛，当甚于今。而汽车所恃以为行动之原力，金知为格司作用，而化成格司之原料，则在汽油，无汽油则汽车等于石田。然吾国今日汽油之来源，不外美孚、亚细亚、德士古三公司；而此三公司所售者，外国货也。即以吾湘第一汽车路局言，自长沙至宝庆车路仅长三百七十八里，据该局营业课云年十一月份报告载，该路是月共消耗汽油六千二百一十六加伦，查每加伦价值国币七角零五厘五，则每月共需汽油洋四千三百八十五元有余。以区区长宝一路，尚损失利权如此之巨，若进而推之全

---

①　陆庄：《救济汽车路局利权之商榷》，《实业杂志》1929 年第 137 号。

国，再进而想及后此全国汽车路告成之时，有不令人心悸者乎？是中国汽车路加长一里，即为外国增消一里之汽油；加车一部，即为外国增消一部之汽油。路车与汽油，成正比例。今欲挽回此种利权，惟有对于陕西煤油设法采提。固不仅汽车倚为生命，即人民夜间所需燃料，亦可不购用外货矣。夫以吾国如此之大，油藏如此之富，而当道诸公，无一计及，非至可骇者欤？然亡羊补牢，犹未为晚，及今不图，后悔何及。且匪特利权丧失已也，设万一中外邦交破裂，发生战端，来源断绝，全国汽车势必废置，关系之大讵可轻视？即不然，外人观于吾国无自制汽油之厂，则将来三公司之任意操纵，非势所必至理有固然者耶？

次则在乎汽车。夫汽车之构造，并非奥妙难窥，若谓中国人无发明汽车之能力则可，若谓中国人无仿造汽车之能力则不可，今吾国既有仿造之能力，而不去仿造，容非士大夫之耻？然居今日而言仿造，取材本难，因汽缸之构成，专用铸钢。吾国自汉冶萍停闭后，用铁尚取材异地，遑言铸钢。但铸钢虽无，吾人如欲毅然决然实行仿造，决不能因无铸钢而即停顿。其法为何？即绘一详细制造汽缸图式，寄至外国工厂，订购数十百千汽缸回华。其余一切非需用铸钢之件，概行自制是也。今日有倡议购买外国机器，自行装配木架，或棚子者。夫木架与棚子，所值几何？此而谓之仿造汽车，何异掩耳盗铃。查汽车一辆，据今日路局购价，除木架自行装配外，每辆需洋三千至四千元不等。即以湖南三路局而言，现在已有汽车百辆，输出利权已达四十万元之巨。后此增加，正未有艾。吾人欲挽回此种利权，除购用汽缸自行仿造外，别无他途。若仅装木架于汽车之上，而扬言于人曰"我能仿造汽车，挽回利权"，丑孰甚焉。

再次，湖南汽车路斜度太大，曲径太小，而尤以长潭路为最甚，并有斜曲同在一地，以致时出危险。加之司机生多系十五六岁之青年，性既急进，经验毫无，每当转湾之时，其行驶速度，有如直路，并不减少，此而欲其安全前进，其可得乎？故一般人民多抱安步当车思想，不愿以性命作乘汽车之试验品。职是之故，吾人欲挽回汽车与汽油每年利权之外溢，又为安全人民旅行起见，不如二轮有柁，可以左右，轮面甚宽，如坦克车轮然；后拖车辆若干部，每部亦各有柁，随车头至曲处左右为左右。此项车头，构造甚为简单，中国大工厂可造，即湖南之小工厂亦可造。若果附带运用，不但挽回汽车汽油利权，加以行驶颇慢，既便运货，复合一般稳健民众心理，较之改用电车，须增设极大之发电总机厂，与沿途安置多数之变压机及极大之电线，难易不啻天壤。望各路局局长幸毋河汉斯言。

湖南职业学校之办法[1]

提倡职业教育为现时最时髦之口头禅，闻之者已成为司空见惯，固无甚惊喜之可言也。兹因我湖南教育当局，鉴于普通中校太多，毕业生与年俱增。在殷实子弟，毕业后尚有升学能力；若贫寒子弟，纵天姿英敏，徒望洋兴叹，多为"经济"二字所淘汰。循谨者改习他业，若暴厉者，则负中学毕业知识与头衔，难免不无出轨之行为。政府于是毅然决然，将所有各县立联合中学校，一律收为省有；并就原有校址，改为职业学校，以造就一班中等建设人才，于国于己，两有裨益。用意原未可厚非，但吾窃谓其意虽美，而法则未良，将来职业学校，未尝不与今日之联合中学校，成为鲁卫之政。闻者疑吾言乎？请申其说。

中学生智识当属普通，不独联合中学校然也。即省立各中学校，亦何莫不然。又因联合中学，多在外府，且又多处于交通极不便利之区，所聘师资，难获上乘，于是又不得不思其次。所以外府之联合中校，与省垣各中校比较，程度颇有颉颃。此非关学生本身之优劣，系师资与设备二者之不及省垣中学也。今政府收归省有，改为职业学校，自以为从此人尽其智，事合于时矣；而不知学校之设备如昨，学校之教职员亦如昨，换汤不换药，明眼人皆知其将来无若大效果。岂真办职业学校而无效果耶？曰不然，特计画未得其法也。

---

[1] 艺庐：《湖南职业学校之办法》，《实业杂志》1929 年第 138 号。

所谓计画未得其法者，如报载各职校校长呈报教育厅，有沅州办金工科、木工科（辰州虽产木，世界亦无木工专科，有之，则属雕刻美术），宝庆办金工科、纺织科，桂阳办应化科、机械科是也。夫以如许之经费，处极不交通之地位，而办极困难之科学，是犹缘木求鱼。试问将来此种学生毕业，究竟有无实在学问与心得可以致用？此不得不转询之各职业校长者也。余以为湖南今日办职业学校，只有二途，任择一途，均可著效。

第一，就各府区土产原料以开专科。如常德产皮革与桐油，宜设皮革科与油漆科；宝庆产煤铁与桐油，宜设金工科与油漆科；永州宜设窑业科与纺织科（永州人所需用之磁器，纯由江西运来，价值甚昂，且转而肩挑至广西。又广西全县、兴安各县所销之布匹，尽由零陵楚江墟运去，若于永州开一窑业科与纺织科，不独可供本人民之用，且可推销至广西）；郴桂富五金矿，宜设采矿冶金科；滨湖各县宜择地设一农业学校，实行机器耕田（用机器耕田，惟垸田可用，地不平而田不大者不适用）；浏阳产纸，宜设造纸学校；岳阳滨湖临江，宜设水产学校。诸如此类，不胜枚举。此就地设科，以改良土产者也。

第二，就现在各工厂以附设职校。如第一纺纱厂设纺织科，水口山设采矿科，锡矿山设采冶科，民生工厂设机械科，醴陵模范窑试验场设窑业科，光华与湖南电灯公司设电气科，慈利雄磺矿设采矿科，岳华、岳嵩皮革公司设皮革科，和丰、升茂、麓山玻璃公司设应化科，此就厂设科，以便实地练习者也。

今我湖南所改之职业学校，一无所就。既不因地设科，亦不因厂设校，徒慕职业学校之美名，不计及职业学校之设施，好似委状发给，招牌更变，遂毕乃事。教厅既无一定计画，校长亦未切实研究，将来定感受种种困难。于是学生责校长不予谋完全之智识，校长复转责政府不发设备费，口延一日，遂云毕业。加以各种职业专科书籍，举国一无所有，纵有良善教师为之口授，而学生仅得此口授，亦属皮毛工夫。研究参考，端在图书。今职校已开讲，而功课既未规定，课本亦无所取材，此种职业学生，与联合中校学生，有以异乎？毋以异也！

倘政府真有心提倡职业教育，并非粉饰门面之美语，则舍记者所举二途以外，别无良策。并希望政府以优待师范生之条例（免收学膳费），转而优待职业生，则更美矣。

政府其采纳乎？吾其拭目俟之。

北平之工商业[①]

记者足不履北平已十年矣，在此十年中，记者心目中以为，北平工商业之发达定有可观。不意今夏重游，一种萧条状况，令人不忍目睹。十年以前，国府尚在北京，仕宦云集，全国款项多解于此，以致倚衙门为生活者，咸有觅食之地；工业虽不发展，而商务尚有可观，直接间接，固不知养活若干人民也。今也不然，国府南迁，所有伟人达官，以及各省解款，不之北平而之南京，以故居留北平之人，在家抱膝长叹，无所事事者，几十而九焉；纵有河北省府迁平填防，杯水车薪，何济于事，而工商业固依然一落千丈也。加以北平人民，向来养成一种习惯，不耐劳苦，不知稼穑之艰难，一旦失却寄生之衙门，即为失业；今则大势所趋，失业者当在二十万人以上。饥寒所迫，近来白昼杀人越货之事，日有发生；无论军警如何严密防范，为救死计，铤而走险。噫！此辈均系五官完备之青年，苟政府善为利用，纳于轨道，而谓不能化恶为良，易如反掌，吾不信也。

以言工业，则北平向为产官之地，焉知工业？鸡鸣而起，仅博蝇头，何若投身衙门，每月至少可得数十百元之薪金，此工业不振之一大原因也。今则事过境迁，曩日之趋跄生涯再难梦及，政府宜利用此时机，多开小工厂。而小工厂之目的，以制造人生日用必需品为第一工作，先求适用（即如北平今日各酒肆所用之牙签，均系

---

① 艺庐：《北平之工商业》，《实业杂志》1929 年第 141 号。

国货，虽粗如手指，长有三寸，亦可代用），继以改良，为国家塞一漏卮，即为人民培一分原气。其所用工人，即以现在之流氓、乞丐充之。此辈目的，只求有饭可吃，其工资当不甚昂，若是而不赚钱，吾不信也。希望"共"字号先生勿再从中捣乱，或鼓励风潮，救此孑遗，以奠国本。

论者谓："先总理节制资本，遗训煌煌，今子倡议开办工厂，不与先总理遗训相抵触乎？抵触即犯反革命之罪矣。"

曰："非也。先总理主张节制资本，乃节制极大之资本，以免操纵或垄断一切。若果不认清界限，连小工厂之资本亦节制之，则我国国民非只有束手待毙之一法而已耶。"

以言商业，除银行以外，亦无十万元以上之商家。有适于用者，如油、盐、柴、米、酱、醋、茶；无适于用者，如古董、玩器、旧字画。此外，则尽属舶来之品。今试执一中等社会以上人，摩顶放踵而详细察考之。头带毡绒或巴那马之帽，眼挂脱里克之镜，身穿白布或毛织之衣，肩挂伸缩之裤带，足履黄黑皮之靴鞋，行坐福特之汽车，于"国货"二字固无丝毫挂牵焉。又试执一女性人而调查之，身穿蝉翼之衣，手提羊皮之袋，颈缠如镜之纱，足穿过膝之长袜，脚套二寸高之皮鞋，内着尺长之缩口裤，脸涂寸厚之雪花粉，于"国货"二字亦无丝毫挂牵焉。此犹对于成人之男女性而言。若再执童稚而言，手执东洋之玩具，身穿 ABC 之衣，足穿太阳牌之橡皮鞋，于"国货"二字亦无丝毫挂牵焉。再就普通而论，烟也则上中等人非三炮台不吃，下等人则吃哈德门；汽水也舍玉泉山之优货不吃，而吃福记洋行之汽水；酒也薄张裕公司三星牌之酒不吃，而吃太阳牌之皮酒、法国之白兰地。他若国货之茶，则鄙弃之而代以咖啡；土产之鸡鸭则贱视之，而代以鱼翅。奈之何民不穷且盗也？商务云乎哉？

由此观之，北平既无工业矣，又无商务矣，将来究竟变成何种地步，吾人今日虽不能预定，推测事理，殆不外乎变成满洲第二。何也？自国府南迁以后，北平之重要已不如前，政府对于人民之痛苦已难亲睹，日人于移其经营满洲之手段，转而经营华北，企图推销日货，不遗余力（记者此次带眷北平，因连日天雨，小孩所着之鞋不堪应用，于是跑到东安市场购一双陈嘉庚公司之橡皮鞋，遍觅不获，及至西单牌楼，某洋货店门外大书陈嘉庚公司鞋寄售处，以为可以如愿矣，不意店中所示者仍系太阳牌之日货也），将来华北为日货之大好销场，可无疑义。

记者深望华北热心国货诸君，急起直追，赶办各种小工厂以保利权，并希望华北各同胞拒购劣货，概以国货代之，十年之后，其庶几乎。非然者，躯壳虽存，精髓已去，国亦不国矣。

艺庐随笔[1]

艺庐先生为吾国实业界先导，今岁惠赐本志鸿文数篇，同人循环浣诵，辄为击节。顷又自中州[2]寄来随笔五则，语多沉痛，发人深省，特以本栏为之专载，爰附数语，聊致谢忱。编者谨志。

火柴

火柴为人生日用最微之品，亦为人生日用中常需之品。惟其微也，所以人常忽之，习而不察。钻燧取火，著于古书，今则穷乡僻壤，尚有以铁挎石取火者。但其法均属呆板，非如今日火柴之便利。于是火柴遂输入中国，畅销各省市场。

年来，国人急起直追，设厂制造，以冀挽回利权，抵塞漏卮。不意瑞典火柴托辣司竟向我国火柴业施以猛攻，致全国火柴厂发生极大危险。于是，江苏有全国火柴联合会之发起，而粤省火柴业，

----

[1] 《艺庐随笔》为宾步程陆续在《实业杂志》刊载的一系列随笔，每期刊载数则。为统一起见，现将在《实业杂志》上刊载的《艺庐随笔》依发表先后全部归集在一起。同时，为明晰每期所发表的内容，在每期所发表第一则的小标题处以页下注的方式标示出处。《艺庐随笔五则》，《实业杂志》1929 年第 146 号。

[2] 1929 年，宾步程任职中原煤矿公司会办，该公司位于河南焦作。

如文明、光明、中国、西南、广东、光大、东山、浙江、民生、民兴十家华厂，首受瑞典火柴托辣司之垄断与压迫，遂于十一月一日联合停工矣。查瑞典火柴业，久欲握世界火柴业之牛耳，不过因毛羽未丰，不敢偶然尝试。近因吸收外资甚多，资本已厚，乃首先买得法国火柴专卖权；寻复借款与德，又买得德国火柴专卖权；今则竟向我国粤方进攻矣。倘政府知火柴为民生日用常需品，加意维持，则将停或未停之火柴厂，未始不可转危为安。若待其已停而徐图补济，则起死回生难矣。

考各火柴厂停业原因，不外乎受瑞典火柴托辣司之轻价压迫，夺我销路。其次即为原料换之，工作莫由。因白药、赤磷、磷片等物，均属危险品，前者此种危险品之输入，向各省财政厅领给遵照，即可入口；今则改由财政部发照，而领照手续又未规定，将来即规定矣，而繁复曲折，更非商人所能堪。我虽未杀伯仁，伯仁由我而死，其斯之谓乎？

煤

煤亦为民生日用必需之品，且为各工厂中必需之燃料。我国产煤之富，甲于全球，故自来未有外煤而行销内地，有之，不过通商大埠及沿海各市而已。

今也不然，山西、河北、河南著名大煤矿，自直奉战争以来，所有运煤车辆，被关外带去十分之三，而铁路运输已感困难矣。嗣后冯军西退，又将各路运煤车辆带去十分之三，而铁路运输更无法维持矣。迩者讨逆军兴，所有各路车辆机车，概拨归铁道运输司令，专供运兵之用；而铁路上所存者，种双轨与几根腐朽枕木而已，匪独百货堆积如山，即车头应需之燃料，亦不能向北开往井陉、六河沟、唐山、中原等公司运用，反南开汉口，运输日本煤至郑州，以供各车头之用。颠倒逆行，莫此为甚。查外煤运销内地，此为嚆矢。偶一为之则可，若再继续运销，则以上各公司之倒闭，必难幸免。纵不为公司计，独不为各公司之工友生活计乎？再，军用煤多记账，不付现款，此理殊难索解，岂购运外国煤，亦记账不付款乎？不然何妨移其应付外人之款，转付中国公司，维持国货，生活工友，两者俱全，岂不美哉？是在伟人先生相加之意焉可！至于运费尤不可解。

煤矿之发达与否，端在交通，南方多河流，尚可用船装运，若北方则非由铁路运销不可。夫运夫太昂，则销路即滞，日本以抚顺或本国之煤运售汉口，海程数千余里尚可获利，而我国河北诸省之煤运至汉口，计程不过一千余里，而运费之昂，实足惊人。即就焦作中原公司言之，如以一列车装煤五百吨，由焦作运至新乡，约需运费四百七十元，又由道清铁道转入平汉路需拨轨费一百五十元，再由新乡至汉口复需运费六千余元，是每吨合共已达十三元之谱。外加河南之统税，及军事附加捐（百分之三十），是每吨将近二十元矣。若究其成本（即在山之定价），不过每吨三元。而杂费反较成本多六倍之巨，骇人听闻，无过如斯。倘此后政府不欲维持国产则已，如或欲之，惟有减轻运费，取销杂捐，国营也，民营也，此举皆不可少也，否则日本煤即乘虚而夺我销场矣，可不惧哉？

米

米为人生必需之要素，无贵贱老少一也。古人云："民以食为天。"孔子论政，首重足食。又，在昔三代时，每三年耕，必有一年之积；九年耕，即有三年之积；纵令偶有歉岁，而人无菜色。何其盛欤！乃迩来国内粮食，时呈恐慌，其故何在？

查海关报告，民国十六年，进口米总数为二千一百万担，出口米为八万六千担，进超出二百四十余倍。十七年进口米总数为一千二百万担，出口米不足一万担，进超出四百二十倍。又查十六年进口麦为一百七十万担，出口麦为五十万担，进超出三倍半。十七年进口为九十万担，出口麦为一百八十万担，出超于进，然同年之面粉进口为六百万担，而出口仅为八万五千担，合而计之，进超出亦七十倍之多。综此二年计之，粮食之进口，实足骇人听闻。夫以我国土地广漠，气候适宜，人民又向以农为业，何至仰给外人每年若此之多哉？

说者谓："以我国四万万之人口与土地比例之，本足自给有余。良以我国可垦之地，实有四千一百余兆亩，其早经垦熟者，一千六百余兆亩，不过占三分之一而强。至待垦之膏腴，尚有六七百兆亩，合之熟地，可得全国之半数。以四万万人口分配之，每人可得地五亩有奇。平均每亩每年产米一担，已足敷食用有余。"但此种理想之计算，实不能敌事实之证明。

又有人说："自美国巴那河凿通以后，中国气候为之大变，以致每年冬季无大雪之下降，不能将禾根之虫毙死无遗，故中国近年常有蝗虫之灾。"此理亦属渺茫。然愚见与其谓巴那河疏通而致蝗虫，毋宁谓近世人心凉薄，加以争城争地，感召天灾，尚为可信。

总之，自民国以来，无岁无战。古人谓："大兵之后，必有凶年。"此理实信而有征。今欲免除凶年，首在弭兵，兵一日不弭，即凶年在所不免。不观养兵愈多之地，则凶年愈难堪之处乎？今年陕西之饥，为亘古所未闻。而陕西养兵之多，实较各省为最，所以凶象亦较各省为烈。然陕西固无论矣，即以我湘而论。俗云："湖广熟，天下足。"今则河山无恙，人民犹昔，何以前之言湖广熟者，而今则不熟也？田非不多也，农非不勤也，何以历年来日形饥荒？吾思之，无他，兵实为之不害也。夫湖南自曾国藩招练湘勇，以建中兴之功，一时走卒乞儿，有不数年即身为将帅者。干是一般心理，至今犹有此感想印人脑筋之中，来往不去。故入民国以来，我湖南人之当兵者，综合现役、退武而言，当在百万以上。尽其屋宇，荒其田园，抛妻离井，以从事枪林弹雨之中。现役者固无论矣，即退武者亦多袖手闲游。不治家人生产，昔日膏腴田土，今则可塑佛身。此种植之因如此，其收成之果，可想而知。以此言熟，熟于何有？以此救荒，荒何能救？于是偶遇歉年，即有向邻封乞赈之举。一经拒绝，则又转向安南、暹罗购入。

夫中国向以农立国，而农所出者众也。今农夫不产米，如今年江浙等省，且运洋米以供平粜之需，可叹孰甚？贾谊所谓"痛哭流涕长太息"，殆未有甚于此时此事者也。吾愿拥兵诸公，早息内争，实行编遣，置兵于田园之中，使之重理旧业；一方面本总理遗教，作充分之准备，再延聘全国农业专家，详细研究，改良种植方法，揭示全国，使普通农民尽科学化。从此父诒其子，兄诒其弟，俾躬耕畎亩者，得有家给人足之娱。此而后，而谓仍须仰给外国粮食，吾不信也。

丝

我国丝业，自来驰名中外。乃自日本仿造以来，行销欧美，我国业丝业者遂受打击。不意近年来，人造丝发明，其颜色之鲜明，花样之翻新，固出我国丝品之右。加之价值低廉，人乐购用，竟为国货之劲敌。于是江浙业丝业者，不禁大声疾呼，劝告同胞提倡国货，并一再呈请中央政府，转饬各机关人员，尽先购用国货，用心甚苦。而至今未见成效者，其原因何在？今世竟尚短装，穿西装者固无论矣，即穿中山装者，亦不能用绸缎为衣料，于是而用途窄矣。

所恃以推销者，端在妇女。但我国名媛闺秀，向未规定一种服装，专以妓女所着之样式为样式。人至妓女，遑问爱国，于是只求价廉色新者用之，招摇过市，人咸效之。欧美人发展商业，用牧师。日本人则用妓女，其意可深长思矣。又有一般妇女，鄙弃国货，以舶来品为荣，而销路更滞矣。

余以为中山装，无论单夹棉，均可以国货为之。但提倡之责，又在政府人员，所谓"登高一呼，群山响应"是也。如能发起国货中山装会，试制应用，则人民效尤，一而十，十而百，以至于万，不出一年，即可风行全国矣。若不先谋销路，空谈维持，其终归无效也无疑。

为今之计，一方面保存丝业，一方面赶办毛织厂，则失之东隅，或可收之桑榆。世界潮流，今昔殊观，服制革命，已在目前。若国人不急起直追，仅沾沾于江浙数省之丝业，而忽略北方各省之毛业，任外人席卷而去，织品而来，得不偿失，莫此为甚。吾愿政府与人民改移视线焉。

保险针

保险针，俗又名折针，其品甚微，在今日用途之广，夷考世界国，均无有加于中国之上。即以每年而论，中国军队总在二百万以上，每兵符号臂章，至少须针四枚，即应销针八百万枚；临时招募伕子五十万人，又应销针二百万枚；全国警察与法警约五十万人，又应销针二百万枚；全国各县团防约二百万人，又应销针八百万枚；全国各厂各铁路工友，大约亦在二百万人以上，每人以二枚针计算，又应销针四百万枚；全国学校及各机关人员约计一千万人，又应销针二千万枚；至于民众家庭所用，每年总在三千万枚以上。统共全国每年所销针数为七千四百万枚，每枚以二十文扣算，每年应销价值铜元一十四万八千串之谱。

此种小小工业，向为人所不注意者，故特表而出之，以告国人，急起图之，不胜企予。

钢铁[1]

　　钢铁为各种工业之母，如无钢铁，即不能生产任何机械，此人人所知也。乃环顾我国，其钢铁厂之设立亦为不少，其最著名者则有汉阳铁政局（计有七十五吨化铁炉二座，二百五十吨化铁炉二座，十吨马丁炼钢炉七座），此外汉口有扬子厂化铁厂（计有一百吨炉一座），龙烟铁矿公司之北平石景山化铁厂（计有二百五十吨炉一座），河南新乡有宏豫公司炼铁厂（计有十吨炉一座），山西有保晋公司化铁厂（计有二十吨化铁炉一座，锻钢炉五座），湖北大冶袁家湖有汉冶萍新厂（计有四百五十吨化铁炉二座），均已先后停工。此外，又有商办上海和兴公司十吨化铁炉一座、二十五吨化铁炉一座、炼钢炉两座；又上海炼钢机器有限公司，有马丁炼钢炉二座；启新洋灰公司，有炼钢炉一座。官办有江南造船厂电钢炉；辽宁兵工厂电钢炉。以上各炉，虽未停工，究竟规模狭小，出品均属有限。至本溪湖铁厂、鞍山铁厂，名义上美为中、日合办，实际上则为日本独资经营，不能称之为国产，不过地点在中国而已。所以，现在国内各工厂所需之钢铁，均系舶来之品。纵有制出之品，谓为国货，实有愧色，只可称之为国工货，犹如英、美烟公司之广告"在中国制造"而已。现在政府日日言振兴工业，官样文章，娓娓成理，按之实际，难俟河清，不知绾全国全省实业权者，对于此种基本工业亦曾计及否？至如湖北政府卖大冶铁砂、湖南政府卖湘潭锰砂与日本人，鄙人窃期期以为不可。盖以卖铁砂为振兴实业，毋异自坏长城，授人刀柄。

---

[1] 《艺庐随笔》，《实业杂志》1930 年第 164 号。

煤油

查煤油销行我国，不过四十余年，至于今日，已成为家用之普通品，穷乡僻壤，亦均用煤油以作光料。而将我国固有之光料，概行打倒，其漏卮之大，比任何货数目为高。不但此也，当此物质文明时代，除用煤油以作光料外，并对于一切原动力机器，亦改用煤油以作燃料，如飞机、汽车、坦克车、军舰、潜水艇，以及工厂内之柴油、煤油引擎等是也。此外，煤油之副产，有所谓挥发油、轻油、重油、机械油、柏油、白蜡等，均出自煤油之变相而成。统以上各种汇计之，据民国十八年度海关册报，如汽油类二千八百六十四万四千三百五十八加伦，油膏类二万九千零八十七担，柴油类十八万三千九百零九吨，煤油类二万万二千九百二十六万三千二百九十三加伦，滑油类一千三百六十七万七千一百零四加伦，石蜡类五十九万四千九百八十六担，共计各类油价为八千一百一十九万九千四百六十七银两。其数目之大，有不令人惊骇者乎？再单就我国汽车需用之油一项计算，据十八年底调查，全国共有汽车三万六千三百十一辆，平均每辆每日用汽油一加伦，每加伦油价作一元扣算，即每年需用汽油费一千三白零七万一十九百六十元。

我国地大物博，无矿不有。煤油产地，分见于各省者，亦复不少，最著名者为陕西之延长县。据外人调查，若果将此矿采炼，可供给中国全国之用而有余。他如甘肃之敦煌、山舟、玉门，四川之乐山、犍为、绵阳，新疆之库车、沙湾，云南之袜冈戛山，热河之凌源，广东之始兴，山西之陵川、平定，黑龙江之呼龙池，贵州之水城、贵阳、威宁，西康之宁静山，奉天之抚顺（已为日本攫去）。此外，西藏、青海亦所在有之，尚未调查，油藏之富，可想而知。惜人民只知购用，而不知自行开采，致令货弃于地，利权外溢，天下痛心之事，孰有过于此者？

世界战争工具，已由煤炭而趋于煤油时期。试观今日之空军、潜水艇等，是否用煤油以作燃料？我国今日如果不急起直追，万一不幸与产油国发生战事，停运煤油，并将所已运者付之一炬，则我国虽有无数飞机、坦克车、汽车、潜水艇，实若石田，毫无所用。日本虽属岛国，并无煤油矿区，近年来竭力经营此项事业，每年可共产油三十万吨。加以租借苏俄北库页岛油田，每年可产九万吨，合计每年共产煤油量为三十九万吨，占世界产油额平均数零点一。查日本全年需用油量一百六十五万吨，相差虽巨，若果继续不已，前途正未可限量。不观夫苏俄之煤油乎？近来坚志进行，其产量已占世界第三位，预计"五年计划"成功，每年可产油四千六百万吨，且进与美国抗衡矣。

回忆我国产油之额，不忍书出，自露其丑。兹查延长石油厂之记载，每年仅得六十三万五千斤。又据建设委员会经济计划，载西北产石油省份，以陕西为最著，其次为新疆、甘肃，皆有油井。……北至延川，南达宜川，西至肤施，皆为油区……延长油厂现有新旧二井，每日产油达二千石，旧井每日产油达二千四百担，全年产量共一百五十八万四千担；每担平均以十三元计算，全年约值洋二千零五十九万二千元。又新疆油产，以绥来、青石峡、乌苏为著。绥来油区，每日产油三百余斤；青石峡二百余斤；乌苏由商人包办，产量未详。如以每日产油五担计算，全年可得一百八十担；再每担以十三元计，每年可得二千三百四十元（此数见建设委员会经济计划与张连科所著之《国防与石油》，数目相差甚远。兹并录之，以资参考）。

可耻孰甚！惟冀政府衮衮诸公，眼光稍为放大，对于煤油，加以注意，于销耗之中，亦知生产道理，则国其庶几乎。

汽车

现在最流行之品，莫如汽车，横冲直撞，莫予敢阻。据一九二九年底调查，我国共有汽车三万六千三百一十一辆；但为期已有二年之久，恐至今至少又增万辆之数。平均每辆以二千元计算，已达七千二百六十二万二千元。况来日方长，有增无减。我国若不设法自造，即此一项漏卮，为数甚大。

外人讥我国老大，其实相反。余以为不配称老大，只可名之为大少爷，或不客气的说为败家子，因为事事要好，而不知生产之故。至于工厂，吾国东南各省，均已设立，或美其名曰民生工厂，或曰制造农具工厂。若进而考究内容，所制造者莫非杀人利器。枪炮一途，在昔视为难以仿造，今则除正式兵工厂外，各省亦有私设，并多以手工代机械者，尤其以湖南各师军械修理处为最多。倘政府转移视线，以此般聪明工匠，令其仿造汽车，亦断未有不成功者。

此次上海开路政展览会，沈阳送来自制汽车一辆，陈列门首，是即中国自造汽车之第一部，应占中国汽车历史第一页第一行之位置。谁谓中国人矗矗哉？特政府不注意及此，实属莫可如何。可佩哉张副司令汉卿也！

航路

顷阅《工商半月刊》第三卷第十六号，题曰《我国沿海与内河航路各国船只配置状况及外人经营船公司之现势》，将各国行驶我国沿海及内河船只，分别航路、公司、吨数、船名，列举无遗。阅之令人惶恐。兹特概括以示国人，希望有志经营航业者急图补救，俾免大好航路尽操于外人之手。

提倡国货，首重运输。当此铁路未成，而船业一端最关紧要，望毋畏难忽视为幸。以下为沿海航路之表：

航路	国别	船数	总吨数
上海天津线	中国	五	九二一八
	英国	一〇	二〇四九三
	日本	八	一六五四〇
上海广东线	中国	三	六七三五
	英国	二六	五九六一一
	日本	二	五〇六〇
上海牛庄线	中国	七	二七〇四
	英国	三	五八九一
上海安东线	英国	三	六六八三
上海宁波线	中国	四	一二〇七五
	英国	七	二八六六
上海福州线	中国	四	七四四五
	日本	三	七六七三
上海温州线	中国	二	一八八三
上海温州福州线	日本	一	一〇四七
上海定海海门线	中国	六	六〇七五
上海崇明海门线	中国	五	三〇二一
上海通州扬州线	中国	一〇	一〇九四七
上海大连线	日本	三	一一一二五
大连龙口线	日本	一	七二四
大连安东线	日本	一	一〇三七
大连天津线	日本	一	一二六一

（续表）

航路	国别	船数	总吨数
沿海临时船	中国	一一八	一八二五六八
	英国	八	一五七〇九
	日本	二二	六四六四五

此外尚有各国船只经过中国（如香港新加坡线、日本上海线、高雄福州线等航路），因为非专行航路，故未列入。以下为内河航路之表：

航路	国别	船数	总吨数
上海汉口线	中国	一七	四二七六九
	英国	一八	四七九〇九
	日本	一〇	二八八二一
汉口宜昌线	中国	一	一二九三
	英国	七	一三三七
	日本	三	四九一二
上海宜昌线	英国	六	一三八四六
	日本	七	一八九一
	美国	七	一六〇四
宜昌重庆线	中国	一九	八七九六
	德国	一	五七七
	法国	二	一七六八
	英国	一四	九八二一
	日本	六	四八〇七
	美国	一三	八九三三

（续表）

航路	国别	船数	总吨数
汉口湘潭线	英国	三	三四五五
	日本	二	二三三三
汉口湖南线	日本	一	九三五

此外日本在内河所组织之小河航线（如戴生昌等），尚未调查列内。兹统计我国沿海及内河航线船只，并载重吨数，列表如下：

国别	船只	载重吨数
中国	一九五	二九五五二九
英国	七九	一八七二四一
日本	六六	一三七九三三
法国	二	一七六八
德国	一	五七七
美国	一四	一〇五三七

又有各洋行运货至内地卸后，仍载货搭客者，如祥泰木行、亚细亚煤油公司、美孚行、德士古油行，为数亦在六千余吨。

中国农业生产衰败之原因

总理三民主义首重民生。民生主义，浅言之即是吃饭主义。欲解决吃饭问题非他，即在农业生产是否丰歉。但时至今日，中国农业生产衰败情形，有一落千丈之势，其原因何在？可分为四种以研究之：

第一，中国人口过剩。前此所谓四万万人口，至今切实调查，其数目当有增无减。若按照全国人口来说，农民占有总数百分之八十以上，即四万万人口中，要有三万万六千万为农民（见曹鸿儒所著《中国农村社会解剖》）。而乡村人口之稠密，尤其是长江流域以南各省，如江苏每方公里有三百十四人，浙江每方公里二百十四人之多。而土地可耕之面积，依然如昨。农业之生产，仅维现状，在丰年尚形不足，每至凶岁，更形恐慌，于是洋米乘机而进矣。余以为今日救济之法，舍移民边省外，别无良策。孟子曰："河内凶则移其民于河东，河东凶亦然。"孙总理《实业计划》亦云："由人满之省，徙于西北，垦自然之富源。其普遍于商业世界之利，当极浩大。"今我国西北、东北、西南各省，地广人稀，不但易起强邻之窥伺，即地弃其利，亦属可惜。不如斟酌各省人民习惯，与夫气候水土，着手迁移。如山东、安徽、河南、河北等省人民移之于东三省，湖北、山西、四川等省人民移之于西北，其余东南与南方人民并此次被逐归国华侨则移之于西南。若反而施之，则违背人民生活原则，即愿意移者，亦必不踊跃。为实边计，则法窥云南，英窥西藏，俄窥外蒙古，其重要与紧急，当不亚于东三省。为固边防起见，为支配工作与食粮起见，固不得不将过剩人口平均分布全国者也。

第二，我国东北、西北、西南各省，沃野万里，人口寥若晨星。如西北六省（陕、甘、绥、宁、新、青）面积，共三百六十四万九千九百一十七公里，人口共二千六百四十一万六千四百九十七人，每方公里之人口数为七点二四人。其最少者，如新疆仅得一点四一人，青海仅得二点一二人，现有田圃，仅占面积一厘有奇（田圃共十三万九千一百五十六方公里），其森林更不及面积二毫（森林一万一千六百五十三方公里），其余均为荒地（见建设委员会经济计划）。云南全省面积十四万六千七百一十四方里，人口据民国十二年邮务局调查报告为九百八十三万九千一百八十人，每方里平均为六十七人（见詹念祖所著《云南省一瞥》）。辽宁省面积为六万方里，吉林省为十一万三千方里，黑龙江为十九万零七百方里，合计三十六万三千七百方里。据外人调查，人口为三千零八十二万一千八百二十六人，平均每方里仅居八点七人。至于西藏、西康二省，虽无切实调查，大约等于东三省而已，以致所有可种植之土地任其荒芜。田野不辟，荆棘满地，非天之故意陷我民于死地，实我民自罹厥辜，自弃其职。倘政府有真心为民众谋利益，求幸福，应设种种方法，将各省所有荒地逐渐开垦。所谓产物利用，一转移间，即成沃土，则生之者众，食之者寡，农民生活问题可迎刃而解矣。

第三，鸦片烟为中华民族第一劲敌，非以最严厉手段除尽不可。为民族生存计，今已时不可缓。我国虽然号为地大物博，若将全国未耕地统计之，仅占耕地百分之二十六。而在此区区数目内，如陕西、云南、四川、绥远、贵州等省，甚且废弃人生生活必需之食料，改种杀人灭种之鸦片烟，又于可耕地内减少十分之一矣。此种饮鸩止渴举动，不能专责诸无知识之农民，而其最大原因，在各省军阀贪烟税所致，不但不遵令禁止，又从而提倡之。农业生产衰败，此亦一原因耳。

第四，我国农民素乏专门知识，只知保守数千年传统旧规，对于一切新法向无研究。种子既不知改良，天灾亦无法幸免，每遇水旱虫蝗，束手无策，坐令满野青苗秀而不实。人歌大有，我悲凶年，虽欲不饥，又乌能免。所以，总理昭示我们关于增加生产量数和增加生产能率的方法，有换种、肥料、机器等数种。但这种重要设施，既需资本，又重学识，今日之中国，若果欲振兴农业生产，非培植人才，与设农业银行，作大规模并永久办法不可。

总之，今日欲求中国安全基础，惟有力农一途。故农在四民之中，较其他三者为重。农业生产，如果发达，则家给人足，社会自然呈安宁状况。所以我国人民只要有饭吃，万事足矣。总理解决民生问题，亦谆谆以食为重。古人亦云："民以食为天。"食之问题非他，即求中国土地日辟，农产丰富而已。中国农业历史，已有四千余年之久，依然故步自封，毫无发展之可言。溯自欧洲大战而还，举凡外国大政治家、大经济家，均极注意农业问题，觉工、商二途并非人民生活之主体。惟农业乃万民之母、救人之丹。乃回顾我国人民心理，以做官为荣耀，对于农业，卑之无甚高论，所以衰败程度与年俱进。

兹查十九年海关报册，其输入米麦数目之大，实开中国历史最高纪录，用特照抄于后，以引起国人共同注意云耳。

洋米	民国十八	十九年
印度	七二〇九七八担	九五一五九七八担
香港①	七九二二六一担	六〇一三九九二担
安南	一三七〇六八三担	三二八五二〇二担
暹罗	六二一五七九担	四五一一四五担
日本	九三八九〇担	四三七三四八担
其他各国	一一四六七四担	一八〇一一九担
总数	一〇八二四〇六五担	一九八九二七八四担
洋麦	民国十八	十九年
澳洲	九九四五四〇担	一二四四六一四担
坎拿大	四二四四六七九担	九六〇四八八担
美国	四一五三六六担	五五六九四八担
其他各国	九二七二担	一九〇担
总数	五六六三八五七担	二七六二二四〇担

---

① 中国香港，因当时为英国占领，统计数据时将其当作"国别"（地区）来单列。

今以我素产米麦之国，反仰赖洋米达一千九百八十九万二千七百八十四担，洋麦达二百七十六万二千二百四十担之多，可胜叹哉！

鸦片烟与中国民族①

鸦片烟之战，开吾国赔款丧权之先声；鸦片烟之吃，又为吾民族生死灭亡之问题。此毒一日不去，即吾民一日不得健全。非以最严厉之手段，决不能除尽此恶毒。政府果爱惜民族乎？何妨毅然决然下令严禁，如有阳奉阴违，或有纵庇情事，即行枪毙。须知害群之马不除，即黄裔之子孙莫保，谁轻谁重，必知权衡，快刀斩乱麻，是所望于贤明政府。今将太平天国禁烟条文照录于后，俾知当日禁烟之严厉，非如今日之敷衍了事而已耳。

天王诏曰："高天灯草似条箭，时时天父眼针针。不信且看黄以镇，无心天救何新金。吹去吹来吸不饱，如何咁蠢变生妖。戒烟病死胜诛死，脱鬼成人到底高。并钦此。"

"小弟杨秀清立在陛下，暨小弟韦昌辉、石达开跪在陛下，奏为吹吸洋烟大犯天条事。缘据夏官正丞相何震川禀称：转据殿右贰检点胡海隆禀称，前巡查赖桂英于十月十八日，在天京内城新桥地方，拿获周亚九、李连升、于顺添等朋吹洋烟一案，并起获烟具、烟泥等件，已由该官承审确实，取有口供，禀报前来，弟等未敢擅专，理合肃具本章，黏附原供，启奏我主万岁万岁万万岁，御照施行。"

天王批御："照弟等所议皆是，周亚九等即斩百不留，钦此。"

韦俊、石凤魁谕："一、洋烟黄烟，不可贩卖。吸食洋烟，为

---

① 艺庐：《艺庐随笔（续）》，《实业杂志》1931 年第 165 号。

妖夷贻害也。洋烟一物，吸食成瘾，病入膏肓，不可救药。黄烟有伤肤体，无补饥渴，且属妖魔恶习。倘有贩卖者斩，吸食者斩，不禀者一体治罪。"

《军营规例》："三、要练好心肠，不得吹烟饮酒。……"

《禁律》："一、凡我们兄弟，俱要学好修正，不准吹洋烟黄烟饮酒掳掠奸淫，犯者斩首不留。又，凡吹洋烟者，斩首不留。"

鸦片烟历史，自亡清始，惟洪秀全禁之最严。据南京一般父老传说，当太平天国时，南京城内确无一人吸洋烟。（今则何如?）惜在位未久，不能除恶务尽，以致今日滋蔓难图，民族受害。鄙人于鸦片本深恨痛绝，但一部二十四史，不知从何说起。幸《新北方》柳博我君所著《华北繁荣的障碍》内有一段关于洋烟情形，言之綦详，用特附议，照抄于下：

毒物——近百年来，中华民族之堕落，如说是全由于鸦所赐，当非过甚。新近有位费佩德博士（Fitck）写了一篇《"中国五十年烟祸实录"——中国之毁灭者》（见《拒毒月刊》），称鸦片为"中国之毁灭者"，实是确切之至。假若我们旅行内地，便见有整片的罂粟园，及临风招展的红花。但是，中国亦为世界毒物之尾闾，原由于在我国境内，以领事裁判权及租借地之关系，对于运输毒物有莫大利便，甚且有公然在我国境内设厂制造者。至于外国之毒物，如吗啡、海洛因、高根等，每年运输来华之数量，达一百四十二万三千六百两，超过我国医药界正当用途七百十六倍有奇。是故，全国上下几全浸入毒液中，悲夫！据拒毒会调查七个省区四十八处地方，报告之统计，平均服用毒物者有百分之九点三。兹将其调查华北四个省区者，列表如下：

山西	十二点五	山东	十一点一
河南	七点三	河北	七点一

至于其他各省，如热、陕、甘俱为产烟区域，甚且当局勒种，以资筹款。例如，热河官方鼓励种烟，每亩抽捐九元，烟馆公开，每灯月捐二元，据三年前调查该处烟捐，已有二千万元之多。陕西种烟输捐，每亩十二元至四十元不等，吸食者有某城占人口百分之九十云。而在甘肃竟有六七岁小儿，卧榻横陈、喷云吐雾者，可以哀矣。东三省种烟者少，但以外人之输入及租界之包庇，吸食者亦不在少数，即以安东一地论，烟馆一千余家，每日销土四千余两，以五元计之，每日约有二万余元，消耗于灰化，其他毒物，尚不计入。由此可见，毒物之在华北，每年耗费不知有几万万元。因种植罂粟，占用良田，亦不知几千万顷。而民族精神之毁灭，道德之堕落，事业之荒废，生产之减退，更不可胜计也。长此以往，吾族其不亡国灭种者，尚何待耶？

柳君此篇文章，写得可泣可歌，发人猛省，当视同《感应篇》广为宣传，以唤醒同胞注意。余以为，我国人日日言抵制外货，究之结果，毫无成绩之可言。惟罂粟一途，我国到有进步，不论其他，只看湖南、湖北、河南、安徽各省特税清理处，每月收入之数可知矣！以此禁烟，烟何能禁？军阀乎？军阀乎？时日曷丧，予及汝偕亡。

再，查近年来各国代鸦片而兴之麻醉药品，已有一百三十所之多；所制之毒药量数，亦为甚巨。最多之国，为波兰及奥国，各有二十三所；次为日本，计十三所；瑞士十所，英国九所，德国八所；其余如美、法、荷、匈、丹、意各国，均有毒药厂。而尤以英、德两国厂屋规模最大，出品亦甚速。容知此项毒药厂出品销场，不在他国，即在我四万万人口之中华民国，倘吾人再不认真禁烟，窃恐数十年之后，靡有孑遗矣。瞻望前途，不寒而栗。

军用之黑白铅

此次倭奴乘我国天灾匪祸之时，强占我沈、吉，虐刘我人民，焚烧我房屋，奸淫我妇女，抢掠我财产，蹂躏我土地，侵犯我主权，破坏我铁路，种种罪恶，各报登之最详，毋庸赘述。但时至今日，欲抗倭奴，驱之出境，非可以几个电报、几张标语所能做到，势必出兵东省，相与周旋，拼我热血，销彼凶焰。

日前最要者，厥在战斗上所需用之军用品原料。吾国兵工厂现虽有十四处之多，但厂内所用原料，何一不仰给外人？即主要品，如钢铁、三酸、紫铜、白铅（黑铅则有湖南黑铅炼厂出品），平日毫无准备，只知以我金钱购彼舶来之品。万一旦与倭奴宣战，交通梗塞，则外来之货不克源源接济，则虽有工厂，其能不等于石田耶？试检阅十九年海关册报，如：

品名	输入量数	值关平银	来自日本
紫铜	三四八〇一担	一四八〇二五二两	五六四一担
白铅	九〇七〇一担	一〇八三二三五两	二一三二九六担
钢铁	九二二七四七担	五二六三八八七两	九六二八九担
三酸	一五一〇一一担	一八一一八六二两	一〇一九七〇〇担

统观上表可知，中国兵工厂原料大半仰给日本，不过自雇工人制造而已。此种重大原料，握全国兵工者宜如何早为之所，准备一切，以壮全民之胆，而与倭奴作殊死之战？

以言经济，在中央政府，不过九牛一毛，无关紧要，只要将一切不急之费用稍为移挪，即可以办理而有余。如以建筑某某场一百二十万元，即可开一电解铜厂；如以印刷某某演说集三十万元，即可以办一西法白铅炼厂；又如某某建筑，即可以办一大三酸厂。此外，设法开办汉阳铁政局，则兵工厂所需之原料备矣。

若言原料产地，则尤以湖南为最适于取用，交通既便，煤料亦丰，而且各矿皆备，即作为军用品原料出产省，亦无不可。如水口山之黑、白铅矿，绥宁、常宁之铜矿，非以丰富见称者耶！且在距水口山十里之松柏，附设三酸厂，就近取料，尤属便宜。事在人为，彼徒以演说、提案为实业专家者，误尽天下苍生矣。

查我国黑铅炼厂，仅有长沙一处；若白铅炼厂，举国皆无。松柏白铅炼厂，系用土法，前因销路滞塞，停办数载。上年，因军政部有意购用，重新开工。讵交货不多，各兵工厂认为不合用，不允购销。今则该厂所存铅条，计有二千余担之多。而海关又认为军用品，不允出关。财政部复不允发给护照。以致此项存货堆积长沙，亏累垒垒。但土法炼铅，所含铁质或在千分之一以上，本无可讳言。虽熔入弹壳铜内，不无梗硬之弊。若参作炮弹头，究未尝不可。今尽拒绝，是否别有作用，吾人不得而知。希望主持兵工厂者提倡国货，无使此一线之白铅炼厂因而倒闭，则将来恐再求此不适用之白铅，亦不可得，岂不大可哀哉？近闻兵工署有鉴于此，有拨款改良松柏白铅炼厂之计划，故随笔书之，以告当道。

造纸

大凡一国愈文明，即印刷品愈多，其需用纸张亦愈广，而尤以新闻纸为最甚。所以，我国近年来自造之纸供不应求，改用洋纸，其每年利权外溢，非同小可。于是，有志之士宣传提倡国货，甚嚣尘上，或改用土纸，或设造纸厂，议论纷纷，莫衷一是，而舶来品之销畅，仍未减损秋毫，可哀亦可怜耳。

我国造纸之业，分见于浙江、湖南、江西、福建、四川、江苏各省，而其他如湖北、山东、河南、山西、陕西、甘肃、新疆、吉林、河北等省，亦有出品，但均不甚多耳。

查我国造纸原料，上焉者取材于竹，名曰黄白纸；其次树皮，名曰皮纸；再次稻草，名曰草纸。除此以外，绝无有用破布、麻头或木质制造者。且多系人工，出品有限。以我国目前印刷事业发达，区区手工之纸，不过沧海一粟，何能济事，又何能强人不购用外纸。于是外货之输入，每年有增而已。忧国之士，如阎都统、张副司令，于是有造纸厂之设，并委张志良、金瀚为负责筹备人员，成一大规模工厂。逖听之余，不胜雀跃，惟望早日成功，以塞漏卮。并希望中央政府，将汉口礄家矶造纸厂即日恢复工作，双方进行，毋作袖手旁观态度，毋发空谈无补之议论，迎头直追，庶可以抵塞一部分之外货，夫岂曰小补之哉？

今将近年来海关报册纸类，摘取普通印书纸及有光纸两种，输入之量及价值于后，至他种精致、厚薄等纸不在内。

	普通印书纸数量（担）	价值（两）	有光纸数量（担）	价值（两）
十五年	八〇六二五八	七〇〇〇九七八	四九六五一八	四七五八二〇一
十六年	六六五七五九	五七九二三五〇	五一七五四六	五三五三五六〇
十七年	八六三五三六	七〇二〇六六九	四二〇一一七	三八三五五六二

若进而检查各国输入细数，其进口额，在普通印书纸栏下八十六万余担中，日本竟占四十七万担，即百分之五十四；有光纸栏下，日本占百分之二十六。兹据日本制纸联合会调查，一九三〇年，印刷用纸、纸烟用纸、连史纸、包装用纸、雁皮纸及薄叶纸、吉野纸、典帖、半纸、美浓纸、尘纸、板纸等，总共对华输出，计二亿十一万五千七百三十磅，价值日金二千三百三十一万七千九百

五十九元，可不惧哉？

今当辽、吉遭日本暴行之时，我国人又言抵制日货，而本国又无相当之货以代替。即纸张一门，已形棘手。临渴掘井，本已为迟，但临渴而掘，犹愈于不掘。孟子曰："犹七年之病，求三年之艾，苟为不蓄，终身不得。"我国人其毋以贴几张标语为了事焉，辛甚盼甚。

读《中央机器制造厂计划书》

时至今日，开办工厂，诚不可缓。但制办之品，固须决定，而建厂地址，尤须以远大眼光择取适宜地点，以竖永久基础，不可以时间性、个人性而定适从，此一定之理也。前清张之洞建铁政局于汉阳，识者早已知其必败。今实业部有建筑中央机器制造厂于首都下关三叉河，并列举将来该厂制造之品类，披览之余，窃有不能已于言者。

友人华君南圭有言曰："什么大计划，什么大问题，此乃大人物之大言。余却不知所谓大，只知所谓小。余在字典中，看不见大字，只看见一个小字。"又曰："由小渐大，积小成大。"旨哉言乎！

今实业部计划书动辄以美国为比例，此种几万万元，彼种几万万元，试问这几个几万万元从何处得来？独唱高调，于事何益？不观乎思米得厂开办时规模何大，福特厂开办时经费若干，克虏伯厂开办时情形若何，此皆"由小渐大，积小成大"之明证，当时并未有数万万元之巨款也。余以为今日官场，不宜新办工厂，更不宜新办大工厂（如实业部所办之度量衡制造厂二十名工人最好）；只要求政府对于商家所办之工厂，以十二分诚意为之保护奖励，提倡借贷，实行此八字秘诀，则收效定胜于官厂，可断而言。再一方面，就政府已成立现在未开之工厂，设法整理，从速开工。如汉冶萍公司、汉口造纸厂、龙烟铁矿公司（前系商办今已收为国有）等，或政府无力开办，即租与商人承办，亦无不可。今乃弃如敝屣，又从新另设大厂，则当日各该厂所费之公帑，独非吾侪小百姓之膏脂乎？后之视今，亦犹今之视昔，毋令后人再笑今人，则在今日主持实业之负最高责者。

再观实业部所定出品种类，有：一、蒸汽机关锅炉及附件；二、航业用提塞尔柴油机；三、大号造冰机及家庭各种冷器；四、普通航轮及渔轮；五、工作机器；六、筑路用及建筑用机器；七、代制各种铸件及锻件；八、各种精密工具。夫以一工厂而制造如许多种之机械，纵使机器制造厂万能，而一切模型成本已属不资。夫艺多不精，与其费力多而成绩不良，曷若少制种类，而使之业精于专。思米得、福特、克虏伯大工厂也，其出品果有如此复杂乎？查思米得只专门枪炮；福特只专门汽车；若克虏伯本厂，虽于枪炮以外，又有煤矿厂、炼铁厂、火药厂、造船厂、工作机器厂，但此皆由本厂发达后，陆续分别顶买而来，并非当日一蹴即是，亦即所谓"由小渐大，积小成大"之义耳。今实业部不此之图，而欲陡然办一极大工厂，余敢说不出一年，非倒闭即亏空矣。

建筑地点关系于厂之本身前途甚大。今实部择定下关三叉河，不审有何取义。就原料乎？则南京除官吏以外，究何所有？就购买力强乎？则除开会演说、听清唱、谋差使以外，未闻有何种感想。就人工价廉乎？则京城生活程度，比任何地为高！若如原计划书所云："中央政府现正谋首都之繁荣与工业化。"余以为此实根本错误。夫首都既定南京，将来展事业甚多，何患不繁荣？如谓设一工厂即可繁荣首都，则移至城内不尤为直捷了当耶？总理《铁路计划》偏要从边防入手，盖欲求其平均发展耳。若恃此一二千工人，即可以繁荣首都，何小视夫将来南京也？试观各大陆国京城，究有何国借工厂以作繁荣之具？又有何国以首都作为工业区？烟囱林立，妨碍卫生甚大。所以，各国均以外省交通适中之地指为工厂区域。若是，则武汉当推首选矣。论其水陆交通，优于下关，而且该处为全国交通之中心点，发展内地工业，亦较易为力。若三叉河地势低洼，最易浸水，计地皮一千亩，照原计划书填高四尺，约须洋三十万元，如果将来再发见今年之大水灾，恐非填高八尺不可，其须款又何加倍也。

再观该厂组织法，有总务、技术、工务三处，下有文牍、出纳、会计等十八股，每月开支十八万六千七百八十元之巨。而理想出品收入，每月二十万元，支出两抵，可赢余一万三千余元，可喜孰甚。然余亦办工厂个中人也，纸上谈兵，与实际相差甚远。第一工厂开工，无生意可揽；第二购来材料，化整为零；第三制成之品，无人过问。若果以零存残钢废铁，以及制成之一钉一刀，锱铢凑算，当然货在料存。而不知此时"打破缸甕收瓦屑"，本厂金融，已受极大打击矣。加之每月职员薪俸一门，仍旧要发给二万七千八十二元之多（照预算书数），苟延半载，遂告呜呼，虽有良医亦莫如之何也。谓余不信，拭目俟之。

实业部为全国最高实业行政机关，人才济济，何劳置喙。不过效献曝之忱，聊上一得之愚。务盼深加考虑，停止大规模之工厂，而竭力于私人所办之小工厂，予以保护奖励提倡借贷，令其自行发展，则中国工业前途有不期然而然以臻于勃兴。

饮食与日本货销耗之一瞥

我国人办事，无所谓真是非，多以感情上作用以言嗜好；亦无所谓真好歹，多以心理上作用。每以价值高者为好，廉者即目之为歹。曾记上海有某公司，陈列数角一尺之衣料，久之无人过问。主人愤而藏之，月余复陈列市面，改数角一尺为二元余一尺，不出数

日，完全销罄。于此可见国人不识好歹，以价高为贵，此非心理上
作用者乎？

至于饮食，亦何独不然？不观夫鱼翅乎？本身毫无美味之可
言，惟恃鸡鸭汤为主体，而其价值之昂，恒过桌上他菜之总数。乃
我国每逢宴会，辄以鱼翅为享客人上品，是真不可思议者也。

现值抵制日货热忱最高之时，用特将十九年海关册报关于外货
食品抄录于后，尤以日本食货输入之多，足令人闻而心悸。查饮食
一门，并非如粟米得之则生、不得则死者也，希望国人有以痛改之
为幸。

品名	共量数	共关平	日本内占
鱼翅	一一三四〇担	八〇九八八八七两	二一〇五六八两
海带	五七〇九八八	二九三二八四八	二六〇三六二〇
鲍鱼	八六九三	三七八九〇〇	二〇一八二九
糖菜		一三六四六一一	五〇六〇二五
酱油	三八七〇一	五二六〇六二	四五三〇二六
洋参	八五四四四	一一九四八二六	一五九五三二九
洋菜	一八七九	三〇〇四九七	二六七三五一
橘子	一八四二六五	一四二五一二三	八七〇三六九
车白糖	二九九二六七九	二七六七八四〇七	二〇八〇五八七八.
方、冰糖	二八七九四〇	二九七八四四〇	五五九三九四
日本清酒	三四一四七	一三三二九四〇	一三三二九四〇
啤酒	五六九〇〇〇打	一八九五二二五	一二四八三三五
海产等	三〇四六六五担	四二六一一二八	一九六五九六四
海参	三六四二八	一九六二八二	八六〇五一七
干贝、江瑶柱	一二四八二	一一一一四五四九	七九一三八九
鱼类	一五四一六〇一	一二一四五一〇三	四九一九一二一

仅就以上十六种计算，日本每年之输入中国者其价值之大，至足心惊。吾人于不知不觉中饮之食之，而不知已利权外溢矣。倘为抵塞漏卮计，不但日本货不可食，即其他各国货亦在禁止之列，愿与国人共勉之。

中国农村经济衰败索隐

我国数千年来以农立国，举凡政府一切措施，均取之于农民身上，所谓"官取于民，民取于土"者是也。在曩时，无外国帝国主义压迫，农村经济取之不竭，用之不尽。自从海禁大开，外人挟其雄厚资金，始而向各都邑大埠进攻；继而又向我农村发展，将我国数千年农村壁垒，如狂风暴雨阵阵的而来；加之内乱步仍，民不聊生。于是，农村生活日形穷困，且发生崩溃情形，以致今日一泻千里，遂至于无险可抢，宣告破产。但破产情形，尽人知之，而破产经过，或者习焉不察。今略举事实证明，希望有心维持农村经济者，作触目惊心之助云耳。

甲、关于外人方面者

肥田料，我国向以粪与腐草为主，农人每当闲暇之时，即从事刈草烧灰，以备来年肥田之用。今则肥田粉输入中国，每年不知消失若干款矣。

衣食住行，为民生主义之要素。然以衣言之，今则完全为帝国经济所垄断。古者"男耕女织"，"衣食"二字，农民本可自身解决，不待外求，粗纱厚布，虽不美观，却温暖耐久，谓为农民主要副产品，亦无不可。自从外货侵入，将我国农村纺织演成喧宾夺主之势；且恐我国关税从中重征，并进一步，在内地设立工厂，利用人工价廉减轻成本，遂将我国农村纺织根本打倒矣。不观夫上海有英商纱厂四，日本纱厂三十四；英商资本六百八十五万两，日商次本二千六百万两，又三亿二千七百十余万元日金，合计三千二百八十五万两，又一亿九千七百十余万元乎？返观中国所营纱厂，全国资本仅一百二十七万两，又六千万元，与外人比较，相差甚巨。又，上海英商有织布机一千五百八十八架，日商织布机五千八百三十六架，此仅就外人在内地设立者言之。至每年由各国直接输入中国者，尚有四万万元之巨。此种大批入货，销纳地点当然为农村。夺我妇女手工业，攫取大宗经济以去，自不待言也。

农村染布，不外青、蓝两种。靛料一项，虽属农产副品，究竟以各地所产供农家之需求，在昔并不忧缺乏。自洋靛畅行中国，商人利其速成，农人爱其色美，而洋靛遂又夺我土靛也。

在昔农村所用之农具铁器，均用土铁制成。自洋钢、洋铁输入以来，今则无一不为外货。铁铲、铁锹固无论矣，即小至洋钉、菜锅，到处流行。而竹箩上应用之棕绳，亦且改用铁丝矣。若统而计之，为数岂同小可？

农村所用之光料，自古迄今，以植物油为主，如茶油、菜油、桐油、松香油等，均系农家自有之产，并不须仰给外人。今则穷乡僻壤，舍弃自有，改用煤油。此项开销，为数实在不小，十九年海关报册，已达五四八六四五四六两。

火柴一项，本属微物，三四个铜板一盒，农民因其携带甚便，无不家备身藏。而当日之钻燧取火，与夫火刀火石之流，遂送诸博物院陈列矣。事虽微小，亦足以影响农村经济。

农民当手胝足胼之时，每借吸烟以作休息之具。此种嗜好，几占百分之八九十。其烟分水、旱两种。旱烟至今，尚以自种之烟叶以供食料。若水烟一事，今几为外所竞夺。查日本人在中国设立烟厂，专仿造福建条丝，其一切装潢与夫牌名，非素业是项商人，无从辨别。加之家计稍裕者，丝烟而外，而有纸烟一项开销。以经济微弱之农民，几何其不贫且困也。

以上各项，不过举其明显且普通者。至于农村所用之零星洋货，难以枚举。总之，均属我中国今日农村经济致命伤之一悍敌而已。

乙、关于国人方面者

一班好好的"日出而作，日入而息，耕田而食，凿井而饮"的农民，一旦为数块金钱引诱，舍其末耜而营杀人之事，甲军阀派员招募，乙军阀亦派员招募。农民智识简单，意欲乘此机会，看看通邑大埠者有之，并想效古人行伍出身，侥幸提督军门者亦有之。于是，农村之良田缺少农民耕种，即勉强支持敷衍，肥田变而为瘠土矣。于是，乡村每年收入无形中减少若干，一旦退伍回乡，并无卖剑买犊之思想，游手好闲，其影响农村经济生产亦复甚大。

外人战争，多在国外，其在内地者甚少，且系暂时。我国自反正以来，无年无战争，而战争地点又不在沙漠戈壁之地、海洋高岭之中。每当农事成熟之时，丰茂田亩多变为兵士布阵之疆场。禾苗被其蹂躏，杂粮亦遭践踏，所有耕田牲口，掳作转运之用；住家门板，劈为炊饭之料；农民生活，宣告死刑。今年如是，明年亦复如是，循环不已，报复相寻。嗟我小民，何堪三摘？此种经济损失，实在无处开账。

国家不统一，内乱不停止，政府争党派，军人争地盘，举人民之痛苦于不顾，而受痛苦最易深者厥为乡村。因时局捐有不靖，政府即将军队集中城垣。于是，乡村土匪蜂起，杀人放火，劫财掳人。数年积之不足，一日败之有余。蕞尔乡村，何能经此浩劫？于是，倾家破产者有之，卖妻售子者有之，从此后再无生产能力矣，经济云乎哉？盖人民安居，然后乃可言乐业；亦农村经济充足，然后国家乃可富强。中国生产根本事业，全在农人本身，治国者知所本末，则近道矣。

历年军阀战争，或割据一省，或称雄一方，考其军糈之来历，无非取诸于小百姓之身。于是，苛捐杂锐，提征附加，种种名目，不一而足，甚至预征田赋有至民国二十八年者。有正供饷银一两，而附加至二十二元者。"取之尽锱铢，用之如泥沙。"可怜农民血汗换来之金钱，尽为有枪阶级所掠夺，终岁劳苦，不得以养其父母妻子。田野荒芜，盗匪充斥，农村经济虽欲不破产，乌可得乎？

以上所举军阀、战争、土匪、苛税四者，均系国人自坏乡村经济之一大原因，以致农民有流离失所之痛苦。此外，尚有水灾、旱灾、虫灾，有非人力所能抵抗者，均足以破坏农民生活。今欲维持农村经济，一方面要国人自有觉悟，永绝内争；一方面竭力建设，振兴工商，并对于农村各种小手工业，尽量提倡，使成为农民一种主要副产品。则十年生聚，十年教训，庶于"庶富教"三字为得之，孔子曰："百姓足，君孰与不足？百姓不足，君孰与足？"望政府诸委员三复斯言。

中国之皮业[1]

我国用度最大方，而用之多不以其道，亦犹我国多原料，徒侈谈物博，而不讲求制造方法，一任外人以廉价收买原料以去，经过一番手续，复转而售之我国，罔不利市数倍。近则并原料一项，多为外人鄙视唾弃，其故何在？实因我国商人，往往于原料之中杂以他质，或出产之地不知讲求收取原料方法，一旦远涉重洋，不无腐败情形。不观乎牛皮一项，向来为我国出口一大宗，近年因原料不良，出口减少，至为可惜。兹查海关册报，将最近三年出口数目抄录如下，以资比较：

---

[1] 《艺庐随笔（续）》，《实业杂志》1931 年第 166—167 号。

	十七年		十八年		十九年	
生水牛皮	六一○○一担	一八八五一三一两	五四四○七担	一七三四二三六两	四一七三二担	一二二六六○四两
生黄牛皮	三五八七一二担	一六六七七七一三两	二二四一二一担	一○五一九三六七两	一三○五七五担	五二七四四三一两

观上表即可明了，最近三年中，相差几至四倍，此何以故？请观下录近月来德商忠告我国皮业商人之劣点，可知大概矣。

牛皮一项，实占中国出口货品之大部分。惟中国皮业家，对于制皮守旧法，一皮之上，每有无数刀痕，售价因之极低；即皮之背面，又不注意修刮，常带有肉，不易晒干，并使皮易于腐烂；其他如关皮等类，亦皆如是。从前爪哇皮货，亦有此种情形，自经荷兰政府之指导改良，此弊遂除，现在颇得各国之信仰。中国之皮业，若长此不设法改良，则前途至为危险，将不能与爪哇等地抗衡矣。

德商所言，确系实在情形。鄙人一方面希望商人发生觉悟，一方面并希望政府设法取缔，或指导改良，使大宗出口贸易，不至摧残于少数奸商之手；并希望我国设厂自造，不使牛皮生出熟入，坐令他人以我之矛陷我之盾。须知此举并不甚难，即以湖南而论，自岳华、岳嵩、巩华、西成四皮革厂成立以来，舶货轮入者，日渐减少。证以海关进口册，可见一般。

	十七年	十八年	十九年
担	一二七三	二八八	八
两	六六○三四	一八六七六	四三八

按长沙四厂，均制造鞋底皮，故上表所列，亦指鞋底皮而言。若合计全国进口鞋底皮，十九年为二百五十四万一千七百四十四

两。夫以我国人口之众，平均约有十分三四着皮底鞋，但环顾我国制皮工厂，除长沙四厂外，仅有成都、湖北、天津、上海各处有一二厂而已。似此求过于供，安能杜外货之输入？际兹抵制日货，尤希望我有志工业者，多设工厂，以谋永久并根本上抵制方法。即对于皮革一业，毋使以后再每年畅销日本八十六万二千八百零四两，则幸甚矣。

煤运

煤为工厂必需之品，亦即各工厂之命脉。故欲知其国之工业盛衰，不必以他道求之，观其销煤之多寡，即可知其梗概。我国煤藏非不富也，煤厂非不多也，而何以每年竟销日本煤至二百四十六万七千零四十二吨，攫我二千四百九十一万九千四百七十三两银以去，此何以故？岂中国无煤矿乎？抑有煤矿而不知开采乎？或采出之煤而不合用乎？皆非也！其最大病根即在运输。

运输之与煤矿，关系既如此之重且要，运输不畅，则煤矿永无发达希望。故开一煤矿也，首先固应审定煤质之优劣，次须谋运输之便利。以言运输便利，则莫过于有天然之河流。盖水运较任何种运价为廉也，但此种地利，实难以人力强求。其次则藉铁道，即就国有之铁道或本厂自设铁道支路，以与国有铁道干路相联络，此一定之理也。但欧美各国，铁道如网，纵横交错，运输极称方便，我国则寥若晨星，又系单线铁道，不便之处，固所在难免。而最痛心疾首者，更莫如铁道办事职员之故意为难，与夫诈索舞弊种种情事。如装载煤料，必需车辆，路局则每辆先索车皮费若干；如遇拨轨之处，又索道岔费若干（如道清铁路拨至萍汉铁路，每列车索费三百元）；又公费若干，此外复加以路局运费，统计每吨煤之担负，总超过成本数倍。即以河南中原公司而论，公司收买土窑之煤，每吨仅一元八角，公司在厂批发之价亦仅十二元，加以由焦作运至汉口，每吨不过缴费六元，合计每吨仅十八元之谱，以之比较汉口煤价可售至二十二元余，何乐而不为？殊不知此中有车皮费、道岔费、公费、护路捐、警捐、学捐、附加捐、矿产税、正税、军用捐等名目，已不胜其担负。至于谋车皮之难，难于上青天。一则由于车皮不多，求过于供；二则各段车辆，不能逃出各段驻军势力范围以外行驶。所以，各矿山虽然出产充足，常有感运输之困难，将已出之货屯积矿区，无法使之行销者。于是，或减价出售，以维资本；或缩小范围，以延残喘。公司既受损失，劳工因而失业。国内既发见此种状况，日本煤于是乘机而入。彼政府并予以种种便利，减轻运费，恰与我国相反。如日本经营抚顺煤矿，由该国侵设之南满铁路运至大连，计途二百八十英里，运费仅二元有奇；由大连湾经二千余里海程，再入长江，经二千余里河道，以达汉口，运费亦不过三元有奇。统水、陆两运，每吨运费不到六元（见郑林庄所著《中国煤炭工业概观》），此外别无所谓杂税杂费。回观我国，杂捐既多，运费又贵，存煤垒积，销售无时，为丛驱雀，为渊驱鱼，坐令全国煤商，限于绝地，是谁之咎欤？彼衮衮诸公，亦知煤矿为工业之基本否乎？亦曾念及此辈因煤之不能运销，矿厂停工，数十万工人失业之隐患否乎？

总理《实业计划》有言："……煤为文明民族之必需品，为近代工业之主要物。……除摊派借用外资之利息外，其次当为矿工增加工资。又其次当使煤价低落，便利人民，而后各种工业易于发展也。……"明训昭昭，望主管实业与铁道长官熟读而深思之。

查我国煤矿之储量，计无烟煤为四万三千五百九十三兆吨，烟煤为十七万三千四百六十五兆吨，褐煤为五百六十八兆吨，不可谓不富矣。以目前我国已开采之煤矿言之，计有萍乡、井陉、长兴、中兴、临城、六合沟、博山、贾汪、烈山、门头沟、中原、保晋、晋北、磁州、大冶等处（外人所用者不在其内），不为不多矣，倘我国政府于运输上予以便利，则四通八达，均可推销，何至全国每年浪用如此巨量之日煤？用特代表各煤商高呼口号曰："地尽其利，货畅其流。"

中国人口与面积

我国人口，向无精确调查，统称之曰四万万，含混已极。兹据内政部二十年公布各省人口数目，照录于下：

江苏省	三四一二六〇〇〇人	江西省	二〇三二三〇〇〇人
浙江省	二〇六四二〇〇〇人	安徽省	二一七一五〇〇〇人
福建省	一〇〇七一〇〇〇人	四川省	四九九三三〇〇〇人
广东省	三二四二八〇〇〇人	西康省	八九〇六〇〇〇人
广西省	一三六四八〇〇〇人	山东省	二八六七三〇〇〇人
云南省	一三八二二〇〇〇人	河北省	三一二三三〇〇〇人
贵州省	一四七四六〇〇〇人	河南省	三四五六六〇〇〇人
湖北省	二六六九九〇〇〇人	山西省	一二二三〇〇〇人
湖南省	三一五四一〇〇〇人	陕西省	一一八二二〇〇〇人
宁夏省	一四五〇〇〇〇人	热河省	二二六二〇〇〇人
甘肃省	六二八一〇〇〇人	察哈尔省	一九九七〇〇〇人
辽宁省	一五二三三〇〇〇人	青海省	六一九五〇〇〇人
吉林省	七六三五〇〇〇人	新疆省	二五五一〇〇〇人
黑龙江省	三七五五〇〇〇人	蒙古	六一六〇〇〇人
绥远省	二一二三〇〇〇人	西藏	三七二二〇〇〇人

以上统计吾国全国人口，计四万万七千四百四十八万七千人，比之普通所言四万万，已多出七千四百四十八万七千人数矣，今若

称之曰五万万同胞，亦无不可。

至于全国方舆面积，亦无切实之测量。在前清康熙时代，德国教士他妥司（Tartonx）为钦天监，计划测量，完成本部十八省、内蒙古及满洲一带之地图。至乾隆年间，以何国崇为西北陆地测量督办，开始测量天山南北路、西藏、青海等处。至嘉庆年间，始行告成。当时藏之内府，不许民间擅观。惟《大清会典》内，曾有缩图。至道光年间，湖北巡抚胡林翼乃将会典馆颁布之地图缩小比例，于同治年间始行公布，即《皇朝中外一统舆图》是也（见齐之所著《我国陆地测量之沿革及全国面积之统计》）。现在我国所出之地图，均以此为标准。但当时所测绘者，未必详细无遗，加之辗转翻绘，有失真相。所谓"失之毫厘，谬以千里"。不观夫中、英划界乎。光绪十九年，清政府遣薛福成使英，商办滇缅界务。因不明边界情形，以致我国丧失潞江下游以东，南北二千里之地，及大金沙江上游以东之地，野人山外瓯脱地，共计面积达十万方里。迨至光绪二十二年，英人要求重新划界，清政府派姚文栋为委员，因熟习地形，英人恨之，坚求换撤姚文栋。清政府许之，改委刘万腾、彭友兰等四人。奈刘等不识舆图，为英人所欺，误以尖高山为界，至二十三年正月订立滇缅界约十九条，既丧失昔马木部科干山地，又租瓦兰岭蛮秀岭间三角地，此次损失又在一万方里以上。而英人乃得展界至太平江南奔江的会口。英人仍尚得寸进尺，宣统年间且侵占我江心坡片马等地方矣（见詹念祖所著之《云南一瞥》及《新亚细亚》二卷五期六期）。

至于帕米尔，本属我国新疆省蒲犁县地，光绪十八年清廷官吏昏庸胡涂，并不知帕米尔形势，英、俄两国遂将我国之边地私相瓜分，亦不问我国承认与否。而我国政府向抱大方主义，历年亦不去过问，竟听帕米尔一地永远沦于异族，岂不大可哀哉？

总之，我国人对于舆地一途向乏研究。即有地图，亦鲜精确之测量，互相抄袭，错误多端。内地既不清晰，边界更形模糊，而政府亦未留心，视同无关轻重。外国人如达维上校之于云南，斯文海定之于西藏，斯坦因之于新疆，安德鲁之于蒙古，我之所无从捉摸者，彼皆有精详可靠之地图，了如指掌，一明一暗，一遇交涉，欲不偾事，其可得乎？所以，英人当清廷时提出国界一事，据《中英缅滇条约》第四条有云："会议定北纬二十五度三十五分之北一段，边界俟将来查明该处情形稍详，两国再定界线。"贻笑外邦，可耻孰甚！当时虽有主张以小江为界，但又不知小江形势又若何，只好照上文马马虎虎，订成第四条。此事至今尚为未解决之悬案。而西姆拉藏约之红线蓝线问题，亦因不明界址情形，复经滇川之奔走呼号，未敢签定条约。当民国三年北京外部发出通电，舆论大哗，经熊克武、唐继尧两督军向外部诘责，又另定办法，以谋解决（见《新亚细亚》二卷五期二十一页）。至于中俄交涉，因不明地理关系，损失更不堪设想。如《尼布楚条约》失地七十万方里，《爱晖条约》失地一百四十万零五百七十方里，《北京条约》失地一百万方里，《恰克图条约》失地三十余万方里。光绪七年，中俄改订条约，改曲线为直线，以致有《科布多界约》失地之事。至于新疆，自同治三年《塔城界约》起，至光绪十年《喀什噶尔西北界约》止，计共失地八万九千方里。以上所言，虽有一二处因迫于强权，彰明割让，但多数因无精详之界图，任听外人指鹿为马，可见当时清廷政府人员真糊涂到万分田地。但环顾今日之伟人与要人，除争权夺利外，对于边务，恐亦犹吾大夫崔子也（关于历年失地及条约原文，详见《新亚细亚》二卷二期之《中国边疆之勘界与失地》，不赘录）。

我国国界既不划清，又乏详细测量之地图，日蹙百里，无怪其然。居今日而言面积，究有何根据，统计之数，亦言人人殊，兹将各人所推测之数，摘取相近者如下：

甲、一九〇二年中国官厅测定之面积。

乙、一九一八年出版之《中国新地理》及《商业杂志》并远东地理学会所测定之面积。

丙、坎尔（Kanle）所测定之面积（根据斯坦因所著之《亚洲地理撮要》第一卷之数）。

丁、克劳色（Krausse）所定之面积（根据一九〇三年出版之《远东历史及其问题》）。

戊、力特尔（Little）所测定之面积（根据《中国五十年间之拾遗录》），以上均见《军事杂志》三十八期三十七页。

测定 地域	甲（平方里）	乙（平方里）	丙（平方里）	丁（平方里）	戊（平方里）
本部	一五三二七九五	一五〇〇〇〇〇	一五三二二〇〇	一三三六八四一	一三五〇〇〇〇
东三省	三六三七〇〇	三六三〇〇〇	三六四〇〇〇	三六二三一〇	三六二三一〇
蒙古	一三六七九五三	一〇七六〇〇〇	一二〇〇〇〇〇	一二八八〇〇〇	一二八八〇〇〇
西藏	四六五五二〇	七五〇〇〇〇	七〇〇〇〇〇	六五一五〇〇	六五一〇〇〇
新疆	五五〇五九七	六〇〇〇〇〇	五八〇〇〇〇	四三一八〇〇	五八〇八〇〇
统计	四二七八三五二	四二八九〇〇〇	四三七六〇〇〇	四〇七〇四五一	四二三一三一〇

参观上表，究竟全国面积若干，无从法定。先总理有见及此，所以于《建国大纲》中，对于整理全国土地之计议特别注重，实对于民生上、国防上有重大之影响焉。

世界劳动节经过之略史

在一八八四年以前，工界因不胜资本家之刻苦，要求八小时工作制度（即每日八小时工作，八小时教育，八小时休息），恐政府不予保障，厂主不予实行，于是于一八八四年十月七日在美国支加哥所开国际八大劳工组合之联会，议决每年以五月一日为劳工纪念日，举行示威运动，以求实现八小时工作制度。此世界劳动节之所由起也。

一八八五年，美国资本家竟有一小部分工厂施行八小时工作制度。

一八八六年，美国全国工人于五月一日一律停工。当时虽有惨案发生，结果竟获得大部分雇主之采纳。

一八八九年，各国工人鉴于美国八小时制成功。于是，万国社会党在巴黎开会，决定欧洲各工界团体一律以五月一日为劳动节。

一八九一年，法国因劳动节停工，工人与警察发生极大冲突。

一九〇〇年，欧美各国工团皆于五月一日举行统一劳动纪念节。

一九一四年，正值欧洲大战之时，劳动节无形停顿。然亦有以五月一日改为休战运动者，但仅少数耳。

一九一六年，德国于五月一日枪决社会党首领。

一九一七年，中国亦举行劳动纪念日，开端在广州，嗣后陆续于各省。

此各国劳动纪念节大概情形也。今则各国对此纪念节庆祝最热烈者，首推苏俄。然在德、美、英、法、日本等国，工人运动亦颇不自由，虽则届时游行开会，仍常受军警干涉，有逮捕者，有流血者，此种情形年有所闻，想该当局为维持社会秩序起见，或具有不得已之苦衷，然亦扬汤止沸耳。

机器为资本阶级与劳工阶级之祸根

无论中外各国，其原始时代，本无所谓机器，其所制成之品，均以手成之，即总理所谓"双手万能者"是也。

迨至晚近，机器发明，双手遂瞠乎其后，一切制造，均用机器以代手工，致使曩日之手工业渐就衰落，而家庭之小工业变而为城市之大工厂，于是资本阶级产生焉，劳工阶级产生焉。在资本阶级利用劳工阶级，以供指使；而劳工阶级亦利用资本阶级，以资生活，二者本相依为命者也。迨资本家因使用机器能力之故，达其出货之高率，往往小资本家有时可变为大资本家。彼劳动阶级者，初本以家庭手工业为营生，所恃以为机器者，即双手万能之机器；今手工业为机器所压迫抢夺，不得不舍其田而耕人之田，依赖资本家以糊口；行动既不能如在家之自由，操作又复有一定之程序，而工作又复视其技艺之高下，以定工资之多寡，以终岁之勤苦，或有不得以养其父母妻子者，眼见每年厂中所获之利，尽为资本家所独有，席丰履厚，安享舒服之生活，究其利之来源，悉属吾侪工人之血汗；于是由羡慕与忌妒之心，发为冲突流血之事。一至资本家因不胜劳动家种种要挟，或有倒闭与停工者，斯时此辈劳工又不得不暂时宣告失业，而社会上遂呈一小部分不宁现状。在资本家，欲保全血本，所提条件，不予容纳。在劳工方面，因本身利害关系，亦坚不允稍为退让。驯至愈演愈烈，迄无止境。所以，时至今日，无论中外如何大实业家、大政治家与夫大经济家，均无法以解决劳资双方之纠纷。

推厥原由，则机器为之祸根也。若无机器，则无大资本家发生；无大资本家发生，则无大工厂成立。而所谓劳工者，亦相率散居乡村，各营其旧日家庭之小工业，而尽其双手万能之本事。再进而言之，今日世界之战争乃物质之战争，亦即机器之战争；机器愈发达，战争愈激烈，人民受害亦愈惨。所以机器不独为劳资双方之祸根，并为世界人类之蟊贼。

居今思古，能不感慨系之？

我国各种新式工矿业之创办者①

自欧风东渐，我国士夫深知非提倡工业不足以救危，非仿制欧美各国新式工业更不足以挽回利权。于是，对于各种用机器工业，逐年各省遂有建设者，虽其中不无或停或废之处，然在工业落后之中国，亦不无可纪。兹将个人心目中所记忆之新式工业，且属在最先创办之列名，特为录出，间有遗漏，容后补入。

	类别	创办者	时代
纺织类	甘肃毛织制造所	左宗棠	
	武昌织布局	张之洞	
	武昌纺纱局	张之洞	
	武昌缫丝局	张之洞	
	武昌制麻局	张之洞	
	上海机器织布	李鸿章	光绪十六年
	上海机器纺纱局		
	上海恒丰纺织新局	聂云台	光绪十六年
	华盛纱厂	盛宣怀	
	广东缫丝局	张之洞	
造币类	天津制钱铸造所	李鸿章	
	广东机器制钱所	张之洞	

---

① 《艺庐随笔》，《实业杂志》1931 年第 168 号。

（续表）

类别		创办者	时代
船政类	江南造船厂	曾国藩	一八六六年
	福州船政局	左宗棠	
	招商局	李鸿章	
机器类	天津机器局	崇厚	
	源昌机器五金厂	祝大椿	
	上海求新机器制造厂	朱志尧	光绪二十八年
	江南制造局		
	金陵机器制造总局		
	汉阳兵工厂	张之洞	
	金陵制造洋火药局		
钢铁类	汉阳铁政局	张之洞	
	上海电气炼钢厂	上海兵工厂	
	沈阳电气炼钢厂	沈阳兵工厂	
	四川炼铜厂		
	湖北大新冶铜厂		民国十三年
	广东炼铁所	张之洞	
采冶类	开平矿务局	李鸿章	
	萍乡煤矿局	张之洞	
	湖南水口山铅矿局	陈宝箴	
	湖南华昌炼锑公司	梁焕彝	光绪三十二年
	湖南平江金矿局	陈宝箴	
	湖南黑铅炼厂	创办者廖树蘅 完成者余焕东，民国六年	光绪三十三年
	广东炼铁所	张之洞	
	贵州青豁县炼所		

（续表）

类别		创办者	时代
水力类	云南水力电气厂		
水泥类	广东士敏工厂		
	唐山洋灰工厂		
火柴类	湖北聚昌火柴工厂		
	湖北盛昌火柴工厂		
劝业类	南洋劝业博览会	端方	宣统二年
	北京商品陈列所		光绪三十二年
	北京工艺总局		光绪三十二年
印刷类	申报		
	商务印书馆		
化学工厂类	龙华制革厂		
	山东玻璃工厂		
	南洋兄弟烟草公司		
	硫酸铔（肥田粉）	以下井陉矿务局创办	民国三年
	臭水		
	臭油（柏油，又名煤膏）		
	沥青		
	樟脑溶剂		
	石碳酸		
	防腐油		
	拿扶沙林		
	洗油		
	煤精油（红油）		
	九成偏苏油		

（续表）

	类别	创办者	时代
化学工厂类	头卢油		
	汽车油		
	重油		
	中油		
	轻油		
银行类	户部银行		光绪三十年
机器制造类	火车头	唐山铁路机器厂	
	飞机	沈阳兵工厂	民国十九年（今则徒以资敌耳，可恨）
	汽车	沈阳兵工厂	民国二十年
铁路类	淞沪铁路		同治七年
	开平铁路	李鸿章	光绪三年
	华侨集款建筑新宁铁路	旅美华侨	光绪三十一年
	坨清周长高架线	阮崐林	宣统元年
	民办潮汕铁路	张煜南	民国三年
	马力双城轻便铁路		民国三年
	人力博山铁路		民国九年
酒作类	烟台张裕酿酒公司		

以上所举，均属我国工业之最先创办者，后虽继起有人，不得谓之开山祖师，恕未列入表中。所举各大工业，多系前清翰林出身如张之洞、李鸿章、左宗棠、曾国藩等所创办。其眼光之大，迥非寻常人所能望其肩背，谓为英雄豪杰，当可无愧。入民国以来，内乱日亟，不但未举办大工业，且将前人所已举办者败坏无余。而当

道诸公犹曰以振兴工业发展生产，以解除吾侪小民痛苦相号诏。噫！其殆犹"骊山之火"之类也。当此产业竞争时代，贫弱荒怠如我国，又何能"如天之福"与各强争生存乎？

世界上卖国之最廉价者

我国向以廉价著名于世界，不但人工价廉，原料价廉，饮食起居（此就一般普通而言），亦无处不价廉。此就其形式上而言者，若进而求其心理，亦比任何国为廉。即如此次天津日人唆使中国人暴动，闻每人仅得四十元之代价（见中外报章）。噫！此事何事也？稍有爱国心者，无论四十元不愿作此等卖国之事，即四百万元、四千万元……亦不宜出此。古人所谓只有断头将军，无降将军者也。但此以四十元之代价，即出而作异国之走狗，自坏藩篱。其为人也，多系下等社会之流氓，未受教育，未作达官，或为金钱熏心，或为饥寒所迫，丧心狂病，挺而为此，固不足责，谓之为禽兽，亦无不可。乃日本此次在东省，一方面利用退伍军人，贿以金钱，使之收编土匪，扰乱后方；一方面利用失意官僚，如袁金铠、赵欣伯、于冲汉、熙洽、张景惠等，组织伪政府，为作爪牙，以蹂躏自有土地。究之所得几何？方之四十元代价，其相去殆不过鲁卫之政而已。彼天津之流氓，责以爱国心，当然薄弱，甚至或等于零，毋怪乎甘为暴日利用。若熙洽非赫赫之吉林参谋长乎？张景惠非堂堂之中央军事参议院长乎？袁金铠非东省之所号称名流者乎？乃亦竟作此卖国行为，不顾一切，是诚何心哉？今试以天津流氓与熙洽等之所为，转而扣之他国人民，果亦有此廉价否？有之非李完用第二而何？噫！人心若此，中国不亡，必无天理。

今日我国人民愤日本之横暴已达沸点，养兵三百余万，一旦日以数旅入寇，即以"不抵抗"三字卸责。练兵原以御侮，转而作乡怜国联之状态，事之可耻，孰有逾于此者？而全国人民之请愿，各大学生之示威，并非无病呻吟。在当局应如何激励天良，即日以武力收回失地，战固有损，不战亦有损，与其瓦全，毋宁玉碎，俾世界各国知中国尚有国格，人民尚有救亡之决心，或者比不战所受之损失尚小亦未可知。尤有进者，今日国难当头，人民救死之不暇，何党国领袖对于四全大会，视为比赴国难为尤重？宁开会，粤开会，沪亦开会，合宁、粤、沪又要在南京开会。其殆以一行开会，集全国领袖于一堂，即可使暴日不战而退耶？吾意此种会议，移至外患宁静之时，再行从容坐论，亦不为迟。若以会议重于东三省，恐宋人议论尚未终局，金兵业也渡河。有人云："政府对于日本暴行无办法，只好以开会为拖延日子，以待国联解决。"其然？岂其然乎？余欲毋言。

首都实业部农品展览会参观记①

二十年十一月二十一日，为实业部农品展览会开幕之期。会址系借用中央大学之农学院，其近大街门首，则用松枝高扎牌楼，上缀以"实业部农业推广区农产品展览会"字样。是日上午，由该部农业司长徐庭瑚报告展览会意义，第一点在改良农业，第二点在发展农业经济等语。

此次参加展览会各团体，计有上海及山东中央农业推广区、金陵大学农学院、中央大学农学院、江苏昆虫局、浙江植物病虫害防治局、中央模范林区管理局、江苏农民教育馆、江苏农矿厅、中国孵机公司、上海民生养鸡场、乌江农业推广区、总理陵园以及上海、青岛、广东各商品检查局等，陈列品约有四千余种。

---

① 《艺庐随笔》，《实业杂志》1931 年第 169—170 号。

　　进会场大门之内，其陈列为各种之植物，如五谷、白菜、萝卜、东瓜、苹果、柑子、橘子、核桃、葱、蒜、柚子、棉花、豆子等。折而左，则院中有黄牛、山羊、绵羊、鸡、鸭等。进室，则系上海民生养鸡场及中国孵机公司所陈列种种器具，北平之鸭大可五六斤，悉陈列于此。再进，则为浙江植物病虫害防治局所陈列各种防治法及标本。与此对门者，则系江苏农矿厅出品之陈列室，中以丝茧为大宗。余最爱吴淞水产学校之出品，如贝扣及皮革，倘能扩而充之，即可为一极有利益之工业。

　　楼上则为该院之各种动物之标本陈列室，如猪、牛、鸡、鱼等。

　　出室到图书馆，其前院置有数架农业用器具，如打稻机、播种机、犁田机等。再折而左，其塘堤上安有一部打水灌田机，系用洋油作燃料。惜周围拦之以绳，未便就近参观，但见其发动表演而已。

　　此次实业部筹办农产展览会，征品太少，且觉无甚意义，除白菜、菊花外，鲜有可供吾人之研究者。只有上海民生养鸡场，其所陈列者，均从实地试验而来。即如孵化器，经该场招待员说明开箱法、装配法，设放孵化器之地位，室内温度之研究及机件之效用，温度节制器之效用，蛋盘寒暑表之效用，加水法，灯与灯头之保护及用法，水锅外衣，出气洞，调节温度法，孵化器用后之保存法，将该器内部构造及用法种种详细说明。惜余非养鸡专家，未能全体领会为恨恨耳。查养鸡为各国农家之副产品，尽人而知，但副产品所得之多寡，则在乎人谋之臧否。今日我国之母鸡，每年一鸡至多不过生蛋五十枚，若改良种类及饲养之法，每年每只可生蛋二百枚。夫我国今日对外贸易，鸡蛋实居第三位，计民国十九年海关册报，所有各种蛋品出口，其数为四千六百三十六万零七百六十五两。此系以普通每年每鸡产蛋五十枚计算，若果改良至每鸡每年产蛋二百枚，四倍其数，则出口量亦当四倍其值耳。望吾国人毋以其为无关轻重之母鸡，以及所产之蛋为可忽耳。

参观该会毕后，顺便涉足该院之植物园、畜牧场、养蚕室、农业化学室等，不过略其雏形。方之金陵大学农学院之设备，则颇有小巫见大巫之慨。

第一农作物室内中陈列各省稻、粱、黍、稷、棉花、大小各豆等种，不下百余种。由此经过侧廊，其旁陈有山西保晋公司硬煤一块，该煤系无烟煤，出山西平定县，其成分及效力如次：

固定碳素	八五．八〇	
湿气	〇．四六	
灰分	五．六五	
硫磺	〇．七九	合计一百分
挥发气	七．三三	
比重	一．三七	
热量	七〇五四．二加洛利	

该硬煤重五百五十斤，厚度一尺八寸。

从此入第二室，则有文房所用之四宝及人体剖解等模型，并普通物理所用之仪器。种类虽少，然亦精细。出室外檐下，列有无锡工艺厂制造之立式柴油引擎一部，为该所陈列中仅有之机器。

第三室所陈列者，为北平之景泰蓝器、珐琅料器，甚为精致。此外，有湖南万源、锦云二家之湘绣，亦属美观。

第四室则系各种食品，如果子露、高粱酒、饼干、罐头等，尚属丰富。

第五室所陈列者，尽属各省各处之五金矿物标本。

第六室则有铝制各种家用锅具。其手工则属之国人，其原料则来自外洋，谓之国货，洵有愧色。

第七室为益中公司所陈列各种电具，如电扇、开关等。又华通电泡厂之电灯泡，亦甚完美，倘能推广销路，定可抵制舶来之品。

第八室所陈列者，余最爱宁夏工业试验场及四川中华皮革公司之各种皮革出品，不但皮质精良，且所制之品如提包、衣箱等，均足爱重。但因交通不便，销路困难，殊为缺憾。

第九室则为毛织品陈列处，如章华毛绒织厂之直贡呢，并哔叽；哈尔滨之庆德毛织工厂之军服呢，并仿制俄国驼毛床毯，精美异常；至胜记呢绒厂所织之松紧驼毛衣里绒，亦甚美满可观；又上海万聚恒所出之夏布，雪白精细，其色在浏阳夏布之上。

第十室则为化学工业部中央陶业试验场所陈列之陶器，光耀可观，多系美术品，家常用之普通品则未之多见。至上海启新陶器厂所制造之西式陶器，沐浴、便溺、用器，堪与舶来品抗衡。并益中厂所出之电气用开关、夹子、灯头，各种磁件，尤为目前一种最要之仿制品。至大中华厂所制成之赛璐珞儿童玩具，亦属精善，应即竭力推销，以抵制日货。

第十一室为江、浙两省所陈列之丝织品，光耀夺目，不知者几疑为舶来品，但花样翻新，颜色奇异。二十年前所谓宁绸摹本，已在淘汰之列矣。

由此再转入江苏特产部，因时间已届十二时，铃声当当，不啻逐客令下，遂匆匆经过，仅观无锡造纸厂所出之纸浆，并上海天章纸厂所造成之纸张，成绩甚佳，不亚外货。

随经鸣铃扃门之后，即入国货馆商场。全场所陈列者，丝织品占大部分。计自民国十八年十一月开办以迄今日，每年营业收入尚不薄弱，在本年五月份，其营业数目竟达十万四千三百八十三元之巨，为该馆历年来之新纪录。

惜该馆地址，系在中国式旧街，屋宇亦不甚雅观，地点亦不适中，将来若果为推广国货起见，应迁地为良。

查江浙出品，以丝织品为最大宗。此外各种工艺，其重心点则在无锡一县。该县工厂林立，洵可称为工业区，即合我国全国而计，亦当首屈一指。如果各省各县均如无锡之振兴工业，则舶来品当无从畅销矣。

再该馆设有办公室，人员亦多，鄙人曾询问馆中有无各种印刷品，以资参考。据某办事员云，本馆有意进行，现未就绪。此系一种推诿敷衍之词，不问可知。承彼将上海市抗日救国调查部编印之《国日货对照表》持赠一份，余当声言贵馆设在首都，应将各省送来之货品编集成书，加以说明，俾国人明了某货来自某省，某省产生某货，于国货前途大有裨益，未知该馆以为然否？

我国文化退伍

我国今日痛心疾首之事，莫过于文化退伍。夫文化关系国脉，即关系民族，民族之盛衰，实可于文化卜之。近年来内战不息，士风不振，任一般青年子弟为邪说奸言所诱惑，而不稍加纠正；主持教育者，多为饭碗主义关系，亦任听孺子入井，而不本其固有恻隐之心以拯救之。循此以往，将何以保全国脉？又将何以培植民族？言念及此，不寒而栗。余者番在沪参观各大书店，除一二家所陈列者有关科学书籍外，其余多属造孽乱俗之莠言，而尤以关于爱情者为最多，书面印以美人，内容极其污秽。长此不加取缔，则中国今日之所谓文化不啻兽化耳。

我国今日朝野有心之士颇有意提倡固有道德，敬闻命矣。夫固有道德，何物也？必身体而力行之，以身作则而后可，若口尧舜而心盗跖，亦侈言提倡旧道德，谁则信之？夫道德并无新旧之分，只有人禽之别，毫厘千里，存乎其心。窃谓提倡之道，以形诸文字而言，诚不必他求，即将我国"四书五经"中之贤谟圣训撮要列入课程。与其读"小弟弟，上学去"，何如读"人之初，性本善"；与其学"牞她哈吧呀么罢"，何如学"之乎也者矣焉哉"。若舍"四书五经”而言道德，是犹缘木而求鱼，未见其得也。盖“四书五经”者，育德之母，在道德固无分新旧，若论文化，斯实我国文化之鼻祖，居今溯古，称之为旧文化，当无不可。余敢断言，此旧文化发扬之日，即吾国国运昌盛之期，亦即吾国民族复兴之期，由此再进而研究物质文明，则本基已固，枝叶自繁，一切兽化邪说无由而入。惟当世青年久已视经书为腐化，亡羊补牢，是在负责者出以毅力，迅挽狂澜，庶几有豸，否则岌岌乎殆哉。

《老子》一书，在我国二十年前颇有人研究，近年以来，大都目为故纸，如有披览《老子》者，亦鲜不为叱为腐化。当余留学德国时，有大学教授名约勒司（Yolles），在校授几何与算学。对于《老子》，曾阅至十七次之多，并谓惜“道”字无代替字句，若译意义，即连篇累牍，亦不能剖解详明云云。今则《老子》德有译本两种，若英若法，亦有译本流传，除《老子》外，德国并译有墨子、庄子、列子、孔孟学说，热烈的去阐扬探讨，比我国人还要高兴十倍。至于《礼记》一书，我国今日学者早已束之高阁，无人再读，偏有那不知好歹的德国人，竟行其人弃我取主义，翻译成书，昭示国人，作为研究中国文化之好材料，而不做美的美国代表格林，此次太平洋学会在上海开会，致答词，偏引重于古之人“欲治其国者，先齐其家；欲齐其家者，先修其身”数语。何我国经书见重于外人如此？今若执我国中学校毕业生而叩以此数语出于何书，恐十有九不能答覆，礼失求诸野，良可慨矣。

至于日本文化，完全得之中国，已非今日始。但日本知行一致，不若我国人多衣冠禽兽，然日本人所以能知行一致者，实得力于有明大儒朱舜水先生，而舜水先生又为王阳明先生之再传弟子，故服膺知行一致之学说尤深。迄今日本研究阳明先生学说之著述已有数百种，返观我国，早已卑之毋甚高论。今日日本所以有如此国运，民族所以有如此精神，谓之得力于我国古书，洵非附会。倘我国今日有人提倡王阳明先生之学说，罔不斥之为腐儒，谓之为冬烘，长沙船山学社流血惨案是其殷鉴。

总之，我国古时之文化为道德之天府，亦即道德之根据地，实有亘古不灭之概。今日暂时虽遭屏弃，当作一种流行病观，如果医治得法，则人民死亡率自然减少；否则，任其传染，滋蔓难图，灭种之凶在所不免，文化之关系民族大矣哉！祖龙因焚书坑儒而亡国，今书虽未焚，其去焚书者几何？儒虽未坑，又恨未能举一般轻薄浮佻之败类，而尽坑之；国虽未亡，处处发生危险，如不及时规复我国古代之文化，则外人必本其文化侵略政策，乘虚而入，他时噬脐无及，莫知所措。所以，今日我国如不欲维持旧有道德则已，如欲维持旧有道德，舍提倡经书之外，别无方法。呜呼！治国者曷抑反其本乎？

南汤山温泉

中国有两汤山焉，在北平者为北汤山，在南京者为南汤山。北汤山虽曾经涉足游览，已历年所，一切情形久已健忘，若南汤山之情形，尚有可资纪述者，笔之于下。

南汤山之位置，在南京之中山门外，距城约四十五华里，由城内乘专汽车前去，约需一句钟之久，亦可搭坐长途汽车，每次车费一元，但来往既不便利，时间亦不经济。

汤山除沐浴而外，绝无风景可言，沿途路面凹凸不平，人坐车中甚不舒服。加之骡马负重成群，路窄牲多，尤觉不便。且一般汽车夫如狼似虎，乡人遭其毒打者到处皆是，狐假虎威，至可愤慨。汤山沐浴，虽属有益身体，但为达官伟人所专有，一般平民则不能享此利权也。我意南京市政府亟应筹款七万元，于南汤山温泉建一水塔，将该水用铁管引至城内，并城内建一极大之浴室，以与民众共之。如虑途长水冷，尽可将铁管用御冷物包裹，合计有七万元之款，一切布置绰有余裕。万一政府筹款困难，亦可招商承办，较之他种无意义之建筑，有裨社会人民多矣。

兹据专门家所化验汤山温泉之成绩如下：

温度	五〇度	臭味	无	外观	无色透明
比重	一．〇〇一四	固形物总量	一．八八格兰姆		
钾	〇．〇三三〇九	钙	〇．四〇〇〇	锰	〇．〇〇四一四
钠	〇．〇二三二三	镁	〇．〇九五二	淡轻	痕迹
硝酸	〇．〇〇五七	盐化物	〇．〇一一七二	硫酸	一．〇九八三
磷酸	〇．一二〇二八	重碳酸	〇．二四四一	有机物	〇．〇〇二四
水酸化硅	〇．〇七九五	二酸化炭	〇．〇一〇八	硫化水素	〇．〇〇〇三
铁	痕迹				

均以一千立方水所含之成分计算。

湖北大新铜矿及炼厂[①]

倭寇未已，外患方殷，军用品势不可不早自准备。吾国虽有兵工厂十四处，对于兵工原料，处处仰给外人，一旦战事爆发，来源梗塞，势必驱数十万健儿，赤手空拳，以与彼坚甲利兵相肉搏，胜负之数不待著龟。兵工之原料为何？除黑白铅、钢铁而外，则以铜为主要重品。我国各省向无西法炼铜厂，惟湖北官矿局于民国五年开办大冶、阳新各铜矿，又在富池口设立炼厂，计有三十吨鼓风炉二座、反射炉四座、真吹炉十二座、六十匹马力煤气机二座、五启罗华特电机一座，设备甚为完全；于民国七年开炉，曾炼纯铜五百

---

① 《艺庐随笔》，《实业杂志》1931 年第 172—173 号。

四十余石；因厂矿悬隔，运输困难，停办至今，殊为可惜。当此外患频来，亟宜设法恢复工作，并改良探采，以为各兵工厂之救命汤，其意见如下。

查吾国铜矿，向以云南东川最著，惟自民国以来，坑道日多，然纯用土法，不能采取下层之矿，故产量日微。降至民国十六年，全年产额仅一百六十六吨。近年，滇省且取给于外洋。其次为四川彭县铜矿，于前清宣统三年用机器开采，又设十吨鼓风炉一座，及真吹炉二座、倒焰炉一座。其精铜成分为百分之九十九点五，所产专供四川造币厂及兵工厂之用。近因时局不靖，每年产量仅有数吨，难于维持。湖南著名铜矿首推桂阳之绿紫坳及常宁县之大义山，然迄未开办。其他如湖北之竹山鹤峰、湖南之绥宁辰溪、浙江之武康，均经发现铜矿，或因交通阻隔，或因煤料困难，殊难采炼。至云南、四川各矿，亦有鞭长莫及之势。故目下较可着手者，似为湖北之大新及湖南之桂阳、常宁等处是也。兹将采炼该数处铜矿之我见，略抒于次：

一、各矿失败原因。查湖北官矿局开办大新铜矿，共投资八十余万元，未及一年，即以失败闻。盖因各矿开办之初，于周围地质矿床，未加详细探实，不究设厂原理，即贸然扩充富池炼厂，以致各矿与炼厂距离悬隔，矿砂运费过重，且时常停炉待砂。所产纯铜，成本过高，不能竞争于市场，故归于停顿。桂阳之绿紫坳开办虽早，然土法开采，露头既尽，自难为继。此各矿失败之大概原因也。

二、钻探。查湖北大新铜矿、湖南桂阳常宁铜矿，虽经中央地质研究所及湖南地质调查所分别调查，然略焉不详，语焉不精。现欲预计矿量，须派遣矿学专员实地测勘。如认为有开办之价值，即租用或购置钻机，先事钻探，测定矿质矿量。

三、采掘。钻探结果，如确系质佳量富，然后详订计划，或购置机器，从事开掘；或就原有之巷，疏通进行；或另开井巷，以采下层之矿。

四、冶炼。井巷进行就绪，产砂数量确定后，即就该出附近，设置选机焙炉，炼就粗铜。再于相当地点，设一专炼精铜之厂，如能利用富池炼厂原有炼炉，再为增加精炼之炉，废物利用，实一举而数善备矣。

以上所举，不过心有触积，奋笔摅之，是否合理，是否挂漏，鄙人非攻矿学者，在所不计，然于开办铜矿之主要程序，想亦不过如是。照上预计探采冶炼完成期间，须在一年以外，而款项亦至少非百万元莫办。语云："七年之病，求三年之艾，苟为不蓄，终身不得。终亦必亡而已矣。"望主持兵工者毋忘此根本之图，国防幸甚。

我国自产炸药之原料

我国十九年度，曾销石炭酸四千四百三十二担，值关银二十万五千六百九十两；又硝酸二万零九百四十担，值关银三十万六千七百零一两，为制造各种炸药或其他工业之用。现查河北井陉矿务局在石家庄设有炼焦及其副产之四十吨炼炉一座，七十吨一座，利用井陉矿务局所产之末煤，制造焦炭及副产物。今将该厂每月所出副产物之有关军用者列下：

煤膏（Coal Tar）	每月一百吨
偏苏油（Benzol）	每月四十吨
强锑液（Ammonium Liquid）	每月六万立特

按煤膏可蒸溜石炭酸（Carbonic acid）、拿扶沙林（Naphthalene），偏苏油可蒸溜头溜油（Tolnol）。以上各种，均为制造炸药之原料，当此国难在前，各兵工厂应添蒸溜各厂，储为军用。至制造硝酸之原料，为硝石及氮化物，惟硝石产自南美洲之智利，在国防

上之供需殊多阻滞，应就该厂铔液，用接触法制造硝酸。查我国不乏此等原料，事关军用，用特介绍国人，设法自制，须求不再仰给外人也。

南京之于首都

南京者，古为楚之金陵地。周显王三十六年，越霸中华，欲与齐、楚争强，为楚威王所灭，其地遂属楚，乃因山命名，置金陵邑。但楚之金陵，仅属今石头城，或云地接华阳金坛之陵，故号金陵云。

秦始皇二十四年，秦灭楚，并诸侯，以金陵属鄣郡。至三十六年，乃改金陵为秣陵。汉武帝元封二年，废鄣郡，置丹阳郡。

王莽改丹阳为宣亭郡。后汉初，还为丹阳郡，治于宛陵。

汉献帝建安十六年，孙权自京口徙治秣陵。十七年，改秣陵为建业，筑石头城。

吴黄武八年，孙权称帝，改元黄龙，都建业。

《吴录》："刘备曾使诸葛亮至京，观秣陵山阜曰：钟山龙盘，石头虎踞，此乃帝王之宅也。"

晋平吴，置丹阳郡，并置扬州治，改建业为建邺。元帝都建邺。建兴初避愍帝讳，又改建邺为建康，改丹阳太守为尹。宋、齐、梁、陈因之。

隋平陈，郡废，于石头城置蒋州。大业三年，复名丹阳郡。

唐武德三年，置扬州。七年，改为蒋州。八年，复为扬州，置大都督府。九年，由扬州移治江都。

肃宗至德二年，置江宁郡。乾元元年，改为昇州。

上元初，州废。大顺元年，复置。

唐末，杨行密于昇州建大都督府。

五代梁贞明三年，徐温徙镇海军，治昇州。六年，改为金陵府。

石晋天福二年，南唐李氏都之，改为江宁府，谓之江都，而以江都为东都。

宋复为昇州。天禧二年，升李氏为江宁府建康军节度。仁宗初，封为昇王。

建炎三年，改为建康府。

元为建康路。至元二十三年，自杭州移江南诸道行御史台治此。天历二年，改为集庆路（《元史》云以"文宗潜邸"故也）。

明初，定鼎金陵，曰应天府。仅再传，迁都北京。

清据中华，定都北京，改应天府为江宁府。

洪秀全太平天国元年，定都南京，仅十五载而亡。

民国元年，革命成功，以南京为首都。时仅三月，迁往北京。

十五年"二次革命"，遵总理遗嘱，定都南京，改北京为北平。

二十一年一月，鉴于倭寇轰击上海，暂移首都于洛阳。

此我国历代以南京为首都之沿革大概情形也。在昔闭关时代，所谓外患者，仍系内争，并无所谓欧美列强。那时以南京为首都，尚且不宜，今则我国为不平等条约所拘束，列强兵舰可由吴淞口进扬子江，右可直达重庆，左可直达长沙。一旦国际绝交，外人挟其炮舰政策，不但南京首当其冲，即在长江附近各都会亦难免不遭轰击。此次倭奴炮击南京，是其殷鉴。以孙总理之高瞻远瞩眼光，岂不知南京从历史观察不可以为首都，即从近世观察亦不可以为首都欤？而遗训中竟预定南京为首都者，何哉？虽然，吾思之矣，吾重思之矣。

一、在总理生前，北京故都尚在反革命派手中，欲促成统一及号召党徒起见，不得不择定一适宜都会，以资统率。环顾国内，惟有南京可资建设一最新首都，以为首善之区。

二、北京城内，为条约所束缚，致有划东交民巷一带为各国使馆驻扎之地，屯兵储械，有似租界。卧榻之侧，岂容鼾睡？

三、北京为官僚制造之所，习气之深，铲除不易，欲建设以党治国之中国，非改弦更张不可。

四、北京为北洋军阀布满，一切行政方针难免不受军人支配，迁地为良，舍南京莫属。

此以小人之腹度君子之心，是否当日总理之心理不得而知。但总理定都南京，岂不知列强有炮舰政策，足以危及首都乎？吾人日日读遗嘱，不云"最近主张开国民会议及废除不平等条约"乎？又恐未死者有缓性病症。不又云"尤须于最短期间促其实现乎？倘我国人遵行遗嘱，于最短期间将一切不平等条约废除，则外舰行驶内河久在禁止之列。今日倭奴兵舰虽强，已不得越吴淞口一步，何至汉口、长沙有倭舰停泊？又何至南京首都竟遭倭舰之炮轰？今日所以有此危险事实者，皆由后人未遵照遗嘱积极进行耳，于当时定议何尤。

近日报载有首都永迁洛阳之说，闻当局不敢作主，须取决于国民会议云云。余意我国对于首都，若为长久安全与整刷吏治起见，实有迁都之必要。查洛阳居华夏之中，历朝建都有悠久之历史，毋庸赘述。且距万恶之上海甚远，一切政治易于刷新。

夫今日之上海，久已成为藏垢纳污之地。一切世界上各商埠所无及、所不敢为者，惟上海则应有尽有，乃一般中央要人趋之若鹜。试每日检阅京沪各报所登冠盖往来，不曰今日某要人由上海晋京，即曰某要人由京往上海，仆仆风尘，似乎公干。乃一考其实际，非入跳舞厅，即为轮盘赌；非为妓女作花头，即为公债交易所。每当星期五、六夜，即电铁道部挂花车往沪。若星期日夜车开京，则更拥挤不堪。试逐一调查，大多是各部院要人赶回作纪念周者，此犹是上焉者。其下焉者，则寄居上海，流连忘返。所有重要公文，邮沪签行，几不知衙门究在何地。并有一般要人，身任南京要职，除在上海租界内赁一高楼大厦外，并设一非驴非马之驻沪办公处骈枝机关，将私人一切娱乐之费用，借办公之美名，作正报销。余居京二载，耳所闻，目所见，大概如是。除胡某自任职以后，家眷租居南京，本人从未涉足上海，暨少数确因公往者外，其余无不藉上海为征逐之场，堂堂中央要人亦举动如此。以今溯昔，似犹不如前此北京政府比较上尚为负责耳。可慨哉！此后，倘有人提议定都洛阳，余当遥举双手，表示十二分赞成也。秉国钧者尚其详谋之，幸甚，幸甚。

毛织物与原料[①]

去岁报载上海市商会为建议提倡呢绒工厂具呈实业部文云："……就最要之呢绒而言，如直贡呢、大衣呢、华特呢等，今日已成为吾国人生必需之物品，凡普通社会，衣着冠履，几无不备呢绒哔叽者。每年进口约有五千万两之巨，数十年来未闻有设厂抵制之举。晚近虽有骆驼绒厂及一二呢绒工厂设备，然与外国工厂比拟，相去甚远。况出品不多，所供者尚不及求者百分之一二。……参照各国兴办实业之毅力，及以政府力量为后盾，先行设立规模备具之呢绒厂，以应国人需要，则舶货自绝，与坐谈抵制者别如霄壤矣。……"此文上后，实业部并无若何表示，有识者早已知其"留中不发"。京人有言："实业部乃是失业部。"今以此种事业责之实业部，何异缘木求鱼，其无实现之可能，胥预知矣。

上海市商会此项建议，确系今日最要最急之事，可谓之"鸣凤朝阳"。但该会如果有志创办呢绒工厂，以上海商界之魄力，任办何种工业，苟得一二人发起，集二三百万元之款，并不为难，又何必依赖捉襟见肘之实业部，而自贬其声价？人谓："市商会不过出

---

①　《艺庐随笔》，《实业杂志》1931 年第 174 号。

出锋头，并非实有意创办呢绒工厂。"其然？岂其然乎？

我国地大物博，既为各种原料输出国，又为各国制造品输入之良好市场。以最廉价之原料输出，与最贵价之制品输入，两相比较，多则四五倍，少亦二三倍，利权外溢，能不痛心？

据海关册报近年毛织品进口货价统计如下：

民国十六年	一七六八〇三八五两
十七年	三六六〇三五七二两
十八年	三五五七五四七六两
十九年	二四八〇四二四两

今欲举办我国毛织品，必先明了我国各地毛产情形，方可着手。兹据各种书报所载，汇集于下，以资参考。

《今世中国实业通志》载吾国饲羊数如下：

外蒙古	一〇〇〇〇〇〇〇头
东蒙古	二六〇〇〇〇〇头
西蒙古	二〇〇〇〇〇〇头
青海	八〇〇〇〇〇〇头
东三省	一〇〇〇〇〇〇头
本部十八省	一二〇〇〇〇〇〇头
合计	四五六〇〇〇〇〇头

据《建设报》载《工业计划（五）》，载："新疆、青海二省，现有羊约二〇〇〇〇〇〇〇头。"又《新亚细亚报》载："西康有羊九〇〇〇〇〇头。"与上表颇有出入，附志于此。

全国羊数已详上表，再进而调查骆驼之数。

据《农业周报》载："东三省及蒙古东部，有骆驼四〇〇〇头。"

据《新亚细亚杂志》载："外蒙古畜牧共一七〇〇三六七八头。

其中骆驼占百分之二小数三。"

又，新疆畜牧出产概数，有骆驼三万至五万头；内外蒙古，有骆驼三十七万头。查我国畜养骆驼省份，以绥远、蒙古、新疆、川边、甘肃、陕西、山西及东三省之一部，若东南各省则寥寥也。

我国各处既有如许之产毛畜，究竟每年产毛若干，请观各报所载，即可知其大概。

据《新亚细亚报》载："据炉关民国六年税收报告，输出总数，多则六七百万斤。……共计西康羊数为九百多万头，每羊一头，每年剪毛二斤，其毛数总额，已在一千八九百万斤之多。"

据《建设报》"计划五"载："西北骆驼产地，为绥远、宁夏、新疆三省，每年供运输用者，不下七十万头，平均每年每头产毛约五斤。故只就运输用之骆驼而言，每年产毛已有三万五千余担。"

据民国九年《农商公报》载："东蒙古绵羊毛，每年出产数，约五百二十一万五千六百斤。"

据《今世实业通志》载："中国全国共产毛额为六八五〇〇〇〇〇斤。"

据日本殖产研究会，依羊毛输出额所作之推定，表列于下：

省区	每年羊毛产额
新疆	一四〇〇〇〇担
青海	一二〇〇〇〇担
甘肃	八〇〇〇〇担
陕西	五〇〇〇〇担
绥远	二〇〇〇〇担
宁夏	一〇〇〇〇担
总计	四二〇〇〇〇担

据民国十一年《农商公报》载，我国驼毛出口为三万八千三百

一十八担，值银一百五十四万二千八百四十九两。

　　兹查近年海关报册所记毛织原料输出之数量及价值，列表如下：

毛类	十六年	十七年	十八年	十九年
绵羊毛	三六〇一六九担	四八六三四一担	三七六五三七担	一九五三九一担
	一二一六一二一一两	一五八一三二八一两	一〇三一九六九三两	五三三一五七五两
山羊绒	二五六三五担	一四二三四担	一八九三六担	一二四二九担
	二三二二三六一两	二〇七八三九五两	一八〇〇四〇三两	一三三七〇一六两
骆驼毛	四一五二四担	四一五九五担	五三五二〇担	二二七五六担
	三六〇八四〇六两	三五七五〇五七两	四五七〇一八七两	二二七一八六两

　　至于我国毛类之收集及输出地点，关于东三省者，其大部分在呼伦贝尔，故贸易之中心在海拉尔，而输出地点以大连、安东、营口、哈尔滨为最。此外，青海、甘肃、陕西、内蒙古、山西、河北、河南等省毛类，以天津为输出地点。若长江流域之毛类，则由上海输出。至川边及西藏，则在打箭炉集中，再行输出国外。

　　上文所言我国毛类之产地与输出额并输出地点，既已明晰矣，究竟听其长此输出，而不思自行制造乎？亦将听其以价贱之毛类供给外人，而自愿购买成品，利权外溢乎？稍有天良者，谁不欲盼望中国有多数之呢绒厂，以抵制舶来之品。总理所著之《建国大纲》有云："政府当与人民共谋织造之发展，以裕民衣。"诏示吾人，何等周详。乃主持全国实业者，今日提议，明日计划，文章似天花之乱坠，组织如天衣之无缝，形之报章，令人钦佩；征诸事实，徒叹声华。即现有甘肃皋兰之织呢总局（系左文襄所创办），尚不愿维持，遑言新设。此实业部之所以为失业部也欤？

据《今世中国实业通志》载中国全国毛织厂数如下：

厂别	地点	线锭枚数	织呢机架数	创办人	创办期	性质
甘肃织呢总局	兰州	九〇〇	二二	左宗棠	光绪二年	官办
日晖呢绒厂	上海	一七五〇	四四	郑孝胥等	光绪卅二年	商办
溥利公司	北京和镇	四七五〇	五八		光绪卅二年	商办
湖北织呢厂	武昌	一〇〇〇	一四	张之洞	光绪卅四年	官商合办
满蒙织呢厂	沈阳	七二〇〇	一六〇		民国七年	中日合办

据《社会杂志》彭文和君调查，上列五厂，除满蒙织绒厂外，其余均相继倒闭，甘肃织呢总局今归商租办，溥利已改为陆军部织呢厂，日晖呢绒厂一部分尚在开工，湖北织呢厂仍在停顿之中。近来国人鉴于毛织物为人生需要之重品，亦有集资新设者，如北平开源之呢工厂、天津通惠国货织工厂。哈尔滨亦有一厂，专织驼毛毯，然出货不多，不足供社会之需求。前沈阳财政厅长张振鹭拟将该省各县官房产地一律变卖，充作大规模织工厂之宏图，而今则已成画饼矣。悲乎！

夫以我国产毛之富、需要之多，仅有一二小规模之毛织厂以点缀其间，赧惭熟甚。吾愿商界巨子并富有金钱之伟人、军阀，与其将现款储存外人银行，何若投资此种有利益之工厂，不徒可以挽回利权，并可以多得息金，一举两得。

区区愚衷，望有以采纳施行，则织界幸甚，国家幸甚。

垂毙待救之对外贸易的蛋业

鸡蛋之产生，散布于各省乡村，其为物也至微至贱，向不齿于钟鸣鼎食者之口。满清末年，始有少数鲜蛋输出日本。迨欧战开始，吾国之鸡蛋业遂勃然兴起。今则输出额计十九年度为五千一百一十六万一千两，已占出口货第三位。此纯粹对外一种特别贸易，除自食一部分外，其余概由蛋商制成蛋品输出外洋。此种国际贸易，如果各级政府稍有天良，应如何加以奖励，加以提倡，加以保护，使之逐年推广，以抵制一部分利权。乃铁道部于廿年在运输上竟有加价之举，今年安徽施行类似厘金之蛋税，此种自杀政策，各国所无，惟中国有之。再加以日本对于养鸡事业之提倡，美国增加蛋税至再至三，英国并于中国鲜蛋上加盖"来自中国"之字样，近虽经华商之力争，改印"外货"，仍予华蛋以莫大之打击。

我国养鸡尚未脱原始时代方法，因之每鸡每年产蛋能率不过五十至七十余个。现在欧美改用科学方法养鸡，其每鸡年产蛋率常在一百至一百五十之间。两相比较，相去几差二倍。

蛋品世界各国多有生产，并非我国之特产，可以操纵一切，不过吾国蛋产出口总数较各国为多，然亦仅占各国产额百分之十五。可见，吾国蛋产品之在国际市场并不占有若何重要之地位，只以吾国蛋价低廉，虽加制造与运输等费，犹在各国市价之下，藉维固有现状而已。

兹将近三年蛋及蛋制品之出口数量，开列于下：

蛋制品	十七年	十八年	十九年
干蛋白	五六三八〇担	六三三九四担	五六八八六担
冻蛋白	六〇四七九担	七九六二三担	七四九一二担

（续表）

蛋制品	十七年	十八年	十九年
干蛋黄	七〇七一四担	九一五八五担	六九九二二担
湿冻蛋黄	一九五三〇四担	二〇七六七八担	一九四二六六担
机制干蛋品 （黄白全）	二一八八八担	二〇八三七担	一七三六五担
湿冻蛋品 （黄白全）	五四六二五九担	六六八八〇二担	七三六四三〇担
鲜蛋	六一二五四四千个	五九三〇七八千个	六〇二三一一千个
皮蛋咸蛋	一二一六七千个	一二七九二千个	一四〇〇八千个

至近三年蛋之出口价值，计十七年为四千三百七十七万九千两，十八年为五千一百七十二万两，十九年为五千一百一十六万一千两，实占出口贸易总额中之第三位，与丝、茶、豆并称。其中销行最多者，为日、英、美三国。在民元以前，鲜蛋专销日本；元年以后，欧美始有销路，盖其时日、英、美三国对于蛋类输入，均予免税，以故特别发达。近年以来，各国销场均呈不景气象，而以美国为最盛。其主要原因，则因美国对蛋税逐年增加，以致营业者无利可图，且有亏本之虞；加以美国产蛋增加，入口当然减少。一九二八年输入，已较一九二一年减少十分之一，仅等美国本产万分之十五，而华蛋又此十五分中之一小部分。在各国提倡养鸡事业、增加产蛋之时期，中国蛋业固已殆哉岌岌也。

近阅《上海新闻报》六月十七日登载《上海市蛋厂同业公会为皖省厘金复活危害垂败蛋业吁请政府从速救济宣言》，摘录于下：

（一）财政部规定蛋厂制造业营业税，照资本额征千分之五，只买不卖之蛋庄，无营业收入者免税。今蛋税局随意增订税率，每千鸡蛋自征税三角，增至三角七分半，近又增至五角；鸭蛋每千税六角。照目前当地蛋价计之，征税达千分之三十以上，超过皖省营业税条例规定税率竟有十四倍之多。而蛋厂在收买鲜蛋时，被迫缴上项苛税之外，制造蛋品、运输在途仍须重征。干蛋黄水黄，每桶二元五角，干蛋白每箱五元。如此重叠苛征，直置商民于死地。……查敝会等会员在皖，或设蛋厂制造蛋黄白，或设分庄采办鲜蛋，运申制造，所有蛋品，均经上海出口，故皖省蛋业，什九为敝会等会员所收买，是皖省蛋税，什九为敝会等会员所缴纳。……同业中自出口蛋税增加以来，已觉不胜负担，何堪再受非法苛捐？……此种苛税横征，足以动摇蛋业根本，能不寒心？

（二）敝业经营出口，与各国蛋商角逐海外者，垂十余年。近因各国蛋业增多，竞争愈烈，彼借政府保护，豁免出口蛋税，以奖励其输出，复增加进口蛋税，以阻吾输入。美国一再加税后，吾国蛋品输美，已完全断绝。英国需蛋，向不征税，今为奖励其属地澳大利亚等处蛋产输入计，乃免其进口税，而对其他蛋品进口，一律征税。他如苏俄、波兰、丹麦、荷兰等国，蛋业莫不过剩，政府既不征出口税，复保护其在国际市场立足稳固。曩者，日本蛋品仰给吾国，不数年间，一变而为输出，今在国际市场，已争得一席地，恃其政府财力，贬价推销，与吾孤立无援之同业较，相去何啻霄壤？今年吾国蛋口输出，较去年减三成以上，现查全国所有蛋厂，无论土法、新法、特法，均在陆续停厂，或减少工作之中，大有江河日下、不可收拾之势。

（三）欲维持垂败之蛋业，一方固须努力改良制造，节省消费；一方有待乎政府之救济。希望政府立即通令各省军警，对于蛋品过境，及内地蛋厂、蛋庄，切实保护，以利运输，以安营业；严禁苛捐杂税，剥削蛋商，以轻成本，仿照各国成例，豁免出口蛋税，以资激劝。……最近财政部虽令饬皖财厅撤销蛋税局，而蛋税局依然存在，扣货勒征，愈逼愈紧，实所不解，不得不望财政部更用有效方法，切实制止。……否则，蛋业环境恶劣，竟将随丝茶之后，一蹶不振，非仅蛋业自身之困厄，即政府税收、农村经济，胥受莫大打击，而国内平添数十万失业职工，又将如何措置？而今不图，噬脐何及？……"云云。

统观该宣言书所言，自系实在情形。我国蛋业，近年来对内对外，虽受种种压迫与打击，而蛋商竭力挣扎，不自沮丧，其志亦属可钦。乃蛋产中心之皖省，违反国家政令，不明国际贸易情形，省自为政，何异操刀自杀？长此以往，所谓居出口货之第三位之蛋品，转瞬亦必遭惨败矣。甚愿我政府，我安徽当道，急起直追，力予维持，千钧一发，幸毋任其呼吁也。

谈谈庚款

自英国退还庚子赔款，始有组织庚款保管委员会之举。究竟年来对于庚款如何用途？除少数学阀把持外，吾侪小民哪能悉其支配底蕴？而当事人亦从未将每年所支配数目公诸国人，以示公开。但我辈亦不能以小人之腹，度君子之心，讲出不干净的话。须知此一笔巨款，若将全国人民分配一下，差不多每人都占　分。既然我们负有输金之义务，则要求该会将数目用途公布，亦理所当然。外间言：某某出洋考察戏剧，挪借数万元；某某机关因政费困难，挪用十余万元；某某私立学校因建筑校舍，又得分配数十万元。种种事实，已不可掩，与其使人疑团永结，不如直捷了当，全盘公开，以示大公无我。

庚款数目，究竟用去若干，尚存若干，局外人固不得而知。日来披阅报章，只见请拨庚款者实繁有徒，而所谓庚款保管委员会者未见有若何表示，兹录数则于下。

《上海新闻报》六月十九日载："赣主席熊式辉拟兴筑该省与浙、闽、粤联络公路，以利交通，藉便剿匪，请中央在庚款项下拨借一千万元。闻中央已核准。"

《南京民生报》六月二十日载："据导淮委员会消息，导淮经费又生波折，因庚款保息办法发生问题，庄崧甫始于昨日赴沪，与财政部驻沪办事处接洽。"

又，"上海受沪战影响，各学校相继请求政府在中英庚款项下指拨若干，以维现状"。

中央社北平十九日电："铁道部曾次长仲鸣谈铁道计划，有粤汉路决积极兴修，现韶乐一段即将通车，株韶一段亦兴工，所需英庚款，本须十二年拨到，刻拟交涉为四年，目下将发行公债或借款，以免停顿，全路拟于四年内完成。"

南京中大学生廿一日携呈文赴国府行政院请愿，要求政府允准该校经费独立，并指拨庚款作为基金。因汪院长兆铭赴平，由内长黄绍雄面答，该校要求确定经费，应予完全接受，惟指定庚款作基金，须请中央会商定夺云。

《上海新闻报》六月廿五日载："庚款会允贷二十万镑，完成杭江铁路，不付现款，只代配筑路需用材料。"

以上所举各节，均系近日内之事，是庚款已成为垂涎之焦点，亦为执政者之怨府。与其枝枝节节挪借，毋宁指定该款为修筑内地到边疆之铁道，如西北之新疆，西南之西藏，先固边圉，再言文化。古人云："皮之不存，毛将安附？"愿把持庚款者毋再以感情支配，幸甚。

上海兵工厂停办感言

上海兵工厂创办于前清李鸿章氏，购虹口某西人所设之机器造船厂所改成，几经扩充，粗具规模，后又移至高昌庙，迄今已近六十年矣。民国十四年时，上海人士有主张迁移内地之说，嗣因时局未定，致未实行。此次沪战发生，工人遣散，只留炮厂照常工作。本月工会方面为维持工友生活计，曾两度派代表晋京，向军事委员会军政部暨兵工署各机关，请求将运杭之机器，仍旧搬回安置，恢复工作。不意前日，军事委员会将上海兵工厂恢复及迁移两问题提出讨论，一致赞成西顾问布罗麦"商埠附近不宜设兵工厂"之主张，遂由蒋委员长批准照办。而上海六十年之兵工厂遂告终正寝矣。

自九一八日国难突来，兵工署当时认发展兵工，提倡原料，为目前最急之办法，曾经几度开会研究，并派张连科等赴美调查西法提炼白铅法。但不久巩县兵工厂罢工矣，又不久汉阳兵工厂亦罢工矣。当此国难当前，而工友们此种举动无异为日本帮忙。结果，两厂暂时停工。巩县虽不久恢复工作，而汉阳延至半年之久，即至今日，亦只有半数工友得到工作，其余尚在呼吁请愿之中。早知今日，何必当初。彼时上海忧国之士发表宣言，谓国难期中，不宜有罢工举动，熟意劝者自劝，而罢者自罢。我工友们中不乏爱国之人，何竟出此自杀政策，为倭奴扬眉吐气，想当日未加深索耳。

十九路军此次抗日，其起原之复杂，吾人亦不必深加推敲。惟孤军在沪淞一带与暴日作殊死战，所需一切子弹，全赖上海兵工厂长宋式骉氏源源接济。虽未奉有长官命令，擅自发给，究竟事当危急，达变通权，其心可原。事后追思，方佩宋氏毅力之不暇，而非主管长官之某要人竟对宋氏大加申斥，谓其擅发。吁！是何言欤？今乃知宋氏实违反"不抵抗主义"之原则耳。

今试屈指我国各省之兵工厂，其最大之沈阳兵工厂，已为日人所据有矣；广东、四川之兵工厂，中央向无权力过问；湖南之兵工厂，兵工署表内列在停办之中，规模甚小，即开工亦无补于军实也；华阴、开封兵工厂，虽属中央管辖，早久置之死未断气之列；

德州兵工厂，自迁济南后，亦未加以扩充；汉阳兵工厂，今仅有半数开工；山西兵工厂，就中国各厂言之，除沈阳以外，位列第二，亦久未恢复；上海兵工厂，今又以停办闻。是则所存者，仅有巩县与金陵两兵工厂而已。夫以中国军队如许之多，国难如许之急，此二厂虽日夜开工，亦不济事。又加以兵工厂所需用各种重要原料，均自舶来，丁此武力与军阀专政时代，国人不但不于兵工原料及制造之兵工厂加以扩充，或根本解决，并将现有之兵工厂逐一停办，将来定有兵多于枪、枪多于弹之一日。兵工署近虽有创办南北二大兵工厂之计议，但当此青黄不接之时，其将何以维持现状？鄙人对此，窃抱杞忧，希望上海兵工厂运杭搁置露天之机器，以及留存在厂内之机器，从速设法保存，以免锈坏或遗失。须知前日购买此项机器之时，所付价款，均是吾民之膏脂，此后若再办大规模之兵工厂，就旧补新，亦可减少若干费用。质之当局，以为何如？

中国丝业之近状

自世界经济凋零之景象发生后，中国之丝业已有朝不保夕之危机，加之内受政局不良之影响，外受日本、印度之竞争，其危险情形日甚一日。虽经中央政府发行公债以资救济，而上海自去年至今，闻尚存有生丝三四万包，无人过问；最近江、浙两省鉴于丝业几濒破产，又决定联发库券二百二十万元，为挽救之计，然亦未见有何起色。

报载日本丝业本年亦销路不旺，政府代为收买，以资救济，不数日间丝价涨高，蚕户皆欣欣然有喜色云云。此虽是楚弓楚得政策，抑亦维持农村经济、安定恐慌、具有毅力之办法。试观日人得其政府实力倡助，讲求养蚕，改良丝质，曾几何时，居然将中国丝业打倒，取而代之，至于今日更占有世界蚕丝生产第一位。素以农桑著称之吾华，反较蕞尔东邻瞠乎其后，其朝野上下一致之实心毅力为何如？查我国从前出口贸易，除茶外，以生丝为大宗。在民国十八年，尚有二万四千七百七十余万元，十九年则减为一万七千八百五十余万元，二十年又减为一万四千一百八十余万元，不及日本出口丝四分之一。近月以来，上海丝市惨落，原值一千两之丝，已减至四百余两，现积存生丝至二万担，干茧十万担，无法售脱；各处丝厂几乎因此全部停工，加以工人以厂方减少工资之故，全体罢工，丝业界受累愈甚。此仅就上海一方面而言，若广东亦为我国产丝之一省，其农村生活，亦向以蚕丝为次要命脉，凡百商业，大多借此以为活动，近则亦受世界经济影响，丝业一落千丈；又继以人造丝源源而来，价廉色鲜，天然丝复加重一层压迫。当此之时，农民生活，固日在哀号痛苦之中；而工商百业，亦连累停顿，经济既濒于破产，失业工人当日益加多，其铤而走险之徒，打家劫寨，或流为"赤匪"，自意中事，社会安宁，何日可得？

窃谓我国人处此时代，若抱消极主义，少竞争奋斗之勇气，是最可危之事，天下事惟怕心死，身死次之。我国今日之国民，身死乎？抑心死乎？吾敢冒天下之大不韪说一句是心死！但一只口尚活泼泼地，演说报告等，说得天花乱坠，揆诸所行，均属不符。提倡国货，抵制日货，吾侪小民已买了之惯矣。究竟伟人先生所着者，外国头等毛织品之西装；太太与姨太太所穿者，又系外国最时新之绸缎，而鄙本国之丝织品为寒伧。所谓印度绸、东洋绸，为一般阔老之家常通用品。此外，人造丝品之鲜泽者，中等社会人家均购用之，只求好看，不顾结实，试与今日五角洋一尺之杭纺比较，其耐久性质，相去何止千里，而人民反不愿购用者，是非心死而何？长此以往，中国蚕业定有偃旗息鼓之一日，有不待日本、印度人造丝之压迫，而自趋于灭亡矣。

故欲挽回今日中国丝业之厄运，渡过难关，一方面故须发行公债以救目前之急；一方面须全国人民实心提倡国货，排除舶来品。此外，对于人造丝增加进口税，而对于改良蚕质，广育桑苗，取缔劣种，罢除苛捐等，即日实行，则我国丝业之前途其庶几乎。

悼《四库全书》

我国之巨书，明有《永乐大典》，清有《四库全书》，可称壮观。惟《永乐大典》割裂群籍，分隶各韵，即明代士人纂书梓行，类皆芟削篇句，使后人不能见古人全书。

有清开四库馆汇萃遗编，各书始成完帙（见《冷庐杂识》），当时任总纂者，为河间纪晓岚氏，计至乾隆四十八年告成，建文渊、文溯、文源、文津四阁藏庋，又于扬州大观堂之文汇阁、镇江口金山寺之文宗阁、杭州圣因寺行宫之文澜阁，各贮一分。全书凡三万六千册，计经部十类，六百九十五部，一万二百十四卷，二十架，九百六十函；史部十五类，五百六十三部，二万一千三百五十九卷，三十三架，一千五百八十四函；子部十四类，九百三十部，一万七千五百六十六卷，二十二架，一千五百八十四函；集部五类，一千二百八十二部，二万六千七百五十七卷，二十八架，二千十六函。

自经洪杨之乱，各处所藏之书损失殆尽，文澜阁虽存，亦属断简残篇，惟热河所藏者尚称完全。闻热河文津阁之书已移至沈阳，上年"九一八"事变后，被日本盗运以去，前年张学良有交上海商务印书馆翻印之议，未克实行，即果实行，不掠于沈，亦烬于沪。呜呼！一劫于洪杨，再劫于暴日，文化之厄运有如是乎？

物质之摧残，不难恢复，惟此文化事业，则非一朝一夕之功所能几及！吾悼《四库全书》，吾固不能不恨劫书之强盗，吾尤叹藏书之主人翁徒事收藏，而不知以此大经大法为救民立国之根本，驯至酿成今日之纠纷，亦如守财虏徒自封殖，不以济世，金钱幻蝶，不亦宜乎？

说者谓："中国之旧文化，中国拥其名，日本行其实。"吁！可慨矣。

中国之兵力

据国际联盟一九三二年发表之《军备年鉴》纪载世界各国海陆军之数字，以中国列第一，夫英、美、日、法、意，世界所称五大强国者也，乃合计五国兵之数字，尚不及中国一国之多，如英国为十一万二千二百七十三人，美国为十五万三千零三十七人，日本为二十七万六千六百四十七人，法国为四十二万二千七百三十七人，意国为五十一万三千五百五十五人，合共仅一百四十七万八千二百四十九人。若中国今日之兵额已达一百八十万人，此仅就正式军队而言，若再将各省防军及杂色军列入，亦有百余万之谱，合计全国现在寄身军籍者，至少有三百数十万人之多，亦可自豪矣。

中国事事不如各国，惟军队一事则在各国之上。乃"九一八"国难发生，日本仅提一旅之兵，不折一矢，唾手而占我东三省之土地。国家养兵，原以卫国御侮，所以国虽穷，民虽困，犹不惜踊跃捐输，以供给糗饷，所谓"养兵千日，用在一朝"。乃东北长官对于日本之侵入，仅提出"不抵抗"三字以示国人！呜呼！"不抵抗"三字，何以服天下也？

兵贵精不贵多，与其多而不精，毋宁精而不多。外国兵精而不多，中国则多而不精；加以国家筹发之军饷，经长官层层折扣，处处剥削，所以兵士每月所得，不足充饥。并闻有一年半载未发饷者，驱此辈饥饿之士兵，以与械精饷足之军队角斗，胜负之数不待蓍龟。所谓"不抵抗"者，不过一种掩拙手段而已。

居今之世，非兵不足以图存。若有兵而无精良之器械，与徒手等，不但不足以与列强抵抗，即各省土匪亦难资以肃清。惟望各统兵长官各本天良，裁除老弱，训练少壮，发给全饷，配以利器，筹一饷有一饷之用途，养一卒有一卒之效力，则以之制敌，何敌不摧？以之攻城，何城不克？军事长官未悉以为然否？

事物原始[1]

《茶余客话》载有"事物原始"各条，如：秦文公作旄头，见《列异传》。黄帝作旗帜，又作冕旒；鲁昭公作弁，见《世本》。燧人民作髻，女娲氏作笄，赫胥氏作木梳，尧以铜为笄，周文王作珠翠，又名步摇笄，唐高祖作反绾髻，黄帝作几，见《李尤铭》。舜作五明扇，又作漆器，见《古今注》。少康子兴作甲，桀作瓦，见《世本》。

蚩尤作戈戟，见《吕氏春秋》；又作剑铠，见《管子》。凿齿作梢，见《山海经》。黄帝臣挥于作弓，夷牟作矢，见《世说》。荀卿云："倕作弓，浮游作矢"，见《山海经》。

少皞作弓矢，黄帝又作弩，鲧作城郭，禹作宫室，伯益作井，见《世本》及《博物志》。

神农作权，伶伦作权度量，胡曹作衣裳，见《吕氏春秋》。

太公作九府钱，见《汉书》。

神农作耒耜（或云倕作），皇甫阴作楼及犁，见《魏略》。

夙沙氏作盐，帝女仪狄造酒，见《战国策》。

鲧服牛，又作城，相士乘马，腊作驾，三人皆尧臣，见《世

---

[1] 《艺庐随笔》，《实业杂志》1931 年第 175 号。

本》。

韩哀侯作御，舜造笔，见《博物志》；又曰蒙恬造笔。

蔡伦造纸，尧作围棋，乌曹作博，见《世本》。

齐夷陵王晔作侧楸棋局，见冯鉴《续事中》。

老子作樗蒲，黄帝作蹴鞠，见《博物志》。

刘向作弹棋，见《西京杂志》。

曹植作长行局，即双陆也，见《后魏·李邵序》。

汉武帝作藏钩，晋挚卫尉作四维戏纸局木棋，见《李秀赋》。

周武帝作象戏，见《后周书》。

纣作粉，见《博物志》。

尹寿作镜，见《天中记》。

岐伯作鼓吹，见蔡邕《初志》。

帝俊八子作歌舞，见《山海经》；又云阴康氏作舞；《吕氏春秋》云：“舞是陶唐氏作。”

神农作琴，伏羲作瑟，蒙恬作筝，师挚作箜篌，帝喾作鼓鞞，又云倕作，女娲氏作箫，见《礼记》。《风俗通》云：“舜作箫。”

《山海经》云：“炎帝伯陵作钟，黄帝作清角，女娲氏造笙簧。”

随作竽（女娲氏臣），见《世本》。

商辛作坝，苏成公作簏，见《世本》。

汉时邱仲作笛，见《风俗通》。

黄帝始作釜甑，见《古史》。

神农作釜，见《周书》。

孟庄子作锯凿，见《古史》。

夏少康为箕帚，见《古史》。

夏昆吾氏作瓦，乌曹氏作砖，俱见《古史》。

公输般作石铠，倕作銚，见《世本》。

蚩尤作冶，见《尹子》。

黄帝臣雍文作舂，见《世本》。

赤翼作杵，见《吕氏春秋》。

伏羲作网，见《古史》。

詹何作纶钩及饵，舜作瓦棺土椁，禹作伺风鸟，即相竿，见《古今注》。

黄帝作斧钺，见《舆服志》。

黄帝作刀，见《洞冥记》。

赫连氏造梳，见《炙毂子》。

明太祖见道人作网巾，颁其式于天下，又《谢宗可集》有《咏网巾》诗，则不始于太祖矣。

黄帝臣作扉履，见《世本》。

舜妹嫘作画，见《说文》。

岐伯作鼓吹，见蔡邕《礼乐志》。《陆机赋》云："原鼓吹之所始，盖禀命于轩皇。"

染须

人皆谓须发之苍白，有关寿命之修短。偶阅《晋书·王彪之传》云："年二十须发皓白，时人谓之为王白须，而官至光禄大夫仪同三司，卒年七十三。"又，"宋杜祁公衍，年过四十，须发尽白，卒年八十"。可见须发之白否，本不关寿考。但人皆黔首，我独白头，于观瞻上，似有触景伤神之感。

余年方不惑，业已二毛，人辄以老太爷、老先生或老前辈呼之。余最恶此老字，久欲将黑白相杂之须发濡染为乌，并非偷闲学少，不过免恒言称老之意。日前，阅报载某药房有染须发药，购试一瓶，颇有效验，染须甚便，若加诸发上，颇费手续。

曾记苏东坡时云："膏面染须聊自欺。"

陆游诗云："瘦缘重裁帽，因衰学染须。"

刘禹锡有诗云："近来时事轻前辈，好染髭须事后生。"

余之染须不染发者，深合古人之举。但我国染须古法失传，礼失求诸野，特记之以证明染须非自我作古。

首都卫生展览会参观记

本年南京卫生署举行卫生展览会，第一次在夫子庙，因距寓所太远，未去参观。第二次移至兴中门内之安徽中学第二院内，作巡回之讲演，提醒人民讲求卫生，法至善耳。

查安徽中学院屋圮墙倾，满院禾黍，仅就容膝之一间陈列各种蜡形。坪内高扎木板台，以作夜间讲演之用。余于展览之次日，见徒步而往观者甚稀，于是可以验人民卫生之心理矣。入门，墙壁上高挂各种园蔬，注明蔬菜有益于卫生之理。再进，则悬 X 光所摄人体各种影片。折而右，则为妇人怀孕分娩时种种图绘，以至妇女生殖器患病之各种蜡形，男子多停足观之。再折而左，则指示妇女乳喂时应着之白里衣式样，并无特别奇异，不过于乳头左右各开二寸许之小缝，用时可令乳头从此缝伸出而已。在此处对面，则列有各种厨用器皿，表示鼠蝇窃食情形，欲求卫生，须贮以铁丝柜。其侧则有嗜酒者之肺形，带紫黑色，且肿而大。由此而右，则所陈列者均系男子花柳病蜡形，始则本身染病，继则传之于妻，所生子女亦多受梅毒，种种情形，可使登徒子望而却步。余正在看说明时，适有一二中年乡妇，偶看见男子生殖器上之梅疮，唉呀一声，惊而避之。继来一时髦女子则注目而观，毫无惭色。余以为此种展览会，应仿外国办法，规定男女不同日，譬如甲日男观，乙日女观。由此出门，则壁上悬有各国人寿比较图数张，如：

澳大利国人	寿五十五．二〇
美国人	寿四十九．三二
英国人	寿四十八．五三
法国人	寿四十五．七四
德国人	寿四十四．八二
日本人	寿四十三．九三
中国人	寿三十．〇〇

命之修短有数，此为我国古代学者之言。究竟人的寿命，短促非尽关数运，而于卫生上实大有关系。若果各人能讲求卫生，无形中不知不觉增加寿命若干，且免除多少疾病，此理之最浅近者也。

壁上又悬有各国人口死亡率比较表一张，如：

澳大利国	人口死亡千分之九．四五
英国	千分之十一．七〇
德国	千分之十二．〇〇
美国	千分之十二．一〇
法国	千分之十六．五〇
日本	千分之十九．八〇
中国	千分之三〇．〇〇

我国之人口死亡率，比任何国为高，一方面固由人民不讲求卫生，以及治疗预防医药等等学识与设备又不及他人，所以一有疾病，非求神吃药，即请庸医诊治，每年死亡于此类者当亦不在少数；一方面我国连年内战与匪患天灾相逼而来，每年死于此类事项者，恐于千分之三十内要占一半。查我国人口，号称四万万，若每年死亡率占千分之三十，即每年就有六百万冤枉鬼。倘我国政府对于人民及人民对于本身处处讲求卫生，或免除内战，肃清匪患，则

每年之死亡率定可减少。

然此可为局外人道，难为各级政府当局者言也。呜呼！

用人

宋洪文敏公最钦慕秦用他国人，尝谓："七国虎争天下，莫不招致四方游士，然六国所用相，大都系其宗族及国人，如齐之田忌、田婴、田文，韩之公仲、公叔，赵之奉阳、平原君，魏王至以太子为相。独秦不然，其始与之谋国以开霸业者，魏人公孙鞅也。其他若楼缓，赵人；张仪、魏冉、范雎，皆魏人；蔡泽，燕人；吕不韦，韩人；李斯，楚人。皆委国而听之不疑，卒之所以兼天下者，诸人之力也。燕昭王任郭隗、剧辛、乐毅，几灭强齐，辛、毅皆赵人。楚悼王任吴起为相，诸侯患楚之强，起卫人也。"古来成大事者，其识见之高，气重之大，眼光之远，迥非后人所能几及。内举不避亲，外举不避雠，专以人才为前提。文王用人无方，实为后世用人模范。若如秦之用人，以客籍为主，固未尽合古道。六国率用宗族及国人，无论贤否，均委之以国政，仅作内举不避亲之半面文章，其亡也宜哉！

日本丝竟又倾销我国耶

我国向以丝业出口为大宗，晚近虽受日丝打击，以致出口数目较前锐减，然从未有中国转销日丝之理，而其所销省份，偏不在他省，竟在中丝产生策源地之浙江，岂不令人惊骇？

据《上海新闻报》"经济新闻栏"登载："本埠丝厂同业公会，以白厂丝欧美销路虽益疲滞，而国内绸丝销路颇不寂寞，售价较洋厂为高，非出口之陈厂丝例无每包百两之补助费，讵迩来绸销路日趋停滞，丝价于最近半个月中猛跌七八十两。正在密查疲滞原因间，前日忽接市商会转来嘉丝商会函告，谓有本国奸商私进大批劣丝，运往浙属倾销，已达三千余包，价值国币二百万元等因。该会大为骇异，现正派员严查奸商姓名以及运销方法，以备公诸民众从严制裁，俾资儆惕。此七月十八日之消息也。"

同日，南京《人民晚报》亦载云："我国生丝贸易之在欧美市场，业已一落千丈，几为日丝所夺。惟近据某丝商云，日本国内陈丝存底共有十余万担，除积极推销欧美各国外，近又运销我国，最近一月中运沪之大批日丝，类皆倾销内地绸厂。惟日丝条纹虽较匀洁，而力头稍逊，上机后容易断头，不能单独织绸，须与我国厂丝混合织造，四（日丝）六（华丝）搭用。……"

据两报所载，日丝倾销国内，业经证实，无怪近月来丝厂丝销大受影响。倘商人不自猛省，只顾个人利益，替日人谋丝销之尾闾，何啻自掘其祖宗坟墓。夫我国丝商既不能长袖善舞，与日本人驰驱于欧美市场，而本国一线生机，无论如何，应共高筑壁垒以防制之，何竟引盗入室，丧狂如此？

我国除畅销日本天然丝之外，又畅销日本人造丝，两层夹攻，危险万状。在七月十日至十七日止一周内，计共销日本人造丝五百余箱；而所销欧美人造丝因之大减，计仅销一百四十箱。上海之有形日军撤退，而无形之商战又如疾风暴雨不断的而来。彼从前大声疾呼"经济绝交""抵制日货"等口号之商人，今则各个作鼠窃狗偷之举动。此等国民，求诸世界各国，殊所未睹，予欲无言，予不忍言。

白里安之遗产

法国故外相白里安氏，曾任总理十一次，为一代之大政治家，一生为和平努力，鞠躬尽瘁，为国联会首创之一人。前闻溘逝，举世同悲。兹据最近调查，其全部遗产，仅家中发见二百元及银行存金三千二百元，合计仅三千四百元而已。此外，在考希来尔地方有园圃一所，为其不动产，而此园圃则系近年获得之诺泊尔和平奖金所购置者。至此等遗产，并闻氏遗嘱分配于其妹及甥云。

夫我国自革命以来，一般贪官污吏大显手段，无论已。而号称革命伟人存款于外籍银行者，动以百万为单位，其存满二千万者，据报载亦有二十人之多。此辈十年前犹是一个穷措大，一旦身膺要职，无不腰缠百万千万，而口口声声犹以廉洁号召于众，上行下效，相习成风。

彼白里安位居外相要职，享年七十余，位非不高也，时非不久也，今身后仅得三千余元之动产，谓之廉洁，真廉洁矣！回视我国要人则何如？请阅者为我下一断语。

丝织品尺度

偶阅《容斋三笔》载："周显德三年，敕旧制织造絁绸、绢布、绫罗、锦绮、纱縠等，幅阔二尺起。来年后并须及二尺五分。宜令诸道州府，来年所纳官绢，每匹须及一十二两，其絁绸只要夹密均匀，不定斤两。其纳官绸绢，依旧长四十二尺。乃知今之税绢尺度、长短、阔狭、斤两轻重，颇本于此。"

海军部竟反对国货耶

提倡国货，当从行政人员始，所谓"登高一呼，群山响应"是也。本年七月二十七日，内政部奉行政院令，拟提倡国产，服用土布办法，会同海军、实业、财政、军政各部，在内政部会议厅开会。

由内政部礼俗司长主席，首由实业部代表顾毓琭申述应即提倡土货之必要；继由军政部代表余彦之报告武进土布不及恒丰厂十四磅之土布，故现在军部制服，概用永安恒丰出产布料；后海军部代表刘道源发言，谓该军以国际观瞻所系，碍难改用土布云云。讨论良久，遂决议关于行政人员服用国货一节，拟于京外各机关中设立服用国货委员会，由各机关长官为主任委员，担任劝导监督处分等事云。意美法良，甚洽人意，但我国民族性质大都口是心非，开会时往往说得天花乱坠，实行起来，则行不顾言。所以，"提倡国货"四字，几为一般政客假借以欺骗国人之资料，口里愈说"提倡国货"，心里愈觉鄙弃国货。不要追咎已往，即本年六月份海关册报，入超已达四千余万两。如果以后每月依照这种数字，把吾民膏脂输出外国，其危险实在不堪设想。

此次武进县呈请提倡土布，此不过属于国货之一种，稍有天良者无不一致赞成，乃海军部代表竟借口国际观瞻，碍难采用土布，似海军部非用外货不可。倘各机关均效法该部观瞻主义，概用外货，则"提倡国货"等于空谈！或将"提倡国货"专责诸民众耶？则是今日为民众表率之公务人员，究竟所表率者何事？毋怪今年上海当抗日最激烈之时，停泊南京之中国海军，对于下关日舰之迎送，首先致放礼炮，以壮观瞻乎？此种丧心病狂之海军人员，其去臧式毅等几何也？

炮考

《浪迹丛谈》载有"炮考"一则云："'炮'字俗作'砲'，潘安仁《闲居赋》：'炮石雷骇。'其最先见者矣。李注：'炮石，今之抛石也。'然《说文》无'炮'字，'礌'字注云：'建大木置石其上，发机以磓敌。'是许氏以礌为炮。《唐书·李密传》：'以机发石为攻城械，号将军炮。'自后人有火炮之制，俗遂从火作'炮'字，非也。火炮之用，始见于宋，杨万里《海𫚉船赋序》云：'宋绍兴三十一年，金兵欲济江，虞允文伏舟七宝山，舟中发一霹雳坠炮，坠水中，硫磺得水，火自跳出，纸裂而石灰散为烟霞，眯其人马之目，金兵大败。'然此乃纸炮用石灰以眯目，非以炮子为攻击之具也。炮之用铁，始于金，名曰'震天雷'。以火炮攻城，始于元。世祖得回回所献新炮以攻破襄阳，名曰'襄阳炮'。明永乐间平交趾，始得神机枪炮法。至嘉靖二年，佛郎机（即法兰西）寇广州，指挥柯荣御之，贼败遁，官军获其二舟，得其炮，即名'佛郎机'，详见《明史纪》。又《兵志》云：'佛郎机炮式，以铜为之，长五六尺，大者重千余斤，小者数百斤。'炮之用铜，始见于此。满清天聪五年，始造红衣大炮，名曰'天佑助威大将军'。崇德八年，又造'神威大将军炮'。康熙十五年，又造'神威无敌大将军炮'。康熙二十八年，又造'武成永固大将军炮'。"

至同治四年五月，设江南制造总局，以机器铸造新式枪炮。

光绪元年，始仿造四十磅子前膛快炮，继又造八十磅各种开花实心弹。四年以后，曾制造四十磅起至八百磅止之阿式后膛炮。此外，爪降地阱炮、快炮、长式炮、七五退管山炮、四七船台快炮、七五陆战炮、七五新式山炮、五七船台快炮、七五迫击炮、六生的迫击炮、五生的迫击炮、八二迫击炮、四五迫击炮、劈山炮、田鸡炮、开花子钢炮、开花子生铁炮及铜炮藏地后膛等式，无不曾经制造。

此我国自有炮来之种类大概情形也。

燕窝

"燕窝出广东阳江县（见《浪迹续谈》），或云海燕采小鱼营巢，故名燕窝。或云海燕啄食螺类，肉化而筋不化，并精液吐出，结为小窝，衔飞过海，倦则漂水上暂息少顷，又衔以飞，人依时拾之。《闽小纪》云：'燕窝有乌、白、红三种，红者最难得，可治小孩痘疹，白者愈痰。'在前清时，闽广入贡者鲜白无纤翳，或云此系人力拆制所成，非天然如是也。"

我国宴客，素以鱼翅、燕窝为上品。自"九一八"国难以来，人民排弃日产之鱼翅，崇以燕窝为主品，以为系国货也，而不知今日之燕窝十有九系舶来货。兹将我国近三年来燕窝来源，列表于下，以证明之：

国别	十七年	十八年	十九年
香港①	一八〇二九斤	九七三三斤	二九六一斤
	一六三四七二两	七七七四四两	二六八一三两
安南	二三斤		
	五八五两		
爪哇等处	一五九九斤	九八一斤	一七六二斤
	三五一六六两	二一八六五两	二一三八一两
日本台湾②		六〇斤	四斤
		三〇〇两	二六两
澳门③	一〇斤	七六斤	
	四九两	三五〇两	
新加坡等处	三六五七四斤	二七五五五斤	九三六八斤
	五九五六七三两	二八五七二三两	五八二一五两

① 中国香港，因当时为英国占领，统计数据时将其当作"国别"（地区）来单列。

② 中国台湾，在日据时期，统计数据时将其当作"国别"（地区）来单列。

③ 中国澳门，因当时为葡萄牙占领，统计数据时将其当作"国别"（地区）来单列。

（续表）

国别	十七年	十八年	十九年
印度	二四二斤	四斤	
	四六六〇两	八〇两	
除复往外洋外	五三八九五斤	三七二七七斤	一四〇二四斤
净进口共计	七八五七三七两	三六四五四五两	一〇四八六三两

观此，则知今日我国所食之燕窝，并非尽天然之品，乃多人工所制成，且系舶来物，每年进口数最高额竟达七十八万五千七百三十七两之巨。徒哺啜者流，其亦知所悟否？

中国古时土木工程之一瞥[1]

中国建设工程之最大者，以万里长城为第一，次即运河，此尽人所知者也。此外土木工程之大者，无代无之，往往一经鼎革，即化为乌有，徒留历史上之陈名，供诗人之吟咏而已。即如秦始皇作阿房宫，输运蜀荆地材至关中，役徒七十万人。隋炀帝营宫室，近山无大木，皆致之远方，二千人曳一柱，以木为轮，则戛摩火出；乃铸铁为毂，行一二里，毂辄破，别使数百人赍毂随而易之，尽日不过行二三十里，计一柱达到，已用数十万工。

宋大中祥符间，真宗为道宫大兴土木之役，以丁谓为修宫使，凡役工至三四万人。所用有秦、陇、岐、同之松，岚、石、汾、阴之柏，潭、衡、道、永、澧、吉之楸、枬、楮，温、台、衢、吉之梼，永、澧、处之槻、樟，潭、柳、明、越之杉，郑、淄之青石，衡州之碧石，莱州之白石，绛州之斑石，吴越之奇石，洛水之石卵，宜圣库之银朱，桂州之丹砂，河南之赭石，衢州之朱土，梓、信之

---

[1] 《艺庐随笔》，《实业杂志》1931 年第 176 号。

石青、石绿，磁、相之黛，秦、阶之雌黄，广州之藤黄，孟、泽之槐华，虢州之铅丹，信州之土黄，河南之胡粉，卫州之白垩，郓州之蚌粉，兖、泽之墨，归、歙之漆，莱芜、兴国之铁。其木、石皆遣所在官部兵民入山谷伐取。又于京师置局，化铜为鍮，冶金薄，煅铁以给用。并因地多黑土疏恶，于京东北取良土易之，自三尺至一丈有六等。起二年四月，至七年十一月宫成。总共二千六百一十区。不及二十年，付之天火，一夕焚爇，但存一殿而已。

此玉清、昭应、会灵、祥源诸宫当年建筑之情形也。

政和时，蔡京专权，又作延福宫，有穆清、成平、会宁、睿谟、凝和、昆玉、群玉七殿，东边有蕙馥、报琼、蟠桃、春锦、叠琼、芬芳、丽玉、寒香、拂云、偃盖、翠葆、铅英、云锦、兰熏、摘金十五阁，西边有繁英、雪香、披芳、铅华、琼华、文绮、绛萼、秾华、绿绮、瑶碧、清音、秋香、丛玉、扶玉、绛云十五阁。又叠石为山，建明春阁，高十一丈，宴春阁广十二丈。凿圆池为海，横四百尺，纵二百六十七尺。鹤庄、鹿砦、孔翠诸栅、蹄尾，以数千计。此系当年大珰童贯、杨戬、贾详、蓝从熙、何诉五人分任其事，各自为制，不相沿袭，争以华丽相夸胜。后又营万岁山、艮岳山，周十余里，高九十尺，亭堂楼馆，不可殚记。靖康遭变，诏取山禽水鸟十余万投诸汴渠，拆屋为薪，剪石为炮，伐竹为笓篱，大鹿数千头，悉杀之以啗卫士。

此种壮丽之建筑，方之汉武之甘泉、建章，陈后主之临春、结绮，隋炀帝之洛阳、江都，唐明皇之华清、连昌，有过之无不及者。

元、明两代，无大工程之可纪。

迄乎逊清，移海军之建设费六千万元作建筑颐和园之用，以供一人娱乐。西太后之举动，固不仅亡满清，即民国亦受其影响。崇楼大湖，鞠为茂草，彼好言伟人工程不恤民隐者当亦知所反矣。

入民国来，工程之大者以孙陵为最，揆崇德以报功之义，本分所应尔。惜计划工程者未于涵蓄一层加以注意。迄今趋陵瞻仰，一望尽属石级，紫金山为之变白，反不如明陵之涵宏广大、不露形式之为得耳，岂彼别有深意存乎其间耶？

抵制日货与开办工厂

自去年万宝山案发生，吾国上下人士又有第八次抵制日货之举。至"九一八"事变以来，抵制之声浪愈高，抵制之心志愈决。迨至今日，虽三尺童子、乡村妇孺，亦知日货之不可购用。但人类需要物质，随着时代而变迁，纵不购用日货，而他国之货源源而来，不啻前门拒狼，后门进虎。究于我国国货之提倡，沾光极少。所以，今日外货在中国销场，美居第一，英次之，法又次之。

日本货经各省奸商偷运，尚有若干销路。据商业界调查，日本在上海汉口势力雄厚之三菱、三井公司，及资本在十万元以上日元之各百货公司，均乘此时大批运货进口，自四月起至六月止，已有价值四千余万元之日货进口。但均存积而未能销售，尚在希望中日民情和缓以后，即利用其低廉之成本与运费，用倾销政策，以压倒英、美等货。此事殆为日政府与在华日商一贯之主张，日政府并对日商进货后停滞之损失，已支出补益金云。

中国在历史上向来不重工业，物质文明素未讲究。所有对外贸易，以原料为大宗。自晚近以来，原料出口亦形减缩，如丝、茶、桐油、鸡蛋等，与前十年比较，相差几逾半数。若言工业，更无成绩之可言。其故何在？请略言之。

一、受罢工之影响。罢工风潮几无月无日无之，甲厂方息，乙厂又起。虽则是工方不胜资方之压迫，起而作罢工之举，然果循环不止，则资方既出血本，又受工人之挟制，谁肯再为之规划大规模之新工业？是当局之宜急设法救济者也。

二、受苛捐之影响。厘金虽然取销，而变相之营业税有时较厘金尤重。甚至各省长官，除施行营业税以外，更创举一种产销税与特种税；而所税之数字，几超过中央规定者一倍有奇，即如安徽之蛋税、山东博山之黏土税，几使商民痛苦连天或停业不营者。如果政府对于苛捐不予轻减，而欲望工业之发达，是不啻缘木求鱼。

三、受守钱奴之影响。近据上海各报登载，只汇丰银行一家，我国高级要人存款至二千万者计有二十人，此外以百万为单位者不可胜数。而张学良存在银行之现款，多少不知，每月须倒贴存款六万元（因存时系现金，目前钞票高于现金，故有倒贴，否则不领）。在每次讲演或报告，无处不听得各要人提倡国货之口吻。今以国有之金钱，为少数贪官污吏搜刮以去，据为私有，储之外国银行，每年博得几厘之息，甚或至于倒贴，而不知毁家纾难，爽爽快快取出若干，办一于社会民生有利益之工厂，抑何其愚不可及也。

四、受虚荣之影响。天下最快活最自由之人，莫过于商家；而最无聊最拘束之人，莫过于做官。环顾我国人之心理，都舍前者而趋后者。无资本能力者，固不足责；乃一般有钱学成之青年，不知向父兄筹拨若干款项创办相当工厂，藉资历练，而享愉快高尚之生活；乃徒向有势利者，求一末秩，以夸耀于人世。若使人人有此心理，则我中国工业永无发展之一日，即永为外货之尾闾。虚荣之为害大矣哉！

统观以上四者，虽有影响于开办工厂，要之现在之当道总不能辞其咎。每年有许多之收入，发行许多之公债，用之于养兵，用之于内战。取之尽锱铢，用之如沙泥。对于应行兴办之各工厂，五六年来并未见一处实行，只在报纸上演说中，常看见甚么钢铁厂、硫酸厂、粤汉路、造纸厂等等，说得天花乱坠，屈指今日，仍然画饼。

好了，我们也不要靠政府，只要我们拿出办工厂的自决心，打起"富者出钱，贫者出力"的口号，排除社会上一切恶化，铲除一切权势虚荣，迎头赶上，来作劳心多趣味的一切有益于民生之正当事业，一方面开办工厂，一方面研究改良，以供社会之需要，以副用者之欲望。

若仅言抵制东洋货，而用西洋货，我是不赞成的。我所赞成的是一面抵制日货，一面要努力奋斗，开办工厂，储备优良国货，庶几根本与具体之解决耳。

民国二十年之国际贸易

自海禁开放，国际间之贸易迭为宾主，彼以货来，我以货去，即古人所谓"以其所有，易其所无"之义也。假使出入数字相抵，则我国之利权尚无丝毫损失，犹可言也。孰意国人醉生梦死，只知在国内争权夺利，互相角胜，不堪言状。自十五年以降，更有甚焉，衮衮诸公今日言提倡职业教育，明日言发展对外贸易，种种唱调，应有尽有。回顾士农工商，只见相继辍业，国内经济破产。遑言国际贸易，外货滚滚而来，国货奄奄坐毙。结果国际贸易愈见入超，而国内经济愈增不景气象。试展开民国二十年海关之统计总册，有不令人惊心掉泪者乎？

查民国二十年对外之总贸易，以值言之，合为关平银二十二万万四千三百万两，分计之，则进口值十四万万三千四百万两，出口值九万万零九百万两，相差入超五万万二千五百万两。以视民国十九年进口十三万万一千万两，出口八万万九千五百万两，相差入超四万万一千五百万两。民国十八年进口十二万万六千六百万两，出口十万万零一千五百万两，相差入超二万万五千一百万两。

愈趋愈下矣！计二十年之入超，比十九年之入超约多一万万两，比十八年之入超约多三万万两。此种症结，虽因商人鲜大团体组织一致对外，而内战不息，土匪蜂起，加以税捐苛重，危及血本，实为最大原因。

望主持商政者力培元气耳。

录上海报中国要人之写真

七月十九日，上海报载有《从日首相视察民间说到中国要人》一题，已将我所欲言者先我而言之，我不敢写此激烈真相之文章，但我却敢照录一道，藉促要人之猛省。其文云：

……日本国内军阀派和文治派，虽然不能和衷共济，然而军阀派仍旧能够一意对外侵略，文治派仍能注力于民间疾苦的救济。衡之我国现在国内四分五裂的情形，真是不可以道里计。现在我国的军人固然不必说，养兵自肥，勇于内战，怯于对外，飞扬跋扈，造成今日内忧外患不可收拾的局势。至于讲到一般行政长官呢，在未上台之前，声嘶力竭的鼓吹如何发展民权，开发实业，废除苛捐，救济民艰。等到一上台，就搜刮民脂民膏，东奔西走的忙着接洽利权问题；对于民艰民瘼绝不关心，看到平民就是恶心。试看要人们每次出外，无论私事公干，路近的，一辆汽车横冲直撞；路远的，不是花车，定是专车。由这一点，可以看出他们不愿与平民斡旋的铁证，又恐怕沿途看见满目凄凉的平民的隐痛，就令车子加足速率，直驶而去，不管全路客车的时间因之全部牵动，妨害多数人的事件。由这种最小的事，就可以证他们有己无民。执政者既不愿亲履民间，我们要想他发施善政，解除民艰，恐怕是梦想吧。

此一段议论，不啻为今日各要人写真，故乐为抄录，以泄一时之愤。我非有恶于各要人、有忌于各要人，实在今日之各要人与赵欣伯等，直鲁卫之政，时间问题而已。传曰："惟善人能受尽言，谓其闻而能改之也。"各要人大都天民之颖秀者，果其怕见沿途凄凉之民瘼，亦正天良之发见，扩其良心，见诸事实，救民救国，仍惟此要人是赖乎？

翘首苍天，拭目以俟。

糖考

《后汉书·显宗纪》注："以糖作狻猊形，号猊糖。"

"茂德言沙糖中国本无之，唐太宗时外国贡至，问其使人此何物，云以甘蔗汁煎，用其法成，与外国者等。"后又遣使至摩揭陀国取熬糖法，诏扬州取蔗作沨，如其剂，色味逾西域远甚。此中国用糖之始，其法始于佛氏。然《吴志·孙休》已有"甘蔗饧"矣。

《茶余客话》称："糖一名蔗胎，仙经呼蜜为卉醴，见曹楝亭所刊《糖霜谱》《学斋占毕》。宋玉《大招》已有"蔗浆"字，是取蔗汁已始于先秦也。前汉《郊祀歌》："柘浆析朝酲。"注："谓取蔗以为饴也。"又孙亮取交州所献甘蔗饧，而《三礼》注饧字，俱云煎米蘗也，一名饴。则是煎蔗为糖，始于汉时明甚。

至《壹是纪》称"糖始于神农"，谓"本草炼糖和乳为石蜜"，则又进一步矣。

玻璃考

《穆天子传》："天子西征，有采石之山，取以铸器，皆消融石汁及铅锡，和以药而成。"按：玻璃，一作颇黎，一名流离。《十洲记》："上方山有玻璃宫，昆仑山有红碧颇黎。"《天竺记》："大雪山中诸七宝生取易得，惟颇黎宝生高峰上难取。"《汉书》："西域罽宾国多奇宝，中有流离，多出黄支、斯调、日南诸国，其出大秦国者，赤、白、黑、黄、青、绿、绀、缥、红、紫十种。"琉璃本是石，《汉书注》云："今俗销冶石汁，和众灌而为之，虚脆非真。"《元魏书》："大月氏国人商贩京师，能铸石为五色玻璃。"又《白帖》："晋武帝幸王氏家，食器尽琉璃。"

中国之币制改革问题

中国币制，至今日诚有改革之必要。

本年七月，宋财长提议废两为元，经多次讨论，其原则业已确定，专俟政府取决，即可研究进行办法。旋以钱业及商界方面，形势忽形紧张，佥谓此事体大，不可冒昧公布，须有详加讨论之必要。其所持理由，谓先将币制统一，然后再进行废两为元，较易实现。

查七月七日宋财长在沪会召集银行钱业代表谈话，其所定原则：

（一）实废银两，计算完全用银元制度，以统一币制。

（二）完全采用银元制度之初，旧铸银元仍照旧使用。

（三）一俟法价重量每元究竟为七钱一分或七钱二分之标准规定，即开始鼓铸新币。

此种改革办法，于人民方面有百利而无一害，所困难者只有钱业与商家。在钱业方面，因格于债务债权关系，一时难以划拨。在商家方面，因进货与转账过去均用银两，现在突然变更，难免不引起许多纠纷。近来持异议者职是故也。

各国均以金为本位，惟中国则用银，计分银两、银元、银角三种。内中至不统一者，莫过于银两。其复杂情形实为各国所无。如北京有京公砝平、三六库平、二七京平、二六京平、三四库平、六厘京市平、七厘京市平，天津有津公砝平、库平、运库平、议砝平、西公砝平、关平、钱平、行化平，上海有库平、漕平、关平、申公砝平、公估平、九八规元，汉口有估平、四四库平、九八平、九八兑、盐库平、洋例银等。此仅就北平、天津、上海、汉口四大埠而言，已有如许之歧异，此外各省及各省通商大埠，尚有种种银两平之名称，不可枚举。

又同一平也，复有成色之不同，而折合率亦随之而高低。在手续上于银元划期汇划之外，复有银两划期汇划，银两又须经过公估，银元亦须经过化验，而且因各省市价之不同，于结算折算又须有许多麻烦。加之各省纹银元银成色不同，元银重量足不足关系，致银价有涨落，银元价亦时有变动。所以，商界抬高货本，往往与商人以利益，复因商家保持银折之损失，而增价出售，蒙其害者只有人民而已。

以言银元，在形式上有孙中山、袁世凯、大清、江南、湖北、广东、北洋、四川、鹰洋、站人、日本等。

以言各种银元之成分，其含银量之不同，自七钱二分至六钱八分，计有七种之多。兹据七月十日上海钱业公会会长秦润卿发表意见云云。

在经济原理上言之，市场中同时有两种不同之法币通用，则劣等之法币，每逐出较良之法币于市场之外。中国银币含量之不划一，其必然之结果为劣币充斥市场，而币值之下跌亦为必然之现象耳。

我以为中国银币成分至为复杂，当时各省主持其事者对于成色，并未切实按照部令办理，不无在意配合，以多得盈余为主。所以，今日经营外汇，外人必视成分而定兑价，如鹰洋可兑一先令七办士，而成分较次之他种银元，仅兑一先令四办士。同时，纯通货亦受影响，势需整理，毫无疑义。

至于铜币，虽系一种辅币，于改革币制问题无大关系。但是，各省铜币之复杂，比银元、银洋为最，有当十铜元（通称单铜元）、当二十铜元（双铜元），甚至如河南、四川等省，有当五十至五百铜元者。人民使用甚属不便。又如广西等省，因市场上流通为双铜元，于是有需用单铜元时，取双铜元而以刀劈为二以代单铜元用，斯更奇怪矣。

总之，废两改元，原则既已确定，为求国内币制统一起见，纵有上海市钱业同业公会佳电请求予以犹豫时间，乃系就钱业本身立场而言，并未为大局着想。窃谓除先将银两废除之后，再行规划银元之成分，鼓铸新币。一方面对于现在之银元与银洋折合率，规定法价，俾商界对于旧账之取支得到一种标准，不至引起纠纷。并对于各省单铜元、双铜元折合银元亦公布一种价值，使国内各种法币完全统一，不至再有畸形之弊，则商与民均便利焉。（七月十一日）

英波石油纷争问题①

石油一事，在我国素视为毋足轻重，若列强则视为国防上、工业上、交通上一种最关紧急之大问题。余曾于湖南《道路》月刊二卷一期，搜集各方对于石油研究材料，作一总研究文章，唤起国人注意。不意稿方宣布，而英国与波斯因石油问题又起纠纷。

查英、波达西油矿让与权，于上年十二月二日波斯政府根据国会赞同，取消契约。城中庆祝此举，各商店张灯结彩，民众结队乘车过市，沿途欢歌，各剧场概不收费。其他城市亦举行庆祝。俄报誉之为"一大勇敢之行为"。

查英、波油矿约，系一九〇一年所订立，以六十年为一期。此次波斯政府毅然取消，全国人民并开庆祝会，其重视石油矿权之关系国家存亡，至为紧要。英政府于上年十二月八日照会波政府，声明不承认片面取销之有效，并谓如波政府不即收回前议，则英国除提交国际法庭公断，请其保护权利外，别无他法。波政府业已答

---

① 敏该：《艺庐随笔》，《实业杂志》1933 年第 177 号。

复，不承认海牙国际法庭有受理英、波油案之资格，亦不承认随意条文可适用于此案；并谓英政府之行为，揆诸正直之精神与和平之意旨，殊相刺谬。波政府有权将英国对于波斯之压迫，促请国联注意，所有英、波油公司所受之任何损失，波政府当然不负责任云。英代表因英、波油矿案双方不克解决，遂以三十页之长文送交国联秘书处，请求处理。内中指波斯取消让与权为片面充公行为，违反国际公约，请国联采取所认适当步骤维持现状，免致英、波煤油公司利益于行政院考虑时期受有损失。

查此次英、波石油纠纷，为国际间一大资本战争，其内幕甚复杂。在波斯方面，因公司不遵照契约，将利益之一成六分纳归波斯政府，故出此强硬手段。在英国方面则以为据最初契约，并未载有利权废弃各项，波斯政府之决行利权之废弃，全属违法，英、波石油公司所蒙之损害，为波斯政府之责任。此外，招致此次纷争之动因，实为美国资本家之幕后活动，谋打倒英国垄断波斯之贸易。而意大利亦不肯放弃权利，对于波斯政府，亦曾发出强硬通牒，通知在意代表团未抵波京之前，停止一切交涉云。英国并小题大做，请求国联援引盟约第十五条，以处制波斯。

夫英、波石油之争乃商家之事，仅属经济问题，急欲引用盟约第十五条以为对待，何其重视石油之重要。返顾我国，一般人对于石油绝不注意。当价未涨之时，每年输入已达一万万元以上。今金价倍涨，漏卮更大，加之汽车、飞机等日增，将来需油之处必十倍于现在。若国人不急起自制石油，即此一项已足危及吾国国际贸易之平衡矣。

鸦片烟入华之史略

鸦片烟一物本非中国所原有，其传入中国至今不过三百余年。

考鸦片原始产地，据汪漱碧所云："实在中亚细亚地，唐通西域，烟种即输入吾华。"唐陶雍《西归出斜谷》诗："行过险栈出褒斜，历尽平原似到家。无限客愁今日散，马头初见米囊花。"所谓米囊花，即鸦片也。

宋时，更有以米囊花颁赐群臣之纪载。惟迩时不过植以观玩，初不知此中含有毒液也。惟宋太祖开宝六年，命尚药奉刘翰、道士马志等九人，取《唐蜀本草》详校，增药一百三十三种，始收入罂粟花（即鸦片），主治泻痢、脱肛、遗精等症。

元明之际，印度、波斯等国均繁植此种毒卉，惟亦不知提取烟膏之法。迨葡萄牙人至印度，始将此毒卉移植南洋，旋即发明取汁制烟，用以治病。查鸦片烟其性能提神、止泄、群癔，见于李时珍《本草纲目》，本名阿芙蓉（按系译音，Opium）。而鸦片至中国，实由葡人以贡品输入，时当明代天启年间，而我国最先染有烟癖者，实以明神宗为第一人。

清康熙十年，英人始从广州输入印度鸦片烟。初运华时，年不过三四箱。迄乾隆三十年，则增至二百箱。嘉庆元年，更增至四千箱。道光十八年，更增至二万箱。适湖广总督林则徐奉命赴粤，查办海口事宜。林抵广东，即令英商呈缴鸦片二万箱，监视销毁。复设专条，查禁鸦片入口，因以酿成战事。至道光二十二年，遂与英政府缔结《江宁和约》，开放五口通商，割让香港，并赔偿所焚鸦片价值六百万两。而我国之弱点遂披露于世界矣。

《江宁条约》既成，虽未提及禁烟，亦无允许印土贩运至华之语。迨至西历一八五八年，与英政府订立商约，称鸦片为"洋药"，每百两征税银三十两，准予输入贩卖。至此，鸦片烟遂为法律所认许贩运之货品。同光年间，鸦片之禁渐弛，漏卮之弊愈不可稽。于是，留心国计者佥议请令各直省普种罂粟花，使中原之鸦片益蕃，则外洋自无可居奇之货。于是，李鸿章主于淮北，彭玉麟倡于川、湘、云、贵，左宗棠主于陕、甘。不数年间，我国遍地罂花，有如稻、麦。迄于今日，外洋鸦片烟输入，十九年计六十三万九千担，值关银九十一万八千四百五十九两。而国产之广，更无从统计。前此中国为鸦片烟推销场者，今则变为出产矣。

哀哉！ 中国人之衣食住行洋货化[①]

衣食住行为人生之四大要素，而立国之基本原则亦建于此四者这上，果此四者能满足人民之欲望，则一切问题均可从此解决。然回顾我国人民，只在墙壁上、演说中看见与听见"解决人民衣食住行"字句，不但无微些解决，且日日借口"解决人民衣食住行"，大事铺张，反使我辈衣食住行隐受一层痛苦，而所拼脂膏、劳梦想之衣食住行，不过如是，口头禅妙，徒叹天花空坠而已。

解决人民之衣食住行，必先研究其解决之方法。而所谓方法者，必从根本上着手，求一整个计划，不能枝枝节节、零零碎碎，任一般乳臭小儿、漂亮政客说几句不负责任的话所能了事。须审时度势，拿出真计划、真事实以证明之。古人所谓"先行其言，而后从之"是也。我国自革命军北伐迄今，仍日在破坏之中，统一方告成功，继之以连年内战，又继之以"共匪"猖獗，淞沪之战虽了，东北之收复无期。军糈繁浩，捐借频闻，人民虽节衣缩食，终不能填无底之壑，而人生四大要素之一线生机，至此不绝如缕，救死不暇，遑言解决。加以帝国主义者乘机施其经济侵略手段，长袖善舞；而吾人懵懵，既不能根本振作，更复浮华相尚。对于衣食住行，几无不拾他人之唾余，饮他人之鸩毒。驯至今日，虽欲急急求脱其羁绊，竟势有难能。夫日本此次以兵力强占我土地，虽三尺童子，言之无不发指；若于彼等之久以商战侵我，而

---

① 艺庐：《哀哉！中国人之衣食住行洋货化》，《实业杂志》1931 年第 174 号。

国人仍知而苟安，不亟亟力图实行抵制，反欣羡其物质文明，互相夸道，甘为输将，是犹不若孺子之见显发指也，岂不大可哀哉？请将衣食住行四大要素与外强之关系，分别言之。

衣。吾国人民之衣向称朴素。前三十年，德人谓中国人一身所着之衣服，平均最多每人不过值三马克（合华币一元一角）。时至今日，男子喜着西装，女子则西洋化，甚至袜子一双费至七十元之多。古人所谓"蓝缕开疆"，以及大布之衣、大帛之冠，今已视同伧野。于是外国人之织品相率而入。试检查民国二十年海关进口货册，棉货为一万四千九百余万两，棉花为一万三千二百余万两，毛织品为二千四百余万两，人造丝为一千四百余万两，总共关于衣之一项，为三万一千九百余万两之多。此种利权外溢，虽非一夫一妇所担任，究由个人编户之消耗积累而成，涓涓不塞，行成江河。但以此语一般富有金钱之伟人，无异牛琴，所苦者吾侪小民耳。

食。民非食不生，所谓"一日不食则饥，十日不食则死""食为民天"，洵非虚语。我国素号"以农立国"，"地大物博"四字，任何国人所不能否认。时至今日，地仍非不大也，民仍非不多也。但地虽大，而荒芜者已有十成之五，加之遍地罂花，舍粟种毒，无人过问，且赖以为入款大宗。民虽多，而年壮者应募入伍，而舍其田，约计全国已达五百万人，其留在乡间之农夫，时被土匪滋扰，又不能达到安居乐业之目的，于是每年农民生产日益锐减，彼不耕而食之工、商、学、兵人等，不得不藉外洋米、麦之输进以果腹，凶年犹可说也，今则无论丰凶，一以输进为唯一解决食字问题。

兹将十八、十九两年洋米麦进口总数列表如下：

国别	民国十八年（单位：担）	民国十九年（单位：担）
印度	七二〇九七八	九五一五九七八

（续表）

国别	民国十八年（单位：担）	民国十九年（单位：担）
中国香港①	七九九二二一六	六〇二二九九二
安南	一二七〇六八三	三二八五二〇二
暹罗	六二一五七九	四五一一四五
日本	九三八九〇	四三七三四八
其他各国	一二四六七四	一八〇一一九
总共	一〇八二四〇六五	一九八九二七八四

以上所举系洋米进口之数，再观洋麦又如何？

国别	民国十八年（单位：担）	民国十九年（单位：担）
澳洲	九九四五四〇	一二四四六一四
坎拿大	四二四四六七九	九六〇四八八
美国	四一五三六六	五五六九四八
其他各国	九二七二	一九〇
总共	五六六三八五七	二七六二二四〇

除米、麦之外，并有面粉一项，计十八年一千一百九十三万五千二百九十六担；十九年五百一十八万八千一百七十四担。若检阅二十年表册，计米值为一万二千一百余万两，小麦为一千二百余万两，面粉为三千一百余万两。此皆关于民生之正项食品，有"得之则生，弗得则死"之重要。此外，又有所谓一种副食品者，如二十年糖为八千六百余万两，海味为二千五百余万两，罐头食品为一千二百余万两，烟叶为五千六百余万两。此种巨大漏卮，言之令人不寒而栗。政府日言提倡农业生产，而效果适得其反，岂行之未尽善

---

① 中国香港，因当时为英国占领，统计数据时将其当作"国别"（地区）来单列。

欤？抑竟未实心实力行之欤？看此情形，若再有如上次日本之封锁吴淞口，外洋米、麦不能进口，则人民固属饿死，而此般执干戈卫社稷之士兵，其将何以生存？衮衮诸公，其亦曾计及于此而急起筹谋否耶？

住。蓬户瓮牖，穴居野处，已为过去之陈言。在今日非但建筑高楼大厦以壮观瞻，而内中陈列亦必极其华丽，动辄数十百千万不等。而对于住之根本问题，绝无人去研究。所谓根本问题者，即木材是也。我国山地虽广，到处濯濯，一有建筑，惟外来之木材是用。尤其是东南各省，如果拒绝洋木，则无所建筑，亦无所谓住。试观民国十九年轻木材进口，共为三万八千三百五十六万三千英方尺，十八年为五万一千二百九万二千英方尺，十七年为三万零九百五十三万二千英方尺。

兹将十九年各主要国输入之数，详列于下（单位：英方尺）：

美国	一八三四九九〇〇〇	日本	六八八九四〇〇〇
俄国太平洋各口	六一〇六五〇〇〇	坎拿大	三八六七一〇〇〇
朝鲜	二一七〇二〇〇〇	俄国及西比利亚	七七三〇〇〇〇

至重木材进口，十九年为五千五百十三万一千英方尺，十八年为五千九百四十万二千英方尺，十七年为四千九百五十三万五千英方尺。

兹将十九年各主要国输入之数，详列于下（单位：英方尺）：

日本	一六六三八〇〇〇	香港①	一〇六五九〇〇〇
菲律宾	一〇一九二〇〇〇	爪哇等处	五七六三〇〇〇
俄国太平洋各口	五一三八〇〇〇	新加坡等处	三四五九〇〇〇
美国	一八四九〇〇〇		

---

① 中国香港，因当时为英国占领，统计数据时将其当作"国别"（地区）来单列。

至民国二十年木材进口，总共为二千三百余万两，更足令人惊骇。不但此也，住之一途，非木材一项所能解决，他如玻璃、水泥、油漆、洋钉、砖瓦等，大都舶来之物。此种洋房，固然非我辈小民所能享有，说不到此，但不知大人先生身居其中，亦能念及物质之来源否？

依上所述，"住"之一字，有钱者固藉外来物质以成之，无钱者则低洼之茅庐，陋巷之板屋，高不过三尺，大仅容膝，不但有碍卫生，即求其遮风蔽雨，亦不可得，所过者牛马生活，所居者鸡豕地位。富者天堂，贫者地狱，世间不平之事，孰有过于此者？政府岂不知之？不观夫各新官施政方针，各伟人卫生演说，何尝不叮咛再三，建筑平民住宅乎？外省姑置不论，即以首都而言，又何尝对于平民建筑一所住宅乎？洋楼非不有也，政府要人所住也；大厦非不多也，与平民无缘也。富者屋宇比栉，贫者露宿风餐，甚至僻巷江边所搭盖之茅棚，公安局犹借口有碍观瞻，不曰驱逐，即勒令拆卸。以言我国人民之住字，所解决者大略如是。居今思昔，令人感慨悲歌于大禹之菲饮食、恶衣服、卑宫室、先民后己之盛德耳。

行。我国人民，时间本不甚注意，"行"之一字，视为无足轻重。自晚近欧风东渐，轮船、火车、汽车、飞机各种交通相逼而来，而"行"字遂与衣、食、住同为重要。古人所谓"安步当车"，已不合于现代潮流矣。政府于是仿造西制，举凡外人所有者，我国无不应有尽有。但我国所有的就是钱，所谓轮船、火车、汽车、飞机，无一不是用钱向外人订购，而自己并不按图仿造，以挽利权，以图扩大。以言轮船，则仅有逊清之招商局点缀长江，今不但不扩充，且每月亏至洋十五万元。以言铁路火车，则均系十五年前之建筑物，北伐成功以后，除陇海路加长数十里外，别无发展之可言。汽车路，各省虽有修筑，不过为外国人畅销车辆及汽油而已，对于一般贫民，不但不能享此幸福，且并将其生平习惯之抬轿御车之饭碗一并打破，以至失业。至于各都会中之汽车，如梭在织，不但剥夺人力车夫生涯，并常害及人命。以言飞机，更属贵族式之"行"字，吾侪小民只有翘首一望而已。

作者并不反对发展"行"字，我觉得讲求"行"字，须在本身上用功，作一根本上解决办法，方不至为外货之销场；若事事用钱去买，非但不经济，且难于扩充。若"经济扩充"四字谈不到，则所谓行者永与平民不发生关系，亦非解决一般人民"行"字之法，而利权损失将与年俱进。

兹将民国十八年、十九年铁路、汽车、飞机、汽油进口总值列表于下：

行别	民国十八年	民国十九年
铁路材料等	七二五六九〇五两	六八一〇五三六两
汽车材料等	五三〇一七六二两	五三八二〇二四两
汽车	九四八八辆	四七三八辆
飞机	一七七二八二五两	三三三六八〇四辆
汽油量	二八六四四三五八加伦	二九七二五〇五二加伦
汽油值	九一四四一九八两	一二四〇七二三〇两

我国人之衣食住行已如上述矣。当此革命尚未成功、国难尚在临头之时，本谈不到解决方法，无如有钱者日益舒服，无钱者日增困苦，此等不平等之事，实为"共产党作驱鱼驱雀"之响应。国难当前，匹夫有责，凡属中华民国之人，不分富穷，一律共赴，方不失国民资格。惟今多徒责备平民，而多数伟人大都极尽人间衣食住行之快乐，对于天职与义务每发干喊，博得美名，毋亦自待太薄乎？假使我国人上下一心，紧缩一切之无谓衣食住行，为全国人民培养元气，生聚教训，期以十年，推广国货，排除外货，同站在一条战线上，未有不克成功者。他且无论，即以上海一埠而言，据西

服四月份所载，上海一埠进口为五千四百余万两，出口为九百余万两，进超出为四千四百余万两。故以上海一处而言，本年四月，进超已有一万三千八百余万两之多，合国币在二万万元以上，所谓进口货者，不外乎衣食住行之所需用，今此四者之数已如此之大，倘国人再不急起直追，自行解决，则躯壳虽存，膏血已尽，不必待强邻之枪炮侵占，而国已不国矣。

话到危难，酷暑为寒，拉杂笔之，亦聊以助有心者之观感兴起耳。

电气自转起重机（附图表）[1]
（ELEKTRISCHBETRIBENE VELOCIPEDKRAN）

鄙人前在德国柏林工科大学肄业至第六学期时，曾受起重机之考试，顷清理书籍，检获旧稿，特为译出，以交《实业杂志》本期之卷。艺庐附识。

大学教授卡米耳（KAMMER）所出之题，其规定之数如下：
（1）起重机之起高（HUB）　…………………………… 4.5 米达远
（2）起重机之担负力（TRAGKRAFT）　…… 2500 启罗格兰姆
（3）起高之速度（HUBGESCHWINDIGKEIT）　… 5 每分钟米达高
（4）行动之速度（FAHRGESCHWINDIGKEIT）　… 30 每分钟米达远
（5）起重机之伸出部（AUSLADUNG）　……………… 5 米达远
试详细计划，该机各零件应需若干大。
如下图为学校所给之略样。

---

① 艺庐：《电气自转起重机（附图表）》，《实业杂志》1930 年第 151 号。

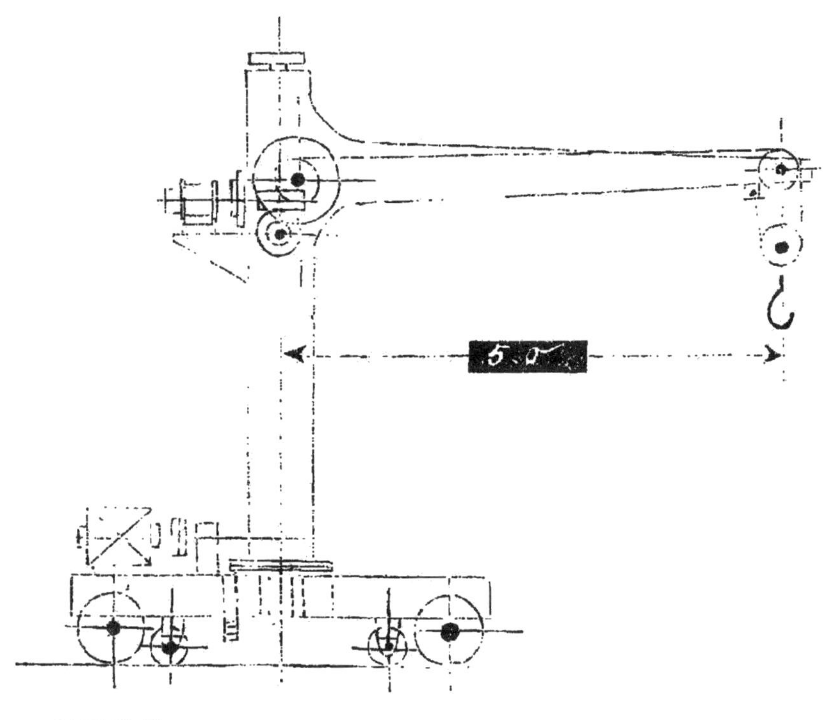

以下代号:

Kg = 启罗格兰姆　　　　Sek = 秒钟

M = 米达　　　　　　　min = 分钟

CM = 生的米达　　　　P. S. = 马力

mm = 米里米达　　　　S = 圆径

tg = 切角　　　　　　：= 比例

Cos = 余弦

钢丝绳（SEIL）

绳之通径（DURCHMESSER）　… d =14. 米里米达（系选用）mm

绳之丝数（ANZAHL DER DRAEHTE）　……………… i =114.

绳丝之大（DRAHTSTAERCKE）　…… ∂ =0. 95 米里米达 mm

绳之悬断性（BRUCHLAST） ………… ＝13000 启罗格兰姆 kg

绳之保险数（SICHERHEIT） ……………………… $=\dfrac{13000}{2500}=5.2$

所以，全部之担负其公式为：

$$\dfrac{S'}{i\,\partial^2\,\dfrac{\pi}{4}}+\dfrac{3}{8}\cdot\dfrac{1}{\propto}\cdot\dfrac{\partial}{2R}\leqslant Kz\leqslant 3000kg/qcm\ 每启罗格兰姆施于每$$

立方生的米达

公式内之 S ＝扯力之担负（ZUGBELASTUNG），以启罗格兰姆计。

∂ ＝绳丝之大

i ＝绳丝之数

2R ＝ D ＝ 480 米里米达，即为绳鼓通径（TROMMEL-DURCHMESSER）.

Kz ＝受适宜的扯力（ZULAESSIG ZUGBEANSPRUCHUNG）

$\dfrac{1}{\propto}=e=$ 防御系数（DECKUNGSKOEFFIZIEND）

用 $\dfrac{1}{\propto}=e=2150000$，并 R 绳鼓半径即得：

$$\dfrac{25000}{114\cdot 0.95^2\,\dfrac{\pi}{4}}+\dfrac{3}{8}\cdot 2150000\cdot\dfrac{0.95}{480}=1540kg/qcm$$

马达（MOTOR）

马达效力度（WIRKUNGSGRAD）为其全部 0.535，而马达支持能力当起重机起重之时，其公式为：

$$N=\dfrac{Q\cdot SPromin.\ 每米里米达}{60\cdot 75\cdot y}代入$$

$$N = \frac{2500 \cdot 5}{60 \cdot 75 \cdot 0.535} = 5.2 \text{ 马力 P. S.}$$

上文公式内 $S = 5$，即起重机每分钟起高之速度：

$y = $ 效力度

$y_1 = 0.62$ 即螺旋效力度

$y_2 = 0.92$ 即齿轮效力度

$y_3 = 0.97$ 即绳鼓效力度

$y_4 = 0.97$ 即行动轮效力度

$y_1 + y_2 + y_3 + y_4 = 0.62 + 0.92 + 0.97 + 0.97 = 0.535$

今选用 "UNION" 电机公司同流电气之马达

模形号码 W. D. 5 – 400

并用正式旋转能率（DREHMOMENT）

$m_d = 6.82 \qquad$ 最高 $= 13.2$

$n = 525$

总计能力，其公式为：$m_d = 716 = \dfrac{N}{n}$

$$N = \frac{m_d \cdot n}{716} \text{代入}$$

$$N = \frac{6.84 \cdot 525}{716} = \curvearrowleft 5.2 \text{ 马力}$$

卷绳鼓径　R = 240

$$D = 2 \cdot R = 2 \cdot 240 = 480 \text{mm}$$

起高之速度既每分钟有五米达矣，则绳鼓之旋转当松轮（LOSEN ROLLE）调整之时。

$$n_1 = \frac{5000 \cdot 2}{\pi \cdot 480mm} = \frac{5 \cdot 2}{\pi \cdot 0.48} = 6.66 \text{ 每分钟转数}$$

则绳鼓与马达其传递比例总计为

$$\frac{525}{6.66}=80$$

今选用一个螺轮传递为：$3:48$

又采用一个额形齿轮传递（STINRADUEBERSETZUNG）为：$1:5$

所以，总数传递为：$3:48\cdot 1:5=1:80$

至于绳鼓效力度：$y_1=0.97$，则

$$M_{d_1}=\frac{2500\cdot 24}{y_1}即$$

$$M_{d_1}=\frac{2500\cdot 24}{0.97}=62000\,\text{cmkg}$$

$y_2=0.92$，则

$$M_{d_1}=m_{d_2}\cdot 5\cdot y_2，即：$$

$$M_{d_2}=\frac{M_{d_1}}{5\cdot y_2}变为：$$

$$M_{d_2}=\frac{M_{d_1}}{5\cdot y_2}=\frac{62000}{5\cdot 0.92}=14200\,\text{cmkg}$$

列表

	md	n	
	旋转能率	旋转数	传递比例
绳鼓轴	62000	6.66	
螺轮轴	14200	33.30	$1:5$
马达轴		525	$3:48$

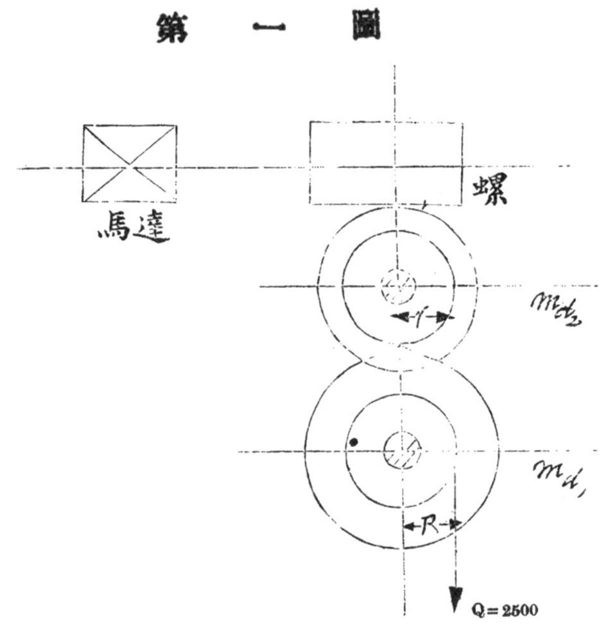

导滑车（LEITROLLE）

车轮原料用生铁

车轴原料用流质钢

导滑车之轮径 $= 400\text{mm}$

导滑车之效力度 $= y_4 = 0.97$

起重机之担负重 $= Q = 2500$

起重机之钩重 $= 20\text{kg}$（系估计）

则 $\mathrm{P} = \dfrac{Q + 钩重}{y_4} = \dfrac{2500 + 20}{0.97} = 2540$

导滑车之车轴所受之力因为：

$$S^2 = P^2 + Q^2$$

$$S = \sqrt{P^2 + Q^2}$$

$$S = \sqrt{2540^2 + 2500^2} = 3560$$

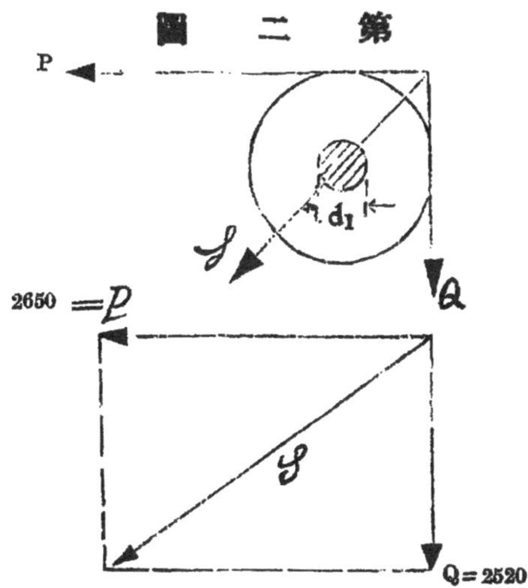

今试用红质生铁压于钢上 $P_1 = 58$

平面之压迫（FLAECHENPRESSUNG）公式为

$$P_1 = \frac{S}{2 \cdot 6 \cdot }\text{则}$$

$$P_1 = \frac{3560}{2 \cdot 6 \cdot x}58 \text{ 而}$$

$$x = \frac{3560}{2 \cdot 6 \cdot 58} = 5.1cm \text{ 即 } 51\text{mm}$$

可选用 $= 55$mm 为轴径

再计算轴所受之屈折力（BIEGUNG）

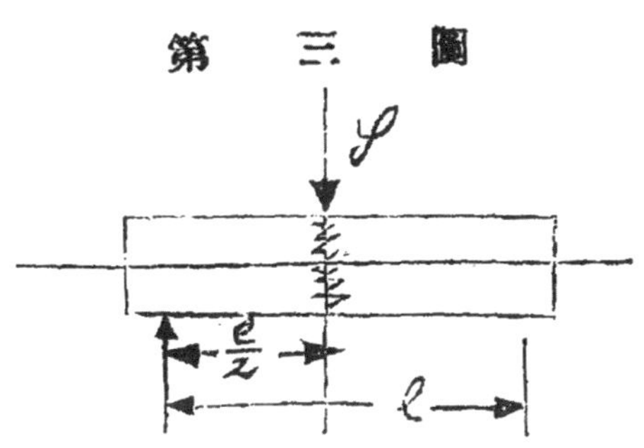

$$\frac{l}{2} = \frac{60}{2} + 55 + 10 = 95\,\text{mm}$$

$$mb = \frac{S}{2} \cdot \frac{l}{2}$$

$$mb = 1780 \cdot \frac{9.5}{2} = \frac{1}{10}d^3 \cdot k_b$$

$$k_b = \frac{1780 \cdot 9.5 \cdot 10}{2 \cdot 216} = \smile 400\ \text{适用}$$

起重钩（HAKEN）

钩之原料用熟铁

钩之上端转焊径

$$\frac{d^2\pi}{4} = \frac{2500}{550}$$

$k_z = 550$ 每启罗格兰姆施于每立方生的米达 kg/qcm（系估用）

$$d^2 = \frac{2500 \cdot 4}{550 \cdot \pi} = 5.7\,\text{cm}^2$$

$$d = \sqrt{5.7} = 2.4$$

今选用 $d = 1\frac{1}{4}$ 英寸

其钩杆之大小今先拟用

a = 75mm

b = 50mm

c = 15mm

然后以所拟之数目，用算式试验是否适用：

$$k_z = \frac{6 \cdot Q}{a\,(b-c)} = \frac{6 \cdot 2500}{7.5\,(5-1.5)} = \frac{6 \cdot 2500}{75 \cdot 3.5} = 660\ \text{适用}$$

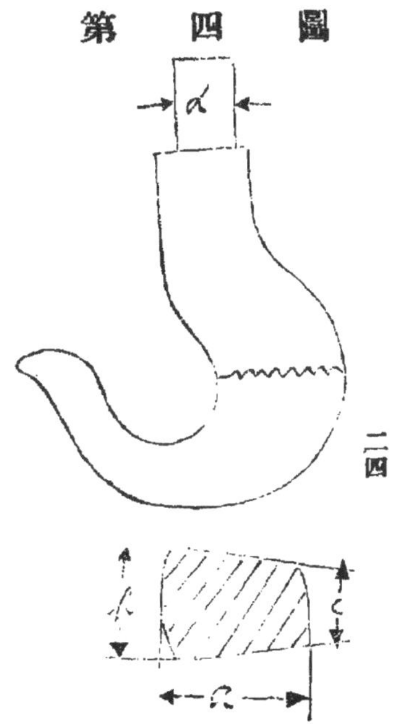

钢球座（KUGELLAGER）

球之原料用坚钢

今拟用球数 $i = 14$

每球径? $= 1.2$cm

照巴哈氏（BACH）试验公式：$P = i \cdot c \cdot d^2$

c 相当之受力 $= 100$ 至 150kg/pcm^2 在常用时：

$$c = \frac{P}{i \cdot d^2} = \frac{2500}{14 \cdot 1.4^2}$$

$$c = \frac{2500}{14 \cdot 1.96} = 92 \text{ 适用}$$

呆钉（NIETE，俗云窝钉）

呆钉径 $d = \sqrt{5 \cdot s} - 0.2 = \sqrt{5 \cdot 1} - 0.2 = \sqrt{5} - 0.2$

$d = 2.2 - 0.2 = 20\text{mm}$

呆钉行 $t = \dfrac{\pi \cdot d^2}{4 \cdot s} + d = \dfrac{\pi \cdot 2^2}{4 \cdot 1} = (d + \pi)^{cm}$

$t = 3.14 + 2 = 5.2\text{cm} = 52\text{mm}$

呆钉与边上距离 $e = 1.5d \div 2.0 \cdot d = 1.5 \cdot 2 \div 2 \cdot 2 = 35\text{mm}$

今运用 $= 45\text{mm}$

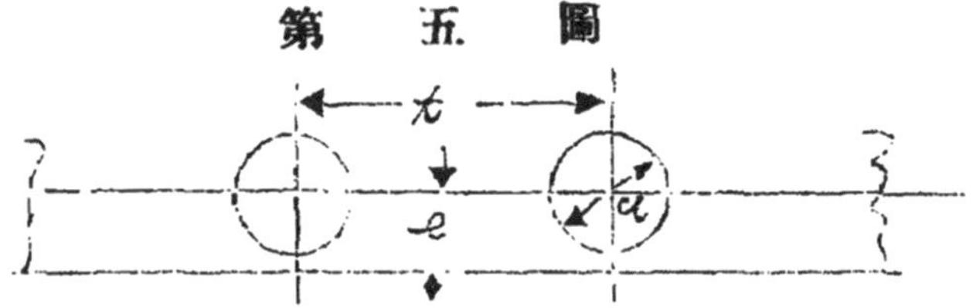

起重机架（AUSLEGER）

屈折能率（BIEGUNGSMOMENT）

在 A 处

$$m_{b_A} = \left[2550 \cdot 405 \right]^{cm/kg} = W \cdot k_b$$

$$W = \frac{2 \cdot 1.3 \cdot 52.5^2}{6} = \frac{2 \cdot 1.3 \cdot 2756}{6} + \frac{4 \cdot 158}{2.7}$$

$$W = 1200 + 235 = 1435$$

$$m_b = \frac{2550 \cdot 405}{1435} = 720$$

屈折能率在 B 处

$$m_{b_B} = 2550 \cdot 250 = W \cdot k_b$$

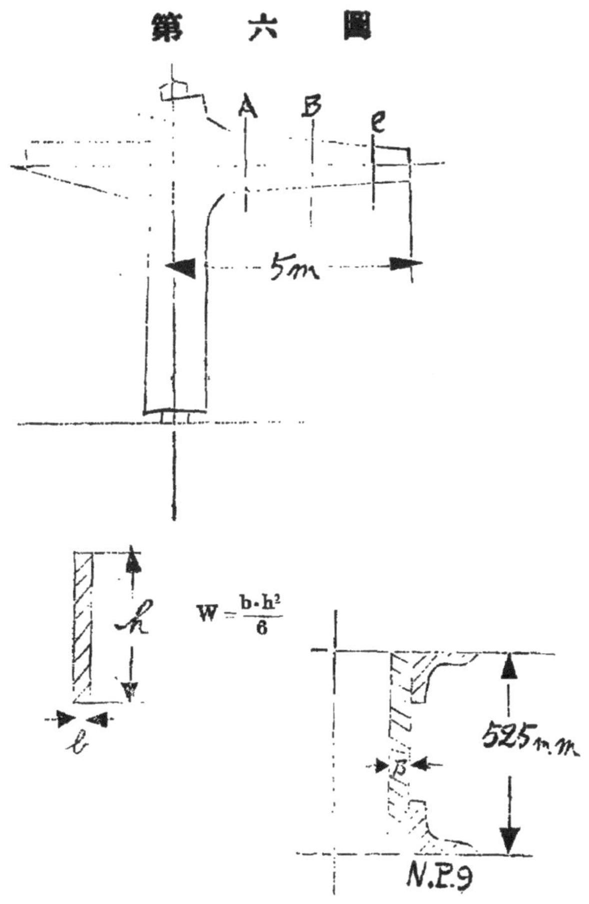

$$W = \frac{2550 \cdot 250}{720} = 880$$

角铁 $W = 235$

铁板 $W = 880 - 235 = 645$

$$W = \frac{1}{6} \cdot b \cdot h^2 = \frac{645}{6}$$

$$\frac{1}{6} \cdot 1.3 \cdot h^2 = 322.5$$

$$h^2 = \frac{322.5 \cdot 6}{1.3} = 1500$$

$$h = \sqrt{1500} = 39\,\text{cm}, \quad \text{今选用 } h = 400\,\text{mm}$$

屈折能率在 C 处

$$m_{b_c} = 2550 \cdot 100 = W \cdot k_b$$

$$W = \frac{2550 \cdot 100}{720} = 355$$

角铁 $W = 235$

铁板 $W = 355 - 235 = 120$

$$W = \frac{1}{6} \cdot b \cdot h^2$$

$$120 = \frac{1}{6} \cdot 1.3 \cdot h^2$$

$$h^2 = \frac{120 \cdot 6}{1.3} = 550$$

$$h = \sqrt{550} = 240\,\text{mm}$$

螺杆（SCHNEKEN）3：48

螺杆之斜角

$$\text{切角 } \operatorname{tg}\propto = \frac{3 \cdot t}{d \cdot \pi} = \frac{3 \cdot 31.4}{\pi \cdot 65} = 458$$

$$\operatorname{tg}\propto = 0.458; \qquad \propto = 24°36'$$

$$\text{余弦 } \operatorname{Cos}\propto = \frac{P_a}{P}$$

$$P_a = P \cdot \cos\propto = \text{轴压（ACHSIALDRUCK）}$$

$$P_a = 620 \cdot \cos\propto = 24°36' = 564\,\text{kg}$$

$$P_a = c \cdot d^2; \qquad 564 = C \cdot 1^2 \cdot 14$$

$$C = \frac{564}{14} = 40 \text{ 适用}$$

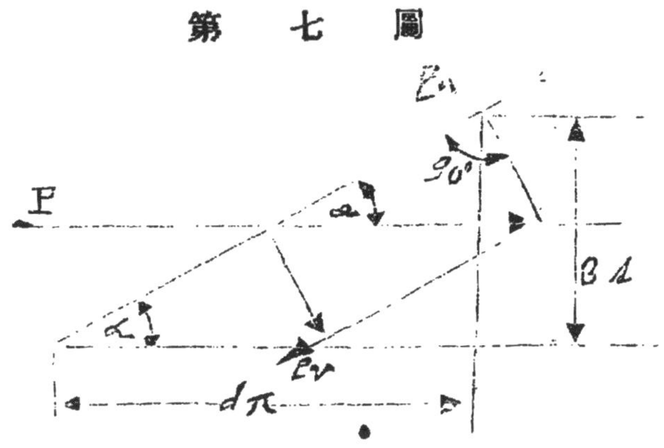

螺杆轴　$k_d = 750$

齿压（ZAHNDRUCK）　$= P_2 = 620 \mathrm{kg}$

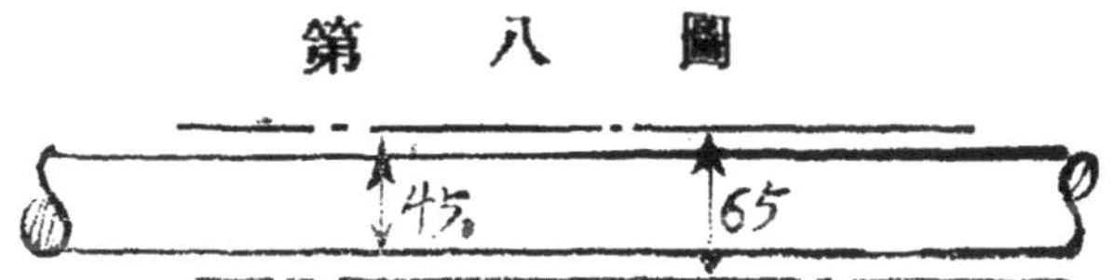

旋转时螺杆轴所受之力

$$\mathrm{mb} = \frac{1}{2} \cdot d^3 \cdot k_d = P_2 \cdot p_2 = 620 \cdot 24$$

$$d^3 = \frac{620 \cdot 24 \cdot 10}{kd} = \frac{620 \cdot 24 \cdot 10}{750} = 200$$

$$d = \sqrt[3]{200} = \frown 70 \mathrm{mm}$$

螺齿宽与螺行分配之法，均依公式填入所得之数，即：

$$\mathrm{b} = 2 \cdot \mathrm{t}; \qquad \mathrm{b} = 宽; \qquad \mathrm{t} = 行;$$

$$\mathrm{P} = \mathrm{c} \cdot \mathrm{b} \cdot \mathrm{t}$$

$$620 = \mathrm{c} \cdot \mathrm{b} \cdot \mathrm{t}$$

$$\mathrm{c} = \frac{620}{b \cdot t} = \frac{620}{6 \cdot 3} = 35$$

$$620 = 35 \cdot 2 \cdot t^2$$

$$t^2 = \frac{620}{70} = 8.9 = \sqrt{8.9} = \smile \ ;$$

$$\frac{t}{\pi} = \frac{30}{\pi} = 10 \ ; \qquad t = 31.4 \ ; \qquad b = 62$$

$$齿厚 = s = \frac{19}{40}t = \frac{19}{40}31.4 = 15 \text{mm}$$

$$齿隙 = 31.4 - 15 = 16.4 \text{mm}$$

$$齿宽 = 62 \text{mm}$$

$$齿头高 = 0.3 \cdot t = 0.3 \cdot 31.4 = 9.5 \text{mm}$$

$$齿脚高 = 0.4 \cdot 31.4 = 12.5 \text{mm}$$

齿轮之布置（ZAHNRADVORGELEGE）

式样用渐进制齿法（EVOLVENTENVERZAHNUNG）

原料红质生铁（ROTGUSS）

今拟定小齿轮之齿数 $Z = 14$

大齿轮之齿数 $Z = 14 \cdot 5 = 70$

$K = 45$

$\varphi = 2.5$

$2 \cdot r =$ 绳鼓径 $= 48 \text{cm}$

$r = 24 \text{cm}$

照公式 $T = \sqrt[3]{\dfrac{2\pi \cdot md}{Z \cdot k \cdot \varphi}} = \sqrt[3]{\dfrac{2\pi \cdot 2500 \cdot 24}{70 \cdot 45 \cdot 2.5}}$

今解释上文之代字及其数

$M_d = P \cdot r = 2500 \cdot 24$

$Z =$ 大齿轮之齿数

$K = 40 \div 50$ 用于钢质生铁

Φ = 齿宽与齿行之比例 = 2.5

T = 齿行

$\varphi \cdot T = b$ = 齿宽

若将上公式计算，结果得：

$$T = \sqrt{48} = 3.62\,\mathrm{cm} \qquad \frac{T}{\pi} = 13$$

$$T = 13 \cdot \pi = 13 \cdot 3.14 = 40.8，则小齿轮径：$$

$$\Phi d = 14 \cdot 13 = 182\,\mathrm{mm}$$

又大齿轮径 $\varphi D = 182 \cdot 5 = 910\,\mathrm{mm}$，而：

$$齿隙 = \frac{20}{40}T = 21\,\mathrm{mm}$$

$$齿厚 = \frac{19}{40}T = 19\,\mathrm{mm}$$

$$齿宽 = 2 \cdot T = \smallsmile 80\,\mathrm{mm}$$

$$齿脚高 = 0.4T = \smallsmile 16$$

$$齿头高 = 0.3 \cdot T = \smallsmile 12\,\mathrm{mm}$$

螺轮轴（SCHNEKENRADWELLE）

原料用流质钢（FLUSSSTAHL）

$$齿压 = P_1 = 620\,\mathrm{kg}$$

轴受旋转之力照公式

$$m_d = \frac{1}{10}d^3 \cdot k_d = P_2\, r_2 = 620 \cdot 24$$

$$620 \cdot 24 = \frac{1}{10}d^3 \cdot k_d$$

$$d^3 = \frac{620 \cdot 24 \cdot 10}{750}200$$

$$d = \sqrt[3]{200} = 6$$

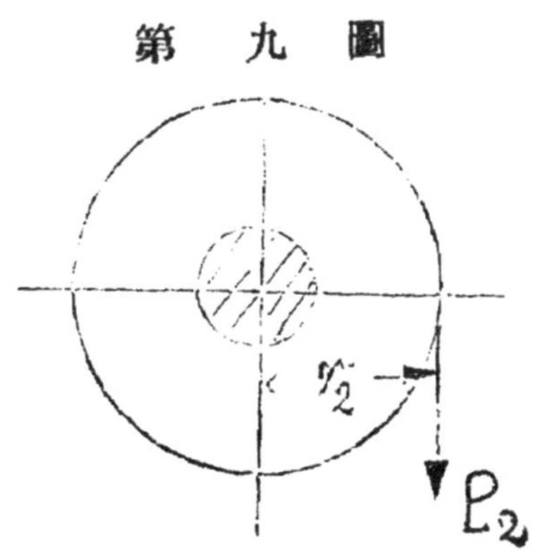

今选用 d = 60mm

绳挂（SEILGEHAENGE）

原料用流质铁（FLUSSEISEN）

挂绳轴受屈折力，其能率为

$$m_b = \frac{2520}{4} \cdot 10 = W \cdot k_b \qquad k_b = 750$$

$$W = \frac{2520}{4 \cdot 750} = 8.5$$

$$W = \frac{1}{10} d^3$$

$$d^3 = 85 \qquad d = \sqrt[3]{85} = \smallfrown 5\,cm$$

今选用 d = 60mm = 2″英寸

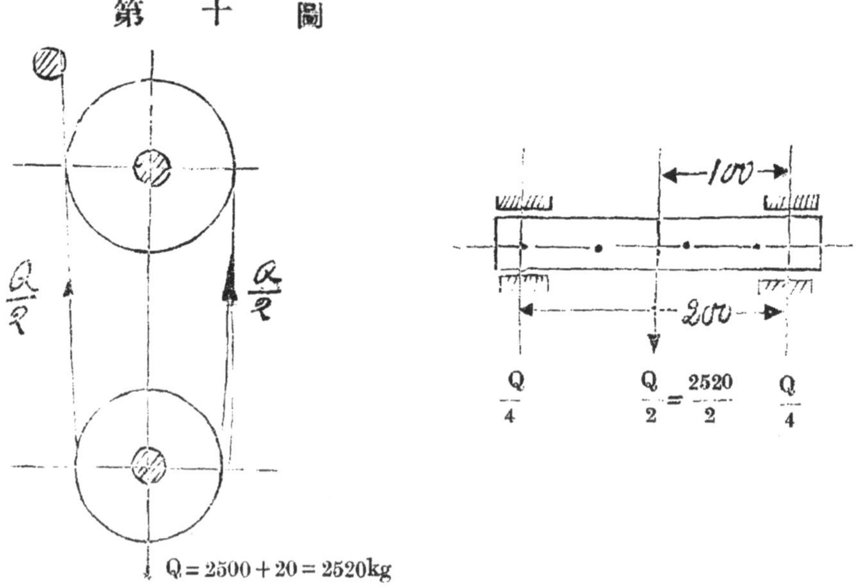

卷绳鼓轴

原料用流质铁

卷绳鼓轴受旋转力，其能率为：

$$m_d = 62000 \, \text{cm} \cdot /\text{kg}$$

$$m_d = \frac{1}{10} d^3 \cdot k_d \qquad k_d = 750$$

$$d^3 = \frac{62000 \cdot 10 \cdot 24}{750} = 200$$

$$d = \sqrt[3]{200} = 70 \, \text{mm} \ \text{选用}$$

绳之卷数为：n = 卷数

$$5 + 5 = 10 \text{m} \ \text{米达} = 10000 \, \text{mm}$$

$$10000 = D \cdot \pi \cdot n$$

$$N = \frac{10000}{480 \cdot \pi} = 6.6 + 2.4 = 9 \ \text{卷数}$$

鼓长 L = 9 · 17 + 2 · 115 = 135 + 230 = ⌣380mm

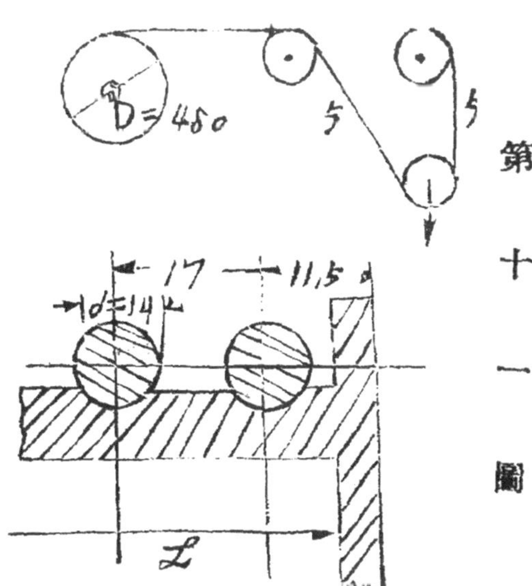

起重机架之倾倒能率（Kippmoment Der Krau）

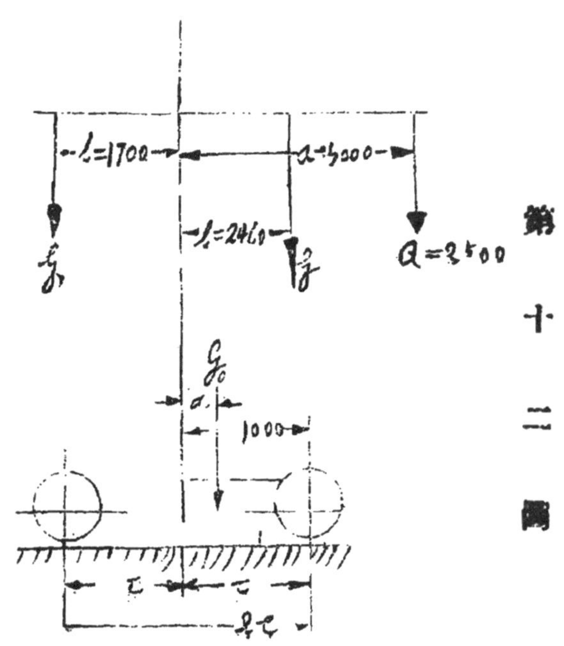

今估用：

2c = 2800

c = 1400

起重之倾倒能率 = 2500 · 500 = 1250000 cm^{kg}

起高机支柱（HUBWERKTRAEGER）之倾斜能率 = $g_1 \cdot b_1$

先知道 g = 5 · 17 · 4 + 70 + 2 · 0.1 · 50 · 5 · 7.8

g = 340 + 70 + 390 = 800

再估计：

g_o = 车之重加行动部重（GEWICHTDERWAGENS） + EAHR-TRIEBWERK = 1000kg

d = 400

是以 $Q(a-c)+g(b-c)-g_o(c-d)-g_1(b_1+c)\leqslant 0$

照十二图数目代入：

$2500(500-140)+800(246-140)-1000(140-40)-4200(170+140)$

对于负重量之起重机为：

$$g_1(b_1+c)=2500\cdot 360+800\cdot 106-1000(140-40)$$

$$g_1=\frac{2500\cdot 360+800\cdot 106-1000\cdot 100}{210}=4200$$

对于未责重量之起重机为：

$$g_1(b_1-c)\leqslant g\ (b+c)\ +g_o\cdot c$$

$$4200\ (170-140)\ \leqslant 800\ (246+140)\ +1000\cdot 140$$

$$=4200\cdot 30\leqslant 800\cdot 386+140000$$

$$=126000\leqslant 308800+140000$$

$$g_1+g_o+g=Q\frac{a-c}{2\cdot c}$$

$$=2500\frac{500-140}{280}-2500\frac{360}{280}=3200$$

$$g=800$$

$$g_1=4200$$

$$g_0-1000$$

$$g_1+g_o+g=6000$$

$$M_g=Q+g_1+g_o+g_2+g_3$$

$$M_g=2500+4200+1000=7700kg$$

$$g_2=800$$

$$g_3=580$$

$$M_g+g_2+g_3=800+589+7700=9100\mathrm{kg}$$

$$m_b=\frac{g}{2}\cdot\frac{2c}{2}=g_2\cdot c=4550\cdot 140$$

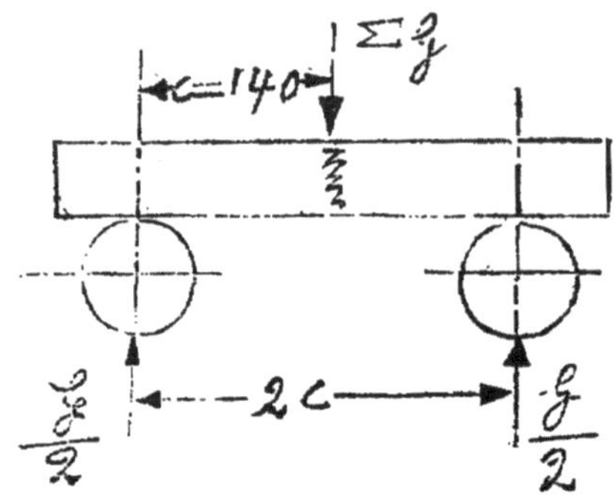

$$m_b = W \cdot k_b = 4550 \cdot 140$$

$$W = \frac{4550 \cdot 140}{k_b} = \frac{4550 \cdot 140}{750} = 850$$

今选用2C 铁 N. P. 30 德国式

抵抗能率（WIDERSTANDMOMENT）　= 2 · 535 = 1070

$$k_b = \frac{4550 \cdot 140}{1070} = 590 \ \text{适用}$$

支持柱（SAEULE）

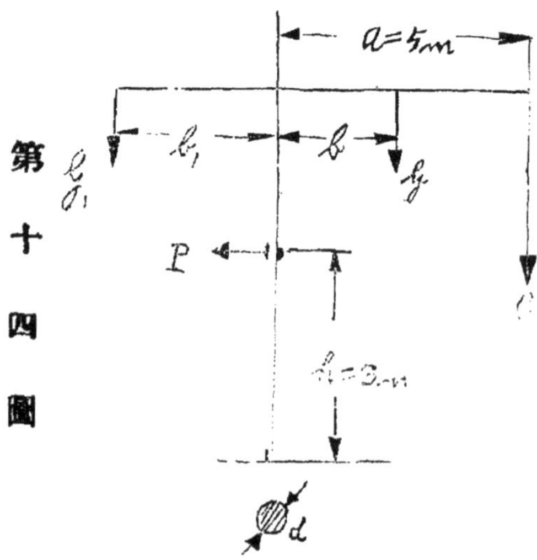

原料用钢铸

$$Q \cdot a + g \cdot b = P \cdot h + g_1 \cdot b_1$$

$$2500 \cdot 500 + 800 \cdot 246 = P \cdot 300 + 4200 \cdot 170$$

$$P = \frac{1250000 + 196800 - 710000}{300} = 2456 \text{kg}$$

支持柱受屈折力

$$P \cdot h = W \cdot k_b \qquad k_b = 800$$

$$2456 \cdot 300 = W \cdot k_b$$

$$W = \frac{1}{10}d^3 \cdot k_b = 2456 \cdot 300 = 950 \cdot \frac{1}{10}d^3$$

$$d^3 = \frac{2456 \cdot 300}{800} = 9300$$

$$d = \sqrt[3]{9300} = 210 \text{mm}$$

支持柱之中段圆径?　= 180

$$\frac{1_1 8^2 \cdot \pi}{4} \cdot 30 \cdot 7.8 = 2.54 \cdot 30 \cdot 7.8 = 580 \text{kg}$$

起重机行动部（EAHRMERK）

轴受屈折力

$$m_b = W \cdot k_b$$

$$M_b = \frac{M_g}{4} \cdot \frac{32}{2} = \frac{9100}{4} \cdot \frac{32}{2} = 36400 \text{ cm}^{\text{kg}}$$

$$m_b = \frac{1}{10}d^3 \cdot k_b$$

轴用钢质制成 $k_b = 750$

$$d^3 = \frac{10 \cdot m_b}{k_b} = \frac{10 \cdot 36400}{750} = 485$$

$$b = \sqrt[3]{485} = 8 \text{cm} = 80 \text{mm}$$

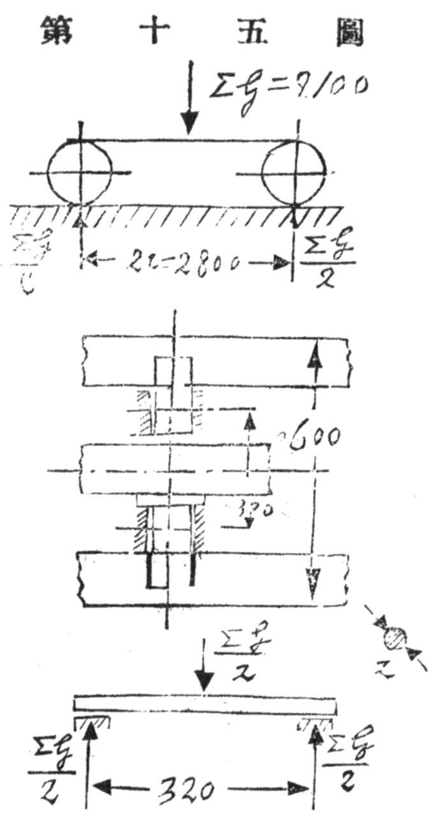

行动部齿轮部之布置

$$M = P\frac{D}{2} = P\frac{58}{2} = 4800 \qquad P = \frac{4800}{58} = 166$$

再加大百分之六 $6\% = 100$

$$P = 166 + 100 = 266\text{kg}$$

每分钟行驶速率 $= 30_{m \cdot pro \cdot min}$

$$行驶之支拂能力 = \frac{266 \cdot 30}{60 \cdot 75\eta} = \frac{266 \cdot 30}{60 \cdot 75 \cdot 0.78} \qquad \eta = 0.78$$

$$= 2.5\text{P. S. 马力}$$

今选用"Union"电机公司所制之马达，其模形号码 W. D. 2 − 750

正式之旋转能率 $= 2.24\mathrm{m/kg}$

　　转数 $\mathrm{n} = 800$

重量 $= 190\mathrm{kg}$

马达 $\mathrm{N} = \dfrac{m_d \cdot n}{716} = \dfrac{2.24 \cdot 800}{716} = 2.5\mathrm{P.\ S.}$　马力

行驶轮轴之旋转能率 $= 4800\ cm^{kg}$

行驶轮径 $\Phi = 580\mathrm{mm}$

$\mathrm{D} = \mathrm{r} = \dfrac{580}{2} = 290\mathrm{mm}$

行驶轮轴之转行数 $= n_1$

$[30 \cdot 100]^{cm} = [m_1 \cdot d \cdot \pi]^{cm}$

$300 = n_1 \cdot 29 \cdot \pi$

$n_1 = \dfrac{3000}{58 \cdot \pi} = 16\ 转$

轴径 $A = \sqrt[3]{3000\dfrac{N}{n}} = \sqrt[3]{3000\dfrac{2.6}{64}}$

$A = \sqrt[3]{118} = \ = 5\mathrm{cm} = 50\mathrm{mm}\ 径$

行驶部齿轮之传递（UEBERSETZUNC）

$\mathrm{I} = \dfrac{马达之\,n}{行驶轮轴之\,n_1} = \dfrac{800}{16} = 48$

$\mathrm{i} = \dfrac{1}{48} = \dfrac{1}{4} \cdot \dfrac{1}{3} \cdot \dfrac{1}{4}$

三对齿轮

（1）$D_3 = 大齿轮 = 576\ 通径（系拟定）$

$P_3 = \dfrac{m_d}{R_3} = \dfrac{4800}{28.8} = 170\mathrm{kg}$

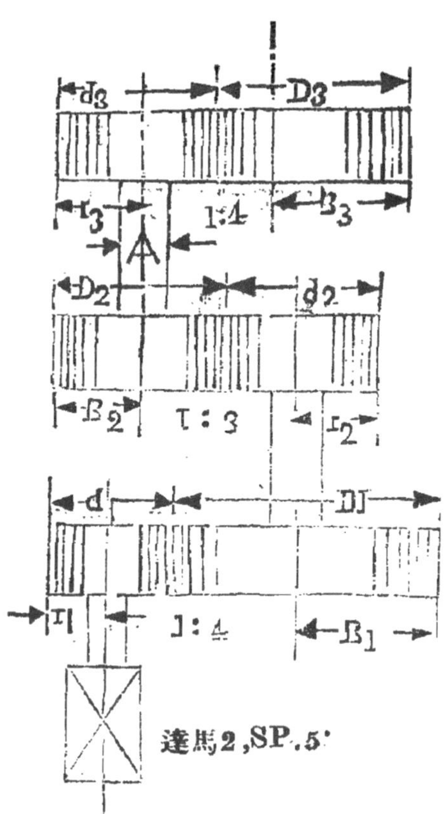

齿轮数 $=12$

$d_3 = $ 小齿轮之通径 $= \dfrac{576}{4} = 144\,\mathrm{mm}$

$\dfrac{t}{\pi} = 12$

（2） $P_3 \cdot r_3 = P_2 \cdot R_2 \qquad\qquad 1:3$

$170 \cdot 7.2 = P_2 \cdot 16.2$

$P_2 = \dfrac{170 \cdot 7.2}{16.2} = 76\,\mathrm{kg} \qquad\qquad \eta = 0.92$

$P = \dfrac{76}{0.92}\,84\,\mathrm{kg}$

齿轮数 $=12$

$$\frac{t}{\pi} = \frac{108}{12} = 9$$

$$t = 9 \cdot 3.14 = 28.26$$

$$9 \cdot 12 = 108 = d_2 \quad 即小齿轮之通径$$

$$D_2 = 108 \cdot 3 = 324\mathrm{mm}$$

$$（3）\quad P_1 \cdot R_1 = P_2 \cdot r_2 \qquad 1:4$$

$$P \cdot 168 = 84 \cdot 54$$

$$D_1 = 336$$

$$R = 168$$

$$P_1 = \frac{84 \cdot 5.4}{168 \cdot 0.92} = 30\mathrm{kg}$$

$$P_1 = b \cdot c.t$$

$$Z = 14 = 齿数$$

$$C = 8$$

$$30 = 2.5 \cdot t^2 \cdot 14$$

$$t^2 = \frac{30}{8 \cdot 2.5} = 2$$

$$t_1 = 1.8 = 18\mathrm{mm}$$

$$\frac{t}{\pi} = \frac{18}{\pi} = 6$$

$$D_1 = 84 \cdot 4 = 336\mathrm{mm}$$

$$d_1\theta = 14 \cdot 6 = 84\mathrm{mm}$$

自动制轮（BREMSE，即停机轮）

先知道：

$$负重 = 2500\mathrm{kg}$$

$$起高速度 = 4.5\mathrm{m/min} = \frac{4.5}{60} = 0.075\, m/sck. \quad 每秒钟米达$$

齿轮传递比例 1：80

再拟定最高降落速度每秒钟 0.5 = $V_{max.}$

停止时 = 0.5 秒 = te

$$\frac{1}{2}m \cdot V_{max}^2$$

$$\frac{1}{2}m_1 \cdot V_{max}^2 = \frac{1}{2}m \cdot c_{max}^2$$

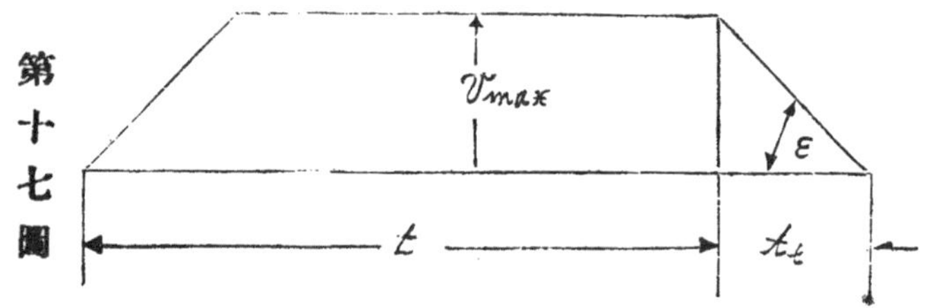

停制轮之平圆面关系于：

$$C_{max} = V_{max} \cdot 80 = 0.5 \cdot 80 = 40 \text{m/sek.}$$

$$m_1 = 方法\ Masse = \frac{力}{加速} = \frac{2500}{g} \qquad g = 9.81$$

$$\frac{1}{2} \cdot \frac{2500}{g}0.5^2 = \frac{1}{2}m \cdot 40^2$$

$$m = \frac{2500 \cdot 0.5^2}{9.18 \cdot 1600} = \frac{2500 \cdot 0.25}{9.18 \cdot 1600} = 0.042$$

m 亦可代以一，即 m = 1

停制轮之平圆面关系于：

$$切角\, tg^2 = \frac{V_{max}}{t_e} = \frac{48}{0.5} = 80$$

停制之余分（UEBERSCHUSS）$= B_e + R = L$

或 $B_e + R - L = 0$

今解释上文代字：

$B_e = 停制力$

R = 摩擦力 = 50kg

$$L = \dfrac{\text{重量}}{} = 200\,\text{kg}$$

$$L\dfrac{1}{80}\text{重量之关系停制轮之平圆面}$$

$$B_e + R - L\dfrac{1}{80} = \text{方法乘加速}$$

$$B_e + R - \dfrac{2500}{80} = 80\,\text{kg}$$

$$B_e + 50 - \dfrac{2500}{80} = 80$$

$$B_e = 80 - 50 + \dfrac{2500}{80} = 62\,\text{kg}$$

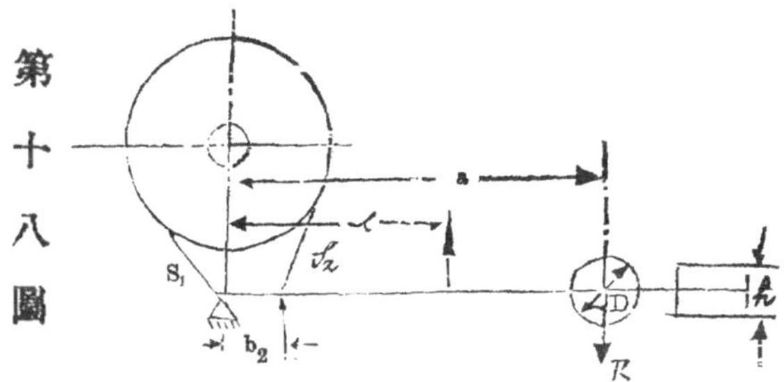

$$S_2 = P\,\dfrac{e^{au}}{e^{au}-1} = \dfrac{62 \cdot 2.21}{1.21} = 114\,\text{kg}$$

$$e^{au} = 2.21\,;\qquad e^{au} - 1 = 1.21$$

$$b_2 = 70\,\text{mm}\,;\qquad \smile = 400\,\text{mm}$$

$$K \cdot a = S_2 b_2$$

$$K = \dfrac{S_2 b_2}{a} = \dfrac{114 \cdot 70}{400} = 20\,\text{kg}$$

自动制轮之磁 = B

$$B \cdot C = K \cdot a \qquad c = 300$$

$$B = \dfrac{20 + 400}{300} = 27\,\text{kg}$$

重量：

$$D^2 \frac{\pi}{4} = \frac{20}{7.3} = 20; \qquad D = h$$

$$D^3 \frac{\pi}{4} = \frac{20}{7.5}$$

$$D^3 = \frac{20 \cdot 4}{7.3 \cdot \pi} = 3.5$$

$$d = \sqrt[3]{3.5} = 1.52 \mathrm{dcm} = 152 \mathrm{mm}$$

自动制轮之制带（BAND）

$$S_2 = f \cdot k_z \qquad f = 1\mathrm{mm}$$

$$114 = 0.1 \cdot 6 \cdot k_z \qquad 宽 = 60\mathrm{mm}$$

$$k_z = \frac{114}{0.1 \cdot 6} = 200 \ 适用$$

引转轮（FUEHRUNGSROLLE）

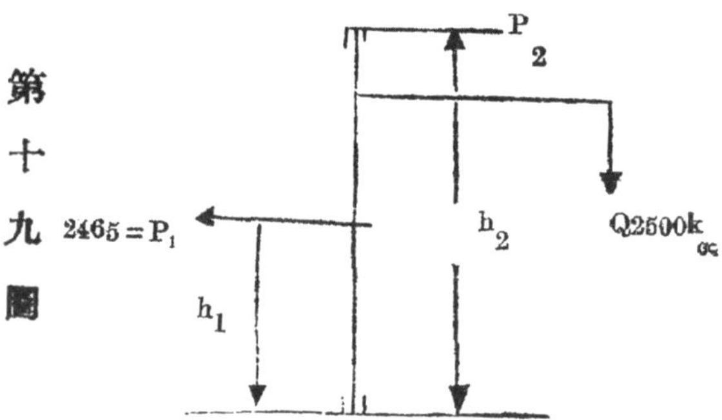

$$P_1 = 2456$$

$$h_1 = 300\mathrm{cm}$$

$$h_2 = 650\mathrm{cm}$$

$$P_2 \cdot h_2 = P_1 \cdot h_1$$

$$P_2 = \frac{P_1 \cdot h_1}{h_2} = \frac{2456 \cdot 300}{650} = 1280\,\text{kg}$$

銷受屈折力

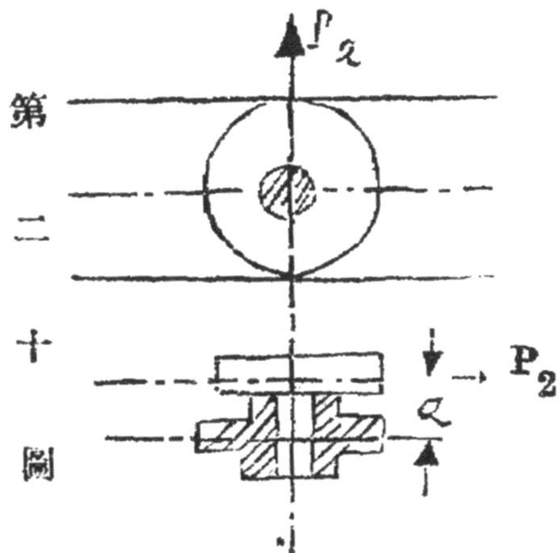

$$P_2 \cdot a = W \cdot k_b$$

$$a = 80\,\text{mm}$$

$$k_b = 570$$

$$1280 \cdot a = \frac{1}{10}d^3 \cdot k_b$$

$$d^3 = \frac{1280 \cdot 8 \cdot 10}{570} = 170$$

$$d = \sqrt[3]{170} = 55\,\text{mm}$$

$$1280 \cdot 8 = \frac{1}{10} \cdot 55^3 \cdot k_b$$

$$k_b = \smallsmile 570$$

平面压力 = P

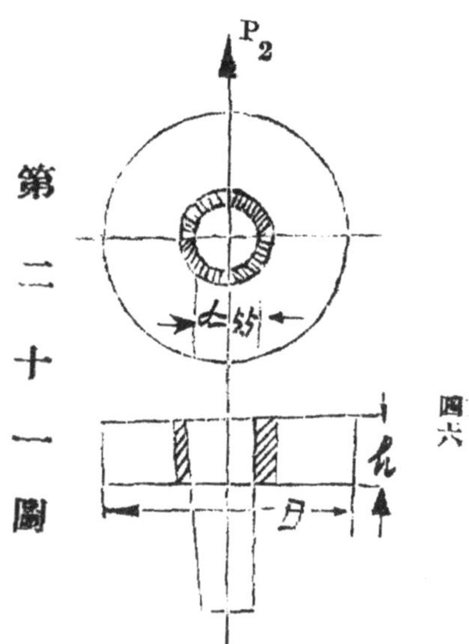

$h = 80$

$d = 5.5$

$P_2 = 1280$

$P_2 = d \cdot \pi \cdot h \cdot p$

$1280 = 5.5 \cdot \pi \cdot 8 \cdot p$

$p = \dfrac{1280}{5.5 \cdot \pi \cdot 8} = 9.0\,\mathrm{kg}$

$V = $ 每秒钟销之周围速率

$P = $ 每平方平面压力 $1 \cdot \mathrm{cm}^2$

$p \cdot V = 1m \cdot 30$

$D \cdot \pi = 30$

$N = \dfrac{30}{0.3 \cdot \pi} = 31.5$

$$V = \frac{n \cdot 5.5 \cdot \pi}{60 \cdot 100} = \frac{31.5 \cdot 5.5 \cdot \pi}{60 \cdot 100} = 0.138$$

$$n \cdot V = 0.138 \cdot 5.5 = 0.6 = 适用$$

起重机支持柱旁之转轮

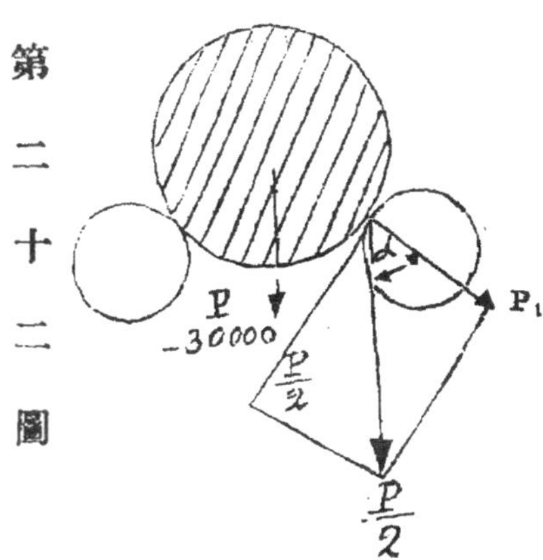

$$40\text{mm} = 15000\text{kg}$$

$$20\text{mm} = \frac{15000}{2} = 7500\text{kg}$$

$$余弦 \, \text{Cos} \propto \, = \frac{P^{\text{l}}}{\dfrac{P}{2}}$$

$$P^{\text{l}} \, \frac{P}{2} \cos \propto \, = 7500\text{kg}$$

支持柱旁转轮内之转杆

受屈力：

$$m_b = \frac{P}{2} \cdot \frac{l}{2} = 3750 \cdot 5.5$$

$$m_b = 3750 \cdot 5.5 = \frac{1}{10} d^3 \cdot k_b$$

$$d^3 = \frac{3750 \cdot 5.5 \cdot 10}{1000} = 200$$

$$d = \sqrt[3]{200} = 6 = 60\,\text{mm} \text{ 通径}$$

$$l = 11\,\text{cm}$$

$$\frac{l}{2} = 5.5\,\text{cm}$$

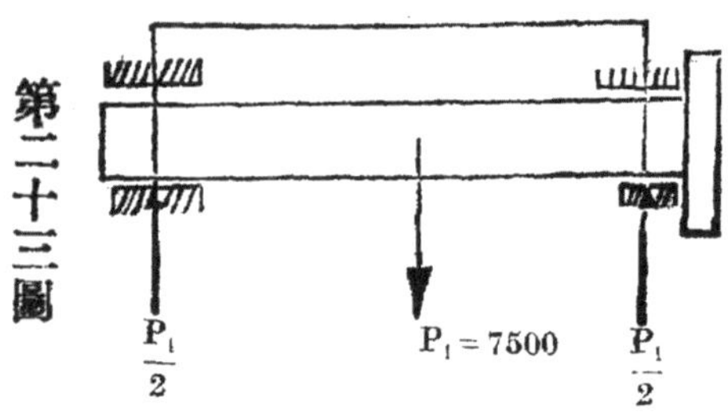

附该机总图一张，预知各件详细图样，请查视鄙人所著之机器图可也。

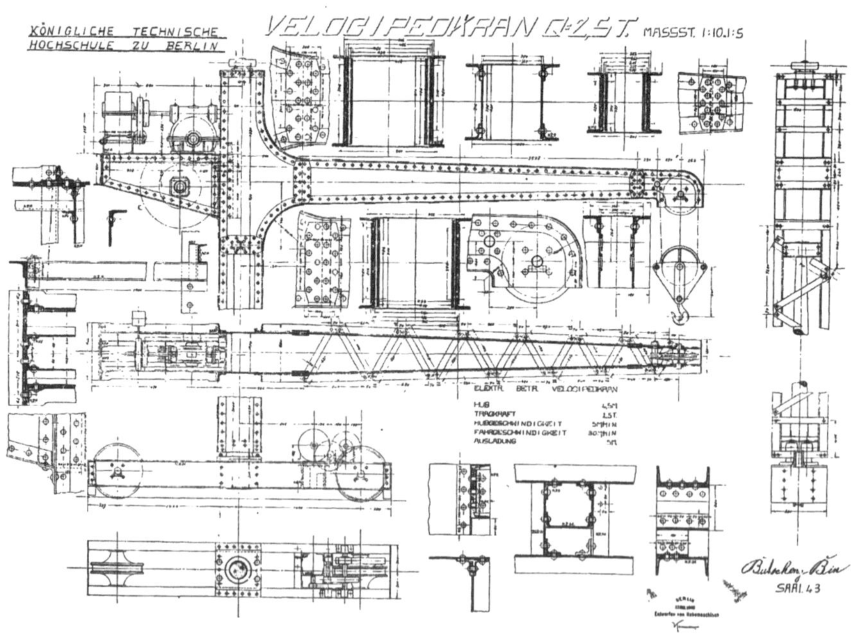

工程师技师工匠之使命及其造就方法[①]

今日习机械者分三种：曰工程师，曰技士，曰工匠。有此三等人，而吾人意中所欲制造之机械成矣，请分别言此三等人之使命。

一、工程师。凡各厂之工程师，其地位甚高，其学问当然甚深，既富于理想，又富于经验，非大学或专门学校出身者，不克负此重任。但理想家凡人禀性聪明者，或优为之，惟"经验"二字，乃与年进，非一朝一夕之功所可骤致。所以工程师之重要责任，则经验先于理想，理想或不顾及经验，经验乃所以证明理想。学校内之黑板，与夫图案上之纸谈，均属理想之表示，若果用之工厂，实有扞隔不入之苦。惟济之以经验，而理想不成为空谈；亦惟试之以经验，而理想乃成为事实。所以，在校内则多方计算与试验，在工厂则本其平日之所学，作为实地测验，以历年所得之结果，藏之于胸，何者适宜，何者经济，于工作上，于社会上，均有重大之计划，方不负此职务。

二、技士。技士所负之使命，次于工程师。工程师偏于理想方面，若技士则本工程师之意旨，以实施其计划者也。今世大工程则置有工程师一席，若小工程则只有技士。此种技士，实兼有工程师之职责，但略于理想，而重在实际，无发明之可言，有改良之责任。迨其经验宏富，技士亦可进而为工程师矣。

三、工匠。工匠为工程师、技士之总实行家，其智识甚浅，其

---

① 陆庄：《工程师技师工匠之使命及其造就方法》，《实业杂志》1930 年第155 号。

学问甚微，只知按图案骤，依样画葫；其于机器上之原理、各零件之大小长短，则茫无所知，殆亦"民可使由之，不可使知之"遗义。但工程师、技士，无论其计划如何精明，理想如何高尚，如无优美工匠为之实行，则理想与计划均属空谈，必也有若干工匠，分类实施，择长工作，由整图而散工，由散工而整装，大小适宜，长短合度，闭户造车，出门合辙，非此辈工匠莫属，决不可卑之毋甚高论。言乎工程师与技士之造就，本皆由于学校，然学校教授如果不得其法，则学生毕业之后，一味空谈，反不如工匠之经验与智识，不亦大可哀乎？所以，学机械者，数学、制图是其主要科目，不明数学，不知材料之强弱，工作实足以偾事；不明制图，即胸中理想虽富，不能表示于工界。然数学甚深，而习机械者，多取用代数，若果代数明熟，即足以应用。至于制图，则以剖解分明，尺寸详准，即可以实施工作。但我观今日之机械，学生所绘之图，大多数莫明其妙，试问此种图样，发给工匠，能否工作，吾敢说虽公输子复生，亦不能制造。所以，不明数学者，不可以言制图；不明制图者，不足以任工程师、技士之职。凡我同志，应志斯言，勉为工程全才，切不可博得一纸文凭，夜郎自大，而为外人所窃笑耳。

次言乎工匠。吾湘在前清时代，偶有一二工匠，均隶广东或宁波籍，而求之本省，几如凤毛麟角，不可多觏。鄙人当时献身工界，亲感其苦，于是有创设工徒班次之举。奈湘人重视学生，鄙弃艺徒，而第一班毕业生居然长袍大袖，毫无所得。延至民国，继续招班，风气所趋，逐渐获果。今日湘中工匠应有尽有者，未始非此辈艺徒引诱之功。然工匠技艺，难得其全，长于车床者，未必长于钳工；优于范砂者，未必优于木样。门类既多，手艺当然难精。所以，贪多不精，熟则生巧。鄙人对于工匠技术，不取其博，只求其专，人人能专一艺，则无器不成，即无器不精矣。

余于是进而敬告习机械者，无论学为工程师，或为技工，最好当未入校之时，先进工厂实习一年或半载，令各种机械，印入脑袋之中，从此再进学校，则教授所讲者亦易于了解。于是对于各科学术加意研究，尤其是对于数学演绎纯熟，然后依照模型，学绘草图，并执各种已成之图以作引本，默绘数张，观其方位，察其尺度，视其剖解。再进而学习零件之计算与绘画，并试验材料之强弱、机器之动力，终之以计绘机器全图，俾各零件次第安排，无大小长短不容不虞，如此未有不成为工程全才者也。

我湖南所设立职业学校多矣，究之尽属空言，无裨实际。职业生毕业，不懂职业，非牛非马之学校，虽多亦奚以为？余以为职业学校注重实习，与教工匠无异，在校称学生，出校即工匠，高深之数学，半解之英文，空谈之理化，以及一切不关痛痒之科学，应即尽行删除，要使坐而言者即起而行。不然，将各父兄卖田卖地之金钱，各子弟如金似玉之光阴，消磨于有名无实之学校，既害社会，复误青年，主持教育者亦可以知所本矣。

物理常谈[1]

物理学为自然科学之一支，吾人官能所觉之外，皆自然，不独地面各物，即天空各体，亦在自然界内物体。大别为动物、植物、矿物三种。动物与植物有生活机关，矿物则否。故前者名有机体，后者名无机体。

世界万物，无论有机、无机，均非常住不变，如体积，如形状，如方位，如色彩，皆可有无穷变幻，亦可求其公例。如地面各物，不为他力所支，则必下坠；热度增高，物体涨大。所以，物理学者，即研究自然公例之科学也。若动、植、矿学，则以类别，各体求其异同为主意，亦称物理学术。

何谓自然公例？此例所以成者，实由阅历而得。一则观于自然之现象，而不费吾人之心思；一则取自然之物理，而验其一定之比例。

分析自然之现象，即为自然公例之反证，即如赤道为极热之地，两极为极冷之域。若据寻常自然公例而论，谓日射线或光射线所受有多寡强弱之不同，愈斜者受热愈少。今欲穷究此现象原因，则非吾人心力所能及，吾人可于此谓之未知之原因。又如有物体如此，悬空无持，瞬息间受地球之引力吸引下坠，今试问此引力从何而生，则皆茫然不知耳。此种忆想，而非由吾人试验而得，而又为吾人所必借用其理者，谓之为忆说（hynothese）。如假定之理为庸

---

① 艺庐：《物理常谈》，《实业杂志》1930 年第 156 号。

常者，则忆说之价值甚大，能使少数而关系于多数之理证。然而忆说之事，常具有可能之性，或近于盖然性（wahrscheinlichkeit），而确实性（gewissheit），则永无也。设使将来忆说之理有一与物理真实试验相反者，则忆说之理不能成立。

居今日而言物理学之用，似属老生常谈。新发明之理想，以及制出之工艺，世人习与性成，无论巨细，已无其价值。虽然工理之已成者不必言，但自然之事，蕴藏于世界者无穷，吾人当进而究其理、穷其源，群策群力，共相阐明可也。

物理与化学之关系，至为密切。积今日各学者之试验，知世界上各物体，不但非一种原质组合而成，而且为最不相同之种类分配而成，可使吾人化分之，或化合之，甚至以多数之异种体，可成为一新物体。譬如水也，化分之，则为轻气与养气；若取轻气与养气化合之，又成为水。总之，此种物质能分又能合者，皆谓之为元素（bestandeil）。至提取元素之方法，配合元素之分剂，以及一切改变元素之手续，名为化学作用。今有物体于此，任吾人变其形，改其体，移其位置，易其色彩，而元素则绝不少异者，谓之物理作用（Physikalische forages）。此二者皆为自然学。总之，物理学变体者也，化学变质者也。故吾人于此言物理之现象，而于化学作用则略而不详。

宇宙一大体积也，各物体在宇宙间者，实分占宇宙之体积，而自成为体积者也。然而，各物体有一定之体积，任他物体不足以夺其体积而有之。一物体又不能容二物体者也，观于坚体与液体可知矣。言物理学者分世界之物体为三：坚体、液体之外，又有气体焉。世人谓气体不占宇宙体积，而不知近世物理学家屡经试验，知气体亦与坚体、液体之体积无异。此三者，均名之为物质或材料。言乎材料之原理，其最要为支持性（Tracgheit）。何谓支持性？凡物体，无论一动一静，实具有一种抵抗力，以反对一切位置之改变，至于所以有改变之原因者，谓之为力。而每物体所积合之分质，则又谓之为量（masse）。量与力，为物理学之重要题旨者也。

上文所言原子之忆说（atomstische① hypothese），因为凡属物体，均可分化，取其所已分化者而再分化之。至于不可分化之时，而实质于以现。

观于质点（kohaesion）聚合、结晶（krystalisation）②，以及裂痕（spaltbarkeit）等之多种现象，可知各种物质均由各小质积引而成。若用机力以分化之，以至极微小而不能分化之境，则其所余存者，为微分子（Molekulare，非体量）。物理学家谓物理为各微分子合成，则各微分子断不能密切无缝。只因各微分子有吸引力，所以虽属微分子，合之则为数既多，抵抗力因之而起。至微分子之力，吾人无以名之，名之曰"微分子"（moeckular krafte）③，此种力仅见效于最微小而不能度量之距离。使微分子距离可为吾人目中所能睹者，则力不为功。譬如以已断之物体，而欲借微分子力以接合之，能乎否乎？

观于化学之分化以及配合，吾人又生一种极要之假定。夫微分子为最小之元素，而元素又系原子（matom）④ 所积聚而成。该原子小而无内，分之不能，如欲分之，则用化学之作用。此种理想，又谓之为"原子忆说"。

观于自然现象之行动，而得以下三者：一为体量动是也；二为路，体量所动进者是也；三为时，即体量动进所需之时间是也。此三者，乃为物理学家所守之主义，明乎此乃可以进言物理。

---

① 应该是德语"原子"（atomistische）。
② 德语"结晶"，又写作 kristalisation。
③ 应该是德语"分子力"（Molekular kräfte）。
④ 应该是德语"原子"（Atom）。

湖南民生工厂进行恢复
期间所应注意之点[①]

民生工厂现将恢复矣！当此凋敝之余，改弦求的，亡羊补牢，有心者盖莫不摅诚企盼。本社近既接衣刀君《办理民生工厂的方针》大著，顷复接陆庄先生《湖南民生工厂进行恢复期间所应注意之点》一稿，可见诸先生心切民生，关怀时政，爰并载以供同好之参阅，且知贤者所见之同也。编者识。

湖南于民国十七年时，就北门外原有之机械工场并归，并省立各处机器厂扩而充之，名曰"民生工厂"。开办二年之久，闻用款近二十五万余元，卒因成绩毫无，宣告死刑，于十九年完全停工。现闻建设厅宋厅长提出政务会议，拟拨三万元之经费，重整旗鼓，力谋复工。当此金涨银贱之时，用之购备材料，仅值前之半数。呜呼！何政府前大方而后悭吝若此？记者甚希望政府对于民生工厂，决定一种具体办法，不使复而又停，又加縻三万元之款项。今不揣固陋，对于该厂以后进行方针，略有贡献，一得之愚，尚希采择为幸。

一、厂长宜取人才主义也。办理工厂，与他种事业不同，须以学问经验、廉洁蹈实为开宗明义第一章。马弁化、牛皮化断断乎不可委任。此种权柄，操之政府，苟稍加以注意，以湖南人才之众，

---

① 陆庄：《湖南民生工厂进行恢复期间所应注意之点》，《实业杂志》1930 年第 158 号。

无论选任一个厂长，即选任十个厂长，亦供可应求。本古人所谓求千里马之法求之，思过半矣。

一、办法须有一定宗旨也。前次该厂办理失败原理，实由于厂中所出之货，多不合时用，以致所出之品，无人过问，如小孩子车、保险柜、印刷机等，盈千累万，是否合于今日长沙商场之急需？在主持厂务者，欲造一品，必先研究销路如何；在主管官厅方面，亦须随时派员考察营业实在情形若何，加以指导。记者深信湖南制造工厂，惟民生工厂为最大。若制造轮船车头、锅炉马力以及各种制造用机械，能力尚觉有余，应将从前所制造之挂衣架、铁床等，一概改弦更张，以示不与各小机器店争利。

一、出品可以租借与商人也。政府办理营业，亏多盈少，商家虽有志经营大规模之商业，亦限于资本。若果将该厂所出之大宗机类，如轮船租与航业商人，打水机租与矿商，马力锅炉则租与经营各种工商，俱如此类，逐渐推广。在谋该厂生存起见，固应如此；在处今日工业落后之中国，亦应如此提倡。至租约上应如何规定，自可由主管官厅另定之。

一、政府宜严令规定销路也。查湖南官纸印刷局，当未停办时，曾规定省立各大小机关，非该局所制定之公文纸类，概不核销或接受。记者希望以此种办法，施之于省立或私立各大小工场学校。凡属该厂所出之品，或能造之品，尽先购用。如该厂不能制造之机械，必须向外洋或外省购置者，应先取得该厂许可证，否则不予以核销。如系私立者亦然。否则，通知海关，不许进口。但主持厂务者，对于机械，须精益求精，以求适用；对于价值，亦须格外公道，以广招徕方可。

一、制造种类宜精不宜多也。外国工厂多制造专门之品，其名亦多称某某机器工厂，一则可以减省多少模型，二则工熟则艺精。若取万能工厂式，鲜有不失败者。今后该厂应由主管官厅规定几种应用之机械，使之按步进行，如有变更处，亦须召集厂长磋商之，以期合乎时用。

一、厂内用人不宜太多也。古人云："生之者众，食之者寡，则财恒足矣。"若果以偌大之工厂，举凡科长、科员、庶务、会计、秘书等，种种名目，应有尽有，摆尽官格，造成一种分赃式的工厂，久之油尽灯残，虽欲不停工，其可得乎？嗣后希望政府，对于该厂组织法加以限制焉可。

最快之火车头（附零总图六张）[1]

鄙人曩在外校，于其末一学期专攻交通机械科，曾受火车头之测验，兹将该题旨译出，以供同行之绳正。惜原图留存省寓，客冬为驻军损坏，不得已依据前所印之机器图复印一次，模糊之处，在所不免，希谅之。艺庐。

今欲造一高压快车头，前有两对小轮，后有两对大轮，寻常速度，每小时行驶九十启罗米达，最快速度可行驶至一百一十启罗米达，其拖力为二千六百五十启罗，试计算之，并详细绘成工作总零各图。

先计算每吨车扯之抵抗力（Zagwiderstand fuer）1 t.

$$W \cdot 2.5 + 0.001 \cdot V^2 = 10.6$$

水柜车重量（Tandergewicht）$T = 50t$，而火车头重量 L 估计为 50t（4 轴），所以车之重量：

$$Q_s = Q + T + L = 20 \cdot 7.5 + 50 + 50 = 250t$$

上文（$Q = 20$ 轴为 7.5t）

所以，应需之扯力，力为：

$$Z = 250.10.6 = 2650kg$$

其火车头机器之工作马力：

$$N = \frac{2650 \cdot 90}{75 \cdot 3.6} = 900 \text{ 匹实在马力 P. S. o}$$

---

[1] 艺庐：《最快之火车头（附总零图六张）》，《实业杂志》1931 年第 161 号。

$$N = \frac{900}{0.9} = 1000 \text{ 匹名称马力 P. S. i}$$

此即正式的名称马力（Normal indizicrt Leistung）

至于机器汽缸所需用之蒸汽，以每一点钟计，即：

ProP. s. i/std － 6.9kg 蒸汽　　std 即点钟

1000P. S. i － 6.9 ＝ 6000

锅炉应产生之汽量总数，须包括一切杂用在内，如暖管及节制器（即停轮机），用去百分之七（7%），又须加多百分之五（5%），以应机器不时之需，所以：

$$5\% \text{ 增加} = 1000 + 50 = 1050\text{P. S. i}$$

$$\text{P. S. i} \cdot 6.9 + 7\% \text{ 用于暖管及停轮机} =$$

$$1050 \cdot 6.9 + 7\% = \text{蒸汽总数为 kg/std}$$

$$7254 + 508 = 7753\text{kg/std}$$

其烧面（Rostflaeche）已规定为 2. 1qm ＝ R

吾人须知每 1qm/std 应烧 450kg 煤，但

1kg 煤可烧成 6.7 热（蒸）汽（Heissdampf），又

1kg 煤可烧成 7.4 湿（蒸）汽（Nassdampf）

所以：

$$\begin{matrix} \text{工作蒸汽（}Arbeitsdampf\text{）} = 7254 : 6.7 = 1040 \\ \text{热蒸汽} = 5087 : 4 = 78 \end{matrix} \Big\} 1118 \text{ 煤}$$

上文之 1118kg 煤即每点钟所产生 kg 蒸汽。但锅炉务须当正式工作之时，每点钟须具有 7254kg 蒸汽之能力方可。

湿汽暖面（Nassdampfheizflaeshe），为：

$$H = \frac{7254}{55} = 130\text{qm}$$

$$\frac{H}{R} = \frac{130}{2.1} = 62$$

55 为规定之总比例，见（Huette）第二卷 588 第一表第一行。

火车头之动轮全径（Trieberaddurchmesser）

$D = 900 + 1.1v = 900 + 1.1 \cdot 110$

$D = 900 + 1210 = 2110\text{mm}$

今选用 $D = 2100\text{mm}$

所以，每秒钟轮之转数，当正式速率时 $Vn = 90\text{km/std}$

$$\frac{90}{3.6\pi2.1} = 3.8 \quad （\text{km 即启罗米达}）$$

当最大速率时 $Vm = 100\ \text{km/std}$

$$\frac{110}{3.6\pi2.1} = 4.6\ \text{km/std}$$

暖面之能力，照 Huette 书 632 页，大约每 1qm 可生 7.1 马力，所以，应需之暖面：

$$\frac{90}{7.1} = 127\text{qm}$$

至于火车头重量，照 Huetee 书 664 页，大约：

$127 \cdot 400 = 50800 - 50.8\text{t}$

（每 1qm 暖面，约计为 400kg）

韝鞴提举（Kolbenhub）今选用：

$s = 630\text{mm}$

汽缸径（即韝鞴径）上文之 $Z = 2650\text{kg}$

$$Z^{kg}D^{m}\pi = \frac{d^{cm^2}\pi}{4} （\xi \text{ 每秒钟}）4 \cdot S$$

（$S = 63$；$\xi = 0.9 \cdot 3.8 = 3.42$）

$$d^2 = \frac{ZD}{S\xi} = \frac{2650 \cdot 2100}{63 \cdot 3.42}$$

$$d = \sqrt{26} = 500\text{mm}$$

上文之烧面 $R = 2.1\text{qm}$

用于逾热（Ueberhitzung）$\dfrac{1}{10}R = 0.21\text{m}^2$

用于热发汽（Warmverdampf）$\dfrac{9}{10}R = 1.9\,\text{m}^2$ 则

发热汽之热面（H ＝暖）

$\dfrac{Hw}{RW}=55$	$Hw\,\text{m}^2$	$H_{ue}\,\text{m}^2$ 为 $Hw33\%$	总值
$\dfrac{Hw}{1.9}=55$	$Hw = 12\,\text{m}^2$	$\backsim 40\,\text{m}^2$	$\backsim 161\,\text{m}^2$

观上表可知暖面总值为 161qm

用于逾暖管（Ueberhitzrohr），可用 $33\% = 40\,\text{m}^2 + 161 = 181\,\text{qm}$

火车头舵之组织

其组织法用槐星格氏式（Heusinger）

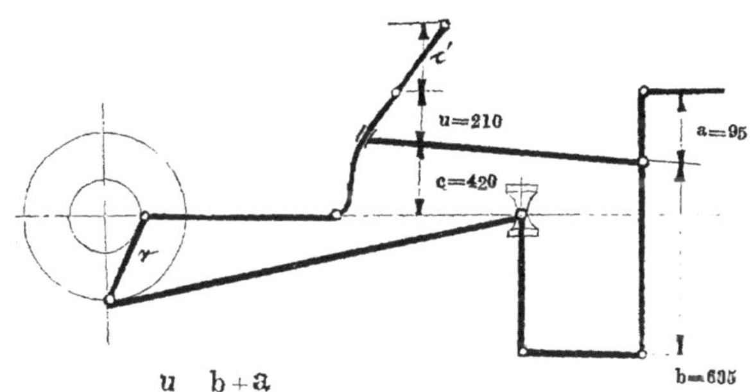

$$r. = r \cdot \frac{u}{c} \cdot \frac{b+a}{b} = 7575 = r \cdot \frac{210}{42} \cdot \frac{635+95}{635}$$

$$r = \frac{75}{\dfrac{210}{420} \cdot \dfrac{635+95}{635}}$$

$$r = \frac{75 \times 635 \times 420}{210 \times 730} = 130\,\text{mm}$$

$$r, = r\,\frac{u}{c}\cdot\frac{b+a}{b}$$

第二理論圖

R res · fuer grosste Fuellung

最高之充塞 = 75

$$R = \frac{a}{b} \backsim 40$$

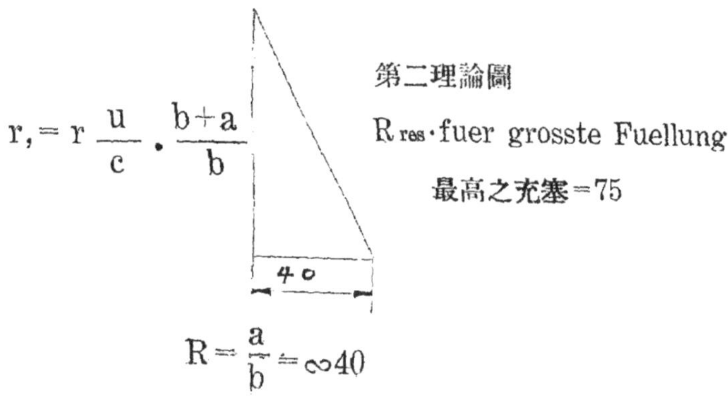

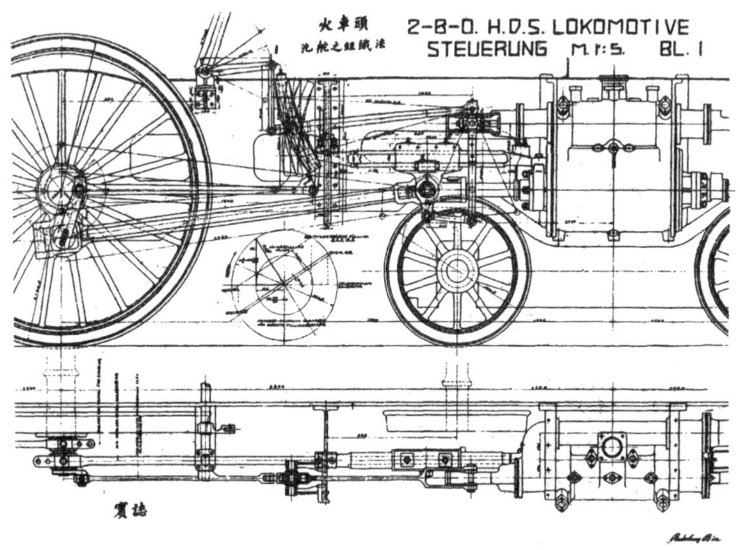

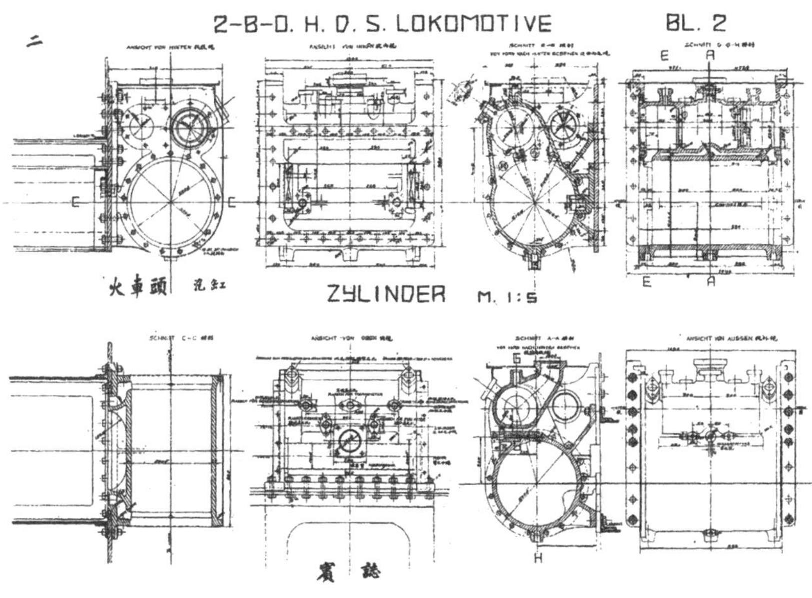
二
2-B-0. H. D. S. LOKOMOTIVE
BL. 2
ANSICHT VON HINTEN
ANSICHT VON VORN
SCHNITT
SCHNITT G-G-H
E A A
火車頭 汽缸
ZYLINDER
M. 1:5
E A
SCHNITT C-C
ANSICHT VON OBEN
SCHNITT A-A
ANSICHT VON AUSSEN
賓誌

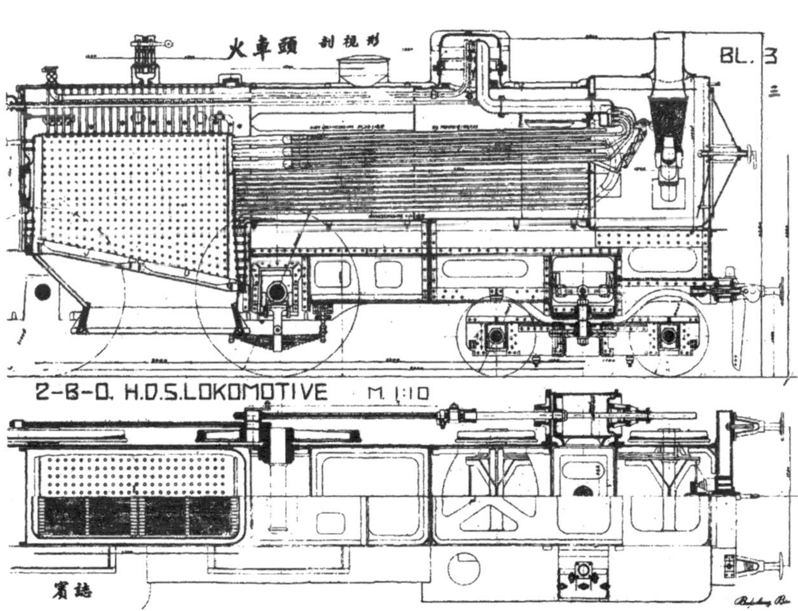
火車頭 剖視圖
BL. 3
三
2-B-0. H.D.S.LOKOMOTIVE
M 1:10
賓誌

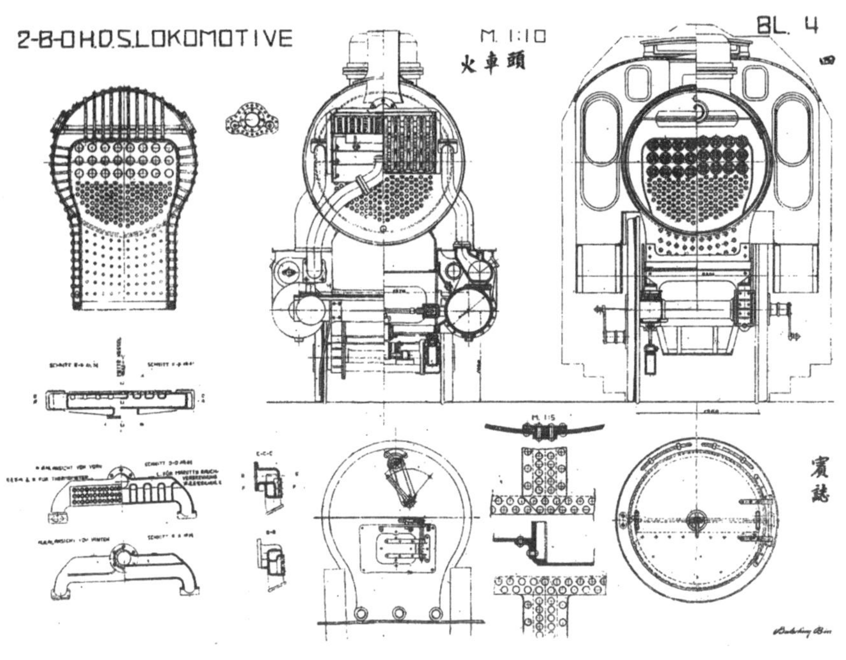
2-B-0 H.D.S.LOKOMOTIVE
M. 1:10
火車頭
BL. 4
M. 1:5
賓誌

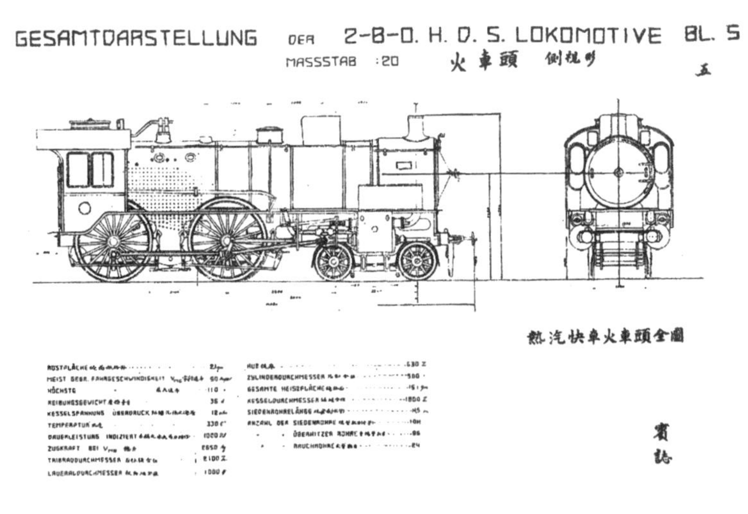
GESAMTDARSTELLUNG DER 2-B-0. H.D.S. LOKOMOTIVE BL. 5
MASSSTAB :20
火車頭 側視形
五
熱汽快車火車頭全圖
賓誌

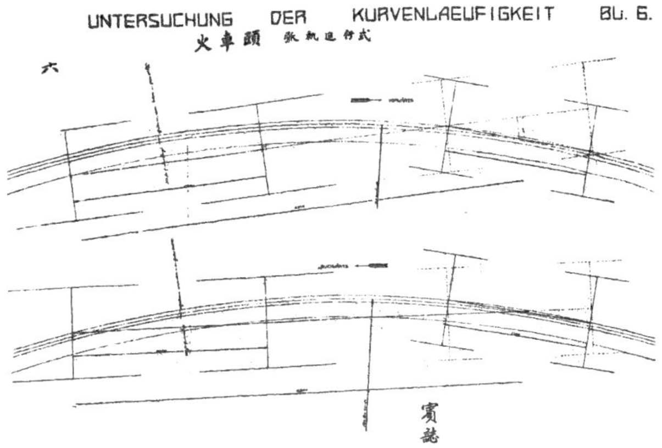
UNTERSUCHUNG DER KURVENLAEUFIGKEIT BL. 6.
火車頭 张飙运行式
六
賓誌

由小工厂谈到乡村手工业[1]

我国每当外患横来之，秉国钧者均抱不抵抗主义。民众虽有抵抗热心，奈手无寸铁，于政府不抵抗主义之外，作一种消极的抵抗方法，即不买卖敌国货物是也。此种行为，已属司空见惯，不过移甲国之买卖力，转而之乙国而已，究之于本国人民，未见有若何利益。吾人苟为国家前途计，应当未雨绸缪，作种种实业计划，上已为国家挽利权，下已为社会谋幸福，积极进行，视消极抵抗者为可耻。不患国民之不爱国，而患本国无相当之货品，以供国民之要求，纵一时强制抵制，终非根本解决方法。夫我国有天然之富藏，有耐苦之人工，举凡一切应有之实业，悉付缺如，品无大小，物无贵贱，几无一不仰给外人。天下痛心之事，孰有过于此者？吾人处此时期，创办实业，决不可依赖政府，亦不能离开政府；所仰望于政府者，对于初办之实业加以保护，施以爱惜，俾其逐渐长大成人，毋使夭殇于一年半载，成为短命工厂。

办理工厂，吾人既不希望于政府矣，则今日人民既无能力独立经营，势必集资以合作。而目前经济之困难，金融之紧急，集合资本，实非易事。然我所希望者，并非数十百千万之巨款，因我国人才缺乏，绝对不赞成着手办大规模之工厂，而赞成从小规模之工厂着手，使之由小而大。既谓为小规模，则所需之经费当然不至陷于毫无办法之时机。并且就我湖南富于原料之工业组成，定有圆满之

---

[1] 艺庐：《由小工厂谈到乡村手工业》，《实业杂志》1931 年第 166—167 号。

结果。如谓事无先例，不便经营，今试举日本人在上海一隅所办之小工厂，以证明之，彼人也，我亦人也，吾何畏彼哉？

日本人在上海所办之小工厂调查如下

名称	地点	资本	创立年	出品	产量	备注
东华织厂	狄思威路	一五〇〇〇元	一九三〇年	制造领带、窗帘、台布、妇女用花边	每月出领带一二〇打	
瑞记毛巾公司	华得路	五〇〇〇元	一九二二年	制造毛巾等		
小林纱带厂	平津路	五〇〇〇元	一九二八年			
公和制铜厂	岳州路	三〇〇〇元	一九二九年	制造黄铜材料	每日出货八〇〇担	
美享厂	东宝兴路	一〇〇〇元	一九二九年	制造洋灯头及电筒	每日出货五〇〇打	工人一〇〇名
加胜洋行电线工厂	大连湾路	五〇〇〇元	一九三〇年	制造一切电线类	每月出货值一〇万两	工人八〇名
田中铁工所	昆明路	一〇〇〇元	九二五年	制造纺织机械部分品	每年出货五万元	工人三三名
中华金属精炼厂	吉祥路	一五〇〇〇〇元	一九三〇年	制造铅制品		
安川电气厂	戈登路	一〇〇〇〇元	一九三〇年	制造小电气发动机		
冈村靴型制造所	昆明路	一〇〇〇元	一九三〇年	制造铝制靴型	每年出货三万双	

（续表）

名称	地点	资本	创立年	出品	产量	备注
欧茂肥皂工场	汇山路	五〇〇〇〇元		制造化妆肥皂	每年出货值一百万元	
日华手染厂	狄思威路	五〇〇〇元	一九二〇年	手染织物		
新光工厂	江西路	一二〇〇〇〇元	一九二九年	制造奈翁灯	每日出货值一万两	
宝生玻璃厂	顾家湾	五〇〇〇元				
宝成玻璃厂	同上	三〇〇〇元				
三公玻璃厂	梧州路	八〇〇〇元				
三共玻璃厂	宝山路	五〇〇〇元				
正泰橡皮厂	塘山路	二〇〇〇〇元	一九三〇年	制造橡皮套鞋	每日出货七〇〇双	
义生橡皮厂	槟榔路	一五〇〇〇元	一九二九年	同上	每日出货五〇〇双	
大新橡皮厂	东京路	三〇〇〇〇元	一九二九年	同上	每日出货一六〇〇双	
庆经橡皮厂	闸北	一五〇〇〇元	一九二九年	同上	每日出货八〇〇双	
公大橡皮厂	闸北	一〇〇〇〇元	一九二九年	同上	每日出货六〇〇双	

（续表）

名称	地点	资本	创立年	出品	产量	备注
泰山橡皮厂	宁国路	一五〇〇〇〇元	一九三〇年	同上	每日出货二〇〇打	
金太冷热水瓶工场	东有恒路	二〇〇〇〇元	一九三〇年	制造冷热水瓶胆及外套	每日出货瓶套八〇〇个、瓶胆一二〇〇个	工人四七名
美芳热水瓶工厂	横滨路	四〇〇〇〇元	一九三〇年	制造瓶胆	每日出货一二〇〇个	工人七五名
人和热水瓶工厂	宝乐安路	三〇〇〇〇元	一九三〇年	制造热水瓶外套	每日出货一〇〇〇个	
金生熟水瓶厂	斐伦路	一〇〇〇〇元	一九三〇年	同上	每日出货六〇〇个	
太宝工厂		一〇〇〇〇元	一九三一年	制造瓶胆	每日出货一〇〇〇个	
宝生工厂		不详	一九三一年	同上	每日出货一二〇〇个	
佐藤制伞工厂	岳州路	五〇〇〇元	一九二九年	制造伞骨	每日出货一〇〇打	
佐野上海机器厂	西爱咸斯路	一五〇〇〇元	一九二九年	同上	每日出货二〇〇打	工人四五名
大华制帽工厂	江湾路	三〇〇〇〇元	一九三〇年	制造帽子	每日出货九〇〇打	
完丽制帽工厂	英界	三〇〇〇〇元	一九三〇年	同上	每日出货值一〇〇〇元	

（续表）

名称	地点	资本	创立年	出品	产量	备注
上海纸业公司工厂	闵行路	五〇〇〇元	一九三〇年	制造包装用色尔纸	每月出货七〇〇大卷	
铅笔工场			正在计划中	制造铅笔		
硫酸化铔工场			同上	制造硫酸化铔		
中华陶瓷工厂		二〇〇〇〇元		制造陶瓷器		
藤村陶器厂		五〇〇〇元		制造陶器		
吉田洋行	士庆路	三〇〇〇〇元	一九二六年	造制罐头	每年出货二千二百箱（每箱八打）	
渡边洋行工厂	吴淞路	二〇〇〇〇元	一九二九年	同上	每年出货一千箱	
河野罐头食物厂	杨树浦	五〇〇〇〇元	一九三〇年	同上	每年出货二千箱	
A罐头食品厂	同上		一九三一年	同上	同上	

　　以上所录工厂，仅就上海一埠而言，且系其最小者。此外大规模之工场，如各种纺织工厂，非小资本家所能经营，缺而不录。即此小小工厂，每年不知剥削我许多膏脂而去，我自信经营此种小工厂，吾国人无论如何，总可着手。用特列表于上，以资借镜。

　　《国际贸易导报》载：今后日本对华贸易之趋向，主张专事输出优等商品，而将杂货工厂迁华。因日本对华输出贸易，以银市狂跌，中国又增加进口税，日本对外汇兑飞涨等诸恶消息，彼邦工商界以及当局研究各种适当应付方法，结果表示一致。

一、从前输出品大宗之杂货工厂将行迁华。

二、输出品不外乎原料品及优等商品。

其表示应迁华之各种工厂，以罐头食品、啤酒、手帕、卫生绒制品、毛绒交织品、人造丝棉交织品、套鞋、帆布鞋、呢帽、衬衫、窗玻璃、电泡、电扇、电筒、面盆、热水瓶、搪磁制品、铅制品、火柴、肥皂、牙粉、化妆品、洋伞、刷子、饼干、朱古力、糖果等。观于上表，近年日人在上海陆续建立各种工场，已实行迁华之计划矣。再，查今年自一月起，日人在天津新设之小工厂，业有十余处之多，如：

名称	资本	出口
怡丰工厂	二〇〇〇〇元	橡皮鞋
泰山胶皮工厂	三五〇〇〇元	橡皮底
世户工场	一〇〇〇〇元	肥皂
田中工场	五〇〇〇元	橡皮管
清水工场	二〇〇〇〇元	煤油混炉
高桥工场	二〇〇〇元	兽肠橡皮制腓
宫崎洋行	二〇〇〇元	日本酒
山本洋行	二〇〇〇元	日本酒
高桥洋行	二〇〇〇元	领带
中国油漆颜料公司	一五〇〇〇〇元	颜料
盛锡福	一〇〇〇〇〇元	呢帽
松井工场	未详	化装用奶酪
村濑工场	未详	橡皮风船
林记洋行	一五〇〇〇元	帽子用饰钮

（续表）

名称	资本	出口
濑口橡皮工场	未详	橡皮底
大裕公司	未详	橡皮底

据东报载：日本各种小工业，因营业关系，渐次移动于工资低廉场所之趋向甚为显著。大阪府知事柴田氏，近在地方长官会议，曾指述大阪府下小工场渐次移至上海之事实，并咨询商、工两省，双方派员调查实情矣。

据侯厚培、余沛华二君调查，日本人在东北所经营之主要产业，以工业方面而言，有榨油、制粉、酿造、制丝、火柴、皮革、制纸、纺织、玻璃、肥皂、陶器、电气、气煤等。据一九二七年调查，共有七百五十所，其中使用原动力者，四百八十九所，工人总数达一千二百九十三万人，日人占一百五十四万，中国人占一千一百三十八万。此系以前四年之统计，但日本人对于东北突飞猛进，现时之数目当不止此数也。

根据东三省官银号《经济月刊》第三卷第四号，分类统计日人在东北所设之工厂如下：

名称	工厂数		工人数	投资额
	用原动力	不用原动力		
染织工场	二〇	二九	二三八六九四五	六四六一三〇〇〇
机械及器具工场	八五	三六	一〇五六一四〇	一九七四二四八八
化学工场	一五一	七九	三三四二七七四	六七四八一六六三
饮食物工场	一二二	五八	一五九四五一三	三八四六三六三七
杂工场	八九	五五	一五五三三六三	一三一九九六〇〇
特别工场	二二	四	二〇〇三五八一	八八五〇一八七八
合计	四八九	二六一	一二九三七三一六	二九二〇〇二三〇二

据青岛市政府所调查日本人在青岛所设立之大小工厂如下：

工业种类	厂名	出品	经理姓名	资本（以元计）	工人（男）	工人（女）	工人（童）	开办年月	厂址
织染工业类	钟渊纱厂	纱布丝	长泽薰	一千万	五五六八	八五一		十二年四月	沧口
	富士纱厂	棉纱	古厂富太	七百四十三万	一三三九	一四	一二	十一年十一月	沧口大马路
	宝来纱厂	棉纱	汉城献一	三百万	一二四一	一二〇	八〇	十一年十一月	沧口
	大康纱厂	纱布	汤浅辙世	五千二百万	三〇九八	三四三		九年二月	四方奉化路
	内外棉纱厂	棉纱	石川作太郎	一千六百万	六三七	五六三	八三	六年六月	四方嘉禾路
	隆兴纱厂	棉纱	绵贯明永	一百五十万	一五一九	一四		十二年四月	下四方
	青岛纱厂	茧丝	有贺保	二百五十万	九九〇	七〇		六年六月	辽宁路
	维新工厂	腿带子	儿岛雄言	五千	九	二	二	八年九月	云南路
	宫原工厂	地毯		七百	一六		一一	十八年	陵县路
化学工业类	山东火柴公司	火柴	井上法三	五五万	四四一	三九		五年三月	华阳路
	青岛磷寸株式会社	火柴	速水丰藏	六六万	七四六	四七		七年四月	曹县路
	东华火柴公司	火柴	狩野正义	一万	六四	一〇	六	十九年十一月	诸城路
	益丰火柴公司	火柴	光宗仲伏		六〇	三	三	十九年十一月	曹县路
	南真治制杆厂	火柴杆子	南真治	四万	八三	一五	四〇	七年三月	堤口路

（续表）

工业种类	厂名	出品	经理姓名	资本（以元计）	工人			开办年月	厂址
					男	女	童		
化学工业类	光阳硫化磷工厂	硫化磷	近藤德太郎	五千	三〇			十四年十月	霑化路
	孤山窑厂有限公司	砖瓦		二十五万九千	一五〇				孤山庄
	山东窑业株式会社	砖瓦	山口	五十万	四〇			九年	沧口北边
	德盛洋行	皮革	西端久米吉	五万	一九			七年	台西三路
	大裕胶皮工厂	胶皮		五万	四二	六	三	十九年五月	辽宁路
	青岛胶皮工厂	胶皮鞋底	今井广志	二万	三四	七		十九年三月	宁海路
	信昌造胰厂	肥皂	津下信义	三万	八		二	四年七月	广州路
	维新化学工艺社	颜料	儿岛熊吉	六万	三二			八年九月	四方奉化路
印刷类	东洋印刷所	印刷品	真畸一郎	二万	二三			五年	吴淞路
	博进社印刷所	印刷品	伊藤彦	四千	一一			十五年	市场
	太东号印字局	印刷品	青柳宪龙	一万四千	二一		一	十一年	市场
	青岛印刷株式会社	印刷品	福田和三	四千	一七	二	六	八年八月	李村路
	青岛新报印刷所	印刷报纸	生田久太郎	五千	一三		六	十三年	中山路

（续表）

工业种类	厂名	出品	经理姓名	资本（以元计）	工人			开办年月	厂址
					男	女	童		
机械类	日轮公司	人力车	田中寅吉	四千	一三			四年十二月	宁波路
	胶东铁工厂	机器		一万	三二		六		冠县路
	津野铁工厂	机器		五百	六		一一	十一年一月	辽宁路
	梅泽商会	机械	梅泽重彦	二万	一五			六年三月	辽宁路
	铃木铁工所	机器	铃木章一	一千	八			十八年	冠县路
	昭和铁工所	机器	小野嘉次郎	五千	八		六	十六年六月	博兴路
	日进铁工所	机器	笠岗玉喜	一千五百	七		四	十九年四月	辽宁路
	松山铁工所	机器	松山平石	五千	一○		三		同上
	兼元铁工所	钢铁器具	兼元秉市	二万	一○		一四	十八年	同上
	原工铁工所	铁器	原田弥	六千	二五		六	七年七月	同上
木工类	滨烜木厂	木材		五万	三八			十八年八月	青海路
	和田木厂	木材	和田光藏	二十万	五○		三○	七年十一月	华阳路

（续表）

工业种类	厂名	出品	经理姓名	资本（以元计）	工人			开办年月	厂址
					男	女	童		
饮食物品类	吉泽油坊	花生油		三十万	五〇	五〇		十八年五月	云南路
	东和油坊	花生油		一百万	一六〇			六年	昌乐路
	三菱商事株式会社	油	土屋彦俊	十万	三六			九年十二月	辽宁路
	太田洋行	牛油	太田健造	二万	八			七年十月	云南路
	大杉洋行	花生油	大杉贞	十万	三三			五年十月	昌乐路
	青岛啤酒公司	啤酒	根上	十万	一三〇			五年九月	登州路
	石桥洋行	冷藏库	石桥藤	十万	二四			十三年九月	青城路
	大连制冰株式会社	冰冻汽水	儿岛辛吉		一〇〇			六年十月	宝山路

以上系民国二十年二月青岛市政府劳动股所调查，为各杂志所未载，故无分大小，一律录登。内中尚有数厂系中日合办者，则姑缺之。夫以青岛一市论，日本已有如许多之工厂矣，可不惧哉？

此外，日人在汉口等处所设之小工厂尤不可胜计。总而言之，日人在华所设之各种小工厂，对于民生问题，均有莫大关系。我国人梦死醉生，只知争权夺利，酿成内乱，致令无业者失业，有业者不能乐其业。每当外患纷来，朝野上下未始不齐声抵制仇货。迨事过境迁，又复歌舞太平。对于民生根本问题，绝不加以注意，可恨可叹！

考日人在中国设立工厂，始于光绪二十一年《马关条约》第六条第一项中规定："现今中国已开通商口岸之外，应添设下列各处，立为通商口岸，以便日本臣民，往来侨寓，从事商业工艺制作。"……又第六条第四项规定："凡日本臣民得在中国通商口岸城邑，任便从事各项工业制造。……"

所以，我国既允许日本在通商口岸工业制造，而日本商人遂挟其雄厚资本，复利用我国材料丰富，人工低廉，任便设立工厂，推销内地，既省运费，复省关税，一举而数善兼矣。此种不平等条约，如不从速取销，欲求国货之发展，岂不戛戛乎其难哉？

夫日本人既借我国之原料，用我国之人力，借我国之地点，除减省一切关税、运输费外，又有各银行为之背景，以与中国人竞利，其利可知。但是我们中国人何以不依样画葫芦，迎头赶上去，以与彼倭奴驰驱于商场之上？总理有言："人生要立志做大事业，不要立志做大官。"中国当此民穷财尽之秋，纵不能做大事业，未尝不可以做小事业。所谓小事业者何？即有钱者单独经营一种小工厂，无钱者集资经营一小工厂，使人人本此意进行，则全国小工厂林立，国货自然流通。不观乎甘地抵制英货乎？仅一小手工纺车，已令英人手忙足乱。设我国人均仿甘地之所为，其不制日人之死命者吾不信也。乃不此之求，而日日骂人以经济侵略，打倒帝国主义，而又不自挣气，从积极方面抵制，仅贴几张标语，发几张传单，以为即尽抵制之能事。吾故将日人在华所设各种小工厂录出，俾知事在人为，并择取我湖南今日应办之各种小工厂，为原料经济双方之可能者，以告国人，其种类如下：

名称	应需资本	原料	十九年长沙进口关银
铅粉	一〇〇〇〇元	白铅砂（德记炼厂曾经开办）	
铅铁皮	五〇〇〇元	即购铁皮自行镀铅	一八一九六两
电磁料	二〇〇〇〇元	醴陵、衡阳均可指导改造	
电灯头	二〇〇〇〇元	磁料与铜皮	
电灯罩	一五〇〇〇元	玻璃公司已有出品，宜加扩充	
煤油灯头	二〇〇〇〇元	民生工厂已有模型，宜继续进行	六一六四九两
马灯	一〇〇〇〇元	同上	（数目包括在上）
各种肥皂	二〇〇〇〇元	宜设在常德就近取料	一四五三三两
瓷器陶器	二五〇〇〇元	就醴陵、衡阳二处改良	二七二〇〇两
皮革并成品	五〇〇〇〇元	宜设在常德，并制造成品	一二七六一两
各种罐头食品	二〇〇〇〇元	六畜、水果，湖南均富	
窗帘台布线毯等	一五〇〇〇元	第一纱厂可供原料	一八六九六两
镕铜厂	一〇〇〇〇元	收集废铜镕制杆片	八六八四两
热水瓶	二〇〇〇〇元	宜与玻璃公司合作	一二二〇四两
洋伞	一〇〇〇〇元		一七三六〇两
橡皮套鞋	一〇〇〇〇元		二七九四六两
毛电	五〇〇〇元		
钮扣	一〇〇〇〇元	长沙原有钮扣工厂，应谋恢复	三一五六三两

（续表）

名称	应需资本	原料	十九年长沙进口关银
脚踏车	一〇〇〇〇元		一二九三两
洋墨水	二〇〇〇元	五味子系湖南出产	
印刷墨	五〇〇〇元		
玻璃	一〇〇〇〇元		四一五八两
铅笔	二〇〇〇〇元		一一七八〇两
化妆品	二〇〇〇〇元		一四五〇五两
玩具	一〇〇〇〇元		一〇九五〇两
毛刷业	一〇〇〇元	猪鬃甚多	
制胶	五〇〇〇元		
铁工	五〇〇〇元		
地毯	一〇〇〇元	牛毛甚多	

此外，如西法白铅炼厂、硫酸厂、水泥厂、炼铜厂、炼铁厂、造纸厂等，均可开办，但一时筹款困难，且均系大规模之工厂，不在此篇范围之内，暂不置议。兹谨以十二分诚意，希望各企业家、各资本家各尽所能，逐一举办。同时并希望我省政府，于上所列举中，有数种于政府所已设之工厂有连带关系者，设法改良推销，或稍加以经济，俾其周旋自如，徐图发展，则将来不但湖南无舶来品输入，并可使湖南货风行全国。古人云："事在人为。"若视其小而不屑为，而大者又不能为，吾莫如之何也矣。

余素主张我国多办小工厂，盖小工厂多关民生问题，集资既易，成立不难；若果办理得法，数年后即可变成大工厂；即不幸而至于倒闭，亦不如汉冶萍公司等之有影响社会安宁。尤其在我穷困之湖南，私人经营，更宜从小着手，决不可轻听人言，轻举妄动。

小工厂又以民营优于官营，盖民营有工务、事务各一人，即可以布置咸宜，彼科长、科员、秘书、会计、工程师之流亚，尽可一笔勾消，可省却大宗薪俸开支。如系官营，亦宜商家化，以副生众食寡之义。苟如是而谓我国工业不振兴者，吾不信也。

在今日资本落后之中国，提倡小工厂最为相合，上文已言之详矣。除此以外，吾人尤须进行农村小规模之手工业，即总理所谓"双手万能"之政策。此种手工业，任何资本家不能压倒，即任何大工厂亦不能消灭，具有一种特殊历史，以独立于社会而不敝。不过对外贸易，无高瞻远瞩之魄力，而留以供给农民本身之需用，当为事之可能。古人云："日中为市，以其所有，易其所无。"此即农民一种手工业交换之滥觞。吾国农民，本借种植为生活，但当农事暇时，则往往以手工业为副产物，人尽其才，在乡村之势力颇为不小。如果农民各有一艺之长，则外货不抵制而自抵制，纵使畅销，亦不过在通邑大埠一部分之上等社会"摩登"少年而已。至乡间之坚壁固垒，殊无由而攻破。况此种手工业之发达，恒视该乡村附近所产之原料为准，决无借他县之原料运回制造之事实，如浏阳产麻而夏布名，永州产锡而锡器兴，益阳产竹而篾货盛，他如长沙之刺绣，零陵之纺织，平江之大布，宝庆之竹器，衡阳之粗瓷，何一非就地取材，且多系妇女、农民等农隙时所制造之工业品。是农民一身，除担任农作外，并兼工业。此种事势，在任何国农人所不能，而为我国农人一种特别传统性质，苟政府加派技术人员，从中指导，改良方法，如认为有扩充价值者，又从而贷与资金，俾可由乡村之工业，进而与城市工厂竞争，如果货物相同，则价相若。是乡村工业并可取城市工业而代之矣。

此次太平洋国际学会讨论中国工业化问题，特别注意于中国农村小规模之工业，有云：

中国农民半为天时之关系，半为藉种植而生活者，尽可利用剩余之农时，从事农村工业，以增收入。……在菲律宾麻织物及刺绣竹编工业等，已甚发展。在日本小规模之合作丝厂，于最近十年内，其成绩远胜于资本雄厚之同业。在中国各处草帽花边刺绣等工业，亦已露角，并有数处农民于暇时所生产之棉毛织品，价格低廉，堪与城市中机械出品相竞争。

对于中国工业化，因在本会洋区内缺少煤铁及煤油之供给，常予大工业以发展之阻碍。其最便进行发展者，只有手工艺及可以利用现有，或在国内自行生产之原料之其他工业。所有小工业，当先就现有者渐次扩充，并发展新工业之能利用手工技术者，较投资于机器工业为益良多，因手工艺易觅市场故也。……必须有良好之乡村银行，设立较好之生产及分配合作社。但此种乡村工业之组织，有一事不能与资本工厂组织争雄。盖工厂组织，能花样翻新，左右市面；而无组织之乡村手工业，则不能焉。因手工业式样当一成不变，难免不合时宜。……并谋发展个人之小手工业，以与城市之工厂竞争，或则生产品相同，而其价值较廉，或另行生产不适用机器之物品云。

余深信中国自有办法，特主持实业者只谈理论，不于实地进行，演说提案计划筹备，已消磨多少岁月，甚至言大而夸，无裨目前国情实际。如甚么国立铜铁事业计划、国营机器制造计划、国营酸碱工厂计划，以及国营纸浆、水电、精盐、细纱、酒精等计划，每厂动辄数十百千万元之巨，曲高和寡，三年不成。而主持全国实业者，亦明知其事难成，但为粉饰耳目计，殊不得不做如是想。若省、县政府，尽可将调放低，按诸各地实在情况，着手进行，"仰即知照"，何如"想起就做"？夜长梦多，卒之一事无成，殊可叹已。

各省已有设立县建设局者矣，惟我湖南，鉴于经费之困难，着从缓议。余意政费无论如何拮据，各县设建设局提倡工业，却不可省，且不假多时，即可增加若干进款。此种局所司何事，其宗旨则在振兴小工厂与手工业二途。但人选问题，务须斟酌，除学识外，并须有经验而能廉洁者，方克充任。所有各方伟人先生介绍之人才，苟与规定不符，无论何人，概行挡驾。如此破除情面，始克有济，否则多设一局，又为各要人安插若干闲员，则非设置建设局之本意矣。

又，我国农人可工业化，工人亦可农业化，为任何国民所不及，谓余不信。不观夫我国农民，招到工厂，即可指示以各种粗笨工作，一旦解散回家，仍可操平日苦力之耕作乎？若外国农人，招之虽来，麾之难去，万一工厂停顿，即成为失业流氓，再不愿回到乡村做栉风沐雨生活。余敢说各国有工人失业恐慌，惟中国目前无之，除失业华侨回国外，有之亦属甚小数目，不难使之解甲归农。不观乎今年武汉水灾乎？失业者以数十万计，一旦水退，仍可回返故窠，重理旧业，可为明证。只求政府保其安宁，使之安居乐业，即可无失业之虞。但此种最低限度之要求，政府如无办法，致使土匪横行，有家归不得，有业执不得，而非吾所敢知矣。

总而言之，我国处此时代，闭关自守，既势所不许，人以工业品换我脂膏，而我自然不能束手待毙。欲求抵制，非先设立各种工厂，制造货品不为功，但资本既不若他人，则必先求其小者而进行之。集腋成裘，由小而大，终必有达到圆满目的之一日。再于各乡村固有之手工业，加以扶助，使之极端振兴，如雨后春笋，有不可遏止之势，将见一县之工业勃兴，合之即为全省之工业勃兴，国货既充，外货自然不得而入。主实业者其以余言为河汉否？拭目俟之。

十，三十，草于首都。

中国失业问题[①]

失业问题，在今日各国，都视为一种最重要、最难解决之大问题。无论大政治家、大经济家，几均束手无策。余何人斯，敢来谈此问题？但余深信，外国失业问题或难解决，若中国失业问题，目前实尚有解决之可能。因中国以农立国，失业人数不多，且系星散，非若外国工人人数之集团，果防杜得法，即永不至入于危险境界，可断言矣。

失业原因，无论中外，不外下列四种：

一、缺乏劳动能力；

二、大地主独占土地；

三、经济之变动；

四、政治之不上轨道。

以上四条，有一于此，人民即入于失业之途。此实无法可以幸免者也。

本年十一月二日《申报》载："据国际劳工局中国分局长王人麟谈，自一九二九年冬季始，世界发生空前之经济大恐慌，各国生产力不振，购买力疲敝，工商业因而倒闭者甚多。失业问题，至是遂日趋严重。国际劳工局于七、八两月内，接得各国报告，失业人数，有增无减，前途颇不乐观。若在最近期间，全世界之经济况状无相当起色，则今年冬间失业人数将感受极大之痛苦，社会将发生

---

① 艺庐：《中国失业问题》，《实业杂志》1931 年第 168 号。

不安之景象"云云。并将今年及去年同月之失业人数，列出以资比较。

国名	报告之根据	今年七、八月失业人数	去年同月失业人数
奥地利亚	领取津贴	一九六三二一	一五六一二四
比利时	领取津贴	六二三三九	一五二〇二
加拿大	工会	三二四〇〇	一八四七三
捷克	失业注册	二一〇九〇八	七七三〇九
丹麦	工会	三六一〇〇	二六二三二
法国	失业注册	五三六七三	一一二一四
德国	失业注册	四一〇四〇〇〇	二八八二五〇〇
英国及北爱尔兰	失业保险	二一四二八二一	一五〇〇九〇〇
匈牙利	工会	二九四一二	二一八六〇
意大利	失业注册	六九三二七三	三七五五四八
荷兰	失业保险	六五九五六	三二七五五
新锡兰	工会	四八六五七	五三七一
挪威	失业注册	二二四三一	一二九二三
波兰	失业注册	二五一六〇八	一七三六二七
瑞典	工会	四四六二一	二七一七〇
瑞士	失业注册	一八五〇六	一〇五三一
美国	工会	一八〇〇九	一五〇〇七

观上表，知各国失业人数如此巨大，且较去年增多，形势之严重可知矣。

查资本主义自十九世纪发展以来，有业者均失其营业独立保险性质，往往沦于资本下之劳动范围内，遂使资本主义日渐发达，而贫富阶级日形悬殊。结果劳资双方成为敌国，永无和平解决之一日。于是人民之失业与否，其权完全操诸少数资本家之手。奥国法学者棉迦氏所谓："凡国民具有劳动能力和劳动意思的，他应享有求国家或地方公共团体，给他工作的公法上之权利。"至是不顾一切，概行破坏，非故意破坏劳动权也，势使然耳。

此次国际劳工局长多玛氏提交第十五届国际劳工大会之第一部分报告，即为专门研究失业问题，并作下列之建议，以为解决此问题之企图：

一、设立公共职业介绍所；

二、移殖未开垦区域从事耕作；

三、创置失业保险制；

四、举办国内及国际间之公共事业。

余意多玛氏提出四条件，尤以第二项为根本救济办法。今世之所以多失业者，未始非造端于注重工业而轻视农业。倘各国容纳此项建议，未始不可以安插若干失业之人。若一、三、四条，仍系临时治标政策，虽目前可以使失业者有业，终非长久治安之策。如希腊、罗马，当日以人口过剩和职业之不足，尽量输送其民众于殖民地，与我国今日移民东北助资开垦者同。多玛氏之第二条建议，亦即此旨。至举办国内及国际间之公共事业，古之人亦有行之者，当希腊"巴里克利"治世，欲消纳一部分失业者，于是在雅典大兴土木，借此以供多量游民衣食之资。但大功告成，此辈劳动家仍不免沦于失业之一途。又，失业保险制，英国今日已盛行，虽为救济失业民众一时权宜办法，卒之失业数目，与日俱进，因工人有失业保险制，可以供给生活，于是恶劳喜逸，不愿再入工厂工作，每日彳亍街中，自由娱乐，结果失业人数，不但不能减少，且日加多。若设立公共职业介绍所，则又视时势如何。若职业机关有需用工人之处，当然可以容纳。即不介绍，资方亦必觅相当之人以补之。若强其所难，资方多一笔开消，未必甘心收录。倘若开除一人，又补一人，则楚弓楚得，于失业数目仍无裨益。吾故云四条建议，当以第二条为根本救济办法也。

若夫我国，数千年来以农立国，除天灾、兵祸而外，无所谓失业。即盲如瞽者，尚有司数之微艺。此外，五官俱具之人民，鲜不各司其业，士农可工商化，工商亦可士农化，既无阶级之可言，亦即无失业之事实。举国只有大贫小贫之分，并无大地主独占土地。经济虽有变动，不过度其困苦生涯而已，绝对不至于失业。惟政治不上轨道，则即是制造失业之大本营。文官只知要钱，武官要钱又怕死，枉法贪赃，欺压恣暴。于是土匪蜂起，"赤祸"横流，内乱不停，外侮日急。举国内有职业之人民，使之不安于其业；无业之人民，使之失业。结果士辍于学，农荒于亩，工停于厂，商罢于市，四民皆为失业之人矣。

中国在历史上向无失业之实现。即观今年各省水灾，一时失业者以千百万计，迨水退还乡，仍为有职业之人民。湘、鄂、赣三省虽受"共祸"，流离失所，一旦大军云集，彼辈仍返故乡，努力职业。缘我国人民立场在农业之上，数口之家，如有田四五亩以资耕种，即可求得饱暖。加之人民安土重迁，离乡别井，均非所愿，苟非威胁，鲜有逃亡，而成为失业之徒。此其一也。

我国交通不便，乡村人民苟非万不得已之时，鲜有进城埠谋事者，分散乡间，各事田亩，聚居城市，则粥少僧多，民散则有业，民众则易失业。此其二也。

外国工厂，多设在一个区域，工人动辄数十百万，万一经济发生变更，裁人倒闭，事所恒见。且工之子恒为工，并不知稼穑之艰难。若我国目前既无极大工业区域，工人又多来自田间，如果资方有不能支持厂务之时，弃其锥钻，复我耒耜，则工人农业化，亦决无失业之一日。此其三也。

余敢说中国农民，非遭匪祸，即永无失业之日。然余又不敢说中国以农立国之外，不兼及工商。因中国目前生产至为贫乏，欲谋抵制外货，固非竭力从事生产不可。将来工厂林立，工人集聚，亦意中事。若现在中国产业状况，甚是幼稚，制造工业户数，共计二百三十八万八千一百九十户；而使用机器工厂，仅有二万零七百四十六户，约占全体制造工业百分之一；从事制造工业人数，共计一千一百四十八万三千五百九十八人；而从事机器工业人数，仅有六十四万八千五百二十四人，约占全体工人百分之六（见周佛海所著《三民主义之理论的体系》）。夫以我国人口之众，而仅有此少数工人，则生产之效果可想而知。所以，生产与工人成正比例。不过欲谋生产发达，即正工人用武之地，目前虽无大数之失业，数十年之后，或者此辈生长城市工厂，招之即来，麾之不去，并不知耕耨为何物，彼时我国上下乃不得不为失业人民谋解决之方，若在今日，固尚谈不到此也。

然我国今日果绝无失业者乎？曰："未也。"废疾者，天赋之失业也；游手吃烟者，自取之失业也；"土匪共党者"，政府造成之失业也。若此数者，其可谓之为真失业欤？夫今日真正失业者，只有墨西哥及马来亚被逐回国之华侨。盖若辈多生长异域，在国内向无立锥之地，一旦被逐回国，欲经商则乏资本，欲耕殖则不知稼穑。中央所设立之华侨招待所，洋楼汽车，乃款接有钱之华侨，与此辈无关系焉。且此辈华侨，耐苦安分，无揭竿起事之能力，无跳梁作乱之行为，纵令失业，政府早已视之毋足轻重。非然者，东北、西北、西南各省未尝不可安插，忍令有用之青年不享劳动之权利。俾士马克有言："工人之壮健者应给他工作，有病者应给他疗养，衰老者应给他休养。"我国政府诸公阅此数语，其能无恶惭耶？所以，我说中国目前并无所谓失业，因为工人多可农业化，有之当在数十年之后。但为思患预防计，应遵总理解决中国经济问题方法，主张把保护、发展、限制互相为用，于建设生产秩序之中，寓有工业社会化之意，不至蹈资本主义之覆辙，庶人人可享受资本之利益，俾资本不至压迫劳工，而劳工亦不得恃众挟制资本。俟劳资双方相安无事，再进而如黄君霖生所著之《失业之法的研究》。国家对国民全体负法律上一般扶养义务全责，而国民全体亦不得不对国家担负法律上一般劳动义务，并实现上文所引棉迦氏之一段话，则失业问题或有解决之可能。

牛与农之关系[1]

吾国自古以来以农立国，而农家所依为生命者，惟牛而已。农人无牛，其何以异于疆场上之兵士无枪炮乎？欧美各国农家，多用机器犁田，若夫旱田，且有用马以代者，与我国西北各省相似。而我国东南各省，农家以稻田为主体，而稻田非水不可，用马既不可，用机器则格于梯田小亩，且多系小农，并无能力购置机器。于是，所恃以深耕易耨者，厥惟水牛与黄牛两种。惟牛价低廉，外人又挟其厚资，相率来华购运出口，以作口腹之味，又故近年牛价，比前十年，相差几有一倍之巨，而农家受痛苦矣。

实业部于二十年二月二日曾颁布《保护耕牛规则十五条》，其第九条云："保护耕牛不得屠宰及贩运出口。"继又制定《灾区耕牛救济办法四条》，并闻拟咨财部转饬海关严禁耕牛出口。《中央日报》十一月五日载："实业部制定《禁杀耕牛条例》十三条，内有省市应筹设耕牛寄养所之规定。"法良意美，但恐官样文章，各省属吏未必切实奉行。夫一牛之微，本不足轻重，但一念及农民工作，则实成为一重大问题。如果实行保护，亦属维持农民经济之良好法则，盖直接保护耕牛，即间接保护农民耕作耳，今则实业部厘订耕牛救济办法矣，如：

（一）凡灾区内耕牛，一律绝对禁止屠杀。

（二）未得官厅许可，不得采购或私运出境。

---

① 艺庐：《牛与农之关系》，《实业杂志》1931 年第 168 号。

（三）筹设耕牛寄养所，俟可耕时，还原主酌取饲养费。

（四）由地方政府采办饲料，贷与或发给农民自养。

行政院特训令水灾会及内部遵照拨款办理，实业部认为各海关应严禁生牛及牛肉输出，以防牛荒，特咨财部饬遵。原文如下：

为咨请事。查今夏霪雨为灾，禾庐漂没。灾区农民，均以秋收绝望，饲料缺乏，纷将耕牛售出，藉维生计。惟本年被灾区域，几遍全国，实难望有殷实农家预购耕牛以资调济，售出牛只，必归屠宰，或运到外国。将来水退耕作，势必发生绝大牛荒。本部有鉴于此，除拟具办法电请灾区各省府饬属严禁屠宰设法豢养外，关于运销国外一节，应请贵部饬令各海关一律严行禁止。惟青岛屠宰场，系根据鲁案细目协议，由中日合资办理。而牛肉出口，久已成为一种畜产商品，胶海关牛肉输出，似难完全禁止，拟请令饬该关依照十八年度数量为限，不得超越，以示限制，而防牛荒。相应咨请查照转饬遵照为荷。此咨。

又据《社会杂志》二卷三期载："……其他为大量牛肉之运往日本。中国海关原来禁止鲜牛肉之输出。因屠宰易致及于耕牛，足以影响农业。但自去秋以来。驻北平某财政当局。竟允许某日商以输出特权（可恨）。从此华北牛只，大批运至天津。屠宰以后，即运出口。最近日本为准备运用罐头，遂订购巨额之牛肉出口。至少明春将受其影响也。……"

试观上文，则中央禁者自禁，而地方放者自放，视命令如弁髦，华北农家之生活性命，完全丧于某财政当局一人之手矣。噫！

吾国土地广大，农户众多，牲畜一事，当然可与外国抗衡，何以我国的牛反如此之少？殊不可解。今据东省《经济月刊》调查各洲牛数，列表如下：

全世界的牛表（单位：千头）

洲别	一九一三年	一九二七年
欧洲（除俄国）	九八七六四	一〇〇三三九
俄国	六〇二八〇	六七八五三
北美及中美	七六四八五	七九四一五
南美	八六六六二	一〇一〇五三
亚洲（除俄国）	一三一三〇〇	一四三九二七
非洲	三四五三七	五一二七〇
海洋洲	一三八五九	一五四七六
合计	五〇一八八七	五五九三一五

全世界的饲牛，以印度为最多，其次俄、美，兹分述各国牛数如次：

国别	年次	数额
德国	一九一三	一八四七四三七七
	一九二七	一七九八二八六四
法国	一九一三	一五三三八二二七
	一九二七	一四九四〇九六〇
美国	一九一三	六三六八二六四八
	一九二七	六八七六四〇八六
阿根廷	一九一三	二五八六六七六三
	一九二七	三七〇六四八五〇
巴西	一九一三	三〇七〇五四〇〇
	一九二七	三四二七一三二〇
英领印度	一九一三	一二〇四一九八一七
	一九二七	一二〇六九七二三九

（续表）

国别	年次	数额
诸侯领印度	一九一三	一二〇三二一三五
	一九二七	二六二二七九七二
澳大利亚	一九一三	一一四八三八八二
	一九二七	一一八八〇〇七七

我国牛数，据民国四年农部统计，为二二八八五九二一头，其每年输出若干，请观下表：

年别	只数	值关平银
十七年	一九七八九头	五三八八四二两
十八年	二一二四五头	六一六六六七两
十九年	二八一六二头	一〇四三四〇四两

以上系根据海关册报生牛出口之数，若宰杀后，制成罐头，由船运出，为数亦属不少，惜无详细数目，可资纪载。且海关之数，亦不甚确。兹据青岛一隅，十九年按月输出额（摘录如后），已超过总数一倍。此外，若上海、天津、广州、东三省，尚不在内。

十九年一月	五九八四头	七月	三七九〇头
二月	五〇〇八头	八月	三九八九头
三月	四四〇一头	九月	三七七一头
四月	四四八八头	十月	三七八五头
五月	四一〇二头	十一月	四四六〇头
六月	三九七二头	十二月	五〇二九头

即此一处，合计五万二千七百八十二头，比十九年海关册报总数二万八千一百六十二头，实多二万四千六百二十头。兹再查我国生牛皮出口，可知内地宰牛之数。民国六年，农部统计牛场屠杀，

为六十九万一千六百三十七头，但宰杀之牛，其皮多有自行需用者，并非尽数输出，此不可不知者也。又，海关所纪之数，均以担计，兹假定每担干牛皮为十张，则其数以十乘之，即得牛只之数。

十七年	水牛皮	七〇五一七担	七〇五一七〇张
	黄牛皮	三八七九六三担	三八七九六三〇张
十八年	水牛皮	六二八四五担	六二八四五〇张
	黄牛皮	二五〇一六七担	二五〇一六七〇张
十九年	水牛皮	五三〇二三担	五三〇二三〇张
	黄牛皮	一六五五九四担	一六五五九四〇张

共计牛皮为九百九十万一千零九十张。此外，外人在内地所设立之皮革厂，及我国自设之土法或西法皮革厂，其数当占出口之半数，合之当为一千四百八十五万一千六百三十五张，再加入每年运出之牛数，则我国饲牛之数虽不及俄、美，约可与阿根廷相颉颃。

今我国小农甚多，而牛与农关系又若此其大，此种农作物若不加以保护，听其运输出口，则牛只当然减少。而牛价日高，对于农民耕作实有莫大之影响。

至于耕牛保护之法，在唐律上，已有杀牛、马者，处徒刑一年之文。即前清顺治、雍正、乾隆诸朝，亦有禁宰耕牛上谕。乾隆三十年，且明定州县官失察，罚俸三月以上明文。当时何等重视耕牛，非重视耕牛也，实重视农作也。故我国历代皆有保护农作物之法律，凡犯践伤农作物者，皆处罚，如曹操之禁军马践伤麦田及金世宗之幸银山，兵士伤苗稼，亦偿之以金。其保护作物为何如也？沿及前清，遗风尚在。入民国以来，内战不息，遍地干戈。每当禾黍成熟之秋，即是军马横行之地，既践踏其禾苗，复掳掠其牲口，稍一抵抗，鞭挞随之。嗟我农夫，不幸生于此时耶！

耕牛既为人生口腹之良好材料，时至今日，禁止宰杀，其势或有所不能，但禁止输出，此实事之最易者，亦即保护耕牛扼要之处。只须财政部严令海关，绝对不许耕牛出口，即轮船所装已宰之牛，每船三只，以足敷该船沿途之食料为限；则二三年后，耕牛繁殖，裨益农作，夫岂浅鲜？

尤有进者，牛既为农家耕作之主要工具，同时又为农家副产之主要物品，除任重致远外，并可挤取若干牛奶，以作饮料。且其滋养剂分最富，而价值又廉。国人与其出重资以购不经济之洋参野参，何若取自饲之廉价牛乳，既不费分文，即可得极美之补品，事之合算，固未有如此者。兹将各国十九年进口牛奶数目，照录于下：

奶名	量数	值关平银
淡牛奶	二七六六九担	七六〇三九三两
炼乳	五七三九一担	一九七一四四九两
代乳粉	未详	一二九四一五二两
奶油	九五一四担	九三九〇七八两
奶酥	二四四八担	二〇二五〇五两
		合计五一六七五七七两

查扱取牛奶之法，手续甚属单简。即以之装储罐头，亦甚易易。惜我国人未曾注意及此，以致每年漏卮至五百余万两之巨，岂不大可哀哉？夫保护耕牛，不但可以维持农作，并可以挽回利权，自在政府之举措何如耳。古人云："为政在人。"又云："人存政举。"惟望各机关服务人员切实奉行政府命令，保护耕牛，毋因其小且贱而忽之，幸甚，幸甚。

收买铜币熔炼紫铜白铅之我见[1]

各国以金为本位，我国则以铜为本位。七八年前，各省竞铸铜币，遂成银贵铜贱之趋势。各省市乡，铜币充斥，日本商人，收运出口，熔成铜锭，转售我国，获利甚巨，而尤以青岛为输出之总机关。虽经该省政府颁令禁止，甚鲜效果。数年之后，我国铜币恐被日商收熔大半矣。噫！与其坐视外人之夺取，毋宁自为之所。据美国币政专门委员李氏之调查报告，中国全国铜币约有四百万万串，充斥市面，价格低落。若政府自行备价收买，熔炼紫铜、白铅，既济军用，又可提高铜币价值，并可以其所获之利，作为其他兵工原料扩充之基本金，是一举而数善备焉。

一、成色

民国三年《国币条例》规定铜币成色如下：

当二十铜币	每枚重一钱八分	含铜九五、锡四、白铅一
当十铜币	每枚重一钱八分	成色同上

至民国八年以后，各省铜币铸造日滥，含铜成分均未遵照部章，故轻质铜币愈多。据十一年湘省议会发表湖南造币厂当二十铜币之配合，计紫铜七成，中国黄铜二成七，白铅三分。而河南及四川之铜币，含铜成分尤低，兹假定当二十铜币，半均含纯铜百分之

---

① 艺庐：《收买铜币熔炼紫铜白铅之我见》，《实业杂志》1931 年第 169—170号。

七十，白铅百分之二十，其余为锡及杂质；当十铜币，平均含铜百分之七十五，白铅百分之十五，其余为锡及杂质。

二、收买价格

甲　当二十铜币通行之地域，为湘、鄂、桂、鲁、豫、燕、晋各省，每五十枚，平均重十二两，每国币一元，最少可换五百枚，即每吨当二十铜币，合洋四百四十六元。

乙　当十铜币，通行于江、浙、皖、赣诸省，每百枚重十八两，每国币一元，可换二百九十枚，即每吨当十铜币，合洋五百十五元。

三、熔炼后之价值

甲　当二十铜币，可炼纯铜七成，即每吨得纯铜零点七吨，白铅零点二吨。按上海上年九月十五日紫铜块趸售物价，每吨合洋一千零九十六元，则每吨当二十铜币，可得纯铜值洋七百六十七元，白铅值洋六十元，总共八百二十七元。

乙　当十铜币，可炼纯铜七成五，即每吨得纯铜零点七五吨，白铅零点一五吨，即每吨当十铜币，可得纯铜值洋八百十二元，又白铅值洋四十五元，总共值洋八百五十七元。

四、纯益

现暂定每日熔炼当二十铜币二十吨，可得纯铜十四吨，白铅四吨。每吨铜币熔炼费，估计为八十元，即熔炼当二十铜币，每日可获纯利洋六千二百五十元，每月可获纯利洋十八万七千五百元。

五、炉厂

查湖北富池炼厂，曾于民国八九年间，收买制钱熔炼，成绩甚佳。该厂炼炉，现均存在，只须加以修理，添配锅炉机件，一个月内即可开工，预计约需修理等费洋三万元。

六、流动经费

查熔炼铜币，须事先屯积，免为商人居奇，致影响市场，故先应筹洋百万元，委托银行代为收买当二十铜币，储作百一十日熔炼之原料，然后随时收买，庶不至有停炼之虞。

（说明）关于收买铜币之百万元，委托银行根据定价代收，本厂只须流通金二十万元，每月以所炼铜售得之款，向银行转买可也。

上述估计成分，系就湖南造币厂十一年所造者而言，事实上各省铜币，成分高下，不能一律。以湖南言，最好先购当二十铜币十吨，暂就湖南黑铅炼厂，先为试验，如成绩甚佳。再为筹办熔炼，此系一种治标救急办法。若欲求一根本解决之道，仍以开办铜矿、自设冶炉为得也。

暴日入寇，举国上下悲愤填膺，有要求政府即日出兵御侮者，有要求政府以武力收回失地者。但出兵与武力，其原则重在子弹，我国虽有兵工厂十四处，而每日所需之重要原料，除黑铅一项有湖南出产外，他如紫铜、白铅、硫酸、钢铁等，无一不仰给舶来。鄙人心忧之，于是条陈兵工署，主张先收熔铜币以救急，再开办铜矿以开源。无如财政部不赞成斯举，认为有妨币政，遂不果行。兹阅京城十一月二十三日各报载，日本人又在汕头有收熔铜币之举，未知主持财部者对此作何感想？故特将日前所拟之计划宣布，以供研究。查目前开工各兵工厂，计每日共需用紫铜十五吨，白铅五吨，倘收买全国四分之一铜币一百万万串熔炼，计可供各兵工厂一年之用。何去何从，则在主持其事者斟酌之而已。

国人急起集款献飞机[1]

　　寇深矣，可奈何。政府手忙足乱，人民力竭声嘶。终不能却暴日之侵掠，且变本而加厉焉。任其蹂躏乎？抑设法抵抗乎？事至今日，人民宜与政府合作，无分官民，不计公私，上下团结，以与周旋，事乃有济。故吾谓国难临头，民众如果视为系政府职责，不与援助，使成孤立，则人民亦失其国民之资格；亟应一致发扬大无畏之精神，富者出钱，贫者出力，各尽国民之义务，以与日寇作殊死斗。救国即所以救家，"皮之不存，毛将安附"。此鄙人所以主张集款购献飞机与政府者也。

　　据《申报》去岁十二月七日载："现在在满蒙努力奋斗之多门师团，原驻日本宫城县，本日下午宫城县在乡军人支部特开临时大会，举行奉献'宫城野'（重爆击飞行机之名称）之发会式决议，由全国在乡军人会员募集二十万元，缴款期至本年二月二十日截止。制造飞行机一架，造成后即送往满洲就国防第一线"云云。又该报一月二十日载："荒木陆相日昨觐见日皇，回陆军省后，即时发表国民关于满洲事件募捐之内容如下：陆军省截至本月十五日止，由国民受到之恤兵金一百七十九万九千七百六十二元三角，恤兵品五千八百七十五个；更由国民直接送达满洲驻军之恤兵金，为三十八万四千零八十八元四角五分，恤兵品一千二百二十个，共计恤金二百十八万三千八百五十元七角四分，恤兵品七千九十五个。

---

① 艺庐：《国人急起集款献飞机》，《实业杂志》1931 年第 169—170 号。

比较日俄战争时代，陆军所接收之恤兵金一百二十六万六千三百四十八元，增加九十一万一千七百五十元，慰问品增加九十八万七千二百个，尚有为充实国防起见。由国民献纳之军械，有飞机两架，铁帽五百余个，机关枪两支"云云。

统观以上两则，日本国民对于该国政府此次侵略辽、吉举动，不但捐募巨大军费，而且献纳若干军械与飞机。环顾我国国民，对于马占山将军虽有捐助恤兵金，比较日人之踊跃输将，已瞠乎其后。且彼于捐款外，并募集巨款购置飞机。吾国不乏在乡军人，未闻有此义举。且吾国在乡军人安居租界，以百万为单位者，不可胜纪；以千万为单位者，亦大有人在。世界各国只有富商，我国则有富军阀，军阀之富何自而来？不外吞扣军饷，朘削民膏，为世界各国所无有之事。此时应稍发天良，捐助些须以救国难，至应有事也。乃此次暴日侵入，竟充耳不闻，除打几个不费钱的官电外，从未见有何举动。谓之为凉血动物，不亦宜乎？

自德人奈端发明飞机以来，其始不过视为一种游戏之事，乃为时不过三十年，竟成为今日战争上重要工具。而战争演进，由陆上而空中矣。换言之，即由平面而立体矣。今日研究国防者，于地盘之外，尤须防守气盘。因气盘不固，即地盘亦难维持。所以，各国对飞机一途，进行不遗余力。回顾我国政府作事，处处落后，只知争权夺利，对于国防上毫无准备。所以，此次暴日进占辽、吉，如入无人之境，只以"不抵抗"三字揭示国人。呜呼！"不抵抗"三字何以服天下？为今之计，惟有对于此处女空权，朝野一心而保障之。欲求保障，先求建设，在今日实为不可缓之事也。

进观列强空军之趋势：

法则特设防空总司令部，其常备兵力，共有一百四十七个陆军飞行中队，汽球十八个，飞行船十五艘，及海军方面之十八个飞行中队，但最近计划有将空军扩充二百零八个中队之举。

英国为海上之霸王，此所公认。对于空军，难免不受法国之威胁，近则积极建设空军。其兵力，航空队八十四连，高射炮二营，照空队一营，通信一营，独立照空五连，独立通信六连。

美国对于空军，努力建设。一九二八年，大事扩张。迄于今日，已成立陆军飞行机一千八百架，海军飞行机一千架，大航空船两艘。若以中队数计算，即有二百以上之中队。

日本对于航空事业，比较他强，当然稍缓，然政府与国民一致主张发展航空事业。近虽无从调查真数，但三年前之航空兵力，有陆军飞行队二十六连，海军飞行队十七连。日本人向抱突飞猛进之心，在此三年内，其数目未知又增至若干级矣。

意大利有最高航空委员会，实行空军独立制，业有一百零三个之飞行中队。现尚进行增至一百八十二个之计划。

苏俄则设有航空本部，计有飞行中队一百二十一个之多，飞机一千二百一十四架，其极力求空军之发展，正方兴未艾也。

德国虽受条约上种种苛刻束缚，不能自由发展空军，但国内一切民用飞行机异常发达，目前虽为交通或通商之用，设一旦有事，仍可改为军用。

统观以上所述，各国对于空军既极端竞争，则将来世界战争，除海、陆之外，又增一空。且空军之重要，远在海、陆之上，此可断言者。惟是国人醉生梦死，遇事落后，有心者虽惴惴是惧，彼等不曰力薄，即曰财穷，致令贪官军阀，坐拥数千百万之金钱，不加惩处，是诚何心哉？

虽然，往事已矣，今吾提出最低小限度，不须请愿，不须示威，更不须张贴标语、打电报、发传单，所要求者，人民自由集款，购置战斗飞机送给政府，以作国防之用，大省三只，中省二只，小省一只。今拟举如下：

广东	三只	浙江	三只	江苏	三只
四川	三只	河北	三只		
共十五只					
山东	二只	湖北	二只	福建	二只
湖南	二只				
共八只					
河南	一只	江西	一只	广西	一只
云南	一只	贵州	一只	山西	一只
陕西	一只	甘肃	一只	青海、新疆	一只
安徽	一只				
共十只					
美洲华侨	三只	南洋群岛华侨	三只		
共六只					

东三省、内外蒙古等边省，暂未计入。

统共战斗飞机三十九机，此外应需之侦探机、运输机由政府自行补充，以成完队。当此国难日亟，我辈国民应各发天良，共同维护，应需之机价，由人民募集之后，交由政府择优购用，以归一律。想我国不乏明达事理、热心国事之人，此种举动，定当当仁不让。集腋可以成裘，细流可成河海。日本人有爱国心，岂吾国独亡？并限定此项飞机集款，于三个月内交足。一俟此事办有成绩，再行规定每年集资制造军舰。诸君毋疑吾言为痴语，须知官取诸民，我不自集，政府亦当设出种种方法筹措。结果此项款项，仍须出诸国民之身。"大厦将倾，侨将压焉。"又云："覆巢之下，焉有完卵？"望国人三思斯言，则幸甚。

边陲移民与海外华侨[1]

  日来读胡炳熊所著之《南洋华侨殖民伟人传》、李长傅所著之《南洋华侨史及南洋华侨概况》，又中央侨务委员会所编印之《各国虐待华侨苛例辑要及华侨所受不平等待遇》，暨《东方杂志》等报所载关于华侨情形，实兴无涯之感慨。夫以中国版图之广大，人口仅有四万万七千余万，以之平均支配各省区，尚觉人稀，何我同胞轻作离乡别井之举？渡海航洋，远适异域，既为他族作殖民先锋，复受种种苛待，不以为德，反以为雠。而我侨胞至今并未因苛待之故，视为畏途，仍本其大无畏精神，继续出国，努力奋斗，殊为难能可贵已。倘中央政府利用人民此种奋斗精神，使之转移方向，向本国边陲各省出发，则内地无人满之虞，边防得金汤之固，一举两便，计有善于此者乎？

  查我国居民支配极不平均，沿海各省人烟稠密，其余西南、西北、东北各省区，与洪荒时代尚无甚变异。今将我国各省人口分配密度，列表于下：

省名	每方英里人数	省名	每方英里人数
江苏	八七五	贵州	一六七
浙江	六〇一	广西	一五九
山东	五五二	山西	一三四

---

[1] 艺庐：《边陲移民与海外华侨》，《实业杂志》1932 年第 171 号。

（续表）

省名	每方英里人数	省名	每方英里人数
河南	四五四	陕西	一二五
湖北	三八〇	云南	六七
广东	三七二	甘肃	四七
安徽	三六二	辽宁	四七
江西	三五二	热河	一八
湖南	三四一	吉林	一五
河北	二九五	察哈尔	一二
福建	二八四	黑龙江	九
四川	二二八	西康	九
绥远	六	新疆	一
西藏	三	宁夏	一
青海	一	外蒙古	一

据上表以观，有每方英里人数至八百七十五人，如江苏省是；有每方英里人数仅一人，如青海、新疆、宁夏、外蒙古等是。今以一与八百七十五比，其疏密度之差数，未免过大。我国以农立国，人民非有相当之耕也，不足以图生存。查美国每人平均耕地有四公顷半，法、德等国，每人平均耕地有二公顷。回忆我国东南各省，如江苏、浙江等，每人平均耕地仅三四亩，即使终岁勤动，不过充腹。设遇天灾虫祸，则虽欲求一饱而不可得，并非农民不愿多耕田地，因人过于土，无发展之余地耳。今欲人尽其力，非移民边陲不可；欲地尽其利，亦非移民边陲不可。

夫边陲系我国固有之省区，其语言、习惯不过与内地稍有区别，并非若南洋、美洲各地，与我相隔有重洋之远，相处有异种之分，乃近海各省，如广东、福建各同胞，不畏惊涛怒浪，不惮地角天涯，相率振翮远翥，作破釜沉舟之势，此种果敢性质，诚足令人钦佩。而邻近边陲各省居民，只闻向内地迁徙，未闻向边地垦植。推原其故，实与交通上有莫大之关系。试以广东往南洋群岛计之，不过一周时日；即往美洲，亦不过四五周工夫；若转而至新疆各边地，非经三月之久不能达到。此移民实边与交通建设关系密切之概观也。总理《实业计划》有云："从利益之点观察，人口众多之处之铁路，远胜于人口稀少之处之铁路。然由人口众多之处筑至人口稀少之处之铁路，其利尤大。"今党国执政诸公，口口以党治国，而对于先总理之言，何尝实现？一似对于商业繁盛之省区争热闹，而于边省则少注意者。然自民国成立二十年来，边省未受内战之祸者，其亦因此幸免乎？虽然，吾为总理遗教叹也。

不观夫东三省乎？在光绪以前，铁路未通，居民不过三百余万。自光绪三十三年至民国七年，由三百万人突然增加二千八百万人。自民国七年至民国十七年间，增加人口一百四十七万。十七年至十九年，增加人口一百零七万。是十七年以前，每年有十四万二千人之增加。十七年以后，每年有三十四万六千人之增加（见《东北年鉴辑要》）。究之东北人民每年有如此增加者，并非全恃生育之力，实内地贫民，藉铁路交通便利，移徙之效果耳。

东北既因铁路交通，人民自由移徙，则以此视彼，设西北交通亦如东北，其人口之增加率，独不能与东北相颉颃乎？惜政府不早为之曲突徙薪，尚以焦头烂额为上客，何计之相左如是乎？

中国之于南洋等，可称为殖民地，其始也用帆船以去。在清初海禁尚严，去者之数甚少。后因中外通商，轮船往来如织，有逋客，有猪仔，有商人，有苦工，日复一日，亦日盛一日，而华侨之声势遂大。加之勤苦耐劳，有非他种人所能及，于是遂引起歧视之心，所谓种种不平等待遇，以及一切苛例，于焉以生，冀以减少华侨入境之数。兹将各国对待华侨之禁令，略举于下：

一九一五年，荷兰国公布《荷属东印度入境居留条例二十条》《过渡施行规程三条》《附则三条》。

一九一七年，荷兰国公布《荷属东印度入境居留条例施行细则十条》。

一九一七年，荷兰国公布《外籍劳工入境居留特种章程四条》。

一九一八年，荷兰国公布《廖岛府属入境居留特种章程三条》。

一九二八年，英国公布《海峡殖民政府限制移民条例十条》。

一九二六年，英国公布《英属三州府学校注册条例二十九条》。

一九二六年，菲利宾财政部公布所订《施行新簿记律办法十二条》。

暹罗国历二四七〇年，公布《移民条例十八条》。

一九二三年，加拿大公布《对华移民新例四十三条》。

一九三〇年，美国公布《对华移民条例》。

一九二九年，美国取缔《远东来客章程》。

一九二六年，古巴总统《禁止华人入境之命令十七条》。

一九〇九年，掘地孖罅国公布《禁止蒙古种族移民命令》。

一九〇九年，掘地孖罅国取缔本国《华侨苛例十一条》。

一九三〇年，尼加拉瓜国公布《新移民律三十三条》。

一九三〇年，巴拿马《关丁禁制华人入口之提案十条》。

一八九九年，厄瓜多《禁止中国移民法令七条》。

一九〇一年，澳国《联邦移民条例十八条》。

南非洲联省政府续颁《对华侨苛例之补述二十二条》。

一九二七年，墨西哥强迫华侨从新注册。

一九三〇年，智利政府限制华人入口。

一九二七年，纽丝纶政府《限制华人入口苛例》。

以上所举，系根据中央侨务委员会编印《各国虐待华侨苛例辑要》及《华侨所受不平等待遇》二书。至种种苛例内容，请阅原书，兹不赘述。我同胞处于此种苛例之中，已去者忍气吞声，徐图再起；将去者仍复乘风破浪，茹苦含辛。胡炳熊君有言："泰西之殖民，皆以国力盾其后，而中国无之，所恃者我民族之天然膨涨力而已。"追忆我国开始运动革命之时，其得力于华侨之资助者甚多，今革命已告一段落，高官厚禄，国内人得之；汽车洋楼，国内人享之；而我华侨慑伏于外人铁蹄之下，犹复如昨，未闻中央政府为之稍减其痛苦；首都所建之华侨招待所，纯粹为国内来往要人作行辕，偶有一二有钱华侨回国，固不惜穷奢极欲以招待之；无钱之华侨，一旦行抵首都，仍是呼吁无门，抢天无路，任其流离颠倒，而莫之一顾。此即中央政府待遇华侨之一种无情苛例，今欲取消外人苛例，请先自取消祖国苛例始。

噫！我国同胞在外，既受异族种种虐待矣，中央政府既无能力使之取消苛例，应即停止一切无意义之内争、一切无智识之建筑，将方针改指边陲省区，完成二三干路，俾人民藉交通之便利，自动向边陲发展。否则我不发展，恐他族出而代之矣，彼时噬脐无及，外蒙古前车可鉴，东三省来轸方殷，云南、西藏时闻警告。语云："慢藏诲盗，冶容诲淫。"我有土地，听其空虚，毋怪外人垂涎日久，竟有染指于鼎者。

总理有言："由人满之省徙民西北，垦自然之富源，其普遍于商业世界之利，当极浩大。"靡论所投资本庞大若何，必能于短时期中子偿其母。盖移民之法，首在建设铁路。铁路成功，即一切事业方有办法，不必强制移民，不必奖励移民，更不必设立移民机关，只须将西北旷地利益，令通俗报纸或地方党政机关就近恳切宣传，则人民有自然而然向边陲移徙之趋势。虽欲禁止，亦将无从禁止，殆如水之就下，其性使然。况当此粥少僧多，室狭人冗，黄河之水，夹以峻版，有不奔流者乎？但政府对于移垦地之卫生、医院、学校、水利、市场、守望等种种公益事业，应极端设备，使移徙之民视同家乡，则行旅如归矣。如此对于人满省份，有调剂之余地；对于祖宗疆土，有根本之防卫。外人既无从觊觎，政府亦减边陲之顾虑，而海外侨胞亦得有回国立足之机会，幸孰甚焉。

茅庐多暇，聊拾众论，略参己见，拉杂成篇，刍荛之言，固知政府早见及此，无待哓哓，然不能已于言者，深望当道极力筹谋，迅见实施耳。

由全国铁路谈到粤汉铁路[1]

我国开办铁路，始于光绪二年淞沪路，迄今五十六年矣。内中所成干路，纯粹依赖外资与外人，始克有济。若足以为国有铁路史中最光荣者，仅有平绥铁路与新宁铁路而已。其余除轻便与短铁路外，皆有背景，可耻孰甚。兹将我国全国铁道列表于下：

属于国有者				
路线	路长（公里）	主办	资金数目	全路通车
平绥路	三〇点二	国有	二二六六二七三七元	民国十一年
平汉路	一二一三	比（现赎回）	一〇一二五〇〇〇〇〇佛郎	光绪三十二年
津浦路	一〇一三点八三	英、德	八九〇四二四镑	民国元年
正大路	二四三	道胜银行	四〇〇〇〇〇佛郎	光绪三十三年
陇海路	二〇〇〇	比、法、荷	四一〇〇〇〇〇〇佛郎	民国十九年（已通至灵宝）
道清路	一五〇	英国	八〇〇〇〇〇镑	光绪三十三年
胶济路	三九四点〇六	德（现赎回）	五四〇〇〇〇〇〇马克	光绪三十年
京沪路	三一一点〇四	中、英	国币四八〇〇〇 英币二九〇〇〇〇镑	光绪三十四年

---

[1]　艺庐：《由全国铁路谈到粤汉铁路》，《实业杂志》1931 年第 172—173 号。

路线	路长 （公里）	主办	资金数目	全路通车
沪杭 甬路	一九五点六六	中、英	国币一八〇〇〇 英币一五〇〇〇〇镑	民国元年
南浔路	一二八一四四	商股	二一九二三四	民国四年
		日债	七五〇〇〇〇〇元	
北宁路	八四三点一二	英国	二八〇〇〇〇〇镑 二〇〇〇〇〇元	宣统三年
吉长路	一二七点七六	日本	六五〇〇〇〇〇日金	民国元年
吉敦路	二一一点五	日本	一四〇〇〇〇〇〇日金	民国十六年
四洮路	三一二点三	日本	共日债二七八七〇〇〇〇元 国币四二〇〇〇〇元	民国十一年
又	支线一一三点七四			
洮齐路	四八〇点九	日本	一三〇〇〇〇〇〇日金	民国十四年
沈海路	二三六	省款商股	一二〇〇〇〇〇〇元	民国十六年
山通路	二五二点三	国有	四七五七九六四元	民国十六年
吉海路	一八三点三	省款商股	吉钞二〇〇〇〇〇〇〇 省款一八〇〇〇〇〇元 商股二〇〇〇〇〇〇	民国十六年
呼海路	一二三	省款商股	一〇〇〇〇〇〇〇元	民国十四年
粤汉路	一一〇〇			
湘鄂段	四一五点六八	中、英、德、美、法	六一九四〇三六八点二九元	民国七年
广韶段	三五一点五二	中国商股	二〇〇〇〇〇〇〇元	民国四年
株韶段	四三〇			
株萍路	九〇	国有	三六〇〇〇〇〇两	光绪三十一年

（续表）

路线	路长（公里）	主办	资金数目	全路通车
广九路	一八九点九	中、英	一五〇〇〇〇镑	光绪三十三年
广三路	五〇点六九	省有	二〇〇〇〇〇元	光绪二十九年
漳厦路	二八	国有	六五〇〇〇〇元	宣统二年
宁省路	一二点七	国有	四〇〇〇〇〇两	宣统元年
涞清路	八	国有	一〇〇〇〇〇两	光绪三十二年
南苑轻便路	一一点二五	国有	一〇〇〇〇〇两	光绪三十三年
水口山路	六	省有	未详	
属于民业者				
潮汕路	三七点八	民有	四六〇三〇〇〇元	光绪三十四年
新宁路	一三九点八	民有	八八一六一二〇元	光绪三十四年
东龙路	四〇点三二	民有	二〇〇〇〇〇元	未详
临简碧路		民有		
简碧段	六九		四〇〇〇〇〇〇元	民国十年
临简段	不详		未详	民国十七年
双城轻便路	七	民有	二四六〇〇〇元	民国三年
齐昂轻便路	二七点九	民有	三二〇〇〇〇两	宣统元年
西开轻便路	六四	民有	未详	民国十五年
属于民业专用铁路者				
江苏贾汪路	二四点二	商矿有	三〇〇〇〇〇两	民国五年
浙江长兴路	二七点六五	商矿有	一〇〇〇〇〇〇元	民国十一年
安徽桃荻路	八点二五	商矿有	未详	民国七年
安徽益华路	一九	商矿有	五〇〇〇〇〇元	民国十一年

（续表）

路线	路长 （公里）	主办	资金数目	全路通车
安徽实兴路	一七点八六	商矿有	三〇〇〇〇〇两	未详
湖北大冶路	二〇点七四	商矿有	官款五〇〇〇〇〇两 外款五〇〇〇〇〇两	光绪二十年
山东台枣路	五二	商矿有	一八〇二一二八点九五元	宣统二年
山东博山路	一三点八二	商矿有	四〇〇〇〇〇元	民国十一年
河北柳江道	一九点六	商矿有	一〇〇〇〇〇〇元	民国五年
河北怡立路	八五点三	商矿有	一〇〇〇〇〇〇元	民国九年
河北大丰路	六点九	商矿有	二六〇〇〇〇元	民国九年
河北齐堂路	六二	商矿有	一一〇五七〇〇元	民国十三年
河北龙烟路	五点六七	商矿有	四〇〇〇〇〇元	民国十年
辽宁通裕路	三一	商矿有	一〇〇〇〇〇〇元	民国五年
黑龙江 鹤立岗路	五六	私有	不详	民国十五年
属于外人承办铁路者				
中东路	一七二六点五	中、俄	九〇〇〇〇〇〇〇〇卢卜	光绪二十八年
南满及安奉路		日本	三〇〇〇〇〇〇〇〇口金	光绪二十八年
长春至大连	七〇一点三五			
安东至沈阳	二六〇			
周水子至旅顺	五九点二			
浑河至抚顺	五三点六			
营口至大石桥	二二点二四			
榆树至沈阳	一二点七一			
烟台煤矿	一五点六			

（续表）

路线	路长（公里）	主办	资金数目	全路通车
金福路	一〇〇	中、日	四〇〇〇〇〇〇元	民国十六年
天图轻便路	一〇一	日本	四〇〇〇〇〇〇元	民国十一年
溪城轻便路	一一〇	日本	五〇〇〇〇〇日金	民国三年
穆陵轻便路	五九	中、俄	不详	民国十四年
滇越路	五三六点六七	法国	一五八四六六八八八佛郎	宣统元年

全国铁路尽于是矣，统计属于国有者，共长约一五七二四公里；属于民业者，共长约三八五公里；属于民业专用者，共长约四五〇公里；属于外人承办者，共长约三七五八公里。方之欧美各国，不及远甚，即总理全国铁道计划，荏苒迄今，奉行无几，良可慨已。

当光绪二十二年平汉铁路开办时，清政府意欲将粤汉铁路举办，以期南北贯通。二十四年，包与美国合兴公司承办，计估费四千万美金。未几，湘、鄂、粤三省士绅争归自办，主张废约，于是四处开会，推举士绅，向政府请愿，慷慨激昂，几达沸点，并有断指上书，以示收回决心者。政府曲顺民情，于三十一年全行收回，赔偿该公司六百八十万元美金，于是三省各设局自办，粤段筑至韶关，湘段筑至株洲。迄今二十余年，对于株韶一段已成僵局，湘、粤交通困难已极。当日力争废约诸公迄今思之，其亦悔诸否乎？设使当日合兴公司稍有浮估，只于主权上无损失，未尝不可以迁就。今则金价日涨，材料日贵，工资亦日高，以今比昔，孰得孰失，清夜自思，当亦自悔其卤莽也。人事之难预测如此，可慨矣乎？后此，总理实业计划主张以借外资为发展本国实业地步，举国并无一人敢非之者，何当日三省士绅如此之愤激也？原因比时民智初开，无远大眼光，一闻外人来办铁路，恍若大祸临头，有不可终日之势，三省倡之，四川继之，虽则闹成清社为墟。而今日四川人感交通之困难，当较湘、粤、鄂人尤为切肤。往事已矣，尚望今日三省士绅本着从前争废约之勇气，转向中央政府，敦促开工，建设株韶一段，完成整个粤汉铁路，则失之东隅，或可收之桑榆，未知尚有余勇可贾否也？（本篇多取材于《全国铁路概要》。）

湖南之茶油业[1]

一、茶树之种类

茶树有二种，能开多瓣之五色花者，庭院中供人玩赏之茶花树是也，高可丈余，大不盈尺，枝叶荟菁，岁寒不凋，且开单瓣之白花者，野外之茶子树是也。茶子树之叶形椭圆，周围有锯齿，每年秋杪开花结子，至次年秋初成熟，约有九个月之怀胎，为植物中结实之最久者。外壳由初实至成熟，渐次呈青绿紫色，内核有二三粒者，亦有单粒者。每核又有内壳，色褐，其肉黄白色，核大约如拇指头。此茶子树之大概形状，人所共晓也。

二、茶油之土法制造

茶子每年在霜降前后摘取，晒干，其外壳自然破裂，取其内核，加以焙烤，盛于碾内，或臼内，连同核壳碾碎，裹以稻草，以铁箍范成圆饼，层叠装入圆形榨床中（榨床普通平置之），叠饼两端，复夹以坚韧圆板，靠板嵌以木桩（木桩可递次加入），用人力推摇悬空之横木撞击木桩，饼被夹榨，油即溶溶流出，与榨桐油相同，法至简陋也。计每担茶子，可榨茶油三十斤，优者每三担可榨获净油一担。至所余之渣饼，可以肥田，可以毒鱼，可以洗衣，并可以作燃料。

---

[1] 敏介：《湖南之茶油业》，《实业杂志》1931 年第 175 号。

三、茶油之分析

据《工商半月刊》载：茶子成分，依河伯（Hooper）之实验，谓茶子内之油量，占百分之二十二点九、淀粉三十二点五、蛋白质八点五、矿物质三点三、煞番何（Sapanion）九点一、其他碳水化物十九点九、粗纤维三点八。又据我国许炳熙君将安徽歙县雄村茶子实验结果，则得种子每粒平均重量为〇．七〇八〇克，种子外壳平均重量为〇．二〇七〇克，种子内核平均重量为〇．五〇一〇克。其壳与核之比例，壳得百分之二十九点二四，核得百分之七十点七六。其种子成分，录如下表：

成分	种核 %	外壳 %
水分	八．六五	一〇．二六
油量	四三．五六	
蛋白质	八．六六	
粗纤维	三．二六	
煞番何（Sapanion）	八．六五	
灰分	二．五九	〇．七八
无氮抽出物	二四．六三	

茶油之比重，在摄氏表十五度时为〇．九一八一，冬季华氏表四十度以下始凝结。

四、茶油之用途

茶油之用途，在工业上不及桐油之广泛。华南及西南各省人民多用以调烹饪，尤其是僧徒与食素者赖作日需调羹品。若妇女用以润发，丝烟店制造烟叶用以添香气，居家及庙寺用以点灯，吸鸦片者更不可一日无此君。至于日本人购运，则作椿油之代用品。此外，点心铺用以制造果品者亦复不少。又，近代制造肥皂者，亦可加掺若干于牛油之内。并可以代机器油之用（永州电灯公司曾因机器油缺乏，试以茶油，亦可合用，但抵抗力虽属薄微，若果加入百分之二十牛油，定可以与机器油相等）。

五、湖南茶油之产量

茶树之种植，多在长江珠江流域，若黄河以北，因气候、土壤关系，绝无栽培者。计十九年度产额，以温州第一，汉口次之，我湖南则居第三位。据《工商半月刊》调查，有如下表：

县名	每年产额	运销地点
资兴	六万斤	本县及广东
零陵	三千余石	本县及广东
江华	一百五十吨	湘、粤、桂、鄂
耒阳	一万二千余石	长沙、汉口
攸县	一千石	长沙、汉口
湘潭	八千七百九十一石	本县及长沙
浏阳	一千八百石	长沙、汉口
衡阳	三千余石	
平江	九千余石	长沙、汉口
麻阳	一万八千六百四十五斤	本县
辰溪	五十吨	常德、汉口
永兴	二千余石	

以上所调查之数，尚略而不详，兹根据湖南财政厅最近"湖南各县出产调查表"所分列茶油数目，照录于次：

县名	产地	产额	单价	总值
浏阳	东乡	五万石	十五元	七十五万元
湘乡	全县	一千五百石	二十三元	三万四千五百元
攸县	全县	一千石	二十元	二万元
安化	全县	二千五百石	二十五元	六万二千五百元
茶陵	茶衷乡	二万石	二十元	四十万元
邵阳	全县	八千石	十五元	十二万元
城步	全县	二百石	三十元	六千元
平江	全县	一万二千石	二十元	二十四万元
衡阳	全县	一千二百石	十六元	一万九千二百元
衡山	全县	八千石	二十元	一十六万元
耒阳	全县	八千石	十八元	二十四万四千元
常宁	全县	二万五千石	二十五元	六十二万五千元
鄮县	全县	一万三千一百石	十八元	二十三万五千八百元
零陵	西乡、南乡	三千石	十八元	五万四千元
祁阳	东乡、南乡	八千石	二十元	十六万元
道县	全县	一万石	十五元	十五万元
宁远	全县	四百石	十四元	五千六百元
永明	全县	十五石	二十七元	四百零五元
江华	全县	二千石	二十元	四万元
新田	岗猺	三百石	十五元	四千五百元
郴县	全县	五千石	二十二元	十一万元
永兴	全县	五千石	二十元	十万元
宜章	黄沙团	四百石	二十五元	一万元
桂东	全县	一千石	二十五元	二万五千元
桂阳	全县	六千石	二十二元	十三万二千元

（续表）

县名	产地	产额	单价	总值
蓝山	全县	五十石	十五元	七百五十元
临武	全县	二千石	二十元	四万元
桃源	全县	十万石	二十六元	二百六十万元
石门	中乡、北乡	四千七百五十石	二十元	九万五千元
慈利	下九都	七千石	三十元	二十一万元
大庸	全县	一百石	二十元	二千元
辰溪	全县	六千石	二十五元	十五万元
溆浦	全县	三千二百石	二十五元	八万元
芷江	全县	三千石	二十五元	七万五千元
麻阳	一、四、五、六区	二百石	二十二元	四千四百元
保靖	全县	三百石	十五元	四千五百元
桑植	全县	二千石	二十元	四万元
靖县	全县	一千石	十五元	一万五千元
绥宁	一、二、四区	一千五百石	三十元	四万五千元
会同	全县	八千石	二十五元	二十万元
凤凰	全县	四百石	二十六元	一万零四百元
永绥	全县	三百石	三十五元	一万零五百元
阳明	五、六两区	一百二十石	二十元	二千四百元
东安	全县	二千石	二十元	四万元

（原表漏列东安为产茶油之县，今估其大概补入。）

统共湖南各县每年茶油产额计三十三万三千五百三十五石，共值洋八百七十二万二千四百五十五元，大半为本省人民所消耗，输运出口者计十九年为一千五百九十三石，价值关银二万七千一百四十两。

六、茶油业之衰疲

据海关贸易册报，茶油以民国十八年输出为最多，计四万八千九百二十四石，值关银八十六万二千一百四十一两。民国十七年次之，计二万零九百三十七石，值关银三十四万七千八百三十一两。至民国十九年，仅一万零四百六十二石，值关银一十八万九千七百三十两。而我湖南亦由二万零九百石，值关银二十九万四千八百二十二两，降至一千五百九十三石，值关银二万七千一百四十两。其故大约不外天时不佳，以及农村经济破产，无力经营；或因地多土匪，官军进剿，亦有焚烧；或因土匪匿藏，摘取过时；或因交通阻碍，运输不灵；或因捐税频仍，商人裹足。有一于此，必致衰落。我国工业幼稚，全赖原料出口，藉塞漏卮于万一。今则丝被日本占我市场，茶被印度、日本打倒。桐油特产，现闻美国试植亦告成功，而世界上绝无仅有之特产茶油，亦与年俱退，可慨已。

七、油茶树之种植法

考油茶树之种植，宜于沃壤。今人每于春初，将茶子浅埋于土内，数旬后即可萌芽。但据有经验之老圃云，植油茶树时，宜间以松树。因茶树在幼稚时最畏烈日，松之长育，比茶树速，一则藉以遮蔽日光，二则松针解落，亦可为肥茶树之料。俟六七年后，茶树成林，即可将松树伐去。至茶树之结实，须五年以后，但数十年之老茶树，亦有秀而不实者，必须伐其旁枝而留其基干，则新枝发生，不过一二年之久，其子复累累矣。大约茶树一经生成，如不根本铲除，可以至数十百年而不绝。其利益之普大，可与桐、棕相等。

八、结论

我湖南地方千里，气壤俱佳，讲求农林，最为适宜。无如近代来童山濯濯，四境皆然，已成林者则砍伐无留，未成林者，则牛羊又从而牧之，总之不加爱惜，不图改良，致令大好山河，等于不毛之地，是谁之咎欤？为避免旱灾、增进农村副产计，为保护山林计，为谋抵制外货计，希望政府此后对于有益之树林加以提倡，加以保护，倾实心实力而为之，幸甚，幸甚。

中国之鸡蛋业[1]

一、泛论

我国社会上最普通而易举的一种农家副产品，莫过于养鸡一事。今试往任何村落、任何人家，无不饲有多少之家禽。而乡间一般农妇老媪尤喜养鸡，以为职业，而我国养鸡之权遂完全操之此辈村妇之手。数千年来，相沿如此，固未闻有用科学方法以养鸡者。然一稽其蛋产品出口，仍尚发达。惟近年各国讲求自给，积极提倡养鸡事务，而我国鸡蛋出品遂渐受打击。若不急起直追，吾恐数十年之后，丝茶业之覆辙当不在远，幸毋以其贱小而忽之。

二、鸡蛋营养之价值

动物性食品，含有最高之营养价值者，除牛乳以外，当推鸡蛋。此外，虎、鹿、龟胶，概系欺人之术，不能以科学方法证明之也。

兹录鸡蛋之成分于次：

（一）蛋白质；

（二）脂肪；

（三）矿质；

（四）维他命。

---

[1] 敏该：《中国之鸡蛋业》，《实业杂志》1932 年第 176 号。

若以全蛋而论，其滋补之成分品又如下：

蛋壳居百分之十一；

蛋黄居百分之三十二；

蛋白居百分之五十七。

陈朝玉君所化验卵壳之组织成分（％）如次：

碳酸钙 ······ 89.0—97

碳酸镁 ······ 0.0—2

磷酸钙镁 ······ 0.5—5

有机质 ······ 2.0—5

鸡卵之组成分（％）：

水 ······ 73.7

蛋白质 ······ 13.4

脂肪 ······ 10.5

矿物质 ······ 1.0

鸡卵白之组成分（％）：

水 ······ 86.2

蛋白质 ······ 12.7

糖 ······ 0.5

矿物质 ······ 0.6

脂肪 ······ 极微

鸡卵黄之组成分（％）：

水 ······ 51.8

脂肪 ······ 20.3

矿物质 ······ 1.0

色素 ······ 0.5

Vitellin ······ 15.8

Gerelin ······ 0.3

Lerithin ·· 7.2

Nuclein ·· 1.5

Glycerol phosphori acid ·················· 1.2

Cholestcrin ···································· 0.4

据 Voit（弗特氏）云：鸡蛋一颗，含蛋白质六克，脂肪六克，其营养价值约相当四十克肥肉，或一百五十克牛乳。

吾国在此时代，牛乳既不发达，且非人民所惯饮，惟有鸡蛋一物，视为家常便饭，且取携甚便，既富滋补，又极经济。所以，鸡蛋产品实为吾国国民最适宜之食品。

据日人驹井德三氏所计算：鸡蛋一个，假定重量平均为一两一钱五分，则其所含蛋白粉为百分之四点六，蛋黄粉百分之十七，故一蛋可制 $11.5 \times \dfrac{461}{100} = 0.53$，即五分三厘蛋白粉若鸡蛋千个，即可制五十三个之蛋白粉。又一蛋可制 $11.5 \times \dfrac{17}{100} = 1.955$，即一钱九分五厘五毫之蛋黄粉，鸡蛋千个，即可制蛋黄粉一百九十五两五钱。查鸡蛋中之蛋白，较少于蛋黄，故蛋白粉之价较蛋黄粉为昂。不仅蛋粉如此，即干蛋亦然。

三、鸡蛋对于工业上之用途

在昔工业未发达之时，所有中外各国鸡蛋，除用充食品或繁殖鸡种外，对于工业上未发生若何关系。自晚近各国工业逐有新品发明，而蛋之需要亦遂逐日增加，今据所知者如次：

制造肥皂，则用蛋黄。

制造假象牙，则用蛋白及蛋壳粉。

制造补磁器漆，则用碎蛋与玻璃粉混合。

制造发光漆，则用蛋白。

制造油画及手套皮，则用蛋黄油。

制造皮革上光，则用蛋白。

制造药剂，常用蛋白。

制造肥料，可用已坏之蛋。

植物纤维于浸过鸡蛋质后，即可吸收专染动物纤维之染料。

制造胶水、墨水或澄清不洁之酒精，以蛋为之。

制造照相软片及媒介剂等，亦以蛋为之。

用途既广，需要自宏，故世界各国自产蛋苦于求过于供，于是纷纷向我国采办，以资救济。我国不但产额丰富，而且价亦低廉，有直接向我购买输运回国者，亦有在中国设厂制成各种蛋产品运回者。而我国鸡蛋国际贸易遂居出口货之第三位矣。

四、中国蛋产品对于国际贸易之沿革史略

我国鸡蛋输出外洋，始于前清末年。内分鲜蛋与内地土法蛋厂之品，鲜蛋专销日本；用土法制成之蛋白蛋黄，则运往欧美。查土法蛋厂，发轫于一九〇一年，由德人创设，自一九一一年后，生意极形发达。至一九一七年，欧战开始，德商在华所办之蛋厂完全停业，由日本人起而代之。前此欧洲各国所需之鸡蛋，多仰给于俄、丹麦等国，奈战事发生，来源断绝，中国鸡蛋品遂得畅销于欧洲各国市场，颇极一时之盛。迨欧战告终，各国生产事业恢复原状，需用更多，我国蛋产品出口数字增加尤为迅速，并渐次改用机制。于是，各国为维持鸡蛋起见，除自行奖励本国养鸡业外，并对于我国鸡蛋，如英国蛋商，且作一种恶意宣传，谓中国运来之蛋品质恶劣，不合卫生，且于每个鸡蛋上盖有"来自中国"之印，后虽经我国蛋商力争，改印"外国货"，惟对于丹麦、埃及等国运来之鸡蛋，则不盖印，是"外国货"之口号不啻"来自中国"之代名词耳。

一九一九年，美国声言中国鸡蛋白系用白铅盘制出，含有毒

质，有碍卫生。同时，英国亦言中国所制水蛋黄，含硼酸百分之一点五者，准其入口；若含至百分之二者，则反是。于是，中国各蛋厂，向之犯有此种毛病者，所制出之蛋品，无处畅销，遂不得不减价出售，以收回一部分成本。因此而停业者几过半数。幸而存者，乃根据英美法令，设法改良，废弃铅盘，而代以美国制造之铝盘，以炕蛋白或蛋黄。又将水蛋黄内，前此所含百分之二硼酸，至是亦改为百分之一点五，勉强支持，以符法令。终以技术不精，制造艰难，继续倒闭者实繁有徒。民十五年以后，虽有恢复工作，然已不胜今昔之感已。

当欧战告终，我国鸡蛋业出口，非常发达。阎锡山氏督晋时，有鉴于此，曾于山西全省广贴布告，劝民养鸡。此虽一纸文告，而效力却甚卓著。迄今全国产鸡蛋额，以山西为首屈一指，而蛋厂林立，计有三十余家，其次河南，再次河北、江苏与夫山东、湖北。其规模较大者，有大昌、豫昌、同记、广兴、福来、同兴祥、宏裕昌、茂昌、和兴等厂，各资本约五十万元之谱。此外，小厂有华昌、松源、美丰、鼎丰、庆云、大昌、福义、恒裕、慎康、泰源、振丰、永记、泰和、庆记、恒茂、德丰、中兴、三阳、中孚、同和裕、泰兴、天丰、义和、鸿丰、恒昌、德和、恒丰、德举、鸿兴、同义厚、洛丰、鑫华、华兴、鸿记、保兴、实兴、同聚厚、新华、平记、恒和、福成、增新祥、宏昶、宏新、汉兴祥、强盛、庆城、丰裕、荣记、鼎记、福昌、宏盛等，各厂资本甚微，不过四五万元而已。但以上所举各大小工厂，均系华人经营。前者系大厂，用机器制造；后系小厂，均用人工。统查以上各厂建设地点，以山西、河南为多。此外，外人在中国所办之蛋厂，有英国培林、怡和、和记，美国班达、海宁等五厂，而内中尤以南京和记蛋厂为最大。以言生产力，每日达三百吨，计每日需鸡蛋四百万枚；以言经济力，则有麦加利银行为其后盾，又有本国政府之援助，其营业之发达，迥非他厂所能望其项背。

据《工商半月刊》所登蛋及蛋制品调查，内有一段评论云："华商经营之蛋厂中，以河南郑州之蛋厂规模为最大，资本在二十万两，年产力可达五十万担。华商蛋厂经营力不及外商蛋厂者，其最大之原因，不仅资力过小，不如外商之长袖善舞，而且华商所使用之机器，皆为二三十年前之陈旧机器。如技术方面，外商蛋厂以四小时或六小时可以完成干燥工作者，华商蛋厂非一日不可。因此，华商蛋厂之成本恒比外商蛋厂为高。如普通制品，外商蛋厂需银二十两乃至二十五两者，华商蛋厂则需银三十五两乃至四十两，再加以生蛋运输通过税等，成本之高，无与伦比。虽华商蛋设在内地，蛋价较通商大埠为廉，但制成之后，华商仍不能直接运往外国，销路大滞。因此，在中外蛋厂业竞争之下，华商蛋厂，易受打击，以至停业或倒闭"云。

五、中国蛋产品之种类及其销场

中国蛋产品向只有三种：一鲜蛋，二皮蛋，三盐蛋。此三种蛋品，初均为供给国内民生食用，逮民国纪元前，逐渐输出外洋。最初鲜蛋运往日本，但因易于破碎，又易腐败，于是外人始渐来华设置蛋厂，国人尤而效之，合计全国蛋厂将近百家。其所制者，有硼酸湿蛋黄、盐湿蛋黄、安息酸钠湿蛋黄、飞黄粉、干蛋黄、飞全蛋粉、干蛋白、飞白粉、冰全蛋、冰蛋黄、冰蛋白等品。

（一）干蛋白。干蛋白之销场，以美国为最大，次为英国，每年运销万余石；他如德、法、日本、荷、比等国，每年亦各有数千担之销路。

民国十九年中国干蛋白输往之国别表

国别	量数（单位：千担）	价值（海关两）
美国	一七〇〇一	一五三二二三〇
英国	一二〇一二	一〇五八一二四
德国	八八〇三	七九七八六四
日本	七一七三	六七三〇六〇
荷兰	四七七七	四一八四六八
法国	二七八五	二五四七五〇
比国	一四五四	一二一四三五
意国	七三四	六五〇一四
香港①	二九	二四九〇
其他	二一一八	一九三七七九
共计	五六八八六	五一一七二一四

（二）冻蛋白。冻蛋白之销场，以英国为最大，次为德国，再次法国，其余各国亦有相当之运销，而以日本为最少。

民国十九年中国冻蛋白输往之国别表

国别	量数（单位：千担）	价值（海关两）
英国	二二六二一	七五六〇六七
德国	一〇〇二五	六二一三九六
法国	二〇九三	四四二二六一
美国	四八一一	九一六〇一
比国	六五〇	一二三五〇
意国	二七〇	五七二一

---

① 中国香港，因当时为英国占领，统计数据时将其当作"国别"（地区）来单列。

（续表）

国别	量数（单位：千担）	价值（海关两）
日本	三	五七
坎拿大	七五	一四二五
共计	七四九一二	一六一五一六〇

（三）干蛋黄。干蛋黄之销场，以美国为最大。就民国十九年而论，出口总值四百四十六万三千二百二十五两，内中输往美国者，其值占二百二十三万四千三百四十二两，几占百分之五十。

民国十九年中国干蛋黄输往之国别表

国别	量数（单位：千担）	价值（海关两）
美国	三三一八五	二二三四三四二
德国	一〇〇二五	六二一三九六
荷兰	四九〇七	三〇七八一五
英国	二二五二	一四五七六三
法国	三三五六	二三三一六一
日本	一二二七一	六四二五〇五
坎拿大	七一七	六二一六〇
意国	一一九	九四四六
其他	三〇九〇	二〇五六三七
共计	六九九二二	四四六三二二五

（四）湿冻蛋黄。湿冻蛋黄在国际市场销行甚广，尤以英、德为最；法、美、荷、比等国，每年亦各有数万担之销路。

民国十九年中国湿冻蛋黄输往之国别表

国别	量数（单位：千担）	价值（海关两）
英国	五二七四四	一九三七六〇三

（续表）

国别	量数（单位：千担）	价值（海关两）
德国	五四八九三	二〇八四二〇三
美国	一五〇一二	六五九六七〇
法国	二六九八二	一〇六四六六六
荷兰	二三〇一一	八六九六九四
日本	八〇八	二二二七二
意国	七三八〇	二八一五八九
共计	一九四二六六	七四一六四四〇

（五）机制干蛋品（黄白全）。机制干蛋品出口量，不及上述之多，每年除英、美两国各有数千担之销数外，其余各国不过数百担而已。

民国十九年中国机制干蛋品输往之国别表

国别	量数（单位：千担）	价值（海关两）
英国	八六一三	六二三四二〇
美国	五八五四	五二九一六一
荷兰	二七七	二三八五六
德国	五一四	四四二二一
比国	三	二五九
法国	一七八二	一四二一五六
意国	五三	三〇五六
日本	八四	六一九五
坎拿大	一六八	一五八七六
其他	三〇一七	
共计	一七三六五	一三八九四六四

（六）湿冻蛋品（黄白全）。湿冻蛋品为吾国输出蛋制品之最大宗，且年来出口数量之增加甚为猛进。十六年尚不及四千万石，十七年增至五十四万担，十八年又增至六十六万担，十九年更增至七十三万担。其市场以英国为最大，约占全额百分之九十，美、德两国次之。

民国十九年中国湿冻蛋品输往之国别表

国别	量数（单位：千担）	价值（海关两）
英国	六四三四〇二	一八九九一三四七
美国	一〇四七六	三三八九六〇
德国	二六九二五	七七二一九三
法国	二八二八九	九七九九五三
日本	一〇〇四一	三〇五〇三三
荷兰	九八二八	二九九三三一
意国	五三九八	一六〇〇四六
比国	八五六	二七八二〇
坎拿大	一一二五	三六五六二
共计	七三六四三〇	二一九一三五五三

（七）鲜蛋。鲜蛋一项，从前本推销于日本，近年来以该国提倡养鸡事业，而华蛋日销，遂无昔日之盛。其次英国，若德国、菲律宾等，虽有销路，为数不多。但十九年我国鲜蛋运销日本，比较十七年量数二亿七千五百零七万九千个，约有一倍之差。

民国十九年中国鲜蛋输往之国别表

国别	量数（单位：千个）	价值（海关两）
日本	一五四三七六	二一六三四四二
英国	二三二〇一八	三六九二六五三

（续表）

国别	量数（单位：千个）	价值（海关两）
菲律宾	七四二〇二	一一五三一六六
德国	二七〇九〇	四一八九五四
新加坡等处	一四九四〇	二二二二九八
香港①	九二〇六二	一二三三四八六
澳门②	三三九一	四五四一九
印度	一五四五	一八六三七
美国	一二四四	一六三二四
荷兰	一三九一	二〇〇二二
其他	五〇	
共计	六〇二三一一	八九八五二八二

（八）皮蛋咸蛋。皮蛋咸蛋纯粹为中国人一种食品，外国人并不需此，然年来销数总值尚有四十余万两者，实取之于海外侨胞也。

民国十九年中国皮盐蛋输往之国别表

国别	量数（单位：千个）	价值（单位：关两）
香港③	三一八七	六二二四五
澳门④	二三	五七一

---

① 中国香港，因当时为英国占领，统计数据时将其当作"国别"（地区）来单列。

② 中国澳门，因当时为葡萄牙占领，统计数据时将其当作"国别"（地区）来单列。

③ 中国香港，因当时为英国占领，统计数据时将其当作"国别"（地区）来单列。

④ 中国澳门，因当时为葡萄牙占领，统计数据时将其当作"国别"（地区）来单列。

（续表）

国别	量数（单位：千个）	价值（单位：关两）
安南	一〇	二五〇
暹罗	三一八	六五二七
新加坡等处	八九五二	一五九一六四
爪哇等处	五六	一二四八
印度	二〇	三二五
英国	四四	八九〇
法国	二	五〇
俄国	一〇	二五〇
朝鲜	二六	六七六
日本	七六一	一四九三二
菲律宾	四七九	一〇六七二
坎拿大	一	二五
美国	一一九	二八〇九
共计	一四〇〇八	二六〇六三四

我国蛋制品在国际贸易上之地位，其发达情形，实任何国所不能及。据美国商务报告："今日世界国际贸易上输出之蛋制品，几全由中国供给，而鲜蛋尚不与焉。"于是可知吾国蛋业之盛。今试将世界各国蛋制品输出之量数列表于下，以资比较：

各国蛋制品出口量数比较表（单位：千磅）

输出国	一九二四年	一九二五年	一九二六年
中国	九四七一二	一三三五五八	一三二四三七
荷兰	五五九三	七八一五	七一四七
德国	一六〇六	一九八九	二一五七

（续表）

输出国	一九二四年	一九二五年	一九二六年
英国	六五三	九一三	
美国	五〇四	三〇一	五二三
法国	三〇八	三二六	一四七
比国	二七	一〇六	一一三
爱尔兰	八八	一九	二二
丹麦	二〇	一六	
意国	一二	一九	

观上表所载，吾国蛋业，不独在世界各国之上，即合全世界各国蛋制品之总数，尚不敌我国一国出口之数。

查英国市场，亦有他国鲜蛋之输入以与我国竞争。如荷兰在民国十五年前，输入英国之鲜蛋，有二亿三千八百万个，十六年增至二亿八千三百万个，十七年更增至三亿二千六百万个。比国于十五年前，鲜蛋输入英国者，计二亿三千二百万个，十六年增至二亿五千六百万个，十七年又增至三亿四千八百。而俄国在革命以前，本无鲜蛋之输出，至十五年输入英国之鲜蛋竟有九千三百万个，十六年增至一亿九千万个，十七年又增至二亿一千二百万个。可见，各国对于鲜蛋增加之剧烈，但中国与欧洲相距甚远，鲜蛋之运输，甚感困难，破裂与腐败，均在所不免。将来鲜蛋一项，恐难与他国竞争，而蛋制品实可称雄世界。

六、各国对于养鸡事业之提倡

日本养鸡事业之猛进，实足令人惊异。据日农林者之统计，当一九二一年，日本输入之蛋品总值为一千七百九十九万日元，内中大半由中国输入；至一九三〇年，则减为二百八十二万日元。统计十年之间，减少至九倍之多。近年来，日本农民感受丝业不旺之影响，改养蚕而养鸡。数年之后，恐由输入国一变而为输出国矣。

日本之鸡只数目，其增加之程度，亦与蛋产成正比例。一九二六年之估计数，为三千八百五十万九千九百只，至一九三〇年之估计数则为四千六百七十一万二千三百。至其养鸡之人数，约有三百万云。

当民国十六年时，日本政府为确立鸡卵自给起见，于预算中要求支出七十二万元。经日议会通过，其中以三十四万四千元在全国设立鸡场五处，其余三十七万元则作为鸡卵增产奖励金，并于十六年三月公布奖励规则，对于府道县农会、产业组合会、产业组合联合会，或农林大臣所认为适当之法人或组合所，依下列之费用，补助其二分之一。

（一）关于设置养鸡专任技术员所需之费用。

（二）设立关于养鸡之共进会、竞技会、讲习会，及其他养鸡智识普及机关之费用。

（三）关于设置养鸡、孵卵、育雏、检定产卵能力，或贮藏、调制饲料所需之建筑物工作物，或器具、机器等之费用。

再，查日本政府对于养鸡事业，如人民有志而无资本者，政府贷以资本，俟有盈余，偿还本金，不取利息；若遭亏损，经查实后，亦免予取偿。同时，政府又由美国输进鸡种，努力改良；又凡鸡蛋输入，课以重税，而输出则免税。其提倡之法可谓无微不至矣。

此外，日本对于爱知县之养鸡事业，经日政府年拨七十万日金以为奖励。在大正十年左右，该县产蛋尚不及十亿个，最近已逾二十五亿个以上。其进步之神速，有令人不可思议者。

日本养鸡事业之普遍发展，自一九二七年以后尤其显著。盖日政府自该年始，即积极实施其推广民间养鸡事业之计画，于全国各区域中，成立家禽育种试验场五处，以为辅助，及提倡农人从事养鸡之中心机关。同时，并由外国购输良种，产生鸡卵，贱价售与人民，以作改良之用；又发行各种小册，指导人民养鸡事业之进行，及灌输人民合作生产等之利益，以期获最后之胜利。

英国于一九三〇年在伦敦水晶宫开第四次世界家禽大会，参加人员将达五十余国。其中，二十国并以出品送会陈列。世界各处职业的与非职业的家禽畜养家皆踊跃赴会，美国与坎拿大代表几达千人之多。家禽畜养业，于英国国民生活具有重大关系。在英莫格兰与韦尔斯，于一九〇三年至一九二九年间，家禽之繁殖，已从二千八百万头增至四千八百万头。然家禽虽增，去年尚有外国鸡蛋三十万枚输入英国。近五十年间，英国之养鸡业甚形发达，各县当局竭力提倡，在一九二八年，关于养鸡之讲演计有二十次之多，听者达五万人，各养鸡场之来宾参观共有一万五千次。兰开夏为养鸡总区，在一田庄中，设有人工孵卵器一万六千具，藉电气运转。

俄国政府在"五年计画"中，蛋产事业，亦力求猛进，曾拨六千四百万金，专为扩充蛋业之用。其计划除培养卵鸡以增加生产外，更建筑大规模之蛋厂五所，又将新式蛋栈增至五百六十七所，新式鸡房增至三百七十七所；另建冷气新堆栈七十九所。预计上项计划完成后，每年可产蛋一百三十六万万个，除供国内消费外，尚有三十六万万个运销国外。

丹麦鸡蛋，在一八六五年，运销英国为数尚少。全一八九〇年，输出量犹仅五十万箱，值美金一百三十五万元。一八九五年，有 Millor（米勒）等成立丹麦鸡蛋输出合作社，所有社员家鸡蛋，除自用之外，有提供合作社义务。提供之前，其蛋上须盖出品人印。提供以后，又盖合作社支社印。送至总社以后，如果发见坏蛋，出品人须受惩罚，后来品质改良，信用亦著。一九一四年，又以政府为后盾，合丹麦王家农事协会、丹麦农业合作社、丹麦小农家合作社、丹麦鸡蛋输出合作社，自身组织一会，名曰"联合家禽委员会"，出乡调查：（甲）注意养鸡技术，（乙）注意产卵能力，（丙）

注意饲育法及管理法，是否经济，成绩甚佳者，可得奖金。

查养鸡为丹麦生产业重要部分之一。据一九二八年之统计，鸡数一千八百五十二万四千只，鸡蛋一部分自用，一部分输出；其输出外国者，三千九百四十五万箱，每箱二十个，计鸡蛋七亿八千九百万个，共值美金二千零八十五万元。

美国养鸡，视为一种专门学术（不比中国，尚用原始时代方法），对于鸡种鸡病及饲料莫不悉心研究改良。故养鸡在美国，称为重要实业之一。查美国农部所得一九二〇年之统计，共畜鸡三万六千万只（各家另畜者尚不在内），年共产蛋一百九十八万元七千二百万枚，每打蛋以三角计算，合美金四亿九千六百八十万元。此外，尚有转运碰碎及变坏损失，至少亦在四千五百万美金以上。近年来改用新法科学孵化机，成本既轻，管理简单，是养鸡业正方兴未艾也。

七、中国蛋产品之危机

中国蛋产向执世界之牛耳。自英国蛋商恶意宣传，诬为品质恶劣，不合卫生，影响于吾国蛋产品在英国市场之销路甚大。美国一九一三年税则，鲜蛋入口，完全免税，是年中国鲜蛋之输往者，为二百一十八万个，值一万三千两。及至一九二〇年，增至一千一百三十万个，值二万八千两，故鲜蛋对美输出，颇有进展。至一九二一年，乃课以每打美金三分之重税；次年又改征八分，一九二三年，为数不过三万余个，值三百余两而已。近虽略有增加，方之一九二一年以前之盛况，相差尚远。至干蛋品，最初每磅仅征美金六分，至一九二一年乃增加三倍，即收一角八分。湿冻蛋品，每磅前征取二分者，亦改为六分。一九三〇年，又将鲜蛋进口税加至每打金洋一角；湿冻蛋品，每磅加至一角一分；而干蛋则仍为每磅一角八分，盖因国内不能多量自制，倏然加税，恐有损于烘制业。至一九三一年六月，则将干蛋入口税加至每磅二角七分。自是蛋产之运美，遂大受打击矣。

日本向为吾国蛋品出口之大销场。查民国十三年，吾国鲜蛋之输往日本者，计六亿四千四百万个，值六百七十万两。至十八年，递减至一亿七千五百万个，值亦减至二百五十六万元。其原因一则因日政府奖励养鸡事业，本国生产尚可供给一部分；二因中国蛋价日趋昂贵，日本又课以每箱鲜蛋（三百个）一元五角日金之重税，成本既加，售价亦昂，销路当然滞塞。不但此也，前年某东报论日蛋输出问题，略谓："日本之养鸡事业，虽有输出中国之计划，然中国之鸡蛋市场，价格虽昂，与日本相较，今日尚无大差。欲于此时输出中国，不能不认为困难问题，如先改向中国蛋之欧美市场输出。与中国蛋竞争，自品质一点言，颇有驱逐中国蛋之可能性"云。如果此计实行，不但吾国鸡蛋不能立足于日本市场，即欧美之尾闾，亦将被日取而代之矣。再观东报发表《华蛋输日大减》新闻一则，谓："日本近年鸡蛋产额增加，从中国输入之鸡蛋大减。在民国十七年前，平均每年输入之中国蛋，值日金一千万有奇；十七年减至六百九十万元；十八年又减至二百九十万元；十九年输入华蛋价，值将不满一百万元。其原因半为日蛋增产，半为华蛋价值较贵于日蛋；加以近年日本养鸡业发达，蛋价渐跌，凡以鸡蛋为原料之各工业，亦改用日本国产之蛋。自本年开岁以来，关西市上，华蛋到者寥寥，关东则尚未有华蛋输入"云。（按日报所载数目与我国海关册不符）。合观以上各情，是华蛋之输往日本，年复一年，定行绝迹，不但不能销行日本，并且将我国独占之欧美市场，亦有为日本蛋排斥之趋势，岂不大可危乎？

英、美、日三国既如上述矣，再观德国又如何？德自欧战以后，工业渐复原状，所需原料亦日多一日。十九年，我国蛋产品输入德国者，计量数为十一万三千五百三十六担，值四百五十七万九千八百七十四关两。孰意华商作伪性成，只顾私人目前之利益，不计全体前途之关系，将所制蛋产品掺以鸭蛋，以致不合工业上之应用。谓余不信，请观德国不来梅商会缄件，今照录于下：

近年来中国的蛋类出口，除整蛋及冰冻蛋增加以外，其他蛋产品（如干蛋白、干蛋黄、湿蛋品等）也是一年比一年发展。不过倘使中国制造者，对于出产的方法能够略加注意，则出口方面还可以更为增加，而河南、山东的这种工业也可以更形发达。现在有大批的蛋黄、蛋白，因为制造时没有经过相当的注意，都是归入次等品质，不得不廉价出售。更不幸的，就是欺诈行为还要在这里发现，商人往往以鸭蛋混合在鸡蛋以内发售，以博利益，而对于信用关系则完全未曾顾及呢。

如果我国蛋商对于"信用"二字再不加以注意，不但蛋业在各国市场不能站立，即其他各货亦将连带受不良之影响，致遭屏弃。一方面固应由商人以大局为前提；一方面亦须政府于出口货物加以检验。否则蛋业之危机终难幸免。

以上所举各种事实，此系外人对华蛋而言，或有无可奈何之势。若我国政府则应深知国际贸易情形。对于华蛋输出，亟宜革去层层剥削之弊，甚么营业税、产销税、出口税以及轮船、火车之运输，均须加以特别注意，不比米、麦等，可以久加留难也。

际此蛋业对外贸易不振之时，最足使人痛心疾首者，莫如十九年五月间公布之出口税则修正案，关于蛋税之增加，兹列表于下：

货品	单位	旧税则		修正税则	
		百分数	关平银	百分数	关平银
干蛋	担		二.三〇		四.五〇

（续表）

货品	单位	旧税则		修正税则	
		百分数	关平银	百分数	关平银
水蛋及湿蛋	担		○．三四		一．五○
鲜蛋	从价	五		七．五	

观上表，则知出口税之增加，约在一倍以上。要知关税壁垒，对外而非对内。我政府倒行逆施，不啻一种自杀政策。于是，上海市商会电请财政部有云："……窃查，各国出口税之规定，对于应奖励及应限止者，既有差别，而原料品与工业制品，尤显分轩轾。敝会同业出品之各种蛋黄、蛋白，土货土制，专销外洋，不独无是项外货进口，且无是项土货营销国内。故营业之兴替，关系于国际贸易至巨，修改税则时，自宜与原料品之鲜蛋有别，而加以奖励者也。……"种种呼吁，无如政府诸公充耳不闻何。

十九年，铁道部改订蛋品运价新章，一般蛋商闻之惶恐万状，后经蛋业公会函请上海市商会，呈请铁道部，缓行一年。至二十年四月三十日为止，市商会复据该公会历陈营业困难情形，拟请照旧四等收费等语。曾于是年四月二十八日，接铁道部公缄云："案准贵会巧代电，转请准予在各货等级整理未议有办法以前，所有各蛋厂蛋黄蛋白，仍照四等收费等由。查所请一节，尚属可行，除分令各路对于蛋黄、蛋白仍照四等核收运费外，相应函复查照，并希转该蛋厂同业公会知照"云。当时倘非上海市商会力争，则运价新章实行，一般商民所受之打击何如也？

孰意一年光阴，屈指已满，铁道部旧事重提，锱铢不遗："查蛋黄、白运输，向列四等，十九年份铁道部新订运章，虽改列二等、三等，经蛋厂业同业公会一再呈请准予暂缓实行在案。讵本年七月间，又有照新运章收费之通令，并定八月一日起实行。"蛋厂业同业公会已电请铁道部收回成命。其电文云：

查蛋类运输等级，自十九年间改订新章以来，迭蒙钧部体恤商艰，仍照旧定等级收费。际此蛋厂实业危如朝露之秋，得延其一线生机，以迄今日者，皆出钧部维护之赐。本年五月间，属会同业忽得蛋类运等将照新订等级收费之风传，报告前来，属会惶急之余，曾沥陈年来蛋厂衰落实情，呈请钧部展缓实行，借以暂维危局在案。迄今未蒙批示，顷悉钧部已分令各路蛋类运输，应即按照新订货物分等表所定等级，核收运费，先行试办一年，并定于八月一日起实行。窃维钧部此次解决蛋类运等，始则通令各路征询意见，继复交由货等运价委员会讨论，不可谓不慎重。商人苟可勉力负担，又何敢一再渎陈。无如蛋厂实业刻正处于危机四伏之地位，试一调查，各路年来运量及收入之有减无增，即可证实其营业之日趋衰落。设再予以打击，势必无力支持，而至于相率停闭，是钧部欲增益路收，结果适得其反，且与钧部提倡国产出口物品之初衷背道而驰。抑尤有进者，干蛋黄白，向列同等，可以拼装，今分列二、三等，拼装既不可，分装实无此巨大数量，此亦为不易解决之一端。为此迫切电请钧长，迅予收回成命，并分令各路所有蛋黄、蛋白仍照四等收费，以维垂危实业，不胜惶悚待命之至。

鲜蛋之为物，与米、麦不同，如果放置过久，卵之生机渐衰，细菌由是活动，致引起腐败之作用，而变成坏蛋。商人向交通便利之各大埠收买鲜蛋，一经集中车站，对于车皮，先进若干之运动费始获车箱，如不达到满足贪污之限度，无论如何哀求，总不能得到车皮。加之关卡重叠，水陆运输均感困难。日行则受日曝晒，质变而不新鲜；夜行则一再盘查，或竟不予通过，以致时日延搁，其蛋虽欲不坏，乌可得乎？

八、中国应以科学方法奖励养鸡

中国蛋业既有上述之危机，而各国又积极提倡养鸡事业，眼见我国偌大国际贸易，将听其与丝、茶、桐油同受外货之压迫乎？抑或高瞻远瞩打起精神拼死竞争欤？鄙人非畜牧专家，不知养鸡方法，心余力绌，徒呼负负。兹将养鸡专家王实灵所拟合种办法，抄录于后：

（一）宣传工作。目的在灌输养鸡学识。

甲、在通商大埠如上海等附近，先行筹办模范养鸡场一二所，专以改良原有中国鸡种，及试畜数种外国纯种鸡，兼办新法科学孵坊，分送或贱售鸡种及种卵，并招收学生，造就科学孵化及宣传人才。

乙、待孵坊人才造就后，逐渐派往各乡村产区，专任孵鸡及宣传改良鸡种之职。

丙、待人才造就后，在内地陆续分设模范鸡场，就近分送或贱售鸡种，使土法孵化，自行淘汰。

（二）罗致专门人才。科学养鸡，系专门工作，包括遗传学、生理学、化学、经济学、微菌学、物理学、心理学及工程学，故非罗致专门人才对于各种养鸡问题深加探索不可。

（三）须实施取缔者。在养鸡事业中，其最显著之例，须实施取缔者，即土法哺坊之仍墨守成法，及间有收集小雏以为种卵者。土法哺坊之腐败，毋庸赘述，其应根本改良，固无疑议。其收买种卵，多数系收集统货，大小混杂，是否纯种，向乏研究。故关系中国鸡种之盛衰，及生产之能力甚大。故哺化须用科学方法，种卵须择正大及纯种。间有只顾私人利益，而不顾整个养鸡事业之重要者，实有取缔之必要。此又非政府之力不可行也。

九、结论

养鸡事业乃是一种最庸常之事。浅言之，愚夫愚妇均能优为之。若纯以科学方法，则非尽人所能知。我国养鸡尚不脱原始时代习惯，不过利用"地大、物博、工贱、价廉、节用"十字秘诀，以致今日世界上蛋业操纵于华商之手。各国有鉴及此，利用科学方法以养鸡，则人百我十，人千我百。揆以优胜劣败之道，我中国之蛋业危险堪处。中国非自号称为农业立国者乎？数十年前，如有人责以农业退化，将来米、麦两项定依赖外货以生存，孰不嗤而笑之，斥为发神经病？今也何如？事实证明，无庸讳匿。

我国蛋业，若居今日仍不讲求生产增加方法，只知墨守陈规，将民食事业操之于村妇老媪之手，将来供给国内消耗尚虑不足，遑言出口。本此进推，则今日鸡蛋输出之中国，行将变为输入之中国矣。物质文明，中国今日与各国比较，本来相差相远。若能利用我国人工之廉、物产之众尽力经营各种原料，亦可挽回一部分之利权，所谓"失之东隅，收之桑榆"。否则，上下嬉戏，夺利争权，置一切民生大问题于不顾，舍正路而不由；鸦片遍地，犹嫌收入之不多；吗啡满街，尚说拒毒之成绩；举有肉可食、有蛋可卖、有毛可暖、有粪可作肥料之养鸡大事业，曾无一语齿于今日我国要人之口，抑何其不思之甚耶？

参考书

陈济元所著之《中国蛋品之国际市场》

梁希所著之《丹麦养鸡业》

陈朝玉所著之《鸡蛋之成分及其营养价值》

《工商半月刊》调查

侯厚培所著之《一九三〇年美国新税则与中美贸易之前途》

《国际贸易导报》之《国际市场概状》

陈舜耘所著之《一九三一年上海蛋类出口贸易》

王宝灵所著之《发展蛋类贸易与提倡养鸡事业》

抵制日货与日货倾销[1]

  经济绝交，乃弱国对于强国"无可奈何"之一种政策。我国抵制日货已非一次矣，不过五分钟之久，即行"烟销雾散"，并未从根本上解决之。

  自"万宝山案"发生以来，各省又竞言抵制。"九一八"以后，抵制更为剧烈。自表面上观测，诚哉其剧烈矣！贴标语，喊口号，与夫登台演说者，无不言之成文，听之动心。若一进而究其实际，于抵制日货毫无影响。虽则由"丧尽良心"之奸商输售，而上自中央实业部，下至各省建设厅，当负半责。夫实业部与建设厅之设立，其宗旨在计划与提倡国货，并非要部长与厅长信口讲几句官腔，动笔做几篇空文，在各报上宣传宣传，便谓毕乃能事，尽乃职务；要脚踏实地，"坐言起行"。所以，外国人批评世界各国民族性质有言："德国人说起就做，英国人做而不说，法国人做了再说，中国人说而不做。"此"说而不做"四字，描写极当。试观我国无论甚么会，研究章程者几次，修改字句者又几次，费尽了咬文嚼字之能力，卒之文字与实行完全分为两途，甚至在报纸上披露，博得社会上一时之赞许，即可束之高阁矣。以此种"吹牛"之人，而使之主持部长与厅长，是国货永远不能振兴，即日货终古不能抵制，人民纵言抵制，确系一种自欺欺人之语而已。

  我国人日日言抵制日货矣，而不知日本人早已准备一种对策，

---

① 敏该：《抵制日货与日货倾销》，《实业杂志》1933 年第 177 号。

而使中国一线之企业永远地摧残，永远地不能复兴。其对策如何？可分为二点言之：

（一）日本出版之《东洋贸易研究》上年七月号中有言："……故今后欲为新对华企业，必须以相当之大资本；同时藉工场规模之扩大及制品之改良，渐次将销路扩至海外市场，以确立广泛之营业政策，实最为得计，且亦一求免于排货影响之方法也。"此一段文字，浅视之似乎不关重要，若进而深究其用意，确系一种最毒辣政策。盖日本从前对华以商品输出为原则，今则改用资本；从前以商货竞争，今则改用工业。以中国薄弱之资本、幼稚之工业，今遇一大资本大工业之劲敌，不但失败而已，恐难免"全军覆灭"之惨。况彼又言渐次扩至海外市场，则中国企业界更无发展之可能。以我之空言抵制，易彼之新对华企业对策，其危险为何如也？

（二）我国自前年抵制日货以来，于日本果受丝毫影响乎？据上年十二月日本商务参事官驻沪事务所披露："至于对华贸易，则十一个月总额，共日金一万万九千八百万元，内输出占日金一万万三千三百万元，计出超日金六千七百万元（在中国言则为入超）。近且日货进口激增，尽量倾销于长江流域一带，每周平均约有五万余件，全月即有二十余万件。"用其倾销政策，不患商人之不自入牢笼。即以煤一项而论，从前汉口最销行祁阳之煤，每年由湖南输出，虽无统计，为数当亦不少；近来不但祁煤绝迹，即他处国煤，亦将无立足之余地。夫日本所开之抚顺煤，在东三省售价，每吨为日金六点五零元，今则运至汉口，仅以日金四点零三元出售。其一种倾销政策不言可知。彼既用倾销政策，不但抵制失其效力，而国货并受打倒之影响。其手段之毒恶，令人望而生畏，特我国人未深加注意者也。

由前之说，中国将来企业之危险；由后之谈，目前抵制毫无效验。吾人将束手待毙欤？抑将有以同心挽救欤？盖哀莫大于心死，身死次之，我国人今日可谓心死矣！

讲起来头头自道，做起来处处落后！抵制日货，应从提倡国货做起！而提倡国货，必先有良善之国货代替品！此种代替品，非振兴实业开办工厂不可！环顾国内，究有若干相当生产机关，以供人民之需求？夫不从根本上解决，抵制日货，畅销欧美之货，犹之前门拒狼，后门进虎。设使我国有真正大工厂，制造洋货之代替品，则日本倾销政策不过一时之发见，决不能永久支持。吾人只要抱定宗旨，和衷奋斗，不甘为任何舶来品之奴隶，则日本之倾销不足畏，日货不抵制自然抵制矣。非然者，堂堂独立自由之中国，一变而为世界各国之市场，可哀也已。

抵制声中之日货[1]

自"九一八"事变以来，举国均认为对日经济绝交为唯一制敌之方策。于是，一般人士无不口讲指画，长篇巨幅，将抵制之步骤及方法说得有声有色，至堪钦佩。何以时至今日，日货依然推销，并且由推销进至倾销矣？究其受销者尽属中华民国人民，何其不爱国之至于此极也？

兹将近月来各报纪载有关于日货销售情形，摘录于后。

据南京商界人言："日币大跌后，日货成本减轻，更在华施行倾销政策，先后已有数万吨货来华。近两月来，商场上表面因爱国团体之警告，纷纷表示不贩劣货，实则暗中承受，仍不减于昔日。如棉织品、五金、海味、文具、煤炭等货，每月均续有大宗运入，用倾销及放货两种办法，近二月来恒在千万吨以上。即以电泡一项，更对我施行倾销政策。最近调查，在沪、汉及华北所倾销之电泡，每月共约六十万枚，每枚售价仅七分至九分，较之其他外货，少三分之二三；较我货少二分之一二，近且仿冒西商出品，致国货受其打击，销路几有被其完全取代之势。"

中、俄复交后，日本商轮运来大批白糖，达三万五千担，开始向上海作大规模之倾销，价较市价抵四分之一。一般渔利奸商纷纷购入，改换荷兰牌号，运往内地销售。因之，真正荷兰糖价格亦为之低落。查日人此次大批廉价倾销之原因，为预料榆事必将扩大。

---

① 宾敏陔：《抵制声中之日货》，《实业杂志》1933 年第 179 号。

且闻中、俄复交后，苏俄将有大批精糖到沪，因而减价出售，近并运往长江一带倾销矣。

日煤倾销，以上海、汉口两处为根据地，其政策为利用抚顺煤，由东北转运沪、汉倾销。本来抚顺煤在沈阳销售，每吨可得净价日金六点五零元，即在大连亦可得价六点二零元，乃运沪、汉发售，仅得净价日金四点零三元。其弃重利而不顾，倾销野心，便可明了。更利用我国资本薄弱商人，以放账办法，将煤售与小商店，其计划甚为细密。但据开滦煤矿公司调查，开平二号屑，去年仅售十两零七钱半。惟各地存货，有秦皇岛六十余万吨，汉口十三余万吨，芜湖以下十五万吨，总计百万吨之巨，均受日煤倾销影响，并非国煤运费太昂之故，因开平及开平以外各种煤运费，除山西煤等少数例外，每吨每公哩计算，开平十五元，中兴五元，井陉六元，六河沟八十二元，运费甚为平允。国煤滞销，其主要原因仍在日煤倾销。如去年八月份，日煤在沪，实销数达四万五千八百三十一吨，又抚顺煤达四万五千五百八十二吨，为数殊足惊人。

日本水泥倾销地点，我国沿海各埠为上海、天津、汕头、厦门、青岛、广州等处，长江一带则以汉口为中心。倾销方法，除跌价外，且向用户、各营造厂、工部局、电车公司等直接兜销。现在上海售价，接货交货为每桶约三两，比在日本售价低二钱四分。国货水泥，在沪售价，每桶四两六钱，外加统税佣金等，共计每桶五两三钱五分，皆货贵二两三钱以上，以致全国各埠销量，被日本水泥所侵夺者，共约一伯余万桶。即为日本水泥所侵夺，本来国产水泥，原可自给，即就质量而论，虽未必胜过日本水泥，然亦无甚差异，只以日货倾销关系，以致未能畅销。

日本侵略我国渔业，自明治二十八年即已开始，而以青岛、上海、香港等处为其根据地。民国十八年至二十年，上海有日籍手搔网鱼轮三十四艘，每年渔产被侵数值八十万元以上。白我国政府施行渔轮渔税以后，日轮更狡计百出，在我领海侵渔以后，辄先将渔获物运至大连，改由华商轮船运沪，私行漏税。去年日本水产会社，以三千万元资本在营口大连组织渔业公司，作大规模之侵略。去年六月一日日渔进口一千二伯箱，二日八伯箱。十一月二十八日，又进口六伯九十七箱，实足惊人。日渔达我国境后，实行倾销政策。查我国宁波等处所产之鱼，每担售价约在十六七元，而日鱼则降价十元至十二元出售云。

一月十七日青岛通讯：自"九一八"事变发生，举国义愤填胸，独青岛一隅则歌舞升平如故。而一般奸商，更大贩日货，以致市面日货充斥。据码头消息，最近日货由青岛入口之总额，较"九一八"以前已超越数倍，青岛之成为日货输入之总枢；且陕、甘、云、贵各省，亦有派员来青订购日货者，言之殊足痛恨。尤可恨者，前岁在取引所内之华商（取引所名为中日合办，实则为日商垄断），因受日人之压迫，相率退出取引所，另在齐燕会馆组织一青岛市交易所，经营一切银钱货物交易事项。最近，竟有奸商福聚专等九家，盛倡中日合作，于本月十四日复归取引所营业，以贯澈其媚外行为。闻福聚东等商号复归取引所开始卖买时，曾先在钱钞会场开一会议，由日方理事安藤主席报告此次华商回所之经过，并陈述该市场此后之应行规则，最后表示欢迎之意。次有华商利丰号经理刘叔衡演说华商复归取引所之利益，且极劝大众遵守规则，合谋利益，勿为意气冲动，故违定章。倘有扰乱市场安宁者，应受相当处罚，最后并祝中日人一处交易永无分离云云。又闻此次回取引所之华商，欲望甚奢，准备每日与日成成立一千万元以上交易。日商见此情势，已聘协源盛经理王渭滨，及利丰号经理刘叔衡为顾问，力谋发展该所营业。兹将复归取引所华商之字号、经理姓名及市场番号列表于下：

番号	字号	经理姓氏
三四号	福兴祥	邹增志
四〇号	利丰号	刘叔衡
四八号	协源盛	王渭滨
四五号	东盛和	费景濒
三〇号	福聚东	王振六
一六号	义成东	邹润生
七号	新义成和	王子钧
六号	义聚合	王升三
三号	同元盛和	葛文甫

我国今日对于日货，除空言抵制之外，又有增加关税壁垒之说。倭奴对华经济侵略，凡事豫立，深知在中国国内设立工厂，为条约上所许可，纵加关税，与在日本运来者有别，加以此次抵货，对于纱业无影响，故积极扩充。

据上海通讯：最近，日人在青岛曾增设大规模纺织纱厂，在本埠日人纱厂三十厂，亦在积极扩张设备。据日人纱业组合方面消息，日华、东华、公大内外各纱厂，拟增分厂七所。其他同兴、人庸、裕丰、丰田各厂，拟增设纺机一千七伯架。据日人方面消息，日人各业均受抵货运动之重大影响，惟纺织业所受影响极微，且其恢复营业原状最快。本埠日纱厂，业已完全恢复原有状态。日人在华纱织业，已有坚实地位，其一切设备均极完全，与外人及华人纱厂竞争，有胜利之自信。中国当局，纵有增加关税障碍之事，但对在华日纱业则毫无影响，或益将发展。故日政府对于在华纱业极力援助，积极扩张。近年不景气之中，各业均呈萧条状态，惟在华纱业仍有无限之发展势。中国拥有全世界人口四分之一，全球而面积二十五分之一。至其纱业，仍在极幼稚之时代，锤数总计仍仅占全世界锤数一百分之二，纺织仅全世界一百分之零七。至于华人纱业，因技术及资本俱缺，决不能抵制日人纱业。因此种种理由，日人积极扩张在华纱业，查日人在沪投资总额二万万七千四伯万五千二伯日元之中，纱业投资达二万万二千八伯万日元。日人在华南一带之经济侵略，纱业实为其重心，日人利用有利条件，从纱业方面加紧经济侵略，前途实堪注意云云。

据东京通讯，日本大藏省发表上年十二月份日本对华贸易之概算如次：

出超	四九八八	前年同期比较
输出	三四〇二四	增二二七八九
输入	二九〇三六	增八九六四
合计	六三〇六〇	增三一七五三

即十二月份日本对华（包括辽东半岛及香港）之贸易，输出三千四百二万四千元，输入二千九百三万六千元，输出入合计六千三百六万元，除对外尚出超四百九十八万八千元。如与前年同月比较，则输出增加二千二百七十八万九千元（约二十成），输入增加八百九十六万四千元（约四成五分）。再计算其一月以降全年额，则输出二万万九千四百五万五千元（比较前年增加一成四分），输入二万万六百四十四万二千元（比前年减少一成二分七厘），全年总出超额为八千七百六十一万三千元；与前年之出超二千百六十八万五千元比较，即增加六千五百九十二万八千元。兹将其地方别之计算如下（单位千元）：

		一九三二年十二月	一九三一年十二月	一九三二年一月以降累计
满蒙	输出	五二〇〇	五〇七	二五九四七
	输入	一二〇八五	五四一九	五一五七〇

（续表）

		一九三二年 十二月	一九三一年 十二月	一九三二年 一月以降累计
辽东	输出	一五一〇二	五八六二	一二〇五八四
	输入	一二九四三	一二七一七	一〇二七四六
华北	输出	六〇六八	一九八一	七五五一六
	输入	六一四〇	三七六六	三八八三三
华中	输出	五一八四	一七二二	五三六六六
	输入	五九二二	三一九七	三二六六九
华南	输出	二七	一九	二九七
	输入	八八一	三三五	五六七三
香港	输出	二五四三	一一四四	一八〇四五
	输入	二一四	六九	九七七
合计	输出	三四〇二四	一一二三五	二九四〇五五
	输入	二九〇三六	二〇〇七二	二〇六四四二
超过 （出）		四九八八	（入） 八八三七	（出） 八七六一三

又据复旦社讯：长江一带日货，上年十一月进口，达五万余吨，价值千万元以上。另据外交界消息：十二月及一月，日商将在中国再倾销五千万之过剩出品。实部商业司张轶欧谈：十月份国际贸易局及海关报告，各国对华贸易，美国当占第一，英次，日又次。惟近据报告，日货来华，颇形活跃，已占英美之上，尤以棉纱布匹为大宗，月来海关税收畅旺，即因日货大宗进口之故。

我国纸业向以日货输入为最多，良以国内无大规模之造纸厂，而瑞士、美、德、英各国售价过昂。惟日货运输便捷，价亦低廉，遂得雄霸居于第一位。据去年纸业工会以正式之报告，谓日货销华，占十分之八以上，殊足惊人。

至于人造丝，上年上半年，日本所产人造丝，竟达十三兆公觔；下半年之产额，更可激增。预计去年一年之内，日本一国之所产，约在三十八兆公觔之上下。至于抵货声中之中国，表面上虽不欢迎日本货，而因人造丝加税之新税则实行以前，赶先运入之日本货，尚占日本人造丝出口总额之半数以上。奸商之无心肝，竟至于此。再观我国上年对外贸易，据海关发表，去年十一个月全国对外贸易统计，输入额为九万一千五百四十六万三千海关两（上半期东北各埠输入额计有七千三百十五万五千关两未列入），输出额为三万四千五百八十六万一千海关两（上半期东北各埠输出额一万零八百九十一万海关两未列入），出入相抵，入超额实有五万六千九百六十万零二千海关之多，约占输出额百分之十六点五弱。其原因为东北出超口岸，为日人占据，致出入有此莫大差额。十二月份全国对外贸易，尚无确实统计发表，今假定十二月份之入超额与十一月份之入超额四千一百六十四万海关两相等，加以总计时，则去年一年来之入超总额，实达六万一千四百万海关两之巨额。

兹将各埠对外贸易状况，分别列下（单位：一千海关两）：

	输入	输出
上海	四七一〇八一	一三七〇四七
天津	九七五三四	五五九七五
九龙	六二〇四九	一八九三
胶州	五一九〇一	二三八一五
广州	五〇一六四	三一四〇九
汕头	三六七四二	一二五五一
汉口	二三〇八四	二〇二四七

再就去年一年来对各国输出入贸易观之，输入占最多为美国；

而一向对华输入最多之日本，则退居第二位，且较美减少至一半之多；其次为英国；再次则德国。至输出方面，则以对日之出口最多，其次为香港①、美国、英国、德国等等。

其输出入数额分别示如下表（单位一千海关两）：

	输入	输出
美国	二五〇二七六	五三二九二
日本	二三九七七四	一〇〇一三一
英国	一一一六九六	三五〇三三
德国	六七〇七四	二八四七三
印度、缅甸	六三五九七	一八九九七
香港②	五六六四八	六八七四九

以上统共超入逾六万万关两。至于贸易额美国第一，日本仅退居第二。若将东北加入计算，日货进口仍居第一位。

总之，我国人无论办理何种爱国事项，往往不能澈底，并不能持久，所谓"五分钟热度"是也。当上年春我国抵制日货最激烈之时，日本对华贸易，未尝不受极大影响。迨至秋间，各地抵货运动日趋沉寂，不但前半年存货一律销尽，并且有供不应求之势；加之日商用种种倾销方法，及日币狂跌之故，奸商争购，堤防尽撤。所谓抵制者，不过老生常谈，事实上适得其反。君子观于此，可以证人民爱国心理之强弱矣！吁！

---

① 中国香港，因当时为英国占领，统计数据时将其当作"国别"（地区）来单列。

② 中国香港，因当时为英国占领，统计数据时将其当作"国别"（地区）来单列。

中国之漆业[1]

东安蓝君鼎元，历在军界服务。近年来鉴于军阀肆虐，隐身乡间，专以种植漆树为生涯，每年获利颇丰。日来告我以种植及取漆之法，本诸经验，颇为切实。是篇末段所取材料，即根据蓝君来函，附此志谢。

漆之史略

漆为我国最古之物，《诗》云："椅桐梓漆。"《禹贡》："厥贡漆丝。"此见诸经传者。又《韩子》："舜造漆器，禹雕其俎。"由余对穆公曰："舜作食器，流漆墨其上，国之不服者十三；禹作祭器，墨漆其外，朱画其内，国之不服者三十三。"《说苑》："舜造漆器，群臣咸谏。"唐太宗曰："舜作漆器，而谏者十七人。"又，《唐史》，贞观十七年，太宗问褚遂良曰："舜造漆器，禹雕其俎，当时谏者十余人。"此我国历史止关于漆之大概情形也。

中国漆之产地

我国产漆之地，以陕西、四川、贵州、安徽、湖北、浙江六省为最出名。其余各省，虽有产漆，为量甚微。福建虽不产漆，而所

---

① 宾敏陔：《中国之漆业》，《实业杂志》1933 年第 179 号。

制漆器，驰名中外，盖调制与绘画之精巧，迥非各地所能及也。

生漆产于陕西者谓之为平利漆、大木漆；产于四川者，谓之为大宁漆、万足漆；产于贵州者，谓之为龙潭漆；产于安徽者，谓之为徽漆；产于湖北者，谓之为郧阳漆、渣子漆、建始漆、毛填漆；产于浙江者，谓之为严漆、潜漆。均以产地命名，并无何种意义（我湖南与川、黔毗连，各县亦有产漆者）。

生漆之性质及成分

生漆之成分：（一）漆酸；（二）橡胶质；（三）油质；（四）水分；（五）蛋白质及含氮物等。而每一生漆中，漆酸所占量最多，水分次之，橡胶质更次，油质及蛋白质含氮物只占少数。漆之品质优劣，以漆酸及水分之多寡而分。漆酸多而水分少者，则品质良好，反之者品质低劣。（见《工商半月刊》）

中国生漆出口贸易

我国生漆出口往日本者逐年减少，往南洋群岛者则历年增加。兹将海关出口册所纪数量，照录于下：

年份	日本台湾①	新加坡	爪哇	香港②	其他	总计
民国十七年	一九五〇八石	七九九石	三二石	一〇一四石	三二九石	二一六八二石
	一七〇五一〇〇两	一六八〇九两	五九五两	一八一九八两	二四八七〇两	一七六五五七二两

---

① 中国台湾，在日据时期，统计数据时将其当作"国别"（地区）来单列。

② 中国香港，因当时为英国占领，统计数据时将其当作"国别"（地区）来单列。

（续表）

年份	日本台湾	新加坡	爪哇	香港	其他	总计
十八年	一七一二二石	五七六二石	一二〇石	一九七三石	三一九石	二五二九六石
	一〇七六二七四两	五五八九一两	四四二五两	二一六八三两	九〇五六两	一一六六三二九两
十九年	一五四八七石	六六七八石	八四〇石	五八九二石	一一六石	二九〇一三石
	一〇七五四三二两	六七一六五两	一四五五四两	五二三一五两	六〇五二两	一二一五五一八两

漆树之种植及割取法

漆柱之叶尖而长，柱形似桐柱，其大小高低亦如之。秋冬落叶。柱小者居多，大者可尺余围。

漆柱之种植法有二：（一）栽根；（二）栽苗。如用栽根法，其根须截至七尺之长，栽时根之原来方向，不可使之倒置，在上者仍使之向上，有下者宜使之向下。安置妥帖后，覆之以土，其根不可露出在外。择取根种，以处女柱为最上。但每年植根时，约在春分之后。

漆柱宜栽于卑湿之地，不宜高岗。最好择定两山中夹缝之隙地，取其不常为烈日所晒。如栽平地，谨防牛羊之践踏。凡栽漆柱之地，如系沃壤，其柱必大，五六年可取漆。否则，须迟至七年方可取漆。每柱每年约可割取漆四两至六两或半斤不等。若系大柱，亦有割取十余斤者。其时间在夏至后数日起，至白露后十日止。五日一刀。总之，每柱每年不能超过十八刀。最好雇用熟手，以免伤柱。至割漆之器具，刀用四寸小湾刀，再用蚌壳盛之，亦有用竹筒者。凡六七年之柱，今年割取后，须停二三年再割。若十年之柱，间年一割取。否则每年一割，其柱寿命不长。至于漆之收割时间，每日晨割午收，晚割晨收，最忌日光曝晒。漆收回之后，盛以漆油，有杂以桐油以制熟漆者，大约加油一成至四成不等，生漆则否。

农村经济破产及其补救方法[1]

一、导论

二、农村经济破产原因

三、打倒第二次续借美麦

四、流通各省民食

五、政府应通令乡村补充积谷

六、银行界应即投资农村

八、政府应注重农村经济

九、结论

案：此文已发表于《霹雳报》，作者加以补充整理，与原文颇有出入，特为披露，以供研究此事者之资料也。编者识。

一、导论

我国自古号称以农立国，所以全国农民占人口总数百分之八十以上。加以建国大陆，据有三千五百零九万四千四百三十五（单位：平方华里）之沃土，地跨三带，最宜耕种。历代传统政策，只有农业。故"农业"二字可谓中国之传家宝，"子子孙孙，永宝用之"者也。

不意时至今日，农业已不为世人所重视。农村之经济健全与

---

[1] 宾敏介：《农村经济破产及其补救方法》，《实业杂志》1933 年第 180 号。

否，伟人先生更卑之毋甚高论。此种见解实属错误。孔子云："百姓足，君孰与不足？百姓不足，君孰与足？"明乎此者，始可与谈农村经济。

二、农村经济破产原因

农村经济，即社会经济；社会经济，即整个国家经济。欲求国家经济之充裕，应先注重农村经济，未有农村经济破产，而国家经济反能独存者也。我国自革命以来，农村经济早有崩溃之趋势。所以未即实现者，因有历史上关系，苟延残喘而已。时至今日，益形露骨，曲突徙薪，未为善计，焦头烂额，乃称上宾。综其原因，不外以下数端。

甲、天灾

民国二十年，全国发生水灾，为有史以来所仅见，灾区遍十八行省，灾民达五千余万人。耕地被淹，耕农失业，实属空前之浩劫。虽曰天灾，抑亦人谋之不臧有以造成。今将中国银行报告灾情书抄录于后：

省别	被灾田亩	被灾农户
湖北	二七五二二〇〇〇	二二二五〇〇〇户
安徽	二九五〇〇〇〇	二二五五〇〇〇
江苏	六一四三〇〇〇〇	三六二七〇〇〇
湖南	一三九五二〇〇〇	一〇〇〇〇〇〇
河南	三四六九五〇〇〇	一五八六〇〇〇
江西	一四二四八〇〇〇	一〇三五〇〇〇
山东	三〇一三五〇〇〇	一五五一〇〇〇
浙江	一五七三六〇〇〇	九三二〇〇〇
共计	二一一六六八〇〇〇	一四〇九一〇〇〇

据国府统计局调查，此次水灾，损失产米额九万万斤，棉花一万四千二百万斤，小米高粱十四万万斤。米每斤以四分计，棉花以四钱计，小米高粱以三分计，共计损失四万五千七百万元。其他被灾较轻之省份损失，尚未与焉。

乙、匪祸

华中土沃宜农，业农者占全国人数三分之一。惟年来因"共匪"遍地，群盗如毛，富农多被惨杀放逐，中农则流离失所，贫农则被迫为"红匪"作冲锋肉搏之牺牲。如赣西、赣南之永新、雩都、兴国等数十县，均野无青苗，村无炊烟，赣东、赣北之横峰、铜鼓、修水各县，湖南之平江、浏阳、临湘各县，湖北之黄安、罗田、潜江、沔阳、通山、通城、阳新、监利、英山等县，河南之商城、立煌、经扶等县，安徽之六安等县，大都田园荒芜，庐舍丘墟。昔之桑麻夹道、鸡犬相闻者，今只荒烟野蔓，断瓦颓垣，凄凉一片而已。此种损失，又乌可以道里计哉？

丙、苛税

我国苛税，任比何国为重。所设之税捐，大多数取给于民间，所谓"官取于民，民取于土"。就是直接取诸工商者，亦系间接取诸于农民，如农村之手工业，农民之副产品，以及各种原料之输出输入，无一不加重农民担负。今农民以血汗换来些微金钱，经此层层剥削，农民焉得而不穷？农村焉得而不破产？

丁、疆界

农业不发达，虽由于交通不便，以致农产品运销发生阻碍。我以为各省各县封建思想太深，比交通不便尤为阻碍农业发达最大原因。试观各省产米之省，无不收征米照，视为一种特别收入。上行下效，即各县亦有征收米照者，如零陵上年假贫民工厂基金为名，抽收东安、道县之谷米经过税每担五角，后基金抽满额，该县冷水市保安队又继续征收，以致东安、道县之谷米陈腐于仓，而祁阳以下贫农反有珠米之叹。少时读书至"秦人视越人之肥瘠，漠不关心"一语，久不得解，今证以米照，始乃恍然大悟。

戊、招募

我国农民，素抱"日出而作，日入而息，耕田而食，凿井而饮，帝力于我何有哉"主义。自近岁军阀为虐，四处招募以作扩充个人势力工具，将一般安分守己、耐劳忍苦之勤动农民，令舍其未耜，教以杀人放火之技术。嘉禾鞠为茂草，土地变为荒芜，别井离乡，抛妻弃子，壮者从军，老者失所。一旦淘汰返乡，再欲令其作披星带月之工作，其势有所不能，将青年有为之农民养成游手好闲之废物。生之者寡，食之者众。此种直接或间接之有损害农村经济，吾人但未加以考虑者也。

己、教育

古人所谓："工之子恒为工，农之子恒为农。"自近年来，一般人提倡有名无实之学校，不能授以实际之功课，徒托欧美之虚名，唱普及教育之骗局。所设之学校，处处贵族化。农民希望子弟之"成龙成虎，升官发财"之谜，又牢不可破。于是，将一家所恃以养老送终之产业，不惜孤注一掷，以冀子弟之成立。迨至学校毕业，一无所用，西其装而革其履，几不知曩日来自何问，甚至走入迷路，致遭杀身之祸。所谓人财两空，噬脐无及。

余以为今日办理教育，应注重乡村教育，尤其是农业教育，使农民个个受教育，并使农民个个受农业教育，教以农业知识，如施肥、换籽、除虫、防灾等课，既可以增加生产，并可以改良生活。事之美善，无有愈于此者。

戴季陶先生上年《国庆日述怀》内有云："今日教育之要事，在于使人人有生产之技能，尽生产之责任，而尤须养成人人知随时随地可以兴利创业，人人知现有之产业，都足以改良进步，增加生产，然后实在之事业可兴，虚伪投机之风习可减也。"其言实有至理存焉。乃政府不此之求，招集农民子弟，奔集都市，舍其素有组织之劳动化，弃其广大规模之实习场。都市愈呈不安稳气象，而农村遂渐成荒凉状况矣。

考西方农业发达诸国家，如丹麦、瑞典等，其教育恒以农业为中心。即集中教育精神，实事求是，造成大量农业技能人员，以为改进农业之用，励行农村义务教育，普及农民智识，以为努力农业之需。反顾我国，学者耻言稼穑，农民多目不识丁，生产方法不知改良，生产成绩渐趋衰落，一切外来意外祸变，更不能稍为抵御也。（见《钱业月刊式微》）

此外，农村之副产品不发展，土豪劣绅之压迫，农民资本之缺乏，人口分布之不均，耕田之不足，利率之高贷，种种事实，均可致农村经济于破产。吾人既得其症结之所在，不得不进求考察补救方法。

三、打倒第二次续借美麦

我国为农业国家，米麦之产生，按照农田面积与人口比例，本可自耕自给，无恃外求。无如近年来天灾人祸迭为乘除，民不聊生，野有饿莩，农村经济溃崩，农民相率离乡，田地荒芜，生产减缩。从前为米、麦输出之国，今一变而为输入之国矣。二十年，我国承大水之后，暂借美麦一百五十万担，不过一时权宜之计，后由商人自动购输者，竟达二千一百二十万担之巨，实为打破空前纪录，贻社会以无穷之亏累。延至上年，食粮之入口仍源源而来。据关册所载，一月至九月间，其数量如下：

	米谷	小麦	面粉
一月	一七三三一一三	一三三八〇九九	六〇五〇八八
二月	一三九六四五八	九〇一四七九	九一九六三九

（续表）

	米谷	小麦	面粉
三月	二四四八二五五	二一七五七一五	一〇〇九八一二
四月	二八七三三八〇	二七二八五九九	八六七三九一
五月	二九九四〇六九	一七六五〇五二	九一二一二五
六月	二〇〇八六五三	一六五四七七九	四二七六八一
七月	一九〇三二一四	八四一三五八	二五六一八四
八月	一六七五六〇二	二四九九九六	二九二八五一
九月	一二六五〇三六	一九八〇二六	二八〇二八九
合计	一八二九七七八〇	一一八五三一〇三	五五七一〇六〇

此九个月内米麦人口之数量，已超过二十年全年总数。而国内米谷反致停滞，不能畅销。

最近，政府又有续借美麦四十五万吨，价值美金一千二百万元，合华币五千万元。合同初稿，行政院审议认可。如果属实，其影响于本国农村经济至为重大。上年，我国农产尚称丰收，自给自足，何待外运？政府虽愚，决不至此，或者有不得已之苦衷，有不堪告人之内幕。盖向美借白银之议喧腾已久，迄未成功。惟美麦过剩，以麦代银，则美可销去一部分之余麦，向我政府可将麦易银，暂救目前财政之困难。双方有利，而其事易成矣。然政府此举，实饮鸩止渴之计。因借麦之价格，与到境之售价未必相符，且必低落之出售易银，对于政府财政之损失实大。若以低价售于国内食户，得其益者为国民，未始不可抵偿。不过本年农业已贱，吸收此大宗外麦，愈使本国食粮无出路，农村经济之破产益增其程度，诚非国家与民众之福。（见《钱业月刊》）与其避外债之名改为借麦，不如直接了当向美借一批巨款，当可维持国内农产固有之地位。

年来洋麦输额之巨大，已占进口货中之重要地位，每年进口价值五千万元。因各国产麦之奖励生产，产额澎涨，不得不用倾销方法。我国关税壁垒薄弱，不堪受外来经济之攻击。所以，外粮排山倒海以来，我国民无不"一体全收"。

查民国元年，洋米输入仅为二百七十万担，十九年增至一千九百八十九万担，计加七倍。如果政府再不加以限制，听其"不尽长江滚滚来"，吾国农业价值，奚堪设想？

最近，台湾米输入中国[①]，其计画业已实行。查东北事变发生以来，日本所酿成东亚危局，日本本身亦感受重大影响，其中农村之疲惫实为一大危机。上年七月，日本政府为救济本国农村起见，对"殖民地"竟公然实施其差别待遇的农业政策，由农林省发表限制"殖民地"米谷之移入，作成救济本国农村经济之具体案。当时台民闻讯，群起反对，并派代表赴东京陈情。但至今为时已逾数月，此案未见撤销。查台米之产生，每年有七百五担，今移出日本若被限制为二百万担，则过剩米有一百五十万担。此后将向何处输出，颇堪注目。据上年九月十日台湾《新民报》所载："现有多数日台人拟将此项过剩米分向中国厦门、汕头、福州、温州、上海等处输出。以现在银价计算，台米每袋运华，至少可获一元以上之赢利。"据最近情报，此项计画已成事实。上年十月一日，台湾总督府殖产局业经许可台米五百袋向中国输出，运往福州方面云。（见《工商半月刊》）

近且更进一步，台米倾销天津矣。据报载，天津日商竭力在市兜卖粉麦、食米。面粉与小麦均有相当成交。适闻江南白米将有北运之消息，随贬价兜售台湾存米。台湾米前日曾有少数运津试销，极合该地食户胃口，惟抛价在十一圆一担左右，今则将价格格外降小，议成即装与近远各一批，即装货津币九元半，近期九元四角，

---

① 此指中国大陆。文中的"中国"多同此。

明年（即今春）交货只为九元三角，因此津地米市已受影响。（见
《申报》）

台米之输入中国，实属无可奈何之事。若政策自借美麦以抑国
产粮食，其理真不可解。虽经各省党部、商会、各级政府函件呼吁，
而政府对于此种计画迄未打消，且宣称借麦有利无害。据财政部
云："中国粮食从来不敷（何所见而云），今年各地丰收，均是谷
米，麦则并不丰收，明春运抵我国，正值我国农民旧存谷吃尽、青
黄不接时期，借麦实有利而无害，请上海、广州方面不要反对"
云。此种计画，自坏农村长城，使多数农民日处于水深火热之中，
其政策未免太酷。

查上年全国大有，在理论上，农民生活似可以稍形舒畅。然
而，因其价格之跌落，则反较往年尤为枯窘，所以民间有"丰荒"
之语。居今之日，百物昂贵，惟农民以血汗换得之米麦，反贱如泥
涂。今日之农民任比何界为苦。欲救济农村，除先将美麦续借合同
完全打销外，并对于外来之粮食，征收进口税，使国产之米麦价格
日渐增高，救急政策毋再有善于此矣。乃粤商会深恐洋米征税，电
询上海市商会，洋米入口是否起税。当即电复云："香港华商总商
会鉴：箇电悉。洋米征税，并无其事。粤省方面，敝会先已去电声
明矣。"观此粤商独具心肝，实属全国农民之劲敌，未知政府有法
以裁制否？

一月十三日，据天津《大公报》载，皖省府前以洋米进口，输
入沿江各省甚多，致产米滞销，农商交困，若不急图抵制，影响民
生实大。特咨请湘、赣两省政府，会咨财部加征洋米进口税，以为
最后之壁垒，而事挽救。湘、赣两省府已咨复赞同，兹将往为咨文
录次：

【皖省府咨】为咨请事：案据本省粮食管理局长李运启等报称，
迩来安南米由上海进口，输入沿江各省，为数甚多，以致本省米粮

滞销于内，无法外运，请设法救济。等情。查沿江各省夙为产米之区，在丰稔之年除各留备一年民食外，其过剩之数，年尚外运千石左右。益以今岁丰收，粮价低落，近各谋向外埠推销，免谷贱伤农。今洋米倾销内地，若不急图抵制，则不惟利权外溢，影响经济，且使各地米粮过剩，农商交受其困，实于国计民生两有妨碍。敝省府有鉴及此，拟会同贵省府咨请财政部迅令海关所在，对于外米进口，即日加征进口税，藉资抵制。除咨商（湘、赣）省府外，如荷赞同，请即迅予咨复，以便主稿挈衔会咨，至纫公谊。

【赣省府咨】案准贵省府咨称，迩来安南米输入沿江各省，影响内地粮价，农商交受其困，请会咨财政部饬合海关加征外米进口税，藉资抵制。等由。准此，查外米倾销，利权外溢。此间正苦无法救济，承商抵制办法，本府深表同情，应请贵省府主稿领衔会咨，冀可早日实行，庶于国计民生两有实裨。

【湘省府咨】案准贵省府咨，以洋米倾销同地，妨害国计民生，拟会咨财政部即日起加征洋米进口税，藉资抵制一案，嘱即见复。等因。准此，查洋米倾销内地，影响国计民生实非浅鲜。贵省府主张加征洋米进口税以图抵制，洵为切要之图。敝省府极表赞同，相应咨复贵省府，请烦查照主稿挈衔会咨为荷。

四、流通各省民食

我国民食之不调剂，至为憾事，诚如宋部长所言："产米各省当有遏粜之举，一省有一省之禁，甚至一县有一县之禁，因使国产米谷不能在国内自由流通，以酌盈剂虚之方法，保持米价之平衡，而此种抑制国产米谷贸易之恶制，益足促进洋米之大量进口，于是农村民食交受其弊。"宋部长今日之地位，并非在野之人可比，坐而言者必能起而行。乃一方面既知民食症结所在，一方面又有续借美麦之举，岂伟人先生所云不必兑现耶？盖今日中国之地位，东北失地不足虑，只要励精图治，十年即可沼吴。若农村经济破产，则隐患较倭寇为尤甚。国民经济端在农村，农村之经济即是民食，如不维持国产谷米，一任洋米贱价倾销，实足使农民陷于绝境。当此各国力谋发展农产物之时，非急谋粮食政策之运用，不足以纾目前之困难，更不足维持农村经济于不败。

查长江沿岸各省农田，上年丰收，湖南、江西、安徽多系十成年岁。湘、赣米价，每担跌至三元以内。湖南初拟弛禁二百万担，旋因捐税繁重，超过米值，遂致购者裹足（见《申报》）。赣省亦然，今江西农民以粮米囤积过多，一时无法出售，即贬价籴出，亦无人顾问，遂成谷贱伤农、农村破产现状。

今我国人已渐有觉悟之动机，非自由流通谷米，不足以救农民，更不足以救国。于是，上海市商会有电请闽、粤米商勿购洋米之举，其电云："福州、广州商会鉴：本年产米各省，均称丰收，皖、赣米出省并免照费，苏米亦同。政府令准全国粮食流通，顷已实行。请切劝米商，停购洋米，先尽国米采办，藉免粮价惨落，农村破产。"又函云："……本年全国秋收，均称丰稔，本省亦属大熟，以致全国粮食，日形惨落。农民终岁勤劳，全赖秋收，以资调剂。今粮价跌落至此，以致本省农民经济上受极大之影响，若不急图补救，全省农村均有破产之危。……"至湖南省政府有向沪、汉各银行以米谷运押之事，江西省政府亦有向三北公司租用轮船将过剩米粮运至广东销售，安徽有取销粮食管理局之举。宋子文又向三中全会提出《流通国内米麦案》，其办法要点：

（一）拟请交由政府通令各省一律开放米麦禁令，使省与省、县与县均得自由输转，绝对流通。其抽收米麦捐费省份，并应通令澈底取消，以后永远不得再有类似此项捐费名目发生。

（二）查财政部主管关税，国内运输谷米，照章应征转口税（麦子并无此税）。现为力谋流通、便利民食起见，拟请交出政府将此项转口税明令免除，以求贯澈。

（三）各省米、麦，如实感缺乏，经过切实调查统计，认为必须禁运出境时，应先详确陈明，候经中央政治会议酌核决定。惟仍不得借口寓禁于征，抽收任何捐费云。

统观以上各情，似乎对于流通国产粮食作积极之进行。所虑者夜长梦多，未能即日贯澈主张耳。

盖我国今日农民之困苦，端在米价暴跌，不能与工商业平衡。虽由各省省自为政，而交通不便，是其大原因。即以广东而论，长江之米，以运输困难，反不若越南、缅甸、暹罗之米输入之便利。输入既便利，其价值当然较华中输往之米为低廉。故全盘问题，则系于国内交通是否便利。倘中央政府为维持全国民食起见，无使有畸形现象发生，用倾销政策，将内地剩余之谷米，自行运至米粮缺乏省份销售，既足以调剂各省民食，而产米之地亦不至有贬价或陈腐情事。政府倡之于前，商人和之于后，而谓民食不流通者，吾不信也。

五、政府应通令乡村补充积谷

我国今日积谷之制，起源甚远。在汉宣帝时，有魏李悝创设常平仓，以政府财力购置谷米，一遇荒年，由政府开发常平仓，以平均谷价，不使有谷贵病民之弊。至隋文帝时，有长孙平创设义仓，劝导各富民输将米谷储存义仓，丰岁收藏，荒年散放。至宋时，有朱熹创设社仓，由人民自动组合，凑派谷米存仓，每年无论丰歉，夏间借贷，秋间取息收还。前二者则系官吏主持其事，其存谷地点多在通邑大都；后者则系人民自动组织，其存谷地点多在乡村，亦即今日之所谓积谷是也。

但今日乡村之积谷有名无实，多为土豪劣绅所侵吞，以致空有良法之名，无人整理。古人云："三年耕必有一年之食，九年耕必要三年之食。"所谓"一年食""三年食"者，即今日乡村积谷之理。现当谷价低落之时，正与我乡村积谷补充之绝好机会，政府应即严令各县长切实劝谕各乡村，曩日有积谷仓者，尽量如数购置补充；无积谷仓者，亦传谕该村殷实富户特别捐助，以成其美。并须取具各该县县长保结，证明谷数之多寡。此对于积谷（即社仓）一法而言。在政府一方面，亦宜仿常平仓、义仓之制，征收米谷，囤积都会，以备国际战争时代我有准备，不至专恃洋米以救命。

以上所言各节，如果一一见诸施行，于目前谷价或有提高少许之可能，救济农民，亦不无小补。

六、银行界应即投资农村

年来工商业之不景气，其原因即在于农村破产。我国工业幼稚，只有农产品原料输出，丝为日本所压抑，茶为印度所排挤，桐油见弃于美国，蛋业又为各国关税所禁阻。环顾全国，究有何事可为吾人"扬眉吐气"？农村破产，商业当然随之凋敝。于是洋货充斥，内地资金集中上海。加以土匪遍地，内地富户以租界为桃源，亦将现金储存银行，以致上海各银行之存底多至三万万元。银行界苦无投资之地，日以购证券、公债、标金、地皮等以作孤注，而忘却本来宗旨，如兴业、懋业、实业、农工、工商、农民银行是。夫"财散则民聚，财聚为民散"，银行界苟深明此理，则安定农村经济，其权完全操之银行。农村经济安全，则都市金融亦可稳固，诚有互相调剂之效。即以利息而论，银行借款不过几厘，至多不过一分；若农村借款，普通三分，多且至五六分不等。银行界苟能转移其视线，投资于农村，使农村金融活泼，确为救济农村经济之一大关键。若果听其日呈干涸，而于都市则有过剩此种现象，则农民相率离乡，田地愈形荒弃，农村破产，社会亦不安宁。"皮之不存，毛将安附？"至应如何投资，一切手续则有待于今日之经济专家从长计议。

附：《德国农村救济案》：

……其次关于利息减低，并不抄袭前内阁之强制换借办法；证券利息，亦不变更。农民之抵押债务利息，前概为六厘半，但不能减至四厘以下，且减低期间并不一定。由两年间行之，且得延长其期间。因减低利息所得之节约金额，得充偿还抵押债务之用。为救济抵押金融机关起见，其抵押放款，达农村放款之一成以上，政府得发行财部证券，以补偿其损失。对于大地主之不动产信用合作社，即农村信用合作社所受利息损失，政府亦补偿之。德国农村之抵押债务总额为七十亿马克，利息节约年额可达一亿四千万马克，惟债权者则皆为德国人耳。

七、政府应注重农村经济

农村经济实为整个国家经济。农村经济不健全，即国家经济无办法，此各国经济学家所公认。我国自革命以来，一般中央委员及各省主席无不来自田间，应深知农村困苦情形，何以一入宦海，遂忘却本来面目，置我农民死生于不顾？纵有一二建议，不过为装饰门面之文章，未有见诸实行者。至于争权夺地，无不剑及履及。设使易地以处，则我国之农业今日何至衰落如此？

我国数千年以来，其传统以农立国，虽近二百年来受欧美各国之濡染，但是国内一切制度仍建筑在农业社会之上。倘使我国农业经济安定，虽各国倾工业商业之势力，亦不足以冲破壁垒。乃政府要人只讲个人经济，而忽视农村群众经济，享尽此间快乐，不念农民困难，一任外洋之米麦输入，而不设法有以救济，遂使我农民手胝足胼辛苦所获之少量之生产品，不得善价而沽。此种自杀政策，今日政府各要人当负其责任。

所谓注重农村经济者，其方法不外乎：

（一）设立农民银行，实施低利贷款，以免除重利盘剥之苦。

（二）提倡各种小工业或手工业，以补农民收入之不足。

（三）建筑道路，以利交通。

（四）推广农村教育，其教育原则，以农业、职业二者为主。

（五）蠲免食粮各种杂捐。

（六）永远开放各省米禁。

（七）增加米粮进口税。

（八）开办乡村合作社。

（九）肃清各省土匪，使农民安居乐业。

（十）禁止各军阀招募新兵。

（十一）永远禁止种植鸦片烟苗。

（十二）奖励农村副产品。

以上数则，不过举其荦荦大者，倘能次第施行，则农村经济充裕；农村经济充裕，则国家经济亦日形巩固矣。

八、结论

从中国过去农业状况而论，如不遇天灾虫害，尽可达到自给自足程度。自海禁开弛以后，帝国主义者各挟其雄厚资本向我国进攻，使农民生活顿生不安定形势，而农村经济遂渐陷于麓陑地步。加以近年来农业恐慌波及世界，在列强除各筑坚固关税壁垒之外，又加筑一二道防线，其必以销耗力量强之中华民国，为消纳过剩物产之尾闾。我国自"九一八"以来，富庶如东省，为倭寇侵占；工业如上海，又为倭寇摧残；加之农业最盛之华中，无一省不为"共匪"蹂躏；沿海各通商大埠，遍地奸商，日以运囤洋米为致富之快捷。嗟我农民，只有束手待毙之一途。夫农民终岁勤动，其希望不过以所获农产品，足以偿全民之劳力而已。今因外国农产品在华倾销，使国内农民呕心沥血所获之农产物，不得不贬价出售，而农村经济破产矣，而国家之大乱基于此矣。

抑又有进者，关税壁垒，所以保护本国农工之利益不致为外货所侵占。独我关税则食粮与图书、杂志、地图，同入于免税一类，所以外国粮食源源而来，以与国产竞争。上年，中央有抽收洋米进口税之提议，粤商则竭力反对，惟恐见诸事实者。外粮入口，我国宽宏大度，一律免税；但以国粮出口，各省征收重税，以阻其流通。查世界食粮进口免税者，各有特殊情形，不能一概而论。如安南、暹罗为产米之地，无外米竞争，故无税。香港系自由港，一切货物各无税，不独食粮一项。英、比以工立国，奖励外粮入口，故无税。此外各国均有相当之进口税，以维护本国农产品。惟安南政府，不但不收进口税，且征收出口税，深知我国沿海南方各省，非安南米不足以生存，直接取诸安商者，即间接取诸我国食户。独我国政府只知"谷贵病民"之片面文章，而不知"谷贱伤农"更关重要！所以，对外粮进口完全免税，而对于出口，反加以种种限制与征收转口税！何其厚于洋米而薄于国产也？今日全国农村经济所以完全破产者，无他，实政府有以造成之也，余欲无言。

附　宾先生出席本校十六周纪念周讲演①

（1936 年）

十二月十六日，宾先生出席本校讲演，题为《中国农村经济破产情形及救济之方法》，内容分三段：

---

① 《福湘旬刊》1936 年第 82 期，第 2 页。福湘女中，1913 年由美国基督教长老会牧拿亚女士创办，初在长沙北门外长春巷，为六年制中学，仿照美国，学生一律寄宿，每周放假一次。

首述中国农村经济破产之原因：

a. 帝国主义对我国之侵略及压迫，使我国经济每年受很大损失。

b. 贪官污吏、土豪劣绅对农民之压迫及剥削，使农民担负极重之税。

c. 天灾人祸之频仍，使农民流离失所。

由这三个原因，而发生失业及失地之问题。由这两个问题而使农民离乡村。

最后救济之方法：

a. 废除不平等条约。

b. 行使民权。

c. 政府和人民合作，办理人民所需要之实业。

d. 恢复农村，使耕者有其田。

平日同学深感不解的"农村问题"，经宾先生一席言词，了然顿悟。

民国二十一年之茶叶业①

中国之茶味浓郁芬芳，系地质使然，远非他国冒牌者所能拟议。所以各国嗜茶者均以中国茶为上品，每年输出占出口货之第一位。只因我国人墨守陈法，不知改良采焙种植，日本印度遂乘机而起，并取中国茶叶地位而代之。今日我华茶之被人排挤与摧残，其所由来者渐矣。

我国产茶省份，以江苏、浙江、江西、两湖为最著。自反正以来，年年内讧，处处匪盗，政僚则植党营私，军阀则争权夺利，对外贸易久矣无人讲究。加之横征暴敛，苛捐杂税，总使商业无一线生机而后快。兹搜集各报所载关于茶业一项者书之于后，以备留心国际贸易者之参考。

江苏省产茶之区，仅常州、扬州、清江浦、苏州、无锡、松江、镇江、江宁等地，远不及皖、赣、湘、浙、闽等省。惟苏省扼全国贸易之中心，故营业亦极旺。年来，因受日本茶商竞争之打击，一落千丈。至其内容之复杂，较任何工商各业为甚，有所谓内地茶号者，有所谓茶客者，有所谓茶栈者，有所谓茶行者，有所谓茶厂者，有所谓茶叶店者，有所谓卖茶洋行者，有所谓出口茶商者，名称之多不一而足。内地茶号专于产地种植或收买茶叶，制茶成箱，以便运销。茶客则承内地茶号之使命，专自产地运路庄茶，或收买毛茶运沪，向茶栈或茶行兜售。茶栈为茶业中间商人之一种，居茶客与

---

① 宾敏该：《民国二十一年之茶叶业》，《实业杂志》1933 年第 180 号。

出口洋商之间，介绍输出贸易，同时流通茶客金融。茶行亦为茶业中间之一种，在内地则居茶户与茶号或茶客之间。茶厂则专事将毛茶精制为土庄茶。茶叶店以经营茶叶零售交易为主，间亦经营附近乡镇之批发。买茶洋行及出口茶商专向茶栈买进洋庄茶，运销国外。茶号、茶客、茶栈、茶厂、买茶洋行，出口茶商为国外贸易之过程。茶客、茶行、茶叶店则为国内贸易之过程。前者所交易之茶曰洋庄茶，后者所交易之茶曰本庄茶。茶因销处与产地之不同，而有二种名称。按其产处之不同，有路庄茶及土庄茶之别。按其销处之分，有洋庄茶及本庄茶之别。路庄茶乃由内地茶号于产茶区域采办毛茶，就地制成洋庄箱茶，运沪销售者也，此种茶叶占出口洋庄茶之大宗。土庄茶乃在产区采运毛茶，运沪制成洋庄箱茶，其出口数量较路庄为少，价格及品质亦较低。至洋庄茶，则为路庄、土庄两种茶叶运销外洋之总名称。本庄茶则为运销本国之茶叶，大都以茶叶店所制为多。至全省茶厂共计有八十五家，江宁六家、扬州三家、清江浦四家、无锡二十一家、苏州十三家、镇江十一家、常州十五家、松江七家、海州一家、铜山四家。其中资本一万五千元者十四家、一万二千元者七家、一万元者十三家、八千元者八家、五千元者十七家、三千元者二十六家。其经营者以籍贯不同，故有各帮之分，其中以徽帮为最著，本帮（江苏帮）、广帮次之。每岁在内地销者年达一百二十万元，输出销售者年达二百七十万元。惟去岁因受日本茶之打击，只达一百五十万元。据苏财政厅统计，去岁苏茶每月输出之数量如下：

月份	销数
一月	一二五〇〇〇元
二月	一一七〇〇〇元
三月	一九九〇〇〇元

（续表）

月份	销数
四月	二九〇〇〇〇元
五月	二九八〇〇〇元
六月	一一六〇〇〇元
七月	八五〇〇〇元
八月	七三〇〇〇元
九月	七一〇〇〇元
十月	六四〇〇〇元
十一月	五一〇〇〇元
十二月	五〇〇〇〇元
合计	一五四〇〇〇〇元

由上表可见苏茶输出之惨落。现闻茶商因滞销损失，拟将苏茶转运鲁、豫等省，冀在内地销售，以偿所失云。

江西省向为长江西部产茶最富之区，如德兴、玉山之绿茶，修水、河口、浮梁之红茶，均为本省出口大宗。茶叶鼎盛之年，修水洋庄红茶，年有产额十六七万箱；河口二三万箱。德兴在民十七年，亦出产至三二万余箱；浮梁四万余箱。近十年来，修水、武宁红茶，初因俄销之不劲，售价低微，业茶者迭遭亏折。于是，徽、粤外帮入山设号开场者，逐年减少。山户因茶价低贱，大多斫去茶树，易植他种物产。未斫者，亦不加人力肥料之整理培植，质味因而渐劣。洋商办茶者，至是多舍宁红而乐取祁红。至近年产额，益形锐减。今岁入山开办者，仅本帮寥寥数家而已。河口红茶，因质味尤逊于宁产，洋商又提高抑低，营业亦呈不振。本年河口营红茶者，只有数家。营玉山绿茶者三家，出产总额，不过万箱左右，较之十年前，均减落甚远。德兴绿茶，因产地接壤婺源，质味不恶，前岁出产仍有万余箱；自去岁"共匪"盘踞，沦为"匪区"，农民至新茶发育期不能及时采制，茶叶放弃于地，两年来无出产。惟浮梁红茶，依傍祁门之声价，得硕果之仅存。但本年因银根紧迫关系，茶栈放汇收缩，开场者亦不及往年之多。制出之茶，又受洋商之抑价，亏折甚大；浮茶命运，渐趋狭途，将与修水红茶同呈日薄崎岖之势矣。最近，上海商品检验局为明了修水茶业衰落之实际情形，四月间曾派员至赣调查，并将改进意见呈报实业部，对复兴茶业计划颇为周密。近熊主席鉴于宁茶不振，亦将组织大规模之公司，在九江设立制造厂，为挽救垂危之茶叶。上述两项设备，如能见诸实施，则修水红茶尚有一线希望，是正赣省茶业堕入深渊中，加以援手之可喜消息也。

浙江产茶区域，若以旧属道属而论，则钱塘道属有杭县、余杭、临安、於潜、昌化、富阳、武康、孝丰、安吉、吴兴、长兴等县，会稽道属有萧山、绍兴、上虞、余杭、嵊县、奉化、新昌、鄞县、诸暨、天台、仙居等县，瓯海道属有永嘉、平阳、青田、丽水、遂昌、云和、乐清等县，龙华道属有义乌、金华、汤溪、江山、开化、淳安、遂安、寿昌、分水、宜平等县。如逐县叙述，限于篇幅，难于周遍，兹按普通习惯简分为湖杭茶、平水茶、温州茶二类，分述于次：

（甲）杭湖茶，即上述旧钱塘道属各县所产之茶，最著名者首推龙井。因龙井山与狮子峰，既有南北两高峰对峙，复有西湖、龙泓诸清泉涵溶，占有地利，所以云霞龙罩，品质优良。制造又以旗枪为重，形色尤为美观。况杭州西湖风景秀丽，古今中外骚人雅士无不极端注意，对于西湖茶叶共斗新尖，扬诸歌咏，载诸志乘。惜龙井产量不多，据狮子峰万寿宫寺僧言，真正狮峰龙井茶，只有庙前茶园所产，古时仅十八株，清乾隆时号为贡茶，品质特佳。现茶园中茶树不过二十余株，全年产量不过数斤，珍贵异常，不啻凤毛麟角。而虎跑一带，每年产茶亦只六百余担，杭县、余杭、临安、於潜等处所产旗枪，形式与龙井仿佛，号为龙井，实则不同，香味既逊，价亦便宜。次则旧湖属之吴兴、长兴、安吉、孝丰等县所产，普通称湖州茶，绿茶居多，红茶为少，品质以孝丰所产炒青较佳，产量亦多。长兴毛峰品质虽佳，产量细微，且以交通不便，宣传不力，难享盛名。至湖州茶多半为炒青，形状紧缩，适合洋庄，为珍眉珠茶最好茶料，所以，毛茶运沪后，由茶行转售土庄茶栈，为上海土庄茶原料大宗来源。是以湖茶在贸易上，占有相当地位。至于杭茶产量，经民十九浙江农产处调查，总计红、绿茶七万八千五百二十担，价值四百零一万二千六百元。其产量，以余杭为最多，次为杭县，再次临安、孝丰。而价格首推龙井，每斤售价八、九元，以至十余元，平均在十二三元左右，其他各县茶叶，每担三十元至五六十元。

（乙）平水茶，产自绍兴平水镇，而新昌、嵊县、上虞等处亦均仿照平水制法、装璜，是以咸称为平水茶。在产地制成箱茶，运沪销售。制茶种类全部绿茶珠茶占大多数。茶箱分二五箱、一五箱两种，二五箱装量约五十斤，一五箱装量二十五斤。所以与路庄、土庄稍有不同，盖路、土两庄，装量只有二五箱，无一五箱。而平水茶销路以美国为大宗，自美国禁止着色茶入口后，平水茶随即革除着色陋习，惜栽培与制造上未能尽善，渐呈衰颓。最近，销数仅五六万担，为浙省茶业上极大损失。

（丙）温州产茶区域，以永嘉、平阳、青田、丽水、遂昌、云和、乐清等县著名，产量以红茶为大宗，为浙省红茶出产之渊薮。惟栽培既鲜讲求，制造又属粗劣，不能与祁红比较，与宁州西湖红茶比较，更属瞠乎其后。在此印度锡兰红茶竞争之下，亦无怪其首先牺牲也。此外，温州雁荡所产雁茶，虽清醇珍贵，然市上绝少购买，更无出口之可言矣。

浙省地处温和，山清水秀，虎跑龙井，雄踞西湖，天目耸峙西北，钱江横贯中流，天生茶树乐地，是以我国产茶区域，浙省占一重要位置。去年，遂安与淳安一带茶号与前年无大增减，新茶价比前年较高，因去年发育较早，制运便捷，在内销路尚属可观。惟因上海各洋行操纵，一般茶商大体多受亏折。

安徽祁红在海外市场比较上被人重视。去年，祁优青片、白毫、贡茶市盘曾达三百六十两的最高价。一般茶商的目光都注视祁门，故本年祁门茶庄达三百余家，要算盛极一时。但因为茶庄增加，求过于供，相互竞买，山价提高，白毫开盘，每两八百文，青片每斤一元四角，合计每担箱茶成本须三百余两。即普通毛茶，每担山价也自八十元至一百二十元。且上海的售价，因为英国增加华茶进口税和外汇减低的关系，即香味制法较去年最高品尤高的贡茶，售价最高的不过二百二十两，普通的不过百余两。所以，祁门茶商本年的亏损实在不堪。

绿茶比较占优胜者，要算徽属婺源的"路庄茶"。去年，婺源东乡的抽芯珍眉，售价最高的达三百五十两。本年，各帮都积极在徽设庄搜买，即屯溪一市已达八十余家。山价也特别提高，青芽尖每斤由一元增至一元三四角，合计箱茶成本每担要四百余元。即普通绿茶成本也在一百余元左右。而上海市价，起初抽芯珍眉开盘达一百九十两，不久即跌至一百一二十两，最近更跌至数十两。所以，去年的绿茶交易也未可乐观。

两湖为产茶富足的省份，历年出口红、绿茶总有四十余万箱。年来，以兵匪频仍，交通梗塞，外销不振，茶商资穷，红、绿茶的出口不及以往的十分之二。去年，经营红茶的更绝无仅有，五、六月间，沪栈售出的红茶竟无两湖长江名目。鄂省山户，以洋庄衰落，茶价不昂，竟有斫去茶树改植杂粮的。此种恶劣现象，实为历年来所未有。

至于俄国输进华茶，向为我国最大之顾客。欧战以前，占总数五分之三。自一九二〇年起，骤至减少，当年输俄数字，只占总数百分之三点七八。自一九二五年起，虽见增进，但因一九二九年中东路问题，骤减三分之一。兹将最近四年华茶俄销数字，列表于下：

民国十八年	三七三二七〇担
十九年	二二二一八一担
二十年	二四〇四六二担
二十一年	二三五七一七担

在苏俄第一次"五年计划"实施期中，到一九三一年，自种茶园，已达二万二千公顷；一九三二年，又新增一万五千公顷。近据莫斯科通信，苏联以前所用之茶叶均由各国进口，现则自植，全境各处均种茶树。投资于此种事业者，计为二千八百万卢布，且于第二期"五年计划"中，拟建设新茶厂六所。在"乌柴盖脱"及"乔尔其亚"茶厂之建筑，则已完成。开工后，每年出品计为一千五百吨。去夏则为初次播植茶树之种子，十二月间，苏联农地二十五处，共计一千一百二十海克他，及公农之地三千五百六十八海克他，播种是项种子，预计能出绿茶茶叶一千六百十一吨云。

查华叶供给俄国最多的，为一九一五年，总数达二百十六万担，去年只占二十余万担。红茶最多时达四十万担（一八九五年），去年只千余担；绿茶最多时约十五万担（一九一一年），去年不及八千担；砖茶最多时在六十万担以上（一九〇七年、一九一〇年、一九一三年及一九一五年），去年亦只二十二万担。故最近的现状真使人不寒而栗了。

茶叶向为我国出口大宗，近年来日茶、印茶、锡茶均甚畅销，华茶之国外市场日趋狭隘，茶叶遂与丝业同一命运。民国二十年，全国输出茶叶总额统计在四十六万余箱，与五年前之比较，减少十分之四。及至去年，情况益非，即素称畅销之徽茶，亦感困难。现在仍日趋衰落，将来如何，殊难预测。惟无论如何，非根本救济，不足以言恢复茶业旧观也。

参考书

天津《大公报》

《申报》

《国际贸易导报》

《工商半月刊》

日本侵略我国渔业及
我国对渔业自杀政策[①]

不佞山野之士，对于渔业系门外汉，不过近月来披阅津、沪报纸，凡关于渔业事，留心摘录，成此长篇，以供国人之参考，藉资挽救云尔。

（甲）关于日本侵掠我国渔业情形

刘桐身谓：日轮侵渔，始于何时，颇难稽考。惟察其方策，大概先以旅大及青岛为根据地，以侵我黄、渤二海之海权；继则鼓轮于东、南二海之间，恣意捕我领海之海物，而以台湾为根据地；近更横行于江浙，且调查长江鱼类，以为行渔于淡水之先声。兹将其侵渔之经过情形（姑以民元为始），举要述之。

辛亥而后，日本朝野群唱"与日亲善"之高调，我国当道亦有以"中日亲善"为言者。于是，加藤某氏遂乘机以入，奔走贿赂，以冀攫夺我沿海之渔权。其时隅隅吉田、高锅及廉野诸氏，亦怀斯意。乃均浮海西来，盛行运动。惟天津王治薌等所组织之黄海渤海裕民渔业公司，已于民元九月成立，并于农林部立案，故政府不复能与外人以此种权利。隅隅等氏爽然而归，独加藤氏滞留不返，继续运动，且暗中与德人之运动斯举者相竞争，耗资巨万，始终不

---

① 宾敏该：《日本侵略我国渔业及我国对渔业自杀政策》，《实业杂志》1933年第 182 号。

倦。卒于民国三年五月，得掌裕民渔业公司营业包办之权。从此，北自辽宁之安东，南至长江附近一带，渤海、黄海全部沿海数千里之渔权，归于日人掌握之中。当时，日人之踌躇满意，不言可知矣。

同时，青岛战事起，日军自劳山湾登陆后，即分遣其渔民，于胶州湾附近从事渔捞，以供军需。青岛既陷，即附设渔业行政机关于青岛政府，以谋发展。自是而后，日人络绎来华，以青岛为根据地，各奋力扩张其渔业于黄海、渤海中。民国五年，日人之渔船共六百六十二艘，渔夫达一千三百十人；而与民四两相比较，船多二十艘，渔夫多一百三十八人。渔具方面，则举凡建干网、打濑网、潜水器、网延绳、鳕延绳、鰆流网、沙鱼流网、鲛鰊网、乌贼巢曳网、地曳网等，无不依次措办，应有尽有。其渔获金额，在民国四年共十九万八千五百九十一元，至民国五年，一跃而达四十六万四千二百九十七元，相差竟有二十六万五千七百零六元之多。事业发展之迅速，诚足骇人。既复设立所谓水产组合公司者，以规划一切，而事业亦愈益进展矣。以前青岛地方政府之渔业调查报告，对于气象渔场，海上之各种状况，吾国业渔之人数渔具渔法等，莫不记载綦详，了如指掌，是知其事业进步之速，盖亦有由。

屈若峰云：在日人侵略下，上海市去年之渔轮业，上海位东海之滨，握工商枢纽，凡在江浙外海捕鱼之渔轮，出入营业，类皆以此为根据，盖寝假而成为中国新式渔业之中心。每月渔获价值，虽无舶来品之巨大，然亦不下七八万元。现下拖网渔轮之出入上海港者，共有八艘，总吨数约一千五百吨；手操网渔轮有四对（八艘，手操渔轮之作业行须以二艘联合工作，犹如旧有之对船渔业），总吨数约三百二十吨。其出渔之渔场，即在长江口外之花鸟山东北，佘山东北，以及海礁附近，惟亦有驶至东汀岛附近，或竟至温州湾外海者。上述数处渔产颇丰，尤以大黄、小黄鱼、鮸、鳗、鱏、鲨为最多，次之即属带鱼、梭子蟹、乌贼、鞋底鱼、鲷、白果子、蛇子鱼等。

兹将各月份出渔场所、渔获之鱼类列表于后：

月份	渔场	渔获
一月	花鸟东北海礁附近	鮸、鳙、鲨、鳗
二月	舟山群岛东方海礁东南	鮸、鳙、鲨、鳗、小黄鱼
三月	花鸟东北、佘山东北	鮸、鳗、小黄鱼
四、五、六月	佘山东北	小、大黄鱼、乌贼
七、八、九月	花鸟及佘山东北、舟山群岛东方	小黄鱼、鳗、鳙
十、十一月	花鸟东北海礁附近	鳙、鳗、鮸、鲷
十二月	海礁附近、三门湾东方	鲷、鮸、鳗

（注）表中所列各鱼，系指其中多数而言，如渔获以最多者首列，下类推。

每年各渔轮出渔次数，通常为三十次。去年，因受"一·二八"战事之影响，二、三两月大都全未出渔，七、八两月又为船舶岁修之期，故全年出渔只有八个月，渔获乃不如前。且尚有因煤、冰等消耗品价格之增高而受损失，故十二家公司大都仅敷开销也。

去年，各公司经常开支约共五六万元。分析之，船员薪金，年计一万二千元。渔具船具之添置，年计五千余元。保藏鱼鲜之冰，消耗颇大，出渔时装载之多寡，恒视天候之寒暖而殊，一般在夏季约九万斤，冬季约三四万斤，平均每次出渔约需六担；其价格亦视寒暖而差，自一角五分至七八角间，平均每担约价二角五分；故冰之开支，年计四五千元。此外最费者，要推渔轮燃料之消耗，如蒸汽机关之拖网渔轮，每次出渔约需煤五六十吨，每吨价约十五元，年计即需三万元（中华渔轮则用柴油，所费亦近此数）。其他再加各项杂用及公司开支等，年支当在二万元。此为拖网渔轮公司之大概，他如手操网渔业，费用较省，去年各公司约开支三万余元也。

至去年份渔获价值，以"永茂"渔轮最多，惟其价格中尚未扣除鱼行代售之佣金，兹列表如下：

渔轮公司名称	渔轮名	出渔次数	数量（担）	价格（元）
永胜渔轮局	永茂	二六	七一四五．八九	七四一五〇．九四
联兴渔轮局	联丰	二八	七四九五．三九	六七五七四．六〇
陈家庚公司	集美	三四	七五九四．八三	六七〇二五．三二
永顺渔轮局	海顺	二八	七二三九．三七	六五七七七．四八
茂丰渔轮局	茂丰	二一	七四五二．七四	六一八七四．六四
中华轮公司	中华	二四	八三五九．一六	五六一八六．〇三
永丰渔轮局	永丰	二一	五一六八．九五	五四七三二．五〇
三兴渔轮局	海兴	二三	五五七〇．八八	四七〇五九．一五
福生渔轮局	福生	二四	四〇八九．三九	四二一二四．四〇
志达渔轮局	达富贵	一八	三七八〇．二八	三五二一七．四六
浙水产学校	民生	六	一七〇五．七二	一六九四六．五〇
泰兴渔轮局	泰兴	三	四八四．九九	三七八六．七九

（注）三兴渔轮局之海兴渔轮，乃租与江苏省立渔业试验场，出渔时兼作各项试验，故渔获不丰。

如上表所示，因受日渔轮侵渔之滥捕，渔获较往年已锐减，然口外海洋合于行渔之面积，尚广阔异常，只待开发耳。与渔轮业最有关系者，即渔获出售时之价格，有时不能得善价。盖上海一埠，虽拥有众多之人口，然每日海鱼之消费亦只六七万斤。故一旦数渔轮同时进口，鱼价即为供求之关系而下落，装冰鲜船又成群进口，舶来品如潮涌入，市价必致狂跌。例如黄花鱼，去年四月份，最低每百斤只售价一元五角，平均每斤仅值一分五厘，渔业中遇此当然困难矣。

欲谋挽救，在渔轮公司方面，则在渔船装置无线电，随时将巾面价格报告，使渔轮进口日期得知所择。然整个办法，仍在开辟销路。如上海黄鱼价格暴落，而内地都视若珍品，即交通称便如京沪、沪杭车沿线各地，其价格已较增数倍左右。故欲谋渔业发达，务须将上海供给过剩之黄鱼，输入内地缺乏黄鱼之处，则市价可以调剂。一面设立冷藏库，如遇鱼类进口旺盛、鱼价狂跌之候，则储藏以待沽，及市上缺货，不难出所藏以应市，则一方可以调节供求，他方亦所以保全渔商自己之利益。

此外，吾国渔轮业所感觉日渔轮侵渔之痛苦，不堪言状。日人每年以数百艘渔轮作有规模之循环捞捕，致使渔获渐减。而又时时私运进口，虽海关查禁以及抽收渔税，然日轮尚时用驳船运入，或捕获后载往青岛、大连，再由商轮运来；惯用倾销政策，恒以最低价格摧残吾渔业。即如去年十一月十七日，日本渔轮"鹗丸"进口，倾销渔获四万八千斤（大都为黄花鱼），该鱼当时市价每担在二十元左右，自被该轮倾销，鱼价即降至十二元，入后竟达十元。前年（一九三一）同时，黄花鱼最高自三十五元至四十元。彼以中国出产售诸中国市场，就吸收我国金钱，每年辄以千万元计。际此时艰，能不及早注意以谋挽救乎？

去年，渔轮业虽形不振，然泰兴渔轮局尚于十一月成立，渔轮名泰兴一、二号，出渔以来，成绩虽形幼稚，然其为本国兴渔业，则颇可佩，深望有资者急起投资于方兴未艾之渔业，挽回利权于已失也。

申时电讯社载：国人尽知暴日侵占东北，飞机、大炮、血肉横飞之可痛可怕，而对日人在我国海洋水产方面之处心积虑，积极侵略，尚多茫然。年来，日渔轮在我领海捕鱼，始稍引起注意，近以日鱼在沪十六铺鱼市场出售，激起民众公愤，各方力予抵制。申时社记者昨特驱车往访江浙渔业管理局局长陈钟声氏，当蒙介绍与我国渔业界专门学者某氏，畅谈日轮侵渔各项问题，颇关重要，兹录如次。

蕴藏极富——我国东南沿海之省凡七，海岸线长一万二千余里，鱼介藻类滋生繁多，世界各国鲜与比伦。南有热流通过南海、东海，北有寒流波及渤海、黄海，益以内地黄河、扬子、珠江三大流域，支流所及，生物达数千种以上，可谓丰富已极。即以江苏一省而论，海岸线长达一千六百六十九里，水产之丰，冠于全国，岛屿林立，渔户栉比，然因墨守陈法，致启外人觊觎。苏省府直至近二年来，始进行于沿海渔场之调查。盖大规模之捕鱼新法，必俟渔场调查清晰，鱼的回游明白以后。日人对我水产区域早有详尽之调查，自难望其公开，故我人从此急起直追，犹非数载努力难得其梗概也。

侵渔野心——日本对我侵略，其政策有二：一为北方之大陆政策；一为南方之海洋政策。前者以陆军为后盾，以南满铁路为导线，以侵占东北为目的；后者以海军为后盾，以渔业航业为导线，以侵占我沿海各省以及内地江河腹地为目的。在经济的立场，对民生国防，其南方海洋侵略政策方足注意。

查日人在苏省沿海各地侵渔一事，自前年始露痕迹。前乎此者，如前农商省技师现下关共同水产株式会社研究部长熊田头四郎，每年在我国沿海，分春、秋二季调查渔业，已历十八九年。又如数年前病死于四川之日人岸上谦吉，为日帝大名教授，亦为调查长江水产事业之专员。次之如农林省东京水产讲习所，及各府县水产试验场之调查实习船等，亦时来我国沿海，即以调查所得，指导彼国渔业。其计划有得而言者，以大连为支配北海区域之根据地，以青岛及日本西南各部为支配黄海区域之根据地，以台湾为支配东海及南海区域之根据地。现于大连一带已有固定之渔场甚多，青岛方面则胶州湾附近盐地均入其掌握。惟上海一埠，我国经营水上事业者较多，人才亦较集中，不易下手，故拟在数年以内，竭力在沪筑成坚固之渔业壁垒。曾闻该国政府派遣在沪指导人员，例如日渔轮挨期进口，及在近海任意捕鱼，均为有计划有组织对我施行之压迫也。且日政府近数年来，奖励陆海军人员研究渔业，及从事水产人员学习陆海军，其事实散见于各杂志，已非鲜少。盖元明倭寇横行沿海各地，在彼固以为最有光荣，目下日渔轮已达三万余只，在我国经济民生及国防上，殊属严重之问题也。

形势日紧——日方励行其海洋侵略政策，略如上述。近则愈见紧迫，如年前"八五号""博多九"等二十余艘，在花岛山、嵊山一带渔场滥行采捕。一面日政府委横滨水族馆长平田包定来沪，假设立水族馆之名，继续岸上调查。十九年五月，复以兵舰率领渔船千余艘散布临洪口外，自由捕鱼，遇我国渔船，即任意侵犯，并以暴力阻止。嗣复由农林省举行所谓渔业会议，出席者尽为彼国水产事业重要份子，决议各项，直接影响我国渔业之发展，间接关于我海权及国防者甚大。其后，日本手操网海轮等八艘，冒名运货船装来冰鲜沪倾销，均系侵略上露骨之行动。近则沪上有日本洋行多家，对日人所办水产事业，均负有推销及各项扶助之责任。其行政上所受之各项便利尤多，是故渔场则有日渔轮，市场则有日本腌货。自又大连、青岛输入日冰鲜，为数亦日见增多。日本下关共同株式会社，且进而与沪上奸商合作，直接由日输入各项水产。二年前，挨期入口之日渔场，已达三十余艘之多。日来，十六铺鱼市上竟发现日人直接送售之鲜黄鱼。姑不论我渔商之丧心病狂，甘销仇货，而日入侵渔之步骤，则显系愈见逼近矣。

我方应付——江苏省政府，前以日渔轮在我沿海侵渔之情形日益严重，曾据情历呈中央，与日方交涉，无如始终不得要领。故国府曾命令海关限制外轮，在百吨以内者，不许驶入上海港，所以免危险，且足抵制日渔轮也。但卒以日领要求暂缓施行，嗣苏政府复联合上海市政府，会同中央派员，一再交涉，组织改进渔业宣传会，并联合渔商及各界，一致抗争。在前年五月，日本侵渔计划始暂告一段落。但自"九一八"以来，淞沪发生战争，日渔侵略又形发动，在我沿海各岸时发生强迫捕鱼情事。近日变本加厉，侵及我上海市场，深盼政府人民切实合作，以期遏止。惟根本办法，则在于提高渔商教育，力改进渔法，并予渔业之各种掖进及保护，对于我天然广大之富源，始足以言采用及保持，而关于民生国防，亦克藉获裨益云。

该社又载：我国渔业素极幼稚，近数年来，虽稍见改进，惟因迫于经济，难期扩充，坐见强邻侵略，无法抗争。最近市上更有一种骇人听闻之谈，谓仇鱼商团，复以种种方法，阴谋捣乱我上海鱼市。申时社记者欲明了其究竟，及本市鱼业近况起见，特赴有关系各方详密采访。兹将所得结果，分志于后。

现有渔轮——我国现有渔轮，仅"中华""联丰""永丰""海顺""永茂""茂丰""集美""海兴""富达""富贵"（原名"东泰丸"，以一万三千元向日本购来）、"福生一""二号"（原名"晚洋丸"，以二万元向日本购来）、"民生一""二号"等十一轮，除"集美""海兴"二轮租与江苏省立渔业试验场，"民生"轮为浙江省立水产学校所有外，余均为捕捉鱼类之各渔商及渔业公司所有。其中"集美"轮创立最早，"富达""富贵"轮最迟，总计资本为八十六万八千元。

捕捉近况：目下捕捉之主要鱼类，为黄花鱼（俗名小黄鱼）、鳕鱼、鞋底鱼，盖上三种鱼类，除黄花鱼为时鲜货外，鳕鱼及鞋底鱼则为常年货。每一轮出口，少则七八日，多则十三四日，即可进口。所获鱼量，少则百余箱，或二三百箱。民船以土法捕捉，则无一定日期，故难于统计。盖民船须预先抛锚张网，待鱼类自行投入，不若渔轮之能自由追捕。

仇我分别——我国自被日本无故侵略以后，国民有自动抵制仇鱼之举。惟有一小部之奸商不知利害，徒顾日前之小利。惟鱼类不若布匹或什物之有固定商标，鱼则颇难于鉴别。况仇轮更时至我领海盗捕，更以捕得之鱼售诸我国市场，是则来源如一，更难识别。然置鱼之装载物，尚可约略分别。如宁波货以木桶装载，每桶可四百斤左右；本埠则以竹蓄，每蓄可纳百余斤；大连来者，则为大木箱或大圆木桶，每件可装二百余斤至三百余斤；仇货则为小木板箱，每箱仅四十斤，箱中之鱼，先以水冲洗后，方行装入，且箱面之冰块，下承以纸，使污泥不至污及鱼身，故鱼身均较华鱼为清洁。内行者见之，立可分辨清楚。流网船（即民船）则散置船中，每船所置鱼量，少则百余担，多亦不过七八百担。

无耻奸商——记者曾至上海渔业仇货检查会，询问最近检查仇货情形。据委员毛菊生君谈，谓鱼商大多颇知自爱，自暴日侵入我国后，各鱼行相率不为代卖。惟有一小部分不顾大局之无耻奸商，以贪得目前之些微利益，竟改头换面，代为销售。但鱼业间对于各货来源，即极少数亦无不明了者。如本月十日，"慎丰""协丰""同兴"等经售之仇鱼八百箱，即以板箱改装筒蓄混售者。后为同业识破，热心者流即以火油（即煤油）向仇鱼浇泼，其下层着油不多者，大部分为一苏客购去，小部分仍售于本埠。昨日，又有日渔轮"大成丸""丰鱼丸"装来大批仇鱼九百六十箱，惟未能销售，即行退出。其退出之故有二：（一）民众反对极烈，仍恐再施对待"协丰""慎丰"等故智，而浇射煤油；（二）税额高大不合算，因目前黄花鱼价最低者不减六元左右，且不易售脱，故即时退去也。

传有毒质——记者更询毛君，谓："近日外间颇有一种传闻，凡进口之仇货小黄鱼，间有施以毒质者，不知者食之，移时即发生腹痛如绞之症，未悉果有此事否？"毛君答称，谓："此事尚未有所闻，惟此种谣言不为无因。兹不问仇鱼之有无毒质，我真正之华鱼必将受影响无疑，盖食户恐染毒质，遂生戒心，相率不食。惟有一言可以证明者，自'协丰''慎丰'等风潮发生后，同业不敢轻冒大不韪，而出于尝试”云。

最近销价——又据毛君谈：今岁黄花鱼出产颇旺，故售价便宜，最好者不过售九元左右，低者仅售六元之谱，不若去年能至二十余元，且各货销路，黄花鱼大部销于本埠。客帮则有京沪路之苏、锡、常、镇，沪杭路松、嘉、杭各埠。鳓鱼则倾销宁波、奉化，本埠销售亦多，惟不若宁、奉之旺。鞋底鱼则大部销于番菜帮，即我辈所食之炸板鱼是也。

前途危机——据记者近日调查所得，除仇商谋侵我领海之鱼利外，复有种种之具体计划，以谋破坏我沿海之鱼市。证之最近事市面谣言，益觉可靠。国人对于商业竞争素多漠视，且各自为谋，不能一致团结，尤足为仇商造机会。彼则为大规模之计划，一旦任其实现，则我鱼市能不为所夺者亦仅矣。深望我渔业团体急起图之。

上海市商会鉴于日鱼源源而来，有碍我国渔业，特崙缄警告鱼行，勿再偷买。市商会昨函冰鲜鱼行业及咸鱼业两公会，劝约束同业停进日鱼，原函如下：

径启者：接鱼业检查仇货委员会函开，查日寇屡次压迫，吾人屡次抵货，观其成绩，终归失败，抉其原因，有下列两点：（一）办事人不努力，徇情舞弊；（二）检查者无鉴别货物之经验。过去商人组织对日经济绝交委员会，以为各业有鉴别仇货之人材，以易于肃清为目的，旋因下列两种之原因，阻碍进行：一、外界以商人保庇商人攻讦；二、公会委员不负责而重情面。我鱼业自“九一八”以后，舶来鱼类，如萨门鱼等，大宗专向俄商定购。惟近来小数奸商，竟敢公然贩运日本釜山大青川、东口干、油活仙等，毫无忌惮。大青川与海参崴货相同，油活仙与美小青川相似，虽外界不能识别此货，即鱼业不能识别者亦甚多。同人等有鉴于斯，急不待缓，成立斯会，同人等对仇货来源，微至　箱，亦能查明。故最近到大青川九百三十二箱，奸商定售之货，因敝会之监视，转运青岛。查在沪销售此货可赚数千元，出口反亏去一千元。敝会此后工作，遇有仇货，除制止售卖外，并密函各地反日会扣留严罚。至于日轮侵渔，更应抑制。此项鲜鱼，乃共同株式会社日兴洋行等所经理，专委小东门鱼行经售。惟小东门鱼行多数因放船头客账甚巨而拒售，仅洽丰公顺等数行经售。自敝会成立后，函冰鲜公会警告，惟洽丰鱼行、慎丰、永茂水果行代卖无忌。敝会昨得报告，"大成丸"装来小黄鱼一千二百箱，于清晨三时由常务金楚相、黄振世率领全体工作人员前往，当即查获洽丰行、慎丰、永茂水果行等经售。除劝止停售外，并向小贩等演说侵鱼厉害。听众公怒，遍浇火油于鱼身，奸商胆始稍寒，今日已一律停售仇鱼。惟恐奸商利令智昏，再欲偷卖，敝会亦拟作再进一步对付。同人等誓以不私不庇之良心，愿牺牲一切，决欲肃清仇鱼。查敝会组织系职工与经理合作，互相监视，俾达公正廉洁目的。敝会极愿将工作情形随时报告，惟希贵会指示本市各业，作同样之运动，以利抵货进行，不胜感祷等语到会。查停售日鱼，为对日经济绝交应有之义，自二十年九月本会临时会员大会议决以后，本会对于此事三令五申，兹据前情，显见平时未能严申会纪，以致禁令日益宽弛，殊堪浩叹。为惩前毖后之计，应由贵会自行竭力振作，约束会员，勿令阳奉阴违，损及公会信誉，是为至要云。

据上海渔业界消息：日来日本渔轮正沪异常活动，计本月五日起，日本鱼首批进口者为"刈藻丸"，载鱼三千箱，六日"鹗丸"进口，载鱼一千箱。十二日，"大成丸"进口，载鱼一千二百箱。十四日，"平渔丸"进口，载鱼数未详，闻因图谋漏税，为海关查觉。前次代售此种日鱼之行家，仅有四五家，其余不肯代售者，此时亦因坐视代售之鱼行获利，徒失机会，亦将开始兜揽。并闻其余日本渔轮如"满千丸""大雄丸"等，不日亦将进口了。

上海市商会又警告鱼业，勿承销冒牌日鱼。市商会昨函冰鲜鱼行业、咸鱼业、腌腊业等公会，请勿承销冒牌劣鱼，函云：

径启者：本月十一日，接旅加拿大华侨，署名中华国民之一函，函称：今有大帮日货咸鱼，上海俗称青川鱼，计一千余箱，已改装英货来华，箱面上印有英国咸鱼及 B. A. C 等字样。但该鱼虽是加拿大海产，而捕鱼者亦为倭贼，销售者亦均是日奴一手所办，实与东洋鱼改名俄国沙门鱼一体相同。该仇鱼已装加拿大籍轮船"域多利号"（Abyof Victoria）来申，大约二月二十号左右可到上海。但我们目睹倭奴亲自来船照料，并在箱上戳印工作。日奴因受我国抵制很力，不得不想别个出路，改装换目，来骗我们中国金钱，已被我们目睹，不能不告知我国同胞，恐诸位爱国先生被其欺骗，故先草此来书敬告。再烦诸君警告上海鱼行同业公会并沪地方民，请大家存些最后热血，放些良心出来，不要图小利贪便宜，而忘国仇，一致拒绝购买等语。查陈各节，似非出于虚造。该轮既将于本月二十左右抵沪，其所装二千余箱之冒牌劣鱼，日后自须假手本市鱼行代其推销。除分函外，合行据情通知，务希查照，严重警戒同业，于该项劣鱼抵埠时，一律勿受买，是为至企云。

日鱼既向我国倾销，而我国不肖商人又为虎作伥，上海市商会正在积极谋抵制方法，而江、浙两省渔业改进会亦有所计划，诚好消息也。江、浙两省渔业改进会于三月十七日下午在该会开会，有谓前定计画，实以规模太大，经济关系。一时难以举办，且以前预算，若照计画完成，总需款在五百元左右。今又值军事若是倥偬，更难筹措，不过此事现只有逐步施行。所谓逐步者，余有三点可告：（一）目前所欲积极整理者，第一为护洋巡舰，过去巡舰经费，尽由巡舰自收，现在统归局（管理局）办，凡事欲生利，必先清弊。故实部所谓整理者，如日后整理完成，一则渔商可减少痛苦，二则在指挥亦甚便利。经费方面，每舰在过去三千元一月已足，至于添造巡舰，现春汛已到，造亦不及，只可俟诸本年年底与来年初，必有以扩充也。（二）为沿江浙洋小埠，设小气象台，以当地气象用无线电报告各处，不但可发，而且可收；一面与本埠徐家汇天文台再切实联络，如此，则江浙渔船，可少遭遇不测。（三）余日内拟与银行界稍事接洽，即设立渔民借贷所事。因江浙一般渔民，感于经济困难，至汛期缺乏资本，竟至无从开出捕鱼，偶有向他处借贷，所吃拆息，往往在五分以上；将来俟借贷所设立后，余之预算，只有一分利息，是亦为减少渔民痛苦振兴渔业之一急务。好在此事轻而易举，能有二三万元，即可举办。以上现均在积极进行中。

（乙）关于我国对于渔业自杀政策

我国海岸线最长，渔鱼之利甚大，依渔为生活者，不下百万人。奈资本薄弱，规模甚小，方之日本渔商，相形见绌。政府目击心伤，于二十年明令豁免鱼税及渔业税，并谓嗣后无论任何机关，不得另立名目征收此项捐税。维护渔业，意美法良。不意实业部所辖浙江渔业改进委员会又欲从渔业上有所染指，假渔业改进之美名，实施敲骨吸髓之手段，今将各方反对征费言论，宣布如下：

渔商反对征收建设费呈中央文：实业部江浙渔业改进委员会，在本埠西门外成立后，曾经议定征收渔业建设费，值百抽二，事经泗礁、嵊山、黄龙、崇明、定海、岱山等。一般沿海渔商闻讯，大起恐慌，遂联名具呈，吁请国民政府行政、立法两院，准予制止，而苏民困，兹录呈文如下：呈为实业部江浙渔业改进委员会，违反政府命令，征收渔业建设费，请迅赐制止，以维政令而苏民困事。窃查比年以来，东邻暴日侵渔不已。我国固有渔业日益衰落，渔民生计不绝如缕。苟非赖政府之提倡，将何以开一线之生路，救垂危之命脉？伏读我国民政府二十年三月二十八日豁免渔税，令开：吾国渔业日见衰落，如非积极提倡，实不足以资挽救而图振兴，兹将所有渔税渔业税一律豁免，嗣后无论何项机关，皆不得另立名目，征收此项捐税，用副政府废除烦苛、维护渔业之至意。等因。奉读之下，群相告庆。我渔业前途，渔民生计，在政府卵翼爱护之下，庶渐有昭苏之一日。不料，时隔未久，忽有实业部江浙渔业改进委员会之组织，阅最近报载，该会已议决征收值百抽二之渔业建设费，呈请实业部核准施行。是我政府明令中所谓任何机关，不得另立名目，征收此项捐税者，该会固已另立名目，而暴敛重征，惟恐不至矣。我政府明令中，所谓废除烦苛，而维护渔业者，该会固已烦苛横加，而摧残渔业惟恐不力矣。我政府明令中，所以昭告我国人者，该会固已明胆破坏而无余矣。抑更有进者，该会既名渔业改进委员会，则顾名思义，应如何集思广益，图谋设计，以求渔业之改进。乃不此之图，而甫经成立，亟亟焉惟以征收费用为讨论之中心工作，即偶有其他关于渔业之议案，亦仅夏蛙井底之见，稍有渔业常识者，无不笑其诞妄。况复选举舞弊，黑幕重重，曾经上海市渔会筹备会办事员吴廷华揭载报纸，广告民众，秽德彰闻，阗传都市，凡此种种，皆吾渔商所痛心而疾首者也。伏念我国政府自建都南京以来，励精图治，日不暇给，威信所至，言出令随，乃江浙渔业改进会独敢破坏我政府之威信，独敢违背我政府明令，独敢辜负我政府维护渔业之盛意，渔商等不得不合词吁请钧院，迅赐准予制止此项渔业建设费之征收，以维政令而苏民困，临呈曷胜迫切待命之至。谨呈国民政府行政院、立法院，定海渔商冯一康、崇明渔商徐景山等同呈。

实业部江浙渔业改进委员会，因征收值百抽二之渔业建设费，致起各渔商之反对。昨又有宁波湖帮渔商周千麟、忻筱根等呈中央政治会议、国民政府等，原文照录如下：

呈为渔业建设费，万难负担，吁恳俯准，迅饬实业部，从缓征收，以维民生事。窃商等接准上海市渔会通知，附实业部核准江浙区渔业改进委员会征收渔业建设费暂行规则九条。闻命之余，群起惶恐。佥谓，当此渔业衰落已达极点，仰赖政府维持尚恐不及，反欲征收变相渔税，实为两海渔民渔商所最感痛苦者也，此商等不能担认建设费之理由一也。查征收规则内，谓此项建设费由鱼行代征，又为商等不解。按渔业习惯，渔民捕之于海，鱼商运销于市，所以鱼行售出之货，大半由鱼商运输而来，若建设费由鱼行扣取，事实上变为鱼商独任负担，更非事理之平，此商等不能担认建设费之理由二也。江浙区渔业改进委员会征收此项建设费，根据于实业部整顿渔业计划，曾奉中央政治委员会批示，有参酌成规妥慎办理之谕；查近年日人侵渔，沿海渔业，一落千丈，我政府洞鉴其情，于二十年三月间颁布渔税渔业税一并豁免之令，既有免税之成规，又有征税时代论俄抽税之成规，均未蒙实业部顾全，而竟断然订定值百抽二之建设费，似未免建设其名征收其实，此商等不能担认建设费之理由三也。商等频年亏本，至今已在奄奄一息之际，即如运销上海一埠而言，进口有海关有盐局之严厉检查，有交通部航政局及地方政府航政、卫生、公用、财政各局之登记，各种纳费，各种束缚，鲜货营业，已极困难，较之洋货进口，一税之后，全国通行，两相比较，又不免自绝生计，此商等不能担认建设费之理由四也。是以商等一再集议，万难再事负担，又不能鱼商独任负担，迫不获已，惟有仰恳政府逾格垂怜，俯念渔业垂危之际，准予迅饬实业部，将征收建设费规则，从缓实行，俾渔商暂维现状，国计民生，亦均受裨益矣，不胜迫切待命之至。谨呈中央政治会议国民政府行政院、立法院。渔商周千麟、忻筱根、曹赤猷、王瑞荣等。

渔商感于征收渔业建设费于本身痛苦太重，除呈请中央政府请予制止外，并于四月六日发表宣言如下：

江、浙两区渔商，以渔区改进委员会征收渔业建设费，加重渔民负担，纷表反对，曾电请中央制止外，并组织江浙渔商否认渔业建设费呼吁委员会，昨特发表宣言云：全国各界同胞、各机关、各团体、各报馆均鉴：窃维吾国以农立国，鱼类出产素丰，沿河一带繁殖尤为旺盛，百万渔民依渔为生，艰危劳苦难得一饱。吾渔商出发外海，集资取买，不避风涛，甘冒盗险，转运市场，藉博什一之利。渔民、渔商相依为命者也。乃自强寇侵蚀，夺吾渔权，侵销各地，霸占市场。本国渔业日见衰落，渔民生计渐陷困窘。政府目击伤心，毅然于二十年三月明令豁免鱼税渔业税，并谓嗣后无论何种机关，不得另立名目，征收此项捐税。痛下决心，扫除积弊，盖所以维护渔业昭苏民困也。渔商渔民方自庆幸，正拟喘息之余，徐图改进，而渔业改进委员会又有征收渔业建设费之拟议，厘订章则；推派人员定期开征，事在必行；渔获物类，值百抽二；鲜咸干制，无一幸免其征费。政府豁免明令是否抵触，渔商力量能否胜任，皆非所计。决议施行，竭泽而渔，以"取之于渔用之于渔"为号召之标榜。试问渔业界遭际颠连，内有海盗骚扰，不得安心生产，外受强邻侵略，层层压抑，固有渔权，损失殆半，仇货充斥，漏卮匪细，内外交凌，保持现状，尚非易易，建设有心，取费乏力，引领待贩之不暇，有何余力抽成备款，而谈建设乎？更查建设费之征收，系鱼行收征，其负担完全为渔商，可无疑义，支配不均，孰得为平。方今渔商运输费牌照，开支浩大，周转不灵，倒闭歇业者，时有所闻。自救之不暇，更何余力担负经费，从容谈建设乎？政府能另筹的款，实施于渔业之建设，不特渔业昕夕求之所不得，国计民生胥利赖之。若谓用之于渔者，仍须取之于渔，则不待享受建设之实惠。两省渔商，早已同人枯鱼之肆矣，垂毙亟待拯救，负担何堪再加。此吾江浙渔商对于建设费所誓死力争、一致反对者也。事关切身，难安缄默，爰于即日起成立江浙渔商否认渔业建设费呼吁委员会，从事于否认建设费之各项工作，一俟任务终了，即行结束。除分电中央各院部会外，谨将本会设立意志昭告世界，幸垂察焉。

无如渔业呼吁取消征收建设费，而政府置之不理，将江、浙两省划为九个征收分区，从四月十五日实行征税。据《申报》载："江浙渔业建设费征收处，划区设九个征收分区。淞沪区由该处自兼，此外为宁镇区、定沈区、宁象海区、温台区、杭嘉绍区、湖太苏区、崇通区、海州区、京常区，已自十五日开始征收，依照百分之二比例，仅收百分之一。"

中央政府对于鱼税开始征收，而福州渔商亦感新任财政厅长范其务之苛捐，向中央请愿撤销，其请愿团在沪招待记者之谈话如下。

福州鱼商请愿团为该省渔捐苛税事，在四马路致美楼招待本埠各报社记者。到数十人，席间由该团代表蔡训忠起立报告详情如下："今日承沪上新闻界诸先生光临指教，无任荣幸。福州鱼商，此次不幸，发生惨案，罢业匝月，忍痛含冤，末由伸诉，特派训忠等为代表前来京沪，向中央国府行政院、监察院、财政、内政各部请愿，并向沪上各界呼吁。业经请求全国商联会、上海市商会援助。兹将惨案事实颠末，简要报告于下：福州过去鱼牙税，均由敝商自认课额，按号均摊，并无设局征收。课额初由五千元，加至三万九千元。去年，前闽财厅长史家麟，复令加额二成，鱼商痛苦已达极点。十九路军入闽后，省府改组，新任财厅长范其务方告下车，即有捐蠹陈季初者，蔑视鱼商痛苦，朦蔽财厅，增加课款，设局征收。然垂毙之鱼业，奚堪负此？而该陈季初，竟于十二日早晨五时，率队二十余人，荷枪实弹，蜂拥至中亭街渔市，乘开市之际，初则喝令停业，继则开枪乱射。当时繁华热闹之市街，顿成阴惨恐怖之战场，咸鱼伙友王志本因走避不及，弹穿双腿，气息奄奄，现尚待毙医院。并复喝令队伍以枪柄撬伤余众十余人，而鲜鱼六十余件，价值六千余元，悉被强取发卖分赃，并敢非法拘拿万源号司账黄春榔尚未释放。其横行无忌，直同盗匪。敝商不愿我革命政府统治下有此现象，尤不顾抗日荣誉之十九路军主持闽政下有此现象，且敝商总罢市已匝月，沪各报电讯均有刊载。至鱼贩鱼甲搬运等工人，因而受累失业者为数当不下数千人，若再延不解决，则此数千人之生活恐将陷于悲绝之境地。训忠等特代表来沪晋京呼吁请愿，以求最后解决。敢请新闻界诸先生主持公道，力予声援，则万幸矣。"尚有《泣告各界书》，从略。

总之，渔、盐两事，向为我国历史治国之要政。今日潮流虽趋重工业，而天然利益亦未可忽略。日本人则高旷远瞩，双管齐下。若言我国渔业，已在可怜之列，政府不但不加以保护，使其生存于中华民国，反征收建设费百分之一，其一种摧残渔业手段，不啻"为丛驱雀，为渊驱鱼"。所以，我国今日之海利，尽为日本人所独占。去年，南京报载："我国渔商，每日在海边运回之鱼，并非自行捕获，乃自向日本渔船贱价购来，脱货后再往海中转运。"云茫茫大海，检查为难，一叶扁舟，焉能与楼船巨舰相驱逐？作为一种转运或拨载之鱼舟，实属名实相符。我国领海广大，鱼鳖不可胜食，希望政府提出整个办法，毋使天然巨利，任日人越界强攫，而我仅处于分吸余涎之地位，则幸甚。

日本与石油问题[1]

　　石油在今日居战争上重要地位，兵舰、飞机、坦克车、汽车等，无一不需用石油以作推进之原动力。无如日本本国产量甚微，所以对于战时石油之供给，甚为忧虑，现正在于可能范围内，竭力经营，以达自给自足程度。

　　查日本每年石油产量，不过三十万吨；而全国消费之量，以未经提炼之油计之，约在一百九十吨；其中用于陆海军者五十二万吨，用于商船者四十二万吨。

　　日本自产之石油，除上记之三十万吨外，尚有北萨哈岭石油公司及满洲、抚顺方面采得之石油，为数亦不甚大，现虽极端设法，目前尚无显著之增加。一九三一年，外国石油输入日本，计一百四十万吨，其中百分之九十来自荷属印度及美国；其中由苏俄输入者，不过十一万二千吨。

　　日本自知石油产量不足以供战时之用，非购买外货难以维持，万一一旦与美国发生战争，则日本石油来源即告断绝，一切战时军械即等于石田，无所用之。前次松冈赴荷兰，其目的大约在试探荷政府，对于"皇家石油公司"他日将采何态度，并向荷政府建议缔结一种互不侵犯条约，而以石油供给问题为基础。查日本上年曾与苏俄签订合约，规定以巴库所产之石油大批输入日本。今又欲向荷政府进行石油，是认为石油与战争至今日已成为严重性质，不得不

---

[1]　宾敏陔：《日本与石油问题》，《实业杂志》1933 年第 183 号。

早为之所也。又深恐与苏俄或美国发生战事，贸易断绝，顿生石油恐慌，所以又欲与荷油进行合约也。

据华盛顿五月十九日电："现悉行政当局已预定一特别条款，决定于工业合理化之议案中增加二条，授政府以管理石油工业之权。该案规定以三十三万万元，为公共事业及减少工作时间之用。因现时之石油出产，实超过需要云。同日，众议院提出煤油保全案，授权内务部调节油业，外油苟无内务部长所给之证明书，不许入口。而油之出口者，亦以一九三二年上半年每日平均数为限。"是现在美国石油出口、入口，政府有权管理矣。日本探知此举，于不产石油国感受困难，于是进而谋根本上之解决。

据外交界消息：苏俄为避免对日冲突起见，不惜违约出售中东铁路，并拟承认伪组织以媚暴日。惟日本贪得无厌，尚拟再进一步向苏俄要求出卖北桦太半岛。现日军部与外务当局，拟定对俄交涉桦太煤油矿办法三项如下：（一）要求俄方出卖桦太半岛；（二）如俄方不肯出售其领土，则要求俄方出售煤油矿区；（三）北桦太半岛与日陆海防有重大关系，故采取积极手段，以取得其煤油产区。日本人之所以重视该岛者，无非是该岛富于煤油。日因缺乏煤油之故，故乘华北机会，向俄要求。倘俄政府不深加考虑，贸然允许，则日本既得石油矿区，将来扰乱全国和平者，则此石油矿实为之厉阶。

日本深知石油问题之重要，本月六日由拓务省发起之"殖民地产业开发恳谈会"中，有提出下列之意见：（一）从来石油之采掘，系由民间之社会经营，因其有不适当之感，故将来由国家参加，予以大规模之经营；（二）与商工省之内地石油采掘统制同样，拓务省亦于殖民地乃至外国寻求资源，网罗石油关系者而设立一大协会，以进行调查与试掘。又，各委员之意见中，主要者为七年度日本之"加苏林"消费量，缴纳关税者二百万吨，无关税者百万吨，合计三百万吨，金额达三千八百三十万元。然日本之生产量，不过其中之二成，以此如欲达到自给自足之域，除再采掘内地之油田外，并于外国获得采掘权云。

据纽约本月十一日电讯："美国火油公司闻日本政府有意在'满洲国'设立炼油厂之消息，极呈不安之象。美人深恐此举，将于该国之火油营业，有重大妨碍。"观此可知，石油不但与军事上有极大之关系，即对于国际贸易上亦甚关重要焉。

日本对于石油所以日夜忧惶、百般设法者，其道不外乎达到自给自足目的。本国之不有，求之外国；天然之不足，继以人造。不观英人罗录近著《北满之新流质燃料》，见于长春《新京报》（译音）载称："哈尔滨之日本酒精蒸馏厂，已在前四年停业，但近因'拖他呼'（译音）公司，添加五十万元，而重行复业。若从军事方面而言，则上述之酒精蒸馏所，亦颇为重要。因该所能于酒精中提炼石脑油，而能替代进口之汽油也。"此项消息，从普通眼光看来，殊无注意之价值，若认真而言，则非但影响油业进口国家，且又创造一新而足可恃以供给日本战器、贱价流质燃料之富源。闻该厂年产总额约在一百五十万加仑以上。当此商业不景之时，日本竟以五十万巨金投资于北满业已停工四年之事业，大可令人注意也。

回顾我国则何如？有陕西之同官，中部洛川、鄜县、甘泉、肤施、安塞、安定、延川、延长、宜川等县油矿区，有新疆之绥来、青石峡、乌苏及天山南北两路之油矿区，有甘肃之酒泉、玉门、燉煌等县油矿区，有西康之宁静等县油矿区，有四川巴县之油矿区。此外，东三省及热河产石油矿区尤多，暂置不论。今以我国有如许多丰富之石油矿，并不若日本之贫乏或向国外采掘，乃一概废弃，不予开采，所谓"地尽其利"之谓何？或谓我国今日民穷财尽，无力开发。但是某项工程几百万有之！某公住宅几十万有之！某伟人存款于外国银行内几百万有之！中国何尝无钱？特有钱而不善用！

或存而不用之为非计！

　　须知今日为石油生存时代，有"得之则生，不得则死"之概。纵使国内富足，"有的就是钱"，一日国际发生战争，来源断绝，即有钱亦不能购置，则所有一切新时代之军械，如死的一般。即使我国有传说之"和平政策"，实行"不抵抗主义"，那末，民间日用每年所需之石油，以二十一年度而论，入口数量为一万万四千五百九十一万八千七百九十四，价值金单位为五千一百三十四万二千一百四十七，其漏卮之大，居进口之第三位。日本对于石油拼命的设法，我国则货弃于地，相形之下，智愚立判。所以，英、美争夺油场，而发生墨西哥问题；美国与土地争执油田，而发生美索帕达米亚问题；近又发生英、波石油公司问题。可见，石油关系国家存亡甚大。如果中国在今时代不讲求自给自足，则无论在平时与战时，其立国断未有不危险者也。望执政诸公熟思而考虑之，幸甚。

国难后工商业总崩溃[1]

自"九一八"事变以来，我国各种工商业因受暴日之影响，发生巨大的打击。迄于今日，将有总崩溃之现象，加以世界商业不景，经济恐慌，产业落后之中国焉能生存于危急？环顾国内，隐忧实深，用特将二年内各种工商衰落情形，散见于各报纸上者，汇集于后，以备参考。目前《中日停战协议》业已签字，而恢复战前各种工商业状况，尚待政府与人民努力焉。

杭州丝业

丝业为我国出口之大宗，向与茶业并重。自近年来，出品无销路，价值惨落，所有各处织厂无力支持，有趋于停工之势，其衰落之主因何在？可资研究，请先言之。

我国丝织品、纱罗绸缎，细软美观；棉织品、国产土布，经久耐用，蜚声商场，社会颇为乐用，每年运销江北一带，在千万元以上。迩来销路竟一落千丈，国货绸布庄十九停闭，影响商业至巨。记者特向各绸布商叩以衰落情况，据谈，年来社会人士渐趋欧化，西服洋装相率效尤；被服质料，多取之于呢绒哔叽；绸缎因被无形

---

[1] 《国难后工商业总崩溃》在《实业杂志》第 184、185、186 号连载，具体情况如下：宾敏该：《国难后工商业总崩溃》，《实业杂志》1933 年第 184 号；宾敏该：《国难后工商业总崩溃（续）》，《实业杂志》1933 年第 185 号；宾敏该：《国难后工商业总崩溃（三续）》，《实业杂志》1933 年第 186 号。

淘汰。而一般人复以哔叽质软无光，最合宜于通常便服，争先购制，致毛织品销路一跃而驾丝织品之上，绸缎遂受重大打击，实为丝织品衰落之主因。又，目下人造丝织品产量骤增，颇足混淆一般消费人之目光。其质料虽劣不经久，但时人惑于该品颜色鲜明，而价低廉，亦多购用。真正绸缎，制造不知改良，颜色花样均不入时，且大半仍为手工业，成本较大，遂难博时好，而日渐衰落。至于棉织品方面，我国各地所织土布，价廉物美。即以南通布而论，质料紧密，每尺只售一角左右，惟美观较舶来品略为逊色。目下社会心理竞尚奢华，外货虽质料不坚，而花色绚烂。购买者趋之若鹜，以致外货充斥，优良之国布反形落后。国产绸布既濒绝境，若不设法救济，实有破产之虞云。

查杭市四周桑林，农民多以养蚕织绸为业，故杭绸名誉满中外，直接间接赖以生活者不下数十万人。民二、三年至十五间，因社会需用日繁，营业日增，为丝绸业之黄金时代。十六年后，工潮起伏不定，渐呈衰微之象，如纬成、虎林、天章等著名大绸厂相继闭歇，丝绸业已至日暮途穷之境。最近，因战事影响，危机四伏，据二十年度调查，杭市计有制种场二十家，全年制种三十九万六千一百七十家；蚕行十七家，收鲜蚕一万六千九百六十担，价值八十一万七千余元；丝行四十九家，收丝三千担，价值一百九十七万七千余元；缫丝厂四家，产丝一千二百余担；生熟货机户，二千九百零六家，绸厂五十四家，织造绸缎五十五万匹，门售批发两种绸庄共二百零三家，资本八十六万一千余元，营业总额达一千三百五十三万余元；其他经纬厂、织工厂、染炼印花厂、料房等不下百余家，合计厂工二万五千四百余人；直接间接赖以为生者数十万人。自东三省沦陷、沪战发生后，金融困难，已受极大打击，前之每尺售价八九角者，今虽跌售至三四角，且无人过问。加以最近辽、吉、黑各省销路断绝，赣、闽"匪祸"，长江水灾，平津各地绸商又不敢进货，所销者仅江、浙两省。复受舶来呢绒及人造丝织物之竞销，供过于求。转瞬夏历端节，各货更无人问津。预料五月以前，机户六千余张织机，将停五千余张；而织绸缎一百三十余张，平均以十张织机计算，亦将停机七百余张；工人失业者，当增至一万五千六人；而间接受其影响者，更不知有几。杭市丝绸业，现已至崩溃之时期矣。

又据中央社五月七日电讯云："杭州丝绸业因受农村衰落、金融枯滞及北方销路断绝诸影响，全市机户六千余家，大小绸厂一百三十余家，势将大部停工，有二万工人将失业，杭织绸业崩溃即在目前。"

即以全国而论，其丝业前途已有岌岌可危之势。我国丝业向来在世界占重要之位置，每年输出之数量占全国出口额百分之二十以上，价值达一万数千万两。近年以来，日、法、意等国丝业均极发达，在科学方法竞争之下，我国丝业在国际商场上遂一落千丈。

兹将历年来生丝输出额，列志如下：

（一）十一年度，输出担数为十四万三千四百七十八；价值为一万万三千七百二十一万七千四百九十九两。

（二）十二年，度输出担数为十三万八千四百二十三；价值为一万万三千八百九十一万五千一百九十五两。

（三）十三年，输出担数为十三万一千二百七十三；价值为一万万零八百零五万九千二百九十八两。

（四）十四年，输出担数为十六万八千零一十八；价值年输出担数为一万万四千零三十五万七千八百八十两。

（五）十五年，输出担数为十六万八千五百六十三；价值为一万万四千四百八十二万六千三百五十八两。

（六）十六年，输出担数为十六万零二；价值为一万万二千八百七十万五千七百三十二两。

（七）十七年，输出担数为十八万零一百八十六；价值为一万万四千五百四十四万九千四百八十一两。

（八）十八年，输出担数为十八万九千九百八十六；价值为一万万四千七百六十八万一千三百三十八两。

（九）十九年，输出担数为五十一万五千四百二十九；价值为一万万零九百一十八万一千一百二十四两。

（十）二十年，输出担数为十三万六千一百八十五；价值为八千四百六十八万零四百八十二两。

（十一）二十一年，输出担数为六万四千四百九十九；价值为二千七百一十五万三千三百一十二两。

盖我国丝业以江浙为出产中心，江浙又以上海、无锡、杭州为重要生产地。上海共有丝厂一百零六家，工人达四万八千余人。前次沪战影响，损失过重，纷纷停业。后经政府救济，复工仍只六十余家。现丝业前途仍露可危之势。

据丝商莫觞清谈日商操华丝情形如下：华丝失败之唯一原因，厥为对外不能直接贸易。其行销外洋之货物，完全操纵于上海经营厂丝各洋行之手，往往乘机上下其手，任意鱼肉华商。因此，各丝厂每岁颇蒙巨大之损失，言之痛心。而尤足令吾人发指及栗惧者，厥为日商肆其险毒诡计，儿全部垄断操纵吾华之丝市。最近，日商已圆满成功，完全达到目的。吾国丝商虽已觉悟，而已无法冲破其藩篱，不得不任令明目张胆宰割鱼肉，毫无抵抗可言。

据莫氏言，日商初用之手段，不外于侦知美商将购大批厂丝，于是即竭力兜揽，不惜贬价倾销；同时则在上海提高价格，拼命收买华丝，例如丝市五百两时，日人得美商购丝之讯，即立与美商接洽，自愿贬价二十两，以四百八十两之代价出售；同时，在沪复与华商接洽购丝，则自愿较市价增高二十两，以五百二十两之市价购入。经此播弄，美商固无舍价廉之日丝而购较昂之华丝之理，而华商亦莫不入其觳中，群愿以出品售与日商。经若干之时期后，遂成太阿倒持积重难返之势。降至目前，大部华丝舍由日商转售外，已全无出路，遂致华丝市面不得不全推日商之马首是瞻。于是，日商遂更为进一步之宰割，每当侦知一美商行将购丝时，即在美肆其故技。一面在华竭力抬高丝价，使美商被迫不得不购日丝；迨美商进货已足，则又在华竭力抑低市面。华线受此打击，甚至无人过问。而在市价被日人操纵忽上忽下之际，干茧则随丝市同时高涨，厂丝因市价低而出货为之积滞，华商各厂之暗耗，固已难于计算。尤以华商约定售与日人之丝，交货时，市价如高，自可毫无问题，随手过磅。设或市价低落，日人更将吹毛求疵，或谓货物之意文纳司不符，或谓色泽丝身不佳，借口要求退货。迨其结果，我华商必欲脱售，每担非削价四五十两至二三十两不可，其损失之巨大更难计算。综此数端，均缘华丝商不能与美人直接交易所致。

至于日人压迫我国丝业之诡计，据各报所载，有下列之情形。

蚕桑为吾国主要农产物，其盛衰丰歉关系国家繁荣。得之则农民经济宽裕，购买力强，百业因之以起；失之则农民经济紧缩，购买力弱，百业随之以疲。曩时养蚕者，穷乡僻壤，比户皆是，茧价可售至六七十元，甚至八九十元者。其利之溥，较之任何农产物为优。以是农民家给人足，国家税收旺盛。江、浙两省蔚成蚕桑区域，富庶之誉盖有由也。惜乎农民墨守旧法，不知变更，官方只知征税，不予协助，以致连年出产日劣，丝销渐滞。加以日丝倾销，国丝几无立足之地，遂成一蹶不振之势。去年茧价竟开二三十元之新纪录，农民咨嗟怨叹，随处可闻，直视蚕桑者仇敌。年来饲额愈减，甚至竟有不育者。而茧商亦以丝市不振，未敢重价收买，遂造成今日之社会。夫日本之倾销，非真丰收过剩也，实由政府协助，欲以倾覆我整个之蚕丝业，以遂其垄断之计。例如日商得悉美商将进大批厂丝时，彼则跌价倾销。假定市价为每担银五百两，彼则自愿跌去二十两，以四百八十两出售，使华丝难以销售。而同时更由在沪日商向华丝商以每担五二十两购进，如是则华丝在本国可售五百二十两，在美国只能售四百八十两，于是永难与美商直接交易。即美商欲购华丝者，亦须转向日人购买。故生丝若起销路时，日人辄高抬华丝市价，使美商闻而裹足，迫而进购日丝。及美商胃口已足，彼乃设法压低华丝市价，而机会已失。华丝虽跌，亦已无人过问。故日丝产额虽多我十倍，常能销售一空，我则年产仅六万余担，动辄压积。此种诡谋，华丝商已不知受其多少痛苦。我政府于此，不谋补救，徒托空言。且每于蚕桑发育之初，必嚷着救济，以为点缀（虽曾发以公债，此不过治标之策也）；及事过境迁，则又寂然无声，从未闻有未雨绸缪，使农民感受实惠者。

噫！彼则积极谋我，惟恐不速；我则空言塞责，得过且过。长此以往，蚕桑如不绝迹，吾不信也。

江西瓷器业

江西出产最著名者为瓷器，年来因"匪患"蔓延，全省各地物产日就衰微，瓷业亦不能例外。查景德磁器素著盛名，其品质精良，价值名贵，数百年来为人盛道勿衰，不仅在国内首屈一指，即泰西亦早驰名。民十六以前，出产最盛，平均每年总值约在一千万元，其销路远及于南洋欧美各国。最近，据陶务局调查，瓷业行类总数计二十三家，窑陶行厂，共一千五百零四户，工夫二万二千零二十九人，资本一百五十三万五千八百八十五元，全年出产总值五百六十万零六千一百五十一元。与十六年前较，实减少四百余万元。其衰落之原因有二：十六年前，景埠共有福禄寿大小钱庄七十余家，金融颇呈活动。如瓷客带镇申票一万元，购办瓷器，即可将申票售于钱庄，钱庄只付其支条，不拘数目（白百元至二元），随时可以兑现，流通市场，买卖均称便利。故当时银根舒畅，贸易随之扩展。十六年以后，战事频仍，金融紧急，申票呼应不灵，钱庄所出支条，亦搁浅不能贴现。于是，信用尽失，市面遂难流通。最老之殷实钱庄亦缩小营业范围，多主审慎放款。此瓷业受经济窘迫之影响而致衰落者一。

前岁，方、邵"赤匪"，迭次陷掠，瓷业受损颇巨。"九一八"事变后，东三省销路完全滞塞，营口、哈埠、关东各帮均裹足不来。此外，他省或因军事关系，交通梗阻，难于运售。此又受军事"匪患"之影响因而衰落者二。

前年，建设厅鉴瓷产之退化，毅然起而负指导改良之责，特于厅内设置窑业部，以研求瓷业之改良，分设一陶务局于景德镇，除担任技术事务外，并负瓷业上一切指导之责。办理以来，虽渐见成效，但仍无澈底改良。今春，又因沪战影响，银根奇紧，瓷业各行，困于经济，业务上又不能依计画如愿做去。兼之省府为办"清匪"产销捐，于景镇设立专局，征收瓷捐，磁商负担加重。上年九月间，曾一度罢市停业。上月，虽经沪市商会主席王晓籁等率磁业代表亲至赣面请当局撤销，改征营业税，每年比额定为四十四万。较之磁产称盛之年，磁商负担未见少减。加之金融紧闭，全镇开烧之窑仅十余家，磁器用品竟至无人问及，市况萧条，为近年未有。磁业前途，殊无进展乐观。

又据全国旅行家皖人孙乐山函云："赣省出产丰富，且名著全国者，有磁器、夏布、赣木、红茶、纸张等类。今受兵匪之影响，无一振作，各业商场亦因之而萧条。兹将各业近况录之，以供读者：景德为产磁之地，其销数甲于全国。近年以来，受'赤匪'之蹂躏，制磁工人早已星散，该业陷于停顿。较之曩昔，大有一落千丈之势。嗣经当局竭力维持，'匪氛'稍戢，磁工亦次第来镇，准备恢复工作，各窑户亦从事纷纷归划。讵料当地'匪患'稍平，华北风云紧张，自热河失陷后，该镇磁器又受莫大之影响。平常每年销数百万，各地磁商均有专员常川驻镇采办。此次日寇侵热，平津震惊，谣诼纷起，商人咸抱紧缩主张，纷电景镇停止采办，以致各县工友又入失业之状态中。往年三月一日开窑，今年则四月一日尚未开窑。十余万磁工均无工作可得。"

皖桐油业

中国产桐油省份，以四川、湖南、湖北等省为最巨，安徽亦有出产。今年，洋庄销路一蹶不振，即跌价求沽，仍苦滞涩。观于安徽之桐油业之疲滞，即可知全国桐油业之兴替矣。

徽属三场广袤，气候温和，最宜栽种桐树一类之植物。故山农每于山间肥沃之地栽种桐树。在民国初年，桐子产量尚微，榨出桐油仅供本地漆铺，髹漆器具、茶箱之用。其中栽种最广者，首推歙县，婺源、休宁次之。近十年来，国产桐油，除大宗输至美国外，国内油漆厂需量亦大增。于是，徽油随浙油之进展，同得跻于国际商品之林。每岁出新时，杭、沪行厂均派员驻屯采办。销价畅俏之年，全徽输出桐油总值约在百万元以上。各县山户以油值抬高，植桐之兴趣勃发，栽种新桐，年有增加，各视为农家生产之副业。

讵近两年来，需量最巨号称最大顾客之美国，以及有相当销售之英、德等国，咸受经济恐慌之影响，而致购买力大为减弱。杭、沪行厂消费量亦无前此之踊跃。销路既趋狭小，市价亦逐步降低。去冬，屯溪存油市盘仅售十九元。今春，各榨坊以新油上市，销路可望转机，容知洋庄去售，依然一蹶不起，市气消沉，竟成长眠之势。最近，车家榨制之货，虽愿降价求沽，仍苦不得受主，市价又复倾落至十六七元。故目下销场市价均濒厄境云。

天津地毯业

地毯系我国手工业出口之一种，向销美国，近来亦趋停顿，以致工厂倒闭者甚多。

查华毯在美销场，自去岁以来，情形日蹙。每月自津、平两大产区运赴纽约之货，较前已减少数倍。最少时，仅运出三四箱，其冷落可知。所有在津经营美销地毯之多数洋商，非归国即停业，情形异常不振。虽有三四户尚堪支持，但或则兼做羊毛纺织，或则已另觅途径；再不然，即抱勉强维持之态度。

近日，纽约行情较前跌落益剧，经营是业者遂愈难进展。同时，华毯存底又复过于充斥。即以津市某洋商一家而论，已有二十余万尺，每方尺现价约为美金八角，而进口税率即须百分之五十，揆之制本，尚须亏蚀津洋五六角左右。且美国社会选购地毯之意向，日新月异，昔时以有大小边缘者最易销，颜色注重红灰、深紫、草黄等色；今日风气忽变，独以无边之毯最能适合市场需要，颜色改重铁红、铁绿。夫以市价惨跌之故，旧存之货已多不易销清，再加购主意向转变，毯业益难振作。况波斯、土耳其地毯复从而夹攻其间，几尽夺吾之市场而去。毯业前途难关重重，益堪深忧矣。

最近，某洋商表示："在本年一年中，天津地毡在美销场，恐不易恢复佳象，洵非虚语。查近日工厂方面，无工可做，倒闭者已达四分之三，洋商所办工厂兼并减缩，数亦相若。最可惜者，举多年养成技术优良之工人，驱于失业末路，转徙流离，处境困苦，未来转机当不知何年何月。惟今后三四月间地毡贸易，或可微露一线曙光者，厥为英国市场之吸收激切，盖在最近短期内，各洋商接受英国市场所来定单约有二十余万尺。虽所订之货质地较次，每方尺合津市洋价，仅在一元一二角间，但工厂当此工作清淡之际，得此挹注，已如涸辙注水，聊胜于无。惟偶一涉想前途，则终觉十分黯淡耳。"

华北羊毛业

中国向为外货推销之市场，所恃以抵制一小部分者，则赖有各种原料输出。国外羊毛亦系一种，无如二年来市价跌落，存底充斥，客商毛栈无法维持。

查我国天津羊毛来源，奄有内外蒙古东边、新疆、甘陕及黄河流域，市场绵亘，不为不广。洎夫俄占库伦，外蒙来源中断；日侵三省，东边输入亦绝。在来源供给减少之下，同时复受满蒙径由中东西北利亚铁道向欧洲市场倾销之打击，所蒙影响之大不言而喻。不第此也，世界经济惨败，欧美毛制品山积，久苦滞销，即向销欧西之澳洲羊毛产区亦感原料甚少出路，而有转向远东倾售之势，此尤为羊毛不振之重要原因。综计二年以来，无时不为逐步下跌之中。以羊毛中质地最高之西宁毛论，每担跌落，照现市计算，几已达三十两之巨。山羊绒跌落更剧，照现市相差已及五十两。各类存底统计，迄今尚有二十余万包。其间多数并非近期间所到之货。因近期市场惨落情形，已使人怀戒心，不敢再事尝试，各产地存货山积，无不引领企望缓转。惟上项存底，多系在市况活泼、来源踊跃之时囤积。今兹遭逢不幸，陷于搁浅，本已难于宣泄，若言对各地新货再事吞纳，揆诸事实，在所不能。且即以此项存底而言，虽已经过长时间之搁置，而结至现市售出，所得货款，实尚不足栈租、火险、利息之费，遑言本金。于此种过程中，毛商倒闭亏逃络绎发生，中以山陕帮为最多。因是牵动本市经营毛栈者亦大，毛栈代客垫付款项，卒因市价转变，而致超过货值，乃当时以货物向仓库抵借，均系毛栈负责担保，对外偿欠势须维持信用。似此长期周折，非特困苦不堪，即支撑亦甚竭厥。客贩方面设系雄厚之户，尚可与毛栈互谋维持，设遇倒闭潜逃之户，则全盘损失胥将加诸毛栈一方。此等现象，年来已数见不鲜。截至今日，大半遂呈挣扎不支之象。受此影响以致实行倒闭者，大小亦已有若干户矣。然迄今市气犹无转机，甚至较前益形激落，加以停业各户之底货，出售甚急，一经挤轧，影响毛市更大。羊毛业全盘直接间接之损失，设一约计，不下有三四百万元之巨。危机之大，实足惊人也。

至于陕西皮毛业，不但产量减少，交易亦极衰落。长此停滞，民生堪虞。查陕北本是沙漠贫瘠之区，一般人民所赖以生活者，全恃毗连内蒙出产大宗皮毛为命脉。统计出产价值，每年约在二百余万元左右。但自世界经济恐慌，我国出品货滞销以来，此间皮毛交易一落千丈，边客（旅蒙商人之称）赔累，市贩倒闭，凄惨之状，不忍听闻。从前每年约出春秋羊毛七八十万斤，最高价每百斤七八十元，最低价五六十元；去年产量几乎减半，价钱跌至二十五元至三十元。紫羊绒从前约出四五十万斤，最高价一百三四十元，最低价七八十元；去年只出二十余万斤，价钱五十多元（榆林紫绒驰名世界，以前无论皮毛如何不振，紫绒从未滞销）。驼毛从前约出十多万斤，最高价一百四五十元，最低价八九十元；去年货减一半，价只售五十余元。黑白猾皮，从前约出二十万张，价钱（每张）好的三元几，次的一元几；去年只出十万张，价钱减少三分之一。自榆关失守后，此项交易亦受打击，现时车上存货尚多。狸皮从前约出二万张，价在三元左右；去年减少五分之二，价约二元上下，买卖无几。狐皮从前约出三千多张，价十三四元至二十元；去年减少五分之四，价五六元至十一二元不等（因货色高下而异）。其他各种皮毛俱乏生气，交易无不异常消沉。且此间皮毛行市全以天津洋商动静为转移，因此市价早晚不同，忽高忽低，使人无从捉摸。以现在光景而论，恐只有停滞，决无活动希望也。夫年来金融紧迫，百业凋敝，加以捐税繁重，脚力昂贵，各商贩俱已不敢冒险发运。即前去两年，运津洋毛积存百余万斤，贱价尚不易销售，赔累已无底止。今后若无转机，皮市自益呆滞。若然，则陕北民生将益感困难矣。

花生业

花生亦为我国出口货之一，近因需要减少，存货充斥，本年市况一蹶不振。查历来花生在津市出口商品中，地位颇居重要。惟自进入本年以来，衰相顿露，疲落不堪。

英、德工厂成品销路滞涩，以致原料需要减少，此为出口不振之主因。而同时国内因战事影响，定货由秦皇岛装出已不可能，若由津地出口，则费用较重，将益难与现市来价划近，此为花生滞销之助因。

刻东路如滦州、雷庄，北路如杨村、廊坊，存货山积，走销困难，照现价核计，已低逾产本。洋商于市况如此衰疲之际，虽尚不乏电报酝酿，惟来价跌至三两六七钱，而卖方持意，则仍在四两以外，两方相去尚远。此系指手拣净货而言，若普通原货，则更不遑论矣。

今后设外国市场仍无转机，仅恃内地散销，花生市面将愈有沉落可能云。

浙江纸业

纸为文明国最需要之品，尤其是发展文化事业者所不可缺之物。我国产纸之省，以浙江为占重要位置，他省虽有出品，但不若浙江之多。近年来，衰落情形不堪思议。

浙省产纸，自古闻名，嵊县之剡藤纸、苔笺、硾纸、玉版，金华之漆纸，开化之藤纸，分水之徐青纸，嘉兴之梅里纸，衢县之花笺，均其尤著者。今则因造纸槽户，不求改良，古法失传；而原料中如藤楮之属，亦形缺乏，因之浙纸声价一落千丈。其能在国内纸业维持地位，仅迷信所用之纸箔、烧纸，及包装用之草纸、粗纸而已。倘不急谋挽救，则以今日日趋衰熄之势，浙纸恐为历史上之名词而已。

浙纸之所以成现在情形者，考其原因，不外造纸技术退化，资本短绌及交通阻梗。惟浙纸产值，据浙江经济调查所报告，年计二千万元，为数未尝不足惊人，然大都为粗制纸类，如坑边、南屏、鹿鸣、斗纸、黄笺、烧纸、京放、千张、方高、段方、粗纸等，其堪供书写者，仅花笺、元书数种。故印刷上诸大用途之纸，全部仰给有外洋，或闽、赣、皖诸省。

查海关贸易报告册报载：历年洋纸之自杭、甬两关入浙者，民国元年五万六千四百二十两，二年十万四千七百二十三两，三年十三万二千五百二十二两，四年十一万五千九百零一两，五年八万六千二百四十九两，六年九万六千零七十九两，七年十一万零二百零八两，八年十六万零八百零六两，九年九万零一百七十七两，十年九万零七百九十九两，十一年十三万八千三百三十六两，十二年九万零七十五两，十三年十三万八千三百三十六两，十四年十九万零七十五两，十五年二十八万六千九百两，十七年三十九万二千四百三十两，十八年三十四万零三百六十六两。十余年间，已增加至七八倍。

至浙省造纸槽户，有二万四千四百三十七户，纸槽二万七千七百六十五具，工人十二万六千八百五十二人，全年盈余三百六十二万四千一百七十元。吾人倘怵于数字纪录之巨，以为浙纸已辉煌腾达，乃考其内容，不过如是如是。产纸如富阳、余杭、萧山、诸暨，目前固足称雄，然社会风尚不变，迷信破除，则转不如江山、泰顺、庆元、常山所产之可济实用。故今后如不讲求制造技术之改良，行见其有极大之惨变也。

浙纸情形已如此，推之各省可想而知矣。

广东丝业

杭州丝业近年来业已不景气，而广东丝业亦一落千丈，实为经济前途一大隐忧。如广东顺德县属，为粤省丝业出产之总区，其人民生活亦向以蚕丝为命脉，故凡百商业，均借此以为活动。惟自日丝挽夺以来，经济即一落千丈。所幸地质尚佳，耕有余地，积数年来尚可支持。近则受世界经济影响，咸视装饰品，为一可有不可无之物。而人工制造丝，又乘时而起，趋之若鹜，县属丝品因而滞销万分。农民生活固难维持，工商百业亦因而停顿，向日所号称资本者，因租业失利之故，形同破产。兹就最近调查列后：

顺属丝厂，统计在三百间以上，现年开业者十余间。此十余间之丝厂，均因积存旧蚕勉强开工，其能否继续营业，尚难决定。现计停业丝厂损失之资本，总在千余万元。此丝商破产者一。

顺属基地均植桑株，其桑叶每担价值昂者几达十元，以中数计亦在五元以上。近则仅值数角，不敷工料之所需。以县属其他六千顷计算，每亩约出桑叶十余担，其损失当在三千万元以上。此桑基破产者二。

县属农民占人口之半数，约计五十余万，类皆从事蚕业。近因桑价奇低，自行育蚕，但售出之价，每斤仅值五角，不及前价值十分之二。工料且不足抵销，生活更难维持。此农民失业者三。

县属缫丝女工，达二十余万人。当丝业兴盛时，每日得工资六七角。近则丝厂停闭，失业者十余万人。即有工可作，日得工资在三角以下。此项女工所得工值，恒借以供给家内生活，自失业后，家计大受影响。此女工失业者四。

县属于蚕业出造之际，每日由广州香港运回现银数十万元。此项现金，从外国丝价得来，县属商业借以周转。近则丝品滞销，几至绝望，县属商埠，如大良、陈村、容奇、勒流等，其最大之银号相继倒闭，虽由银业风潮所致，而丝业失败，周转不灵，实为倒闭之最大原因。其余各行商业均受丝业失败影响，无形中停顿。此金融恐慌者五。

基上五因，顺属经济破产，已危在目前。

推其结果，有应考虑者三：

县属治安藉警卫队以维持，而警卫队之饷糈十之八九，取给于亩捐，一旦失败，饷项从何而出？影响于治安甚大，此可虑者一。

"共匪"之祸，县属独少，诚以县属民众类皆自食其力，有恒产者乃有恒心。兹者农工失业，经济破产，势必挺而走险，"共匪"之祸恐被蔓延。是蚕丝失利影响于民生甚大，此可考虑者二。

县属自治事业多取给于亩捐。去年因亩捐失败，各自治机关负债累累，希望于蚕丝出造之后，借以维持现状。调查本年头造，各自治机关所收亩捐均未及百分之一二。日常经费尚难支持，何论教育、建设诸大端。是蚕丝失败影响于自治事业甚大，此可虑者三。

现闻此间侨港顺德商会主席游毓华等，以顺德县属丝业破产，民生治安经济恐慌如此，实为粤省前途忧虑，痛陈丝业衰落之影响，联呈省政府，俾设法救济，而维粤省丝业前途云。

夏布业

我国出产除丝、茶而外，夏布亦为特产之一种。

每年出口为数甚巨，多数均推销朝鲜市场，盖朝鲜人民一年四季均以夏布为主要衣着原料。按我国海关出口统计，民国二十年，细夏布出口总数值为关银四百二十一万九千八百二十八两，其中运往朝鲜者为关银四百零八万三千二百六十两，约占总数百分之九十五有奇。惟自中日关税协议废弃后，预料日本将受极大之影响。然中日关税协议之废弃，日本因日汇低廉之关系，对华贸易或不致受巨大之打击。反观我国对日贸易，就朝鲜方面而论，历来在鲜销行之夏布，殆已至衰萎不振之势，现在朝鲜对我夏布之输入税率，为从价百分之二十五，但因日关吏之滥自估价，所抽之税实不止此。朝鲜当局对我夏布之税率拟再增至百分之三四十，其目的一方因在报复，一方亦为奖励鲜产。再朝鲜产麻之区，其苎麻为全罗南道、全罗北道、忠清南道三处，产地面积达一千五百六十九町步（一町步合我国一亩六分有奇），生产额年达三十四万元。又其大麻产地为平安北道及江源道为最多，其他庆尚北道、庆尚南道等地亦有生产，惟产量不多。总计全鲜生产价额，年达五百三十八万元。自本年起，朝鲜总督府乘中日关税协定行将废弃之机会，更拟实施亚麻殖产计划之议，借以发展麻之生产事业，俾便驱逐我夏布之在鲜销行。但综观上述朝鲜麻之生产情形，其能自给与否，尚属疑问。盖朝鲜之麻，其质地较逊，故制出之夏布，粗而易破，远不及我麻布之耐久。第无如鲜人经济贫弱，只图目前便宜，不遑计及远久，往往就廉价之鲜产麻布，购制服装，致我较贵之麻布，不能盛行推销。自今而后，如朝鲜当局对我夏布再增税率，则我夏布恐不能立足于朝鲜市场云。

至于江西产苎麻至富，夏布出产亦较他省为多。产地以万载、宜春、崇仁、抚州等县为最巨，宁都、河口、玉山等县次之。其出品行销于中外各大商埠，每年总值约在五百万元。各县夏布质料，以万载所产者为最优，在国内与湖南浏阳所产者同称上品。海外销路，以美国、朝鲜需要为多。如江西女子工艺社出品之西餐台布，尤为美人所欢迎。无如近两年来，夏布产地大多沦为"匪区"，男女工人不能安心工作，出产减退。朝鲜销场又因我国抵制日货，日政府对吾国夏布输入彼邦者加以限制，销数顿少。今岁各县夏布之产销数量仅及往年十分之四云。又万载夏布，为各省所乐用，近因物质改进，各界仕女多用印度绸及府绸而不用夏布。据九江商会谈，近来运沪夏布竟有原籍退回者。且夏布幅狭，裁剪太不经济，此亦失败之一大原因。

四川出产夏布亦甚著名，织厂林立。近来，销路停滞，商号倒闭者达三十余家，大批工人惨遭失业。如四川之荣昌、隆昌、内江各县，素以产夏布著名。仅隆昌一县，织夏布厂达数百家，工人约二万余。农村贫苦妇女，赖绩麻为生者，计十余万人，关系社会民生至重且巨。夏布销路，除少数细布营销内地外，大批织品悉行销朝鲜、东三省各地，每年输出约数十万元。自"九一八"事变以后，东北四省先后被日侵占，夏布销场顿受打击。经营此业之山陕帮商号年来倒闭三十余家，工厂相继关门，大批工人贫民惨遭失业，社会经济大受影响。

鸡蛋业

据国闻社云：上海蛋业公会，以欧美各国增加蛋类进口税，至中国蛋业受莫大打击，特拟呈文送由世界经济会议中国代表宋子文、贝淞荪转向大会提出，要求补救。记者因此特访本埠蛋业会公负责之崔亮功氏，所得消息如次。

崔氏云：国内蛋业日渐衰落，其症结所在，全因欧美各国，如法、德、意、日，近来对鲜蛋进口税均提高增加。曩时美国增税，中国公使为伍朝枢氏，几经交涉，仍未得结果，因之最近乘世界经济会议开幕，遂递呈中国出席代表，向大会要求。大会已闭幕，结果如何，须代表返国方知底蕴，谅前途仍无有大进展。至于沪上蛋行，外人经营者共四家，为：（一）怡和，（二）班达，（三）海宁，（四）培林等；华商所经营，其销路广大者，推茂昌与中央二家。总之，中国蛋业，在此各国经济竞斗剧烈之中，能自产自销方为根本办法，苟他人高筑关税壁垒，而我人望其减低关税以谋补贴，实无异与虎谋皮。况本国自厘金裁撤，鲜蛋出口，又须缴纳出口税，在此二重捐税之下，中国蛋业之不振，系意料事。如菲列滨最近抽取蛋税，几增加七倍之多，诚骇人听闻。回顾中国每年出口之蛋，海关征税总值，每况愈下，无年不在跌落中，计民国十七年总值四千三百七十七万九千关两，民国十八年总值五千一百七十二万关两，民国十九年总值五千一百一十六万一千关两，民国二十年总值三千七百七十五万七千五百关两，民国二十一年总值为二千八百四十万八千九百关两。至本年，恐较诸二十一年尤为不如。本会呈文系送交贝淞荪先生，于五月二十四日发出，彼时恐难收到，故同样文件分三份寄递，一份直接寄贝先生，一系由西伯利亚寄递，一份由南满转往云云。

记者旋叩崔氏以呈文内容，承检示最重要之关于英、美、德、日等国抽征蛋税一班情形。

（一）关于美国者：查美国一九一三年税则，鲜蛋入口完全免税，冰冻蛋每磅税美金二分，干蛋品每磅税美金六分。嗣后陆续增加，鲜蛋增至每打税美金一角（约合值百征百），冰冻蛋增至每磅税美金一角一分（约合值百征百以上）。自增税以来，我国鲜蛋输美已断绝十余年。最近，冰冻蛋减十之九，干蛋减十之七。

（二）关于日本者：日本最早对鲜蛋进口亦属免税。嗣后每箱鲜蛋（约三百只），征日金一元三角（约合从价百分之三十）。华蛋输入即陆续减少，迄今已断绝三年余矣。近来，税率又增至二元一角。

（三）关于英国者：英国对鲜蛋及蛋品输入需要甚殷，往者上项物品进口，完全免税。去年，澳大利亚洲及坎拿大有鲜蛋及蛋品运英，兼之英国本地亦有少数生产，始征收他国鲜蛋及蛋品进口税百分之十。于是华蛋输英亦受相当影响。

（四）关于德国者：德国去年增加关税奇重，如冰全蛋、冰蛋黄每百启罗（二百公斤）征六十五马克（约合从价百分之九十），冰蛋白每百启罗征五十马克（约合从价百分之八十），干蛋白每百启罗征七十五马克（约合从价百分之二十）冰蛋黄每百启罗征六十五马克（合值百征百）。蛋黄每百启罗征六十五马克（约合从价百分之五十），鲜蛋每百启罗征五马克，现改征七十马克（合值百征百）。华蛋对德贸易因此大减特减。

（五）关于法国者：我国鲜蛋对法贸易，因价格不合，并无运销。惟干蛋白、水黄原征百分之十五，今减征百分之二十五；而冰冻蛋，曾自一九三二年起，除自原税百分之二增至百分之四外，现又另加进行执照税，每百亦启罗四百法郎（约合从价百分之五十）。因此，与输德蛋品受同样之打击。

（六）关于意大利者：意国于去年仿照各国同样加增蛋品入口税，冰全蛋冰蛋白每百启罗征一百四十五利耳（意币约合从价百分之四十），冰蛋黄水黄每百启罗征三百利耳（合值百征百）。其税率与德法同一苛重，华蛋输意亦受相当影响。

（七）关于斐列滨者：斐岛对鲜蛋进口，每百启罗原征美金二元者。去年新税，改征美金十六元，增加七倍之多，实予吾国鲜蛋出口以大打击。故今日输斐华蛋已减少五成以上。

以上所列各国，除英国外，对鲜蛋、蛋品进口税，无不异常苛重，致吾国方兴之蛋业日趋衰落。

橡胶厂

我国橡胶事业，自民国六年来，营业发达，先后继起。然以年来受时局影响，致仅足维持开销。最近，日货畅销，存货山积，各厂难以维持，故停业减工解雇风潮迭起。

据橡胶业同业公会万云舫语新声社记者，全市已入公会之同业计三十七家，未入会者四家，皆因感受经济周转不灵，存货堆积，销路呆滞，以致三分之一宣告停业。然以目下之情势推测，此后如仍不畅销，则橡胶事业势将全部破产。推其原因，因该业货物向系运销东北，现东北市场已为日本所夺，本地各厂出品仅能销于长江上下游，因出品过多，以致供过于求，无法维持云。

兹将各厂情形分志如下。

华通：飞虹支路华通橡胶厂，共有男女工人四百人。开设已将四年，历来营业尚称不恶。年内，受时局影响，致存货无法脱售。该厂于四月一日起，即缩短工作时间，以免亏折。及至五月二十七日，宣告停业。工人当询以开工日期，厂方竟至并无时日，引起全部工人之恐慌，于五月三十一日曾向厂方交涉，又遭拒绝。工人等不得已，派代表谢福隆、陈阿三、孙城坤、杨兆年、仇耕辉、吴友甫、朱金宝等四十余人，备文向社会局请愿，要求迅速调处。当由调解股主任王先青接见，允即派员澈查，派三科朱圭林前往调查真相。

大德：高郎桥大德橡胶厂，共有男工五十人，女工二百人。于日前宣告停业，全部工人当即呈请社会局请求救济。社会局派三科科员朱圭林前往调处，已有解决办法。

华顺：康脑脱路华顺橡胶厂，共有男女工人一百余名。自四月九日以种种关系宣告停业后，迄今二月，虽经党政机关数度调处，总以双方意见各别，致未解决。

明华：打浦桥明华橡胶厂，共有男女工人六十余人。自去年因受战事影响，宣告停业。及至目下，又以经济回转不灵，故迄未开工。

大用：韬朋路大用橡胶厂，共男女工人四百余人。近因销路停滞，故将全部工作停顿。迄今一旬，尚无解决办法。

福利：邢家宅路大中国福利橡胶厂，共有工人三百余人。本年二月间，因开革工人，引起怠工纠纷一案，曾经社会局数度调处，终以双方意见不能接近，故迄今三月，尚未解决。闻该厂劳资双方现正在进行洽商中。

大华：眉州路大华橡胶厂，计雇有男女工人一百余人。自去年起，因存货堆积，无法销售，宣告停业后，迄今半载，尚无开工期间云。

义源：北成都路义源橡胶厂，自三月份因无故开革工人，引起罢工纠纷。后经党政机关调处，暂告解决，被革者蔡日初、杨棪、李荣等四名，暂不复工。现经社会局决定，工人蔡日初、杨棪二人，准予复工，然又为厂方拒绝。工人不得已，特派代表李荣、蔡日初二人，备文向社会局请示，当由三科科员王先青接见，允即派员调处。

大中：新嘉坡路大中橡胶厂，自前月十三日厂方宣告停工后，经党政机关调处，以资方无力经营，当决定由资方供给伙食，于前月底领得一百元，勉强维持。随又告断餐，工人等因此又向党政机关请求陪同领取，社会局当派三科科员谈佩言，率同工人沈荣泉、徐云嘉二人前往，当由资方给予伙食费一百元云。

我国橡胶业所以如此垂危者，非他，实受日货倾销之赐也。

茶业

　　茶与丝向为我国出口大宗，丝业因沪战影响已一蹶不振；茶业则因近年日茶、印茶、锡茶均甚畅销，华茶之国外市场日趋狭隘，茶业遂与丝业同一命运，衰落不堪。兹将皖、赣等省茶叶出口情形见于报纸者录后，推之各省产茶区域，不言而喻矣。

　　安徽婺源绿茶，为国内路、平、土各茶之最上高庄，在世界欧美各国，与祁门红茶同具盛名。近三年来，英、美、法、德、菲、印等国，对来路庄之抽身珍眉、凤眉、针眉、麻珠、秀眉等茶，搜办不遗余力，尤其对于婺源高庄货，不惜提高价格，相与竞买。前年婺东北抽身市价，竟腾升至三百数十两，开绿茶空前之最高新纪录。婺商营茶业者，以茶价如此突飞猛晋，婺茶生机将从兹扶摇直上，莫不趾高气扬，满抱乐观。故去年婺邑茶号承前年结束之获利，开场者愈见增加，讵各号新茶制就，争先运沪。洋商对素所珍视之抽身珍眉，忽易前此热烈搜办之心理，一转而为淡视摈弃之神情。最初各行开出，尚有相当合度之市盘，但不旋踵而愈趋愈下，最后无论品质优劣，无不致贬落至最低度，甚至售价所入，犹不敷运费装潢。于是，前两年所得之盈余，折偿去年亏折十分之五而不足。茶号负创之巨，实称空前，计全邑受亏总数，不下百余万元。本年，转瞬即届清明，新茶又至上市时期，在往年各号至今日，正是手忙足乱，搜办箱板、柴炭、锡罐等件，预谋开场。惟今年此日，四乡茶号，尚未闻有开场之准备。偶向茶商问其进止，几无不谈"茶"色变，摇首咋舌而答以无把握。盖一般咸抱临时再定之消极心理。市气消沉，实为空前。驻婺各茶栈，例系秉承沪总栈之指挥以定方针，现时对旧有投栈之殷实茶号，为维系其信心计，照例分布栈信招徕，但将来能否尽量放款，须视茶栈茶号本身实力健全与否而定。总观目下号商态度，必须本年山价低廉，成本轻减，海外销路转机市价回昂，或尚不妨少办尝试，否则明知蹈险，谁肯甘自投渊？故本年婺源绿茶市况之岑寂，并非茶商缺少勇气，实因成本增重，销滞价落。一言以蔽之，环境恶劣使之，不得不慎重将事耳。

赣省为扬子中部产茶最富之区，如修水、浮梁之红茶，五山、德兴之绿茶，均早著称于欧美各国。在曩年鼎盛之时，英、俄、美、法等国销路未衰，全年绿茶出口总值约达一千余万元。贸易之盛，实居本省瓷、木、纸各特产之上。讵年十余年来，因产地不求改进，国际销路日狭，益以锡兰、日本、印度产茶，争向世界廉价倾销，赣茶在海外市场地位被挤，愈陷不振。兼之产茶区域"匪患"连年，茶商裹足，出产日微，降至今日，已成强弩之末。当局鉴于茶业之衰败，时思补救，如设立大规模茶场，筹办茶业银行周转资本，招商公营公运，改良茶税，奖励出口，恢复国际市场等种种根本计画。提出甚多，但恐言之匪艰，行之维艰，实际未易发挥充分效能耳。本年清明节过，新茶又届上市时期，赣属茶业状况如何，颇为关心出口贸易者所亟欲闻知。兹特调查分述如次。

修水、武宁、铜鼓为赣北红茶主要产区。二十年前，宁红在俄销场，实居国内红茶之首位，质味之纯美，竟驾祁、湘所产而上之。彼时，客商在修、铜、武设庄办茶者，有婺源、东粤、营口、九江、汉口、南昌、本地等帮。全年输出茶梗片末数额，当达十七余万箱之巨。茶楼驻州放汇者有五六家，一时贸易称盛。民国十年以来，俄销露弱，市价倾下，各庄营茶业者均遭亏折。以后屡起屡仆，茶商渐形不支。山户鉴于茶产之不可恃，多将茶树斫去，易植他种杂粮，对存留未斫之茶树，亦不加以人力肥料之培植，任其自生自灭。前岁，三邑红茶产额仅有二万余箱，比较鼎盛之年，衰减十分之八。即粤商陈翊周创立之宁茶振植公司，亦因销场日狭，业务趋于颓废。近闻实业部中央农业实验所，上海、汉口两商品检验局，为挽救茶业之衰败，积极改良品质，提高华茶在国际市场之信用，由直辖实部三机关，就修地宁茶振植公司原有旧址茶园，及制茶器具，合办茶叶改良场，以作试验改良之用；并由试验所委定上海商品检验局茶叶检验课技术员俞海清为该场筹备主任，将于最近期内实行。此举实为振兴宁茶之根本要务。惟本年修地茶市，因历年受"匪患"影响，去年，修、铜、武三地茶号，除本帮十余家兼营洋庄店庄箱篓茶外，婺、粤等帮进山采办者几等于零。现在虽届新茶登场，茶商准备设号者尚属寥寥。加之产地银根奇紧，海外市场仍乏转机，其中虽有资力较厚之茶商，犹能重振旗鼓，背城借一。但鉴于目前环境之不良，实际亦不敢冒险扩展。是以本年修属茶市，迄今仍陷于不振状态之中，一时似难遽踏康庄坦途也。

浮邑居赣北之边陲，与皖著名产茶区之祁门、婺源相接壤。故浮产茶叶，亦分红、绿两种：与婺毗连之东南，多产绿茶；与祁比邻之西北，多产红茶。全邑茶叶出口，又以红茶为大宗，绿茶仅少数输入婺源、屯溪，制洋庄及康庄青茶。近十年来，祁门红茶在海外声价抬高，浮茶得依傍祁红之美誉，而跻于国际茶市之林，产额、价格亦逐年随之俱涨。山内本、客帮设号办茶者，岁有六七十家。全年箱茶出口总额约达三万余箱，计价值不下百五十万元。山户以茶价日升，对茶树栽植大加扩展。茶号以有利可图，设庄办制者，年有增加。茶栈为广招徕，均在浮设分栈放汇。贸易之盛，仅次于祁门。在皖、赣接壤产茶中心区中，与祁门、至德鼎足而三。前年，浮红贡茶市价竟步涨至二百八十两，开前此未有之最高纪录。讵去年世界各国，感受经济恐慌，对货优价昂之华茶，忽起急转直下之剧变，降盘靳买，最后开出市盘，尚不敷茶叶之装璜、运费。浮茶成本稍轻于祁茶，因此受亏之大，几尽举以往之盈余弥偿所失而不足。于是，赣属稍得生机之浮茶，亦随修水茶同趋于不景气之厄运。本年，该邑原有茶号虽有开场，但家数已无往年之盛，总计全邑歇业茶号，约近三十余家。沪栈往日对浮放汇之热烈，刻亦紧缩其范围，减少贷款。资穷力薄之茶号，虽有继起雄心，而限于经济，已无力及时开场。浮地茶市之消沉，遂愈乏好转之机会。

玉山、铅山两邑，均为赣东产茶区。茶市中心，囊在河口。该镇在民国初年，营洋庄红、绿茶者，几如雨后春笋。计玉、河南地茶号，约有五六十家。茶叶出口，亦有三四万箱之巨。其中，婺、粤、浔帮在玉河办茶者，多至二十余家。市面之兴起，不减皖之婺、祁。迨民十年来，该地山户对茶叶栽培制法不求改良，茶之质味忽转粗劣。又值洋商购办华茶，提高抑低，选择奇苛，对玉、铅低庄货摈弃不买。由是市价下落，客帮营河玉红、绿者迭遭巨创，各号营业渐呈不支，而近岁则衰败益甚。去岁，虽有本地茶商继起经营，但做红茶者仅有三四家，营绿茶者七八家，产额与号数均较囊昔减退远甚。兼以该地僻处赣东，近年来方、邵"共匪"迭次蹂躏，山户对茶树不能安心栽制，茶号咸抱戒心，裹足不前，此亦为河玉茶业不振之一因。今岁，"匪患"虽见安靖，各地茶商来者仍不踊跃。目下，在准备开场者，只本地茶号寥寥数家而已。河、玉茶市自亦无乐观之可言。

德兴比邻皖之婺源，亦赣北产茶要区。邑南八九等区，产量尤富。其地土壤与茶叶之质味水门，与婺西南茶出品相埒，间亦产高庄。全邑出产茶叶，除供本地茶号之需求外，较优之货大半均销售于婺源。民十三四年后，茶叶售价，较前提高，每担均在四五十元至六十元。山户以茶价收入渐丰，对新茶之栽植力加推广。最近茶产总额，年有二万余担。县城及四乡绕二墩、暖水、海口、新建、湾台各处，共有茶号四十余家。茶栈年亦派人驻山放汇，贸易之繁兴，超于河、玉。民十七年，方、邵"赤匪"侵扰赣北，德兴首当其冲，未几"赤祸"遍全邑，无论农商工业，均陷停辍。近三年来，四乡茶树，因"匪氛"猖獗，不能培壅，半多荒废；新茶发育时，又不能及时采制，生产几全停顿。茶号忧于"匪患"，完全歇业。稍有资财者，均远徙他去，逃亡在外，直无茶市可言。今岁，德境"匪患"虽无去年之披猖，阨要之区有国军驻守，惟地方久受摧残，疮痍未复，殷实商户，均不愿蹈险经营，引"匪"觊觎。恢复茶业，更属梦想。本年，德邑茶市仍在停顿状态，殊鲜回苏之可能。至其他兴安、余干两邑，虽亦为产茶区，但因产质低劣，全恃河口、玉山、德兴各洋庄茶号之销场。今河、玉、德茶市衰败，兴于茶产，自亦随之式微。且该地农民经"匪祸"之后，为先务其急计，咸多忙于稻作，对销滞价贱之茶叶不甚重视。不久之将来，该地茶产当愈见衰减，而兴、余茶叶行将成历史的名词矣。可胜叹哉！

云南之茶产量亦逐年减少。滇茶在对外贸易上占重要位置，普洱茶驰名中外。其销西藏、缅甸者，占全省出产量之半数以上。年来，种茶人对种植及制造均延用旧法，不知改良，出产量逐年减少。除西藏尚有少数出口外，缅甸市场早已被印度所夺。据实业厅调查本省产茶情形如下：

（一）缅宁年产一万万斤；

（二）普思年产五百万斤；

（三）景东年产五十万斤；

（四）盐津、镇沅、宜良、顺宁，各约产三万斤；

（五）景谷年产四十万斤；

（六）元江、澜沧，各产约十万斤；

（七）宁洱、腾越、墨江、凤仪、罗平，各产约万斤；

（八）马关、大关、路南、彝良，各约产五千斤；

（九）云龙、大理，各约产一千斤；

（十）保山、新平，各约产五百斤；

（十一）昆社年产只仅百斤以上。

各县统计，每年产茶约一万万六百四十七万三千一百斤云。

我国红茶向销俄国，在国际贸易上已有相当历史。自中俄绝交，茶户均不雇工采茶，因茶价不敷采工，故茶叶多任其自落，用作燃料。今则中俄虽已复交，外受暴日之战祸，内有"共匪"之蹂躏，人民对于茶叶经营，已不如前此之重视矣。又印度、日本茶商，与俄交易，均用期票，有半年或八九个月兑现不等。我国茶商，因货款难于兑现，资本不易周转，故多畏缩不前。因此，茶叶出口大受影响，此又是一原因耳。

实业部季主任谈华茶失败原因，亦系实情。据新新社云：实业部国际贸易局为谋发展国际贸易起见，曾召集茶商代表会议，讨论恢复华茶在国际固有之地位一切办法。新新社记者往访该局指导处主任季泽晋。据说：华茶近年在澳洲失败之原因及其补救方法言之甚详，兹摘录如下。

季氏云：中国货物运入澳洲者，以茶为大宗。近年来茶之市场，亦被锡兰、爪哇两处所占，其原因不外以下两种：（一）墨守陈法不思改良；（二）不诚实之行为。按三十年前，澳洲无他种茶叶，后因海关发现中国运来之茶叶，内中掺杂树叶草根，复以面糊和干冲入水后，丝毫无茶叶之味，只见枯枝败叶草根，澳人乃大排斥中国茶叶。于是印度、爪哇之茶乃一跃而来，至今日中国茶叶仍未能恢复其信用，此不诚实之行为之结果。其次则澳人不喜清茶（绿茶如雨前、龙井、毛尖之类），喜红茶，取其色金黄而香气浓者为上品。因西人饮茶，和牛奶并白糖二物，而与中国人所喜之清茶大相径庭。然吾国运茶至澳者并不注意，再以不知用新法来焙，故与澳人嗜好悬殊，即使无掺和草根之事，亦未必能久占澳洲之市场也。或有改换方法焙茶，以投澳人之好者，则日久又以不诚实之办法行之，如以铜绿焙茶，致生危险；或以回龙茶叶运至外洋，被人发觉，而牵连全国茶商名誉。凡此皆华茶被斥于澳洲市场之原因也。再，澳洲每年进口茶叶一项，价值约三百五十万镑，欲挽回此利权，我国茶叶应注意下列数点：

（一）茶叶焙制，须投外人之心理嗜好，以科学方法为之；

（二）严禁茶商不诚实之行为及不卫生之方法，掺搅芳品，鱼目混珠，致失海外信用；

（三）包装须坚固，不可泄气失味；

（四）多派专员常往外国考察，藉资宣传。

以上种种，须由全国茶商通力合作，再由政府之提倡指导，则中国茶叶前途不难恢复旧观云云。

法国茶叶专家古博（Jean Goubeau）来华考察茶叶之后，曾贡献改善华茶意见。因为茶业关系我国国际贸易甚大，特将经过大概情形录后，以为留心茶叶者之参考。

缘我国红、绿茶叶运往菲洲各属，年达千数百万金。自前年日本开始将绿茶运至该处后，三年之间即骤增二百万镑，且一面宣传华茶含有各种毒性，一面直接向消费者作廉价之倾销。不仅华茶菲销大受影响，即菲洲法属商人亦群起恐慌。该商等为求明了中国所种茶叶，是否如日人所宣传之恶劣及日本对菲宣传之用意起见，特请法政府派员来华调查，现法政府所派之调查专员古博氏已于上月到沪。古博系法国农业工程司，曾在安南农业研究所担任茶师十余年，对于东方茶业情形极为熟谙。到沪后，即与法领事所派之译员范和钧，前往浙、皖、赣及两湖产茶各地调查。日前回沪后，并访实业部上海商品检验局局长蔡无忌及该局茶叶检验技正吴觉农。关于华茶运菲及栽制等方法之改善，双方讨论至四五次之久。据检验局负责人员告记者，古博氏认为着色茶叶之禁止，及集合力量向外宣传，为挽救华茶之根本要图。又，该氏到安徽祁门时，曾参观安徽省立茶叶改良场，对于该场本年办理运销合作之成功及试验栽制方法等之方针，亦多称誉。

青岛渔业

　　渔盐为我国历来治国之大利益。我国海岸线计五千余里，无大规模渔产计划。日本大批渔船驶入我领海内捕鱼，就近倾销。并增造巨大渔船至我国沿海各省侵渔，令驻我领海之战舰就近保护，在我国濒海商埠设立渔业公司推销。我国渔业势将全部破产。近来，日本侵渔更进一步，采取积极政策，压迫渔民，扰乱市场，业已数见不鲜。鱼业界得确报，谓日本即欲以跌价倾销之政策，以置我渔民鱼商之死命。曾密令该国渔船实行二事，即：（一）在我中国沿海各省积极侵渔，就近倾销；（二）在"日本台湾"[①] 各口岸及各定期航轮，设备冷藏库，以大批鱼品密向中国沿海各省市销售。此外，日政府复派遣多人，调查我国沿海各省渔业极为详尽，如渔场之地位、渔期之久暂、渔获之数量、水族之种类、栖息之区所、回游之状况等，甚为明晰。近更勾结汉奸，组织亚细亚渔业公司，以雄厚之资本，为有计划之侵略。并为养成大批水产侵略人员，计于大连创办一规模宏大之水产学校云。

　　即以青岛一埠而论，大好海利尽为外人攫去，而我国渔户之所获为量甚微。查青岛外滨黄海，内包胶澳，湾港天成，岛屿罗列，每当春、秋二季，鱼群之回游栖息于近海一带者甚繁，实我国沿海之大好渔场也。惜渔民大抵墨守旧法，不知改良。是以开埠垂四十年，工商各业均日见发达，惟渔业未有进步。且自民三以后，日人占领青岛，极力奖励该国渔民捕鱼，并设有水产组合，办理贷款贩卖诸事，以致青市渔业受其操纵。接收以还，屡次设法整顿，只以政令迭更，未能积极办理。自渤海舰队于民十六驻防青岛，分区巡

---

① 　中国台湾，因当时为日据时期，所以作者称"日本台湾"。

戈保护，维持海权，于是渔业始有起色。复经本市社会局提倡，劝令市内富商组织青岛渔业公司，于前年正式成立。两年以来，成绩颇有可观。兹将渔业概况分别调查如次。

青市沿海一带及各岛居民，因土地之贫瘠及习惯关系，居民除十之一二务农外，其余均以捕鱼为业。民国四年，据日人调查，阴岛方面有渔舟三百三十艘，渔夫一千三百余名，渔获物价值约二万五千元，沙子口方面有渔舟及筏三百艘，渔夫一千二百余名，渔获物价值十万元，以外较小之渔村则无统计。又据十五年渔航局之调查报告，青区渔船有一千四百余艘，渔夫一万一千人。又据民国六年时，日人在青组织水产组合，中国方面加入渔者有九千二百人。近据冀鲁海洋渔业管理局及本市渔业公司之调查，青岛已有渔夫万人上下，渔船一千四百余艘。至捕鱼区域，湾内以阴岛为根据，外海以沙子口、姜哥庄为中心，东越八千墩而达千里岛，南抵塔连岛、水灵山岛，及崂山湾内之石岛等处。

渔民生活，因其工作系一种冒险性，又缺乏教育，故生活多属放荡，其辛苦之收入，多半消耗于嫖赌吃喝中。当未捕鱼之先，所有一切费用多贷诸渔业经纪人。俟获鱼归来，售货偿贷。而渔业经纪人贷与渔民之款，系由渔业公司借来。闻渔业公司此种无利贷款之供给，每年放出在六七万元以上。渔汛分春、秋两汛，春汛在阴历三月中旬至五月中旬，此季以投网为主；秋汛在阴历六月下旬至九月上旬，此季以曳网为主。至介类之获取，沿海随时皆可采取。青区湾内女姑只埠一带尤富，虽时至冬令，亦有收获。

日人之来本市捕取鱼类，始于民国三年，随日军以俱来，因该国官厅给予诸种便宜。当民国五年为最盛时代，几夺我渔场而占领。民四五时，青市有该国渔船一百三十余艘，现在尚有船四十五艘。青市沿海之加级鱼（此鱼为上等食品，每斤约值洋五六角）产额极丰，在本市占重要销场，一年四季中均有此种鲜鱼出售，多半系日人捕获者。当春秋鱼汛之际，日人乘大腹帆船或轮船往海州方面捕取，小船则往来于水灵山岛、大小公岛及塔连岛、千里岛一带。虽冬季鱼少，亦放小船赴塔连岛之南获取。一大型帆船每一年所获值在七千元以上，小船亦有二千元以上之收入。我国渔船所获，则不逮远甚。又当民五时，日官厅为奖励捕取鳖鱼，特选成绩优良之帆船五艘，给予费用，令其前往塔连岛、崂山湾之石岛等处试取鳖鱼。每船平均所获在五百元上下。此后冬季即常有日人在该数处捕取鳖鱼矣。日人所用捕鱼工具为绳钓、打网、升网、流网、拖网、潜水器等。所捕鱼除加级鱼为最多数外，尚有鳠鱼、比目鱼、蛹鱼、鳖鱼、鲍鱼、海参、石花菜等。

兹据实业部调查日本侵略我国渔业概况，叙述日渔轮大多数在我东海、渤海、南海、东京湾经营侵渔，以旅顺、大连、青岛、上海、香港、台湾各地为根据地。侵捕数量，实足惊人，总计每年损失达国币一万万六千二百十一万数千元。欲振兴我国渔业，应提高日本各种鱼类进口税，禁止日渔轮入口，并设立水产试验场，兴办新式渔业公司云。

醴陵瓷业

醴陵磁器，自经熊秉三提倡后，素负重名。宣统元年，开南洋劝业业会于南京，醴磁往赛，得一等金牌奖章，列名在景德镇之上。若加以改良精造，实可抵制外货。查县境磁土延长达数十里，制造磁器之窑厂，原计十三家，曰模范、合作社、民利、和记、裕华、改良、舜业、德厚、天宝、民生、中和、九如、楚利等厂。每厂月烧窑三次，年烧十月。值价三十余万元，各家合计达三四百万元。畅销外省者，约值三百万元。近以农村经济枯滞，销路顺减，各家产磁仅为原额三分之一，尚货积如山。九如、楚利两厂已先后倒闭。其余十一厂以及苟延残喘之二十余家土磁厂，亦有岌岌之势。直接、间接靠磁业营生之工人总计二十万，适当全县人口数三分之一，今亦逐渐大批失业。县府深恐此类工人靡所得食，将为社会增加游民，地方制造新匪，最近特贷活动金一万元于各家，以冀恢复旧业。然粥少僧多，能否普遍救济，殊属疑问。

小麦

国产小麦面粉本年滞销，可称为我国之普遍现象，其原因固极为复杂，但综合各方之报告，则有下列各端：

（一）麦产增加，价格普遍低落。今年与去年比较，各地产麦大致丰多于歉，产量增加；而同时销路并未增加，且反形减少。又各地颇有连年丰收者，即世界麦产亦患过剩。是以国内麦价普遍低落，形成滞销之象。

（二）东北失陷，销路因而减少。东北四省失陷，麦面销路顿形减少，不独华北各地，如天津、北平之各面粉厂受其打击，即华南各地，如上海、无锡之各面粉厂，亦受其影响。

（三）华北人民购买能力薄弱。就北平市言，自国都南迁后，该市富有之家大都离平；东北失陷，贫民激增，杂粮之需用增加，面粉之销路减少。加以普遍之华北不景气，人民购买力薄弱，因之国产麦粉销行尤滞。

（四）洋麦、洋面大量进口倾销。洋麦及面粉在各大口岸倾销，且价格颇为低廉。（按：海关贸易统计，本年一月至七月小麦进口数量已达一千六百余万担，而去年同时期小麦进口数量则为一千一百余万吨，今年比去年增加约百分之四十五。）

（五）美麦消息，宣传过甚其辞。关于美国棉麦借款，有时各地商人及宣传者过甚其辞，或以讹传讹，有谓美国小麦已起运到沪者，甚至有传美麦之中有一部分系面粉者。故面粉厂颇有戒心，减少出品，而麦之销路益滞。

（六）粮食商人有意操纵居奇。一部分商人志在牟利，一见小麦面粉市价低落，或呈不稳，则多方操纵居奇。

（七）国麦质杂，商人愿购洋麦。国麦比较洋麦杂质为多，不合机制面粉之需。且江苏境内本年小麦收成时适逢霪雨，致货品潮热郁蒸，厂家不敢收买。又美麦每包所出面粉数量较国麦所出者多十余斤，故商人多喜用美麦。

（八）苛捐杂税，阻碍麦产销路。国内苛捐杂税仍未尽行铲除。仅就此次调查时所发见者而言，以平绥路沿线区域为最多，其他各路沿线区域亦非无有。此类捐税，除其中一部分为国税外，其余多属当地苛索，实足以阻碍麦产之销路。

（九）交通不便，费用因而增高。内地交通不便，农民颇有自备牲畜大车藉供运送之需者，然有时亦须雇用车辆。例如，年来西北各地军队征发车辆，新麦登场时遂发生运输困难之感。雇用车辆将小麦由内地运至附近车站，则每石每百里约需一元之巨。农民断难堪比重负，故宁有弃麦于田而不收割者。

（十）黄河水涨，粮商咸有戒心。今年黄河水涨，济南粮商及面粉厂咸有戒心，不敢赴内地采购小麦。

（十一）前年水灾，人多改食杂粮。因前年水灾关系，一部分人民元气未复，多已改食杂粮，此亦影誉小麦销路。

（十二）秋收在即，影响麦粉市场。秋粮将届上市，小麦及面粉因而滞销。

（十三）铁路运费间有高昂之处。济南面粉由津浦路运至天津，或由胶济路运至青岛，每袋运费均在二角以上，而上海面粉及日本面粉由轮船运至青岛或天津，均不过一角，此亦济南面粉不能运往天津及青岛以与外面竞销之一大原因。又，绥远粮食仅恃平绥路输运，以现在绥远之粮运至北平西直门，合以运价，商民仍多亏折，不能出售。是内地运费过于高昂，再加以各种苛捐杂税，粮食之负担自然更形加重。至于平绥铁路之粮食运费，铁道部已订有特价，自二十一年二月起，将该路由包头至平地泉各站起运至平之运价，按五等减收四成，原定六个月为限，经一再展期，至今继续办理。

（十四）平绥沿线，如包头、绥远等地，产麦颇多。惟面粉厂太少，大同地方仅有一家，且规模甚狭，用麦极为有限。

（十五）无利可图，富农待价出售。农民种麦生产费用与售价相差无几，其较为富有之农民以无利可图，乃不愿出售。

（十六）金融停滞。贫农急于求售，农村儿濒破产，穷苦农民所入不敷所出，每因负债，告贷无门，尽食粗劣杂粮，而以品质较贵之小麦出产，急于求售，作为收入来源，求售者愈多，销路随之愈狭。

以上为小麦及面粉之滞销原因，所举各端，或为一地情形，或为全国现象，然多有连带关系。

火柴业

火柴为日用必需之品，我国火柴业，欧战以后，极为兴盛。据经济研究会调查，全国火柴业共有一百八十余家。惟因瑞典火柴大批入口，国产火柴销场渐狭。及瑞典火柴大王死后，我国火柴工业本可应时而兴，但日人又代瑞典而起。在此华洋资本剧烈竞争之下，甚望我国主持火柴工业厂商努力撑持，前途或尚有一线生机。

兹将全国火柴厂数志下：

（一）两广有四十一厂；

（二）东三省三十二厂；

（三）山东七厂；

（四）江苏十八厂；

（五）河北十四厂；

（六）四川十三厂；

（七）云南七厂；

（八）浙江六厂；

（九）两湖六厂；

（十）辽宁六厂；

（十一）山西九厂；

（十二）安徽三厂；

（十三）陕西三厂；

（十四）福建三厂；

（十五）甘肃三厂；

（十六）河南、江西、吉林三省，各二厂。

总计共一百七十七厂。

煤业

我国煤藏量至为丰富，是全世界早所承认。据地质调查所调查，总数在二百二十三万万六千万吨以上。惟产量现仍甚少，单以上海一隅而论，每年进口之煤，在二百万吨以上，价值约二千万两有奇。且我国最大之煤矿均操诸外人之手，巨大利源已非我有，可发浩叹。兹将我国中外经营矿业统计如下，足见我国煤业之远逊于外商势力也。

（一）中、英合办之开滦矿务局，每年产煤额为四百四十九万五千九百六十二。

（二）日、人在我辽宁省所办之抚顺煤矿公司，每年产煤额为七百五十万。

（三）中、日合办之本溪湖煤铁公司，年产额为五百万。

（四）中、日合办之溜川炭坑，年产额为五十五万八千零四十三。

（五）中、英合办之焦作炭坑，年产额为七百万。

（六）商办之豫成炭坑，年产额为二十一万七千六百五十二。

（七）官办之井径炭坑，年产额为六十万零二百三十一。

（八）商办之六河沟炭坑，年产额为四十四万四千四百二十。

（九）中、英合办之门头沟煤局，年产额为二十八万。

（十）商办之萍乡炭坑，年产额为六十六万六千九百三十九。

（十一）商办之中原公司，年产额为五十六万六千四百零四。

（十二）商办之保晋公司，年产额为三十一万一千零四十八。

（十三）商办之大同诸坑，年产额为二十三万八千二百四十五。

（十四）商办之峰县炭坑，年产额为七十二万七千七百六十。

无如近月来日煤在华倾销益烈，而国煤前途异常危险。据审查委员云："日煤在本国平均售价约为四元一角五分，而在上海平均售价则约为五两。若将运费、码头捐、关税等除外折合，在日本海口售价约为三元，倾销程度在一元以上。抚顺煤在沈阳售价约为七元七角，在大连售价为十元另一角，而在沪售价仅七元五角，不久又跌至四元。若将铁路运费装卸费及海运费扣除，折合在矿价值，则运往沈阳与大连者在六元以上，而运往上海者不满两元，倾销程度在四元以上。现虽中国对于抚顺煤已加关税一两三钱五分，是除此之外，尚有二元五角以上倾销，无法抵制。日煤在汉口每吨亦只售约十元，在青岛每吨约九元。同时，我国之煤自北方运至上海，运费已不止十元；晋省之煤，仅由口泉运丰台，已需运费六元。似此情形，奚能与日煤颉颃？故华煤积存颇多，不易推销。现据实部调查，只开平二号煤屑，积存秦皇岛、汉口、芜湖者，约在一百万吨以上。原向铁路局定运煤车六百辆，刻已退去二百辆，可见煤业前途异常危险。日人除削价倾销外，并利用资本短绌之华商，以放账方法推销日煤。"

纱厂业

关系我国最大之企业家生死关头者，莫过于近来之纱厂业一项。在政府恐纱厂原料不敷也，则借美棉以济之，讵意成本之高，比国棉加十成之二三，而承销又发生困难。所谓救济国业纱厂之本意，实属画饼充饥，而纱厂之危终不能善后解决。原我国纱业近因受洋纱充斥之影响，海上各纱厂赔累不堪，甚至无法维持，故有全国纱厂一致停业之议。

天津社会局建议有云："近年来因外纱充斥，纱价跌落，就本市各厂论，亦均存积约在二万包左右。故上海各厂乃有联合全国纱厂停工之议，欲以一致停工手段，以促纱价提高，并棉价低落。但此事关系甚巨，尤其与工人生活联带关系极深，姑无论政府方面能否允许一致停工，即各地纱厂亦不欲遽行扩大失业状态，而增加社会恐慌。然各地处境不同，亦难得一致，传说决非事实，如各厂不变更办法，恐亦难长此支持，将来或趋向分的方策，而各自妥筹办法。惟共同之点，或趋重紧缩方面下手，或用半工、三分之一工制，抑核减事务等费。但各厂均未有决定，本局现正根据事实，准备一种适当建议，分向各厂磋商，但总望此项问题不致扩大。至仿效其他国家，由政府发给津贴等办法，按我国现在财政状况，固无法做到"云云。

天津《大公报》曾载《天津市纱厂垂危情形》，列举失败原因五条，实为至理，用录于下：

我国今日之纱厂业实已衰落到极处，而华北各纱厂尤岌岌不可终日。现在恒源已停业矣，其他各纱厂亦皆束手待毙，危在旦夕。痛定思痛，难甘缄默，特将厂方种种失败原因及目前救急之惟一方法述后，以备社会人士之商榷。

考商业竞争时代之要素，第一在货本减轻，第二在销路通畅。各国因货品不易销售，咸请求合理化，减轻工资，大量生产，以倾销其货物于各国市场。而同时，各国复加关税坚固壁垒，以保护本身之事业。此美总统所以有召集世界经济会议关税休战之提议。我国关税尚未完全自主，政府只加国内关税，而不能加洋货进口之关税，致使俄国以极便宜之标布，在我国推销，畅行无阻；而日本布匹视俄货尤廉，倾销自易。据调查，河北省大小织布机共有数万架；小规模工厂，仅有织机二三部，为家庭工业性质；大者数十部至数百部，则为团体工业。从前平津所制之爱国布、自由布，为全国最著名之出品。今则是项工厂多数停闭，皆由不如俄布及日本布之物美价廉，致受其排斥。此为津纱厂失败之原因之一。

查中国共有纱锭四百四十万枚，内日商所办者有二百万枚，占百分之四十五强。同在中国办厂，同在中国卖货，当然价目俱在水平线上，不能有所轩轾。惟现上海华商纱厂，每包纱工价约在十元，而日本纱厂最近每包纱工价只要七元。因沪纱不能与日纱竞争，致积纱太多，联合会乃有每月停工八天之决议。回视我天津纱厂，每包纱工价之最大者须二十元，安能与沪纱厂相比拟？此为根本受病之处。加以东三省失陷，热河不守，津纱失去百分之五十以上之销路，不得已始倒运至上海出售，每包须加水脚五元余，是成本又须加贵五六元。如此纱本愈加愈重，而市价不能做涨，试问尚何能与合理化之洋商争生存？此为津纱厂失败原因之二。

目下，一般论调以为恒源纱厂停工，在厂方已占胜利，此大不然。须知工人与纱厂是一家的，是合作的，绝无片面胜利之司言。语曰："皮之不存，毛将安附？"断无纱厂自己困苦，而能专顾工人生活。从井救人，反置自身利害于不顾者，乃工人不明此意，往往被人淆惑，不能安心工作，致使工厂产额日减，成本日重，不知何日始有整顿改良之希望。此为津纱厂失败原因之三。

或谓："天津习惯，工资定例，向比别处为高，工人能力向比别处为低，不能与上海相提并论。"不知此等回护工人之言，名很爱惜工人，实则贻害工人。因工人只想在权利上争胜，不想在工作上进步，结果工厂大受影响，即工人生活亦势将同归于尽。从前纱业平稳时代，津纱仅在华北营销，尚可自为风气。今则北纱南运，与上海物美价廉之货相竞争。在购货者，断无因天津工业幼稚而特加原谅，愿以高价购我次货之理。优胜劣败，天然淘汰。此为津纱厂失败原因之四。

又有人谓："方今纱业，不过遇者一时之困难，应劝厂方暂时忍痛维持，徐图恢复。"殊不知四省何时可以收回，国难何日可以解决，此时毫无把握，谓再不思整顿工作，减轻成本，俾与上海货相颉颃，则以目前情势而论，其货品即无在南方营销之资格。况我国政府与人民，对于时局均主长期抵抗，此可见决非一时忍痛，可以维持过去。此种长期之亏损，以三万锭子计算，每一包纱多则要亏二十元，每年须亏四十余万元，少则每包要亏十四五元，每年亦将约亏三十余万元，试问各纱厂何堪胜此？此津纱厂失败原因之五。

照此情形，纱厂已到山穷水尽之时代。虽政府方面亦拟设法救济，但不知何日能成为事实。即使办到，亦不知所得几何。天下事求人不如求己，而纱厂求己之法，必须先从减轻每包纱工资成本入手。总之，以后纱厂，每包二十支纱工资，非减到八九元，决不能有生存之余地，此则纱厂自身应先觉悟者。从前，各纱厂抱敷衍及希冀主义，对于工作大不讲求，以致开支过于靡费，出品又不精良，事事落人之后，遂酿成今日之现象。况华北各纱厂，多数仰给银行借款，以为周转资金，而银行借款与否，全视纱厂营业之盈亏为标准。试问，银行见纱厂办理不善，日见亏折，又安肯以款项接济纱业？是以，工人与其徒争目前之权利，逼至厂亡，而工人亦无所依赖；何如及早觉悟，从速立志求进，处处协助工厂，力事节省，大家永远从坚固耐劳中求生活，通力合作，庶厂存而工人亦永保工作。否则根本动摇，恐各厂终须步恒源后尘，而相继停闭矣。试观上海纱厂每包纺纱之成本，已比天津为轻，尚且不能支持，其停工关厂，已接踵相闻。何况天津纱厂远不如上海，试问能有幸存之希望乎？言念及此，不寒而栗。事至今日，纱厂之出品改良，纺纱之成本未减轻，则劳资合作之后，工厂营业必可好转，存亡之机在此一点，愿纱业同人及各界之注意焉。

至于湖北纱厂业，亦在不振之列，兹摘录省府咨实业部文于后：

为咨请事：查我国产业落后，一切仰给他人。惟以衣布者多，产棉者众，对于纤维工业尚具相当基础。年来东北陷落，销路锐减，日货竞售，相形见绌，此项幼稚工业竟至一落千丈。全国纱厂咸有岌岌不可终日之势。本省新式纱布商厂，除申新第四纱厂被毁于火外，尚有裕华、第一、震寰、民生四家。各厂创办之始，多属投机趋利，组织、设备均欠合理。尤其资本有限，周转不灵，藉借贷以维持，为各厂之通病。民生、第一、震寰三厂，于五月一日起，相继宣告减工。未几，震寰又以股本折尽，无款买花，宣告暂时停工；民生亦以亏累不堪，亟待整理，声请提前歇暑。如不设法救济，终必归于停闭。本省承水、匪两灾之余，农村崩溃，灾民遍野，若再令万千工人顿失所业，未来险象，不知所届。近日迭据报载，贵部鉴于纺织业不堪经济压迫，行将整个破产之危机，已筹借二千万元，轻利转贷，俾资周转，硕画荩筹，无任钦仰。本省纱商困苦特甚，望救綦切，务希盱衡全局统筹救济，滔滔江汉，实拜嘉惠。

观此则湖北纱厂亦在垂危之中矣。

至于湖南第一纺纱厂则如何？当章氏今日接办厂务时，曾拟其救济办法数项，其困难情形已可想见。如：（一）呈请省政府发给周转金；（二）呈请免征产销及出产各税；（三）八折发给员工薪饷。

关于第一项，已由省政府发给周转金十万元。第二项棉纱产销税每包二元四角，已经政府准予记账，但出产税仍须缴纳。第三项折发员工薪饷，因全体员工反对，未能实行。章氏虽曾一再紧缩，四月份仍亏累二万余元，故连日召集厂中重要职员，开会议决，再呈请省政府。

对于该厂由外省购进之棉花，免征产销税。因该厂需用之棉花，系从汉口运来，每包棉纱纺成，约用棉花四百斤，进口时须缴纳产销税四元，再加运费六元二角，棉纱成本，与汉口各纱厂及日纱比较，已超过十元上下，势难与人竞争。闻当局为维持该厂生命起见，允免征棉花进口税。

对于八折发薪一项，要求全体员工赞同，目前尚未解决。章意以现虽遵照全国纱厂联合会决议，每星期六停工一天，月可减支八千余元。然出品减少，而煤费及职员薪资等开支仍须照常支付，在事实上并无多大利益。如果暑假以前无良好维持办法，暑假以后即行停办云。

此外，如上海、河南等纱厂，其情形大略如是。

统计全国中外纱厂，共有一百二十八家，中国占八十四家，日本占四十一家，英商三家。资本总额约三万六千万元左右，外商约占二万二千万有奇，华商以八十四家之总数，仅占一万四千万元，至于锭数比率，相差尤大。

（一）华商共八十四厂，资本为一万万三千九百四十三万零八百，锭数为二百四十九万九千三百九十四。

（二）日商共四十一厂，资本为二万万零八百九十万三千四百八十八，锭数为一百八十二万一千二百八十。

（三）英商共三厂，资本为八百二十六万，锭数为十七万七千二百二十八。

似此可知，外商厂数虽少，然资本则超出我国将及一半。

在生产方面，全国出纱为二百二十八万三千八百九十九包，日商占去八十万五千九百七十九包；全国出布，计二千零二十三万三千四百一十匹，日商占一千零一十九万零九百七十四。惟日方生产竟达我国生产之半数，我纺织业之衰落可见一斑矣。

以上所言系列举的，兹将各省概括的工商业略举数处，以为总崩溃之证。

上海工商业

全国商联会调查战后上海各业，据中央社云："'一·二八'战事继'九一八'发生后，全国各业均蒙极大损失，迄今尚未恢复，而上海则地处战区，损失尤大。"爰将全国商联会查得战前战后之上海商场情形分志如次。

金融业：本市金融业所受战事之损失，至今尚未完全恢复。查二十一年一月间，本市现洋存底仅七千三百万元。现银存底仅六千一百三十五万两，至是年终，现洋存底为二万万四千二百万元，较战前计增七千万元，现银存底为一千三百六十万两，计增加一倍以上。现银集中上海，因市面之凋敝，乃感无法销纳。今年四月，废两改元，七月中央造币厂开铸新币，本市银元至七月底止，计增达二万万七千五百四十八万元，一万万四千零七十九万二千两，较之去年已增百分之十余。"一·二八"战事损失，金融业虽较逊于各业，但直接受战祸而闭歇者，计有大达、正大两银行，长盛、怡春、德丰、源升、汇昶、元顺、元大等钱庄；因战事而改组者，计中国兴业、华侨两银行，福泰、信裕、仁昶、安裕、鸿祥、生大、慎源、信康、鼎盛等钱庄。但新创者亦有宁波实业、浙江商业储蓄、惠丰、统原商业储蓄、嘉华分行、华安等银行及乾一银公司、四明储蓄会、华侨信托公司、生昶钱庄等。

工商业：（一）棉纺业：沪厂纱产，向以华北销路为大宗，自东北沦陷，华纱厂销路日蹙，生产过剩，或实行减工制度，或呈请设法救济，现象殊为黯淡。而日纱厂反得实行倾销，故华厂倒闭缩小者甚多。

（二）棉织业：在沪战中，华商棉织厂之被毁者约有十六七家。棉布洋货号之最盛时期，全市达千余家，经此打击，一年来闭歇者有三分之一，现仅剩六百余家。土布业亦因东北已去，营业大减。其他小布厂商亦仅能苟延残喘。

（三）丝业：本市原有丝厂一百十二家，有车二万五千三百架。沪变中停工殆尽，遭炮火毁者约十余家，至去年六月开工者仅三十一家。十一月间经政府救济复工者达六十五家，迄今未复工者尚有五分之二。

（四）面粉业：全沪粉厂，最高生产力年可达三千三百万包。战后竟有不满一千万包者，小麦等亦因受时局影响，六七成仰给于洋麦。

（五）卷烟业：上海卷烟工厂，最盛时达一百八十余家，今存者只六十余家。

其他各业亦年不如年。

湖北工商业

鄂省实业创始于逊清末季，时张文襄公之洞督鄂，锐意经营。

省有工厂如缫丝官局、制麻官局、纺纱官局、织布官局、毡呢厂、造纸厂、制革厂、官砖厂、官纸印刷局等，先后成立，俨具工业化之雏形。房屋、机件价值约在一千万元以上。

鼎革以后，各厂相继停闭，亦无人设法恢复，各厂机件年久失修，损失不可数计。兹据调查各局厂中，除织布官局尚有纱锭四万一千一百枚，布机六百五十五部，现租与民生纺织公司营业；官砖局有机器压砖机二部，人工压砖机十一部，德式压砖机十八门，窑一座，租与恒秦公司营业；南湖制革厂，租与军政部开办；及官纸印刷局由建设厅自行经营外，其余纺织官局、缫丝官局、制麻官局、毡呢厂、造纸厂，则皆无人承担，房屋坍塌，机件锈烂。大好生产机关一律沦为废物。

至若鄂省铁矿蕴藏之富，亦超越他省，如大冶象鼻山，占地一千四百五十六公亩，小大山四百一十七公亩，峰烈山一千五百三十五公亩，大宕山七百零九公亩，宜都写经寺李家山一万一千九百九十公亩，写经寺南北广坡二万二千九百四十一公亩，共计面积四万公亩。除大冶象鼻山一矿业已开采外，余均无开采计画。而象鼻山一矿，又以汉冶萍公司有日资关系，所有每年采出之砂，概为日本人运出，除养活少数工人外，实属赉敌以粮，良可叹也。

山东工商业

（济南专讯）本省出口土产，最多者为花生米、花生油二项，出口地点为香港与欧洲。现在，积存青岛之花生米有五百万吨，花生油有二百万吨，共值一千万元。商人资本多半由银行贷来，今积货不售，积压成本，银行贷款，利息日增，如勉强售出，则卖价比抵押银行之价尚小，亏本过多。故业此者莫不连天叫苦。长此以往，不惟本省土产业将完全破产，即全省整个经济民生问题亦遭影响。所以致此原因，一由于欧洲以前不产花生米、花生油，现印度等处已有大宗产量，运销欧洲，路近价廉，我国遂不能销售。香港制造生油之油房纷纷倒闭，故吾国生米、生油，欧销港销俱断，货价惨跌。

救济办法，须先恢复香港销路，再恢复欧洲市场，因欧洲价目差的太多。其办法约有二种：

（一）与中国船业接洽，减轻运费。与青岛商品检验局接洽，将每包检验费二角酌予减少；码头捐原每吨七角，亦决计大减。

（二）为呈请中央减轻关税。因生米每包海关抽税五角，每吨有十余元之多，实系过重。不惟奄奄待毙之土产商感觉担负不了，且当此世界各国厉行关税政策，增入口税，减出口税，热烈竞争之际，向称落后之中国，如再不急谋办法，前途何堪设想。

现青岛出口商人要求将关税全免。鲁省当局拟稍予减少，以冀关税有相当收入。此外，如鸡子出口现亦减少。

耕牛出口盛时，青岛每日出三千头，去夏几完全断绝；现虽略好，每日仍不过四五百头，较以前尚差的多。此系因日本经济恐慌、购买力薄，有以致之。彼现虽在关东养牛，但牛肉味劣，较本省出产远甚，多少仍须买我国货也。

至于煤炭，以前青岛每年出口达五十万吨。去年因日本抚顺煤倾销，本省每月只出口三万多吨。此事中国煤矿商与出口商毫无结合，亦失败一大原因。

无锡工商业

（无锡通信）本邑出产品以丝、茧、米、麦、面粉及纱为大宗，进口货以花衣、洋货、黄豆等为大宗。

去年，丝、茧年收锐减，全年产量除供给本地厂家应用外，外销之数甚少。无锡丝厂甚多，约共五十家左右，鲜茧产量春、夏两季较秋稍多，去年收数约共二十万担弱，每担价值自三十元至五六十元不等，视茧身之好坏而定（茧价最高时约值一百三十元，去年因丝业惨败，故茧价亦随之而降低）。各丝厂出丝，去年约共一万担左右，每担丝价向值千余两。讵今虽降至五百两，尚无人过问。是以各厂资金亏蚀甚巨，莫不纷纷倒闭。现开工之家如华新、永泰、鼎昌、乾牲、民丰、锦记等八家，亦属勉强挣扎。然各厂于岁尾年首期内均告停业，其营业之惨败可知，至今几无复业之可能。

面粉厂及纱厂均有微利可图，尤以纱厂为最。全年小麦产量，因受上年水灾影响，不及往年之半，兼有购洋麦以补不足者，因之价格略高。全县面粉厂五家，约共进麦一百八十余万石，出粉二百三四十万包，每包价扯三元。除运销京、沪各地外，大都集中于上海，分销南北各省。间亦有运往外洋者，惟为数不多耳。

棉花每年进口，约有七百余万包。纱厂申新、振新、广勤等七家，年出十五万余件。至于销路，均集中于上海，转销各处。

米稻素为无锡特产，历年以来，各处米谷均荟萃于此，颇呈繁荣之象。惟年来米业殊鲜生气，迨至前年江南各省大水为灾，当时以为来岁米市定必看高，一时争相囤积；孰知去年秋间收成大丰，兼之洋米充斥，米价遂一落千丈，各行积有存货者至此莫不亏蚀累累。去年因周转不灵而倒闭者有十五六家之多，其亏蚀至少有二十余万元。

其他如洋货、银楼、布厂、绸货、五金等业，因受社会上银根奇紧、人民购买力薄弱，以及洋货倾销之影响，价格步跌，销路不畅，营业因之日趋清淡。而去年总结束后，因亏耗而倒闭者综计不下百余家。此诚历年以来仅见之衰颓现象也。

天津工商业

自日阀积极侵略，危胁华北全局，天津市场即呈萎靡。三四个月以前，四外所存各货，以河道未开，来源受脚力过重影响，各货吃底较大，市气因之尚稍趋昂。近以各河均已解冻，交通已复常态，各地来源亦日见增多。市中存底既厚，而日阀侵略犹急，国际市场日露不振，各商运津货物、货栈多不愿代垫大宗款项，以致商号金融咸感不能周转，低价抛出，互相效尤，市气一跌再跌，不可遏止。而出口商以现势宜于输出，一时颇觉兴奋，比经迭电外洋磋商，乃均覆电，拒绝进货。遂益使此间商人感觉恐怖，相率不惜成本，贬价脱手，借以吸收现金而利周转。由津市出口之土产，如棉花、干果、皮毛、蛋制品等，无不狂落。且受此打击者不仅各土产商人，其他如货栈、银钱业等，均连带感受影响。同时，在津客帮亦不敢进货运往内地，棉纱、五金、颜料、杂货等业遂亦无形停滞。

至于天津与沈阳之工商业向称畅旺，今则已成畸形之状态。所以，当"九一八"国难发生之后，津、沈间之商业往来俱陷于纷乱之境。津商所受损失，以国布、鞋帽、杂货等业为最。沈地商店，借口于变乱，无法偿欠，遂致此项债务历久不能清理。自兹以后，两年之间，在日人支配之下，情形嬗变结果，使津、沈贸易范围日见缩小。其中尤以皮毛业打击最重。"九一八"前，津地皮庄沿关内、遵化一带设庄收货，绵亘至锦县、承德、红螺县、锥子山等地。今则局促于关内一隅，不敢越雷池一步。天津、青岛、烟台等地，杂粮来源，向以由东省运进者为最多，今则此方面来路已断，形态迥非昔比矣。

以上不过略举津市、东省各地货物进口减少之概况，至于由津市输往东省各地之出口货物，则亦大为减退。在"九一八"事变未发生前，关内泊头，胥各庄客帮，在津采买棉纱颇多。由该地纺织成布，运销关外一带，即高阳、醴县等著名产布之区。其大宗销路，东省亦居其一。今则关外随处皆系日本棉布，无孔不入，国布不能得一销售罅隙。且日本棉布价值，因得海关最惠待遇，几与大阪价无殊。一般商人见利忘义，反暗行向关内贩运。况在两层关税之下，徒苦华商，几至不能插足。

现津、沈两地货物交通，无形已受日人操纵，即华商经营之转运公司，亦多聘日人出面帮忙；非是，则沈阳海关情形既感隔膜，难收爽捷之效。两地商人函件往来，又在邮政封锁之下，不得不在大连或南满站设一转递机关，而邮资销耗较前多至一倍，时间延误，犹其余事。汇兑往来，银根颇紧，此并非实际真紧，只以两地情形不同，环境改变，不得不各存戒心。就以上种种事实观察，吾不知国人作何感想也。

江西之工商业

据该省"国内农村改进事业考察团"报告：全省耕地面积约四千万亩，农户约三百万户，平均每农户可得十二亩。重要农作物，年产米八千四百余万担，木材约值八百万元，茶叶二十余万箱。此外，棉花、薄荷、樟脑、茶油、豆类等，因无详细之调查统计，尚未悉其确数。工艺品如磁器，年出产约值一千万元，夏布约五百万元，纸张约八百万元。矿产，如赣南各县之钨，萍乡余干等县之煤，永新、九江等县之铁，均占全省出产重要位置；钨之产量，占全国产量百分之八十，占世界产额之半数；自民十六以后，出产日渐衰退；至二十年，全省出口货，仅值一千七百万两，而同年进口货竟值四千一百万两之巨。夏布去年出产仅合平时三成左右。茶叶损失约在一百万元以上。磁器与民十六比较，出产减少四百余万元。纸张产额及销路更一落千丈。米谷则在前年水灾时，更从沪上运入多量西贡米。面粉供给几全为进口货。

生产力既形激减，失业人数骤增，强者铤而走险，弱者轻乎沟壑。全省无"匪"县份，只有南昌、新建等二十余县，此外五十余县大都遭受"匪祸"，受害较深者竟至田园荒芜，庐舍为墟。此足见农村崩溃之一班也。

以上所录各省各地国难后之工商业状况，系由各日报及各杂志转集而成，所言皆系实情，并非凭空捏造；内中虽有数则具有时间性，但当时之实情则无差异之处。

分别而言，则各业有各业之崩溃，各省工商业有各省之崩溃。若统括起来，不必远证，即以本年七月份日货输入，而论其总量达一万二千二百二十一吨，较之六月份进口一万一千三百八十三吨，增加二百八十吨。其中，转入长江沿岸各口者，有二千三百二十八吨，比较六月份输入长江各口岸之五百十吨，亦有两倍之增加。最近此种输入增加之事实，日方官商咸感对华有转好之兆，大多均抱乐观。因此，正足以表明我国民反日抵货运动之沉寂也。

再观于江海关发表八月份全国对外贸易统计，共为一万万五千一百五十八万一千七百六十一元，内计输入一万万零二十二万七千三百三十七元，输出五千一百三十五万四千四百二十四元，入超四千八百八十七万二千九百十三元。我国家工商业既如此总崩溃，而外货自不能禁止不进口，并不能禁止不倾销，国与民究竟有多少财力，每年能担任偌大之损失？

即就经济一项而言，已足亡国而有余。今欲挽救中国经济，必先恢复完全国工商业！使国内之货物，达到自给自足程度，如对于此次黄河崩溃然，大家努力来抢险，则中国其庶几乎。

提倡民用航空[1]

　　现在世界平面战争，已趋入立体战争；而立体战争，又较平面战争为利害，为凶猛。我国人现在已有觉悟，大呼其航空救国。全国人民费尽了九牛二虎之力，所购赠与政府者，不过十架飞机而已。若与今日列强之数目相比较，可谓惭愧已极。须知政府之财力有限，欲实现航空救国，不必专责成政府，要人民与政府合作。双管齐下，一方面督促政府，节省不急之需，多准备飞机，保此中华疆土与人民性命；一方面我全民多预备民用航空飞机，在平时作为商运之用，一旦对外宣战，即改为军用，输送侦探，在在皆优为之。"一·二八"与热河之役，日本得力于民用航空者不少。前例具在，我们积弱之民国，又何能忽之。

　　不观夫近数月以来各国航空之大练习乎？如五月间，有美国空军在东境诺克斯炮台附近大操演；七月间，有英国空军在伦敦举行大操演；八月间，有法国空军在都隆大操演；八月间，又有日本在东京举行防空大操演。凡此举动，均表示其国军备之纯熟，以夸示耀武扬威于世界。的确，各国对于飞机，不但已有若干，而且努力制造，正在方兴未艾之中。如美、法、英、德、日、俄等国，无不竭力扩充航空工业。除官办之飞机制造厂外，对于民营之飞机制造厂，政府不但特别保护奖励，且予以相当之津贴。尤其是德国，受《凡尔赛条约》之限制，不能制造军用飞机，但是对于民用航空则

---

[1]　敏陜：《提倡民用航空》，《实业杂志》1933 年第 187 号。

异常发达。全国飞机制造厂共有三十二家，万一发生战争，不难马上改造军用飞机，不过平时不许制造而已。据上月十九日柏林电，十年来在瑞典任飞机厂长之德国著名海面航空家布齐尔，现已奉召回国，在柏林附近设厂制造飞机。闻该厂仅以制造商业飞机为限，从此德国又多一制造飞机健将矣。

再，查各国对于民用航空津贴之数目，至为惊异。如美国每九磅邮件空运一哩，政府津贴四角至一元二角；德国在一九三〇年政府津贴民用航空费，至四千五百万马克；英国在一九三一年至一九三五年诸年度内，每年津贴民用航空三十一万镑；法国政府于一九三〇年一年之内，津贴民用航空至二万万一千万佛郎；意国航空费在一九三〇至三一年，已达七万万一千八百万里尔；至日本对民用航空一九三〇年，已增至美金一百三十六万元；若言苏俄，其航空发展更属厉害，目前空线之长居世界第一位，各帝国主义国已瞠乎其后矣。

我国提倡民用航空，最好以德国为榜样。德国为《凡尔赛条约》所束缚，不克自由发展军用航空，却对于民用则不遗余力提倡。即如筹款方法，亦可师取。上月十九日，德国财政部长宣称："民国为保护不动产，以防空中攻击，一切设备所需经费，可由各不动产税项内扣除之。"财长为此事，发出通令，称"《凡尔赛条约》禁止德国设置军用航空，致使德国无术自卫，民间对于防空所负责任，因而较为重大"。德国人民富于爱国性，抽不动产捐，以扩充航空，在事实上一定可行得通的。若我国爱家心重，一闻抽捐，便视为虐政。须知救国即所以救家，国之不存，家于何有。但政府果有意抽不动产捐，以发展航空，我敢说今日人民爱国之心不亚于德国，只求实实在在为航空而抽捐，人民决无有反对者；恐怕是假名敛财，如西太皇借建设海军为名，为改筑颐和园之故事，则中国航空永无发达之一日，所有城郭、屋宇、要塞、军舰、陆军以及人民生命财产，只有束手延颈，静待敌机之轰炸而已。

中国在今日，除几架军用飞机，以及合外人所办之数条航空线，并各伟人自备之数驾架飞机外，纯粹于民用航空者，全国中几无一架。以偌大之中国土地，以许多中国民众，日日言航空救国，而不知自行组织民用航空，而官与民又不知开办飞机制造厂，自行制造；纵使中国多金，亦以长久善后之策。所以，民用航空在今日已属不可缓之事，务盼各伟人先生登高一呼，促其实见，幸甚，幸甚。

本篇数目字多取材于武埙干君之《世界航空竞争》，不敢擅美，附志于此。

重农国策[1]

　　古人所谓"齐家治国平天下"之大道，不外乎男耕女织。自近代来帝国主义者挟其资本主义，向中国不断的经济侵略，将我国旧日以农立国之根本原则完全打破；而一般壮年，遂各弃其传统之耕种主义，趋向城市以谋生活；而农村遂呈荒芜现象，生产渐形不足。其结果农村经济破产，而城市之经济亦受其影响，并且整个国家之经济亦站在死点之上，而无法使之打开一条新出路，以救此危亡。虽国人咸知此种症结所在，组织"复兴农村委员会"以图补救；但是，该会自成立以来，虚有其名，既无成效之可言，徒耗国府之公帑，反不如撤废之为尤愈。

　　此次德国庆祝秋收节，希特勒向五十万民众演说有言："自由主义，过于奖励个人人格，致将个人地位矗入云霄；马克思主义，则以全人类为对象；均不如国家社会主义之热烈拥护本国民族。须知耕种土地，以养民众，发达家庭，垂久远者，乃为德国民族最可敬之代表。农民为德国栋梁，及其前途之唯一保障。……独立农民之耕地，若被夺去，则国经济上之损失，永远不可恢复。因此，吾人决计挽救德国农民。……"查德国从前以工业立国，自欧战时代，感受食粮缺乏，致受《凡尔赛条约》之耻辱；今则除整理工业以外，并提倡农业，认农民为国家栋梁。可见，农民无论在那种时代及任何国家，均占有重要地位。

---

[1]　敏陔：《重农国策》，《实业杂志》1933 年第 188 号。

在昔日本本由农业而改向工业，目前农相后藤探知本国农村有振兴之必要，并谋达成强化组织化及解决负债起见，列举十项要目，使其相互具有有机的作用，堪称划期内农村恒久策。该十项即：（一）振兴农村精神；（二）农村共同组织；（三）减轻负担；（四）医疗之设施；（五）重要肥料对策；（六）整理农地负债；（七）自作农与小作农关系；（八）农村工业化与移殖；（九）试验研究之设施；（十）农业统制。后藤又云："按此问题，可大别为农家之保全安定、农村组织、农村生活安定及振作农村精神四项，故确信若能确立此四项方针，则农村当立获更生之机，而负担之减轻，与产业组合及肥料问题等，亦可包含在内"云云。至荒木陆相曾对记者谈话有言："……日本以农为本，故当路者应振兴农业，养成纯真素朴气风，使其达到高尚使命。农业发达，则中小各商工业亦随之进步。确立农业之本，虽有种种利害关系，然为更生日本，不能犹豫一刻，日本亦以此基础始能确立也。……"观此则日本注意农业可想而知。

至于意大利，刻正着手进行保护农民与增加国产小麦方案。新颁法律内曾列有"面粉厂副产品输出"新条文，规定颇为详密。又面粉厂内必须搭用国产小麦之成数，亦已著为法律。各地农民已多遵行墨索里尼首相发起之小麦奋斗运动矣。惟我国近年来醉心欧化，渐舍其末粗，趋向机器工业之一途。新者既未见效，旧者又弃如敝屣，加以天灾匪祸，迭相惠顾，社会不宁，农村崩溃，以致每年舶来之米粮，尽量输入。上年居入口货之第二位。今年上半年入口商品，洋米一跃而为第一位，计四千七百一十七万九千三百六十六金单位；小麦为四千一百万四千三百五十八金单位，共占入口货百分之二十二点二五。若合全年统计，其数量不更惊人耶？

夫国以民为本，民以食为天。我国今日农民之地位，在一般伟人均视之毋足轻重，所以奴隶之，犬马之，毫无所顾惜。但是，一旦需用款项，则又向农民敲骨吸髓以求，将全农生活送至十八层地狱以下，使之无法翻身。日前，蒋委员长致八省主席电有云："查我国以农立国，小民终岁勤劳，所得尽有麦、谷一宗，衣食生活胥取诸此。乃近查各产米省份，每多借口政费无出，竟忍以米谷为征收捐税之对象；甚至县府以下各地方团体，亦对米谷巧立名目，私自收捐，竟未报省备案，层层剥削，重苦农民。……"捧读此电，可谓对症下药。目前，中国各省主席已成尾大不掉之趋势，能否遵办，尚未可知。若果轻视农民，压迫农民，则农民生产率必日见退缩，即全国食料消耗日形不足，结果不得不仰给洋食以过生活。

居今之世，欲求农村繁荣，首在重农。重农之道多端，而时最关重要，所谓"不达农时谷不可胜食也，数罟不入洿池，鱼鳖不可胜食也。斧斤以时入山林，林木不可胜用也"。又曰："百亩之田，勿夺其时，数口之家，可以无饥矣。"又曰："使民以时。"倘在上位者，一方面对于农时加以注意，一方面对于农业加以提倡，则人民咸知今日之农业为立国之基本原则，人尽其才，地尽其地。而"劳工神圣"之徽号，亦只有农民可以当之而无愧辞。所以，欲保持我国以农立国之传统政策，自在今日之为政者。

火酒汽车的新试验[1]

　　我湖南年来对于各种工业颇有发明及改良之处。发明者有黄君剑白之飞船，改良者有向君德之木炭汽车，及邱君一鹗之火酒汽车。此三者均为目前现代化之新工业，且为湘人所发明，均属高工学生。回忆当年，不禁为之浮一大白："吾老矣，无能为矣。"有此后起之秀，为湖湘增色不少。

　　向君德之木炭汽车，上年在长沙试行以后，今则盛行于湖南公路上，挽回汽油利权，博得社会上大众之爱戴。不意于木炭汽车试行以后，异军突起，而邱君一鹗忽又有火酒汽车发见于长沙市。虽其原法不自邱君发明，而改良之处不为无功。目前，尚未公开应用，不久或将来定可以出而问世，行见我湖南公路上有三种汽飞驰矣。

　　考原动力机器之动作，分内燃机与外燃机二种。在外燃机者，系用煤烧沸水量，变成汽体，以推动机器者也。在内燃机者，系用一种液体烧者，变成瓦斯。以轰动机器也。有用洋油、汽油、黑油等，均为目前各国盛行之原料。其以木炭烧之成炭养气，以推动机器，我国于去年始由向君仿造成功，今则邱君又仿造用火酒以作燃料之车。据邱君湖南工业试验所试验结果，认火酒与汽油有同等之

----

[1]　宾敏该：《火酒汽车的新试验》，《实业杂志》1933 年第 189 号。《道路》月刊、《公路三日刊》亦曾发表过此文，具见：宾敏该：《火酒汽车之新试验》，《道路》月刊 1944 年 6 月 15 日第 44 卷第 1 号；宾敏该：《火酒汽车之新试验》，《公路三日刊》1944 年 10 月 22 日第 2 号。

效力，且又有优于汽油之处。兹录其表于下：

	汽油	火酒
发火点	低	高
燃烧时每磅所需之空气量	十五磅	九磅
压缩压力（表压）	七〇—八五	一六五
每磅热力值	一九〇〇〇 B. T. U.	一一六六四 B. T. U

邱君并云："用汽油与火酒汽车，非改造其机械，不能使用，于是，设计制造火酒化气器。曾经试验，用百分之八十五火酒，在华氏六十度以上之温度，随时可开动汽车；若在华氏六十度以下之温度，须于预热盘注入少量火酒，燃烧三数分钟，方可照前开动。其速度及力量，与用汽油开车无异。倘用百分之九十以上之火酒，其速度及力量，较之用汽油，几有过之无不及之处。惟火酒之发火点虽高，但在严寒之冬季，恐于预热时间过久，有碍便捷。故复有火酒、汽油两用化气之制造。斯器之优点，一在任何低温度时节，先用汽油开动，二分钟后即可改用火酒，以作燃料；二在停车之先数分钟，用汽油开动，可免汽缸受火酒中之有机酸及水分等锈蚀，至开动以后，则均用汽缸内废气之余热，导其一部分，经过化气器放出，以维持其汽化之温度，自可继续行驶也。"又云："化气器之构造，其材料完全用黄铜，一因铜之传热性最高，便于预热；二因铜与钢铁比较，难于生锈；三因其易于翻砂制造也。"

邱君近来对于用火酒汽车与用汽油汽车及用木炭煤气汽车之经济及速度等，颇有研究。其比较表照录于下：

车类	装置	经济	速度	附注
汽油车	化油机一具，重约五磅	汽油每加仑行二二.四里，值洋约一元	每小时平均为三五英里	简便

（续表）

车类	装置	经济	速度	附注
木炭煤气车	发生炉一具，滤气器两套，接头及管子等件，重约三百余磅	木炭行二二．四里，须十八磅，值洋约三角	每小时平均约二五英里	燃料固属价廉，惟装置繁复费时，并加重车身，改用时约需洋四五百元不等
火酒车	化气器一套，重约五磅至十磅	火酒行二二．四里，需 $1\frac{1}{7}$ 加仑，约值洋一元	每小时平均为三五英里	简便化气器一套，需洋一百元足矣

统观上表，以言装置，惟木炭煤气车为复杂；以言速度，亦惟木煤车为较缓；若言经济，则木炭廉于汽油火酒。但煤气车装置费时，笨重碍事，煤气虽经过滤气器，亦难清洁；兼之车行震动，最易发生毛病，时需修理，极不经济。两相比较，将来火酒车似较木炭煤气车易于推广。所苦者，我湖南尚未成立火酒厂，不若木炭之随地可取，势必又购用外货，与汽油同一损失利权之事。查火酒之提出，并不甚难，一切设备，需款不多。不佞前在高工校内，因学生对于化学实习，需用火酒，曾自制小规模之提炉，即采购市面之镜面酒提取火酒，以供实习之用。闻近来建设厅有创办火酒厂之举，如果见诸实行，则将来火酒车试验成功之后，不患燃料之无所取给也。

总之，我国汽车交通方兴未艾，如果一一仰给外洋汽油，不但每年丧失利权，对于国际战争尤其危险，万一来源断绝，一切飞机、汽车等完全失其效用。在我国汽油未开采以前，无论木炭煤气车、火酒车，均有并行提倡之必要。希望向、邱两君继续努力，加以改良，为湖南工业界开一新纪元，即为中华民国挽回若干利权，勉之勉之。

中国烟草消耗与国民经济[1]

据张君宗成所考，烟草本非我国所自产，当明嘉靖二十二年（即西历一五四三年），西班牙占有菲律宾群岛后，欧亚交通始行接近。越三十二年（即西历一五七五年），乃与我通商，烟草亦于是输入中土。初由吕宋而澳门、台湾，犹未推及我国内地也。迨西历一六二〇年，始直接进口，入我内地，栽培之法传布寖广，几遍全国。初只为供旅华外人之用，厥后国人亦多有嗜之者，粤、闽诸省乃有种植。至崇祯年间，曾经下令种禁烟草，违者处徒刑。当时人民鉴于种烟草利益甚大，与今日种鸦片烟相似，愈禁愈多，利之所在，人咸趋之。政府莫可如何，于是加重刑法，违者处斩。无如当时边塞军人多犯寒病，非烟草莫治，于是政府为体恤军人起见，仍行弛禁。至崇祯末年，吸烟之人布满全国，虽妇人童子亦皆吸烟矣。但当时所谓吸烟者，系用竹筒为之，俗称为旱烟杆是也。其后查知烟内含有"尼可清"毒质，改用水烟，因为烟气通过液体，可免毒气，即今日所盛行之水烟袋是也。逊清一代尚无烟草进口。至光绪二十一年，海关贸易册始列有烟类进口一项。其后五年，禁止吸种鸦片片烟，国人多改用烟草，每年需要已达十百万元。但是烟草输入我国后，国内各省几无不有烟草之栽培，岁产达二三千万担之巨额。以国内烟厂寥寥，原料使用甚少，故多数输出海外。据《上海商报》对于中国出产之烟叶纪载，民国十四年烟草输出金额

---

① 敏陔：《中国烟草消耗与国民经济》，《实业杂志》1933 年第 190 号。

达二千一百万关两，比较五十年前之数目，已增至二十倍之巨，未始非一种好现象也。

烟草为农家之副产品，制成卷烟或雪加烟等，即成为一种社会奢侈品，在今日世界各国盛行吸烟时代，无论何国绝对不能禁止。所以，我国一般有识见士商鉴于烟草每年消耗之大，从根本上着手，设厂自行制造。即上海一埠，截至二十一年九月底止，已有二百零二家，制造各种香烟，共计资本为国币一百四十七万零一百元，平均每家只有七千一百五十元。此种工厂内多空头公司，既无工人，又无厂址，仅用职员数人已足，故有数千元之资金，即可成立。不久又形减少，现在存在者只有六十家。其法定资本总额为一千五百四十六万一千元，平均每厂有二十五万七千六百八十三元。反观英美烟公司一家资本总额已达三千六百万镑，约合国币四万万元，即上海一分工厂之营业资本亦有一千二百万元。彼此相较，则华商烟厂之资本不过外商二十分之一，真是小巫见大巫，惭愧已极。

查上海华商烟厂所用之烟叶，外货占十之九，国货占十之一。考现在所产华叶，因种子不良，烤焙又不讲究，香味、色泽皆不敌美叶。故上等烟全用洋叶，中等烟十分之七八，下等烟十分之四五，仍须与洋叶混和制成。所以，据海关册报，十八年全国进口净数为二千六百六十四万二千三百九十二；十九年为三千零九十六万四千七百零二；二十年为四千八百四十五万一千八百八十九关平两。此仅就烟叶一种而言，已有如许巨大之金额，再加以烟纸、蜡纸、锡纸、香料等，若果一一统计起来，为数当亦惊人。

以言各烟厂之生产量，据二十年份统税署之报告，华厂产量为五百一十九万一千五百五十二箱，值国币六万万九千九百二十万四千四百二十五元；洋厂产量为三百五十六万一千一百零五箱，值国币五万万零五百九十一万七千三百七十五元。回忆光绪二十九年，纸烟进口，仅值二百二十四万九千二百余两；光绪三十三年，增至三百七十一万四千余两；宣统三年，又增至七百五十九万一千余两。入民国后，烟草类进口，总有加无减。据《农商公报》纪载，民国七年，仅上海一埠，进口卷烟已达八千余万元，合计全国每年金钱流出海外者，约达一万二千八百余万元以上。近有人报告中国人民每年金钱耗诸纸烟一途者，约达三万万元，谅非虚语。

考纸烟与雪加烟发祥之地，始于欧美，流入中国。今各国对于以上二种，逐年递减，我国则反是。试观：德国在最近三年，雪加烟自七十一万五千支，减至五十六万四千支；荷兰自十三万七千万支，减至十三万五千支；比利时自六万二千九百万支，减至六万一千万支；瑞典自二万二千四百万支，减为二万万零十万支；丹麦自二十九万支，减为二万零一百支；法国每人消费自十一支减至八支；西班牙自四万万二千九百万支，减至三万万一千七百万支；捷克自三万万二千六百万支，减至二万万一千八百万支；美国自六十二万七千一百支，减至四十七万二千万支；坎拿大自一万万八千三百万支，减至一万万三千三百万支。

所以，菲律宾雪加烟出口，在一九三〇年时，有四万万一千四百万支；至一九三二年，减至一万万七千二百万支。印度在一九三一年，雪加烟进口达九万万三千一百万支；至一九三二年，减至三万万零六百万支。又，一九三二年，阿根廷及哥伦比之进口烟草，较诸前年减少百分之五十。

至于纸烟：德国一九三二年比一九二七年之三百二十七万万七千万支，减少十万万支；比利时每人每年吸八百四十三支，减为七百三十九支；捷克每人每年吸八百二十三支，减为七百七十二支；匈牙利每人每年吸七百六十九支，减为五百七十八支；美国每人每年吸九百七十四支，减为八百四十四支；坎拿大每人每年吸四百八十五支，减为三百五十八支。而危他码拉之一九三二年纸烟制造量，比较前年减少百分之七十五。

现在各国厉行锐减，惟我国不但贩夫走卒竞相嗜染，即未成年之幼童亦多有好之者，既损经济，复伤卫生，何国民之不觉悟如此？即以上年烟类进口而论，雪加烟为六万七千五百三十四（单位：五十支），价值十九万七千七百四十六关金；烟叶为二十万二千八百一十九担，价值六千零八十四万九千二百七十四关金；烟丝为一千四百二十七担，价值九百九十九关金；其他杂烟进口，价值共二万七千八百九十六关金，总值八百一十万四千九百二十六关金；共计八百余万金元。国民之经济几何，那堪任其源源流出耳？

自《马关条约》准许外人在华内地设立工厂而后，各国人挟其雄厚资本，制造得法，管理合理。又复利用我国人工低贱种种原因，乃与国产争利，而英美烟公司遂在华执烟叶之牛耳。为我国经济前途计，禁之不能，不得不于烟草原料生产之增加，与夫烤焙制造方法，力求精进，以塞漏卮，万毋视烟类为不关民生生计而忽之，幸甚。

参考书

《工商半月刊》

《中国烟草之经济观》

钨业与战争[①]

　　近阅报载，以钨矿市价渐涨，断为世界第二次大战之先兆。原钨矿为制造军用品之重要材料，十之九用以制炼钨钢，亦名高速钢，或称工具钢。军舰之甲板、钢炮之 A 管，以及机器上所用之工具，取其性坚韧能耐高热，故多用之。其余如电灯内之钨丝、电报接电机、X 光线、真空管之阴极，均以钨之合金为之。此外，如钨之化合物，可制染料及化学药品。其用途虽广，而唯一之目标则在军用器具。盖自裁军会议破裂以后，列强皆开始作军备竞争，而钨矿实为制造军舰及军器军火之必需品。何以证之？证之于近月来，各国竞向中国购运钨砂，以及钨砂涨价，而又有出重价尚不能购到者。可知，欧美列强需要华产钨砂日多，为军备竞争之直接结果。不观夫美国阿塞基金属品公司等，需用钨粉、碎钨等，为数甚巨，因近来来源不旺，无处可买，特函请实部国际贸易局介绍。该局接函后，即通知钨商，按种开列价日，以便接洽收买云。

　　查钨矿最早发现于中国者，为河北省之迁安、抚宁两县。前北京政府曾设官局采办，不久即停。民国四年，湖南始有钨矿，其地点在资兴县属之瑶岗仙。是后，汝城、临武、宜章、茶陵、郴县等相继开采。至民国七年，公司林立，每年产额达五千吨。我湖南虽有此巨量产额，尚不及江西之盛。在江西矿区最著者，为大庾县之西华山、洪水寨、生龙口、漂塘、樟东坑一带，及安远县之仁风山，

[①]　宾敏陔：《钨业与战争》，《实业杂志》1934 年第 192 号。

定南县、龙南县交界之岿美山，虔南县之大吉山，崇义县之杨眉寺，上犹县之营前、鹅形等处。在民国十三年至十七年间，约在七千吨至一万吨左右。十八年以后，其产额渐减，由五千吨至二千吨。二十一年后，钨砂价涨，产额又增，去年约在五千吨以上。至广西发现之钨矿，尚未开采，即广东每年产额，亦不甚多。所以，中国钨矿产量，江西第一，湖南次之，广东则末矣。若合全世界钨矿产量计算，我国占百分之五十二以上，而江西出产，则又占全国百分之七十以上。是我国钨矿在世界产额中，占重要之位置矣。在欧战前，世界之产额约四千吨至一万余吨。至一九一八年，世界最高产额达三万余吨，中国产额占全额三分之一。一九一九年以后，因供过于求，存砂堆积，钨砂价落，出产亦即低减，各矿区亦陆续停工。自一九二八年以后，存砂均已用尽，砂价亦已回头。加以月来世界战云密布，各国均在备战，钨砂需用亦渐殷，各国争先来华购置。目前，钨砂价，上海交货已涨至一千三百元以上。回忆民国五年，纽约市价，含钨酸六十五分之矿砂曾售每吨美金四千九百元，在长沙亦曾售至二千五百元。欧战告终，价值大跌，与锑同一情形。我国之损失又不知凡几矣。

江西产钨既如此丰富，每年收入为数亦巨，前经省府指定为建设基金，实为赣省建设事业之唯一财源。且品质纯良，最适于炼钢之用，举凡列强注重钢铁事业者，莫不争先恐后，向江西竞买钨砂。而江西人民赖采砂以生存者，直接与间接约在数万人以上。于是，政府有意垂涎，嗣于南昌及赣南之东西两河，分设钨砂督销处，开始征税。至十七年，经省政府议决，将钨矿定为省营矿业，拨归建设厅管辖，由矿商共组利济公司，承受建厅委托代营运销，全年缴税额二十二万元。次年，又改委建兴公司代营，订期五年，共纳税额一百七十五万元。至十八年十一月间，因商人获利甚厚，地方人士及矿工群起反对，复经省会议决，撤消代运名义，实行收回官办。因筹措资本无着，一任贩商私运出口，而外商队乘机操纵，砂价更形低落。至二十一年，省务会议议决，采用官督商办，设立钨矿管理局，后因环境种种困难，而管理局亦即停顿。后龙南等县长鉴于商人无统一组织，砂价又为外商所操纵，不独开采之不得其法，管理之不合理已也，于是有整理钨矿委员会之设立，呈奉第二军办事处核准施行，不久亦告星散。是省营、商营、县营三种均告失败。

而实业部有鉴于此，有改归国营之意。事未实行，陈部长改变方针，有与德商借款六百万元，整理全国钨矿之举。合同业已草就，而实部忽又改与英商安利英订立专营合同，经行政院通过，咨请省府备案，遂由整理钨矿一变而为专卖钨砂矣。而定价又每吨价五百元，是何异以我国特产之专卖权，供英商一人之垄断。后经全赣各公法团联电反对，而我湖南矿商亦一致反对。蒋委员长以实部与英商订立专营钨矿出口之合同，对于赣南数十万矿工生计、国防工业在在有关，特电令陈公博将此事变通办法，或将原有合同打销，改由中央专办，从事经营，庶国计民生两有利赖。复经行政院议决取消，发还安利英垫款收买钨砂之二十万元。实部并拟一种公卖办法，所有全国钨砂统归政府收买，至今未见实行。

至钨砂出口，在江西者多由广州，我湖南则分沪、粤出口。所以，粤省政府决议将全省钨矿收归官办。建设厅所草定出售钨矿条例已由省府核准。筹款一百万元，设立钨矿局，监理开采出售事宜。并设分局于汕头及东北江一带有钨矿之处，是否实现，不得而知。推及用意，无非是对于税收上有所染指，所谓整理者，欺人之语耳。

今将十二年至十六年海关册所载钨砂出口数量及价值列后：

年次	长沙出口吨	价值关两	全国出口吨	价值关两
十二年	一九〇	四八一五五	三八五三	七二〇九四五

（续表）

年次	长沙出口吨	价值关两	全国出口吨	价值关两
十三年	二二四	三二五六一	三五五九	六〇五四〇五
十四年	一九二	三八七五二	五二四七	九一四〇八七
十五年	四三三	一〇三七九〇	七二二四	一五五三三五九
十六年	一九五	四三一七二	五七一〇	一二九七八四三

至民国二十一年，由上海运往德国者，计五千五百二十五担，英国二千三百五十七担，香港二万四千二百担，意国一千六百七十七担，法国四十二担，新加坡等地一百五十五担。但自二十二年迄今，出口数量已远不如前，为数甚微，一时无从查考。近来虽有起色，外商竞来购买，惟数目之大小，须俟诸异日方知耳。

钨砂为金属中稀有之品，各国需要虽多，而所产不及中国之富有。我国得天独厚，享有大多数之产量，地大物博，惟中国可以自豪。如果经营得法，不难执世界钢铁之牛耳。况钨砂于国防上甚有关系，非普遍矿产可比，我纵不善自运用，亦宜保存此国防上之矿产，以为将来之用途，否则待价而沽，亦不失善买之意。今竟听一般矿商各自为政，共处于洋人操纵指挥之下，略分余甘，自鸣得意。将此种贵且稀之佳品尽量的输出国外，制成军用品，转而残杀我同胞，"藉寇仇而赍盗粮"，谋国者不应出此。况我国钢铁厂成立在即，此时若不加以限制，一旦瓶之罄矣，则今日有砂输出于他国者，恐将来反有输入我国之叹。贪目前之小利，忘却将来之大患，窃期期以为不可。

今者列强备战，深恐有第二次大战爆发，不得不早为之所。我国处此国势危急之中，虽非戎首，亦系焦点。为国防计，对于钨矿实有整个计划与夫统制营业之必要。

刍荛之言，希有以采纳为幸。

参考书

《矿业周报》

《湖南矿业纪要》

《申报》

亟须仿造木炭或酒精汽车[1]

煤油一宗，在今日国防上、交通上已成为重要之需用品。在英、美、俄、荷诸国，当然不致发生恐慌。惟贫乏煤油之国，处此时局，无不竭力研究代替品，或多多购储，以待不时之需。

日本前与苏俄订立煤油运销合约外，近又加紧掠夺东北油产。不观夫满铁巨头讨论抚顺制油工场问题，有为期国防之完璧，应先解决燃料问题。九年度劈头之事业计划，已决定扩大制油工场计划之端绪，故满铁当然亦向非常时期之昭和九年重大案件之燃料自给自足之途推进。

云我中国本为产油之国，因政府不去开采，听其货弃于地，而一堂堂中国作外人煤油畅销之尾闾。今日市上所需者尽系外货。美孚、亚细亚两公司每年在华所销在数千万元以上。自中俄邦交恢复后，俄油光华公司倾销，已成鼎足。故煤油进口数量较前剧增。

兹将近五年煤油统计进口数量如下：

民国十八年为五千五百一十七万七千四百九十八关两；民国十九年为五千四百八十六万四千五百四十关两；民国二十年为六千四百五十四万九千三百七十一关两；民国二十一年为九千四百二十四万四千八百二十二国币元；民国二十二年为八千七百四十五万零七百三十八国币元。

是中国每年金钱输出国外将近一万万元之谱。实业部有鉴于

---

① 敏陕：《亟须仿造木炭或酒精汽车》，《实业杂志》1934 年第 193 号。

此，亦有意主张筹采川、陕石油矿。闻已派范崇宝为专员，科长梁津兼充副专员，负责筹备。但是，政府对于此种生产事业虽有意进行，而实施开工或开工而见诸成效，又未知何年何月，殊令人着急耳。

石油开采成功既需时日，而目前所需汽油又如此甚急，无已只有将各项可以用本国货代替者，不妨竭力进行。有粤人梁松年者发明以植物油代汽油，曾于四月四日在实业部试验：以汽车三辆，一辆用植物油，二辆用普通汽油，由刘维炽、刘荫茀等分乘往陵园各处比较行驶，结果成绩甚佳，该部将特予奖励。我湖南工业试验所近月来研究以酒精代汽油，屡次试驶，已可应用；木炭汽车上年已在长沙试用，今且扩充于公路上，并无窒碍难行之处。我湖南每年节省汽油当亦不在少数。至于广东亦试造木炭车。广东当局鉴于汽油每年消耗之大，现聘中国木炭汽车仿造家汤仲明至粤，试造木炭汽车。经试验结果，由广东至增城来回二百六十里，燃烧木炭七十六斤，需时四小时五十九分；所烧木炭，值价银洋二元三角。若用汽车行驶，需油七又八分之七加伦，需时四时二十六分，汽油价则需洋九元四角。粤建设厅以此次试验结果，耗时既增加不少，而省费则较汽油少四分之三，且免利权外溢，因决定设立木炭汽炉制造厂，聘汤任总工程师，预计每月日出木炭汽炉四具，于一年半内将官营各公路汽车，一律改燃木炭；二年内将全省公营民营汽车，全部改燃木炭；设厂事已由省府拨开办费二万六千元备用云。据南京三月二十日电，赣建厅奉蒋委员长命，研究改善木炭代汽油车，将从事大规模制造，俾供各方需要，当转饬民生工厂积极研究云。此我国今日朝野研究汽油代替品之大概情形也。

至于日本亦患贫油症，东京陆军汽车学校为补救煤油之缺乏，年来积极研究代煤油之燃料。据四月二日东京电，日本陆军发明之木炭汽车，今晨试开该汽车，不用一滴汽油，改用木炭瓦斯；由世田谷陆军自动车学校出发，驶往静冈、滨松、名古屋、京都、大阪及奈良等全国要津，行程八百八十二公里，拟于三十五小时走完。如此次实验成功，则将陆军输用之卡车将改用此种汽车。又称此种木炭瓦斯代煤油运转发动机，该校曾试用于军用汽车，结果甚佳，且经费比煤油能节省二成。今年度商工省燃料国策预算中，特拨款使该校制造木炭瓦斯之汽车，每架补助三百元，拟继续补助五年，他方再加以研究，鼓动资本家大规模制造此种汽车，以为交通及国防之用云。

至英国帝国化学公司，最近研究用"水素添加法"自煤中提炼煤油。此法久经试验，已有成效，惟尚未能成为工业化。据本年帝国化学公司股东年会中董事长麦高文报告："自煤中炼油之工业化生产，可于本年年末开始，目前尚在设备时期，每年已可产十万吨之多。"麦高文又谓该公司研究室经七年之试验，始获得工业化生产之结果。是英国已能于本部煤中炼油试验成功矣。

统观日、英两国，一则对于木炭代汽油，已试用于军用汽车，得最佳之结果；一则从煤中提炼石油，亦试验成功。何我国人不迎头赶上耳？

在今日之时局，已成为石油世界。而交通所需之汽油，尤为当务之急。倘无汽油应用，一切交通均皆停顿。在我国对于交通器具既处处恃人，即以重价购回之交通器具，又复无汽油燃料，也须依赖外人。中国在此种情况之下，实无交通之可言。查汽车一项，并非如天之不可阶而升，依样画葫芦不难仿造，何以中国至今日仍无一部自造汽车？至于汽油，如我国无此种矿产则已，今我国西北各省遍地皆是，坐令大好油矿，不能地尽其利，而我每年又有一万万元之谱金流出国外，殊为可惜。复查汽车之燃料有二种：一为液体，一为气体。今我国对于液体，如酒精汽车，已有头绪；对于气体，如木炭汽车，更著成效。此项气体汽车，发明者为法人，实对于不产生汽油之国家有充分之利益。我国人虽有人仿造，但闹了一阵以后，绝少下文。现在日本深知木炭汽车，可以拔目前之急，提倡不遗余力。且国防与交通，则一方面急需自造汽车，一方面开采煤油矿。而在此过程之中，利用木炭或酒精汽车，以资救急。而权衡于木炭车、酒精车二者之间经济与便利，则仿造木炭汽车，又先于仿造于酒精汽车矣。

述黄君剑白发明之新舟[1]

日前，黄君剑白乘所发明之新舟回湘，前高工同事在省府招待所开会欢迎。

黄君在席上自述发明之经过，略谓：

当剑白在湖南光华电灯厂执役时，城北马路，大水淹没，往来乘坐人力车，实感不便，即觉水上交通有改良的必要。但船舶在水中行驶，要有高速度，必要耗费马力特多，始乃创制三个巨轮脚踏车。曾在光华水池中试验，行驶自如，但不能多载重量，从此更感觉兴趣勃勃。如是遂入万国函授学校，专从事研究制船工作，设计绘图，几费时日。至民国十七年，始在汉口制造模型一具，用四圆筒连结，仿如压道车，在后湖试验，成绩较好。至十八年，复改成现在式样。剑白的目的，要使表现四个优点：一个是安全，一个是省力，一个是高速，一个是浅水。同时，要使它不致搁浅，行时无浪，修理简便。制成之后，形势非船非车，以该命曰"新舟"。所有一切图样及设计，均于十八年完成。十九年，呈请实业部准予立案。是时，因经费关系，迟迟至二十二年，蒙何主席鉴赏，及胡、陈各友好极力促成，始得选购材料，开始工作。仅六个月工夫，机械之配制，船身之装设，便已完好。内用一百零六个轻金属合金所制之长方形浮箱，自头至尾，环绕于船之底背，船身即托其上。船

---

① 敏陔：《述黄君剑白发明之新舟》，《实业杂志》1934 年第 196 号。

底距水而约六寸。只以浮箱之轻重属焊接不易，因而漏水，与厂家函询凡六次，最后彼乃介绍上海工部局之工人帮同焊接。又以时间太缓（预计成功须在三年以上），辗转设法，用锅钉连接，用铅皮包裹，都不能如愿相偿。末后，改用白铁皮包裹，在水面行驶，又因被水激荡，每易损坏。剑白此时苦于经费无着，罗掘俱穷，以至迟延至今，始驾驶回湘，并求政府援助云云。

查黄君发明之新舟，计长九十四英尺，宽十七英，高九英尺，排水量三十吨，舟重十吨。有一百零六个长方形浮箱，自头至尾，环行于船之背底。其船身用铁板制成，完全浮在浮箱之上，距水面尚有六寸之高。每浮箱有二十八英尺立方面积，入水十五英寸。船内两端，各置三十匹马力汽车机一部，由此机发动，经过撼速之齿轮团两部，其大小比例为二十五与一，即原动机每分钟转三千四百次，舟轮转一百三十六次。前后各有一总轴杆，推动浮箱前进，即

试航来湘之"剑白号"新舟

以浮箱之箱面，作为拨水之轮叶。所有各个浮箱，用钢丝排成平带，共同联络一气，有如圆圈。而在船身前后两旁所安之大轮外缘圈面上转动，与工厂内引擎大轮上之皮带，同一工作。为保护轮面与钢丝带寿命计，于大轮上套以橡皮，并可以使钢丝带在大轮面发生紧贴可靠之旋转，不至有空转之弊。所以，一经机器开动，全部

浮箱鱼贯而入，有如农家之桔槔（水车），循环动作，由船背而沉入于船底，复由船底上升于船背，浮箱前进，船身并不行动，船之平安，如人立在木筒之上，绝无摇荡播动之虞。即使船翻身破，因有多数浮箱之故，决不至于沉没，可断言者也。

黄生根据以上理论，制造木型，送部立案，认为有优点七：曰安全，曰省力，曰高速，曰浅水，曰不搁浅，曰行时无浪，曰修理简便（全舟无一项固定在水中，故无须上坡修理，即触礁时所破之浮箱，能于五分钟内换装新箱，恢复行驶原状）。具此理由，发给专利热烈，开始兴工。在上年底全部工作已成，屡经试验。无如铅质之合金浮箱皮，经水之激震，合缝处有发裂痕进水之虞，不能达到预定高速数目（预定每小时可行一百华里）。费尽心力，未克圆满。此次急欲开回长沙，不得已于浮箱之外，再包以冰铁皮，不敢开足马力，计每小时仅行六十里而已。至冰铁包箱，体质加重，原箱仅重四十磅，今则每箱已重至九十余磅矣。

黄君因浮箱无法改善，以合适用，返省曾来寓面商。鄙人主张用橡皮内胎，实以空气，纵有裂口进水，因先有空气填满箱内，水量亦不能排而占有之。周君凤九亦贡献一策，劝黄君于浮箱之外，缠以麻布二层，涂以最新外国发明之漆，以阻隔水向浮箱平面激荡之力。其理由亦佳，如果取各个浮箱，二法均用，不佞敢说新舟即可完全成功，而达到预定之高速。但此种改造，必须款项，黄君业已罗掘俱穷，无产可破。幸何主席奖励工业，素具热忱，闻此情形，允筹款接济，以竟其事。将来交通界有此新工具，何主席提倡之功，实未可泯灭者也。

此外，新舟尚有改良之处，即开动时浮箱轮回上下，响声甚大，而内中齿轮团渡亦发生响声，甚震耳鼓。其浮箱响声，大约因箱的空间，且外包有冰铁皮，旋转时如众锣齐鸣。倘将来用橡皮内胎，用空气充塞其内，外又有麻布缠住，而又去其外包冰铁皮，此弊当可免除。至于齿轮团现系用铜质制成，将来如果改用牛皮质齿轮，则机声亦可减少。又用以联络各个浮箱之钢丝带，虽则价廉，似欠妥当，万一该带断裂，则浮箱即散，效用全失，若欲恢复原状，接续为难。不如改用各个钢圈连成平带，如有断绝之处，去其圈轴，换以新圈，较为容易，价虽高亦不可吝惜者也。

新舟发明者黄剑白（本社社员）

总之，新兴事业实不容易，矧属发明，尤须多多试验，耗费款项，在所不免。今黄君之新舟，已由理想成为事实，研究与制造所费已达六万余元，除牺牲个人历年及预支本年汉口水电公司薪金，并何主席、胡主任帮助三万元外，其余均系向友人借贷而来。其艰难困苦情形当可想见。今何主席面属黄君努力改善，不要灰心，应需试验费，允再设法接济，则大功告成不难计日可待。现陕西省政府、宁夏办事处均有电来省询明真相，将来新舟告厥成功，定可为水上交通之一种新利器耳。黄君勉乎哉！

麻的研究[1]

一、泛论

世界物质文明，不过取历史上传下之原料，改良制造陈旧者可变为新鲜，庸常者可变为奇异。此种变的手续，须经过长久之研究，始能达到目的。所以，谋国者不患物质之无法改进，而患物质之资源不富。于是，因谋夺他人之原料资源起见，不惜争城争地，演出杀人盈城盈野之惨剧。

我国地大物博，足以自豪，不但五金各矿极其丰富，而农产品亦应有尽有。只因全民心理趋重仕宦一途，对于农业久已卑之毋甚高论。一切原料任外人源源运去，制成物品，又复运回。一转手间，利已什倍。他姑不论，即以麻而言，在今日纤维品中，已占得重要位置。独惜我国人习焉不察，视为不足轻重之物。而农民虽认为一

---

[1]　敏陕：《麻的研究》，《实业杂志》1934 年第 197 号。

种副产品，要等于若有若无之列，殊属可惜。兹本所见，写在下面，以供国人之参考。

二、中国已往之麻业

麻之在中国，自昔称为一种珍重之农品，"桑麻"二字，妇孺皆知。所以，《禹贡·青州》："厥贡岱畎丝枲。"《豫州》："厥贡漆枲'缔纻'。"《诗经》曰："丘中有麻。"曰："可以沤麻。"曰："禾麻菽麦。"曰："不绩其麻。"《礼记·月令》："食麻与犬。"《内则》曰："女子……执麻枲……学女事，以共衣服。"是麻之一物，散于我中国古籍者，不可枚举。

降及后世，只知注重于蚕桑，麻遂不为世所珍，等于草卉之列矣。纵有需用之时，仅足供家庭女红之原料。惟前清末年张文襄公督鄂，创设制麻局。此麻之在中国历史工业上占第一页。

三、世界现代之麻业

查我国对于麻料，除继夏布、纺线、辫绳数种以外，鲜有他种用途。自近年人造丝发明以来，麻的用途日见广大，几有供不应求之势。而运输上之麻布袋，每年各国所销亦巨。

所以，菲律宾有麻产之保护与统制之举，借以唤起一般同业对于将来之注意。其保护方法，称苎麻俱为菲律宾土产之重要商品，向来对于该二商品之分级定价、驱除产地害虫，及其他生产者之保护，以至为增进同产业全般之利益，而所需要之费用等，皆由纤维检查手续费支付之。至一九三〇年植产局设立时，该局以收自分类委员会之纤维检查费，更设一纤维课，迩来协助植物卫生课。关于纤维产业发展方面，作各种调查。至于麻产业之统计，菲岛政府藉农务部纤维分类委员会、菲律宾国家银行之力，对于麻产业须尽量予以援助。各邻接地方之麻栽培业者组织一共同公会，当与有关系之政府机关协立完成。政府更奖励麻加工业之发达，特令科学局努力扩充加工麻之用途。又，政府对于麻栽培之不当生产限制计划则厉行禁止。又，所定标准以外之麻制品，尤以所谓马尼剌麻绳及其他一切绳索，均阻止出口海外。岛内工厂制造之麻绳索，内杂有他种纤维者，须加附标记，庶与纯麻制者不致混同。

俄国自施行第一次"五年计划"以来，国内经济情况，顿改旧观，农、工两业蒸蒸日上。例如种植麻业一项，其发达之速颇堪惊人。缘俄国本产麻丰富国家，当帝俄时代，其产量最盛时，占世界百分之八十四点八；种植土地面积，竟占世界百分之八十八点五。一九一二及一九一三两年，全国共有织麻机一万五千九百余架，三十万零八千锭；生麻产量，每年平均约七万七千吨，麻纱约五万吨，各厂工人共七万七千余名。惟自革命以来，数年之间一蹶不振。及一九二二年，始逐渐恢复。据调查一九二二至一九二六年，俄国有麻织工厂五十四处，绩麻机八千二百架，二十四万二千锭，工人五万五千三百名，每年出纱平均六万九千二百吨。一九二七至二八年，工厂增至六十五处，绩麻机十万零七百架，二十八万九千六百锭，工人八万九千九百名，每年出纱平均为六万五千五百吨，占世界产量百分之五十八，种植面积占百分之六十三点四。迨一九三二年，第一次"五年计划"成功，俄国之种麻产又复兴盛。其产额及输出量非特已超过帝俄时代，复因棉纱产量增加，需要扩大。又值世界经济恐慌，致各产麻国家产量锐减，而俄国麻种实业，对于全世界遂骎骎有独占之势矣。一九三二年，俄国麻产占世界产量百分八十九点八，种植面积占百分之八十四，所谓独占云者，庶几近之。

少数国家如法国等，对于麻产输入有一定限制，并对于本国种麻实业复竭力提倡。此外，如拉特维亚等国麻产专利，于俄国之输出亦不无影响。然至一九三二年，俄国麻产输出量，又复增长。所以，德报称俄国为"麻业大王"。现俄国第二次"五年计划"已着手进行，以后每年麻产量及输出额，定有相当发展。因麻类于制造数种军用品原料不可或缺，则今后各国需要数量必不至减少于前耳。

麻之种类分亚麻、火麻、苘麻三种，兹将产麻各国近年来生产数目列表如下：

国别	一九二九年	一九三〇年	一九三一年
俄国（约）	三六〇	三〇〇	四〇〇
利沙尼亚	三六	三五	二六
波兰	五四	四九	二五
拉都维亚	二二	一九	一四
法国	三〇	二七	一五
比国	二七	一五	九
德国	一五	一二	六
荷兰	一五	一二	五
欧洲共计	六一三	五二一	五三四

就亚麻观之，其市价已为俄国所操纵矣。

软质火麻（单位千吨）

国别	一九二九年	一九三〇年	一九三一年
俄国（约）	四二〇	四五〇	四五〇
意大利	八七	九一	六五
巨哥斯拉夫	三〇	四〇	三〇
波兰	三四	一三	一三
罗马尼亚	一九	一八	一七
欧洲共计	六七五	六九八	六五九

俄国对于软质火麻，其进展情形亦与亚麻相同，维品质不及意国所产之佳，但意产已由九万一千吨减至六万五千吨矣。

国别	一九二九年	一九三〇年	一九三一年
墨西哥（约）	一〇二	一〇四	一〇〇
美洲共计	一〇六	一〇八	一〇五
阿尔瑞里亚	六二	六二	六〇
丹格尼亚	四六	四一	四〇
非洲共计	二七〇	二六〇	二五五
菲律宾	三五八	二九一	三〇〇
亚洲共计	四三七	三六六	三七五
澳洲	一四	一一	一〇
俄国	一二	二〇	二〇
世界总生产额	八三九	七六六	七六五

硬质火麻之生产，大概能维持现状，无大更动。

苘麻（单位千吨）

国别	一九二九年	一九三〇年	一九三一年
英属东印度（约）	一九四一	二〇三二	一〇一四

苘麻之唯一生产地，则为英属东印度。近因印度纺织家垄断贮藏政策之错误，以及生产之价格低落，英镑之跌价，所影响苘麻之本身至为重大。

据美国商部八月十日宣称："日商领袖力主在菲律宾种植中国麻类及纤维植物，以为日本纺织原料。"商部称："菲岛种植此种植物，颇为相宜。华麻与菲麻不同，其质较细，而日人以为菲岛气候种植华麻，较中国尤佳"云。日本不但在菲种麻，且对于属地台湾，满种麻类。查丝、茶本为我国特产，自日本在本国提倡后，我国丝、茶业即受最大之影响，殷鉴不远，吾为是惧。

四、中国现代之麻业

我国产麻之区，以湖北为主要省份，次之为湖南。出口之麻类，均自两湖运来。其他省份如江西等，出产不多，需供均限本省境内。

在湖北省境内，如武昌、德安、青山、三江口、黄冈与沿长江边岸一带，所产者为蚕麻，又曰芙蓉麻，或称苘麻。

大冶、新阳、武昌及施南各属所产者，为白麻，即苎麻。

施南所产者为片麻。片麻为麻类中之上等货色。

武昌之金牛、双溪桥、贺胜桥、礬石桥、官埠桥、涂家、老泉口等镇，所产者为武昌麻。

在蒲圻、黄龙等处所产者为蒲圻麻。

在嘉鱼之车埠、洪山、六溪口、新店、神山等地所产者，为嘉鱼麻。而青麻在湖北境内所产者甚少。

湖南种麻，历年已有成绩。如沅江县产麻品质，最为优美，栽培斯业者亦渐谋发展。此外各县，如浏阳、醴陵、邵阳等县，亦皆提倡种麻。在今日，除南京、汉口外，湖南实居第三位，并且逐年均有增加。如十七年，出口量为七千九百七十二担，值十一万四千七百一十七两；十八年，出口量增至九千五百六十二担，值十三万零四十三两；十九年，出口量又增至一万三千零四担，值十九万八千七百零一两。

今将湖南各县苎麻生产量数列表如下：

县别	麻类	每年产额	单价	总值	运销地点
浏阳	苎麻	一万石	十五元	一百五十万元	本县
醴陵	同上	八千石	十五元	一百十二万元	本县
湘潭	同上	二千一百石	十五元	三万一千五百元	汉口
湘乡	同上	五千石	二十二元	十一万元	长沙、汉口

（续表）

县别	麻类	每年产额	单价	总值	运销地点
安化	同上	九十石	十五元	二千七百元	
邵阳	火麻	五千石	十五元	七万五千元	汉口
平江	同上	四千筒	二十元	八万元	江西、汉口
临湘	同上	五千三百石	十七元	九万零一百元	汉口
耒阳	同上	二千石	二十元	四万元	广东、汉口
常宁	同上	二百石	三十元	六千元	
新田	同上	三百石	二十元	六千元	
郴县	同上	三百六十石	三十元	一万零八百元	
资兴	同上	一百石	二十八元	二千八百元	广东
蓝山	同上	三百石	二十元	六千元	
临武	同上	三十五石	四十元	一千四百元	
嘉禾	同上	一千七百石	二十元	三万四千元	广东
汉寿	同上	一千石	二十元	二万元	汉口
沅江	同上	一千五百石	二十元	三万元	汉口
大庸	同上	一千石	三十元	三万元	广东、汉口
芷江	同上	一百石	四十元	四千元	
乾城	苎麻	一百二十石	十二元	一千四百四十元	汉口
衡山					
华容					
攸县					
永兴					
澧县					
保靖					
麻阳					
安仁	以上见湖南民政厅各县物产调查表，未列量数				

五、中国麻业之衰疲

我国各种农产品均受各国农产品丰富之国打击，不但丝、茶为然，即麻业亦已日趋衰疲。今将最近二年麻业出口数目列表于下：

麻类	二十一年	二十二年
火麻	三六七四五七元	四七二五〇六元
茼麻	一四〇二三〇三元	八五六〇九四元
苎麻	五八五五九五五元	四九一九二三〇元

除火麻一项略有增加出口外，其余均形锐减。其所以锐减之故，虽则因世界经济恐慌，以及工商业不景气，而最大原因，则在各国均自研究种植麻类，以求自给自足。各国多自产一担，即我国少出口一担，年复一年，或者有不需华麻之一日。加以我国农民对于农业不知改良栽培，犹墨守数千年之陈规，听其自生自长。甚至因销路停滞，苛杂频仍，多不愿种植者。所以，每年出口量日益减少。但是，用麻制成之人造丝进口则逐年加多。此种国际贸易何能达到出进平衡？

不但麻的原料已也，即夏布业在朝鲜之情形而论，已有岌岌不可终日之势。据四川旅沪夏布业同业公会主席翁岐璠呈行政院文，得悉日本对于我国历年在朝鲜畅销之夏布，今受该国增税问题，大遭打击，其呈文略云：

属会夏布销行朝鲜，历史最久。从前日本征税，分四等征收：顶粗布每百斤十八元，粗布二十一元，稍细三十二元，细布四十元，嗣见夏布销场发达。民十六年实行加税，顶粗布每百斤征收二十二元，粗布三十四元，稍细五十二元，细布七十二元。同业遭高税影响，亏累不少。继遇朝鲜暴动，直接间接损失尤巨，同业几至一蹶不振。前年，该国借口细布宽十九英寸，加税三成半。上年夏季，粗布又加三成半。现在，顶粗布每百斤完税三十二元四角，粗布四十五元九角，稍细七十元零二角，细布九十七元二角，几达值百抽百，为世界第一苛捐。查从前销场极盛时代，四川夏布达二百万元，江西夏布倍之。近年，江西、四川两省夏布合共不及一百万元。且同业不堪亏累，势将停止该处之经营。今幸钧院顾念商艰，改订互惠商约，注重夏布减税，或有一线生机。查日本进口各货，我国减税不少。我国销行朝鲜，仅夏布一种，最低限度须照该国棉布同一税率，庶符互惠原理。否则互惠其名，苛征其实，经济侵略，适中其术也。

自我国改订新税则后，对于日本棉布特别减低。今我国一线生机之夏布业，最低限度亦应与日棉布同一税率，以副互惠原则，若惠彼而不惠我，于各种工业前途不啻自杀也。

六、提倡中国麻业

麻为我国固有之一种有利植物，已数千年矣。在十九世纪中叶，始传入欧洲法国。若言传入美洲，则在一八五五年。现在各国对于苎麻之栽种，无不竭力研究。惟我国对于此种农产品，鲜有注意者。但是，近来实业部知麻之用途甚广，其利亦溥，曾于九月通令川、赣、湘、鄂，提倡种麻，未使非一种农户福音。

据南京七日电云："实业部近鉴于苎麻、大麻等麻类，为吾国主要农产品之一。苎麻尤为吾国特产，湘、鄂、川、赣等省产量丰盛。只以农民仍守旧法，不知改进，遂至对外贸易日渐衰落。近特令中央农业试验所，广征麻类品种类，详加研究，以便指导各省麻业机关。并通令川、赣、湘、鄂建设厅，于各该省产麻中心之区，筹设麻业试验场，或转饬就近农业试验场虚心研究，改良种麻之方法。"

查苎麻为宿根植物，一次栽植之后，只要灌溉得法，即可按年收获。乡村妇女均优为之。如政府有心提倡麻业，加以指导，使其能知运用农学原理，不难恢复原状，保持我国海外之市场。

七、结论

在我国今日工业最幼稚时代，无论重工业、轻工业，均无由发展，惟此农业一端为我国数千年一种传统政策。农业如果发达，一切农业副产品均随之发达。尤其是丝、茶、桐、麻等，为中国固有之特产，只要政府加以提倡，不难以原料之出口，抵制外货之入口。否则，今日中国是农产品出口国，难免不变为入口国。谷米是其先例。希望政府一方面高筑关税壁垒，一方面废除苛捐杂税，使凡百实业欣欣向荣，岂徒麻业一项而已哉？

参考书

《工商半月刊》

《农声》

《二十二年海关贸易册》

《申报》

天津《大公报》

我国桐油最近之状况[1]

　　我国农业副产品内之特产，桐油及其一端，与丝、茶、大豆同一重要。自印度提倡种茶，日本于茶之外又提倡种桑，将我国海外市场尽行夺去，以致奄奄一息之国际丝、茶贸易，一年不如一年。前此出口占第一位者，今则已退居第五六位矣。不意新军突起之东三省大豆，为国外所欢迎，不可谓不幸中之大幸。乃自"九一八"事变以来，大豆随土地以俱失，纵有出口，其主权已非我有。此外，我国出口只有桐油一项，尚可抵补输入于万一。谁知此种特产品，如美国、如日本已不许我国独有，群起培植桐树。今日所谓独占世界市场之华产桐油，恐不久的将来，要将与丝、茶同一命运，良可叹也。

　　桐油为我国之特产，用途甚广。如制造油纸、油布、雨伞、雨衣，与石膏相合而成油灰，与他种植物油相和而成燃料，调置油墨写瓷器、玻璃，配入药品成为泻剂，外国人且有用之以制造人造象牙及橡皮代替物等，并可用之于飞机事业、电汽事业，及汽车车身防腐物，及其他特种工业并油漆等，无不需用桐油以作原料。输出国外，备受欢迎。查每年输入日本，亦为数颇巨。据国际贸易局报告，上年统计输往日本达九千八百零八担，值二十三万五千五百零八元。朝鲜总督府为防止是项输入起见，决定设法奖励培植桐树。我国对于桐油种子之输出，虽加以严重之限制，然三井物产会社京

---

① 艺庐：《我国桐油最近之状况》，《实业杂志》1934 年第 198 号。

城支店长高桥茂太郎氏前在中国供职时，即有收罗桐油种子移植日本之计划，今已在全南济州岛先行试种，如成绩优良，再当于全南海岸一带地方奖励大规模之种植。日本用科学方法，有组织、有计划、培植桐树，发展桐油业，其进步自速，不久当使日本桐油自给自足，不须仰给中国，将来且输往欧美，谋独占世界桐油市场之希望。

美国以工业上之需要桐油，久有提倡自种自给之主张。因为中国桐油之输入为莫大漏卮，于是有抵制中国桐油入口事实之发现，尤以农人之抵制为最烈。当前清光绪三十年，前驻汉领事韦尔卡格士始将中国桐子寄回美国加州与人种植，并将种得桐秧分送各省择地试植。虽株数生活者甚少，而结果则甚美满。至民国十八年，美国众议院已有应美国农业联合会请求，改订桐油进口税率，至少值百抽四十五，以应美国植桐者保障之提议，并自行设立榨油厂于格因司城，此为世界唯一之桐油榨机厂，不但效率十倍于我国土法桐油榨坊，而且将桐子所含之油质榨净，无稍存留。美国正在扩张种桐期间，故每年所收获之桐子多供种植之用。

今将近五年佛州榨油厂所榨得之油量，列表于下：

一九二九年	一二〇〇〇磅
一九三〇年	二〇〇〇〇磅
一九三一年	二五〇〇〇磅
一九三二年	一三〇〇〇〇磅
一九三三年	二四〇〇〇磅

美国以科学方法研究种桐，又以机器力量开厂榨油，而油质之清洁纯净又在我国桐油之上。美国为我国桐油最大之顾客，如果将来自给自足，则中国之桐油出路必定一蹶不振。而美国且以桐油制成之各种油漆推销我国，是我国间接为桐油之销场矣。

我国桐油之出产地，如四川、湖北、湖南、江西、浙江及长江一带。其最大市场为汉口，每年出口百万余担，价值约国币数千万元，销于美国者约占出口全数百分之七十，其他如英、德、法、荷、日诸国均有之。近年以来，美国农部对于桐树之植种，已有地面四万英亩，桐树高约有四百万株之多，将来诚属中国桐油业之一劲敌。

今将两年来我国桐油出口各国情形统计于左：

国名	一九三二年	一九三三年
澳洲		九七五〇七
比国		一六八七七四
丹国	二八二一九一	二五八五五〇
法国	五一三三三四	九七五一三七
德国	五六五一五四	六〇三一九四
英国	二五九一八八一	一八五〇三六八
中国	一八九三四五〇	二六三九一九三
意国	一一二〇八九	一〇七八一七
日本	二〇四五〇八	一三五五〇八
荷兰	一六九七八八〇	一五八七〇二七
挪威	一五三三七一	一四一〇八二
美国	一四七二二〇六二	二一三五六一六〇
其他各国	四二五三一三	二四〇八五二
合计	二三一六一二三三元	三〇二六一二六九元

桐油虽为我国特产，现在各国力谋自种，我国桐油自此以后，不得再专美于前，为独占世界之市场。实业部有见及此，训令全国提倡种桐，以保此特产，其令如下：

准外交部函开：案据清津领事馆呈称，据日报载，称日方以我国之物产物桐油，为汽车及高等家具工业之必需品，每年输入数额颇巨。朝鲜总督府为防止是项输入起见，决设法奖励培植桐油。近由三井物产会社京城支店长高桥某之斡旋，先从中国购种子，设法栽培，预料栽培之结果，大可夺取中国桐油之特产权等情到部。事涉我国特产，相应据情函达，即希查照注意等由。正核办间，复准外交部咨转驻京城总领事馆呈同前情，并附送朝鲜工商新闻所载，国特产品桐油，移植朝鲜，今年在济州岛试验记事一则译件到部。查桐油为我国特产，每年对外输出，岁值颇巨。惟近年以来，美国傚行种植，颇有成效。我国桐油，在国际市场深受威胁。今日本亦行奖励培植，将来我国桐油外销，殊怀殷忧。除函复及分咨财政部暨四川、湖北两省政府，并令行本部国际贸易局，暨上海、汉口两商品检验局外，贵省为产桐要区，相应抄同原送译件，咨请查照，饬属切实注意改良，以利对外贸易为荷，等因。仰该县长切实提倡植桐，以增生产，而附我国桐油在国际市场之地位为要云云。

本年八月间，实业部以我国近年以来生产日趋衰落，国际贸易之入超逐年增加，输出则每况愈下，漏卮之大实堪惊人，为提倡培养特种林木、改良林产品质、增进贸易起见，曾通令各省主管机关，斟酌各该省土质、气候，对桐、樟、漆等类切实培植，并注意改良制造方法，以兴林业而辟富源。闻各省已遵照提倡培植此项特种名目者，计有皖、鄂、赣、豫、陕、苏、粤、滇、黔、桂等十一省云，而尤以江西为最。即如更新林场，在江西山下渡地方提倡种植桐树，历有年所；自民国十六年至今，先后设立更新、小小、新新、文治、三友、闲林等八个林场，每场各种桐树五万株或一万株，统计已种油桐近二十万株，育成桐苗尚有数十万株之多。除更新、小小、新新三场已有结果外，其他各场均生机条达，裴然可观。该场本造林救国志愿，作巨大苗木之牺牲，为普及全国之运动，并拟定五年计划，为便利各界种植起见，特于南昌市德胜路之"赣粹园"设驻省苗种发行总所一处，委托王汉洲专司其事。如此热心植桐，在中国已为不可多见者矣。

据实业部调查，川、黔二十二年来桐油输出额共一万万五千万担，价值共四万万元，向由聚兴诚银行承运，今年已稍差。不图浙江因天旱，亦各歉收。查浙江桐油产地，以浙西遂安、淳安、常山、江山、永嘉、东阳、於潜、昌化、丽水、龙泉、平阳、金华、义乌、寿昌等县种植为最盛。各县农民，以桐树生长甚速，三年即可开花结子，均视为生产唯一路径。惟因制油方法不慎，品质渐逊，国际市场遂有退步之势。现兰溪、永康、江山等农民，为谋改进生产及推广欧美市场起见，已先后组织生产合作社，共谋发展。不料本年因受天时亢旱影响，将比去几歉收十万担。查汉口出口桐油之来源，以川桐油为最多，年约六十万五千四百八十五担，湖南约四十一万二千九百四十四担，湖北约三万五千零三十七担。我湖南今年亦因旱灾之故，桐油生产比去年亦减。据某方调查产量，今年桐油出产为三十万八千五百担云。

我湖南向为产桐油之省份，从前每年约有四十一万二千九百四十四担，及至近年，颇有起色。兹根据民政厅物产调查表数目列表于下：

县别	油类	每年产额	单价	总值	运销地点
湘潭	桐油	二千六百担	二十四元	六万二千四百元	汉口
湘乡		一千担	二十七元	二万七千元	
安化		二千担	二十五元	五万元	
城步		三百担	二十五元	七千五百元	
耒阳		五百担	二十元	一万元	
常宁		二百担	二十一元	四千二百元	

县别	油类	每年产额	单价	总值	运销地点
零陵		一千担	十九元	一万九千元	
东安		五百担	二十二元	一万一千元	
宁远		二百担	二十元	四千元	以上均销汉口
永明		三十担	二十九元	八百七十元	广西
江华		一千担	二十元	二万元	广东
新田		一百五十担	十五元	二千二百五十元	广东
郴县		二百担	二十元	四千元	广东
桂东		五百担	三十元	一万五千元	江西
常德		十万担	三十元	三百万元	上海、汉口
桃源		二十万担	二十九元	五百八十万元	美国
石门		四千七百五十担	二十元	九万五千元	汉口
大庸		五十担	三十元	一千五百元	
沅陵		三万担	三十元	九十万元	
泸溪		五万担	二十二元	一百一十万元	汉口、镇江、上海
辰溪		四千担	二十四元	九万六千元	汉口
溆浦		五千二百担	十九元	九万八千八百元	
芷江		一千担	三十元	三万元	
麻阳		二千五百担	三十五元	八万七千五百元	
永顺		四万篓	二十五元	一百万元	
保靖		二万二千担	二十四元	五十二万八千元	
新宁		二千担	二十元	四万元	
桑植		一千五百担	十八元	二万七千元	
靖县		四百担	十四元	五千六百元	
绥宁		八十担	三十元	二千四百元	

（续表）

县别	油类	每年产额	单价	总值	运销地点
会同	洪油	二万担	三十五元	七十万元	
通道	桐油	三百担	二十五元	七千五百元	
凤凰		五千二百担	二十五元	十三万元	
乾城		三万七千五百担	三十元	一百一十二万五千元	
古丈		二万担	三十元	六十万元	
永绥		三百六十担	三十五元	一万二千六百元	以上均销沪、汉
阳明		一百担	二十五元	二千五百元	
龙山	秀油	四千桶	三十四元	十三万六千元	
	冰碱	六千六百桶	二十元	十三万二千元	
	油碱	六万四千桶	二十元	一百二十八万元	
	桐油	十七万五千二百篓	二十五元	四百三十八万元	以上均销汉口

我湖南每年有许多桐油出产，不但要保持固有之利源，而且要进一步，谋如何可以改良桐油贸易之方法，使品质优美，适于工业上之用途。乃我国商人素以作弊为能事，往往因小失大。查我国桐油制造之法，已较美国自产者为次，今又加以杂质，使购者望而生畏，国际市场之信用至此一败涂地。此无他，因商人对于道德太不顾及耳。所以四川万县市社会局劝告桐油商及榨房切勿渗假书内有云：“……今挽救之道为何？即国民须知渗假杂油为自杀之愚策而已。简言之，务要澈底觉悟，决不再渗假为唯一之出路。本局甚望农家不早收桐籽，榨房不榨杂油，乡贩不贩杂油，各商号不收买杂油，如此一致共谋油业之发展，前途仍极可乐观。……”

不佞亦本此意，劝告我湖南桐油农人与商人，欲保持我国桐油在国际市场上固有之地位，增加外人对我国桐油贸易上之信仰，不在他求，请各商人讲求商业道德而已。现在政府对于桐油出口，已在沪、汉各埠设立桐油检验局，所有桐油出口一律施以检验，商人当无所再行作伪。倘能加以统计，或设立机器榨油厂，作大规模之组织，则世界桐油市场，我国仍可执牛。否则，难免不与丝、茶同一退化耳。

参考书

《申报》

天津《大公报》

《中国桐油贸易概论》

《桐树与桐油》

《湖南民政厅物产调查表》

如何挽救汽油之漏卮[1]

汽油一物，在今日科学战争时代最关重要，欲知战争之谁胜谁败，不在他求，即可征之于汽油来源之如何。我国凡百事业均形落后，而汽油亦是一端。以中国之地大物博，石油之储藏地，各省亦久已发见，因谋国者不注意及此，任其货弃于地。而每年输出金钱，在二十一年度，进口数为一万万四千五百九十一万八千七百九十四加仑，价值五千一百三十四万二千一百四十七关平两；至二十二年度，进口数为一万万八千七百二十六万一千一百六十五加仑，价值五千四百七十九万九千八百二十八关平两。漏卮之大，至为惊人。如果我国不自行开炼，行见汽车、飞机等发达一日，即漏卮增大一日。万一日后有与各国宣战之日，来源被阻，则我国交通上、国防上即发生防碍。谋国者不可不在今日作未雨绸缪之计耳。

中国之天然石油，据地质调查所调查我国石油储量为三千二百七十四兆桶，以陕西、山西、甘肃、新疆、贵州、四川、河北、辽宁、热河为最多。已经发掘者，如陕西之延长，辽宁之抚顺，贵州之龙里，热河之呼源，甘肃之玉门、祁连山，新疆之塔里木河一带，广东之茂名、电白等。比石油最富之英国，等于百分之四十七，比世界石油总储量为四万四千九百三十六，北印、中国约占总数百分之七左右。

中国石油产额，自民国十八年开始，无甚起色，上年产额如下：

---

① 敏陔：《如何挽救汽油之漏卮》，《实业杂志》1934 年第 200 号。

陕西	五五二桶
甘肃	一〇〇桶
四川	一四四桶
新疆	三〇〇桶
河北	一五九三桶
辽宁之马鞍山、抚顺、本溪湖	四五五七八七桶

查辽宁所产石油最富，惜非吾有。至各地所产，仅占辽宁一百七十分之一而已。

实业部近来对于石油亦颇注意。如陕西延长石油矿区，经委会前派陕北探油局长孙越崎押运探油机器前往开始钻井及探油工作，成效甚为优越。该会以油区治安关系重要，并请邵力子、杨虎城转饬冯钦成，加意保护油矿区域，以便探油工作得以顺利进行。

实业部不但对于陕西进行探采，即对于四川亦有相当之调查。前此该部科长梁其钰偕中央研究院助理员携带新式打钻机，赴四川调查煤油。据云抵川后，省府派矿学专家及测量数人同行。该省油矿比比皆是，先由威远、荣县、富顺等三县之交界区域着手。按该地为产油最富之地，迄今调查二百余方里煤油产量，正在研究统计中，俟有结果，再行集资开发。后又派范崇宝去调查一次，并携回屏山及五通桥油母页屏交部化验。据云，前在四川带出之屏山县油母页屏，与五通桥油母页屏两种，交由中央工业试验所蒸溜化验。除五通桥者须用高温尚待另制仪器外，其屏山县所产之页屏，经低温蒸溜，结果每一吨约得原油三十加仑，计其产油量，较诸日人现在所办抚顺页屏多出一倍云。此外，各省储藏石油虽多，政府尚未进行探采，仅陕西、四川二省，亦仅小规模之组织，略资点缀而已。

兹据十一月十二日实业部消息，四川达县石桥河、桥湾、麻油沟等地遍地溢出油质，农人以火燃烧，一触即燃。川建所派地质及矿学专家前往试探，认为石油矿藏油极旺，面积约五十余华里，用新法提炼，全川机器油灯油，不致再仰给外货。爰检同试探成绩石样油样，呈由该省善后督办公署，派员赍送实部化验。如认为有开采价值，即请派员前往查勘云。

现代世界各国汽油之代替物，查世界产油之国，亦不多观，有的是本国有油矿，有的是强占外国之矿井，并往往因开采石油之故，发生国际政治上之纠纷。年来各国因感于汽油缺乏，不足以生存于今日战争世界，想用种种科学方法，用人造汽油以代替天然。此等事实已有明征。即如法国劳恩地方马达工程师名萨休耳者，能从碱水中制成人造汽油，而制造费每瓜特不足一便士，海船在其航程中，装此制油机器，即可自造汽油。渠许可人参观其机器，但秘密手续未便宣布。如有人欲得其秘诀者，须付代价二千五百万镑。现萨休耳已将首先购买其发明之权献与法政府。闻法国陆军部与航空部近曾派员往视该工程师之工厂，以为将来收买地步。

日本亦感所产汽油不足供给所用，为准备国防故，现正研究大豆炼制汽油。目下，满铁中央试验场极力研究大豆工业化。其中之一端，即自大豆制出汽油之试验。曾经另以新法继续研究，现已成功。即向来之试验方法，豆油中置石灰或苦土，使其变成大豆或苦土之石碱及采里西林，其中之大豆或苦土予以还溜，便成汽油。其制造产约百分之五十。惟新油则在豆油中置放尼客尔（金属）与水素，再加上压力，即可简单化为汽油与豆饼，其成绩为百分之八十五至九十之制造率。目下，汽油每吨为百四五十元，豆油汽油每吨需费二百数十元，虽不甚经济，然而现下汽油一项，已成为国防上之宠儿，各国均各竞争研究汽油制法，一朝有事之际，断绝汽油来源，则立可应用此法制造。其原料之大豆，在满洲极为丰富，因而对于生产费之低下及电化制法等，竭力继续研究中。

我中国之汽油发明者，我国一般热心研究汽油代替物者，不亚于他人。如粤人梁君松年，曾感觉欧战终结，德国以缺乏汽油而致败，协约得美国加入战团。尽力输供汽油而获胜，深知汽油关系交通与军用之重要，专心研究汽油，思以人造夺天功。凡十六年，经九百十八次之试验，卒以植物制炼汽油，得告成功。前在京、粤公开试验，效出意外，深得各界之赞许。后又在沪应开士洋行经理英人威廉君及高登君之约，偕同中国数人，用所制之植物汽油以开汽车，验得该油比矿质汽油优异之点有十：一、起火快；二、燃力强，无震动起伏之状，上坡时尤觉迅速锐进；三、无烟，免窒塞爆炸汽缸之弊；四、无臭，且带有植物性清香味；五、火发白光；六、制法简易；七、成本低廉；八、原料全用植物，随地随时皆有，无竭乏之虞，非若矿质为天然所限；九、油量轻重，可自由加减，故可适用于汽车及飞机；十、所用原料，除提取汽油外，其油渣可制漆油、橡皮等副产品，其渣滓可饲家畜，物尽其用，全无废弃。经实验后，威廉君等紧握梁君之手而称赞曰："不图先生出此，有此奇效植物制油。各国学者早知及此，并经研究，终未见效。今君得之，诚破世界之纪录，世界战时汽油恐慌之大难题亦将从此解决矣。谨为先生贺，并为贵国前途贺"等语。现梁君拟在沪购地设厂，大量生产，以供国人需求。

又有陕人郭君展雄者，亦发明植物代替汽油、煤油、机油等，曾在坝桥开驶，成绩颇佳。后又在西北饭店公开试验，邀请一般军政要人，乘西藏班禅行辕牌汽车，用自植物取出之汽油三斤十二两，开车行驶。沿途观者如堵，车上大书"人造汽油初次试验"。历一小时许，共费油四十五两五钱。据汽车机械家薛凤山云："爆发力比壳牌汽油大，煤气亦不十分使人讨厌，而耐用节省，速力效用，皆非他种汽油所能及。"总之，此为科学上之新发现，将来为工业上军事上重要原料之一。尤为农村经济上之一大裨益，菜油或花籽油，每百斤中可取汽油十三斤，煤油三十五斤，柴油二十斤，机油二十五斤。原料丰足，生产费低廉，足可抵制外油入口。闻各实业家、各银行踊跃投资，将开办大规模之汽油工厂。

有旅平苏人李君九峰者，发明人造煤油，与天然油无异，质精价美，业呈社会局化验。此仅根据报载，惜未言明原料所出，亦未公开试验，是否一种理想。尚待事实证明。

此外，除引柴油以外，尚有木炭及酒精，亦可作为开动汽车之用，欧洲人已有行之者。近来各缺乏汽油国，并掺用酒精几分之几，以代替汽油。如比国、法国、德国等是也。我湖南前年工业试验所柳敏氏与向德氏，仿制木炭汽车，今则公路局已有多辆行驶。本年该所又与邱一鹗氏仿造酒精汽车，亦告厥成功。实业部现办有大规模之酒精制造厂，湖南亦将开办三十万元之酒精厂，但不知旱灾之省份有无原料供给，是大问题耳。

德国以非产汽油之国，改用狄塞耳马达，以发达汽车事业。因为狄塞尔马达所用燃料，为廉价之粗油，较诸使用精炼之汽油，经济上甚为合理。现在德国乡间，吾人可遇见装置狄塞尔马达之汽车，成群结队而行。然此项引擎之发展，初不若吾人预测之速。据闻其中原因大约有二：第一，据闻美孚、壳牌等煤油公司，殊不愿汽车等使用粗油，减少汽油之销路，而蒙受重大损失。因此，该公司等对此等经济的引擎之发展，多不愿与闻。另一原因，即目前汽油价格颇为低廉，资本家对此区区之搏节毫不措意。惟在德国等处，汽油价格至为昂贵，故不得不探求一种廉价的燃料也。我中国亦系缺乏汽油之一国，实有发展狄塞尔引擎之必要。盖其价廉物美，可以代替昂贵之燃料。按照现代经济原则，搏节最为上策。狄塞尔引擎仅需要粗油即可使用，殊为交通上之利器。

吾人常云依赖外货，终非谋国之根本办法。即如近日在中国四大煤油公司，谋独占市场，并对于柴油提炼火油亦着手抵制。据上海各报载，在华之美孚、亚细亚、德士古、光华四大火油公司，鉴于我国人将柴油提炼火油业已成功，认为有碍火油营业至深且巨，故特联合一致，以谋抵制。其办法嗣后各公司所售柴油，规定仅供机器上需用，如购买者有提炼火油情事，一经发觉，即停止其购买权。如各公司私自出售，则决严予处罚。是我国人购柴油以提炼火油，四公司尚谋抵制，如将来发生国际战争，其危险更不言而喻。加以近来我国公路建设逐渐发达，汽油用途骤见增加，销路日见活跃，每月全国销量原系五十万至七十万加仑，而最近数月激增至百万加仑左右。现在各公司力谋推广市场，以谋挽回其前此竞销时期之损失。又，满洲自统制汽油以来，已惹起国际间重大纠纷。英、美两国屡次抗议，未获取销。现各国立在共同战线上应付日本，一致协议停止供给"满洲国"汽油，拟不再运汽油、煤油至满，以为对抗。上海各分行已得各本国之训令，同时邀俄国汽油公司加入。苟三国联合停止供给，则满洲势必发生汽油大恐慌。闻此种反对政策行将具体化。此虽是伪国一部分之关系，观此可以知产油国之操纵手段耳。

总之，汽油在我国今日既为需要之迫切物，应即自行采炼。购自外人，不徒利权外溢，且恐因国际战争，来源有不继之日，是以为虑。现在一般有钱兼有闲阶级，日日坐汽车、乘飞机，而不知推动此项汽车与飞机之原料来自何地；口里喊着提倡国货，而尽量代替外人消汽油，亦属言不顾行。所以，我国既有此丰富之石油矿，政府应即积极开采，以求自给自足。此系政府应有之举措，亦国民日夜所希望于政府，而企盼其见诸实行者也。

班洪问题碎金录[1]

自前年英兵侵入滇边，班洪问题一时颇为全国所重视。但国人赋性健忘，一载以来几无复措意。兹录虽属明日黄花，然其中颇有关于该地之矿产、农林可供参者，固不仅酒余茶后之谈资已也。编者识。

自前岁十二月间，英兵二千余名开入滇边班洪地方。所到之地，修治道路，有意占领我班洪之金厂。查班洪僻处滇边，与永邦、班老、矿别、绍兴等四区同称葫芦王地。葫芦王地原有上、下之分。下葫芦王所属班况等地，在清季订立《中缅界约》时，已允放弃。现所存者仅上葫芦土地，班洪属焉。此次班洪事件，与往岁江心坡、片马交涉，完全为一贯关系。英属缅北密支那猛贡一带，向产世界著名之翡翠玉，自支加哥博览会翡翠三绝轰动世界后，更引起英人之野心。又查英人在密支那地方，除设厂采金玉等矿外，又修通公路至滇边潞江沿岸，不下数十处。而南丁河沿岸本有驿道，直达滇中，毗连大理，至楚雄一带迤西大道，至昆明省垣，徒行亦仅五六日。英人名为开矿，实则暗中进行其重要交通计划。目下，康藏、南疆等纠纷，在在与英人有关，我政府对此交涉，当然不能忽视。

班洪一地，虽产金银矿，因地处滇边，知之者甚少，以致政府

---

[1] 敏陜：《班洪问题碎金录》，《实业杂志》1934 年第 202 号。

历来均不注意。自英兵侵占以后，霹雳一声，全国震动。至此，而"班洪"二字始入吾人之耳鼓。究竟其地之情形如何，书籍上绝少纪载，无从稽考。近阅报章，稍知大概，兹将各报关于班洪著述写在下面，虽属断简残篇，实有珍宝之价值而不可轻视者也。

李君景森曾为矿务亲往班洪调查，先后二次，其报告如下。

导言

北伐成功，尤其是"九一八"事件发生以后，国人对边疆建设注意者日多，自国家前途言之，能不谓为良好现象乎？

第国人目光，顾视不周，注意西北，而未及于西南，尤未重视界于两大之云南。又以云南边地情形而论，一般人士亦有偏畸，只知道江心坡、片马之沦亡，而不知道偏居西南之葫芦王地，已陷于危险界中，亦矿产丰富、土地肥沃之区，斯不能不引以为憾也。

葫芦王地，原有上、下之分，下葫芦王所属班况等地，因当局颟顸，于订立界约时，已允划归英缅。现所余者，仅上葫芦王地耳。其地偏居本省西南隅，在公明山的西北，西与英缅接壤，东界双江，北接孟定、耿马，南邻澜沧、孟连。地广数千方里，人口近百万，气候温和，土地沃腴，物产丰富，金银矿产尤多。惟人民知识甚低，蓁蓁茫茫，不知身外有物，饮食尚有茹毛饮血，居住亦不乏穴居野处者，依然原始状态也。

葫芦王地，现为班洪、永邦、班老、矿别、绍兴等五王所分管，以绍兴王为总王。其地向属我国，汉末孔明征南，明代王骥征缅，威德皆达是邦。迄今事隔数百年，而人民犹崇奉孔明、王骥不置。及至清代乾隆年间，政府曾设正副抚吏，治理其地。同时，有石屏人吴尚贤到班洪开办茂隆银厂，宫里雁到班况开采老银厂，均已大著成效。后以政治不良，宣告失败。及至今日，班况为英所有，老银厂已用新式方法开采，茂隆则仍废置。乾隆年间，因矿产关系，葫芦王地与本省腹地的关系，可谓最为密切。惜当时政府缺乏眼光，未及时施以政教，化导其地人民。光绪十二年（一八八六年）缅甸沦亡于英，葫芦王地已成边土之一，地位日见重要。清光绪二十八年，云贵总督王文韶、藩台刘春霖，曾召班洪王到省，赐给衣服等件，并宣示政府德意，令归故土镇守。及后，该地发生乱事，管带彭耀南，缅宁人，奉命前往镇戍多年，深为五王及土民所敬仰，威望至今尚存。民国以来，政府未忘柔远，曾几次派员前往宣慰，但以所派不尽得人，不惟有负任务，且有予边民以不良影响者。葫芦王地之开化，迄无端倪，良可慨也。不论自历史种族种种方面观察，其地应属我国，乃无疑义者也。

而英人深知其矿产富丰，地藏颇优，遂生觊觎之念。于光绪二十五年会勘界务时，谓薛图经纬度与约文不符，强指孔明山为公明山，另出界图书一红线，深入我内地一百余里。若照英方界图，则不惟葫芦王地不归我有，即澜沧所属之茅寿、西盟、官得、永广、蛮弄等地，亦为英有，我方损失甚巨。当即拒绝所请，乃今仍为悬案。顾此数十年中，英人之侵略无时或已，对于是地状况随时派员密察。其最垂涎者，厥为茂隆银产。盖是厂，不特矿产蕴藏丰富，即余渣亦有厚利可图。民国八年，班况英缅银矿公司曾运动商民，前来采买矿渣，每百斤给予英洋十元之多。若非矿质优良，宁肯出此？幸土民矢心向汉，不慑于英，随即制止。虽欲侵入，亦苦无法。惟是土民虽然拒英向汉，而班弄回民则甘为走狗，力任前锋，内向侵略，是亦五王地之一大危机也。班弄回民，相传为杜文秀时代迁徙而来者，其地属班老王管辖，王招回民马万全为婿，浸假而王之大权旁落，洎乎马子必昌，且逐王而据其位，自称班弄官矣。其地与英缅接壤，两地经济关系甚为密切，故回民多为英所摆笼，数典忘祖，甘为英之犬马，与五王立于敌对地位。民七，班弄回民谋攻五王，幸为澜沧边防营长彭耀南制止。今后，我方若不增厚边防势力，则回民之大举内攻殆预料中事也。

作者住居缅宁，密迩是地，深悉边陲危机，时思有以报效国家。且因声振五王之彭耀南先生，与作者有亲属关系，故与当地土民颇有渊源。努力有自，民国十八年，曾奉农矿厅命令，前往调查矿产，经数月之跋涉，始得回省复命。本年（二十二年）一月，又奉富滇新行命令，再往接洽矿产，并宣布政府德意，为时数月，始克举命。作者以五王管地，地位重要，情形特殊，而国内复茫然于当地之情形，爰于调查接洽矿务之时，于一般状况亦加以考察，冀以所得，贡诸社会，以解国人之谜，聊为开发边疆之一助。惟作者学力浅薄，考察未周，难免挂一漏万之咎，尚乞识者有以教之。

一、自然状况

（甲）人民

（一）人口。约有一百万。因地近热带，气候温和，物产丰富，人口繁殖颇速。如哨辛（即绍兴）王境地内天气较好，物产较丰，人口增加较各王境内为甚，约有五十万左右。班洪王境，约三十万。其他如班老、用半（即永邦）、矿别三王境内，各有五六万人。都是散居山中，过那半农半猎的生活。

（二）种族。是地人民，是上古时代三苗、九黎、荆蛮、南蛮的后裔，亦蒙古利亚种之一。全境内分布的都是苗族的濮曼人，名为佧佤，面方颈长，皮色黄褐，性质粗简，实有上古野蛮民族的风气，同历史上所述的原始人民的生活一样。

（三）性质。人民性质，直率简陋，顽梗愚钝，进步很迟。又因喜好狩猎，养成残忍的性情，没有人敢同他们来往，无形中与汉人划了一条极大的鸿沟，减少了开化的机会。

（乙）土地

（一）位置。居本省西南边地，东界双江，南连澜沧、孟连，北接耿马、孟定，西与英属缅甸接壤，当中、缅两国往来之冲，实云南之重镇也。

（二）面积。面积约数千方里，东西长千里，南北广七百余里，几有云南六分之一。哨辛约五千方里，班红约二千方里，矿别二千方里，班老、用半各千余方里。

（三）地势。公明山接怒山脉余势，雄踞中央，高七千米突左右，支脉分五条，互相连络环绕哨辛东部的黑山；又由黑山分支西行，绵亘七百余里，直入金厂坝，接联金银矿产丰富的大山；再由大山分支南下到浪沧土司猛角董境，有居高临下之势；北支山脉由北行接联耿马的三尖山。全境构成一大高原，山势崎岖，横延千里。公明山之东有南卡河、南垒河流入缅甸，水势湍急，不便行船；西有萨尔温江，亦流入缅甸；北有南丁河滚弄江，流入萨尔温江内，水势汹涌，形势险要。

（丙）气候

地当北纬二十三度内，已入热带。然因大山横延，高耸云际，地势高下不一，故寒、温、热的气候都兼有。平原深谷内，地势低下，气候炎热，潮湿亦多，烟瘴特别利害。山地则空气温和，俨然温带情况。若夫高山之上，则常常积雪，非常严寒。至于暴风迷雾，因地势的关系，也常常发生。

（丁）交通

境内因大山耸立，绵延横亘，森林密茂，遮蔽天日，又少与外人来往，路政无由谈起。所以，鸟道崎岖，曲曲如羊肠，人马不易通过，交通非常梗阻。河流虽多，但因地势高下不一，水流湍急，不便航行，只能供土人做渔业之用。

（戊）矿物

（一）金属类。境内金属矿物，蕴藏特别丰富，品质最佳，几有山山皆是、遍地都有的情形，可算甲于全国的金银区域了，兹分述于下：

（银矿）银矿产于黑山之西，大尖山之下，为班洪、班老、用半三王的交界处。矿区南北百余里，东西七八十里。矿苗垒积，遍山皆是。每年被风雨剥削，流入溪谷内的非常之多，如遇山谷崩坏，矿石出现，真有"取之不尽，用之不竭"的情形。矿质甚为优良，旧年英人盗取化验，亦谓矿质甚佳。这样丰富的矿苗、良好的矿质，任其委弃于地，真是可惜了。

（金矿）金矿产于哨辛以下黑山之间。山中有河一条，夹着很多的金沙，直流入金厂坝，是河因产金沙，故又名金沙河。每年王子准人民淘金沙三天，就可得半年的用费。金矿丰富的情形也可想见了。

其他如铜矿、铁矿、锑矿、锡矿、镍矿等，各处皆有，遍地皆是，实在是金银珍宝蕴藏丰富之区。可惜政府没有注意开发，不能地尽其利。

（二）非金属类。班红境内，除了金属矿物蕴藏丰富之外，非金属矿物也是特别丰富。即如煤矿，产于金厂坝之西，矿区绵延数百里。土人因柴草甚多，尚未取用。其他各种原料亦特别的多。至于宝石之类，五光十色，光彩耀目，更非内地人士所曾见。

（己）动物

班红因地近热带，气候温和，各种动物，较之内地，特别强大，不论家畜野生，都高大肥润。兹分述家畜与野生两种动物于下：

（一）家畜类。人民因过半农业半游牧的生活，对于家畜亦多畜养，兹就其性质分为二种：

一、与人同住的，有鸡、犬、豕三种。鸡占百分之七，犬占百分之一，豕占百分之六，直接由人以小麦、旱谷、包谷等豢养，蓄于家中。

二、不与人同住的，有黄牛、水牛、绵羊、山羊、马、骡、驴等。黄牛最多，占全数百分之二十五，水牛占百分之八，山羊占百分之二十，绵羊占百分之十，马占百分之十，骡占百分之十，驴占百分之十。上列畜类，虽为家畜，实似野生，日夜食卧于山中，与野兽无异，人民欲用时就像猎取野兽一般。

（二）野生类。野生的各种动物也是属于热带产物，即如象、虎、豹、彪、熊、鹿、麂、山驴、野牛、野猪之类。象则产于班红境和用半两地，共二十余条。虎、豹、彪、熊等，则沿江边一带日夜常常出现。至于鹿、麂、野牛、野猪等，则各地皆有，人民猎取，以供食物。又鸟类则有孔雀、雉、鹦鹉、鸳鸯等，毛羽华美，颜色鲜艳，奇奇怪怪，种类很多。

（庚）植物

（一）树木类。境内植物多半是热带的产物，与内地不同。深山树木竟有大十余围、高数十丈者。至数围大树，遍山皆是，不可胜计。种类复杂，难以枚举。其中最著名的，则有杠树九浆、子柏、纳杠橙、椿、招等，生长最速，年可长一丈、阔一尺。深谷中则有大豆树，及老鸦枕头树，亦特别高大，土人取其实，以为食物，其壳似盒，可盛物和做小儿的玩具。

（二）果木类。果木以枇杷、葡萄、麻梅果、黄果、芭蕉等为著。味极甜美，清香可口。然均为野生，很少家植。其他桃、李、杏等，完全没有。

（三）花草类。境内奇花异草，遍地都是。花多鲜美长大，种类极多，见者称奇。甚有终年不凋的鲜花，更是内地少见的东西。草类颇多，不胜枚举。著名的则有芳草、斩剑草、大匹草三种，极其繁盛。其杆大如杯，叶多浆汁，用以饲养牲畜，极易肥润。

（四）物谷类。谷类以旱谷、包谷两种为大宗，其次则有小麦、小米。此间种种简便，而收获丰富。每年二月内，将树木砍伐，干后以火焚烧，随种随出，不经艾薅。至五六月间，就可以得很好的收获了。

二、经济状况

（甲）农业

葫芦王境内，气候温和，土地肥沃，农事极易。但因人民营半游牧之生活，多注重牧畜和佃猎的工作，种植的事业尚居附属地位，牧畜和佃猎反为主要事业。兹述当地农业状况如下：

（一）种植业。种植事业，因天时地理的关系，以简单的耕作，即能得到很好的收成。其种植之物，以旱谷、包谷、小米、小麦等为大宗。种植的方法，每年一月间，将树木密茂、野草丛生的地方先行砍伐，曝后，用火焚烧，稍加人工，将土质弄松。于三月间，播种其上，不经艾薙，无须锄铲。至七八月间，即能得到丰收。一人随便种植，即可供数人之用。因此，土人多不以种植为主业，每年农产只能敷用，很少赢余。其地人民，又因处于各王压迫之下，赋税甚重，种植所余的都被抽收。且每当种植之际，人民都要集合来，把王子的种植完毕后，才能自己种植。因此，一般人民无暇耕种，亦不愿多事种植。故虽处于气候土质佳美的地方，而稼穑反形衰落。

（二）牧畜业。境内气候炎热，草木畅茂，又因大山横亘，树林密茂，牧畜事业特别发达，不论牛、羊、马、驴、骡等，出产都很多。人民以之为主要食品，输出境外者亦多。但是，在某王子所辖地内的牲畜，都为王子所独有，他人都不能来境猎取；就是他的人民所食的，也是王子所赐，人民不能私有。各地牲畜常年生息于山林，俨似野生动物，这真是以大地为大牧场了。

（三）佃猎业。人民除了种植和牧畜两种事业外，主要的尚有佃猎业。人民于工作完毕的时候，不论男女，都拿着刀枪和网罟、标杆，到山中猎取鸟兽，或到水边渔鱼。上至王子，下至人民，都喜欢操此事业，所以养成一种残忍的性质。

（乙）工业

其地人民至今尚系原始时代的生活，又因动物丰富，衣食住等容易解决，无须另求谋生之术，工业自然谈不到了。现在所有的工业，只是极简单的手工业，如麻织、编竹等。其中著名的工业，只有垫单名为卡瓦辈类的一种麻织物，长六尺，宽三尺，织工非常简单，土人以此披于身上，以当衣服。至于他们所用的各种器具，都是向边地汉人购取。他们的工业还是在原始状态之中停顿着。

（丙）商业

其地因为交通不便，风气野蛮，外人多不敢深入其境，只就边地交易罢了，境内的商业非常零落。兹将各情分连如下：

（一）对外交易。每年分两季，三月和十月间，人民出外到土司地耿马、猛角董、孟甸，和英属缅甸边界麻栗坝一带，和汉人、回人、缅人、摆夷奔弄等人交易。输出的是大宗的鸦片、柴梗等类。多不用秤量，以目估计，非常简单。与人交易，最守信用，如与人订货，则以木刻为凭，虽经数年之久，如再相遇，则所订之货，不论腐朽，仍然留存，这真是"言而有信"的交易了。对外贸易，其中介多为货币，货币有法洋、英洋、中银等项。近年以来，各王吸收银币甚多，然殊少用途，故多埋藏地下。

（二）对内交易。内地交易，因汉人多不敢深入，只有纯土人入内交易。又因无市集之设，故各村落间随地都可交易，以"以物易物"的方式，将盐、茶、油、糖、布织物类、草织物类、铁铜器等，换所产的鸦片和柴梗、牲畜等。内地交易，女子较多，颇重信义，且极公允，而手续亦非常简单，完全是原始的社会生活、物物交换的时代。

三、生活状况

（甲）语言

境内人种纯粹，异族杂居者甚少，故语言尚属统一，其中虽略有分别，也只是熟蕃语与生蕃语两种分别。兹就其所说数目字之读法，比较于下。

汉语	一	二	三	四	五	六	七	八	九	十
熟蕃语	抵	拉	吕	捧	丙	乃	巧	文	典	稿
生蕃语	体	拉	力	奔	免	楞	也	太	天	可

观上熟蕃语与生蕃语两种，都是大同小异，清浊之分，实在没有多大差别。境内所通行的，和外人交际的语言，多以熟蕃语为主。外人欲入其境，非学此种语言不能入境。又因没有文字的产生，外人多不易学习，这也是不进化的一大原因。

（乙）**风俗**

（一）婚娶。血统之分不严，除了己身亲姊妹之间，不能发生夫妻关系外，其他家族中的堂姊妹等，随便配偶，任意成婚。不论男女，成长至十七八岁时，互相跳舞和歌唱，如能情投意合，即发生肉体的关系。以故未成正式夫妻时，即产生小孩子的，非常之多。发生肉体关系后，男子和女子若都能互相亲爱，恋恋不舍时，男子先把女子隐匿他处，才请同伴（即内地之媒妁）和女家说明。若许可即先聚会，以饮茶为定婚之礼，待生子育女之后，才行正式的结婚。以吃肉为礼，当结婚时，男女家宾客各带有兽肉一二两，作为馈送之礼，大家围着吃完所带来的肉类后，方才罢休。这样，就成了一对正式的夫妇。这真是自由恋爱婚姻了。

（二）丧葬。丧葬仪式非常简单。凡人死，都以为是天所不容，恐连累他人，随死随葬，不令久置。人死后用竹帘一块，周围裹住，抬埋土中，并没其他手续，也没有任何祭礼。

（三）交际。人民多以木刻为交往信据，不论买卖田地和其他交易，都以木刻代契据。如甲买乙的田地，则以木一块，刻有花纹和鸟兽之形，长约五寸许，剖为两半，卖者一半，当众焚毁，作为永远杜绝根源；买者收存一半，作为契纸。交易亦用此方法，各存一半，作为信据，以后相会，即可认识。因此，不论各种交际，都用此为凭证，渐渐成了一种风俗。

（丙）宗教

（一）拜物。境内地势巍峨，山林密茂，人民又以佃猎为生，以故多崇拜山川树木。各村落都蓄有大树一林，名曰"龙树"。土人对于"龙树"内的一草一木，都不能乱取。若间或取着，偶害了病，即以为"龙树"作怪。每年于春、秋两季属虎之日，宰牛或羊以为祭礼，于祭祀日起五日内，更不许任何人通过"龙树"，以表回避，免触神怒。

（二）祭鬼。祭鬼又名做鬼，凡人发生疾病，都以为是鬼作祟。约能做鬼的人十余个，到河边或路边，联代病百人，跪在地上，大家念起咒语，把米四方乱洒，说些告鬼的话，杀牛和羊各一条，以为祭品。

（三）祭旱谷。人民每于春、秋二季播种和收谷的时候，派人到外面，来拿汉人和摆夷等的人头，回去祭旱谷。杀人头愈多愈善，尤以须发特长的人为最好。如外人不易拿时，则野土人也要来到边地来捉拿纯土人来做祭品。因此，春、秋二季，很少人同他们来往。又祭祀时，将人头插入长杆上，栽于旱谷田内，把邻近人民传齐，每人拿着茶、米、银等，前来祭祀。大家跪着哭泣一场，将带来的东西塞入人口内，哭着说："你为找钱米来到我们地方，被杀来祭旱谷，你生不得吃，又不得见你的父母、妻子、朋友，所以多给你些钱米吃，望你升天，保佑我们的旱谷，得到丰收。"祭完后，又将人头抬到别地方祭祀，若别处也杀得人头回来，这就留由野兽吃了，以表示人头升天，可望旱谷得到丰收。这样残酷的祭祀，成了永不能改的风气了，

（四）其他。近来间有效缅甸一带，建筑寺院，崇奉佛教者，于当地文化不无影响。又，近年英人派教士来边地学习土语，深入宣传，也有一部分人民崇拜，这是值得十分注意的事体。

（丁）教育

境内人性野蛮，不知教育为何物，仅有班红王境内贵族的几个少爷太子，由边地土司地方请来和尚，教授几句经书而已。

（戊）生活

（一）衣服。衣服多用棉或麻织成之布，极粗糙简单。仅纯土人缝为服装，用以遮身。至于野土人则多赤身露体，遍体漆黑，不论男女，只用一二尺遮住生殖器，形态极其难看，与兽类无异。

（二）饮食。饮食多生吞活啖，纯土人近虽稍知煮食，亦只随便热透而已。至于野土人则不知烹饪，嚼生米，食生肉，很少煮熟才吃的。其尤怪者，肉类必搁至生臭气，才算得味美气香。食料以旱谷、包谷、小米、生姜、辣子等为主。尤嗜茶酒，不论贫富，每日必饮茶五六次，每次数碗。嗜酒如命，多成群结队，至耿马、猛角董等土司地方交易，易酒而食，醉卧于地者随处可见。至于饮生羊和生牛之血，或以饭类溅血而食的，更是令人见了呕吐。他们身体健全，抵抗力强，也许是生活养成的。

（三）住居。因气候炎热，平地不能居住，屋舍多建筑于高山之上。形式极其简单，完全都是茅屋。有盖成楼阁式样的，通称展楼。盖在地面上的，叫茅草铺。屋顶有突出一尺长的两块架板的，就表示是他们的王府了，其他平民们都不能仿此。屋舍遍山皆是，很少聚处。

（四）睡眠。不论王子和平民，都是于房屋中间设一火塘，夜间睡眠不分界限，父母、兄弟、姊妹、妻子共同团团围绕火塘睡眠。所以，境内多有杀害之事、乱伦之行。

四、政治状况

（甲）社会组织

境内人民，虽尚在游牧时期，无资本家及地主之可言，但贵族与平民间已有阶级的分化，统治者即压迫阶级也。各阶级的人民，对于统治阶级都要绝对服从，否则，上层阶级即施斩杀之权。其社会组织，拟表于下：

大王子→各王子→各粮长→各伙头→各伯长→各管事→人民

观此可知阶级之多、人民所受压迫之重。人民每遇上层阶级的人，都要行跪拜大礼，上层阶级的森严可想而知。

（乙）政治行施

（一）政权。政权操于各王手中，对于所属境内，不论财赋、兵备、审判、惩罚、奖赏、发号施令等等，他人不能过问，尽在王子掌中。而王子又是世袭的，人民世世代代都是奴隶。至各王之于总王（即绍兴王），除三年朝拜一次以外，也就更没有其他事情了。

（二）政令。因为没有文字，王子政令欲行使境内，和人民呈报等事，都是以木刻为凭。不论何人，只要有上级的命令，和遇上级头目时，都要行最敬的跪拜礼。至于境内如有紧急事务发生，欲召集全境人民时，则以吹牛角为集合人民的号令。

一、呈报调查矿务经过文

呈为请鉴核事，窃职奉令调查班洪矿务，宣布政府德意，及约同各土司入省商议，遵于二十二年一月十日理装出省。至二月二日，到达缅宁县县城，因预备进行应用一切，及邀同熟于该地情形之士绅，以备顾问，耽延数日。二月十四日，由缅宁起程。十八日，至耿马。以上一段程途，系属腹地，经过容易，业经呈报在案。

惟由耿马，经猛童至葫芦王地一带，虽程途无多，而诸夷杂处，语言不通，道途险阻，行路之难，有非言词所能尽者。且沿途所过犰狐地，自古以来，常有杀人取头以祭旱谷之恶习，每逢废历二三月、七八月间，土人凶悍过于平日，人人均带锋利长刀，淬砺如雪，刻不释手，动辄挥刃，视为常事。即素与交易通商之汉人，于此期内亦不敢来往。职抵耿马，正值犰狐拿人头之时，该土司等大有谈虎色变之概，咸恐往而不返，百端劝阻。然职以全滇金融命脉之关系及政府责望之殷，万无畏难中辍之理，故仍振无畏之气，作探险之行。而偕行诸士绅，如缅宁李桂庭、李凤廷、邱达儒，双江汪肇栋等，均属富有胆识，各具决心，甘同冒险，期达任务，以报政府。各土司至为钦服。耿马土司罕富国，见职决心前进，因派团兵十名、队长一员护送，并用僰作书，致班洪王胡玉山，代为疏通调查矿务之急。

职遂直进猛角董，该处土司罕华相亦以前途危险恫吓，阻止进行。耿马派送之官兵亦各自危疑。幸偕行缅双李、邱、彭诸人，深悉边情，素有志赞助政府整理边疆，各以不入虎穴焉得虎子相激劝，并甘作前队，始得维持安稳。该罕华相见职无所畏难，亦派一亲爷代领数人前往，并作书致班洪王。

而是时不惟佧佤滋肆，且值黄匪发清猖獗，扰及班洪边境。职始入界，即接班洪王僰文信，言黄匪发清率党攻伊，各处均严兵把守，恐生误会，请职勿往等语。及至职抵班洪，竟坚闭寨门不纳。职乃托随行之猛董新爷，用僰文回信给伊，谓即系前次来过之李委员，奉政府命令，数千里到此，且将印信公文寄往，并重送礼物。该王见印信公文，始不复推阻，开关接入，此二月二十日事也。

计此行除沿途因事耽搁外，由省至缅宁二十一站，由缅宁至双江二站，由双江至耿马二站，至猛角董二站，由猛角董至班洪二站，计程二十九站，此由省到达班洪之经过情形也。

职既到班洪，首即宣布政府德意，将恩物颁给后，随即向该班王述政府拟开办该地矿厂意见。该班王云："我本是大朝人，大朝政府，我素服从的，要办此厂，本是可以的。但是，此厂不是我一人所有，除我班洪外，尚有班老、矿别、用半、哨辛四王的地方，要依古时吴尚贤的手续办理方妥。"即询其手续如何。该班王云："要先由政府通知各王，说明开办理由。俟各王赞成后，还要政府衣服、银刀、鞍马等物数十件，颁赐各王及各头目人等，约至班老会齐，宰牛数十条，款待各王各头目人等，立下合同凭据，然后开办，方可无碍，此是昔年已行之有效的了。"职当即请伊用人导引至矿地，俾获实地视查。该班王则谓："此时尚难做到，因未预向各王疏通调查理由，又未送礼与之以感通情谊，率尔前往，恐生危险"云云。职查该王所言，尚属忠实周到，且该班王虽未读汉书，而对于汉语颇觉流利，于古人中，尤极崇拜诸葛武侯（今邦弄尚存有孔明铜鼓一对），热于僰文，能诵读僰文经典，固精明强干人也。职虽知该王所述系忠实之言，然身入宝山，万无空回之理。况衔命调查，若不到矿山实地考查，尤失政府委任之至意。乃不带人马，仅偕同缅双李、邱、彭诸君，与班洪王之子及随人共十余人，化装前往，以杜各王疑虑。

由班洪至矿山，山势巍峨，岩岸险峭，树林阴翳，人迹罕至，攀藤附葛，越危岩峭壁而过，备历艰辛，始抵矿洞。洞有数十处之多，其深则有数十丈者、十余丈者，一一入洞视察，沿口布满蝙蝠之屎，蝙蝠之大，几如莺鸢。洞中水声潺潺，有石凳石桥，电光所至，矿亮映射，耀眼争明。昔人办理兴旺之迹显然，诚令人惊喜之不置。终则日已在山，四无居留之所，势不能久延，乃选取各洞之矿，分为三类携回，以待试验。该山面积共约九千二三百方里以上，地跨五王之境，兼之气候和平，无山风瘴毒，勿怪其名震全球矣。出洞后至对岸摄影，于道旁见一犰狐经过，其躯干之伟大，在营造尺七尺以上，乃并摄其影，以见野蛮民族之一斑。趲回班洪时，道过南腊村与各头目会商，先立一合同，使此次之辛苦不至枉费。各头目悉皆赞成。嗣到班洪，则洪王已邀各王代表先余等而到矣。接见之下，咸称要大汉朝来开办方可，否则必联合各王尽力抵抗，决不轻休，并须照从前吴尚贤之手续办理云云。及职取出政府之公文印信，遂各悦服，并愿与职先立一合同，以作将来调查委员之依归。意极诚恳，难却其请，因与之立定将来调查手续，订立合同。盖夷性多疑，不如此不足以坚其信仰政府之心也。夫各王之代表，不易致之齐集也，必大汉朝来开办方可，非大汉朝必尽力抵抗，正欲其如此也。今于无意中得之，曷胜快慰。

此到达班洪及亲赴矿山实地调查，并与各代表会商办法之实在情形也。

二、条陈开发葫芦王地银矿等备办法文

呈为恳请鉴核示遵事。

窃职调查葫芦王地银矿一案，已将经过详情呈报鉴核，复蒙钧长谕饬拟具办法，进行开办。职查葫芦王地银矿之产量质味，有过去历史及各方调查可以证明，早已口碑载道，无待赘述。惟现在开办，如何筹资设厂，如何采炼运输推销，均系技术问题，非富有矿业、学识、善于计划之人才亲临其地，实际工作，不足以免闭户造车、削趾适履之弊。

兹为实事求是起见，拟由筹备委员会着手办理，一方面网罗耿马、孟旬、猛角董三土司及班洪等五王，使之对我政府增高信仰，以免除实际障碍；一方面网罗有志边务，具有矿业智识及兴趣之人才，使与葫芦王地土人有接触机会，以便考察设计。

为此拟请就省委聘专员数人，由职引导前往葫芦王地方，以筹备委员名义，与各土司王联络实地计画进行。如果成效可期，确有把握，然后组织葫芦王地矿务委员会，正式开办。兹经再四考虑，拟定筹备工作步骤，并班洪矿务委员会组织章程各一份，理合备文呈请钧长鉴核。可否物色专员，发给筹备费，由职引导前往葫芦王地实地计划办理之处，伏乞批示祗遵。谨呈。富滇新银行行长李、葫芦王地矿务调查员李景森谨呈。

三、开发葫芦王地银矿筹备概要

（一）请委筹备人员

一、厂务筹备委员二人。须有采矿冶金智识者负责踏勘矿区，化验矿质，及设计采炼事宜。

二、事务委员二人。须熟悉边情、富有才学者，计划矿产一切事宜外，负责宣达政府意旨，联络土司土目，调查厂地政治、经济、人种、宗教、语言，及其他生活状况。

三、筹备委员八人。拟请委耿马、孟甸、猛角董三土司及班洪等五王，以资连络而利进行。

（二）确定采矿区域

一、到达葫芦王地后，即踏勘矿山，化验矿质。

二、如矿质优良，确有试办可能，即择矿脉最旺、成分最佳之处，为设厂地点。

三、同时即调查文化及生活状况。

（三）试行设厂

一、建筑简单房舍十间，每间约需现金二百元，共需费现金二千元。

二、安置旧式熔炉五座，每座约需现金五百元，共需费二千五百元。

三、暂用砂丁五十名，由邻封各县招雇。每十名供应熔炉一座，每人每日工银现金七角，共需工资每日三十五元，每月一千零五十元。

四、购办采矿器具及炸药器具五十套（斧一锄一锤一略如工兵），每套约合现金十元，共需器具费现金五百元，炸药预购需费现金二百元，炮竿十条需费现金一百元，共需费现金八百元。

五、聘请技师，每炉一座聘请一人，共请三人，月薪预计现金五十元，共需费现金一百五十元。

六、开办木炭厂，在矿山附近之大山，约距二三十里之地方，即可开办，每日须烧出炭五千斤，约需用费现金一百元，每月三千元。

七、筹办给养，由耿马、孟甸、猛角董等三土司地购运，每日约需米百斤，以百人计，需现金约十三元，每月约五百元，共计需给养千元。

八、办理运输畜养驼骡十头，每头需价现金二百元，共价二千元（临时雇用不计）。

九、估计试行设厂，约共需开办费一万二千余元，经常约五千元，预料每月如能获银条四千两，即有盈余。

（四）促成矿务委员会

一、决定试行设厂之时，事务委员即须正式组织事务处，办理报告宣传及请领经费，分配用途各事宜。

二、办理一月后，即将厂务情形及出品数目报解来省，以凭稽核。如认为可以续办，再试一月，即按照组织章程正式成立矿务委员会，设立厂警队以资保卫。至是筹备工作完成，由政府正式委任矿务委员及经理，负责计划改进，并确定监督规章，以指导之。

（五）准备出发事宜

一、购备化验药品及采矿土法器械。

二、购备宣慰土司土王什物。

三、制印调查表格及一切文具。

四、请发筹备费及旅费。

（**附记**）查吴尚贤昔日烧炼过之矿渣，堆如山积者数十处。现时接近班洪缅甸之老银厂，因年来原料已尽，该厂之经理伍波阑曾向邦弄佃官随时采买此项矿渣，运至猛耀，除雇脚外，每百斤结价英洋十元。现在我若单独办理生矿，可向老银厂接洽，将此项矿渣出售，其利益即作为本厂逐年之经常费亦敷用矣。

英对班洪金银矿实行开采。

兹接普洱通讯云：

自班洪事件发生，至于今日，为时将届两月。英国对于该地金银矿产，确已实行开采，随来英兵，步骑炮工俱有。并闻孟良经商归客谈，彼等在缅时，即闻英政府下令征集巨象十数头，运输机器前往班洪。此项机器纯系用以采矿者。

当英军到达班洪之日，班洪幼王即由缅京仰光随之俱来。盖班洪一带系野卡巢穴，因其犷悍难驯，凶狠好杀，汉人鲜至其地。班洪幼王曩与其兄不睦，出奔缅京，英人于彼待遇优隆，为之建造洋房，一切衣食住行供给颇厚。并命其入大学，对于英文更为深造。故班洪幼王在前虽系野狔酋长，毫无知识，及今视之，其程度学识殆与国内高中毕业者相伯仲。此次英人进据班洪，即利用彼为傀儡，向导前行。

查班洪为通缅捷径，由正西行二日即到腊戌，乘搭火车费时二日，即至仰光。是则与由澜沧县治迤宋至仰光须时十数日，又由迤宋至班洪须时十数日相比，其交通之便捷，相差远甚。

再，查英人以传教为名，永氏父子主持教务，年来颇有进展。总计犴狐、猓黑入其教者，据永文生氏谈，已有四万左右。其教务系分两部，犴狐部以猛猛为根据，猓黑部以襦佛为根据。两处教堂，房屋整洁，入身其中，几疑住居租界。其所用《圣经》，用英语字母拼成猓语教授。永氏手下有"撒拉"（猓语即先生）三百余人为之奔走，计功加俸：每一"撒拉"，每年如能招致猓黑等若干人入教甚而于数村数寨者，薪金即按其成绩照加。故永文生、永文乐弟兄，以及"撒拉"等，对于犰狃语、僰语、猡猓语等，操之甚熟，极为流利。现班洪附近猛角董、细简达一带，均有彼等教民，为数甚多。此次班洪事件，闻与彼等颇有关系云云。

复据别方确息，英国军队在班弄与班洪之间，建筑兵房二三十所，有汉奸马美庭"清教徒"者煽惑边民，以为内应。

又闻第二殖边督办杨益谦对上述各事深为注意，一面令饬澜沧县长施德荣负责调查，派熟悉习边情之冯琨举前往调察，多方搜集证据，以为将来交涉时之张本。杨督办定于二月十六日出巡沿边各县，宣抚沿边各民族，一致团结，力争主权。

滇人对英兵侵占班洪之主张。发表宣言如下：

"吾国不幸，变乱迭乘。内讧相继，外侮日臻。自'九一八'后，东北沦陷，国力不竞，失地未复，言之痛心。

吾滇与强邻接壤，其危殆情势实不亚于东北。有识者咸怵怵然忧之，于是组织救国会，募集救国基金，力谋建设边防，用固吾圉，而杜觊觎。此亦吾滇民众救国之唯一途径也。乃方事绸缪，警耗传来，英帝国主义者竟不顾公理，蔑视约章，乘吾国家多事不遑顾及边陲之际，重施强占片马之故技，派兵据我班洪。实逼处此，宁能坐视？吾滇民众为保全领土计，为维护国权计，不能不一致奋起，誓与帝国主义者相周旋，以尽人民爱国之天职。爰联合各团体，组织'云南民众外交后援会'，群策群力，藉作政府后盾。

查班洪为我领土，富有五金各矿，英人垂涎，为日已久。前此所以逡巡迟徊者，徒以葫芦王内向情殷，不受笼络。近则图穷匕见，利用汉奸，遂不惜明目张胆，凭借武力，肆行侵据。窃班洪地虽一隅，关系吾国之领土主权实重且巨。应付之方，惟有恳请政府，严重抗议，据理力争，责令英兵先行撤退，并停止英缅人等在该地之一切活动，免致发生意外，酿成重大纠纷。而永久之根本解决办法，则在恳请政府，速与英人勘界，盖能勘界，则拖角问题、片马问题、班洪问题、移桩问题、私桩问题，以及已定界未定界之一切未了问题，均可得一总解决。否则英人之阴柔蚕食，其祸不亚于日人之强暴鲸吞。盖既得拖角，乃进而占片马；得片马，进而占班洪；若得班洪，则将进而据迤西各县，不出十年，吾滇或将为东北之续。言念及此，不寒而栗。故吾滇民众应认定以勘界为解决纠纷防止侵略之唯一方法，努力将事，期其实现。并望全国民众起而援助。滇省政府与中央政府尤应通力协作，切实交涉，非达到勘界目的，决不中止。此为本会揭橥之第一义。

班洪虽为吾国领土，然距省治窵远，久已视若蛮荒。益以频年多故，未克着意经营。故关于该地一切情形，多属模糊，折冲樽俎，辄被蒙混。今欲与英人交涉划勘，非先从事调查不为功，否则不知彼，并不知己，无论交涉少所凭依，即使正义伸张，物归原主，恐亦无从开发建设。故吾滇民众应速组织视察团，实地从事于调查工作，庶能有裨外交，并为他日建设张本，一举两得，莫善于此。此为本会揭橥之第二义。

凡此二义，望我滇人脚踏实地，埋头做去，继续努力，持之以恒。勿慑于英人威势，而存畏葸之心。勿激于一时愤怒，而越逾止轨。勿事过即忘，致贻五分钟热度之讥。勿秦越相视，致遭一盘散沙之诮。庶乎领土可保、国权能张也。顾亭林之言曰：'天下兴亡，匹夫有责。'子与氏之言曰：'国必自伐，而后人伐之。'何去何从，是在吾人之自择自勉而已。谨此宣言，诸希公鉴。"

又据滇人某言："云南吗普区澜沧县所辖班洪，与班弄地方，有著名之金银矿场。上年十二月十九日，英国派其驻缅军队二千余人，侵入我澜沧境内，擅取该地矿场，自班洪事件发生，至于今日，为时将届两月。英国对于该地金银矿产，确已实行开采，随来英兵，步骑炮工俱有。予在缅时，即闻英政府下令，征集巨象十数头，运输机器前往班洪，此项机器纯系用以采矿者。当英军到达班洪之日，班洪幼王即由缅京仰光随来。盖班洪一带，系野狉巢穴，因其犷悍难驯，凶狠好杀，汉人鲜至其地。班洪幼王曩与其兄不睦，出奔缅京，英人对彼待遇优隆，为之建造洋房，一切衣食住行供应颇厚。并命其入学，对于英文更为深造。故班洪幼王在前虽系野狉酋长，毫无知识及今视之，其程度学识，殆与国内高中毕业者相伯仲。此次英人进据班洪，即利用彼为傀儡，向导前行。查班洪为通缅捷径，如由正面行二日即到猎戍，搭乘火车费时二日，即至仰光。是则与澜沧县治迤宋至仰光须时十数日，又由迤宋至班洪须时十数日相比，其交通之便捷，相差远甚。再，查英人以传教为名，永氏父子主持教务，年来颇有进展。总计狚狐、猓黑入其教者，据文生谈，已有四万左右。其教务系分两部，佧佤部以猛猛为根据，猓黑部以糯佛为根据。两处教堂房屋，整洁崇伟，入其中者，无异住租界。其所用《圣经》，悉用英语字母拼成猓语教授。永然手下有撒拉（猓语即先生）三百余人为之奔走，计功加俸；每一撒拉，每年如能招致猓黑等若干人入教，甚而至于数村数寨，薪金即按其成绩照加。杨永文生、永文乐弟兄以及撒拉等，对狚狐语、猓语、摆夷语等操之甚熟。现班洪附近猛角蒙、细简达一带，均有彼等教民，为数甚多。此次班洪事件，闻与彼等颇有关系。又悉，英国军队在班弄与班洪之间，建筑兵房二三十所。有汉奸马美庭（清教徒）者煽惑边民，以为内应。又闻第二殖边督办杨益谦对上述各项事件深为注意，一而令饬澜沧县长施德荣负责调查，一而派熟习边情之冯琨举前往察勘，多方搜集证据，以为将来交涉张本。杨督办本人于二月十六日出巡沿边各县，宣抚沿边各民族，一致团结，力争主权，后情如何，因予离省，故未知悉。"

赵云岩班洪见闻纪

驻徐第三军军官赵云岩，曾于民国十五年奉滇省府特派到滇南，实地调查国界，对班洪一带之土地人情至为详悉，特将班洪状况及种种关系呈报三军长王均暨七师长曾万钟，请援助滇人，进行一切。兹志赵之呈报书如下：

云岩于民国十五年，前往班洪一带，实地调查，目睹英人侵略情况，深为痛恨，当将见闻所及，逐日记载。于二十年五月，中央召开国民会议时，云岩由徐至京，当将全案交吾滇出席代表等，向中央政府建议，实行整理。无如滇南万里，山川险阻，交通不便，多视为化外苗峒，注意者少。是年，"九一八"之变，东三省相继失陷，英法趁机侵我边疆，又将调查所得，拟具意见书图说，披露于《军事杂志》第四十五期一四一页[1]图内曾将矿场用▲号标明，以作关心边防者之参考，并冀全国人士明了西南之重要不亚于东北。本年以来，英人果尔以侵占矿产闻矣。土民不服蹂躏，集众抵抗，滇人大声疾呼，函电交驰。云南旅京同乡开紧急会议，请国府提出交涉。然西南之重要，与矿动植物出产丰富，国人或未深知，兹将其地质、物产、气候、政治、经济等情形，再略述之：

（一）地质。原系片麻岩花冈及大山组成，所以金属矿产及玉石晶珀蕴藏极富，虽系高原，仍有河川调节，又有天然温泉，原属高黎贡山系，位居滚潞江南板江之间，形似葫芦，故名葫芦王地，内有五小部落。

（二）气候。平均温度在华氏表七十度左右，最高不过百度，最低不下五十度。惟夏秋多烟瘴，春冬最和平。

---

[1] 赵云岩：《滇缅界务南段重要纪实（附图）》，《军事杂志（南京）》1932 年第 45 期，第 140—143 页。

（三）面积。东西宽九百余里，南北长二千余里。人口约二三万户，统计约十三万人，汉、回十分二三，摆夷十分之三，犻狐、獛、狫十分之五。

（四）政治。完全上古部落制度，有五小王部落外，又有十四土司，所辖境界大小不一。衣食简单，男女多强健。摆夷子女貌多娇美，似江浙人。惟犻狐面目稍黑，少有俊秀者。

（五）物产。植物有柴梗、山茶、大竹、柔藤，及楸、栗、椿、柳、槐、桑、橡、榆、松、柏、枫、杉，成林树木。至花果药材，更不能悉举。稻谷年栽两季，间有玉麦、菽、黍、马铃、棉花、苎麻之类，动物有牛、马、猪、羊、熊、虎、象、豹、獐、鹿、兔、麂、家禽鸡犬之属。

（六）经济。土民家具器皿颇有奇异者，如农器中之弓铲、月斧、木匙、竹抓，兵器之连弩、火枪，用具之藤床、藤箩、竹车、竹柜、竹碗、竹盆，均属精美。日中为市，以元、明、清各代古铜钱及碎银、砂金交易。尚有自行纺织之土布，惟近二十年来，洋线洋布多由缅甸输入。诚恐十年之后又为洋货市场矣。

（七）交通。道路梗塞，邮电缺乏，商贾往来，结队而行，寻常一二旅客不易深入，即我滇人知其内容者甚鲜。由昆明至班洪约二千里，须一个月行程。

（八）文化。无新教育，多系旧式私塾，腐败不堪。识字者极少，土人尚结绳刻木记事。民国纪元前两年，龙济光奏准清廷，设立土民学校，自成立后，施行强迫教育，夷人子弟不愿读书者，请汉人顶替代读，殊为有趣。

（九）宗教。信仰神佛，尤其崇拜诸葛孔明。男女老少稍有不顺，必祭孔明，或求福利、求子女者，请人绘孔明神像或雕刻木像，朝夕供奉，如国内妇女之供观世音然。

（十）食盐。对此问题，尤令人心痛不已。查前中英滇缅条约内载有云："云南酒不能运出缅甸，缅甸海盐不准销入中国，如有犯此条约者，酒盐及附带物品悉数没收，人处无期徒刑。"讵料滇西南之各盐场税捐太重，且转运困难，以致沿边土民尽食海盐，云南盐政大受影响，即如腾冲、永昌、笼陵、镇康、缅宁等县，亦多半食海盐。倘能成立国防军队两旅或三旅，一面屯垦殖边，一面严缉海盐，如能杜绝，每月约能推销内地盐二十万担，每担收一元计，即以所增之盐课，供给此两三旅国防军之用，绰有余裕矣。

以上不过仅就粗浅言之，深望中央及全国人士本总理"民族、民权、民生"之旨，一致团结，采取有效方法，制止英人侵占，毋使西南为东北之续，永固边圉。不独云南幸，亦全国之幸也。赵云岩述于徐州军次。

又，最近得班洪人士报告，较为详确。据云："英侵班洪，业已成为全国一致严重注意之问题。惟英方所传之班弄，与班洪相距至远，乌可并谈，一勘自明。该处本有银厂，规模甚巨。英人觊觎已久，此次以兵力侵占开矿，实亦为意中之事。自蛮蛾至回芹江，即滇缅交界，立有石桩，惟号码不明，此石桩原在户地界，离此六十里，系被人潜自移进。由红岩头至麻栗坝科干市，光绪二十年被英侵占，辟为商埠，英人改为科干县，即以旧日杨土司为县令，可见其用意之深。英人并设有邮电学校、教堂机关，转下秀水寨，即未定界。渡南丁下游，至公猛。由猛冈至班洪，沿途多大竹巨林，有银厂，回教土人杂处。至班弄，五金矿山甚多，银矿尤富，土人以土法和回教开采，颇著成效。英人时以威迫利诱，使土回发生争执，以收渔人之利。幸回教知识分子起而调停，未有剧战。然而变故以后，土人避乱他处者实多。英人即施其殖民政策，使土民连环互保，每来一户，按其人数多寡，划地一段，贷洋百元，牛一头，谷一石，即令于田亩之旁造茅屋耕种，因此移去者达二千户。由班弄经怕唱山，进公猛，南下即犰狐生番地。地居滚潞南板两江之间，形似葫芦，故又名葫芦王地。内有五小部落，每一部落有土王，以南滚河公明山为山门户，纵约九百里，横二千余里，人户二万余，丁口十万余，境内多矿山，物产丰富，为我西南藩篱。前清时，曾有公令至其境，嗣因交通阻塞，民国以来无暇顾及，英人即生侵略之心，如修理道理，借贷银钱、布匹与土人，或租给牛马、发给食盐等。幸土人尚知有汉，未被完全侵占。西向由猛芋渡滚潞江，至猛完、猛英、猛良、猛节、猛养，约三百里，蛮草荒烟，地旷人稀。抵腊戌，即英国缅铁之终点，英人辟为商埠，五方杂处。两粤与川滇侨民实多，设有华侨学校，及中国国民党分部。到邦海及南渡老银厂，原为华人开采，光绪十二年沦于英，现有铁道直达矿山，每日出矿银二千吨，可提炼银一百二十吨，铅八百吨，工人三万余，华工万余人。前因清廷不能管理，甘心退让，夫复何言。此次，英人侵占班洪，实因去年秋季，云南省富滇银行以从事开采班洪银矿，派人一度勘察，即欲着手计画进行，为英人所悉，先发制人，于今春派工侵入班洪开采。上葫芦五土王不服，起而争执，即发生冲突。英人为保护矿工，派兵二千余入境，实行武力侵占，形势严重。邻近澜沧镇康等县，大为震惊，报请云南省政府制止。省府以事涉外交，无法处置，事态愈演愈烈。目下，土民与英人日在争持中"云云。

至外部对于此案如何处置，自有政府负责，不在本文范围以内，而本文所欲录者，系有关乎班洪地方之情形，俾将来究研地理矿产者亦可作为参考之一助云尔。